帶燈

賈平凹

序

螢火蟲與蝨子——賈平凹的《帶燈》

王德威

有一分熱，發一分光。就令螢火一般，也可以在黑暗裡發一點光，不必等候炬火。

——魯迅

如果你身上還沒有蝨子，那你還沒有理解中國。

——毛澤東

賈平凹是當代中國大陸最重要的作家之一，在海外也擁有廣大知名度。《帶燈》是他最新的創作。在這本長達四十萬字的作品裡，賈平凹的觸角再度指向他所熟悉的陝西南部農村。這一回故事發生在小小的櫻鎮，焦點是一個名叫帶燈的農村女幹部。帶燈風姿綽約，懷抱理想，但是她所擔任的職務——櫻鎮綜合治理辦公室主任——卻是最吃力不討好的工作。她負責處理鎮上所有糾紛和上訪事件，每天面對的都是雞毛蒜皮的糾紛。後社會主義的農村問題千頭萬緒，帶燈既不願意傷害農民，又要維持基層社會的穩定，久而久之，心力交瘁，難以為繼。她將何去何從？

農村問題一直是當代中國小說的重要主題。從五十年代柳青的《創業史》、趙樹理的《三里灣》，到諾貝爾獎得主莫言的《生死疲勞》早已形成繁複的脈絡。賈平凹的農村小說之所以重要，不在於他經營龐大的國族寓言或魔幻荒誕的想像，相對的，他擅長以綿密的筆觸寫農村裡無盡無休的人和事，瑣碎甚至齷齪。他從不避諱農民的惰性和偏狹，卻也理解他們求生存的韌性與無奈。《高老莊》、《秦腔》，還有《古爐》都是很好的例子。如賈平凹所謂，因為性格和成長環境使然，他的生命景觀充滿「黏液質加抑鬱質」[1]，發為文章，也有了混沌曖昧的氣息。

《帶燈》依然持續這一特色。賈平凹寫櫻鎮在社會主義現代化的歷程裡，先是拒絕了火車與建，以致錯過了繁榮的契機，之後又不能抵擋後社會主義的開發狂潮，被逼入了層層剝削的死角。在櫻鎮這充滿詩意的名字後面，是個詭異的當代村鎮奇觀。如他在後記所言，「體制的問題，道德的問題，法制的問題，信仰的問題，政治生態問題和環境生態問題，一顆麻疹出來了去搔，逗得一片麻疹出來，搔破了全成了麻子。」[2]

賈平凹所運用的麻疹和麻子的意象耐人尋味。他似乎認為當下農村問題不再只是體制問題；它如此深入日常生活起居，其實已經成為身體的問題。疊牀架屋的官僚體系，得過且過的權宜措施，貪污拍馬，逢迎欺詐，老中國的陋習無所不在，日新又新，甚至成為生命即政治的本能。麻疹是身體內部病毒的發作，但賈平凹更要描寫種種外在社會現象如何內化成為身體的一部分。這帶來小說的最大隱喻。櫻鎮沒有落英繽紛，有的卻是漫天飛舞的白蝨。這細小的生物寄生在身體的隱祕處，毛髮的縫隙裡。它安然就著人們的血肉滋長，驅之不去，死而復生。久而久之，櫻鎮的百姓習以為常，不痛不癢，竟然也就把它當作是身體新陳代謝的一部分。

白虱的隱喻也許失之過露，但在《帶燈》語境裡畢竟觸動了共和國歷史的「毛細管」。我們記得魯迅的《阿Q正傳》裡，阿Q看到自己身上的蝨子不如王胡身上的多而大，竟然有了一比高下的虛榮心。但我們更應該記得另一則有關蝨子的軼聞。四十年代，美國進步作家斯諾（Edgar Snow，1905-1972）遠赴延安，成為毛澤東的座上賓。在延安窯洞裡，毛澤東和斯諾一面打撲克，一面吃著饅頭夾紅辣椒，「一面用手搓著脖子上的污垢，有時毫不在乎地鬆開褲腰帶伸手進去抓蝨子。」毛澤東對斯諾說：「如果你身上還沒有蝨子，那你還沒有理解中國。」[3]

毛澤東這番蝨子論意味深長。蝨子與中國人常相廝守，也許表現了古中國藏汙納垢的劣根性，也許暗示了中國底層人民不堪但強悍的生物性本能，也許暗示了歷史偉人民胞物與，感同身受的情懷。但當主席告訴美國友人身上沒有蝨子，就還沒有理解中國時，他是否也暗示一種有關蝨子的革命情懷？在卑微裡蔓延，從痞子變為英雄。革命的力量無孔不入，無所不在，撼人處可以如詩，也如蝨。

《帶燈》裡，陝北延安窯洞裡的蝨子似乎跨越時空障礙，飛到了陝南櫻鎮。革命如果已經成功，我們還要與蝨子共舞麼？這鋪天蓋地而來的白蝨到底告訴了我們什麼？套用前引的賈平凹夫子

1 賈平凹〈性格心理調查表〉，費秉勛《賈平凹性格心理分析》，江心編《廢都之謎》（台北：風雲時代，一九九三），頁九九。

2 《帶燈》後記。

3 〈蝨子和中國〉，http://www.eywedu.org/maozedong39/163.htm。

自道，這些蝨子在後社會主義裡的繁榮是環境生態問題？或者也可能是政治生態問題，體制問題，道德問題，法制問題，信仰問題？

賈平凹顯然為這些問題所苦。但在《帶燈》裡他不甘心只白描這些無從回答的疑問，而希望創造出他的希望或願景。於是有了帶燈這個人物。帶燈原名螢，就是螢火蟲，因為顧忌螢食腐草而生的典故，因此改名。帶燈孤芳自賞，與官僚體系格格不入，她來到櫻鎮負責農村基層問題，上訪，拆遷，救災，計生等等，無時或已。但她的力量微薄，注定燃燒自己，卻未必照亮他人。

賈平凹對帶燈這個人物投注相當心力，寫她舉手投足的優雅，她豐富的內心世界，還有她逆來順受的性格。然而也許正因為賈平凹如此珍惜這位女主人翁，他反而沒有賦予她更多的血肉。帶燈的形象因此也許空靈有餘，體氣不足。我們對她的背景動機和感情世界所知無多，她的奉獻和犧牲也只能引起我們的無奈。

小說描寫帶燈每天面對無法擺脫的雜亂，百難排解之際，遠方的鄉人元天亮成了她的精神寄託。元天亮是個謎樣的人物，他官拜省委常委，卻從未在小說中出現。我們僅見帶燈不斷給他寫信，訴說自己的希望和絕望。這樣的單相思式的通訊固然為小說敘事帶來一個浪漫的出口，但也必定指向虛無的終局。帶燈的無法擺脫現實，又沒有能力得到解脫。她痛苦是無法救贖的。

賈平凹曾提到帶燈的原型是一個擔任鄉鎮幹部的女性「粉絲」。從這個角度來說，賈似乎將自己定位為《帶燈》中的理想人物元天亮。但作為帶燈的創造者，賈平凹又何嘗不是筆下女主人翁的分身？通過帶燈和遙遠的元天亮，他投射了自己對中國農村社會的期望。這是相當抒情的寄託，也與賈平凹書寫社會現狀的用意恰恰相反。但我以為正是這兩條情節如此相互糾纏違逆，為《帶燈》

的敘事帶來前所未見的緊張。

賈平凹的創作其實是以相當沈從文式的風格起家，早期的「商州」系列可見一斑。八〇年代末期的作品如《浮躁》向現實主義靠攏，而《廢都》以其頹廢怪誕到達另外一創高峰。之後賈平凹刻意返璞歸真，而有了《高老莊》、《懷念狼》、《高興》、《秦腔》等作。我在評論《古爐》時已經指出他對抒情敘事的頻頻致意，以及他與作家如汪曾祺等的對話。[4]是在《帶燈》裡，他的嘗試有了更多新意。除了安排帶燈與元天亮通信，用以對照現實世界的混沌外。我們更應該注意他經營小說敘事架構和風格的用心。《帶燈》的情節不如《秦腔》、《古爐》那樣複雜。但賈平凹刻意打散情節的連貫性，代之以筆記、編年的白描，長短不拘，起迄自如，因此展現了散文詩般的韻律。事實上，賈平凹在後記裡提到：

> 到了這般年紀，心性變了，却興趣了中國西漢時期那種史的文章的風格，它沒有那麼多的靈動和蘊藉，委婉和華麗，但它沉而不靡，厚而簡約，用意直白，下筆肯定，以真準震撼，以尖銳敲擊。[5]

4 王德威〈暴力敘事與抒情風格：賈平凹的《古爐》及其它〉，賈平凹《古爐》（台北：麥田，二〇一一），頁三—一〇。

5 《帶燈》後記。

我以為這樣以形式來駕馭素材、人物的做法，甚至以形式來投射一種倫理的訴求，以及本體論式的人生觀照——沉而不靡，厚而簡約——是《帶燈》真正用心所在。這也是賈平凹抒情敘事學的終極追求。換句話說，儘管現實如何混沌無明，賈平凹立志以他的敘事方法來賦予秩序，貫注感情。就像他筆下的帶燈為櫻鎮示範一種與清新不俗的生活方式一樣，賈平凹在文本操作的層次上也在尋求一種「用意直白，下筆肯定」的書寫形式。

但我們無從迴避的反諷是：小說裡帶燈的努力終歸失敗，果如此，在寓言閱讀的層次上，賈平凹對自己的書寫形式的用心與效應，又能有多大的自信呢？《帶燈》這樣的作品因此預設了一個相當悲觀的結局。不只是對小說內容、也是對小說形式的質疑。那個充滿「黏液質加抑鬱質」的賈平凹畢竟從來不曾遠去。小說最後，百無聊賴的代燈發現自己的身上終於也染上了白蝨，怎麼樣再清潔、治療也驅除不了。

帶燈，螢火。在現代中國歷史的開端，魯迅曾經寫下如下的文字：

> 願中國青年都擺脫冷氣，只是向上走，不必聽自暴自棄者流的話。能做事的做事，能發聲的發聲，有一分熱，發一分光，就令螢火一般，也可以在黑暗裡發一點光，不必等候炬火。[6]

我們不難想像年輕的帶燈同志剛被分發到櫻鎮的心情，彷彿就像剛讀了魯迅的文字，立定志向，「就令螢火一般，也可以在黑暗裡發一點光，不必等候炬火。」魯迅寫作此文的時間是一九一九年一月十五日。三個半月以後，五四運動爆發。中國革命啟蒙的大業隨即展開。然而要不了幾年，魯迅不僅不再相信螢火，甚至連炬火也感到憂疑。

多少年後，困處在櫻鎮裡的帶燈似乎也有了類似的難題。「如果你身上還沒有蝨子，那你還沒有理解中國。」主席的話言猶在耳，曾幾何時，螢火不再，帶燈身上有了無數的蝨子。想來她——或賈平凹——也更理解中國？

6　魯迅《熱風，41》，http://www.xys.org/xys/classics/Lu-Xun/essays/refeng/essay41.txt

目次

上部　山野

高速路修進秦嶺

高速路沒有修進秦嶺，秦嶺混沌著，雲遮霧罩。高速路修進秦嶺了，華陽坪那個小金窯就迅速地長，長成大礦區。大礦區現在熱鬧得很，有十萬人，每日裡仍還有勞力和資金往那裡潮。這年代人都發了瘋似地要富裕，這年代是開發的年代。

櫻鎮

櫻鎮是秦嶺裡一個小盆地，和華陽坪隔著莽山，不是一個縣，但櫻鎮一直有人在大礦區打工。櫻鎮人都知道，大礦區曾經發生過有拿錢砸死人的案件。說：在大礦區走路，頭低著，能拾到金戒子。

櫻鎮轄管幾十個村寨，是個大鎮。鎮街也大。街面上除了公家的一些單位外，做什麼行當的店鋪都有。每天早上，家家店鋪的人端水灑地，然後抱了笤帚打掃，就有三五夥的男女拿著紅綢帶子，由東往西並排走，狗也跟著走。狗已經習慣了這是要去松雲寺的。

松雲寺在莽山半坡上，其實早沒了寺，只有一棵漢代的松。松是長到兩米高後就枝幹平行發展，盤旋扭轉，往復回返，蔭了二畝地。人們有所祈求了，都把松枝拉下來，縛上紅綢子，再送了去，說：天呀！抬頭仰望，松在空中像一片雲。

從松雲寺返回鎮西街村的石橋上，要吃元老海涼粉。

元老海涼粉是鎮西街村長元老海曾經喜歡吃的軟棗葉涼粉，這都快成為一種名小吃了。元老海差不多死了二十年，如今人還念叨他，說他臉像驢臉，動不動罵人，但他愈罵愈親，他要不罵你了，你就是他的仇人。

高速路原本要從莽山鑿個隧道穿過櫻鎮的，元老海帶領幾百人阻止過。這是元老海一生幹過的最大的事，他竟然就幹成功了。

皮蝨飛來

元老海帶領幾百人阻止開鑿隧道時，皮蝨飛到了櫻鎮。

蝨子是沒有翅膀的，但空癟成一張皮，像是麥麩子，被風吹著了，就是飛。

這批皮蝨是從華陽坪一帶飛來的。要興建大礦區，華陽坪的青川街、木瓜寨、裴家堡子都得拆遷，幾百年的老屋舊牆一推倒，鑽進牆縫已成了空皮的蝨子隨著塵埃騰空，久久不散，後來經風飄過了莽山。飄過莽山到了櫻鎮，落在房上，落在院裡，也落在了莽山坡前的幾百人身上。這些皮蝨並沒有死，一落在人身上黏附了皮膚，立即由白漸紅，由小變大，鑽進衣褲的皺褶裡交媾了還生蟣子。

元老海帶領著人圍攻施工隊，老人和婦女全躺在挖掘機和推土機的輪子下，喊：輾呀，輾呀，有種的從身上輾過去呀?!其餘的人就擠向那輛小臥車，擠了一層又一層，人都被擠瘦了，車也被擠得要破，外邊的還在往裡擠，再外邊的還仍要往裡擠。在這種混亂中，皮蝨黏附在皮膚上吮血，人是不覺得癢的，即便癢了，也是順手在懷裡或襠裡抓一下，又往裡擠了。

緊挨著小臥車的是元黑眼，喊：尿泡擠打了，我要尿呀！沒人理會，元黑眼就在褲襠裡尿了，尿道子像蛇一樣在人腳下亂竄。換布那時還小，能從人窩裡鑽出來，因為他摘下車窗裡一個人架在額顱上的墨鏡，說：我給你拿拿。就拿著跑了。

英雄宴

阻止了隧道開鑿的第三天，元老海過七十大壽，鎮西街村給他辦了英雄宴。英雄宴除了有熊掌，有驢鞭外，還要上一盤活蠍子。活蠍子用酒泡了，直接夾起來蘸著麵醬吃。誰都不敢吃，只有元黑眼吃。他筷子伸到盤子裡撥拉，蠍子張牙舞爪地往筷子上爬，他說：我挑個大的！就夾起一隻大的丟進嘴裡嚼，嚼三下，睜著眼說：嗯，皮多肉少。一梗脖子就嚥了。大家給元老海敬酒，一碗一碗包穀酒端起來，說：你老能活一百二十歲，給咱一直當村長！元黑眼獨自抱著盤子吃蠍子，這時候哼地冷笑了一聲。大家問：你笑啥的？元黑眼說：這不可能麼！大家都恨元黑眼不會說話，連元老海也惱了，臉吊得老長。元黑眼端了酒，說：我給我爺敬一杯！在元氏家族裡，元老海是元黑眼的爺輩。元黑眼繼續說：我爺咋能活到一百二十歲呢？只能活到一百一十九！大家愣了一下，這才笑了，元老海也笑了，罵道：你這狗日的！

但是，元老海在這天夜裡，被投進了監獄。

松雲寺的松開了金子般的花

阻止莽山隧道開鑿，總共毀壞了十幾輛挖掘機、推土車和卡車，還完全砸爛了一輛小臥車，致傷十三人。這是當年全縣最大的聚眾打砸事件，因此鎮黨委書記和鎮長雙雙被調離櫻鎮，元老海當然也丟掉了村長一職，以罪拘留六個月。到了五個月零二十七天，櫻鎮已經有人收拾好了一輛蹦蹦車要去監獄接他，他卻死了，突發腦溢血，提前三天運回來了屍體。

而高速路終究改變了線路，再沒有穿過櫻鎮。

松雲寺的那棵松在第二年的四月開滿了花。櫻鎮人還從來沒有見過這棵漢松開花，或許是開過，開得極小，沒有留意，突然花開得這麼繁，且顏色深黃，開一層落了一地；再開一層，再落一地，半個月裡花開不退，樹上地上，像撒了金子。

元氏家族很旺，元老海卻沒兒女，他一死就死絕了。大年三十的夜裡，家家的先人墳上都要亮燈，沒亮燈的就是絕戶。櫻鎮人給元老海的墳頭點了兩盞紅紙糊的燈籠。

櫻鎮廢幹部

保全了櫻鎮的風水，櫻鎮也從此以後給全縣形成了一個概念：櫻鎮廢幹部。

鎮政府的馬水平十五歲當通訊員，一直幹到副鎮長，是個老櫻鎮，他說：櫻鎮的幹部，尤其是書記和鎮長，來時都英英武武要幹一場事，最後卻不是犯了錯，就是灰不蹋蹋地被調離，從沒開過歡送會。

馬副鎮長有個筆記本，記載著：

一九八二年趙國元書記調走時，半夜裡自己用架子車拉的行李。走到鎮東街村口了，鎮黨辦主任攆上，從架子車上取回了一只馬紮凳。

一九八九年李晃書記被開除了黨籍和公職，五十歲的人了，號啕大哭。

一九九四年張發虎鎮長上調到縣政府任副縣長，離開櫻鎮時曾有一批群眾到鎮政府歡送，拿著雞蛋、木耳、核桃，還有老太太拿著紮著花花的鞋墊子往他懷裡塞。他一調走，就有人告狀這一切都是暗中組織的，凡是歡送的都發了五十元，送東西的付一百五十元。後來張發虎被調查，就降級了。

一九九八年李中庚書記辦公室門上被抹了人糞。先是懷疑鎮政府大院的人幹的，調查了半個月，排除了，但到底是誰到鎮政府大院來幹的，最後不了了之。

二〇〇〇年劉二強鎮長在任上，有一夜從祥峪村下鄉回來，才到鎮西街村石橋上，突然挨了一黑磚，住院半月。劉二強沒讓派出所破案，也沒給人提說。

二〇〇五年黄千貴書記政績不錯，到處傳說他要當縣宣傳部長呀，當上宣傳部長就是縣委常委，而隨之十幾封告狀信寄到縣委和市委，宣傳部長候選人資格就取消了。三個月後他患病，查出是肝癌，七個月後眼睜著死在醫院。

接替黄千貴的是孔憲仁。孔憲仁在任期間小心謹慎，平安無事。他是櫻鎮藥鋪坪村人，退休後把家遷到鎮街。以前他在鎮街上走，街兩邊的人吃飯都蹴在門口，敲著碗說：孔書記吃啦沒？孔憲仁順便到誰家，端了碗就能吃，還給燎一壺包穀酒。退休後就沒人招呼了。在街上碰上王後生，問：後生呀，忙啥哩？王後生說：正罵你呀！他說：我有啥讓你罵的？王後生說：你在任期間諂上欺下，貪污腐敗，都退休了憑啥還住在鎮街上?!氣得孔憲仁再不多出門，想吃肉了讓老婆到元黑眼家的肉鋪子去買。元黑眼的秤也是壓得很低。

和孔憲仁搭班子的許亙鎮長調離時，鎮街上有人放鞭炮慶賀。許亙鎮長是坐車離開的，到了櫻鎮東邊的二道梁上，讓車停下，回身衝著櫻鎮尿了一泡。

把人活成人物

外界說櫻鎮廢幹部，櫻鎮人不這樣認為，王後生就說過：那是幹部屁股底下有屎麼，咱窮是窮，腦瓜子不笨麼，受誰愚弄啊?!王後生是鎮街的老街道上人，這些年自己上訪，也替別人寫上訪材料，已經屬於櫻鎮的名人。賣米線砂鍋的老闆納悶過：在櫻鎮，人們習慣把廁所稱作後，上廁所不說上廁所說去後呀，那麼，王後生，就是他媽把他在廁所裡生下的？這麼不好聽的名字怎麼還顯山露水了呢?!王後生就得意了，你甭管我的人名，你要曉得我現在是名人。於是吃米線砂鍋時不時讓先掛上帳，老闆就在店裡的牆壁上給他畫道兒，欠一砂鍋畫一道，再欠一砂鍋，再畫一道，畫上了九道。王後生又害了牙疼，到曹九九的牙科所去拔牙，說：把帳記下噢！曹九九給王後生拔牙，用的是大鉗子，一邊夾住牙了一邊說：哈，王後生，你狗日的行，把人活成人物了！喲，拔錯了。

曹九九把王後生的一顆好牙拔了，只好再拔那顆病牙，王後生從此少了兩顆門牙，說話漏氣。但曹九九的話是對的，人要把人活成人物。

櫻鎮上能稱得上是人物的人太多了，除了這個王後生，還有的，比如鎮西街村的元老海，元老海的族人元黑眼，石橋後村的張膏藥，南河村的王隨風，鎮中街村的朱召財，包括孔憲仁，馬副鎮長，葛條寨的牛二，當然還有鎮東街村的換布和拉布。同慶堂的中醫大夫陳跛子就發感慨：櫻鎮有這麼多的人物，積厚流光，櫻鎮可能還要出更大的人物哩！陳跛子感慨後，人們先是看好孔憲仁，但孔憲仁不行，許亙鎮長調走後，又都寄希望馬水平，說他要由副鎮長轉正鎮長，如果轉正鎮長了那就前途不可限量了，這說得馬水平也心性高漲，醉後在鎮政府大院裡撒尿，說：瞧著吧，將來這裡要長一株牡丹！而馬水平一直還是副鎮長，他撒尿的地方只生出一棵狗尿苔。直到鎮西街村的元天亮在省政府當了副祕書長，櫻鎮人才驚呼：這才是大人物了！

元天亮

元天亮當上了省政府的副祕書長後，就成了櫻鎮的一張名片，到處流傳著關於元天亮的傳奇。

說元天亮是元老海的本族侄子，他家五世單傳，輩分高，元黑眼他們還叫他是叔。說高速路沒有穿過櫻鎮，多虧沒有穿過櫻鎮啊，這才使元天亮得了山水清氣，讓他極了風雲大觀。說任何大的工程，比如修座大橋，築道河堤，總是要傷亡人的，這叫做要以人頭奠祭。那麼元天亮要出來，元老海的坐牢和暴死也便是天意了。說元天亮是櫻鎮第一個大學生，他考學的那年，河灘裡飛來了天鵝，夜夜聲唳九天。說元天亮畢業後在省文史館工作，因為能寫文章又有組織能力，不久就當了館長，當了館長後文章寫得更多了，出版的書有磚頭厚，壘起來比他身子高。世上有能寫書的但當不了官，有能當了官的卻不會寫書，元天亮是兩全其美。說元天亮當上省政府副祕書長了，縣上的領導但凡進省城必然要拜見他。到了省政府大門口，揹槍的門衛不讓進，說：我們是元祕書長老家的！門就開了，門衛還給敬個禮。

當然，讓櫻鎮人感到溫暖的是元天亮在省城那麼多年了，學問弄得那麼大，官做得那麼高，說話還是櫻鎮的口音，最愛吃的還是老家飯，也熱心為家鄉辦事。

為家鄉辦事的故事很多，其中最為說道的有三件。

一件是元天亮聯繫了香港一家慈善機構要為櫻鎮小學捐贈八十萬元，讓鎮政府拍攝些學校照片寄他們先看看。鎮政府派人卻只拍漂亮的地方，還是仰拍。人家看了照片後說：這學校不錯呀！便沒有同意捐贈。櫻鎮人就罵鎮政府不會辦事，這是向人家要錢哩，不是向上級彙報工作顯示政績哩！元天亮只好又聯繫一個老闆給了學校三十萬元，學校蓋了個教學樓，命名的時候，老闆說不要以他的名字了，用他老婆名吧，就成現在「二妮樓」。

一件是元天亮通過省扶貧辦撥了十萬元加固鎮前的河堤，但兩年過了，鎮政府卻沒有在河堤上增加一個石頭，也沒栽一棵樹。縣長知道了這事有些生氣，可礙於元天亮的面子沒有再追究，警告說：那你們就祈禱著今夏不發洪水，如果發了洪水沖堤毀壩，我就保不住你們了！那個夏天是下了大雨，卻沒發生洪災，許亙鎮長說他要謝天，趴在泥水裡磕了個頭。

一件是盤繞著莽山過來的國道改造，由二級公路建成一級公路，那也是元天亮通融了省公路廳的結果。所以，一級公路通車典禮時，元天亮被邀請了回來剪綵。

元天亮離開了櫻鎮一個月，櫻鎮人還在津津樂道元天亮，說元天亮瘦是瘦，鼻子下的兩條法令特別長，這是當大官的相。說元天亮個頭矮，不緊不慢地走內八字步，這是貴人氣質，熊貓就走內八字，熊貓是國寶。說元天亮愛吃紙菸，手裡啥時都冒煙縷，他屬龍相呀，雲從龍麼，煙縷就是雲。

蝨子變了種

櫻鎮人這麼說著，手就時不時地在懷裡撓撓，或者順手拿了菸袋桿子從後領往下戳，或者靠住了樹身、門框和牆的稜角蹭一下背，因為他們身上總是有著蝨子。蝨子是最古老的一種蟲，櫻鎮人司空見慣了，他們做這些動作常不經意，做過了也不多理會，猶如正做著活計順口咳嗽了一下。所以，他們繼續排說著元天亮，後又在不知不覺中轉換了話題，說到天氣說到收成說到鎮政府的五馬子長槍。蝨子依然還在咬著，已經不滿足了撓呀戳呀和磨蹭，就手伸在衣服裡摸起蝨子。

他們摸蝨子的技巧都很精到，感覺到身子的某一部位發癢，而且酥酥的似乎有什麼爬過，手指頭就在口裡蘸一下唾沫，悄悄地進到衣服裡，極快地一按，果然就按住了一個肉肉的小疙瘩，揉揉，捏出來了是蝨子，放到面前的石頭上。你捏一個出來放在石頭上，他也捏一個出來放在石頭上。石頭上已經有了許多蝨子了，他們突然的發現蝨子竟然有著不同的顏色，黑蝨子，白蝨子，還有一種灰蝨子。

櫻鎮的蝨子從來都是白色，即便是頭髮裡的蝨子，交襠裡的蝨子，都是白色的，而從華陽坪一帶飛過來的蝨子又都是黑顏色，見多了白蝨子和黑蝨子，怎麼就又有了灰蝨子？想想，他們就肯定了這灰色的蝨子是白蝨子和黑蝨子雜交了出現的新的蝨種！於是，他們覺得奇怪卻並不害怕，還笑了說：馬和驢交配了生下的是騾子，這灰色的蝨子還算是蝨子嗎?!開雜貨店的曹老八說：當然是蝨子！大家也就覺得灰蝨子滿漂亮的。

帶燈來到櫻鎮

有了灰色蝨子的這個初夏，天熱得特別快，池塘裡青蛙剛剛開始產卵，屋後的簷水溝裡早已聚蚊成雷。又過了十天，櫻鎮就下了一場冰雹。

鎮街周圍的冰雹有算盤珠大，咕哩咕咚地下了一小時，冷冰疙瘩在地上堆了一拃厚。街上的屋瓦差不多都爛了，樹斷了枝，地裡的包穀苗子原本兩尺高的，全搗碎在泥裡。人們立在地頭上哭，後來聽說南北二山的冰雹比雞蛋還大，葛條寨被砸死了三頭豬和一頭牛，碾子溝村還死了一個老太太，他們才不哭了，回家去睡，要把自己睡去像死去一樣。待到太陽出來，冰雹消化，地裡一片狼藉，骯髒不堪，包穀苗子一棵也沒了，到處是枯枝敗葉，還有著屍體不全的螞蚱、蛤蟆、野兔、老鼠和蛇，又很快腐爛，鎮街上的空氣都是惡臭。

秋後要收穫包穀是沒了指望，那就重新打算吧，人們把豬圈裡牛棚裡的糞挑出來，再一次撒在地裡，套牛耕犁，種白菜，栽菸苗，播下各類豆子籽。其實土地是最能藏污納垢的了，一經耕犁，就又顯得那麼平整和乾淨清新。

帶燈就是那時來的櫻鎮。

帶燈來了，耕犁過後的土地，表皮上卻結了一層薄薄的殼，又長出了莊稼苗和各種野草野菜。帶燈看到了豬耳朵草的葉子上絨毛發白，苦苣菜開了黃花，仁漢草通身深紅，苜蓿碧綠而苞出的一串串花絮卻藍得晶亮，就不禁發了感慨：黑乎乎的土地裡似乎有著各種各樣的顏色，以花草的形式表現出來了麼。

螢

帶燈的原名叫螢。分配到櫻鎮政府，接待她的是辦公室主任白仁寶。白仁寶一聽說她的名字叫螢，就笑了：哦，螢火蟲?!笑後又覺得不妥了，嚴肅起來，說：你怎麼就要來鎮政府？她說：不應該來嗎？白仁寶說：當然應該。她說：我丈夫是櫻鎮人，他也在鎮小學工作，市農校一畢業我就要求分配到這兒的，鎮政府工資高，又有權勢……白仁寶說：有權勢？你覺得你能進步?!她說：我進步呀，在學校二年級入了黨。白仁寶又在笑了，但這一次沒有笑出聲。他說：瞧你不懂，進步就是在仕途上當官。她說：我沒想過當官。白仁寶說：你也當不了官。她說：為啥？白仁寶說：你太漂亮。太漂亮了誰敢提拔你，別人會說你是靠色，也會說提拔你的人好色。你看哪個女領導不是男人婆？她不愛聽白仁寶說話，也就從那一天起發誓不做男人婆。在鎮政府大院安頓住下後，偏收拾打扮了一番，還穿上高跟鞋，在院子的水泥地上噔噔噔地走。

從此，每個清晨高跟鞋的噔噔聲一響，大院所有房間的窗簾就拉開一個角，有眼睛往院子裡看。看到那兩棵楊樹上拉了一道鐵絲，晾著鮮豔的上衣或褲子，看到螢端了臉盆在水管前接水，水龍頭擰得太大了，水突然在盆子裡開花，開了個大白牡丹花。以前大家刷牙都在房間裡，現在卻站在門口台階上刷，但她端著接滿水的盆子走了，腳底下像安了彈簧。他們就感慨：看來，許多傳說都是真的！

螢的房間先安排在東排平房的南頭第三個，大院的廁所又在東南牆角，所有的男職工去廁所經過她門口了就扭頭往裡看一眼，從廁所出來又經過她門口了就又扭頭往裡看一眼。會計劉秀珍就作踐這些人：一上午成四次去廁所，是尿泡繫子斷了嗎?!

一到傍晚，西排平房裡老有酒場子，他們喝酒不用菜，吼著聲划拳，有人就醉了，硬說他沒醉，從院子裡能看到窗口裡馬副鎮長拿著酒瓶子倒酒倒不出來，拍了瓶子底嚷：這就是讓人喝酒哩？這就是讓人喝酒哩?!南排的平房裡也響起了洗牌聲，哐啷啷，哐啷啷，竟然也吵開了，門裡扔出了什麼東西。一隻狗就臥在台階下，立即躍身接了，但不是骨頭，是一塊牌。

螢已經和這條雜毛狗熟了，她一招手狗就過來，她要給狗洗澡。給狗洗澡的時候，許多人在看著，問：螢，你幹啥哩？說：洗毛呀。問：雜毛能洗白嗎？她就不回答了，把狗帶到房間去洗。辦公室的吳幹事說：美人是不是都姓冷？農林辦的翟幹事就打賭：你請我吃一頓牛肉燴餅了，我可以讓她笑。他就走去立在她的門口，狗卻汪汪著不讓進，翟幹事說：你這狗，我都把你媽叫啥哩你還咬？螢靠在門上說：你把牠媽叫啥哩？翟幹事說：叫母狗麼。螢果然就笑了。

這條狗的雜毛竟然一天天白起來，後來完全是白毛狗。大家都喜歡了白毛狗。

鎮政府有集體伙房，螢吃了三天頓頓都是包穀糝糊湯裡煮土豆。做飯的劉嬸照顧著新來的同志，給書記鎮長遞筷子時，筷子在胳肘窩夾著擦了幾下，也給螢擦了幾下。糊湯裡的土豆沒有切，全囫圇著，人人吃的時候眼睛都睜得很大。螢不會蹴在台階沿兒上吃，她立著，翟幹事也過來立著。會計劉秀珍和計生辦的邢蘭蘭端了碗迎面走，邢蘭蘭在地上呸一口，劉秀珍也朝地上呸了一口。翟幹事低聲說：賣麵的見不得賣石灰。螢聽不懂。翟幹事又說：你來了，她們還有啥爭的！螢不願聽是非，就岔了話：咱長年吃土豆嗎？翟幹事說：起碼每天吃一頓吧。螢說：把大家都吃成大眼睛，你眼睛咋這麼小？書記和鎮長在院子裡放了一張小桌子吃飯，他們和大家吃一樣的飯，特殊的只是要坐小桌子，小桌上擺一碟蔥，一碟辣麵，一碟鹹韭花和一碟蒜瓣，書記愛喝幾口，還有一壺酒，但他從來不讓人。書記當下說：有了螢幹事，翟幹事眼睛會大的。翟幹事說：或許會更小，人家太光彩不敢看麼！正說笑著，伙房裡起了罵聲，是白仁寶和劉秀珍爭執著什麼，爭執得紅了臉就罵，氣得劉秀珍把一碗飯摔出來。書記就火了，大聲訓斥，說：吃飯還占不住嘴嗎?!把碗片子給我拾起來，拾起來！劉秀珍把碗片子拾了，大院裡才安靜下來。

螢在一個月裡並沒有被安排具體工作，書記說你再熟悉熟悉環境了，我帶你下鄉去。可螢還沒有下鄉，馬副鎮長就自殺，自殺又未遂，螢陪馬副鎮長在衛生院待了七天。

跟著馬副鎮長

那是個星期天的下午，鎮政府大院裡沒有人，螢在鋁盆裡搓衣服，先是聽到楊樹葉子在風裡響，啪啦啪啦，像是鬼拍手，後來又聽到呻吟聲，心裡就覺得發潮。呻吟聲似乎愈來愈大，是從馬副鎮長的房間裡發出來的，走近去隔了窗縫往裡一看，馬副鎮長是從床上跌到了地上，痛苦地在那裡翻滾。螢趕緊叫人，只有門房的許老漢和伙房的劉嬸，三人抬開門進去，桌子上有安眠片空瓶子，才知道馬副鎮長這是在自殺哩，立即就往鎮衛生院揹。

馬副鎮長是救活了，卻被診斷患了抑鬱症，終日要吃一大把藥。待病慢慢好起來，馬副鎮長才開始給人講他當時怎樣的痛苦，覺得死才是解脫，所以就詳細謀畫著一套又一套死的方案：一定死在生日過後，這樣陽壽是完整的，親戚朋友都來了，也可以是最後一次看看親戚朋友，也好讓親戚朋友最後集中看自己一面。上吊吧，不能用草繩，必須是布帶子，布帶子綿軟，也只能在房間裡不能在野外的樹上，在野外鳥兒會啄吃眼睛的。但上吊舌頭要吐出來，死相是十分難看，聽說繩子掛得方位正確了舌頭就不出來，而自己又哪裡知道什麼方位是正確的呢？這事無法請教。爬到房頂上往下跳？鎮政府最高的房子只有兩層，跳下去能不能死呢？如果不死，只是癱著，那太丟人，而且想再死就無能為力了。從鎮西街村的石橋往下跳，死是肯定能死的，可橋下滿是石頭，頭先落地，腦漿或許四濺，或許腦袋甕進腔子，成殮時做個木頭嗎？棉花頭嗎？將給親戚朋友留下多麼不好的印象。那就吃安眠藥，糊糊塗塗睡一覺，睡覺中就死了。於是他決定吃安眠藥，吃了半瓶安眠藥，穿了新襪子新褲子還有一雙新鞋，上床蒙了被子就睡下了。他先還睡著在想誰誰欠了他二百元錢，他還借了誰的銅火盆沒有還，他藏在家裡北牆窯窩裡的五百元錢還沒給老婆交代，還得讓老婆千萬要納詳，和兒媳搞好關係。他這麼想著，要爬起來寫遺書，但還沒有爬起來就什麼都不知道了。一覺醒來，他以為已經死了，還在說：咋不見郭有才和李北建呢，狗日的也不來迎接?!這時候就肚子裡翻江倒海地難受，想喝水，又沒力氣，從床上翻騰著跌下來。

螢問門房許老漢：郭有才是誰，李北建又是誰？許老漢說：郭有才是原辦公室主任，因經濟問題被審查的第三天半夜，在院子的銀杏樹上吊死的，他死後銀杏樹就伐了，賣給他家，他家給他做了棺材。李北建是以前的一個副鎮長，元老海領人阻止隧道開鑿後，書記鎮長雙雙調離，他當上了鎮長，可剛上任三個月就得肝癌死了。人都說李北建命薄，只能是副科級，給他個正科級他就托不起了。

螢從那以後，沒事就在她的房間裡讀書。別人讓她喝酒她不去；別人打牌的時候喊她去支個腿兒，她也不去。大家就說她還沒脫學生皮，後來又議論她是小資產階級情調，不該來鎮政府工作。或許她來鎮政府工作是臨時的，過渡的，踏過跳板就要調到縣城去了。可她竟然沒有調走，還一直待在鎮政府。待在鎮政府裡過了一年又過了一年，螢讀了好多的書。讀到一本古典詩詞，詩詞裡有了描寫螢火蟲的話：螢蟲生腐草。心裡就不舒服，另一本書上說人的名字是重要的，別人叫你的名字那是如在念咒，自己寫自己名字那是如在畫符，怎麼就叫個螢，是個蟲子，還生於腐草？她便產生了改名的想法。但改個什麼名為好，又一時想不出來。

馬副鎮長病好後，讓螢到他主管的計生辦裡當幹事。紅堡子村有個婦女，已經生過兩個女孩了還不結紮，一直潛逃在外。一天上午村長報來消息那婦女又回村了，馬副鎮長就帶了她和另外三個人，還有衛生院的一個醫生，趕去抓人。到了紅堡子村天已黃昏，那戶人家的門卻鎖著，再敲也沒動靜。村長說：難道全家又都跑了？馬副鎮長有經驗，看見屋旁的地裡還放著一把鋤，門前的籬笆上夾著一撮蔥，就大聲說：人不在呀？人不在了把豬拉走！提了棍打得豬在圈裡吱哇，果然窗子開了，撲出來了那家老漢。馬副鎮長說：你還給我耍花花招呀?!讓人就從窗子進去。屋裡那婦女的丈夫不在，只有她和婆婆。婆婆就磕頭，頭磕得咚咚響。進去的人不理會這些，將那婦女壓倒在炕上就做手術。媳婦在屋子裡殺豬一樣地喊，公公就在豬圈裡打豬，嫌豬叫喚了他才出來的。他又抽自己臉，說自己不應該出來管豬，拉豬就拉豬吧，一頭豬能抵住孫子嗎？媳婦還在屋叫，這公公就瘋了，拿頭來撞馬副鎮長，馬副鎮長一閃身，他頭撞在牆上，額顱往下流血，喊：我有兩個孫女我沒有孫子啊，你們讓我將來成絕死鬼呀?!就暈了過去。螢趕緊說：馬鎮長，他人死啦！馬副鎮長也慌了，說：你試試他鼻孔。螢試了鼻孔，鼻孔裡還出氣。馬副鎮長就說：人就恁容易死?!又朝屋裡喊：完了沒？屋裡人說：完了！屋裡人出來，醫生抓把包穀葉擦手上的血，馬副鎮長說：燒些棉花套子，給他頭上的窟窿敷上，甭讓流血。螢在簷下的背簍裡尋著件破棉襖，掏出一把套子絮，交給了那個醫生，說她要上廁所，就走到了屋後。

螢並沒有進廁所，而在屋後的麥草垛下坐了。她是見過也動手拉過村裡的婦女去鎮衛生院做結紮手術，但從來沒有經過到人家家來做結紮的，心裡就特別慌，捣著心口坐了很長時間。馬副鎮長在門前的場子上喊：螢呢，螢幹事呢？螢就站起來要到門前去，卻看見麥草垛旁的草叢裡飛過了一隻螢火蟲。不知怎麼，螢討厭了螢火蟲，也怨恨這個時候飛什麼呀飛！但螢火蟲還在飛，忽高忽低，青白色的光一點一點地在草叢裡、樹枝中明滅不已。螢突然想：啊牠這是夜行自帶了一盞小燈嗎？於是，第二天，她就宣布將螢改名為帶燈。

帶燈

鎮政府的人都認為帶燈這個名字拗口，不像是人名。但帶燈覺得好。從此，別人還叫她螢，小螢，她不應聲，必須叫帶燈。

鮮花插在牛糞上

帶燈不習慣著鎮政府的人，鎮政府的人也不習慣著帶燈。而鎮政府的工作又像是趕一輛馬拉車，已經破舊，車箱卻大，什麼都往裡裝，搖搖晃晃，咯咯吱吱，似乎就走不動了，但到底還在往前走，帶燈也便被裹在了車幫上。帶燈活得很累又焦慮，開始便祕，臉上也出了黃斑，她買了許多面霜在臉上擦，又認識了慶仁堂的陳跛子，抓中藥熬湯喝。

丈夫說：帶燈。帶燈說：嗯。丈夫說：你這樣下去也得抑鬱病呀？帶燈就煩起來，扭了頭。帶燈還披著一頭長髮，她的頭髮好，走路一閃一閃，像雲在動。丈夫說：你不要留長髮了，剪個短髮，形象變了或許心情能改善。帶燈說：我就不剪！趴在了後窗口。後窗外是鎮政府大院通向鎮街的長巷，巷子那邊一戶人家牆邊長了一棵高大的椿樹。他們在鋸，鋸聲聒噪。丈夫說：如拉鋸一樣，聲是煩人，你不能不讓人家拉麼，你不能忍受了就學著欣賞它。這可能是丈夫一生中說過的最有價值的話，帶燈回過頭來，先前聽著鋸好像在說：煩——死——我——啦！煩——死——我——

啦！現在鋸在說：這——樣——也——好！這——樣——也——好！樹就被鋸斷了，枝幹倒下來靠在房間後簷上，砸壞了四頁瓦，還把屋頂上她晾的一件衣服掛扯了。鎮政府的人都以為帶燈要尋那戶人家的不是了，但帶燈新補了後簷瓦，什麼話都沒說。

帶燈愈來愈要求著去下鄉，天一亮就出門，晚上了才回來。她喜歡在山上跑，喜歡跑累了就在山坡上睡覺。她看見過盈川的菸草在風裡滿天飛絮，她看見過無數的小路在牽著群巒，亂雲隨著落日把眾壑治得一片通紅。北山的錦布峪村有梅樹大如數間屋，蒼皮蘚隆，繁花如簇。南溝的駱家壩村，曾經天降五色雲於草木，雲可手掬，以口吹之牆壁而粲然可觀。發現了水在石槽河道上流過那真的是滾雪，能體會到堤壩下的潭裡也正是靜水深流。還有那樹和樹下的草，你看著它們，它們在那兒開花，你不看著它們，它們還在那兒開花，風懷其中，色彩搖曳。

鎮街上有好多閒人，衣服斜披著，走路勾肩搭背，經常見著從大礦區打工回來的人了，就日弄著去吃酒打牌。遇到了年輕的女子，卻要坐在街兩邊的台階上吹口哨，這邊喊：特色！那邊喊：受活！帶燈是他們見到的最漂亮的女人，但他們不敢對鎮政府的幹部流氓。帶燈還是穿著高跟鞋，挺著胸往過走，頭上的長髮雲一樣地飄，他們就給帶燈笑。帶燈說：又害擾誰家店鋪了？他們說：這沒有。帶燈說：那是酗酒了？他們說：沒有，絕對沒有。帶燈說：沒有？飯裡沒有茶裡找，還尋不出你們的毛病?!帶燈總是尋他們的岔，他們卻也樂意著帶燈能訓斥，被訓斥了還替帶燈遺憾：你咋還在鎮政府幹呢？帶燈說：我為啥就不在鎮政府幹？他們說：一枝花插在牛糞堆了！帶燈說：敢說鎮政府是牛糞堆?!轟著他們跑散了，跑散了，她說：牛糞堆上的花鮮豔麼！自己給自己笑。

還是蝨子

讓帶燈一直緊張的還是蝨子。

南北二山的村寨裡，也包括鎮街上的人家，身上有蝨子還可以理解，而鎮政府的幹部，甚至書記鎮長的身上也有著蝨子，這讓帶燈咋都想不通。大院裡的樹上拉上了好幾道鐵絲，大家都曬被褥，白仁寶把他的被褥緊挨了帶燈的被褥，帶燈就把自己的被褥收走了。白仁寶說：別人不給你惹上，你也會生的。帶燈說：我就不生！白仁寶說：上天要我們能吃到羊，就給了羶味；世上讓我們生蝨子，各人都有了癢處。

建議

帶燈給書記和鎮長彙報工作，彙報完了，談了一個建議：能否在全鎮搞一次滅蝨子活動。書記說：你也癢啦？帶燈說：我沒蝨子。書記說：其實蝨子多了不癢。帶燈說：都啥年代了，櫻鎮人還讓蝨子咬著？書記說：蝨子能把人咬死?!書記和鎮長都呵呵地笑，笑過了，書記說：只有帶燈同志提這個建議啊！該不該滅蝨子呢，當然該，我去縣上開會，也擔心別人發現咱身上有蝨子。可櫻鎮是櫻鎮的特殊環境麼，飢不擇食，窮不擇妻。櫻鎮現在是氣囊上滿到處的窟窿，十個指頭按不住麼，哪裡還有精力財力去滅蝨子？帶燈當然已想好了她的措施，並不需要花多少精力財力，只要求各村寨村民注意環境衛生、個人衛生，勤洗澡勤換衣服，換下的衣服用滾水燙，再規定村委會買上些藥粉、硫磺皂定期發給各家各戶。在偏遠的村寨裡建洗澡堂或許不現實，可鎮街三個村完全可以麼。兩個鎮領導商量的結果，一是要支持保護帶燈這種積極提建議的精神，同意和批准她的方案措施；二是就讓帶燈起草個文件發給各村寨，並由帶燈負責督促鎮街三村建洗澡堂吧。

帶燈很積極，起草了文件，又親自到各村寨發送。但文件發下去就泥牛入海，再沒消息。她到南北二山的村寨去檢查，幾個村長從帽殼裡取紙，撕成條兒捲了菸來吃，那紙就是她發下去的文件。帶燈說：這件事很重要！他們說：政府每年發那麼多文件，沒有不說重要的。就問鎮政府撥不撥款，如果不撥款村寨裡燒屁吃哩，哪裡有錢買藥粉和硫磺皂?!帶燈是沒權力能撥款的，就到鎮街三村催建洗澡堂，鎮街三村比較富裕，人也應該文明。鎮西街村的元黑眼那時還是新上任的村長，說：鎮政府閒得沒熊事幹了，出這虛點子?!帶燈說：這還不是為群眾辦好事！元黑眼說：蒼蠅還嫌不衛生？帶燈說：那你也是蒼蠅?!

元黑眼領著帶燈在村裡走，路過一家，院牆坍了一半，院子裡坐著個婦女在洗腳。元黑眼說：你男人後晌要回來啦？婦女說：要回來啦。這婦女的丈夫在大礦區打工。元黑眼說：錢拿回來啦，我給你留一個豬頭？婦女說：他能掙幾個錢呀，還吃豬頭？走過了院牆，帶燈說：看到了吧，這婦女還不是要洗腳？元黑眼說：洗的那腳幹啥，男人回來了要日×哩又不是日腳呀！

滅蝨子的事到底不了了之。

三個先進

帶燈沒有實現第一件她想幹的事，她得出的經驗是：既然改變不了那不能接受的，乃就接受那不能改變的。她再沒有過任何建議，鎮政府分配她幹什麼，她就去幹什麼，盡力幹好。獎勵部分幹部的一級工資了，大家都爭著，像雞掐仗。而每年要評一次先進，沒有錢，可以有張獎狀，能去縣城開會，大家就客氣了，說：讓帶燈當！帶燈就有了三個先進。

新形勢

以前鎮政府的主要工作是催糧催款和刮宮流產。後來，國家說，要減輕農民負擔，就把農業稅取消了。國家說，計畫生育要人性化，沒男孩的家庭可以生一個男孩了，也不再執行計生工作一票否決的規定。本以為鎮政府的工作從此該輕省了，甚至傳出職工要裁員，但不知怎麼，櫻鎮的問題反倒愈來愈多。誰好像都有冤枉，動不動就來尋政府，大院裡常常就出現戴個草帽的背個饃布袋的人，一問，說是要上訪。上訪者不是坐在書記鎮長的辦公室裡整晌整晌地不走，就是在院子裡拿頭撞牆，刀片子畫臉，弄得自己是個血頭羊了，還呼天搶地地說要掛肉簾呀。門房許老漢的責任重大，只要一聽到白毛狗咬，就往門外的巷裡看，看見有人來了，趕緊關門。

有人打狗，曾經把狗的一條腿打跛了。帶燈採了蓖蓖芽草，搗爛了給狗敷上，還用夾板子固定好。一個月後，狗腿能跑了，她再下鄉就把狗也帶上。

在接官亭村，村長給她發牢騷，她說：你村裡幾撥人到鎮政府反映你的不是哩，你倒還有怨氣？村長說：我咋能沒怨氣?!她說：你當村長的不就是催促個納糧交稅嗎，現在糧不納了，農業稅取消了，你有啥子怨氣？村長說：農業稅原本就沒幾個錢麼，有這個稅了，我們和鎮政府還有個契約關係吧，比如正澆地哩沒電了，鎮政府就會讓電管所送電，現在就得我提上禮去尋電管所的人。電管所的人黑得很，給啥拿啥，不給啥要啥！帶燈和村長話沒說到一塊，那天就沒在接官亭村吃飯。不但村長沒有留帶燈吃飯的意思，還說：這狗挺肥的。帶燈趕緊把狗拉走了。

鎮政府大院裡的銀杏樹上，頭年的臘月有葫蘆豹蜂在築巢。有人要用竹竿捅掉，白仁寶不讓捅，說：在咱院子裡就是咱養的，它能鎮宅哩。可巢愈築愈大，已經像個泥葫蘆吊在樹椏上，蜂團結著那麼一大堆，有一天不知何故蜂團炸了，成群的蜂在院子裡飛，嚇得職工全躲在房間閉門關窗。鎮長也就火了，讓翟幹事和吳幹事把蜂巢弄下來。翟幹事和吳幹事用衣服包了頭，搭了梯子，拿火把去燒。燒是把蜂全燒死了，沒螫著人，但翟幹事從梯子上跌下來，把尾巴骨跌裂了，自此腰圈著，伸不直。

鎮工作重點轉移了

根據形勢的發展，鎮政府的工作重點轉移到了尋找經濟新的增長點和維護社會穩定上。鎮政府於是成立了社會綜合治理辦公室。

帶燈差不多陪過了三任鎮黨委書記、兩任鎮長，已經是非常有著農村工作經驗的鎮政府幹部了。綜治辦一成立，新的鎮長就讓帶燈當主任。帶燈說：呀，給我個官！回報我嗎？

新鎮長其實是櫻鎮政府的老人手，原來是副鎮長，為了進步，常要去縣上走動，每一走動，最起碼就讓帶燈去鄉下收些土雞蛋，或者蜂蜜和木耳。帶燈收這些土特產的錢是自己掏的，從沒讓副鎮長付款。副鎮長就親熱地叫她是姊。但副鎮長去了外地小鄉任了一屆鄉長後又回到了櫻鎮當鎮長，帶燈心裡發笑過：這我還投資有效麼。

鎮長說：這是我力排眾議，一定要讓你當的！帶燈說：你是拿魚在火爐上烤麼，誰想當誰當去。鎮長說：愈是想當的愈不讓他當！姊，兄弟才當鎮長，你得幫哩！

帶燈就當了綜治辦主任。辦公室有三間平房，配備了一個姓侯的幹事。第一天讓侯幹事到鎮街的木器店去做牌子了，鎮中街村的換布就來祝賀，劈里啪啦放了一串鞭炮。

換布仍戴著那副墨鏡

換布現在是鎮中街村的村長，還和他兄弟拉布合夥開了個鋼材鋪，已經是櫻鎮的英武人。但換布仍還戴著那副墨鏡。

櫻鎮上有許多他的笑話。一個笑話說他晚上睡覺都戴墨鏡。有一回沒有戴，睡到半夜就醒了，爬起來拉電燈繩。他媳婦說：幹啥呀？他說：取墨鏡呀，不戴睡不實麼。他媳婦說：我戴著哩。

另一個笑話是換布買了個手機，也給媳婦買了個手機，但很少有人給他們打電話。晚上兩口子睡下了，換布給他媳婦打，他媳婦接聽了，問：誰呀？換布說：我！他媳婦說：啥事？換布說：把腿取下去！

竹子

侯幹事去定做牌子，與木器店談好價錢是八十元。當時沒有付款，店主說：不能給我打白條子呀。中街村老王家的飯館，上一屆鎮長老打白條子，他一調走，新鎮長不認了，害得飯館關了門。我可是靠這個店面養活七口人哩。侯幹事有些生氣，說：去，我們主任是帶燈，帶燈賴你錢?!侯幹事到帶燈那兒報帳，牌子錢是一百二十元。三天後，店主問侯幹事要錢，侯幹事卻要人家請他吃頓牛肉燴餅，店主不願意，給帶燈打電話，帶燈才知道侯幹事多報了四十元，嚴肅地把四十元收了。侯幹事說：主任，這事你不要給書記鎮長說。帶燈說：不說。侯幹事又說：也不要給外邊人說。帶燈說：我讓外人笑話鎮政府的人為了四十元去貪污，我不寒磣呀?!

帶燈不再熱惦了侯幹事，侯幹事也知道帶燈冷淡他，沒事就往計生辦跑。計生辦還是馬副鎮長兼著，他當副鎮長當得實在太長了，身體又不好，脾氣就越發大，把他的幹事竹子常罵得哭。

竹子是從大學畢業後分配來的，馬副鎮長嫌她八點上班的九點才到辦公室，還不掃地抹桌子，去伙房裡提開水。竹子在花盆裡種指甲花，把指甲花搗糊了敷在指甲上染顏色，馬副鎮長把他熬過的中藥渣子倒在花盆裡。他一罵竹子，竹子就哭，他再罵：你是劉備呀，哭著哭著害人哩?!竹子又哭。

竹子一哭，侯幹事肯定便去了計生辦，給馬副鎮長倒茶水，讓馬副鎮長消氣。馬副鎮長喜歡侯幹事的小殷勤，當然也能看出蹊蹺，當著很多人的面給帶燈說：啊哈，計生辦沒饞上綜治辦的腥，綜治辦倒要偷計生辦的肉了！

說日子

一進臘月，櫻鎮多霧，霧沉沉的，遠山近水都發虛。但有霧的天氣裡不顯得冷。一旦太陽亮堂了，鎮街上再沒新鮮事，卻掃溜地風，乾冷乾冷。大多的人沒事就在家裡坐炕，孩子們拿了小火盆輪圈兒，火沒生旺，倒弄得一額顱鼻子的灰黑。鎮政府大院裡的人在村寨裡都有自己的熟人，要麼被叫去家裡吃扁豆麵，或者獵到果子狸了，和竹筍燉爛，泡了包穀麵餅子吃，要麼有人就袖著手，懷裡揣著一瓶燒酒，晃悠晃悠到大院來。來找白仁寶的是元斜眼。

元斜眼正面看你的時候，其實看的是綜治辦門前的那兩棵櫻樹，樹下帶燈雙腿夾著白毛狗和竹子說話。竹子去了一趟縣城，回來給帶燈帶了一本老縣誌。竹子在給帶燈討好，說她是在一個同學家發現了這本老縣誌，立即就想到了帶燈主任，她是偷著拿回來的，然後就笑，就說偷書不為賊麼。元斜眼就說：漂亮女人咋都在鎮政府？白仁寶收了那瓶燒酒，問肉鋪裡最近有沒有不餵加工飼料的肉。元斜眼說：過幾天就去深山裡收購呀，到時候給各位領導都留著。這漂亮女人都好過誰了？白仁寶說：你這眼睛就是看漂亮女人斜了的，還看?!帶燈和竹子沒搭理，拿了老縣誌就進了帶燈的房間。

元斜眼和白仁寶在院子裡說話，好多人也跑出來，罵元斜眼不請他們喝酒，元斜眼說：請麼，請麼。就撕了菸盒子給大家發紙菸，然後說沒鹽沒醋的事。後來什麼地方劈里啪啦響了一陣鞭炮，說鎮街拐子巷的劉得山今日成婚哩，找的是在大礦區塌死的王存金的婆娘。劉得山半輩子光棍，沒想現在有了女人還有了娃，這三個娃都對劉得山好。林業辦的黃幹事說：這就是你不×娃他媽，娃不叫你爹麼。白仁寶就罵：你狗日的嘴呀！

帶燈在房間裡翻看老縣誌，尋找有沒有關於櫻鎮的史料，就翻到了除了松雲寺外竟然還有驛站的記載。櫻鎮曾是秦嶺裡三大驛站之一，接待過皇帝，也寄宿過歷代的文人騷客，其中就有王維、蘇東坡。帶燈嚇了一跳，說：櫻鎮還有這份光榮呀，你聽說過嗎？竹子說：沒聽說過。帶燈說：我也沒聽說過。院子裡白仁寶他們又在感嘆這日子過得快。元斜眼說：去年臘月還放天燈，天燈是飄過石橋上空時遇了風燒著了，好像是昨天的事，咋眨眼又臘月了？日子這般快，得抓緊活麼，白主任還能吃不？白仁寶說：能吃。元斜眼說：還是如狼似虎？白仁寶說：還行。元斜眼拍手說：身體好，咱就活個好身體麼！馬副鎮長在水管前沖洗老花鏡，說：說啥哩？白仁寶就哈哈笑，說：老漢是好老漢，可惜有槍沒子彈。馬副鎮長說：說誰哩？元斜眼說：就說你馬鎮長。馬副鎮長說：是副的！竹子看了看窗外，一隻蟲子飛來砰地撞在窗玻璃上，然後就掉在窗台上。竹子說：他們覺得日子快，我倒覺得每日天長得黑不了。帶燈說：覺得日子快的都是日子過得好麼。帶燈還要繼續翻老縣誌，竹子又從懷裡掏出一本書來，是元天亮的散文選，問帶燈讀過沒？帶燈差不多讀過元天亮的四本書，偏偏這一本沒讀過。竹子說這裡也有一篇文章，寫了元天亮看過一位文友寫過一段話是世上擀麵條最好的是他媽，元天亮就說這不可能，世上擀麵條最好的應該是我媽。帶燈聽了，卻也說：我媽擀麵條才是世上最好的。兩個人就咯咯咯地笑起來。

到黑鷹窩村

白仁寶和元斜眼說日子過得快，馬副鎮長就警告：人嘴裡有毒，不敢說滿話。果然各村寨的村委會選舉工作就布置下來了。帶燈在頭一天還給竹子誇口今年沒患過病哩，看了一夜元天亮的散文選，第二天就拉肚子。按照部署，各村寨村委會選舉，鎮政府的職工都得分配下去監督、聯絡。帶燈病了，吃上藥也得去，去的是黑鷹窩村。

帶燈盼著去黑鷹窩村。

黑鷹窩村是丈夫的老家。丈夫的母親去世早，父親續了一房，後來父親也去世了，丈夫就很少再回去。但帶燈可憐後房婆婆孤單，但凡因工作到了黑鷹窩村或者黑鷹窩村附近的村寨，卻要買一包紅糖和一紙箱方便麵去看望。這次黑鷹窩村的選舉順當，選完了去的後房婆婆家。婆婆正趕了牛往山上，見了喜歡得直叫她的名，把牛又拴了，開門就取了蒸炸的雞給她吃。她說不吃了，有病了。婆婆說吃飽飽的就沒病了。她說吃出病了。婆婆說，天話，還能吃出病？帶燈只得捏出個雞冠吃了，要幫婆婆放牛。婆婆堅持擋她說老張會幫放牛的。帶燈說我鍛鍊鍛鍊麼，就和婆婆趕牛上山，卻問：哪個老張？婆婆說：禿子老張。帶燈說：咋是個禿子？婆婆說：他人好。

其實帶燈在明知故問，她收麥天來過黑鷹窩村，見過老張。老張是個鰥夫，有個兒子在大礦區聽說當了工頭，三年裡都沒回來。她也就聽到了一些村裡人說婆婆和老張的閒言碎語。就在選舉時，村裡的劉慧芹和她熟，她問過婆婆的事。劉慧芹說老張從外村包養了兩隻狗崽，自己留一個，一個給了婆婆，這兩隻狗交交不離，婆婆和老張也混搭在一起沒黑沒明。村裡人給兩個狗分別叫他們的名字，公狗叫海量，母狗叫玉枝。劉慧芹說這話的時候，有些抱打不平，說：現在年輕人都出去打工了，盡剩些老年人，人老了得有個伴麼。

在山上，果然見到了那個老張。他手帕裡包了一塊狗肉等著給婆婆吃，當然也擰下一塊要給帶燈吃，說前天兩隻狗合夥咬死了一戶人家的雞，被人家罵得難聽，他回去用钁頭把他那隻狗收拾了。帶燈不想吃狗肉，也不想再和老張說話，正好見劉慧芹隔壁那個小伙也在山上砍柴，他砍著一蓬葛條蔓，葛條蔓錯綜複雜得拉不出個頭，她便過去幫忙。小伙要感謝她，也從懷裡掏出一包炒乾的獾肉，說：你吃，吃渴了我到崖下邊的家裡弄水去。山裡人常能捕獵到獾和果子狸，但帶燈沒吃過，想嘗一口。誰知他不厭其煩地排夸他是在梁頭上獵到獾的，他先看到獾屎，獾屎濕漉漉的，他就知道獾就在附近，果然獾就藏在一個土洞裡。他說：別以為打獵看野狗的蹄印子哩，要看屎，屎即便不冒氣，只要還濕漉漉的……帶燈便有點反胃，不吃了獾肉乾，也不再幫著攏柴，跑去攆那群錦雞。

山上的錦雞很多，但帶燈一隻也沒抓著，只撿了一根花翎子。

王後生把書記堵在了辦公室

也就在這一天的黃昏，王後生給白毛狗撂了一根骨頭，趁勢進了鎮政府大院。鎮政府的職工都還在鄉下，沒有人，等門房許老漢從廁所裡出來，突然看見王後生已站在了鎮黨委辦公室門口，趕緊跑出大門喊來人。

書記正批閱文件，覺得光線暗了一下，一抬頭，王後生笑咪咪地說：書記！就坐在辦公桌前的椅子上。他坐得很規矩。書記要躲沒躲及，說：你來幹啥？王後生說：我來反映群眾的呼聲。書記說：你咋恁多的呼聲?!王後生說：不是我的呼聲是群眾的呼聲。書記說：把舌頭擺順，不要給我說那樣的話。書記往牆上看，牆上掛著一面錦旗，錦旗有些斜了。書記說：說那樣的話我比你會說。站起來去把錦旗掛端了。王後生說：那就算我的呼聲了，我反映的是……書記並沒有揉手，又坐在了辦公桌後批閱文件，說：鎮政府是有各職能部門的，告狀的事你找綜治辦吧，我正忙著。王後生擤了一下鼻子，說：這事我得找你。書記說：你不能找我。王後生說：這得找你！書記就看著王後生，王後生雙手伸到了口袋裡，口袋裡竟出來了兩條蛇，是白蛇。書記是驚了一下。王後生又擤了一下鼻子，用手玩著蛇頭，說：這只能找你呀，書記！書記盯著蛇頭，手裡的筆在桌上輕輕地敲，說：我見過兩頭蛇，你那是雙頭蛇嗎？王後生說：我這是單頭蛇。書記說：哦，單頭蛇，單頭蛇毒不大性欲大，你沒有在手帕上讓貓尿了，讓蛇爬上去排精液，那樣手帕在女的口鼻前晃晃，女的就迷惑了會跟你走?!王後生說：書記你還懂得這些？書記說：泥裡水裡過來的人，我啥事沒經過?!

帶燈拿了那根花翎子剛回到鎮政府大門外的巷裡，許老漢急急往出跑，見了帶燈就說：快，快，王後生要害書記哩！帶燈說：王後生咋要害書記哩？許老漢說：他拿了蛇把書記堵在辦公室！帶燈就往書記辦公室來。

王後生果然在玩著蛇頭和書記說話，帶燈一進去，抓了撐窗子的竹棍梆梆先敲了兩下蛇頭。

蛇頭縮進了口袋，連王後生的指頭也敲疼了，哎喲地叫了一聲。帶燈說：王後生你要幹啥？王後生說：我來給書記反映群眾呼聲。帶燈說：反映呼聲帶著蛇，威脅書記嗎，行凶嗎?!王後生說：我玩我的蛇哩，該不是犯罪吧，他馬副鎮長不是也經常手裡玩石球嗎？書記有了帶燈，書記一仰身子靠在了椅背上，說：好，好，你說你那呼聲。王後生說：我要反映的是……帶燈說：把口袋給我摀嚴！王後生就把口袋摀住了，給書記反映南河村選舉的事。

王後生說南河村這次選舉，是村委會和監委會同時選，而選民一千一百二十名，沒被提名的候選人劉小白得了七百多票，被提名的候選人郭三洛得了四百多票。票一唱，鎮政府派下去的聯絡員說選舉無效，要求重選。這怎麼能重選呢？潑出去的水能收回嗎，種了蘿蔔籽能不讓長蘿蔔嗎？鎮政府一直在強調選舉要公開公平公正，群眾以自己的意願選出來了，重選這不是耍弄群眾嗎？到底是村民要選自己的帶頭人呢，還是鎮政府要選自己的狗?!

王後生話沒說完，書記臉色就變了。帶燈看了書記一眼，立即站在了辦公桌前，隔開了書記和王後生，說：王後生，嘴往乾淨些，誰是鎮政府的狗？王後生說：這是南河村群眾的話，我只是傳達。帶燈說：你是哪村人？王後生說：老街道呀。帶燈說：南河村的事讓你老街道人傳達？王後生說：現在他們在和聯絡員僵著，你們不管就不管吧，如果打起來，有了流血事件，那縣上、省上總會有人來管的。帶燈說：你還要脅呀？書記說：讓他說吧，給倒一杯水，他口舌乾了，潤潤嗓子繼續說。說完，書記倒從辦公室往出走。王後生說：書記你不能走。書記說：我讓你啥話都說，你不讓我拉屎啊？

帶燈以為書記乘機走脫，這樣走脫了也好，由她來對付王後生。但帶燈從水瓶裡倒水時，水瓶裡沒了水，就提了水瓶到伙房去。一出辦公室，書記卻在院子裡晾著的被褥後給她招手。書記是強勢人，平日在鎮政府大院裡說一不二，對帶燈也從來不苟言笑。帶燈倒心裡疑惑他怎麼對王後生不拍桌子罵人了也不說一句硬話？她走過去說：書記，你怎麼能讓他把你堵在辦公室？書記說：是得收拾門房了！我要不是書記，我打斷他的腿，狗東西還帶了蛇?!帶燈說：他不敢放蛇咬死你。書記說：諒他也不敢！哎，他怎麼就帶了蛇，這大冬天的怎麼會弄到蛇？帶燈說：我聽人說過，他以前到縣東王鎮上跟人學過玩蛇，回來後就抓了兩條在他家地窖裡養著。書記說：我一會兒進去了，你去派出所找王所長，收繳他的蛇，不允許他整天拿著蛇嚇唬這個嚇唬那個。帶燈說：聽說他採蛇膽汁治糖尿病的。書記說：治他媽的×！書記就往辦公室去。帶燈說：你不要進去了，我來支應他。書記進了辦公室，嘴裡說：毬！

帶燈提了水瓶並沒有去伙房打開水，而是去了緊鄰的派出所。至於書記又是怎麼和王後生說，她再不清楚。等她返回來，王後生已經離開了書記辦公室，還笑笑的，對帶燈說：閻王好見，小鬼難纏！

但是，王後生出了鎮政府大院，正走在去鎮街的巷子裡，巷子裡站著派出所的王所長。王後生誰都不怕，就怕王所長手裡的那根電棒。王所長命令著把蛇掏出來，王後生就掏出蛇，王所長讓王後生把蛇放在一塊大石頭上，然後用小石頭去砸，王後生也只得去砸。砸了十八下，把蛇砸成了泥。

彙報各村寨選舉情況

南河村的選舉是出了問題，書記有些氣惱，第二天召回了各村寨派去的聯絡員，讓大家彙報選舉情況。

聯絡老君河村的說：選舉時一半的群眾不到場，尤其東頭第六組十二戶人說選舉個啥哩，鎮政府讓誰當誰就當去，不論誰當，我們都是吃不上水。因為前年山體崩塌，深埋了一口泉，鎮政府曾給撥了些錢讓淘泉，可村幹部一直沒淘。還有一些群眾說，把上屆的工作總結總結看都幹了些啥事，把帳目公開看賣村房的錢和接收三家戶口的錢都花到哪兒去了。一半的群眾不到場，選舉就難以進行，最重的工作還是動員群眾，但動員群眾就得解決村裡許多遺留問題。

聯絡紙坊村的說：國家優惠政策多了，低保面積大了，比如災後重建補貼是三間房二萬七千元，倒坍一間房補貼九千，溫暖工程每戶六千，土坯房改造每間房二千，還有大量的救急麵粉和錢款衣物，村幹部的權力就很大。這就出現了這種局面，只要給群眾點滴好處就成了私人關係，幹部叫咋就咋。少數有想法的人卻力量不足，而且也不會集中選票，各自為戰。所以紙坊村候選人是選出來了，一共五百人，票數剛剛是二百五十一票，這就擔心正式選舉時能不能選出來。

聯絡鎮西街村的說：選舉前幾個村幹部都在活動，有給選民送方便麵的，有給送柿子醋的，一戶一塑膠桶。元家老四在鎮街食堂裡請吃了二百八十碗牛肉湯燴餅。其實群眾心裡清楚，現在國家給予的項目多，如修路架橋呀，整理水渠呀，村容建設呀，都平均化了，也不顯示那個村寨的工作就好，村幹部的能力就強，只是誰想當幹部也是想成為村裡自動的包工頭弄點錢罷了。在選舉中，宗族勢力大的就有優勢，有錢的就有優勢。我們是聯絡員，但群眾大罵的是我們，他們不敢惹事，自己寫了選票後倒說是鎮政府已經內控了，罵鎮政府是狼，村幹部是狼娃。我們作為鎮幹部不幹啥時很舒服，優越生活，有頭有臉，而為了選舉在村寨裡走動，就覺得尷尬、恥辱、不自在。或許是我們幾個能力太差吧，建議鎮西街村的村情複雜，能派些水準高的同志去。

聯絡陳家壩村的說：我們選完了。是從支部裡提名作為村委會候選人，再各選一名陪選的。公示後就正式選出村委會。這樣村支部和村委會是同樣的四人，支部書記就是村長。

聯絡西溝岔村的說：很對不住鎮領導的信任，我們的選舉沒有成功。原因是原則上定的是海選，西溝岔村的群眾愛認死理，他們選了二位村長候選人和三位村委員候選人，都不是我們提名的支部委人員。以鎮政府要求，支部委成員兼村長和委員，可以減少人員利於工作和團結，而兩個支部委的各差二百八十票和三百票，就是加上他們兩人，村委會候選人就成了七人。上級規定一千至一千五百口人的村最多發五個村幹部的工資，現七個人當然不行，就得重選。可如何重選，怎樣說服群眾，我們還想不出好辦法，需要領導定奪。

聯絡杜家嶺寨的說：我們要求換個村子，因為杜家嶺寨是三縣交界處，建國以前這裡就是土匪窩，這十多年村寨裡積怨又深，有十多個毬咬腿的人，攪得選舉無法進行，還發生了一次打架。我們三個都不是攆狼的狗，覺得很無奈。

聯絡南河村的說：我們是出了問題，而且讓王後生乘機上訪，我們願意接受領導批評。但我們沒有功勞有苦勞，三個人都有病在身，我是胃吐酸水，老陸是高血壓，張會計跌了一跤，把骨頭跌斷了。說到這兒，有人說：張會計好好的呀，怎麼骨頭就斷了？回答說：她把門牙掉了。有人說：門牙掉了就是骨頭斷了？回答說：門牙是不是骨頭？接著繼續說：我們只是在工作中出了一次疏忽，誰也沒料到這就毀了選舉。選舉發票原本是之前成立的選舉委員會來發，但我們想讓郭三洛當，讓他指定個他信任的人來代理，就把選票交給了那個劉三踅。郭三洛負責召集選民，每個到場的選民發五元一包洗衣粉。但發票的劉三踅發現監委選票上有郭三洛的名字，以為選了監委就不能選村長了，私自將監委選票扣下，結果使郭三洛票數不夠。郭三洛也是認不清人，還說劉三踅是村裡最聰明的人，屁，整個豬腦子！

彙報完後，書記發了火，嚴厲批評了西溝岔村、杜家嶺寨、南河村、鎮西街村、紅堡子村、接官亭村的選舉工作，調整了聯絡人員，重新提出了要求，部署了複選的舉措。書記接著表彰了黑鷹窩村的選舉工作，讓黑鷹窩村的聯絡人介紹經驗。聯絡黑鷹窩村的有四人，一個農機辦的幹事，一個是白仁寶，再就是帶燈和侯幹事。侯幹事逞能先站起來說我們四個聯絡人團結一致，沒有分歧意見，所以選舉順利，人也覺得不累。選舉時我們就立在邊上還說黃段子，我給白主任說，黑鷹窩村的那個麻子去一婦女家睡後那婦女要二十五元錢，掏出來五十元找不開，婦女說笨死了，明天再來就不用找了。黃段子還在說著，選舉就結束了。白仁寶見侯幹事胡說，就打斷了侯幹事的話，說黑鷹窩村比較分散，嶺下三個組，嶺上兩個組，他們除了做過認真細緻的選舉前工作外，也給聯絡人員和選委會的人一人一碗牛肉湯燴餅和一盒五元錢的紙菸。嶺上兩個組路遠，再加一包方便麵和一瓶礦泉水。書記把白仁寶也制止了，讓帶燈說。帶燈說主要是黑鷹窩村的老支書好，老支書能力強，威信高，鎮政府曾照顧麵粉給村裡，他拒絕了，說是那樣會製造矛盾，吃都有吃的。鎮政府號召村幹部年節裡巴結在外工作的人弄項目資金，他說年節都會回來看我哩，人家在外也不容易，叫人家作難著弄啥哩。他會幹工作，那年鎮政府命令群眾多種菸葉，我們去用拖拉機犁包穀地，群眾不願意和我們鬧，是他大聲喝止住，私下裡給鎮幹部說你把帶頭的哄到一邊帶走嘛，你去羊群裡拉羊能拉走？事情果然就平息了，那年菸葉種植面積黑鷹窩村完成得最好。這次選舉，上屆的村長還想繼續幹，老支書蒼蒼嗓子說：安傑，你屁股上的屎擦不淨，村裡剩下的那些電線電纜哩？幹了一屆能安安妥妥下來就算燒了高香了，讓文栓上嘛！想得通就想通想不通也往通裡想和組織保持一致嘛。老楊還當副村長，書山還當委員，淑芹你還抓婦女工作，就這樣噢。老支書這話一說，大家都不吭聲了，事情就這麼定了的。帶燈說到這兒，問書記，還往下說嗎？書記說：這個經驗很重要，一個村寨裡一定要有個有權威的人，我們選舉村幹部，就要選出這樣的人。再說說，選舉時用了啥辦法保證了選民意見統一的？侯幹事就又站起來說，老支書把人事一安排，留下白主任和帶燈主任去他家吃餃子。帶燈主任那天鬧肚子吃不成，去看她的後房婆婆了，我和選委會的人拿了票箱到嶺上組去，尋了個崖根在票上打勾，一個小時就回來了，一切按部就班，又平安無事。白仁寶就拉侯幹事衣後襟，不讓說了，侯幹事便坐下來，不說了。

書記講了塔山阻擊戰

書記最後講話，講的卻是塔山阻擊戰。

大家都知道遼沈戰役吧，也都知道塔山吧，塔山是遼沈戰役中一個戰略高地。凡事要成功，就是必須占據你所要幹的事情的制高點。為了塔山，國民黨參戰的是十一個師，我東北軍參戰的是八個師，戰鬥異常激烈，你占領了我奪回來，我占領了你再奪了去，屍體遍地，血流成河。我軍前線指揮員向林彪彙報，說部隊損失慘重，已傷亡數千人。林彪只說了一句：我不管死多少人，我只要塔山！

書記說：我也只要選舉工作成功。啥叫成功？沒有上訪就是成功！

帶燈做了個奇怪的夢

櫻鎮各村寨的選舉工作一結束，已經到了年根，鎮政府的工作除了防火防盜檢查安全隱患和組織秧歌、社火等群眾娛樂活動外，就沒事了。馬副鎮長在院子裡說：只說這一年過得快，沒想到臘月了卻度日如年！仁寶仁寶，你不去打些野味？白仁寶說：元家兄弟會去弄的，到時候我讓給你拿個黃羊腿。馬副鎮長說：我要果子狸！侯幹事悄悄給帶燈說：聽出味兒了吧，今年春節咱得給領導拜年哩。帶燈說：我誰都不拜！

春節裡，帶燈真的是沒有走動各位領導家，也沒有去丈夫的學校；她要求值班，就留在鎮政府大院。帶燈沒有去丈夫的學校，是丈夫在年前辭掉工作去了省城。丈夫愛畫畫，也正是丈夫能畫梅花蘭草之類的畫，帶燈才喜歡上了他，可丈夫在學校教了幾年書，一心想著要發財出名當畫家，就辭職去省城闖蕩。帶燈反對過，沒起作用，也便不再阻止。一年裡，丈夫回來了兩次，每次回來他們都爭執，總是不歡而散。帶燈傷了心，感情也慢慢淡下來。她決定留下來值班，去元黑眼的肉鋪裡買了肉，去曹九九家那兒弄了些菠菜、蒜苗和蘿蔔，陳跛子醫生又給了二斤豆腐，就在伙房裡自己做飯吃。

竹子見帶燈留下來一人值班，也不想回縣城的家了，說：我陪你。就陪著帶燈。陪帶燈的還有白毛狗。

第二天，帶燈和竹子在鎮街上買鞭炮，遇見了提了個大包袱的李存存。李存存是鎮東街村的，和帶燈熟，問帶燈過春節呀咋還在鎮上，帶燈說她值班。李存存要帶燈和竹子去她家吃飯，帶燈不去。李存存說：你是鎮政府的，巴結不上！可這個你得拿上。從大包袱裡取出來的是兩條紅綢子內褲。帶燈說：當街上你給這個?!李存存說：我剛買的，買得多，過年講究穿這個，穿上了一年都平安哩！帶燈見李存存實誠，也圖個吉利，就把內褲接收了。

回到鎮政府大院，兩人穿上內褲在鏡子前照，內褲上竟然還繡了朵玫瑰花。兩人就咯咯地笑，穿上長褲了，摸摸屁股，還是笑個不止。竹子說：植物把花開在頭上，咱卻穿在底下。帶燈說：其實也對著的。你知道花是植物的啥東西？竹子說：啥東西？帶燈說：是生殖器。白毛狗汪地叫了一聲，帶燈覺得白毛狗能聽懂人的話，就閉了嘴，不再說下去。

內褲穿了三天，覺得癢，脫下來洗，誰知道掉顏色呀，把盆子裡的水都染紅了。帶燈說：玫瑰就這樣謝啦?!

但就在這個晚上，帶燈做了一個夢，夢見了元天亮。

元天亮那年回櫻鎮，帶燈才到鎮政府，元天亮被人擁簇著，她沒資格能到跟前去，只是遠遠地看過。帶燈想，我父母去世了五年，總希望能在夢中見到他們，卻一次也沒夢見過，竟然就夢到了元天亮，是櫻鎮人嘴上常提說元天亮，聽多了受到影響，還是這些天太多地讀了元天亮的書，心生崇拜所致？帶燈覺得非常奇怪。

學會了吃紙菸

更奇怪的是夢見了一回元天亮，元天亮竟然三番五次地就來到夢裡。帶燈有些恍惚。有時在鎮政府會議室開會，聽著聽著想到夢裡的事，會都散了，她還坐著發瓷。有時和竹子在鎮街上吃米皮子，竹子去把米皮子端了來。見帶燈又坐在那裡發瓷，竹子說：你咋啦？帶燈趕緊搓搓臉，說：哦，沒啥呀，白毛狗沒跟咱們來嗎？

帶燈開始了吃紙菸。

櫻鎮上許多女人都會吃紙菸，這並不稀罕，但帶燈一學會了吃紙菸，就吃得勤，吃上了癮。她告訴竹子，她已經體會到了人的神是常常就離開了身子外出的，吃紙菸才能把神收回來。竹子便常看到帶燈能連吃兩枝紙菸，然後靜靜地坐了，還閉上眼。

燃燒的雨

初春裡還有些冷，能看見嘴裡鼻子裡的出氣，但天上一有了粉紅色的雲了，就要下雨。雨不是直著下，而且也下不到地上，好像在半空裡就燃燒了，只落著一層粉末，臉上脖子上能感覺到濕濕的，衣服卻淋不透。

這時候帶燈愛到鎮街北坡上去挖野小蒜。冬天一過，野小蒜是出來最早的菜，尤其炒了調飯，味道特別尖，打老遠都能聞到香氣。帶燈在山坡上挖野小蒜，似乎不是她在尋著野小蒜，而是野小蒜爭先恐後地全到她的身邊來，很快就挖到了一大把。有人在坡溝裡唱秦腔，扭頭看了，是元家老五趕了一頭豬走過。元老五隔三岔五要到北邊山寨裡去買豬，買了豬就吆回來。他吆豬是一手提了豬的尾巴，一手拿著樹條子打豬的耳朵，豬不知道這是吆著去肉鋪子殺牠，而快樂地邁著碎步往前跑。帶燈就在那裡發笑。剛笑著，一層雲從山道上像水一樣地往過流，鎮長竟然就走上來，喜歡地說：啊你咋在這，給我笑哩？

因為是同學，也因為年齡比自己還小，在鎮政府大院裡帶燈是和鎮長啥話都說的，她看著鎮長滿頭大汗，腳上的皮鞋破舊得鞋頭都翹了起來，也真給鎮長笑了，說：是笑你哩，笑你又到礦子溝村看那個小寡婦了？鎮長說：又聽誰在嚼我舌根？帶燈說：老實說，有沒有那事？鎮長說：在你眼裡，我口就那麼粗呀?!

帶燈彎下腰再挖一棵野小蒜，說：你也換換你的鞋。又挖了一棵野小蒜。鎮長不好意思地用草擦著鞋上的泥。櫻鎮上的女人彎下腰了屁股都是三角形，而帶燈的屁股卻是圓的。鎮長禁不住手去摸了一下，聲音就抖抖的，說了一句：帶燈。帶燈怔住，立即站直了身，她沒有回頭看鎮長，說：我是你姊！鎮長說：啊姊，我，我想抱抱你……的衣服。帶燈靠住了一棵樹上，樹上一隊螞蟻整齊地往上爬。她說：今日咋就有這想法啦？鎮長說：我其實一直有這想法。帶燈說：瞧你那泥手，去洗洗。坡窪裡有一眼泉，泉邊落滿了灰色的蝶，鎮長一走近去，灰蝶就亂了。鎮長洗手，水有些涼。帶燈說：洗洗臉。

洗臉的時候，鎮長打了個冷顫。帶燈就站在身後，說：你肯認我這個姊，姊給你說一句話，你如果年紀大了，仕途上沒指望了，你想怎麼胡來都行。你還年輕，好不容易是鎮長了，若政治上還想進步，那你就管好你！

鎮長在泉裡洗了好久，甚至連頭都洗了，起來嘿嘿地給帶燈笑，然後看天上雨，說：雨咋是這樣的雨？

兩人從山坡往下走，鎮長走在前邊，跺著腳讓枯草中的螞蚱飛濺，並讓露珠全濕在自己的褲管上了，然後才叫帶燈再走。他告訴著帶燈本來這幾天鎮政府要安排今年菸葉生產工作的，縣上又來了文件，取消退耕還林補貼，再次實行坡地改修梯田，他就是到北邊幾個村寨查看那裡的坡地去的。帶燈覺得疑惑，八年前要求退耕還林，一畝地補貼一百元錢，各村寨都有指標，一些村幹部常到鎮上領樹苗賣掉了錢自己花，才使櫻鎮有了許多這方面的上訪，好不艱難地正規些了，卻怎麼政策又變了？帶燈說：變來變去的，這不神經啊?!鎮長說：改革麼，就和睡覺一樣，翻過來側過去就是尋著怎麼個能睡得妥。帶燈說：那就把咱在基層的累死！鎮長說：好的是每畝又要補一百七八十元。帶燈說：鎮政府又想套取些國家資金啦？鎮長說：你這姊！有些事是能做不能說，有些事是能說不能做的麼。

到了坡下石橋後村，滿空裡雨全在燃燒了，燃燒得白茫茫一片，一戶人家的籬笆後，突然有鵝就跑出來，極快地啄了他們的褲管，趕緊走，鵝還窮追不捨，嘎嘎地叫。喬虎就站在門口。帶燈說：喬虎喬虎，喊住你的鵝！喬虎說：那是在歡迎哩，不啄你皮肉的。帶燈說：牠把我褲子啄髒了！喬虎是換布的小妹夫，大腦袋卻留著短寸髮。他一定要他們進屋去喝酒。鎮長說：那喝幾盅？喬虎就朝著屋裡給媳婦喊：有野小蒜哩，炒盤雞蛋啊！帶燈卻不喝酒，她放下了野小蒜，獨自回鎮街去。

不知怎麼，帶燈萌生了要在手機上給元天亮發一條短信的想法。帶燈很早就從鎮長那兒知道了元天亮的手機號，但一直沒敢打過電話，也沒發過信息。現在一萌生了要發短信的想法，瞬時滿心裡都瘋長了草，糊糊塗塗裡發了短信，她一下子面紅耳赤，胸口怦怦地跳，跑回鎮政府大院，還在大院裡又轉了一圈。然後進房間坐了，吃起紙菸。

山棉和野蘆開著絮花

帶燈一夜沒睡好，早晨起來腦子還糊著。她在辦公室整理全鎮的新一批低保材料，發現西川村的申報名單仍沒有報上來。她喊叫侯幹事，去西川村看看，問遲遲不報是什麼原因？侯幹事卻說他感冒了，是嚴重的感冒，一晚上的發燒，覺得被窩裡都起火，現在渾身的關節都疼。還說：你看麼！讓帶燈看他的清涕流在嘴唇上。帶燈說：一到關鍵時刻，你就掉鏈子！只好到車棚裡開摩托，自己去。

鎮政府有一輛小車，主要是書記坐，鎮長偶爾也坐，一般職工都是騎自行車，但帶燈有摩托。帶燈的摩托是自己買的，下鄉也沒有報銷過油費。書記曾經表揚過帶燈，會計劉秀珍撇了嘴：人家沒娃，男人又賣畫掙大錢，我要是她呀，我開小車下鄉！

帶燈去車棚裡開摩托，白毛狗卻坐在摩托座位前的踏板上。帶燈說：跟我去西川村？白毛狗咕嚕了一下，好像在說：嗯。以前到平川道的幾個村下鄉，帶燈用摩托帶過狗，可今日是臨時決定去西川村的，白毛狗怎麼就知道了呢？這個世上實在是有著太多的神祕，現在是有了電話、電視人才了解了看不見的電波，那麼，還有多少隱形的東西充斥在我們身邊呀?!於是帶燈疑惑，是什麼原因竟然使自己就突然給元天亮發短信，今日心緒慌亂，是不是元天亮收到了短信，也產生了疑惑，這疑惑又影響到我嗎？

帶燈有些慌張，又點上了一支紙菸，吃得喉嚨著了火，倒覺得自己荒唐，有些後悔給元天亮發信。他不會作理的，他那麼大的人物每天可能有無數的電話和短信，他還在乎一個遙遠的並不認識的她嗎？

不理就不理會吧。帶燈騎著摩托沿著鎮前的河岸往西走，寒冷裡有些硬氣，崖坡上的山棉和野蘆這兒一簇那兒一簇開著絮花。花色很白也很乾，像是假的，白紙做的一樣。但這花是真的，在櫻鎮整個冬季和初春，崖坡上就開放這樣的花。帶燈盼望著山棉和野蘆的花絮能在風裡飛起來。摩托騎到了西川村，花絮始終沒有飛。

帶燈說：白毛狗。白毛狗打了個噴嚏。帶燈說：我的花只按我的時序開。白毛狗不明白帶燈話的意思，村裡卻有人叫她代主任。那些老女人就站在村畔上，揹著背簍，背簍上別著砍刀，卻都是雙手提在胸前，手腕子主動下垂，像是全站立了後腿張望的土撥鼠，喊：代主任，代主任！帶燈說：我不姓代，帶燈的帶也不是代替的代。她們說：呀呀，那你就是真主任！主任咋不給我們低保呢？帶燈說：你們村長一直沒報上來麼。她們說：他是想把他一個侄子和娃他舅報低保的，村裡吵鬧了幾場，他是故意都不報吧。帶燈說：這我去問問他。帶燈安撫著這些老女人，問她們這是去幹啥呀，她們說去砍枯蒿子呀，就抱怨灶口咋恁能吃柴禾，是老虎嘴麼。

在村長家，帶燈命令著村長要很快把低保名單和申請低保的家庭狀況材料報上來，並嚴厲地指出如果報上來的名單和材料弄虛作假，一經查出，你這村長的帽子就擼了。村長說利害他明白，鎮政府能不能再多撥兩個名額？帶燈說：多兩個名額給你侄子和娃他舅嗎？村長說：日他媽，有人給你翻是非？都由著他們了，那我當什麼村長?!這時候，縣精神文明辦打來電話，帶燈說：你想想你這村長這樣辦是不是公平？我接個電話。帶燈接了電話，電話裡反覆在問你是櫻鎮嗎，是帶燈嗎，帶燈說是櫻鎮是帶燈。電話裡就要求帶燈今天必須報上櫻鎮一戶文明和諧家庭名單，半月後全縣將召開社會主義新農村文明和諧家庭表彰大會。帶燈說：今天就報，那怎麼來得及，明天報吧。電話裡說：你們櫻鎮工作就是疲沓！接完電話，帶燈罵了一句：去你媽的！村長說：你罵我？帶燈說：你明早就把名單、材料報到鎮政府，十二點前不來，你們村這次的名額就取消了。

帶燈匆匆又離開了西川村，白毛狗在樹下乍了腿尿尿，她給侯幹事打電話，讓趕緊到南柳窪村找村長。南柳窪村長是女的，和帶燈熟，帶燈和侯幹事多次都去她家吃飯。她家上有老下有少，家境不錯，就報這村長是文明和諧家庭。侯幹事卻說他病得走不動呀。帶燈說：那你打電話，讓她把材料送給你。侯幹事就問村長的手機號是多少。帶燈說她哪有手機，連座機都沒有，她家旁邊是牛二家，牛二家的雜貨店裡有座機，號碼是八八七〇七四五二，讓牛二喊她。

帶燈交代完了事情，心就不急了，才把白毛狗抱上摩托，手機卻又響了一下。帶燈以為又是縣精神文明辦的電話或者是侯幹事還有不清楚的地方，正要發火，手機上竟出現了一條短信，短信是元天亮發來的。元天亮回短信了，這讓帶燈嚇了一跳，眼睛一時黏得連看幾遍都沒看清。帶燈給白毛狗說：不急。帶燈就不急了，她點上了一支紙菸，再看，覆信很簡單，說他收到了帶燈的來信，說他一直心繫著家鄉，能收到家鄉鎮政府一名幹部的信，而且文筆如此精美，他非常高興。還說，感謝著她為家鄉建設而辛苦工作，並希望能常來信。

帶燈噭噭地叫，騎了摩托就狂奔起來。她聽見了白毛狗在大聲叫，才知道把狗遺忘了，停下來等著，給狗笑。

元天亮成了傾訴的對象

從此，帶燈不停地通過手機給元天亮發信。元天亮的回覆依然簡短，有時也沒回覆。帶燈知道人家太忙，也一再在每次信後注明不必回覆，而她只是繼續發，把什麼都說給他，愈來愈認作他是知己，是家人。

竹子到了綜治辦

帶燈安排了侯幹事讓南柳窪村長報文明和諧家庭材料，當她回到鎮政府大院，伙房的劉嬸從鎮街上提了一兜排骨，就說：哈劉嬸你真好，今日就該吃排骨燉蘿蔔！劉嬸說：你生日了？帶燈沒回答，卻問：侯幹事呢？劉嬸說：在會計房間裡打牌吧，聽說又輸了，他是賊娃子打官司，場場輸！

帶燈說：他打麻將?!就在院子裡吶喊：侯進科！侯進科！

侯幹事出來了，低了頭卻說他上個廁所去，再從廁所裡出來，嘴唇上又掛著兩道鼻涕。帶燈說：早上吊著鼻涕，你一上午都不擦?!侯幹事說：這感冒重麼。帶燈說：打牌就不感冒了？侯幹事說：我沒打呀，材料交上來後他們在打牌，我只是站在旁邊看了幾眼。侯幹事把報上來的材料交給了帶燈，但材料並不是南柳窪村長的，是鎮東街的拉布。

帶燈說：咋回事？侯幹事說：南柳窪村的電話打不通，打了五遍都打不通。我就給拉布打電話，讓拉布報材料。反正是報一個名額，報誰還不是報？帶燈說：拉布符合條件？侯幹事說：他雖然只三口人，但咱不要說他和他哥及父母分了家，他哥換布是四口人，加上他父母，就九口人，符合條件啦。關鍵還有他們家開了鋼材鋪，日子富裕。說畢，從他房間裡取了兩個袋子，一袋子木耳，一袋子香菇，說拉布配合很積極，送材料時還帶了些東西。他給了馬副鎮長一份，然後他和帶燈每人一份，他挑了個小份。帶燈說：這事馬副鎮長知道啦？侯幹事說：拉布和馬副鎮長關係鐵哩！帶燈悶了半會，說：那就拉布吧。你加緊寫上報材料，天黑前得寄縣精神文明辦。侯幹事說：縣上說風就是雨，把咱累死算了！

侯幹事往出走的時候，帶燈讓把木耳香菇拿走。侯幹事不理解，咱給他拉布多大的榮譽，還有獎品哩，一碗紅燒肉都給他吃了，咱還不喝一口油湯？但帶燈還是不要，硬讓侯幹事拿走了。

第二天，馬副鎮長又訓斥竹子，竹子氣得號啕大哭。

帶燈看不過眼了，向書記反映，書記說：馬副鎮長有病哩，她和病置什麼氣？帶燈說：馬副鎮長對竹子有了成見，這樣下去會影響工作哩。書記說：把竹子調開？能把她安置到哪兒？帶燈說：

只要你同意，讓她到綜治辦來。書記說：馬副鎮長給我說過你那幹事和竹子談戀愛，調到一塊那咋行？帶燈說：這胡說的，竹子看得上侯幹事?!可以讓他倆對換一下麼。書記說：綜治辦是重中之重的部門，把一個男的調走來一個女的，遇到上訪者胡攪蠻纏，你們能鎮住？帶燈說：靠打架呀?!

竹子就和侯幹事對換了，竹子到了綜治辦。

綜治辦的主要職責

帶燈要竹子明確綜治辦除了抓精神文明活動和辦理低保、發放救濟麵粉、衣物外，更有著主要職責。

一、要扎實細緻地做好全鎮村寨的矛盾糾紛的排查和調處。

二、要及時掌握重點群眾和重點人員。

三、要下大力氣處置非正常上訪。

四、要不斷強化應急防範措施。

本年度的責任目標

帶燈讓竹子學習綜治辦本年度的責任目標。

一、認真履行維護社會穩定的政治責任。切實落實各種措施，做到人、財、物投入到位，治安防範、社會管理、打擊犯罪工作到位，配合黨政辦公室、社會事務辦公室、經濟發展辦公室、村鎮建設發展中心、農林服務辦公室、財稅所、計生辦公室、派出所、工商所、電信所、糧管所、農機服務站、電管所等部門，確保本鎮公眾安全指數達到百分之九十五以上。

二、全年不發生進京、赴省、到市的集體訪，非正常訪和重訪事件。不發生在全縣有影響的群體性事件。不發生在全縣有影響的刑事治安案件、危害國家安全和政治穩定案件。不發生在全縣有重大影響的邪教組織活動。不發生在全縣有重大影響的黨員幹部和基層執法人員違法違紀案件。不發生在全縣有重大影響的安全生產和消防安全責任事故。

三、認真按照規定進行決策事項的社會穩定風險評估，評估率達百分之百。信訪案件按期辦結率達百分之百。省市縣交辦的案件息訴率達百分之百。

四、加大防範、打擊、整治力度，治安、亂點整治合格率達百分之百。各類違法犯罪活動得到有效遏制，兩搶一盜犯罪案件較上一年下降百分之二十。破案數高於上年。不發生黑惡勢力犯罪案件。

五、深入推進社會管理創新，形成黨委領導，政府負責，社會協同，公眾參與的社會管理新格局。實施社會矛盾化解，社會治安防控、重點群眾服務管理、基層組織建設、公共服務管理五大工程。健全領導責任、齊抓共管、綜合試點、工作保障考核、獎懲分明的五項機制。

六、深化和鞏固平安、和諧、小康的「三村」、「三產」成果，進一步推進到機關、企業、校園、醫院、景區、工程。樹立典型、以點帶面，確保穩定和諧。

櫻鎮需要化解穩控的矛盾糾紛問題

一、藥鋪山村陳保衛和陳二娃的林坡糾紛。
二、南河村代安文宅基被侵占問題。
三、接官亭村杜安仁退耕還林款欠款問題。
四、茨店村儲金會存款兌付問題。
五、南柳窪村李那田和劉成海的柏樹權屬矛盾。
六、白樺嶺寨林坡畫分矛盾。
七、雙輪磨村王永成土地承包糾紛。
八、老街道王後生承包村道修建的補償問題。
九、錦布峪村石忠義架電線致殘賠償問題。
十、鎮西街村苗二娃損毀核桃樹問題。
十一、白土坡村賈有富反映夏糧補款未分給群眾的問題。
十二、豹峪村孫光祖反映災後生活困難要求補助問題。
十三、崛頭坪寨趙清反映村帳目移交不清問題。
十四、崛頭坪寨田雙倉反映村長多占宅基問題。
十五、石門村田治章反映村幹部林權證發放問題。

十六、西溝岔村村長因生活作風而與施啟道發生鬥毆致殘補償糾紛。
十七、鎮中街村李天河在大礦區打工致殘生活困難問題。
十八、鎮中街村常念和劉秋海為鋪面租金的糾紛。
十九、過風樓村呂秀平十一人反映村幹部問題。
二十、青山村村長因多占耕地與村民的矛盾。
二十一、西川村賈四和馮天白責任田上核桃樹糾紛。
二十二、鎮西街代強反映與元家老四打架醫藥費問題。
二十三、營子村王石頭修路拆房賠償的矛盾。
二十四、南河村王隨風租賃合同兌現的矛盾。
二十五、駱家坪寨耕牛被盜問題。
二十六、葛條寨王友民反映女兒被拐賣問題。
二十七、鎮中街尚建安等人反映鎮衛生院歸還土地問題。
二十八、紅堡子村馬千民和菸辦為兌付金的矛盾。
二十九、雙輪磨王先林反映其兄大礦區致殘其嫂被村長霸占問題。
三十、東澗村劉老二反映村幹部廉價購買公房問題。
三十一、桃花寨楊虎娃和楊雙全責任田轉包糾紛。
三十二、東峁子村毀林問題。
三十三、義合村賀文正反映村救災款發放不公問題。

三十四、柏樹岔村因菸葉款被挪用引起的矛盾糾紛。
三十五、鎮東街村劉天合和汪林的門前出路糾紛。
三十六、鵓鴿峴村十四戶人家林坡畫分糾紛。
三十七、鎮中街村賈法娃反映村幹部私分樹木問題。
三十八、北鴿子嶺村和屹岬寨的水渠糾紛。

竹子的頭大了

櫻鎮一年裡上訪的案例就這麼多，竹子的頭大了。

她問帶燈：咱不是法制社會嗎？帶燈說：真要是法制社會了哪還用得著個綜治辦?! 竹子不明白帶燈的意思，帶燈倒給她講了以前不講法制的時候，老百姓過日子，村子裡就有廟，有祠堂，有仁義禮智信，再往後，又有著馬列主義毛澤東思想，還有以階級鬥爭為綱的政治運動，老百姓是當不了家也做不了主，可倒也社會安寧。現在講究起法制了，過去的那些東西全不要了，而真正的法制觀念和法制體系又沒完全建立，人人都知道了要維護自己利益，該維護的維護，不該維護的也就胡攪蠻纏著。這就如縣城裡一位喜歡根藝的同學就抱怨過，說以前在山村收集樹根，值十元錢的東西村民只要一二元錢；如今知道了樹根能賣錢，把啥都看得金貴，一二元錢的東西張口就要十元錢。就拿櫻鎮來說，也是地處偏遠，經濟落後，人貧困了容易兇殘，使強用狠，鋌而走險，村寨幹部又多作風霸道，中飽私囊；再加上民間積怨深厚，調解處理不當或者不及時，上訪自然就愈來愈多。

既然社會問題就像陳年的蜘蛛網，動哪兒都往下落灰塵，政府又極力強調社會穩定，這才有了綜治辦。綜治辦就是國家法制建設中的一個緩衝帶，其實也就是給乾澀的社會塗抹點潤滑劑吧。帶燈給竹子講著，竹子就叫起來，說：啊你還能做領導報告麼?!帶燈倒笑了，說：領導的報告是多排比句的，我說排比句了嗎？竹子說：沒來綜治辦還真不了解綜治辦，可綜治辦簡直成了醜惡問題的集中營，咱整天和這些人打交道，那不煩死了?!帶燈說：後悔到我這兒來了？竹子說：我衝著你來的麼。帶燈說：人都是吃五穀要生六病的，沒有醫院了不等於人就沒病，有了醫院，那麼多人來看病，也不能說是醫院導致了人病的。竹子給帶燈點頭，末了卻又好奇地問帶燈：釘鞋的老往人腳上瞅，馬副鎮長抓計畫生育，他是看任何婦女都要看肚子大了沒有，而你在綜治辦這麼久了，倒沒慣下些怪毛病？竹子的話竟然讓帶燈怔住了，她半天沒有吭聲，後來就自言自語起來，說：是嗎？精神病院的醫生幹久了或許也就成精神病了吧。

這一天是三月初三。三月初三裡白毛狗卻被割掉了大尾巴。

白毛狗

已經是很久的日子裡，櫻鎮上總會有一些母狗在鎮政府的大門外叫，牠們叫白毛狗。白毛狗那時還一身雜毛，但體格健壯，尤其那條尾巴又粗又長，乍起來就像棍一樣豎在屁股上。一聽見眾母狗叫牠，牠就跑出去，然後要找那個叫木鈴的人。

木鈴是瘋子，但這瘋子從不打人，只是少瞌睡，白天黑夜地跑，說鎮街上有鬼的，爬高上低，轉彎抹角要尋鬼。鎮街的人都不理瘋子，白毛狗卻喜歡跟他熱鬧，白毛狗一跟著瘋子了，所有的母狗們也都跟著瘋子熱鬧。

白毛狗當然顯得囂張，牠只要一出去，肯定就有幾個母狗隨從，追雞攆貓，到處狂吠，也時常和母狗連蛋。所有的母狗都要和白毛狗連蛋，那些公狗們便恨著白毛狗，公狗的主人們也恨著白毛狗，白毛狗便常常遭打。

三月初三這天，白毛狗一早就出去了，等牠回來的時候，渾身是血，那條大尾巴沒了。南北二山的狗因為要在梢樹林子裡捕獵，獵人們就割掉了牠們的尾巴，但白毛狗在鎮街上，牠不捕獵，牠的大尾巴被割掉了，一定是什麼人故意要懲罰牠。是誰在懲罰著鎮政府的白毛狗呢？白仁寶就很憤怒，叫罵著這是誰幹的，敢向鎮政府發洩不滿和挑釁，一定要查一查。而同時倒氣惱白毛狗，罵牠流氓，活該受罪，又罵牠窩囊，給鎮政府丟了人，就把白毛狗吊起來打。

白仁寶把白毛狗打得半死了，帶燈和竹子知道了這事，忙去救白毛狗。白毛狗就扔在院牆角。可是白毛狗在院牆角扔過了一個時辰，牠竟然又活了，馬副鎮長說狗是土命，只要沾著土，在土氣裡就又能活的。帶燈和竹子把白毛狗抱回了綜治辦，用南瓜瓤子敷傷，傷口慢慢癒合，結了一塊大疤。

從此，白毛狗不大瘋張了，帶燈和竹子出門時要帶著牠，牠就跟著，帶燈竹子不帶牠了，牠就待在鎮政府大院裡。別的母狗還在大門外叫牠，連木鈴也站到那裡了，牠還是不肯出去，但聲粗起來，常常動著嘴齜齜牙。如果要吼叫，就吼叫如雷。

中部　星空

給元天亮的信

我覺得你是我的表哥或是我的鄰居，因為我在家族裡輩分較低，應稱你叔。但你是有出息的男人，有靈性的男人，是我的愛戴我的夢想。我是那麼渺小甚至不如小貓小狗可以碰到你的腳。我是怕你的也是恨我自己。當知道你要離開鎮街走時，我也像更多人一樣憂傷。想來想去我想一直在你要經過的路上走就能碰到你。終於見了遠遠的你，心中驚喜又無措。那天下雨。我怦怦的心跳比腳步聲都大。到你身邊我把傘嚴嚴地罩了自己，想你能看見我的羞澀。然而你走了甚至連正常的招呼都沒有。我惱自己罩得太嚴了。從此我多了點受傷的感覺，走路總好低著頭。這樣也好，我撿到過小刀鉛筆。我總盼望能撿個水筆，將來有一天給你寫信。我能寫信了，卻知道了你在城市落下腳，有家有室，我也像春夏秋冬一樣有了生活。但是在熱烈之後又是無盡的寂寥，我從未間斷地想念你如同呼吸。坐到你當年也曾犁過的凹地，屁股是實在和甜蜜，而眼睛裡卻一片空洞和茫然。我看著小鳥，想本來和你一起飛的，因了我的貪玩你飛走。我看著那穴地裡的槐花開放，濃甜郁芳。蜜蜂發恨地吮吸想吞去一個春季，花卉顯然忍受蜂刺的螫噬，但蜂兒能帶去到奢華的天地。我去離村較遠的那塊地裡總會用手帕包個饃，我想你幹活歇息時要吃的，而總是我吃。有一天我靈機一動想必那隻鳥是你來吃饃的，我就留一小塊兒用樹葉墊著。

我覺得我原本應該經營好櫻鎮等你回來的。我在山坡上已綠成風，我把空氣淨成了水，然而你再沒回來。在鎮街尋找你當年的足跡，使我竟然迷失了巷道，吸了一肚子你的氣息。又看你的書而你說歷史上多少詩家騷客寫下了無數的秦嶺篇章卻少提到櫻鎮，那麼我也得怨你如何的墨水把家鄉連底漂進你心裡怎麼就沒有一投瞥愛你如我的女人？我把這連年的情思用一個石子包了投向你是洩憤的，但你看了看我了，還是生生的有情男人還是澀澀的鄰家子弟還是實實愛著我們的親人。

你讚譽我的短信，並說給你了許多啟發和想像，這讓我高興，可也覺得不能再說了，好比吃蘋果後臉光了是方方面面的因素，不能給臉叫蘋果。蘋果被能光臉的人吃是圓滿，蘋果不幸被豬吃了叫它光去?!

沒有節奏的聲音不是語言

平日的鎮街還安寧著，一到三六九日，逢著趕集，南北二山通往鎮街的路上就全是人，這些路大的有五條，屬於鄉道，而聯繫了這一個村和那一個村的，或者一個村的人家也散居著，從溝底到塄畔，更全是那些毛毛土路。土路似乎不是生自山上，是無數的繩索在牽著所有的山頭。趕集的人要麼揹著木頭，要麼揹著裝滿各種山貨的竹簍，全低著頭，留意著路面上的石頭、樹根、荊棘，以及蜂蝶蟻蟲和黃羊狐狸留下的蹄印。偶爾抬起頭了，抬了頭就要看天。天上還有著星，半夜裡的風吹走了雲並沒有吹走星，星使他們知道天在頭上。現在鷹在高飛，很瘦的身子和很長的翅膀，飛起來是一條直線，就疑心那起起落落的是些棍子。

差不多都看到盆地裡的鎮街了，所有的人都興奮起來，站在這條土路上給那條土路上的人呼喊，但他們相互都看到了，也看到了在手舞足蹈地說話，傳過來卻是嗡嗡一團。什麼是語言呢，有前。元黑眼在用刀分一頭豬，嘩啦剖開肚子了，先把一撮油條放到嘴裡吸溜嚥了，然後挖心取胃，摘肝掏腸。他的動作利索，圍觀的多，提貨的少。而豆腐攤子前卻擁擠不堪，當場要吃的，買上一塊，放在盤裡，刀子左一下右一下地畫出方格，澆上辣子醋水。有筷子的拿了筷子夾著吃；沒筷子了，立在那裡嘴吞了吃。要買得多的，還要帶回家去，大都是提了豆子來換，誰就被擠著了，豆子撒了一地。上街口停了幾輛三輪車，也是被人圍了，你不知道這些趕集人啥時來的，但永遠能看到他們提東拿西地在車上占著座兒要回家。聽說他們四點前就從小溝湧向大溝的路上，乘三輪車來鎮街，然後回去又要走到天黑。三輪車主是等到車把手上都坐上了人，車後廂裡一個插著一個連腿也伸出來了，這才回轉。這種三輪車經常發生車翻事故，冬天裡翻過一次，車後退十米才跳下兩個人，別的人都是因為腿擠得抽不出來。三輪車已經開走了，還有人提著硬紙禮盒在攆，盒子上印著花好月圓的圖案，這一定是讓兒子去未來丈人家的。但他沒有攆上，提了禮盒又到下街口搭另外的三輪車，經過餄餎店門口了，還在說：你是來拉人呀還是去逛山呀?!被從鞋攤子前過來的人擠了一下，擠了和被擠了都沒發火，不滿地看上一眼，又都笑笑。這些人都揹個袋子或提個籃子，急忙運動，在賣蘋果的那兒給小孩挑揀著蘋果，挑揀了卻並不買，轉身買了換季的衣服，還買包鹽。小孩仍要蘋果，就買了一個青皮蘿蔔，他們說蘿蔔比蘋果好吃。

集市在太陽端的時候，上下街人流夯實，帶燈和竹子就樂此不疲地轉悠。她們看著賣粉條人在虔誠地解說自己的粉條好，是坡地裡的紅薯做的，品種不同，顏色不同，她們看著架子車上賣大白菜的說上一集是一角五一斤被哄搶了，回去老婆說哄搶了好呀，所以這一集又來了還賣一角五，下一集還想來的但大白菜沒有了。她們看見有人在偷著揹走了還沒有過秤付款的貨，賣主就罵：太陽油盆子一樣在頭上照著你也敢偷？偷回去吃藥呀！帶燈嫌他粗口難聽，就幫著給照看著。後來，集市要漸漸地散，柴禾市上那些還沒賣成的人，說：便宜了，給一半價你拉走吧。她們說：我們是鎮政府的，個人沒開小灶。那人說：那大灶不也燒柴禾嗎？三分之一的價給你們了，總不能再讓我又揹回去。她們看著那人的嘴唇乾裂發白，只好掏錢買了，讓自個揹到鎮政府去，說：去了討口水喝！她們看見一個老漢又在叫賣自己的笤帚好，是葦茅綁的，結實耐用，賣得就剩下這六七把了。她們就問：一個笤帚幾元錢？回答三元錢。她們說：才三元錢呀，划不來呀！回答不攤本麼。她們說：工夫不是本嗎？回答倒有些不耐煩了，說：山裡人麼，工夫算什麼本?!到了天色將晚，鎮街的各岔路口上有了許多女人扯著孩子來接外出打工搭車回來的丈夫，丈夫抱了孩子，女人揹了被捲，高興地跑往快要收場的鋪攤上一起選衣服。她們當然也生氣過，那些老婆子一直謊說是某個嶺上的，原來從縣城發的雞蛋充本地的土雞蛋賺了對半錢。有人在找老婆子們退雞蛋錢，而帶燈她們也在頭一天裡買了這些人的雞蛋讓鎮長送了人。竹子說咱找老婆子爭較去！帶燈忍了，沒有爭較。那些外地來的也是賣衣服的小販，看見了她們，以為是鎮街上的住戶，就硬塞一塊小糕點或一個粽子。她們肯定不要，那些人也就不敢硬塞，說：櫻鎮上還有這麼稀的女子！

小販是縣東南的下河人，下河人說稀是罕見，也就是漂亮。竹子知道了這個詞，就對帶燈說：你是稀女子！帶燈說：弱女子！

螢火蟲的新定義

帶燈說她是弱女子，過了三天，竹子卻給了帶燈一個紙條，紙條上寫著：螢火蟲雖外表弱小無害，可牠卻是個食肉動物。牠的獵物通常是蝸牛。牠在吃蝸牛前，將細得像頭髮一樣的小彎鉤插入蝸牛身上，三番五次地給獵物按摩，既巧妙又惡毒。螢火蟲雌的沒有翅膀，不會飛，一直保持幼蟲的卑俗形態，可牠和雄螢一樣，一直點著尾腹部那盞燈。

帶燈說：這是你從字典上查的？竹子說：看到一本書，外國人說的。帶燈說：你寫給我啥意思，是說我惡毒呢還是說我卑俗？竹子嘿嘿地笑。帶燈說：那你先跟我卑俗一次去。

王中茂家過事

帶燈說卑俗一次，是讓竹子跟她到王中茂家吃席去。

鎮中街的王中茂和黑鷹窩村的海量是表親，原本都不來往的，但王中茂知道了海量和帶燈後房婆婆的關係後，老來和帶燈套近乎。一次，換布見了她，說：主任，你親戚的事我給辦了。帶燈說：我哪有親戚？換布說：王中茂不是你家親戚嗎？他蓋房買鋼材，說是你讓他來的，我給了成本價。帶燈有些生氣，但王中茂已經買了鋼材，她也就說：哦，你是鎮上的富戶，能幫就幫麼。王中茂有個女兒，和北流水溝的馬高堂兒子訂了婚，王中茂卻要馬家兒子入贅，而且還要人家改姓，姓沒有改成，便立了合約，以後所生的孩子都必須姓王。他對馬家兒子苛刻，但凡馬家兒子一去，他就說：還是吃了飯來的？馬家兒子肚子再飢也只能說吃過了。他又說：還是不吃紙菸？馬家兒子就說不吃紙菸。他再說：還是放下禮就走？馬家兒子也便放下禮起身走了。帶燈煩這個王中茂，但王中茂經常為自己的事也為別人的事來找帶燈，帶燈還得接待他，給他面子，竹子卻就躁了，一見到他就從大院裡往出攆。帶燈也勸過竹子不要這樣，畢竟是個小人物麼。竹子說：小人物也不該使這多的陰招呀！帶燈說：你沒看過電視裡的《動物世界》麼？老虎之所以是老虎，牠是氣場大，不用小伎倆，走路撲沓撲沓的，連眼睛都瞇著；而小動物沒有不機靈的，要麼會偽裝，要麼身上就有毒。當王中茂來到鎮政府找帶燈，竹子是沒攆他，王中茂都說他要給女兒結婚呀，一定要請帶燈去。帶燈一再推託，王中茂說：這重要得很，你一定去，你坐席！帶燈也就應承了。

結婚那天，帶燈和竹子是一塊去，還在鎮街上，就見三個一群兩個一夥的人都是去王中茂家的。或提了兩瓶酒，或一包點心，說著王中茂的那個女婿：人是醜了點，但身體好，不知道將來咋樣能伺候好王中茂呀！一老者拄了棍兒，拉著小孩，對著一家門口說話，一個說：順子呀，還不起身？一個說：我收拾下禮，打發媳婦去。順子在門口用麻線納一瓶酒的紙盒，紙盒都快黴爛了。一個說：你咋不去？一個說：我不去！一個說：還記著上次欠帳的仇？一個說：你也知道了他坑我的事?!巷道裡過來了一個人，擔著一對尿桶。順子說：今日待幾桌客？擔尿桶的說：誰待客？順子說：中茂不是給女兒結婚嗎，你這當舅的不知道？擔尿桶的說：沒錢的舅算個屁！老者說：這就是中茂不對麼，這麼大的事不給當舅的說。擔尿桶的突然流一股眼淚，把尿桶擔走了，髒水淋淋，巷道裡都是臭氣。

帶燈和竹子到了王中茂家，屋裡屋外已經擁了好多人。這些人大都還在院外時就訴說著王中茂的不是，一進院子卻都笑嘻嘻地打招呼，接受了王中茂委託的主事人遞過的紙菸，能吃的就點火在吃，不能吃的就別在耳朵上。拿了禮的放下禮，沒拿禮的要行份子錢，有人就遠遠往寫份子錢的桌子這邊看，立即也有人說：你咋還不來呢？那人卻悶頭走開了，和另外幾個人嘰嘰咕咕說話，問：你行多少？答：十元。問：那我也十元？答：你咋能十元，你是本家呀。問：我出嫁女兒時他行的也是十元呀！那人就過去行了十元錢，掏出一把零票子，數了好久。吃飯時，帶燈和竹子坐在了上房的高桌上，高桌上還有西街村的元黑眼和電管站的張發民，院子裡的地方小，都是小桌子，擺得滿滿騰騰的。飯菜並不豐盛。蘿蔔土豆為主菜，不是燉塊就是炒絲，也有紅白兩道肉，大家說：啊中茂能把肉切這麼厚不容易！王中茂站在台階上說：大家都吃飽，吃好啊！卻過去低聲指責主事人不該把紙菸散得那麼勤。又看見了有人在懷裡揣了半瓶沒喝完的酒要走，就趕緊過去，說：哎呀他伯咋走呀，還有一道硬菜哩。那人說：我牙不好。他說：是牙不好，瞧吃飯灑一胸口的飯點子！用手去擦，趁勢從懷裡取出了酒瓶，卻說：你讓娃們家給你補補牙麼，牙不好吃飯就不香啦！已經有好多的人不坐席了，端著碗在院子裡轉著吃。王中茂不能盯著這些人，他們吃著吃著就走出院子，人再沒回來，碗也再沒回來。

吃畢了飯，院子裡突然起了鬨，原來來客要耍弄王中茂了。他們把鍋灰用辣子醋水調了，給王中茂的臉上抹，抹成個包公，又給他戴一個草帽，草帽插了雞毛也插了蔥，還吊著兩條用草擰成的辮子，而他的媳婦頭上也被扣上了一個鋁盆兒，兩個臉蛋上左塗一個紅團兒，右塗一個紅團兒。這是櫻鎮的風俗，給兒娃結婚就得作踐爹娘，人們喊呀叫呀，轟轟隆隆地拉著他們去街上遊行了。竹子拿著手機照了好幾張相，等離開時，經過了院子旁的廁所，有人用長竿子笊籬在尿窯子裡撈碗和碟子，一邊撈一邊說：這狗日的，就是對中茂再有意見，也不能給人家糟蹋東西啊！撈出來的竟有十個碗和七個碟子。竹子這才知道吃飯的時候，有人吃飽了，空碗並不放回桌上，而順手就扔到了尿窯子裡。就說：這鎮街上的人咋啦，這麼使壞著還來吃什麼席呀?!帶燈靠在廁所牆邊的一棵核桃樹上，樹裸禿著還沒長出葉子，她伸手要折下一枝條，卻沒折下，自己反倒笑了。

帶燈說：竹子，瞧見了嗎？竹子說：瞧見啥？帶燈說：這些枝條子又黑又硬的，以為是枯的，可要折斷又很難，你知道為啥嗎？竹子說：為啥？帶燈說：心裡活著麼。

看天

鎮政府大院裡原先有一棵塔松，塔松本來就樣子像塔，又因為也是它一棵，就長得特別隨意，枝橫股斜，把院子都快塞滿了。職工們要晾衣曬被，就伐了這塔松，只在東邊補栽了一棵銀杏，西邊補栽了一棵香椿，又在院牆角的廁所那兒栽了十幾棵楸樹、苦楝和樟木。這些樹栽得密，相互限制著不發橫枝，白日黑夜都爭著往上長，長得特別高，像是一簇柱子。

帶燈就覺得太陽和月亮是樹的宗教。

她這麼一發感慨，馬副鎮長要說：腦子想啥哩，又小資啦？

竹子偏要做小資，給馬副鎮長說話時，偏用成語，後來在一本書上讀了關於星座的內容，又當著馬副鎮長的面給大家算日期，說你是水瓶座他是天蠍座。

夜裡，帶燈愛看電視，看完了新聞聯播還要看天氣預報，竹子又在院子裡給白仁寶和翟幹事算星座，帶燈出來說：我是啥星座？竹子說：你是三月份生的，是雙魚座。帶燈說：雙魚座是天上哪顆星？大家都抬頭往天上看，繁星點點，竹子卻說她不知道。竹子不知道，大家都不知道，白毛狗也看，牠看見一片明。

從那以後，帶燈每每看完天氣預報，就走出來往天上看，天氣預報上說明日多雲轉晴，她對應著看這個晚上雲是什麼樣的雲，瓦狀的，帶狀的，還是像流水一樣旋著窩兒，而且，風在如何吹，月是圓呢缺呢，顏色或暗或亮。

在帶燈的影響下，大院裡的職工也都喜歡看天，站在院子裡仰著頭。但院牆角的那群樹愈來愈高，而人沒有長個，脖子還是那麼短。

送來的野雉又堅決不要了

縣上和市上常有人來檢查工作，鎮政府當然要招呼了吃飯，先都在鎮街的那些飯館裡，群眾就議論是鎮政府的人在大吃海喝，白仁寶的小舅子於是在松雲寺下的公路邊開了新飯店，飯店裡設了大包間，不僅能炒各種葷素，還有野味，專門針對鎮政府的招待消費。

這一天，帶燈在鎮街上碰上了兩岔河村的楊二貓。楊二貓扁擔上挑了十多隻野雉，走得黑水汗流，說：主任，這是給白主任的小舅子那兒送的，你不要這。帶燈說：野味我咋不要？要哩！楊二貓說：明天我給你弄用槍打的，這是藥死的。帶燈說：你就哄我吧！用槍打，你哪兒有槍？又違法呀？楊二貓說：派出所給弄的獵槍麼！犯啥法?!帶燈讓楊二貓給自己弄野雉，其實也只是見了面搿搿話，誰知過了兩天，楊二貓竟然提了五隻野雉直接來到綜治辦。帶燈和竹子都在馬副鎮長的辦公室說事，楊二貓把野雉就一隻一隻掛在綜治辦門口。翟幹事、吳幹事還有經發辦的主任都要買野雉，因為野雉在縣城一隻能賣到十二元，楊二貓只賣五元。但楊二貓說：我誰也不賣，只賣給帶燈主任！帶燈聽到院子裡的話，讓竹子先去招呼楊二貓，竹子就出去了。馬副鎮長說：帶燈你混得比我好麼，還有人給你弄野味？帶燈說：是我特意讓他弄的。馬副鎮長說：你讓他弄，他就給你弄了？帶燈說：我在群眾面前說話，私事從不食言的，他們都喜歡給我辦事。馬副鎮長說：私事不食言，公事就胡對付啦？帶燈說：咱哪一件公事不是胡對付的？綜治辦整天見人說人話見鬼說鬼話麼。馬副鎮長說：這話在我這兒說了沒事，別讓他人聽到！帶燈嘿嘿笑了一下，正要說什麼，侯幹事端了個鋁鍋進來，說：帶燈主任你也在？帶燈說：給領導做了什麼好吃的？侯幹事說：衛生院送來的藥，我在電爐子上給蒸了蒸。帶燈說：啥藥，用鍋來蒸？伸手把鍋揭了蓋，一股子腥味撲出來，裡邊是一堆虛騰騰的肉，一時還沒看清是什麼肉，侯幹事就把鍋蓋蓋了，端到了裡間臥屋去，說：領導，要趁熱吃哩！馬副鎮長就給帶燈說：吃藥哩，就不讓啦。去了臥屋，侯幹事也就出來，撇了撇嘴，悄聲說：難伺候哩。帶燈說：這你還不特長?!哪兒弄來的娃娃魚？侯幹事說：不是魚，是娃娃。帶燈嚇了一跳，說：娃娃?!想想剛才看到的肉的模樣，好像是個娃娃趴在鍋裡的。侯幹事說：這事領導不讓給誰說的，你也做過我的領導，我就只給你一個人說，你得保密啊。馬副鎮長身子不好，有醫生說能吃幾個三個月左右引產下來的胎兒可以大補，衛生院就定期送過來一個。以前只聽說胎包是大補，沒想到胎兒更是大補哩。臥屋雖然還閉著一道門，外間的辦公室裡已經瀰漫了

求：不許再賣給鎮政府大院裡的任何人。

竹子送走了楊二貓，到底不明白帶燈是怎麼啦。帶燈沒有給竹子說馬副鎮長吃胎兒的事，只說：我聽他那樣說著野雉，就後悔讓他去獵殺了。野雉是山間的生靈，咱也整天在山裡走村串寨的，靈魂應該是一樣的啊。竹子看著帶燈把話說完，竟然一聲不吭了。帶燈說：我是不是又小資了？竹子說：你說得我身上起了雞皮疙瘩！帶燈說：我以後是再不吃野雉了，啥野味都不吃啦。竹子說：你能忌口？帶燈說：你監督我。竹子說：那我也忌口呀！

陳小岔

沒過幾天，縣交通局來人檢查石橋後村的村道硬化進展情況，鎮政府的人就陪著到白仁寶小舅子的新飯店去吃飯。白仁寶提名叫響地說能吃五六種野味哩，帶燈就沒去，竹子也沒去。她們到鎮街上吃餃子。吃了餃子，坐著說了半天話，又到醪糟攤子上喝醪糟。

書記鎮長他們吃過了野味，一回到鎮政府大院，房門許老漢就給書記說：書記，我又犯錯誤了，沒看住門。書記說：啥事？許老漢說：你看麼，你看麼！他舉了一條胳膊，袖子成了兩片布吊著。書記說：我問你事，說事！許老漢這才說上槽村的陳小岔又來搗亂了。他沒留神這陳小岔進了大院，他就和陳小岔撕纏，但他撕纏不過陳小岔，陳小岔拿著被就睡在書記辦公室門口耍死狗了。大家到書記辦公室門口一看，果真陳小岔睡在那裡，竟然還尋了一頁磚做了枕頭。白仁寶和侯幹事就叫喊著陳小岔你起來，陳小岔不起來。白仁寶踢了三腳，陳小岔翻了個身又趴在地上，侯幹事便趁勢拽出被子扔出了大門外，五六個人就來拉陳小岔。陳小岔趴在地上咋拉都拉不動，大家說：抬！抬著出了大門，放在巷子裡了還是那個蛤蟆狀。

陳小岔來鎮政府耍死狗已經是幾次了。他是因為上槽村修路時占了他的林坡，當時也賠償了，但後來的路面寬了一尺，他嫌賠償得少，和村長鬧。村長不理，他十幾天都拿了八磅槌去砸路沿，把那段路沿全砸壞了。村長去擋，他和村長撕著打，村長的本家人多，他吃了虧，就把鼻血抹得滿臉是紅，又把自己褲腿扯爛來派出所鳴冤叫屈。派出所當然得接這案子，經調查取證，本應拘留陳小岔十天，但派出所怕他尋死覓活，訓了話讓找鎮政府。鎮政府當然由綜治辦接待處理，帶燈和竹子到上槽村調解，讓各家都掏五元錢，一共五百元付給陳小岔。村長還埋怨鎮政府是弱蛋，可陳小岔仍不同意，說要兩千元。當然兩千元是不能給的，陳小岔就隔七差八地來鎮政府鬧。書記和鎮長給帶燈的原則是：能堅持五百元就堅持，如果堅持不住，鎮政府可以從救急款裡拿些補上，盡快結束這件事。於是綜治辦同意付到八百元，陳小岔說不行，綜治辦又同意付到一千元，陳小岔還是不行。竹子就先躁了，說一分也不給增加了，耗著吧。陳小岔說：那咱就耗！耗過了一星期，又耗過十天，帶燈和竹子偏不在辦公室待，陳小岔再來就直接尋書記或鎮長。門房許老漢一看見他就關門，他便坐在大門外，乾吃兩包方便麵，一坐一天，這次竟然揹了被子來睡啦。

帶燈和竹子從鎮街回來，陳小岔已經被攆走了。竹子說：書記肯定得怪罪咱了！帶燈說：怪罪咱什麼？門房許老漢又該倒楣了。竹子說：那咱們咋辦？帶燈說：逛山去！

兩人沒有再多休息，把高跟鞋換了，出來逛莽山坡。在坡上，順著枯草裸樹間的小路往上爬，說這是咱拽著繩子上來的，到了梁上，回頭手一揚，說把繩子甩下去，就看著路彎彎曲曲直到了坡溝。天上的雲很多，太陽從這片雲裡出來了又鑽進那片雲裡，她們就躺在那裡，感受著一層陰影呼呼地鋪了過來，隨之又呼呼地被揭了去。有麻雀在群飛。喜鵲飛起來是成雙成對，飛過她們上空了，經常有糞便落下，糞便是不會落在她們身上的，果然沒有落在身上。大口大口地吸那苦艾的氣味吧。

但是，也就在這時候，帶燈和鎮長吵了一架。

鎮長是突然間打來了電話，問帶燈你在哪兒？帶燈說：在山上。鎮長說：在山上？帶燈說：在山上拾雲哩！你掏兩元錢，給你也拾一朵？她給鎮長說笑話，鎮長卻發了火，說：陳小岔又來鎮政府鬧哩，你不在，竹子不在，竟然跑去逛山?!帶燈說：讓他鬧吧，我們這是故意耗著。鎮長說：耗誰呀，我耗得住嗎？你們趕快回來接待陳小岔，我已經答應他了一千五百元。帶燈說：你怎麼能答應他一千五百元，這不是把綜治辦賣了嗎？鎮長說：我擔心再這麼耗下去，陳小岔少不了要到縣上鬧到市上鬧，他真出了櫻鎮上訪，責任就是綜治辦的！帶燈說：要算責任那也是派出所的，派出所為什麼把難事推給我們？鎮長說：事情是現在已端在了你們手裡！我可告訴你，如果陳小岔真出了櫻鎮上訪，維穩是一票否決制，季度獎你們就別想一分一厘了！帶燈說：給一千五百元就一千五百元吧，我也要提醒你，陳小岔不是省油燈，給他一千五百元，或許得了利，以後還會再來鬧，而且別的人也都看樣。這些年上訪的多，都是你們當領導的要麼不處理要麼就縱容！鎮長說：以後他怎樣再說以後的事，現在趕快回來給上一千五百元，寫個再不上訪鬧事的保證書，讓我和書記清靜清靜。帶燈說：噢，讓你們當領導的清靜？鎮長說：這不是領導的事，是社會的事，是國家的事！帶燈說：國家？是國家頭腦清晰、手足精幹但腹腔裡有病了，讓我們裝鱉打鼓地揉搓?!鎮長嗒地把電話掛斷了。

鎮長請吃

和鎮長吵了一架，帶燈只說鎮長反感了她，沒想處理完了陳小岔的事，鎮長卻請帶燈在鎮街上吃牛肉湯燴餅，優質的，還多加了一份肉。

鎮長說：我還擔心你不吃請哩。帶燈說：你們當領導的慣用恩威並施，可我小幹部，賤呀。鎮長就笑了，說：那天我掛斷電話，你生氣啦？帶燈說：現在還氣哩！鎮長說：你真的不該說那樣的話，說到我這兒是一股風，說到書記那兒就是事了。帶燈說：我揹著鼓尋捶呀?!鎮長說：還是姊對我親。帶燈說：你以為我還真把自己當姊了？鎮長說：就是姊！帶燈說：那就再買一碗，給竹子帶回去！鎮長說：行呀。瞧我這鎮長當的，部下不給我賄賂倒是我得賄賂部下了。

鎮長真的又買了一碗牛肉湯燴餅。

給元天亮的信

我咋聽不見你一點動靜？牛在田野耕耘不忘歡叫一聲，因為旁邊有心痛牠的眼睛，在肥美的草地上不忘呼嘯尾巴，因為有人為牠高興。

我是不是苛刻了呢，這你要原諒。你已經是，是我牧羊路過的一棵大樹，雖然我抵達的是低矮的草地，可我的心在大樹上。我放牧著羔羊你放牧著我的幻想。

我在坡上拾地軟了，曬乾後給你寄。城裡肯定吃不到這鮮物兒，你可以包包子，做餛飩，就回到你夢牽魂繞的故鄉了。真是奇怪，它們好像都知道這是要給你的，草叢裡常常聚那麼一小堆，厚實得如同木耳，比木耳還乍楞著角。其實它們一直在聆聽著我的腳步，只是沒自告奮勇地叫出聲。順便拽些拳芽、崗崗苔、菟兒絲，再挖兩棵酸棗樹回來，栽到鎮政府大院裡，將來嫁接大棗。我很愛這些東西，像隨著我來到世上的小親戚，每年的春上都去看看，想的是它的氣味。拳菜又叫拳頭菜，這你知道，樣子像拳頭破地沖天，看似凶猛的，但又叫踢屁股菜，就是說你拆下後一定要在它跟前的土上踢一下，帶點所謂的娘家土做個告別，否則它們傷心流淚老死。那崗崗苔是一年裡最早的水果，新鮮饞人，吃後齒清舌爽直達腦門。地軟是有時限的，顯得太貴氣了，清晨帶了露水去拾，太陽一出來它就慢慢收縮著要消失。地軟是土地開出的黑色的花朵，是土地在雨夜裡成形的夢。有人拾起它了，它感謝，沒人看見它了它也舒坦，自己躺在茅草裡吃風屙沫。它不像拳頭菜沒人收採了恨得把自己長成雞爪子，崗崗苔也一樣，沒人吃把自己長成一身的刺。我真的有些疑惑了，堅硬的土地，怎麼這鮮物兒叫地軟呢？土地其實是軟的，人心也其實是軟的！啊今天我是給你拾的，手千萬不敢激動呀，把地軟弄破了，也千萬不讓太陽那麼早出來，那它會遁形的。

村村都有老夥計

帶燈把牛肉湯燴餅給了竹子，也交給了竹子一張全櫻鎮各個村寨的名稱和每一個村寨裡都有一兩個人名的表冊。竹子還開玩笑說：我現在是《林海雪原》裡的欒平，有了土匪聯絡圖了！表冊上的人名有的是支書或村長，更多的卻是一些婦女。帶燈說：這些婦女都是我的老夥計。老夥計是櫻鎮男人之間的稱呼，帶燈卻把她覺得友好的村寨裡的婦女也稱老夥計。竹子說：聽說咱們的書記鎮長村村寨寨裡都有丈母娘，你倒是有老夥計？帶燈說：別糟踐咱們領導，他們是一心想在仕途上進步的人，不會在生活作風上貪小事而亂大謀的。你把這表冊裝好，什麼時候到任何村寨去，就找她們了解情況，也能管你吃喝。但不要過夜。竹子說：沒有好鋪蓋？帶燈說：有蝨子哩！一說到蝨子，竹子渾身就覺得不舒服，說她這幾天老是脊背癢，讓帶燈撩了衣服看是有了蝨子還是出了疹子。帶燈看了，是有了一片疹子，說：沒事，幾時帶你到陳大夫那兒買些藥膏去。又說：臉黑黑的，身上倒這麼白，你給我小心著，惹上蝨子了我就不要你在綜治辦了！竹子卻咯咯地笑。帶燈說：你笑啥哩？竹子說：我想起《紅樓夢》裡的石獅子了。焦大說賈府只有門口的兩個獅子是乾淨的，那櫻鎮就你和我沒蝨子！

帶燈給竹子講她的老夥計，特別講了四個人，一個是東岔溝村的六斤，一個是紅堡子村的劉慧芹，一個是南河村的陳艾娃，一個是鎮西街村的李存存。她們是老夥計中的鐵夥計。

東岔溝村的六斤又粗又黑，說話直，敢承頭，以前還是生產隊建制時當過幾年婦女隊長。但六斤不生育，村裡人叫是男人婆。該村支書嘴能說，能講一上午話不打絆子，但太貪，吃肉不吐骨頭，把村裡架電線收的錢自己花掉，把計生罰款花掉，帶燈曾讓他代領過村裡三戶特困戶的救濟麵粉，他也放在自己家裡吃了。他把村公章揣在懷裡，誰要蓋章先和他去地裡幫著幹活，再交十元八元。群眾意見大。而鎮政府經濟發展辦公室的陸主任卻和他走得近，陸主任是鎮街石橋後村人，家裡的臘肉、燻腸、豆豉、滷筍，還有包穀酒，都是他給拿的，所以村支書改選時還是讓他當支書。選舉那天，陸主任和帶燈就坐了書記的車去主持，只有十幾個黨員參加，帶燈在門口招呼著黨員到齊了沒有，自己沒上主席台。也就在這時候，有人開拖拉機從門前經過，說鎮政府的車擋道了，需要挪車，帶燈就喊司機。司機正拿了選票要念，帶燈讓去挪車，她接替了念。誰知陸主任和司機私下裡串通好了要把票多念給他們意中的人。而帶燈不知道，她按原票念了，當然老支書沒再選上，選上的就是六斤。陸主任遺憾選瞎了，但也沒法，只是罵司機。司機又恨鄰村那個開拖拉機的，和落選的支書去釁事洩憤，見人家八畝地裡種了南瓜，便裝了一包麝香繞地轉了幾圈，南瓜花就全落了。事後六斤也知道了這事，從此和帶燈成了鐵夥計。

紅堡子村的劉慧芹曾是副村長，也是為選舉出了事，但她選舉不像六斤是得益者，一選舉完自己在村裡就沒法子待了。選舉時，一計生專幹讓劉慧芹在念票時多念他，偏有一村民出來上廁所，見到他們耳語，後來就在選民中求證據，果然是那計生專幹只有一百九十八人選他，選票卻成了二百三十一張，就上告。上告的事最害怕有人盯著告，那就像被鱉嘴咬住了，天上不打雷，鱉不鬆口。這次選舉就作廢了，重新選，原選舉委員會的人全受處分。劉慧芹性情軟，做姑娘的時候和鄰村一男的處對象，懷了孕做掉要退婚，男方去她家，她藏到焙菸葉的土房裡。她媽說不知她去了哪裡，男方就在大門口哭他的孩子，她媽趕緊把她叫出來。結婚那天由於到女方家吃飯時要給五元開口錢，而幫廚人把五元錢換成了一毛錢。男方罵一路到家就換穿個爛襖，然後又給一群孩子發水果糖讓喊新媳婦：一毛錢，一毛錢！被羞辱的劉慧芹喝過農藥，被救活又上過吊，也沒上吊成。生個女孩在十一月，她靠住床頭把一桶冷水從頭澆下，還是沒死成。後來就是能吃苦，幹活踏實，在村裡當了副村長。選舉出事後，她帶兒子到鎮街上學，自己辦了個雜貨店。辦雜貨店鎮街上的閒人也欺負她，她獨自在店裡坐著，有人往她懷裡扔一百元，她把一百元又扔回去，那人又扔一枚戒指，她把戒指也扔回去，那人就躁了，給店口門掛一雙破鞋。掛破鞋的那天，正好被帶燈撞見，問了情況，將那男的收拾了一頓，劉慧芹感激她，就成了鐵夥計。紅堡子村的情況全是劉慧芹給帶燈講，劉慧芹每次回紅堡子村取米麵柴禾或者收麥種包穀，問帶燈：去呀不？帶燈說：去。帶燈就跟了去。劉慧芹要讓帶燈做她孩子的乾媽，帶燈自己沒孩子，沒有應允，但紅堡子村沒人再欺負她，鎮街上也沒人再欺負她。她會做一種蒸飯，米裡下綠豆，又煮土豆，吃著特別香，一做下蒸飯了就喊著帶燈來吃。

南河村的陳艾娃人長得銀盆大臉的，很體面，但男人酗酒，在外邊一喝酒回來就打她，十天能打三次。她跑到山上尋葫蘆豹蜂，想捅蜂窩讓蜂螫死，她姊滿山喊聲，救了她。從那日起她住到了她姊家，住到大年三十的晚上，操心家裡的孩子，連夜回來給孩子蒸饃包餃子，蒸好包好又走了。丈夫有一年喝多了從崖上踏空了腳，窩在水溝裡死了，她不再挨打，日子倒慢慢寬展起來。帶燈是為了調解南河村的王隨風而在村裡認識了陳艾娃。王隨風是老上訪戶，在村裡沒人緣，也讓帶燈吃盡了苦頭。但陳艾娃肯和王隨風交往，說王隨風的不是，也說王隨風的好話，帶燈倒覺得陳艾娃心慈，每次到南河村就先到陳艾娃家，兩人以後無話不談，她總是說話要先張口半天了才說出來。

鎮東街村的李存存能說許多元天亮小時候的事，因為她父親和元天亮是姨表親。李存存嫁給了喬天牛，喬天牛就是換布拉布的小妹夫喬虎的兄弟，常年都和喬虎跟著換布拉布廝混。喬天牛會拳腳，也會用雞皮包裹了藥丸子去炸狐狸。但喬天牛在家裡老打李存存，嫌李存存不給他生男娃，懷上一個去檢查是女娃就讓打掉，再懷上一個檢查了是女娃又讓打掉。他拿拳頭在李存存頭上犁，說：你連個男娃都生不下來，給你吃毛栗子！李存存的頭上滿是疙瘩。那一年她男人再去放藥丸炸狐狸，狐狸報復，把藥丸輕輕叼了又放回到她家豬圈，結果把豬炸死。村裡人說你沒有男娃就是殺生太多的緣故，她男人就不再炸狐狸，去大礦區賭博。因為在賭場上做老千，被人挑了一條腳後筋，從此蔫下來，喬虎再去換布拉布家幫忙生意，也不領他了，日子就敗落不堪。帶燈給她家辦過低保，又去送過幾次救濟麵粉，李存存感激著鎮政府，和帶燈成了鐵夥計。

蜘蛛

綜治辦的房屋離院牆近，那裡又有一棵楊樹，楊樹和院牆的瓦棱間長年都掛著一張蜘蛛網。只要一起風，楊樹就響，那個會計老說：鬼拍手。帶燈不這麼認為，沒事的時候就吃著一枝紙菸，在楊樹的響聲中看那蜘蛛網如何地搖曳，但從來沒破過。

這一天，因為元天亮覆信謝絕了寄地軟，這讓帶燈多少有些失落，點了一枝紙菸吃著，又在那裡看蜘蛛網，卻突然看到網上有了一隻蜘蛛。這蜘蛛不是以前那隻黑蜘蛛，牠身子有些褐紅，背上還有白色的圖案，圖案竟然像是一張人臉。帶燈先是嚇了一跳，她從來沒有見過這樣的蜘蛛，蜘蛛背上怎麼會有人臉的圖案呢？她本來要叫喚竹子來看的，但她沒有叫喚竹子，再仔細看那蜘蛛時就已經不害怕了，反倒覺得這是不是元天亮傳來的信息呢？她將一枝紙菸點著插在地上，她說：如果真是元天亮來看我，這紙菸的煙就端端往上長吧，而人面蜘蛛就爬到樹上去吧。果然煙一條線抽到空中，蜘蛛也順著樹爬到枝葉裡不見了。帶燈好是激動，就總結著元天亮為什麼會謝絕呢，這都是自己的錯，寄東西就寄東西麼，給人家事先說什麼呢?!

她說：或許我認為的好東西並不算有價值的，他真的什麼都不需要。

她說：而我需要呀，是我心意需要表達。

於是，帶燈想到了茵陳，書記和鎮長好多次提說過元天亮的身體一直不怎麼好，寄點茵陳是最適宜的，茵陳即便寄去不熬湯藥，也不揉到麵粉裡蒸饃擀麵條，還可以泡著喝，再忙，像喝茶一樣泡著喝，並不礙事麼。

茵陳

帶燈守住了人面蜘蛛的祕密，把已經晾乾的地軟交給了伙房的劉嬸後，她帶竹子去了陳大夫的廣仁堂。

鎮街上除了鎮衛生院和縣藥材公司辦的藥鋪，還有兩個私人診所。一個是張膏藥的膏藥所，一個是陳大夫的廣仁堂。膏藥所其實在鎮街上連一間門面都沒有，電線桿上有貼的廣告，尋到石橋後村，也只是在門口的土牆上用墨寫著專治燒傷四個字。他頭痛腦熱都不會治，就會配燒傷膏藥，燒傷膏藥確實療效不錯。帶燈曾向他請教，想學學，好在下鄉時幫山裡人治療。張膏藥說：咱倆換換，你讓我當主任，吃香的喝辣的，我把方子授你。而廣仁堂的陳大夫人就和善，但是個跛子，一直還單身著。據說他年輕時追求過一個女子，被那女子的相好打斷了腿。這些帶燈從來不問，陳大夫也就待帶燈友好，一去他就沏茶，還從腰裡取了鑰匙開立櫃，拿出點心讓吃。帶燈不吃，說：你告訴我些偏方。陳大夫就把一些偏方教了她，反覆叮嚀不得外傳。帶燈在下鄉時試著給人看病，開了藥方又拿不準的，常讓陳大夫把關。把一次關，帶燈會給他五元錢。

帶燈帶了竹子到了廣仁堂，陳大夫正送客人，他是左腿跛，走路屁股得蹶著，送的客人也是個跛子，右腳跛，走路身子卻往前戳。一個說：你走啊！一個說：走啊！一前一後蹶著戳著。帶燈給陳大夫下達了一個任務：廣仁堂每年要採集好多茵陳的，現在正是採集的時候，你給我弄上十斤，要快，要品質最好。陳大夫說：你就能命令我！卻讓給鎮黨委書記捎帶三包中藥去。帶燈說：書記身體好好的捎什麼藥？陳大夫說：書記便祕的厲害哩。帶燈說：這我不捎，領導最煩別人知道自己私事，尤其是病。陳大夫說：那為啥？帶燈說：中央首長的身體是國家一級機密哩，知道不？陳大夫說：那馬副鎮長整天嚷嚷著他的病哩。帶燈說：他上不去了，也不想再上了麼。陳大夫說：你是說書記能上去？帶燈說：肯定呀，今年不上也挨不過明年。陳大夫說：鎮政府的人認識一個走了，認識一個走了，換得太快了麼！帶燈說：我一直在！陳大夫說：你解決不了隔壁的房子麼。帶燈說：你不給我說呀！陳大夫就說他一直想擴大廣仁堂，隔壁鄭二旦的兩間門面要價高，如果能給鄭二旦批個五間房的宅基，鄭二旦就可以讓出這兩間門面，而兩任鎮領導都答應要批宅基的，可快要批呀人就調走了。陳大夫說：你能不能批？帶燈說：這我不行。陳大夫說：你只會給我下命令哩，就是辦不了事，十斤茵陳得用百十斤鮮茵陳曬的，這咋採呀，到哪採呀?!帶燈說：反正我要十斤！從懷裡掏了十元錢，不遞在陳大夫手裡，卻扔在了地上，說：你就是愛個錢！

陳大夫拾了錢，去裡屋壓在了炕席下。竹子在問帶燈：茵陳是做啥用的？帶燈說：疏肝利尿，保脾溫腎。竹子說：你給你弄呀？帶燈說：到門口看看去！

竹子到門口，那個瘋子剛從門前走過，蓬頭垢面，步如雀躍，竹子說：哎，還擇鬼呀?!瘋子沒理她。廣仁堂的門口只是那一對石雕，這石雕是石獅上各坐著石人，一個人捂著耳朵，一個人捂著嘴巴。櫻鎮的老戶人家都有這種石雕，叫做「天聾地啞」。竹子說：噢，不該聽的不要聽，不該說的不要說！

帶燈是從來沒有話不能給竹子說的，但這次她偏不給竹子說。竹子也就不再問關於茵陳的事，卻說：書記真的要上呀?!

書記是個政治家

這一屆的鎮黨委書記，以前是縣長的祕書，分配到櫻鎮工作後，櫻鎮明顯有了變化，尤其是鎮幹部的工作作風。

每天早晨，白毛狗要在院子裡叫兩聲。白毛狗是被書記踢了一腳叫的，後來，白毛狗一看見書記出現在了院子，牠就叫。白毛狗一叫，肯定是書記已經在他的辦公室裡辦公了，白仁寶就到各辦公室查看誰到了誰沒有到，搞得大家都很緊張，沒有人再敢睡懶覺。

經發辦的陸主任說：我跟過幾任書記，這任書記是個工作狂！

但帶燈發現，書記在下午就不在大院裡了。她問過書記的司機，司機說每個下午書記便回縣城，因為晚上都有應酬，但天不明肯定又趕回鎮上的。帶燈說：這辛苦的。司機說：他是一上車就睡，睡著了就放屁，但從不讓開車窗。

後來大家知道了書記的生活規律，就有人說書記的家在縣城，老婆長年有病，是回去照顧老婆的。馬副鎮長卻說漏過嘴，說書記並不多在他家待，他是回縣城或市裡去見人呀，請客吃飯呀，為自己升遷謀門路哩。帶燈以這話問過鎮長，鎮長說：走仕途麼，誰不求進步?!帶燈說：哦，那這話是真的？鎮長說：咱這書記是有水準的書記，跟他搭班子這麼久，我也是明白了什麼是政治家。帶燈說：鄉鎮幹部還有政治家？鎮長說：中國有多少大領導不是從鄉鎮幹部一步步幹上去的，咱櫻鎮既然有你這樣的小資呀，怎麼能沒有政治家?!帶燈就好奇了，她以前讀報，常看到北京城裡有對去世的大人物的評價，有的說是無產階級革命家、政治家、軍事家、社會活動家，有的卻僅僅是無產階級革命家、軍事家，不明白怎麼沒有說是政治家。她說：啊，什麼才是政治家呢？鎮長說：政治家就是在大事上要謀畫、要琢磨，會謀畫、會琢磨，也能謀畫成、琢磨成。書記跑動上邊，自然他要考慮他個人的升遷，但個人的升遷也和政績是緊緊連在一起的。修村水泥路就是他要來的錢，擴建咱鎮菸葉收購站也是他要來的錢，鎮政府的大門樓，衛生院那新蓋的一排房，小學裡的一批桌椅板凳，都是他以自己的關係要的錢。你知道不，他更有大的舉動呀，借助元天亮的力量要給咱鎮上拉些商家進來投資啊！帶燈說：啊啊，他還打元天亮的牌?!鎮長說：櫻鎮有這麼個近水樓台麼，以前的書記就是沒得上個月，他們想不到，也沒氣派去做麼。

帶燈半信半疑。

櫻鎮真的要建大工廠

但是，櫻鎮不久就公開了有大工廠要落戶的消息。而且已經算好了一筆帳：大工廠建到了櫻鎮，一年光給鎮上交納稅金一千多萬，這一千多萬多得怎麼花呀？還有，大工廠需要大量的工人，櫻鎮人就用不著去大礦區打工了，用不著去市裡省城討生活了，還可以吸引別的地方的人都來櫻鎮，誰能說櫻鎮不就像大礦區一樣繁華呢？白仁寶說：比大礦區繁華！他伸出大拇指說大工廠是大拇指，又伸出小拇指說大礦區是小拇指，就在小拇指上呸地唾一口。

當年元老海帶著人阻止高速路修進櫻鎮，是為櫻鎮保全了風水，出了個元天亮，可也讓櫻鎮淪落到了秦嶺裡第一窮鎮。但櫻鎮要富裕引進大工廠，而大工廠的引進是鎮黨委書記找到了元天亮，元天亮動用了他的人脈和權力資源而促成的，元天亮又回報了櫻鎮。

鐵匠鋪的朱先文除了打鐵外，地裡的農活不敢耽擱。他在坡地上壟好了紅薯窩子，就開始起那育成的紅薯苗子要去栽。曹老八背著手從地邊經過，朱先文說：八叔忙啥哩？曹老八說：不忙啥，等著呀！朱先文說：等著？曹老八說：等著大工廠建成麼！聽說大工廠建成後，鎮街上每家都有一個工人名額，我還尋思是我去呢還是你嬸去？一畝地的紅薯能賺幾個錢?!

鎮西街村的黨支部開會，會就在元黑眼家的廳屋裡開，研究著鎮西街村怎樣在新形勢下大有作為的事。村裡十七個黨員，元家人九個。元黑眼已經是八個年頭的支書了，五年來再不發展黨員，他說他只要想當支書，支書就能一直當下去。現在，黨員們在廳屋裡開會，他坐在炕上抽水菸。黨員們熱烈地談論建大工廠時如果徵地，鎮西街村的地價應該是多少，如果拆遷房屋，趁早就應多建些，比如把柴草房蓋成兩屋，坍了的牛圈恢復起來，用水泥預製板棚頂。再還有，鎮東街換布拉布他們早就嚷嚷他們是搞建築材料的有優勢承包一些工程，那麼，咱們就得早早做準備搶活幹。元黑眼把水菸袋在炕沿板上咚地一敲，說：他們憑什麼就能多攬到活？元天亮是西街村的，沒有元天亮哪有大工廠，他鎮政府又不是瞎了眼?!

櫻鎮人正熱火著大工廠，王後生卻潑涼水。王後生叼著紙菸到鎮中街的餃子店裡來，問：餃子是啥餡？店主說：茴香餡。王後生問：多少錢一斤？店主說：十元錢。王後生沒有說要買餃子吃，就出去。過了一會兒，王後生又進來，問：餃子是啥餡的？店主說：茴香餡。王後生問：多少錢一斤？店主說：十元錢。王後生還是沒有說要買餃子吃，又出去了。旁邊人給店主說：你沒看出王後生是想讓你給他吃便宜餃子嗎？店主說：我知道，我偏不給他吃！旁邊人說：給他吃一碗吧，他新聞多，在店裡給你招生意。王後生又來了，問：餃子是啥餡？店主說：你坐吧，來一碗吃了你就曉得了。給王後生盛了一碗餃子，王後生果然天上地下地說起來，說到了大工廠，他竟然說出了誰也沒有想到的事。他說，櫻鎮交通這麼不便，大工廠為什麼能選擇建在這裡？是這個大工廠生產著蓄電池。蓄電池生產是污染環境的，污染得特別厲害，排出的廢水到了地裡，地裡的莊稼不長，排到河裡，河裡的魚就全死。大工廠是在別的地方都不肯接納了才要落戶到櫻鎮的。

王後生的話說得邪乎，從餃子店傳出來後迅速散布。人們就恐慌了，他們自然聯繫到大礦區出現的那些災害，比如塵灰終日瀰漫，雨從天上下來都是泥點，白襯衣變成了花襯衣；比如許多山頭被礦洞掏空，發生坍塌，相繼有五個村寨淪陷；比如華陽坪原來辣椒有名，蓮菜也有名，遠近的人都去採購，現在附塵嚴重，品質改變，已無人問津了。那麼，大礦區那兒還僅是殘山剩水空氣惡劣，而大工廠建成了，將來櫻鎮的水要被污染，吃什麼，喝什麼，吃了喝了會患什麼怪病呢，女人還能生娃嗎？

鎮長當然也聽到了這些議論，彙報給了書記，書記勃然大怒，說：這是誰要壞我的好事?!鎮長說：最先說這話的是王後生。書記說：把他給我叫來！王後生一來，書記說：你還帶著蛇？王後生說：我沒蛇了，蛇讓派出所剁成泥了。書記說：你沒蛇了你還這麼毒?!我問你，是不是你在造謠大工廠污染，別的地方沒人要了才來的櫻鎮？王後生說：這我看到一本書，書上說蓄電池生產污染環境。書記說：你知道不知道循環經濟？王後生說：我不知道。書記說：我告訴你，大型工廠現在都是循環經濟，有什麼污染可言？建大工廠是為櫻鎮造福，也是櫻鎮今後工作的重中之重，你要敢給我伸腿使絆子，我就要看看你是鐵打的腿還是麻稈子?!王後生臉一下子煞白，雙手在口袋裡掏，掏出一顆水果糖塞在了嘴裡。書記還在說：別以為我以前還給你笑臉，就把老虎認作貓了?!王後生說：我沒使絆子呀，我只是說說。書記說：說說？說也不行，屙出來的你就得給我吃進去！當場就把翟幹事和吳幹事喊了來，讓帶了王後生回去寫標語，寫宣傳大工廠造福於櫻鎮的橫額掛在鎮街上，整個鎮街掛上六幅。王後生說寫橫額標語他能寫，他字寫得好，卻問：這筆墨紙錢誰掏？書記說：你說誰掏?!王後生說：這我掏不起。翟幹事吳幹事說：我們會讓你掏得起的！把王後生就帶走了。

帶燈知道了書記讓王後生寫橫額標語，就給書記說：他家裡窮得叮噹響，肯定是掏不起筆墨紙錢的。書記說：這我知道，我偏讓他掏，讓他長記性的！你和竹子以綜治辦的名義去買上筆墨紙和橫幅用布就去他家吧，但一定得讓他寫，讓他親自在鎮街上掛！帶燈和竹子就買了筆墨紙和橫幅用布去了王後生家，翟幹事和吳幹事已經在王後生家搜騰了半天，沒有搜騰出錢，正從櫃子裡裝了一麻袋包穀拿出去要賣。帶燈給翟幹事吳幹事耳語後，翟幹事和吳幹事就是不給王後生說這筆墨紙和橫幅用布是綜治辦掏的錢，讓王後生寫了，又親自到鎮街上掛了，說：這一共花了二百二十元，你掏錢吧！王後生說：我沒錢，你們賣包穀吧。翟幹事吳幹事說：我們給你賣包穀？你自己去賣！王後生就是不賣，翟幹事吳幹事說：不賣也行，你在什麼地方造的謠，你就到什麼地方去闢謠！帶了王後生就到了餃子店，店裡進來一個人，就說大工廠是循環經濟，循環經濟是沒有污染的。說得多了，口乾舌燥，王後生不願再說了，要求回家，然後就坐在那裡發癡發呆，睏得張嘴流眼淚。翟幹事吳幹事同意放他回去，但仍要求他回去的路上見人還得闢謠，王後生竟拿了墨筆在他的衣服後背上寫了「大工廠沒污染」六個字，筆一扔，說：這可以了吧?!才搖搖晃晃地回去了。

書記陪考察隊去了省城

不久，從省城來了一批人在櫻鎮考察。又來了第二批人在櫻鎮考察。第二批人考察完，書記陪著去了省城，據說可能就要在省城簽訂建大工廠的有關合約。

櫻花開了

櫻鎮之所以是櫻鎮，是櫻鎮的櫻樹多。清明是轉眼間來到櫻鎮，枯了一個冬季的櫻樹枝股上，不先長綠葉卻就爆了白花。那花一爆就拳頭大一疙瘩，無數的拳頭大的花疙瘩擁簇在一起，像是掛住了雲。不可思議，整個鎮街在陰天裡粉著亮著天都黑得晚了。

明明是從櫻樹上往下飄起了花瓣，但你感覺那是從高高的天空裡撒下來的，地上落得厚厚一層了，空中到處還是，而樹上的花簇疙瘩並沒減少，仍在爆綻。竹子就仰頭伸舌去接那櫻瓣，伙房的劉𡡉說：那是雪片嗎?!在冬天裡竹子會這樣去接著雪片的，雪片一接到舌尖上就消了，而櫻瓣不消，卻有甜甜的味道。

一股細風在鎮政府大院裡盤旋，帶燈是看不見那風的，風卻旋著櫻瓣像繩子一樣豎起來，櫻瓣顯現了風形。帶燈說：跟我來，哦，往我房間裡來！風並沒有旋進綜治辦的房間裡，剛到門檻裡就息了，櫻瓣軟下去鋪了一片白色的斑點，像是萬千鱗甲。

河堤上

沒有逢集，店鋪的門面只卸下兩頁門板，上年紀的人就坐在門口的石頭上，家家門口都有著一塊石頭，已經被磨得明光鋥亮，他們或者在懷裡捉蝨子，或者就一言不發，任憑著孩子們拉著長線放風箏。從東往西的主街其實也是公路，而且是先有了公路後才沿公路兩邊蓋房搭舍形成的新街。於是，過往的車輛放慢了速度，司機連續地按喇叭，石頭上的老人就喊：車！車！孩子們緊張躲避，風箏跌落在櫻樹上和簷前的電線上，使勁拽，拽斷了線。有人一邊罵著遠去的汽車輾著了曬著糧食的席角，一邊挑著木桶從中街的那條轆轤把巷往下走，走一個漫坡，去老街上的泉裡挑水。老街早已衰敗，但櫻樹更多。

書記陪同著考察隊去了省城，而鎮長也到縣上參加全縣第一季度工作總結會議了，主要的領導都不在了鎮政府，大院裡就清閒下來。一隻喜鵲從空中飛過，白毛狗在叫，院牆上掛住了風吹來的一張塑膠紙，白毛狗也在叫。

馬副鎮長把火盆搬到台階上，用乾包穀信子籠火煮茶。他一年四季的早晨煮茶不誤，一鐵壺的老茶葉子煮出半杯稠汁了，閉著眼睛喝，說不喝一天頭就疼麼。白仁寶在門口刷牙，滿嘴的白沫，還用腳踢狗，狗就不叫了。已經有幾個人提了褲子跑廁所，出來後，說：白主任現在才刷牙呀，不檢查上班情況啦？白仁寶說：你以為我是叫明雞嗎？是領導的指示呀！那些人說：那今日轉幾圈麻將？白仁寶看著馬副鎮長，說：這咋說呢，反正我不轉。馬副鎮長卻說：口寡得很麼，狗日的元黑眼也不見送個鱉來！侯幹事說：現在鱉不好逮。白仁寶說：別人不好逮，元黑眼能不好逮？前年冬裡元老三和人打架，河裡都結了冰，元黑眼還不是送來過三隻鱉?!侯幹事說：我找元黑眼去，吃不上他的豬肉了還吃不上他的鱉？竹子咱倆一塊去。竹子沒作理，見伙房的劉𡡉端了一盒酸菜從大門進來，問劉𡡉早上吃啥飯，劉𡡉說她到鎮街老馬家要了些酸菜，早上調了酸菜吃包穀糝糊湯。竹子嫌老是糊湯，劉𡡉說：再煮些黃豆和紅薯片。竹子說：飯熟了不要叫我，也不要叫帶燈主任，她還睡著，我也去睡個回頭覺呀！竹子還看了一眼帶燈的房間，房間門沒開，她就進自己屋裡也關了門。

其實帶燈早不在房間，已經到河堤上讀書多時了。

河堤上當然也有櫻樹，而更多的是柳樹和榆樹。柳樹和榆樹都很粗，枝條遠看全綠著，到跟前卻並沒葉子，一身白花的櫻樹夾雜其中，就像鎮街集市上還都穿著黑棉襖棉褲的人群裡有著已換了季的那些年輕女子。那兩棵柳樹一棵櫻樹齊簇簇長在一搭，下面是一塊長石頭，帶燈就坐在長石上。左邊放著那件藍布兜，裡邊裝著小鏡子、梳子和唇膏，還有一捲衛生紙、清涼油。清涼油能驅走蟲子，包括蝨子、蟑螂、濕濕蟲。右邊放著一串三個粽子包，街上老范家常年都賣粽子。她在地上鋪一張報紙，鞋脫了，一雙腳放上去，讀的是元天亮早年出版的一本散文書。

堤下不遠處是一片一片菜地，因為都面積微小，又不規矩，像橫七豎八地鋪了無數張草席。這些地是鎮街人各自新創出來的，誰也不指望這些地能長久，種上莊稼或瓜菜了，能收穫就收穫，一發水這草席地就沖了，也不心疼，水退了依然再創新地。

帶燈讀書讀睏了，或者讀到深處，心裡汪出水來，就趴在長石上遠眺莽山，莽山上的雲像移動的棉花垛，一會兒遮蔽了盤山路的一個繞兒，一會兒又遮蔽了三個繞兒。她又看到了松雲寺的古木，從鎮街上空飛去一群鳥，落上去就不見了，再飛去一群鳥，落上去還是不見了。

帶燈想，樹這麼能包容鳥呀，鳥一定是知道吧。

後來，她就收了書，來到一張更小草席的地裡，她認得在地裡栽番茄苗的是張膏藥的兒媳。張膏藥的兒子三年前在大礦區打工時死了，原本那天他感冒了沒有下礦井，車工棚裡睡覺，但工棚下邊甚至附近的那個村子下面都是礦洞，礦洞就塌了，工棚和十幾戶人家全窩了下去。兒子一死，張膏藥和兒媳為一萬元的賠償費鬧得翻了臉，兒媳搬出來，借住在老街道的兩間舊屋裡過活。

帶燈認得張膏藥的兒媳，張膏藥的兒媳也認得帶燈，說：番茄熟了你隨便吃。帶燈問這塊地的番茄能賣多少錢，那兒媳說賣啥錢喲，值不了二三十元。帶燈就說我給你三十元，有空了我就來吃，吃剩下的還歸你。那兒媳半信半疑收了錢，說這不好吧，才栽苗哩就收你錢？然後眼裡滿是羡慕，撩了帶燈的衣服直誇好看，是縣城買的嗎，還摸了她的臉，說臉咋光得像玻璃片子，都是女人，你就這麼拽嘛?!

說帶燈日子過得拽的，也只是張膏藥兒媳。而櫻鎮的更多人，都喜歡著帶燈的漂亮和能幹，也都習慣了帶燈在河堤上、山坡上讀書，讀睏了還會睡在河堤上的石頭上或山坡的草叢裡，但他們又都替帶燈惋惜：多好的一個女人，哪裡工作不了，怎麼卻到鎮政府當個幹部呢？

帶燈對張膏藥兒媳不作解釋，對那些惋惜她的人也不做解釋，心想：或許我該是個有故事的人，自從二十年前的那場皮蝨飛來，這故事就注定了吧。

給元天亮的信

我在山上聽林濤澎湃總是起伏和你情感的美妙，這美妙的一時一刻都是生命中獨一無二的。看到山後閃來一牛，我突然覺得你是我遠古時代土屋木門石灶家的牛郎呢。鎮政府的生活常常像天心一泊的陰雲時而像怪獸折騰我，時而像墨石壓抑我，時而像深潭淹沒我，我盼望能耐心地空空地看著它飄成白雲或落成細雨。所以更是想念你而憐惜這生命的時刻。我知道我的頭頂上有太陽，無論晴朗還是陰沉，而太陽總在。我也知道我能改變些東西，但我改變不了我的心，如同這山上草木四季變化而不變的是石頭。你已經像是我上山時的背簍，下田時的钁鍬，沒有話語，卻時刻不離我的手。

今天的上午，我突然地要在河灘裡放風箏。鎮街上買風箏的都是些孩子，唯獨我是大人。賣風箏的說：給你娃子買的？我說：給我買的。他睜著看我，說：你沒一百哩?!但我就是要放風箏，因為我又收到了你的信。華麗的風箏飛向塵灰的早春應和了我按捺不住的喜悅，風箏卻飛不高就一頭扎下。我恨恨地想，帶尾巴的東西不離窩，真沒出息。這次放出還沒等它回頭我就使勁往下拉，誰知它反而一躥上去了。我就知道嘛，這混亂的枯草料峭的地氣和如四周環山封閉誰都想探出頭往外看看。風箏走著秧歌步悠哉遊哉地上去了，真的抬起一隻腿像孫悟空一樣上天了。我明白是我讓風箏去給太陽送一個笑臉，順便看看太陽的天顏，太陽也給了風箏通身的燦爛和溫暖。

但是，我的心噌地響了一下，到底還是把風箏收了回來。風箏這時六神無主地飄飄落落，手中的線無奈地躺到地上。落下的風箏我沒有搗爛，也沒有送給那些孩子，我把它埋葬土裡，我想，它會長成一地芳草。

元斜眼在追打著老夥計的兒子

帶燈在午後放過了風箏，到了老街，老街上卻有人在翻修舊房子。

屋簷上站著人，地上也站著人。地上的人把蒼青的瓦五頁並在一起往上撂，屋簷上的人伸手就接住，一點不費力，像在雜耍，嘴裡還唱著歌子。後來又把泥漿包往上撂，多沉的泥漿包啊，屋簷上的人還是穩穩接住。但是撂泥漿包的可能身上蝨子在咬，手在懷裡抓了一下再撂泥漿包，節奏亂了，上邊的人沒接住，泥漿包掉下來砸得下邊的人一頭泥。

這些房子不是早不住人嗎，怎麼又翻修？帶燈覺得奇怪，可想了一下就不想了，從轆軲把巷往新街上來。轆軲把巷裡一頭豬慢慢地走，肚子幾乎蹭在地上，並不見有人拿了笊籬跟在後邊，豬的尾巴一乍，一堆糞就拉下來。帶燈很不滿意鎮街上的人養了豬讓豬散跑，才要喊叫這是誰家的豬，卻有一個人迎面跑過來，跑脫了一隻鞋，停下來要撿鞋，又沒有撿，跑過去了。好像是茨店村老夥計王采采的兒子？定睛再看，跑起來是八字步，真的是王采采的兒子。帶燈喊：哎，哎哎！王采采的兒子沒應聲，連滾帶爬翻過一堵院牆，又到了房頂，踏得瓦片一陣響地往東跑掉了。

王采采在做女兒的時候是獨女，娘家人都指靠她，也就給她訂親到一梁之隔的石幢窪村。沒結婚前，一到農忙，她爹就在梁頭上吆喝未來的女婿過來犁地，等會兒還不見人來了，再吆喝：你還要人呀不要?!後來結婚了，丈夫老實也肯下力氣，自家的和丈人家的髒活苦活都包了幹，卻五年後害了病，長年嘴角流涎水，拿個小缸子接著，再也幹不了重活。後來她爹死在她的懷裡沒錢埋，村長仗義，自己親自坐禮桌想能收二百元的禮錢就辦事，誰知山裡人都拿點燒紙或一瓶罐頭。是帶燈給了二百元把她爹草草入了土。王采采的兒子那時還小，待長大了也去了大礦區打工。十天前王采采來鎮街趕集市，給帶燈提了一罐醬豆，帶燈又給她一條舊褲子。王采采當下把褲子往身上套，說褲子太窄又長穿不了，脫下來還給帶燈，說：我哪有你的長腿！帶燈的鞋都是高跟或半高跟的，帶燈要給買一雙平底鞋，王采采堅決不要了，說兒子能掙錢了，可能五月端午就回來。

五月端午還早著的，王采采的兒子卻現在就已經在了鎮街，帶燈心裡毛毛的，頓時像長出了一片亂草。

王采采的兒子剛剛跑掉，元斜眼也跑進了轆軲把巷，粗聲吼：你跑你媽的×哩你跑！瞧見了王采采兒子遺下的那隻鞋，日地踢了一腳，鞋落進一家廁所的尿窯子裡。

元斜眼沒去大礦區打工前名氣比不上元黑眼，從大礦區打工回來了，一般人就害怕了他。和元斜眼一塊去大礦區打工的是兩岔口村的楊二貓，楊二貓給人講，他們在一家公司打工，打了半年工，老闆不發工資，討了十多次討不來，元斜眼就雇了一輛小車，約他一塊要請老闆吃飯。老闆上了車，車就往山上開，老闆問怎麼到山上去，元斜眼不吭聲。車開到山上僻背處，元斜眼把老闆拉下來，老闆說：幹啥幹啥？元斜眼還是不吭聲，用繩子就捆了老闆。老闆還在說：幹啥幹啥？你們不敢胡來啊！元斜眼從車後箱取了钁頭和鍁，在地上挖坑，也讓楊二貓挖。老闆這下軟了，爺長爺短地叫，說只要放他回去，立馬付工錢，一個再多給五千。他們就把老闆又拉下山取了錢，連夜回了櫻鎮。

元斜眼肯定是在攆打王采采的兒子，帶燈問為什麼要攆打那小伙，小伙瘦得像個螞蚱，是能打得過你還是能挨得你打？元斜眼沒有理會帶燈，只顧罵：你能跑到哪兒去？鑽到你媽×裡了也得把你拉出來！帶燈嫌他罵得髒，擰身就走，讓元斜眼罵去，沒人聽見他罵，他罵得再髒也是一股風。

電視機又壞了

鎮政府的大院裡，白毛狗在啃一個骨頭，骨頭上早已沒有丁點肉，牠還在啃。會計洗過了床單，又在鋁盆裡泡著了一大堆髒衣服臭襪子，她在罵狗：啃了一下午了你還啃?!馬副鎮長又把火盆端出來籠火，籠火不是煮茶，要在砂鍋裡熬中藥。說：狗捨不得那肉味麼。伙房裡傳來叮叮咣咣的剁餡兒的聲，會計說：中午喝了鱉湯晚上還有餃子？馬副鎮長說：是白主任自己割了半斤肉，要在電爐子上開小灶哩。會計和白仁寶多年不卯，說：有伙房哩自己還做飯呀？馬副鎮長說：你有錢你也可以買個電爐子麼。會計說：哼，他肯定從元黑眼那兒白拿了肉！經發辦的陸主任和派出所的劉副所長還在下棋，已經下了一個下午，腳下的菸蒂積了一堆，仍不分勝負地吵吵嚷嚷。竹子侍弄著那兩盆指甲花，她把伙房裡打過的雞蛋殼扣著放在盆土上，增加養分，祈盼著早日開花，又嫌馬副鎮長熬藥的氣味吹過來，將花盆端到了院子的另一角。侯幹事捏住了一隻蝨子在手掌上，用放大鏡在觀察，嚷道：人有漂亮人蝨子也有漂亮蝨子，這隻蝨子是雙眼皮呀！後來就追著竹子，要把蝨子放到竹子的脖領裡。竹子像小雞一樣轉圈跑，一邊跑一邊罵侯幹事你噁心。

帶燈從綜治辦房間旁邊的水泥梯台上到了屋頂，她原本要調整一下安放在屋頂的電視信號接收器，因為昨晚看電視時，螢幕上滿是雪花點。信號接收器就是櫻鎮人說的電視鍋，帶燈挪了一下方向沒挪動，卻注意了隔壁派出所的水泥樓頂上那一片搭架的絲瓜和葫蘆。去年栽的絲瓜和葫蘆一直沒有清理，亂蓬蓬的枯藤蔓上，成群的麻雀自天而來，呼地在架中玩隱身又突然向空中譁然飛去。而就在那枝最高的桿頂上，站著了一對，一個頭仰著，媚眼顧盼，尾巴畫圓；另一個彎過頭來在腋下撓癢了，翹翹地展現出一扇翅和一捋足來。帶燈入神地看著，看成了天空中似乎有了兩隻悠古而神祕的眼睛，看出了她心中的一個人。就默默地說：你在看我嗎？你不要地軟又來信說不要寄茵陳，那我能給你寄些什麼呢？你說你春天總是上火，那是體虛所致，我給你寄些中藥吧。我能開藥方，我丈夫的胃病就是我開的藥方服好的，我為六個老夥計都開過藥方治好了病。你要相信我。陳大夫是櫻鎮的陳神仙，他會給我把關的。帶燈這麼沉思著，兩隻鳥兒竟然飛過來，噗啦啦葉子落地，她吃了一驚，鳥兒又若無其事地向天上飛去了。這時候竹子在院子裡看見了屋頂上的帶燈。

竹子喜歡地喊：啊姊，姊，你回來了，幾時回來的我怎麼不曉得？

馬副鎮長攪著砂鍋，說：竹子，革命隊伍裡可沒有班輩啊！

帶燈不愛聽馬副鎮長陰陽怪氣的話，她高聲說：瘋什麼瘋呀，去把電視打開看信號行不行？

竹子跑進房間打開了電視，指揮著把電視鍋向左挪，再向右挪，再挪，一會兒叫嚷有了，一會叫嚷著又沒了。後來說：壞了，全黑了！

天氣就是天意

看電視是帶燈雷打不動的習慣了，尤其在晚上。所以帶燈下鄉，即便到最遠的磨子坪村，晚上都要趕回來。鎮政府大院的人起先以為帶燈嫌在鄉下過夜不衛生，怕惹上蝨子，後來知道她好讀書，又有看電視的癖好。議論這也應該：一個女同志麼，不喝酒，不愛串門閒諞，在鄉下那麼長的夜，怎麼岔心慌呢？連馬副鎮長也說：深山裡的人不看電視，也沒電視，天一黑就上炕睡覺，所以計畫生育工作難搞。馬副鎮長這麼一說，侯幹事就胡扯淡，說：你是說帶燈主任結婚這麼多年還不懷孕，是電視看得多了？竹子當然就罵侯幹事。

竹子知道帶燈愛看電視，並不喜歡那些武俠劇和言情劇，她除了看新聞節目外，最關心的倒是天氣預報。

竹子曾陪著帶燈看天氣預報，覺得無聊，但帶燈看得認真，她也就耐著性子看完了，說：你聽沒聽說過元天亮的老爺曾經是櫻鎮的神仙？帶燈看著電視，說：嗯。竹子說：聽傳說他夏天裡麥子還沒完全黃，他家就開始收割了，村人還都笑話哩，第二天就一場冰雹，把別人家的麥子全砸得窩在地裡。後來村人出門都看他的樣，大紅日頭的，他拿上傘了，大家都拿傘，果然不久就生潑大雨；河裡平平靜靜的，他揹上背簍要去河裡撈南瓜，大家也揹了背簍去河裡，後半天河上游真的發了洪水，沖下來有南瓜、茄子和土豆。帶燈說：嗯。竹子說：過去那神仙說穿了也就是能看天氣，現在有天氣預報了，人人都可以是神仙麼。帶燈說：嗯。竹子說：我說啥你咋都是嗯？帶燈終於把天氣預報看完了，回過頭說：我在看天意哩。

竹子第一次聽說天氣可以看作是天意。

帶燈告訴竹子，這當然是她這麼認為的：我們整天說天意，天意是什麼，天意就是天氣呀。天意要你國泰民安，天氣就風調雨順；天意要你日子不好過了，天氣就連年的大旱或大澇。你在校學過歷史吧，每一個封建王朝滅亡時，你可以說是制度落後，朝廷腐敗，外民族入侵，可自然災害導致莊稼歉收，民不聊生，卻是最重要的起因。明朝滅亡時是連續十三年大旱，千里赤地，盜賊四起，長安的政治經濟文化中心東進北移是氣候乾燥，水源枯竭，風沙肆虐，而鄧小平在農村之所以推行土地承包制那麼順利，取得成功，連續多年的大豐收也應該是很大的原因麼。竹子覺得帶燈說得有道理，而這些道理她是在大學裡沒有聽歷史老師講過，也沒有聽地理老師講過。她佩服著帶燈和她一樣都在櫻鎮，更都在鎮政府的伙房裡吃一樣的飯，怎麼帶燈的腦子裡有這樣的想法？但是，竹子卻看著帶燈，說：或許天氣就是天意吧，皇帝是要祭天的，可咱是鎮政府的小幹部，天氣不好了，有個旱呀澇呀的，最多就是少睡些覺，往村寨裡跑斷腿罷了。帶燈說：我也覺得，我琢磨這些事有些荒唐可笑，卻說不來怎麼啦，腦子裡就鑽進這些想法。櫻鎮是苦焦地方，人窮了志氣就短，也同時做事使強用狠，現在強調社會穩定，可上訪者反映那麼多的土地問題、山林問題、救濟物資分配問題，哪一樣又不都牽涉到天氣呢？咱雖然是鎮上的小幹部，但畢竟吃的是政府的飯，如果天氣惡劣，災害增多，農民生活困難了，社會能穩定嗎？天下亂了，沒有了玉皇大帝，土地爺土地婆還能有嗎？咱們關注天氣變化多了，有意識地去往天意上聯繫，許多事情就能引起警覺和預防吧。帶燈說著卻突然閉口不說了。竹子說：說得好，你說呀。帶燈說：其實我只是這麼感覺，我也說不清的。

縣誌裡的祥異

竹子在那個晚上沒有睡好，起來翻閱縣誌，想看看四九年建國以來的天氣史料，從中尋出一些天氣變化和社會發展的關係。但縣誌是舊縣誌，止於清朝的同治年。就後悔當時只圖要看縣誌上關於櫻鎮的歷史，而沒有把新縣誌一塊兒借了來。竹子只好在舊縣誌上找天氣的章節，沒有，僅僅是一些祥異。

德宗貞元元年，春大旱，天有紅光如焰。至夏蝗蟲白晝群飛，蔽天旬日不息，草木葉及畜毛皆盡。縣東饑民衝進縣衙殺五十人。

順宗永貞四年秋，地震，莽山南崖崩塌，三村寨不復存在。十一月大風怒號，發屋拔木，流寇至，二百人隨之。

太宗淳化四年，六月降雪，有黑獸似猴，而腰尾皆長，性猛迅，見人食之。國之易政。

仁宗康定年五月，縣東南有冰雹，大如拳，禾麥無收。河川一帶有十牛被砸死。盜賊吳有田居天竺山三年。

光宗紹熙二年，冬至夜震雷如砲，電光如火，須臾落地如弓曲狀，移時沒。來年大旱，粟價騰貴，絕糴罷市，木皮石面皆食盡，父子夫婦相割啖。至臘月，知府被革職，撤縣併於山陰縣。

聖宗乾亨年，天降黑霜，豬生子似象，有人生角。十月賊寇起，呼嘯縣城。

世宗大定十八年，八月群鼠結隊，晝行街市，九月洪水暴溢。來年世宗亡。

武宗二年天忽黑，風沙走石，十餘月未雨，大饑。

洪武三十二年，有星夜墜屹岬嶺，光芒曜如白晝，翌日地大震有聲，縣西鄉有裂縫五里，寬十丈，十村盡沒。縣衙被賊破，翌日知縣頭懸於城門口。

天聰七年有人牧馬山中，雷電四起，雲霧蔽谷，人於雲霧中見龍與馬交，踰年產馬長喙短尾，拳毛如龍鱗。至三年，縣北人馬世昌聚眾鬧事，隨之南方白啟山揭竿而起，馬世昌五千人投之，五年後白啟山、馬世昌被滅，而外族入，朝廷遂亡。

崇德七年地裂，水泉湧，南漆河逆流三日，鼠食於稼，人饑疫，死者相枕藉。

順治十年，自夏逮秋大雨，傷稼，民饑。兵起。

康熙三十六年陰雲四合，色綠，雹大如卵，味臭，自茶埠坪至櫻鎮禾苗俱毀。四十二年縣西溝山洪暴發，山底十三村幾成澤國。雷西甫之亂。

雍正十二年，大風月餘不止，全縣小麥害病，野草種子飛揚，草荒。邊關緊張。

嘉慶八年隕霜殺禾，凍土三尺深，不能耕，盜賊四起。

咸豐十年三月天降隕石，七月大蛇累見。有長人見於熊耳山，身三丈餘足三尺二寸，白幘黃衫，大呼今當太平。流寇過，天下亂，十一年朝廷改制。

馬副鎮長提供了重要情況

綜治辦的電視機徹底壞了，馬副鎮長卻主動來喊帶燈和竹子到計生辦去看電視。馬副鎮長說：帶燈，別人沒事就到我那兒串門，你是從來不來的，我知道你對我有意見，可我這是真心請你，你還不肯去嗎？帶燈說：我哪敢對你有意見？能有什麼意見呢?!只是我這小資情調的，怕你有看法。馬副鎮長說：這話可是鎮長說的呀！他當領導咋能給部下下這結論?!帶燈說：他也沒說錯。自己就笑了。

帶燈和竹子就在計生辦裡看電視，帶燈把她做好的醬豆拿了一瓶，還送了塊硫磺皂。正好，辦公室的吳幹事進來，看見桌上有一包紙菸，抽出一枝就吸起來。馬副鎮長說：我雖是副鎮長可也算個領導吧，別人都是給領導行賄的，你倒是來了就吃我的紙菸，你也學學帶燈呀！帶燈說：我是要看你電視的，才拿了醬豆硫磺皂的。吳幹事說：我吃領導的紙菸是為了體現領導和群眾關係親麼，她帶燈送硫磺皂你以為是對你好嗎？她是嫌你有蝨子哩！大家都笑，帶燈就罵：你這嘴裡啥時候能長象牙呀?!馬副鎮長也就說：我這兒是有蝨子。就沒讓帶燈和竹子坐到床沿上，而讓吳幹事取兩把凳子來，說：凳子上不會有蝨子的。

在看著電視裡的新聞聯播和天氣預報過程中，馬副鎮長話說個不停，他在說書記去省城了，鎮長也到縣上開會去了，應該今天就回來卻沒有回來，是不是又忙他的事了？竹子說：他有什麼事？馬副鎮長說：昨日元斜眼碰著我了問，如果書記引進大工廠了，那就是大政績了，就該提拔到縣上的，鎮長也順便當當書記了。竹子說：元斜眼的話能正經？前日他又和人打架，一個大男人家的手那麼重，一拳就往金狗媳婦胸上打，打得人家昏在地上。馬副鎮長說：你知道為啥打金狗媳婦？竹子說：為啥？馬副鎮長說：金狗前年餵了三頭豬，賣了手裡攥有幾個錢，元斜眼整天和金狗打麻將，他打麻將帶手哩，結果賣豬錢輸了多半，金狗媳婦就記了恨。近日茨店村有個小伙在大礦區打工回來掙了六七千元，還沒回茨店村哩，在鎮街上就被元斜眼拉去打麻將，又是錢全輸了，元斜眼放債給他，再賭了三天，那小伙還是輸了。還不了帳，元斜眼就逼那小伙還去大礦區打工，並和大礦區的包工頭說好，小伙掙了錢直接交給他抵帳。元斜眼在逼那小伙時，金狗媳婦看見了，數說了幾句，元斜眼就打金狗媳婦。帶燈說：元斜眼在鎮街上開賭場？馬副鎮長說：我只說你看電視哩，也一心二用？開沒開賭場我不知道，但他專門找南北二山裡在大礦區打工回來的人打麻將倒是真的。帶燈說：這事你沒給書記鎮長說？馬副鎮長說：這事歸綜治辦管麼，我說了對你們不好麼！

有了喝農藥的

回到綜治辦，竹子說：咱這位領導總是陰陽怪氣的。帶燈說：他肚子裡有氣麼。竹子說：他沒升上官就覺得誰都在虧他，氣大了身體不好那就愈是難上去了。帶燈說：你提醒著我呀，鎮長一回來，就得彙報元斜眼的事。竹子仍還對馬副鎮長不滿，埋怨去看看電視麼，用不著送他醬豆和硫磺皂，給了他硫磺皂他也不用哩。就說：你瞧見他床頭板嗎，上邊三個血點點，肯定是掐蝨子留下的。帶燈說：甭說了，你一說我身上就癢哩。咱洗個澡？竹子說：洗呀洗呀！就去找劉嬸要伙房的鑰匙，自己來燒熱水。

後來就關了門，拉上窗簾，解衣脫鞋洗起來。帶燈臉色白淨，身上皮膚卻黑，竹子恨自己不會長，身子白臉黑。突然門外咕噥一聲，竹子隔門縫看了，白毛狗臥在那裡，低聲說：你是偷窺哩還是在守衛？狗咳嗽了一下，竹子拿單子把門縫也擋了。帶燈說：牠肯定是守衛咱哩。竹子說：狗是不是人變的？我一說她牠，牠便咳嗽，只是牠的話咱聽不懂。帶燈說：可不敢讓狗說人話，牠要說人話了，鎮政府大院裡的啥事牠都知道。兩人咯咯笑，低聲議論著狗能知道大院裡的什麼呢，知道鎮上誰給書記、鎮長行賄了？知道馬副鎮長又發什麼牢騷了？知道擺衣服攤的那個女的一到白仁寶房間，白仁寶就拉窗簾，在幹啥嗎？末了，帶燈說：狗知道你多少事？竹子說：我有啥事，不就是我媽逼我快嫁麼！那你呢，夜裡夢話裡喊我那姊夫?!帶燈擰竹子，竹子哎喲喲叫，兩人又一陣笑。

偏這時白仁寶在喊帶燈，帶燈說這麼晚了喊啥哩，不理他。白仁寶又喊竹子：電話，縣上電話！竹子說：說我媽，我媽就來電話了！穿了衣服出去。但很快又回來，說：是縣信訪局電話，白仁寶要你去接。這神經病，不讓我接，他喊我?!帶燈只好也穿了衣服出去。的確是縣信訪局的人打來的電話，說櫻鎮一上訪戶在縣政府大門外喝農藥了，現已被送去縣醫院，要求櫻鎮立馬來人領走。帶燈嗡地一下，臉色都變了，搗了話筒給白仁寶說：出事啦，咱的人在縣上喝了農藥，讓去領哩。白仁寶說：這是綜治辦的事，所以我讓你接的。帶燈瞪了白仁寶一眼，對著話筒說：喝了農藥？是不是姓朱，朱召財？縣信訪局的人說：我管他豬呀貓呀的，只要是櫻鎮的，你們都得來領人！帶燈說：你是？那人說：我不是局長你就不聽啦?!帶燈說：我不是那意思。那人說：櫻鎮是怎麼搞的，讓你們守土有責、嚴加防範，竟然就讓人跑到縣上來，還喝農藥！帶燈說：朱召財是全縣都有名的老上訪戶了，老兩口七八年都在外邊跑著上訪，因為責任不在鎮上，也不在縣上，這多年裡考核櫻鎮工作朱召財問題都是除外的。那人說：你的意思是你們不來接人？叫你們書記鎮長接電話！帶燈說：好好，我們接人。

帶燈放下電話，罵一聲：不是局長還口氣這凶的，哈巴狗站在糞堆上了！進了綜治辦，竹子又脫了衣服還要洗，帶燈說：出事啦，出事啦！自個先去院子裡發動摩托，竹子就重新穿好衣服攆出來，問怎麼回事。帶燈說了喝農藥領人的事，兩人推了摩托便往大門外走。白仁寶說：我給個手電筒？帶燈沒理，竹子也沒理。

朱召財

朱召財是鎮街東八里地的月兒灘村人。十多年前月兒灘村出了個人命案，在土窖裡發現了同村毛拴牛的屍體，縣公安局人來了十幾天，抓住了嫌疑人毛中保，毛中保承認人是他殺的，同時還供出一塊兒殺人的有朱召財的兒子朱柱石，朱柱石就也被逮捕了。可是，就在把毛中保朱柱石往縣上解押時，毛中保半路上要上廁所，從廁所蹲坑裡鑽下去到了尿窖子裡逃跑了。朱柱石一直不承認他殺了人，但有毛中保的供詞，朱柱石後來還是判了無期徒刑。從此，朱召財老兩口就為兒子申冤，四處要尋找毛中保要他說出真相，卻無法找到毛中保。三年前，大礦區通知櫻鎮，說月兒灘村馬明明在大礦區殺了人，被槍斃了，讓家人去搬屍。馬明明一直在外打工，誰也說不清怎麼又在大礦區犯了事，他家裡只有一個獨眼爹，又恨又嫌丟人，就沒去搬屍。可過了八個月，馬明明竟然回到了月兒灘村，問清原因後，才知道馬明明和毛中保是姑表親，兩人年齡長相近似，毛中保在出事前就借了他的身分證。這樣，就肯定了在大礦區被槍斃的是毛中保。毛中保一死，朱召財替兒子翻案的事更沒了著落，但老兩口仍心不甘，繼續上訪，這其間多次被抓回，抓回來又跑出去，連續三年再沒蹤影。年前臘月二十三，老兩口都年紀大了，又一身病，才回到月兒灘村。

帶燈和竹子要到縣醫院去領人，又擔心是不是朱召財，就先到月兒灘村尋到村長，和村長到朱召財家，朱召財家果然只有朱召財的老婆在，害腿疼，扶著炕沿和他們說話。問朱召財哪兒去了，說不知道，問幾時出的門，說不知道，問出門時都拿了啥，說不知道。帶燈非常嚴厲地訓斥村長，嫌村長沒有看管好朱召財，現在立即去縣醫院領人。村長就罵朱召財老婆，朱召財老婆還嘴，村長搧了個耳光，朱召財老婆再不吭聲，趴在炕沿上哭。村長問這黑的夜，咋去縣城呀，三十里路的，能不能明天去。帶燈說：必須連夜把人領回來！我和竹子現在就去醫院，兩小時後你派人得到，我不管你走著去還是飛著去！

帶燈和竹子趕到縣醫院，醫院已經為喝農藥的人洗了胃，被安置在一間雜物間裡，門口守著縣信訪局的人。信訪局的人劈頭蓋臉又在呵斥櫻鎮的工作是怎麼做的，動不動就有上訪人到縣上尋死覓活。帶燈沒吭聲，竹子上了火，說：是我們把他送來的，農藥瓶子是我們遞到他手裡的！信訪局的人說：你還躁哩，你叫啥名字？竹子說：我叫啥名字？我們鄉鎮幹部的名字就叫鱉！帶燈說：好了好了，上級批評咱就接受。人交給我們了，你們早點回去睡覺吧。把竹子往一邊拉，竹子一委屈，兩股子眼淚流下來，又哭了。

王隨風

但是，到雜物間領人時，竟然發現喝農藥的並不是朱召財，而是南河村的王隨風。氣得帶燈罵：怎麼是你？你也學會喝農藥啦?!靠住牆喘粗氣。

帶燈認識王隨風很早。

才到鎮政府那年，給鎮政府蓋南邊那一排平房的泥水匠和王隨風娘家是鄰居，王隨風在鎮街上賣魚時來看望泥水匠，帶燈見過一面。泥水匠讚歎王隨風，說她娘家門前有個魚塘，她每天早上四點騎自行車到縣城買豬雜肝回來餵魚。二十歲時，嫁了婆家也在南河村，她開始拉個架子車在鎮街上賣肉沫糊辣湯。賣了一年，生意還行，就到縣城的醫藥公司門口賣，還承包了醫藥公司的三間房賣起了藥品，很賺錢的。她已經穿起了碎花子襖兒，還有皮鞋，皮鞋磨腳，在腳上貼創可貼了還穿皮鞋。後來醫藥公司職工下崗要求收回房子，而合同期未到，公司開了條件她不走，職工們就把她的東西扔外邊，強行攆出。三年半前打官司，對方給予補償，她不同意，走了上訪路。縣上曾想結訴給她七萬元，她仍不行，要十二萬。事情就這麼拖下來。

縣信訪局的人還沒走，月兒灘村的村長帶了兩個人，拉著一輛架子車到了醫院。村長見不是朱召財，屁股一擰就走。帶燈說：走啥走啥？村長說：不是朱召財，我給誰擦屎屁股呀?!帶燈說：不是朱召財，就算我給你派活哩！村長說：給我派活行，你罵了我不說了，耽擱了瞌睡我也不說了，但我們三人跑這麼遠，總得有個路費錢吧？竹子說：你要路費錢，誰給我們路費錢了?!村長說：你們吃政府飯麼，這是你們的工作。帶燈說：我本來準備給你們每人補貼一百元的，你這麼一說要錢，我就只給每人五十元。村長說：這我不拉！帶燈說：老劉，劉大頭，我可是知道你這個村長是怎麼當上的，而且我還要給你說，綜治辦收到你們村三個人聯名告你的信。村長說：是王來娃他們寫的黑信吧？他為了宅基地和我結下仇的。王來娃，我×你媽你誣陷我哩！帶燈說：誣陷沒誣陷這得等我調查落實了再說，可今日這王隨風你拉也得拉，不拉也得拉！村長說：唉，給你們搗亂的你管不住，給你們幹活的你倒管了個緊。帶燈給竹子說：你身上裝沒裝一百五十元？竹子剛掏出錢，村長一把攥了，轉身就從床上把王隨風拉了走，王隨風卻死死抱住床頭，就是拉不起。

帶燈給王隨風做工作，說你的問題是老問題，鎮政府一直在催督有關部門在解決，一定要相信政府，就是不相信政府，都是女同志，你要相信我，你就是不上訪，我也會跑腿給你催督的。而你來縣上喝農藥不是辦法，產生影響是能產生影響，可只能引起各方面的反感，你喝了救得不及時你就死了，死了就白死了，救得及時難受是你。三更半夜的，我們來領人，這是任務，你必須得回去，好說好勸了你就跟著劉村長走，架子車就在樓下，你可以坐在架子車上，你還要死強，他們就得抱著你回去了。說了半天，王隨風就是不吭聲，抱住床頭不鬆手。村長又開始拉，把被子拉脫了，又拉王隨風的腿，把褲子也拉脫了。帶燈忙給繫褲子，村長說：把人都丟成啥了，還怕羞?!帶燈說：好好說，只要能回去就好，她畢竟是女人麼。村長說：這要勸說到啥時候呀，你要勸說那我就不管了，你要叫我拉，你就不要在這兒，我給你拉回去就是！帶來的兩個人就把帶燈和竹子推到門外過道上。村長就對王隨風說：我可認不得你，只認你是敵人，走不走？王隨風說：不走！村長一腳踢在王隨風的手上，手背上蹭開一塊皮，手鬆了，幾個人就抬豬一樣，抓了胳膊腿出去。從過道裡抬到樓梯口，王隨風突然殺豬一樣地叫，整個樓上都是叫聲。

帶燈看著那夥人下了樓梯，說：回去直接交給南河村的村長啊！說畢，腿軟得靠牆溜下去，坐在地上。竹子說：姊，咱回。帶燈說：心慌得很，讓我歇歇。卻說：你跟著下去，給村長交代，才洗了胃，人還虛著，別強拉硬扯的，也別半路上再讓跑了。

吃飯

帶燈和竹子離開醫院時，天麻麻亮。縣城的街道上，各類小吃開始上攤。竹子要請帶燈吃豆花，一摸口袋，再沒了一分錢。帶燈說：你是故意說要請我，其實要我請你。竹子說：你是姊麼，工資比我高。帶燈說：讓你談戀愛你不談，談戀愛了就有人管待你錢哩。竹子說：鎮政府就那麼大個單位，和誰談呀？就是談了，能再遇上像姊夫那樣能掙錢的人肯讓我花？帶燈卻冷了臉，說：甭說他！竹子覺得奇怪，但帶燈不讓說，她也就不說了。兩人一時沒了話，竹子就跟著帶燈，帶燈經過豆花店了，並沒有進去，竹子也沒敢過問，只說這頓飯是沒指望了，帶燈卻進了一家水盆羊肉館，說：要吃就吃頓硬飯！

正吃著，店外一陣吵鬧，兩個城管和一個推著三輪車賣油茶的小販在爭執。可能是小販把油茶車停放在了馬路上賣，城管過來要罰款，小販不服，嘴裡罵了什麼，城管一腳踢了油茶車，油茶壺沒倒，七八個碗稀里嘩啦翻在地上碎了。店裡很多吃飯人就往外跑看熱鬧，或許是也指責了城管幾句，城管回過頭來，又立即噤了口，回坐到座位上了，說：狼麼！竹子也要出去看，帶燈踩了她的腳，說：坐好。竹子坐好，兩人低頭只管吃。店外的小販坐在地上罵，城管偏還要罰款，後來小販就在地上打滾，別的小販四處逃散，逃散時還順手又拿走了油茶車把上吊著的一次性筷子的插筒，而更多的人聚了過來，兩人乘機從旁邊溜走。

帶燈說：一個檔次！竹子說：啥一個檔次？帶燈說：小販素質差，不按規定地點支攤，又亂扔套碗的塑膠袋兒，城管也是低素質，野蠻執法。真是啥人用啥人治。竹子說：那讓咱倆整天和上訪人打交道，是糟踐咱了?!帶燈說：咱也一樣吧，在綜治辦幹得久了，肯定有人看咱是壞蛋，咱也覺得自己骯髒了。竹子再沒接話。

帶燈卻突然做出決定，既然來城裡了，就多待半天，她的一個同學開了家賓館：咱去洗個澡！

洗澡

聽說洗澡，竹子當然高興，說在鎮政府沒洗成，又跑了一夜，身上快發酸了。兩人趕到一家賓館，經理正領員工擦洗門窗，立即朝樓上喊：開一間房子，把熱水放開，土地婆又來泡澡了！

竹子說：姊你常來呀？帶燈說：凡要進縣城辦事，都來洗的。經理說：又來抓上訪的了？帶燈說：沒上訪的我還泡不了澡。經理說：你這工作有意思，整天跑動，都有故事。哪像我弄個賓館倒是給我弄了監獄。帶燈說：爛工作，綜治辦是黑暗問題的集中營，我都恨死了。經理說：這你哄我，真是恨死了還穿這麼鮮亮，膚色嫩白，瞧這頭髮一絲不苟?!帶燈說：你的意思我就該皺紋縱橫面如漆黑頭髮蓬亂衣衫不整？那你這賓館，門衛都不讓進了！經理說：我老成啥了，還講究是老闆哩，這腰裡一抓一把贅贅肉，都快沒人形了。帶燈說：這叫形散神不散麼。經理就笑，說：你這心態好！帶燈說：工作就像嫁郎一樣，嫁雞隨雞，嫁狗隨狗，我看我的昨天、今天和明天也就這樣了。深山裡也有棠棣花麼，花只顧自己開放。經理說：我羨慕就羨慕你在鄉鎮這些年了還沒磨下你那小資氣。帶燈說：就這品種麼，麥子種到哪兒都是麥子，長不了包穀棒子。說罷，再不和經理貧嘴，噔噔噔就往樓上跑。

帶燈往樓上跑，心裡卻想：我怎麼給她說像棠棣花一樣只顧開放？這話是我在手機上給另一個人寫的，那話只寫了一句，但要寫完整，該是：我睜開眼就很喜悅地想起你。我像棠棣花一樣只顧開放。我覺得我愛的人是天是地是宇宙是大自然，那麼我就像草木一樣為大自然綠著而天地給予陽光雨露清風明月。我把心收到一棵樹上，慢慢長起來，因為有你在看著也看得清。別人一見花就折，你會說這花真漂亮，別人見一樹果子會說這家人勤快呀而你會說這樹能幹。所以我想為自己活一回。

竹子洗得快，先出了浴室，等帶燈泡好出來，她已躺在那裡睡著了。帶燈說：懶——，身子也倒下去，眼睛已閉上了，吁出個蛋字。

一身的櫻花瓣都是眼珠子

一覺醒來後，帶燈想在縣城裡見一下鎮長，先用手機聯繫，鎮長說他正在會場，出來上廁所了把電話打過來。鎮長果然打來電話，帶燈就彙報了王隨風的事，要讓他有個思想準備，以防會議上有人突然提出來了使他尷尬。但鎮長說事情他已經知道了，有關領導點名批評了櫻鎮，他也在會上作了一次檢討。帶燈原本是要向鎮長表功的，沒想給鎮長帶來了災，她一下子口拙起來，並一再地道歉是綜治辦的工作沒做好。鎮長是沒有訓責她，卻考慮到這事可能還有後遺症，要影響到櫻鎮的工作考核，他得見見一些領導，這就得帶燈以最快的速度去村寨裡收購幾十斤土雞蛋託人帶來。帶燈說能行，明日就把土雞蛋捎去，而為了汲取教訓，她就又反映元斜眼在鎮街上專門找從大礦區打工回來的人打麻將騙錢的事。鎮長說：哦，這確實是不安定因素的新動向，是得趁早打擊。這事我回來後咱們研究研究，眼下你得盡快地收購雞蛋，雞蛋一定要保證是土雞蛋啊！

要收土雞蛋，當然得去南北二山的村寨裡，去村寨當然還得找那些老夥計。帶燈喊竹子起床，喊了幾聲竹子醒不來，揭開被子要打屁股，看見了一對白蘿蔔似的腿，忍不住摸了一下，竹子忽地坐了起來。

竹子說她正做夢哩，夢裡有人給她獻玫瑰，但獻玫瑰的人似乎在不停地換，到底沒看清一張具體的臉。

帶燈說：夢是反的，都是你這夢做壞了，鎮長才來了電話！竹子問：鎮長表揚咱們啦？鎮政府那麼多人，只有咱在第一時間裡把王隨風領了回去。帶燈說：鎮長批評綜治辦沒有及時防範。竹子不信，說：真批評啦？帶燈說：真批評啦，還讓現在就去下鄉。竹子就生氣了，罵了一句：毬！竹子罵了一句粗話，帶燈就笑了，說：一聽就是鄉鎮幹部！竹子一仰身又倒在床上，說：領導不珍貴咱了咱珍貴自己，今日就不去下鄉，睡，再睡！

睡是不能再睡了，帶燈還是把竹子往起拉，說去下鄉收購些土雞蛋要給領導送的。竹子又坐起來，說：咱咋這麼可憐呀，就像大人打孩子，把你打哭了，讓你不哭你就不能哭，還得寫個檢討。收土雞蛋，巴結一下鎮長？帶燈說：不是咱巴結他，是他得巴結縣上的領導。竹子說：他也巴結人呀?!帶燈說：行政幹部麼，誰不被人巴結，誰又不巴結人？竹子說：咱鎮長巴結領導不知道是個啥模樣呢？她突然高興了，覺得受的委屈都不算一回事了。

兩人騎了摩托剛出了縣城，鎮長的電話又來了，他在提醒著帶燈，收購土雞蛋的時候要收購沒被公雞踏過的母雞下的蛋，不能收購被公雞踏過的母雞下的蛋，一顆都不能收購。帶燈有些疑惑，吃雞蛋不要吃用激素飼料餵過的雞的蛋而要吃放養的雞的蛋，卻怎麼還分被公雞踏過和沒踏過的？鎮長說：常務副縣長是和丈母娘一塊生活的，那老太太吃齋，肉不吃，蔥蒜不吃，被公雞踏過的母雞生下的蛋也不吃。帶燈說：這咋分得清哪顆蛋是被踏過的哪顆蛋是沒被踏過的？鎮長說：你連這點知識都不懂？買蛋的時候你拿手電照麼，裡邊清亮的是沒被踏過的。要一顆一顆照啊！帶燈沒好氣地說：你真心細！放下電話，就琢磨這麼收購土雞蛋，只能去東岔溝村找六斤了，便扭轉了摩托，沿城關一條近路直接去了東岔溝村。

六斤也算是帶燈的老夥計。當初，六斤提了雞蛋籃子來鎮街集市上賣，每每到了鎮街西頭的石橋下，就把身上的破衣服脫了，換一件碎花衫子。賣完了雞蛋回去，也是在石橋下再把碎花衫子脫了，又穿上破衣服。帶燈注意了她，和她閒話，問有沒有男娃，她很輕鬆地說：兩個女的，給別人家養哩。十幾年前她從崛頭坪寨抱養個八歲男孩，這男孩上學時，周日總和他哥們回老家，收養關係也就名存實亡。十六歲和他哥去大礦區打工出了礦難，她火速到大礦區爭取賠償，拿到了兩萬元，但和男孩的親父母起了爭執。親父母在老家安埋了男孩，她給了三千元，又經人勸說再給了五千元。帶燈也批評她：你這做得不好。她說：誰不想要錢？帶燈送給她幾件過時的衣服，她每次賣雞蛋見了帶燈就要給帶燈幾顆，並說明這幾顆絕對是土雞蛋。帶燈不肯收，她不行，當下把雞蛋敲開，給帶燈嘴裡倒。

竹子說：咱今日去，你老夥計會不會給咱做飯？帶燈說：肚子飢了就讓她熬刀豆糊湯，她封乾的蔓菁煮著好吃。竹子說：人乾淨不？我第一次和馬副鎮長去藥鋪山村吃飯，那家媳婦擀了長麵，吃著可口，吃完了我才發現她手背上垢痂恁黑的，一出門就噁心得吐了。帶燈說：人算不上乾淨。竹子說：那我不吃！帶燈說：我以前下鄉也不吃飯，後來發覺你不吃飯了人家就生分你。竹子說：你那些老夥計都是吃出來的？帶燈說：你不吃就不吃吧，可你如果也想有些老夥計，我教你個辦法，下鄉時拿上照相機，只要給他們照相，關係就熱火了。竹子說：這我不，要洗照片，我有多少錢？帶燈說：我是給他們看病的，看不了大病就教些小偏方。竹子說：哦，那我也向陳大夫討些偏方去。帶燈說：你岔我的行呀？竹子說：喲喲，你要是六斤，我可能連顆生雞蛋都吃不上！帶燈就咯地笑了一下，這一笑，摩托頭一拐，差點撞在路邊的水泥礅上。

沒到櫻鎮，沿途的櫻樹少見，一進了櫻鎮地界，櫻樹就多了，愈來愈多。經過幾個村寨，所有的狗都驚動了，亂聲吶喊，竟然兩隻三隻攆著摩托跑，攆上了又在摩托前跑。狗的吶喊和追攆是別一種的鳴鑼開道，帶燈和竹子覺得很得意。村寨的人都從屋裡出來，或在地裡正幹活就拄了钁頭和鍁，至她們一出現就盯著一直盯著她們身影消失。有人在村口的泉裡用勺往桶裡舀水，只顧看了帶燈和竹子，桶裡水已經滿了還在舀，水就溢出來濕了鞋，他媳婦一手帕摔在他頭上，說：看啥哩看啥哩?!他說：這不是鎮政府的誰和誰嗎？人家吃啥哩喝啥哩長得這好的！他媳婦罵：你去聞麼，人家放屁都是香的哩！帶燈和竹子當然是看到了也聽到了，全都忘記了鎮長的批評，經過每一個村寨，偏把摩托的速度放慢，還要鳴著喇叭。竹子說：姊，姊，又有人看哩！帶燈說：就讓看麼，把臉揚起來！竹子說：咱是不是有些騷？帶燈說：騷啊！竹子就後悔她沒有穿那件紅衫子。

滿空中是忽悠的櫻花瓣，不時地黏在她們的頭髮上，衣服上，甚至還有一瓣貼住了竹子的眼睛。竹子用手去抹，它又飄走了。到了東岔溝村，摩托停下來，兩人抖著身子，花瓣就落了一地。竹子說：哎呀，這花瓣是咱開的？帶燈說：那不是花瓣，是眼珠子！

美麗富饒

東岔溝村的人居住極其分散，兩邊的山根下或半坡上這兒幾間茅屋，那兒一簇瓦房，而每一戶人家的門前都有著一眼山泉，旁邊是一片子青棡和栲樹。石磨到處有著，上扇差不多磨損得只有下扇一半，上邊壓著一塊石頭，或者臥著一隻貓。牛拉長了身子從籬笆前走過，摩托駛來，牠也不理。櫻樹比在溝口更多了，花開得撕棉扯絮，偏還有山桃就在其中開了，細細的枝條，紅火在塄畔上。

竹子大呼小叫著風光好：瞧那一根竹竿呀，一頭接在山泉裡，一頭穿屋牆進去，是自來水管道嗎，直接把水送到灶台？又指點著那簷下的土牆上釘滿了木橛子，掛了一串一串辣椒、乾豆角、豆腐乾和土豆片，還有無花果呀，無花果一風乾竟然像蜜浸一樣?!看那烘菸葉的土樓啊，土樓上掛著一原木，那不是原木，是被掏空了做成的蜂箱，蜂箱上貼了紅紙條，寫著什麼呢？帶燈說：寫著蜂王在此。竹子就讚不絕口：寫得好，怎麼能寫出這個詞啊！但是，還有一家，門框上春聯還保存完整，上面卻沒有字，是用墨筆畫出的碗扣下的圓圈，不識字就不寫字，用碗扣著畫圓圈這創意滿有趣喲。有人坐在石頭上解開了裹腿捏蝨子，一邊罵著端了大碗公吃飯的孩子不要筷子總在碗裡攪，稠稠的飯被你攪成稀湯了，一邊抬頭又看到了斜對面梁上立著的一個人，就高聲喊話：生了沒？——生了！——生了個啥？——你猜！——男娃？——再猜！——女娃？——啊你狗日的靈，猜了兩下就猜著了！

帶燈說：這裡的風光你能用個成語概括嗎？竹子說：美麗富饒！帶燈說：美麗富饒不應該是個成語吧？竹子說：是成語！帶燈說：美麗和富饒其實從來都統一不了，大礦區那兒殘山剩水了卻富饒，東岔溝村是美麗卻不富饒。竹子說：有了大工廠咱櫻鎮也就富饒了。帶燈說：富饒了會不會也要不美麗了呢？

竹子愣住了，她明白帶燈的話，說：書記說人家大工廠是循環經濟，循環經濟你清楚嗎？帶燈說：我不清楚。竹子說：連你也不清楚?!有人就尖錐錐地叫起來：哎喲，這不是帶燈主任嗎？帶燈，帶燈，你咋就來了?!竹子說：這是誰？帶燈說：這就是六斤。六斤從塄畔上跑下來，一邊跑一邊在手心吐了唾沫在頭上抹，腳下的一塊土坷垃就先滾了下來。

給元天亮的信

總愛在枯黃的沙石坡上享受那藍天和白雲，呼吸中有酷霜的味道。退著走想曬曬屁股又歇歇眼，太陽睜著光芒，它把我的目光頂撞回來。這意味深長暖香如玉的春陽，是暖爐嗎我願熔進你心裡，是火灶嗎我願是一根耐實的乾柴。如果是魔鏡你吸了我去。太陽真的把人人物物占有但也屬於人人物物。

蜜蜂嗡嗡嗡地響，小鳥在吵，溝澗上一位說話只是半語的老農在壘石畔不時地胡喝兩聲，像林子裡偶然的怪鳥的直叫。塆坡上的綠自掩藏的一片兒一片兒的土地有人在彎腰栽著紅薯苗兒。今天沒有風，預報說明天有陣雨。這裡的人就像一顆包穀一株胡麻一樣在地上吃天年。定時的飛機響聲告知著外面存在的世界。我有些神經，如幻想中山中不安分的幽靈，驚覺著外面的風吹草動，總想著你現在是在幹什麼呢，調研，視察，開會，或是伏案寫作。伏案寫作還戴個眼鏡吧，時而抬起頭摸摸索索取根紙菸想吸吸？我就看看走了近去，抱抱你摸摸你的手便飄然離去。賺你一個會心的笑。你開始吸紙菸了，一口一口吸一口一口地吐，享受這個過程。人生有許多東西可以不進心而能過癮，我，日出想你回去想你風中想靜中想葉下想石上想，山上水邊走著坐著想花開花落想，可我也像大口吸紙菸一樣不傷心反而痛快。我這樣說你高興嗎，你已經是我的神，我要把這種意念當作自己的信仰和真實的假設，不想著是真實的存在，和你沒有關係，這樣我能輕鬆一些，也能放開你一些，我在生活中也能壞一些野一些。

十三個婦女

六斤搭梯子就上房頂去取軟柿，她說別人家的軟柿都壞了，她家的還好，是專門給你們留的。但她卻在房頂上大聲罵烏鴉，烏鴉把軟柿全吃了，便把被啄了一半的爛軟柿一顆一顆扔下來，扔得滿院地上都是。她又要給帶燈和竹子燒滾水煮荷包蛋，灶火生起來，去雞窩抓雞，指頭在雞屁股裡拭了拭，再罵：你沒有蛋麼，你給我裝模作樣地臥雞窩?!她顯得難堪，帶燈和竹子更難堪，說：就喝滾水，喝滾水！六斤說：喝滾水就得放糖！滾水端出來，她捏著一撮糖，帶燈不要，不要怎麼行呢，硬給撒在碗裡，撒過了指頭還在滾水裡蘸了一下。

後來，六斤幫忙去村裡收雞蛋了，反覆問：是要土的？帶燈說：必須是土的！六斤說：你們公家人，娶媳婦要洋火的，穿衣服要洋火的，吃雞蛋卻要土的！帶燈說：還要是沒被公雞踏過的。六斤說：天呀，這誰要吃的，恁刁嘴的！扭著屁股出門去了。帶燈和竹子在屋裡喝白糖滾水，竹子說：瞧你這老夥計！帶燈只是笑。這時候溝畔上邊傳來哭罵聲，兩人出來看，是一個坡坎上下緊鄰的兩戶人家在吵架。旁邊有勸解的，勸解根本不起作用，就都袖了手瞧熱鬧，見帶燈和竹子來，說：啊政府來人了！

他們給帶燈說原由：兩家為地畔子彆扭了幾年，五天前吵鬧了一場，只說該歇十天半月了吧，沒想又吵鬧了。上面那家媳婦以前當過婦女組長，丈夫是個沒星的秤，不管事，媳婦就霸著家，說話占地方。下面那家媳婦因為當年父母包辦婚姻，而她和另一相好睡覺被人發現過，過門後一直在家受歧視，言語短，但能緊財。剛才吵鬧起來，上面那家媳婦打了下面那家媳婦臉，下面那家媳婦的男人卻沒援手，下面那家媳婦就拿頭撞牆，被人拉住了，額顱上只撞了個血包。帶燈就到了上面那家去勸說，那媳婦說是下面那家多占了地畔，她當然要鬧，她是罵那家男人，如果那家男人反抗，她就出來罵他偷過漢的媳婦。她說她有心臟病，一提起那家氣就不夠用：你看我這嘴！她的嘴烏青著。帶燈一看這是難纏事，但自己是鎮政府人，遇著事了又不能不管，就說：地畔糾紛我給村長說，讓他公平處理。至於你，千萬不要當著下面那家的兒子面打人家的媽，否則後果嚴重。那媳婦說：她兒子要打我呀？她有兒子我也有兒子，我兒子雖小，我三個侄兒卻是牆一樣高！帶燈說：即便人家兒子不動手，也會出大事的，下面那媳婦太內向，你讓她投崖上吊呀?!那媳婦說：你怕她死，就不怕我死？帶燈就火了，說：我給你好說歹說你咋恁說不醒？我告訴你，我這是以鎮政府名義警告你的，不能再鬧，如果再鬧豬屙的狗屙的都是你屙的！說完拉了竹子就返回了六斤家。

帶燈一嚇唬，那媳婦真的不再罵了。竹子對帶燈說：你還能說粗話呀！帶燈自己都笑了，說：把我氣的！竹子說：這些婦女還真吃硬不吃軟。帶燈說：肯定還是要鬧的，我也只能說到這兒就抽身麼。

六斤懷襟裡裝了十顆土雞蛋回來，問：咋聽不見再吵了？竹子說：你沒趕上去看熱鬧?!六斤說：我才懶得去呢，哪天沒吵架的？不聽吵了這耳朵裡倒轟轟地響。帶燈說：你就收購了這點雞蛋呀？六斤說：一會兒有人來給送的。

果然陸續來了十三個婦女，都是一身的黑，上衣長褲子短，也都是懷襟裡或手帕裡揣著提著土雞蛋。過罷秤，足足三十斤，付過錢了，在一個竹筐裡一層麥草一層雞蛋裝好，帶燈說：謝謝啊！她們就吃吃笑，說：還謝咱呀？收了錢謝咱幹啥?!其中一個害著紅眼，不停地看帶燈，說：這政府面善！一個長著嘰嘰嘴的，一說話牙齦就露出來，說：人家是個主任呢。害紅眼的就尷尬了半會兒，說：你是主任？竹子說：鎮政府綜治辦的帶主任。六斤說：我的老夥計！嘰嘰嘴說：代主任？六斤說：正主任！害紅眼的說：還有這年輕的主任？身上沒有煞氣麼。六斤說：你以為幹部都是馬王爺三隻眼啊？我給你說了，我老夥計人好得很，你不是要給她說事嗎，你說。害紅眼的就眨了十幾下眼，倒有些不好意思了，說：正代主任，聽說你管低保？帶燈說：我叫帶燈，低保要村長報，符合條件了鎮政府可以批。害紅眼的卻突然嚶嚶地哭了起來。六斤就說：你哭啥哩，哭啥哩，眼睛快瞎了你還哭！

害紅眼的總算不哭了，這才給帶燈說她的恓惶。她說得非常囉嗦，沒有順序，不斷地重複，六斤和另外的十二個婦女就幫著她把事情往清白說，帶燈總算聽明白了。她家的男人在十年前去大礦區打工，去的時候人高馬大的，一頓能吃五個漿粑饃，還喝兩碗米湯，打一夜的胡基都不累。他是在大礦區掙了錢，回來就準備蓋房的，可磚瓦都買了，人卻得了病。得的是一種怪病，吸進去的氣少，呼出來的氣多。村後那面坡，先前放牛，人跑得比牛快；得了病，拽著牛尾巴走，走不到十多步，就得坐下來歇。是到過鎮衛生院看過醫生，也到過縣醫院看過，說是吸了礦粉末的肺病。在醫院裡住了一月院，治不好，花銷太大，回來買了藥自己給自己打針。她是半夜裡要醒來幾次，在男人鼻子上試，她害怕什麼時候男人就沒了氣，過去了。幾年下來把蓋房的磚瓦全賣了，還賣了一半家當。現在她是想給男人早早備下棺材和拱墓，可就是沒錢買棺材和拱墓，窮得老鼠都不上門。男人給她說：我死了就把我扔到後山梁上，餵狼去！

帶燈心驚肉跳地聽害紅眼的給她哭訴苦情，她想，在大礦區打工的人，尤其是下礦井的，已經有很多得過這種病，別的村寨就有上訪的，但她根本不知道東岔溝村也有這種病人！帶燈說：你叫個啥？害紅眼的說：叫王福娃。唉，名字叫著有福，有啥福，連豆腐都半年裡沒吃上一口了。帶燈說：咋沒見過你到鎮政府來反映過？王福娃說：得了這瞎瞎病，往外說著丟人啊?!帶燈說：據我了解，得了這病，大礦區是要賠償的。

帶燈這麼一說，另外十二個婦女全圍上來，說：你說會賠償？能給我們賠償?!帶燈說：你們，你們家也有這種病人？她們說：我們的男人都是當時一塊去大礦區打工的，回來全得了病，已經死了三個了，還躺倒著十個，誰都不知道這是咋回事麼，心惶惶著，都害怕著下一個要死的輪到誰家。竹子說：這都是真的？她們說：說枉話讓雷劈！你可以上門去看看病人麼。前幾天鎮街上來了個，說這事要上告哩，不上告就沒人管，他要幫我們上告，每家交二百元錢，他負責去告，將來告贏了，國家給了救濟款每戶抽給他兩千元就是了。帶燈說：他還抽錢？是鎮政府人嗎，叫什麼名字？她們說：瘦高個子，叫什麼來著？六斤說：姓王，是什麼後生。竹子說：王後生呀?!拿眼睛看帶燈。帶燈說：王後生手伸到這裡了！竹子說：那可是壞人，專門替別人上訪賺錢的，你們千萬別讓他告，他告了根本不起作用，反倒把事情辦砸。上邊規定上訪是以當地案件算數目的，大礦區的案件如果算到了櫻鎮，大礦區倒偷著笑哩，那鎮領導生了氣，誰還能給落實?!十三個婦女全愣了，面面相覷。嘛嘛嘴就埋怨那個麻點臉的，說：都是你把事情說給王後生的。麻點臉說：我咋知道他是壞人呀，我要知道我還能送給他一包木耳？你不是也給他做飯嗎？嘛嘛嘴說：算我餵了豬。帶燈就不讓她們再爭了，說：以後有困難找黨員，有問題找支部，不要聽信別人來攪和。六斤說：這話是寫在村辦公房門口的，東岔溝村就三個黨員，出去打工了一個，一個是姑娘嫁了，村長就是支書，支書也就是村長，找過他，他說：誰屙的誰擦。竹子說：這是啥話，我找村長去！帶燈擺擺手，說：這事我替你們反映，以櫻鎮名義與大礦區聯繫，絕不能讓王後生插手。又說：以鎮政府名義去解決或許還能解決，如果王後生去告，你們破了財，事情反倒辦不成。你們聽明白了沒有？十三個婦女說：那我們尋你！又咋能尋到你？帶燈說：看清這個姑娘了吧，她叫竹子，她會來為你們整理材料。低保的事，我覺得不光是王福娃，你們都夠條件了，讓村長往上報，竹子也會負責和村長聯繫的。再說，尋不到我了，就尋六斤，六斤能尋到。六斤就說：看到了吧，我老夥計人好得很！王福娃突然喉嚨嘎地響了一下，說：天呀，遇上菩薩啦！十二個婦女全說：菩薩，菩薩！她們後悔土雞蛋收了錢，甚至過秤時還嫌秤高秤低的，就要把錢退給帶燈。帶燈當然不同意，她們說：這使不得吧。帶燈說：使得，使得。把她們送走了。

煙囪冒出的煙不會是白雲

六斤好像是感冒了，不停地擦鼻涕，擦了鼻涕不是抹到樹上牆上，就在襟上搓一下，她要留帶燈和竹子吃飯，還揭了甕蓋說封乾的蔓菁好吃，揑出一顆讓帶燈嘗。帶燈就問竹子吃不吃飯，竹子說：不吃啦不吃啦，限天黑咱就回鎮街了麼。六斤也就不再挽留，但一定要送她們一程路。

一路上，竹子還在感嘆著那十三個婦女的可憐。六斤說東岔溝村的女人命都不好，嫁過來的沒一家日子過得滋潤，做姑娘的也十之八九出去打工，在外面把自己嫁了，有七個再沒回來，聽說三個已病死。村裡更有可憐的，後溝腦那家的媳婦是後續的，男人整天喝酒，又喝不上好酒，到鎮街上買了些酒精回來兌水喝，喝醉了老打她，她半個臉總是青的。前年男人喝多了又拿刀攆著砍她，她急了抄個钁頭掄過去就把男人悶死了。她一逮捕，她哥嫂來看護孩子，而第一個被離婚的媳婦要了鑰匙又趕走了他們。那前房媳婦也留了一個女兒。現在兩家人一家女兒進獄，娘家還要養兩個小女兒，一家女兒帶著孩子住娘家。兩家父母都是老實疙瘩，說不全一句話。

六斤的話說得帶燈和竹子心裡沉重，翻過一道梁時，不讓六斤再送。帶燈說：我腿有些軟，咱坐一會兒吧。竹子說：坐會兒。

日近傍晚，東岔溝村的人家開始做晚飯，從梁上看去，上上下下的溝道裡這兒冒煙，那兒冒煙。帶燈說：竹子你看到那煙了嗎？竹子說：順著房和房門房後的樹林子往上長哩。帶燈卻沒再說話。竹子說：你咋問煙呢？帶燈說：這村裡的女人就像煙囪裡冒煙，有的遇風雨就散了，有的幸運了能上得高些，可再高還是塵煙不是白雲。

黑鷹窩村的老夥計不行了

換布的小妹夫喬虎在河裡炸魚，用瓶子灌滿煤油，塞上導火索，點燃了扔到潭去，油瓶子就在潭中炸了，把魚炸得漂上來。早晨扔了八個油瓶子，炸上來一條十二斤重的鯉魚，還有六條一二斤重的鱸魚。正好白仁寶經過，說：有這麼大的魚，預兆櫻鎮要大發展了，我給領導彙報彙報。就把魚提回鎮政府大院，連白毛狗都興奮得叫了半天。但伙房的劉嬸不會做魚，帶燈說：我露一手！剝羊一樣，魚骨剔出，剁肉如餡，熬了一大鍋湯，每人都喝了一碗。帶燈又把鱸魚像做雞翅似地炸了塊用糖上色，燉了糖醋魚。而大鯉魚有二斤多的魚籽，煮熟了不好吃，帶燈就用蘿蔔絲兒和雞蛋麵粉，再把魚籽攪進去要炸丸子。白仁寶說：咱把魚當豬肉著吃哩！帶燈說：鄉鎮幹部還不是把女人當男人用，把男人當牛馬用?!油還正在鍋裡熱著，雜貨鋪的劉慧芹來說黑鷹窩村的范庫榮恐怕出事呀！

范庫榮也是帶燈的老夥計。七年前黑鷹窩村遭泥石流，村支書在上報災情要求救濟時，將自家的三間早已塌了的柴棚統計了進去，卻就是把她家被毀的兩間灶房不算數。她認為她和村支書的媳婦吵過一架，村支書故意報復她，就上訪到了鎮政府。她上訪不會說，只是哭，哭昏了被掐人中醒來還是哭。帶燈跑了幾趟黑鷹窩村了解實際情況，給她救濟了五千元。范庫榮感激帶燈，每次到鎮街趕集市，不是提一籃五味子，就是半袋子棠棣果，從不空手。有一年挖到一根特大的山藥用衣服包了拿來，帶燈把山藥又送給了劉慧芹，劉慧芹後來說山藥老得很，估計長了百十年，刀切下去，汁子黏得拔不出來。帶燈也把范庫榮介紹給劉慧芹，從此她們兩個親得像姊妹，來往倒還比帶燈多。

劉慧芹說：范庫榮恐怕出事呀！帶燈說：出啥事，恁老實的人能出啥事？劉慧芹說：她不行啦！帶燈說：幹啥不行啦？劉慧芹說：就是她要死呀！帶燈拿著笤帚掃綜治辦門口的塵土，當下就驚住，說：還是她那病？看了一眼蜘蛛網，蜘蛛網還在，沒見那人面蜘蛛。帶燈就撲沓在地上。因為年前黑鷹窩村選舉，帶燈還去看望范庫榮，她那時是病著，問是啥病，范庫榮說是下身老是乾淨不了，帶燈說這得去鎮衛生院檢查檢查，范庫榮說女人麼，誰不得這方面的病，過一段日子就好了。帶燈要看看，范庫榮扭捏了半天才讓看，帶燈就批評怎麼能反覆用這樣骯髒的爛棉絮呢，就把自己包裡帶的衛生巾給了范庫榮，並答應范庫榮再來鎮街了，她買一筐的衛生巾送范庫榮的。現在，一筐的衛生巾還沒送，范庫榮咋說不行就不行了？

劉慧芹嘆息人脆呀，范庫榮是半個月前就睡倒了的，咋天她去看了一趟，人一陣昏迷一陣清醒，扶起來還喝了半碗米湯，今早人卻再叫不醒，能喝米湯可能是迴光返照。劉慧芹說：估計過不了今明兩天了，咱們都老夥計了一場，你去看她一眼。帶燈說：要看的，這就去看。

帶燈不做丸子了，要走，正好竹子要到東岔溝村去收集整理患肺病人家的材料，就讓帶燈用摩托捎她到兩岔口村，然後她步行到東岔溝村。帶燈就叮嚀竹子從救濟款裡取一千元，她去帶給范庫榮。發放救濟衣物和麵粉，綜治辦可以自作主張，但發放救濟款卻要鎮長簽字，鎮長不在，竹子犯了難，說：這使得不？帶燈說：范庫榮是貧困戶，人又快要死了，咋使不得？我這個主任就是以權謀私，我也謀一次！竹子說：那好！竟然取了一千五百元。

兩岔口村其實就八里地，之所以叫兩岔口，左邊一條溝上去五里是黑鷹窩村，右邊一條溝上去五里是東岔溝村。帶燈用摩托直接把竹子先送到東岔溝村了，然後她再返回兩岔口村去黑鷹窩村。分手時給竹子說五點鐘準時到兩岔口村等她。

到了黑鷹窩村，帶燈當然要去後房婆婆家一趟，後房婆婆不在，海量老頭在院子裡劈柴禾。帶燈本不想理海量，卻又想村裡人總是饒舌想看熱鬧，自己既然回來了，也要給後房婆婆頂起一片天，何況海量也是老人啊，就讓海量領她去范庫榮家。走到范庫榮家院外，一個人在敲門，敲不開了喊：狗旦，狗旦！海量說：這是范庫榮的小叔子，我就不去了。海量肯定和這小叔子有矛盾，帶燈也不強求，就過去和小叔子打招呼。

小叔子當然也認識帶燈，說：啊你也來看我嫂子！帶燈問院門咋關著，那兒子兒媳呢？小叔子告訴說他哥去世後，這一家人日子就沒寬展過。兒子人太老實，又沒本事，好不容易在大礦區打工賺了錢回來，去年秋裡媳婦卻得了食道癌，現在還在縣醫院。他嫂子一睡倒，兒子兩頭顧不住，昨天媳婦又要第四次化療，他讓兒子去醫院照顧媳婦了。嫂子畢竟是上了年紀，他在家裡幫著照看著就是。帶燈說：事情咋都聚到了一起?!小叔子說：我已經六十的人了，還得伺候我嫂子麼！院門開了，開門的是范庫榮的孫子，只有六七歲。小叔子說：你咋不開門？孩子說：我趴在炕沿上瞌睡了。小叔子說：這是鎮政府的主任，來看你婆了。孩子也沒吭聲，又回到廈子屋去了，帶燈直腳就往上房走，她知道范庫榮的臥屋是上房東頭的那間。

一進去，屋裡空空蕩蕩，土炕上躺著范庫榮，一領被子蓋著，面朝裡，只看見一蓬花白頭髮，像是一窩茅草。小叔子俯下身，叫：嫂子！嫂子！叫不醒。小叔子說：你來了，她應該有反應的。又叫：嫂子！嫂子！帶燈主任來看你了！帶燈也俯下身叫：老夥計！老夥計！范庫榮仍一動不動，卻突然眼皮睜了一下，又闔上了。小叔子說：她睜了一下眼，她知道了。帶燈就再叫，再也沒了任何反應。帶燈的眼淚就流下來，覺得老夥計淒涼，她是隨時都可以嚥氣的，身邊竟然連個照看的人都沒有。帶燈給范庫榮掖被子，發現她的雙膝竟然和頭一樣高，問人咋蜷成這樣了？小叔子說她一睡倒就這個姿勢，將來一嚥氣還得拉展，要不入不成殮。帶燈說：那再沒人在這守呀！小叔子說：這幾天我是每晌過來看一下，我給孫子叮嚀了，你婆一旦蹬腿喉嚨裡響趕緊來喊我。今晚怕要過不去了，我得在這裡。帶燈說：也不把窗子糊嚴些。小叔子說：這不冷，她睡倒後身上一直發燙，前幾天能動彈，折騰得蓋不住被子，從炕上掉下來幾次，我用椅子擋了炕沿。帶燈站在那裡，再不知該說些什麼，瓷著眼。屋裡的擺設仍是她以前來過時的擺設，只是牆皮又脫了幾塊，那張年畫上邊的兩個圖釘掉了，下邊的圖釘還在，就翻著吊下來。獨格櫃蓋上一指厚的塵土，仍擺著一副相框，相框裡有全家照，有丈夫照，有孫子照，還有一張就是帶燈和范庫榮在劉慧芹雜貨鋪門前拍的，范庫榮在笑著，牙顯得很長。帶燈把一千五百元交給了小叔子，說這是政府給救濟的，人已經不能吃不能喝了，就多買些麻紙等倒頭了燒。小叔子說：這麼多錢買紙燒，我嫂子到陰間就過得囊哉了！帶燈走出門眼淚又流下來。

孩子又來開院門，還是不說話。帶燈突然說：你爹幾時回來？孩子搖搖頭。帶燈說：你爹回來了，就說政府給了一千五百元讓你小爺拿著。小叔子說：你放心，這錢一個子兒我都不敢動地給侄兒的。

舊寺

從黑鷹窩村到兩岔口村的路北坡上，有座快倒坍的舊寺，寺裡還有一個和尚。寺的香火慘澹，和尚也懶，寺裡寺外的枯蒿都半人高了，牛虻飛動，能隔著衣服咬人。六年前，山林有了護林員，一位姓張的老漢也住進了寺裡。張護林員只說住到寺裡了能有個說話的伴兒，但和尚老是枯坐，言語金貴，張護林員就從山上護林回來了務弄著吃喝。他一頓能吃六個饃，還有一鍋南瓜綠豆湯，人卻面黃肌瘦，皮包骨頭。和尚就給別人說老張是餓死鬼。

和尚能看鬼，黑鷹窩村有人這麼傳說，兩岔口村的人也這麼說。說和尚天黑了要出門，走得飛快，能聽見他在大聲呵斥，那是他讓小鬼抬著走的。但和尚認定張護林員是餓死鬼，人們有些疑惑：鬼都是夜裡出現的，無影無形，張護林員明明是人麼，怎麼能是餓死鬼？和尚說：鬼有活鬼。

和尚常常坐在寺門口看山坡下路上來往的人，他能認得哪個是人哪個是鬼。

這一天，張護林員到後山拾乾柴禾了，和尚又坐在寺前看山坡下的路。那時太陽西斜，山的陰影鋪在路上，寒氣也就十分重，路上有著許多活鬼，往東走的也有往西走的，都低眉耷眼，不說話，縮頭鱉似的。也有騎自行車的單手掌把，另一手捣住口鼻，但捣不住口鼻裡噴出的白霧。也還有蹬了三輪車的，像抗議一樣咔咔地過去。竟然還有穿了紅襖的，爬上了那些電線桿，是電工嗎，罵罵咧咧，那德性真把一抹紅色糟蹋了。就聽到咻咻聲，以為是啄木鳥，扭脖看時，原來一個老漢，當然也是鬼，在土裡劈一大楊樹疙瘩，把老棉襖都脫了，嘴裡還沒忘吸紙菸。

後來，一輛摩托就騎了下來，摩托上坐著的是人，路上所有的鬼就消失了，等摩托騎過了，又恢復起熙熙攘攘。

又見二貓

竹子提前到了兩岔口村，站在村口外的河畔上等帶燈。這裡正是左右兩條溝的小河交匯處，櫻樹多，落英繽紛，竹子就坐下來翻看取來的材料，想讓帶燈看見了能說一句：披花讀經哩?!但帶燈來了後並沒有欣賞，而且臉色鐵青。她彙報著取來的材料內容，帶燈沒有接材料，一屁股也坐在地上。竹子掏了手帕讓帶燈墊，帶燈也不墊。竹子再罵王後生還去過東岔溝村，威脅著說讓鎮幹部去辦賠償，那十年八輩子也辦不成，只有上訪，上訪得雞犬不寧了才可能有人管。帶燈還是沒吭聲。竹子知道帶燈一定是在為她的老夥計悲傷著，就不說工作的事了，沒話尋話，要岔開帶燈的情緒，說：哎呀，看那三棵櫻樹，從根到梢都是花，山裡的櫻花比鎮街上的還白麼！帶燈也就往河對岸看，那裡三間破房，門口果然三棵櫻樹開得奇特，也白得耀眼，樹下坐著一人，在安钁頭把。帶燈突然叫：二貓，二貓，二貓！二貓肯定能聽見，沒回應，頭往下彎，彎得要鑽到褲襠去。竹子說：二貓是兩岔口村的？帶燈拾起塊土疙瘩扔過去，土疙瘩在二貓的左肩開了花。二貓這才抬了頭，說：叫我哩？帶燈說：叫狗哩?!二貓說：你又不買野雞，叫我做啥？帶燈說：過來，我叫你過來！

二貓是提了钁頭，下了門前坡坡路，從河裡的列石上過來，還在問：啥事？帶燈說：沒事，你去吧。二貓說：我收拾钁頭要上墳去呀，你把我叫過來了卻說沒事？帶燈說：我以為叫不動你麼！

二貓返身又往回走，嘟囔著：政府人勢大！帶燈聽了，卻突然問竹子：他說啥的？竹子說：他說你以勢欺人，戲耍他哩。帶燈說：他還說了一句啥的？竹子說：說他要上墳呀，你把他叫過來卻說沒事。帶燈就又叫：你過來，你再過來！二貓站在列石上已經不肯過來了。帶燈又叫了一聲：過來！二貓到底還是過來了。帶燈說：到山上給我挖四窩蘭花去！二貓這回硬著聲說：這我不挖。

二貓沒打野雞前曾經在山上挖蘭花賣，村人給帶燈檢舉過，但二貓是個孤兒，生活困難，能賣幾個錢就讓去挖吧，帶燈庇護著沒追究。可二貓沒眼色，賣給別人是每窩三元，縣銀行行長星期天進山玩，要買蘭花，他卻要收人家十元。行長問賣別人三元為啥賣他十元，二貓說你坐的小臥車你有錢麼。行長發了火，回縣舉報櫻鎮有人挖蘭花破壞山林植被。山林保護法確實有一條不能在山上亂挖蘭花，結果來人調查，要罰二貓三百元。二貓沒錢，說：你到屋裡搜，搜出三百元了你拿去！這事又已立案，不能不了了之，就把二貓拘捕了，坐了三個月牢。

帶燈說：是我讓你挖的，去！

二貓還疑惑著不動。

帶燈從懷裡掏出二十元錢，包了個小石頭，扔在了河邊。二貓跳過列石，把錢拾了，也不綻開小石頭，撩起襖襟裝在襯衣口袋裡，然後再把襖襟拉平。整個動作迅疾無比，竹子還沒甚看清，他提了钁頭到岸，就往坡上去。帶燈卻一把拉住，又問：你知道不知道王後生？二貓說：不知道。帶燈說：最近一些日子有沒有一個高個子人進了東岔溝村？二貓說：不知道。帶燈說：你只知道個吃！二貓說：你沒有說讓我知道的話呀！帶燈瞪著二貓，噙了一口唾沫，說：今年想給你辦低保，算啦！彎下腰擦摩托上的泥，二貓就進了山林。

一條狗順著河道跑下來，站在大青石上喝水，喝嗆口了，打了個噴嚏。

竹子好奇讓二貓挖蘭花幹啥？帶燈才說剛才聽二貓說上墳呀，她猛地想起明日是正清明了，元天亮不能回來，鎮政府應該替人家去祭祭祖墳。竹子說：哦，是鎮長安排的？鎮政府啥事都找元天亮，也得為人家辦些事麼。帶燈說：鎮長那豬腦子能想到這?!說到豬腦子，竹子就說鎮政府的人都是豬腦子，整天忙的就是補窟窿，窟窿卻愈補愈多，稍有閒空了，不是喝酒便下棋，滿身的蝨子還愛高喉嚨大嗓子地罵娘！帶燈就看著竹子笑。竹子說：我可沒罵粗話。帶燈說：你往天上唾。竹子往天上唾了一口，唾沫星子又落在臉上，竹子哦了一下，說：你是說我也是罵自己哩?!

兩人還在說著，一扭頭，二貓卻像賊一樣藏在一棵樹後，朝這邊一透一透的。帶燈問：挖好了？二貓說：我想給你說低保的事。帶燈說：蘭花挖好了？二貓說：那個王後生我認得。帶燈說：你肯定認得？二貓說：他每次到東岔溝村都路過我這兒討滾水喝。帶燈說：他是去找那些患肺病的人了？二貓說：這我就不知道了，真不知道。帶燈說：我給你個任務，每天留神著，看王後生來了沒……二貓說：那我低保？帶燈說：我讓村長也報上你，最終成不成，我一人定不了事。二貓說：主任，你能定事。帶燈說：我定不了。二貓說：你能定的主任，你要定了，我每天坐門口留神王後生。櫻桃熟了，我先摘一背簍給你！帶燈說：他再出現就立即報告我。把頭髮理理，別拍出照片像個罪犯似的！二貓說：拍照片?!竹子說：讓你拍照片，你說能幹啥？二貓想了想，哇地蹦了個老高，轉身從樹後提了四叢蘭花。

給元天亮的信

小鳥叫得好聽，聽者心中歡喜，自由的歡唱自在的翔飛，是行者求之夢寐，而我總覺得鳥兒在說：家、家、家。家在哪兒？鳥兒不認樹是牠的家，雖然牠把鳥高高舉起。小溪湍急地往前走，尋找家的滋味，它聽說大海就是它的家，實際是在騙它哩。自由的生靈沒有家，運行是它的心地，飄逸的生命沒有家，它的歸途是靈魂的如蓮愉悅。

抽空又來荒山野地挖菜了，只因心比腿活動得快才跑得這麼遠。再過五天應該是你的生日吧，我有些坐臥不寧。我想當年王寶釧愛去野地也不一定純粹是挖野菜。人常說血脈相通，淚腺也是相通，我現在覺得人的眼睛除了看清這個世界外，它也為著流淚，為情而流淚。這些日子心底泛起的真情摯意融化了我那條乾枯淚腺裡的石頭瓦塊，今天的眼淚才這麼洶湧。曾有昭君拜月和王寶釧跪拜鴻雁，我也在這寂靜的山地朝著你的方向跪拜祝壽，祝你福壽綿長，龍入青雲。我也像王寶釧一樣在人生的路上把許多的背影看作心頭至愛。她不屑浮華，寒窯十八載，用怪石硬木頂門擋外界，為自己守一方思念心上人的純淨空間。但當薛平貴登基後她才活十八天。我想這是真的。都說王寶釧薄氣，我認為這正是她的深厚之處，是她的心願，否則薛平貴心頭沉重不好駕馭。是的，有時消失是最好的愛。我知道浩瀚是纖纖清泉匯聚而成，天的蒼茫是我們每人一口一口氣兒聚合而成，所以我要做一滴增海的雨做一粒添山的塵。但還是想憑天邊的白雲向你遙遙致心。

挖了半籃子兔兔花。我愛極了兔兔花，紫紫的像桐花開在春初季節，我都懷疑我是兔兔花託生的。絨絨的花瓣高高豎起成花牆，如花之廟把花心藏起。即便長成一片也是誰不看誰，而它們自信自強也令人起敬。為什麼叫兔兔花，是花瓣像兔耳朵？想是不是兔子太慌張了太心急了拜這種來仔細看看這個世界？或是兔子太靈動了太多情了老天爺懲罰牠變成春寒枯草中的一株寂寞花？

蘭花栽在了元天亮的祖墳

清明節在墳地上栽花植樹，或在花上樹上掛著剪出的白紙帶兒，這如同大年三十晚上在門樓上點燈籠一樣，彰顯著這戶人家還旺著，並沒死絕。正清明的這個早晨，鎮街四周的山坡上，這兒那兒就響起了鞭炮，已經有著許多人，都舉著紮了白紙帶兒的竹竿，挑著擔子，擔子裡是涼麵條，涼麵條上澆了香油，還要放一棵洗乾淨的帶紅根的菠菜。墳墓分散在各處，每個墳墓前豎著一面碑子。祭墳人永遠都能尋到屬於自家的那面碑子，跪下來，供獻，焚香，分掛紙帶兒。這種祭奠是沒有悲傷的，所以不哭，孩子們自然也帶了他們的風箏在墳前放起來。麥苗剛剛起身，踩著了也不妨礙，但做娘做婆的卻尖聲在喊：讓露水濕褲腿呀?!

露水打濕著褲腿有什麼不好呢？濕軟的地裡土即便沾在鞋上一個大坨，一邊走著一邊踢著也是滿有意思的麼。帶燈和竹子不可能擀了涼麵條帶上，她們提了四窩蘭花，又在鎮街買了鞭炮。買鞭炮的時候，竹子原本要買一掛百十頭的小鞭炮，有個響聲就是了，帶燈卻買了八百頭的一大盤。買時還問店主：這鞭炮沒受潮吧？店主說：沒。帶燈又問：怎麼證明沒受潮呢？店主說：你點著一試就證明了。帶燈這才意識到自已問得可笑，連竹子也說：姊也有幼稚的時候！帶燈就臉脖赤紅，不好了意思。竹子說：帶上相機，照下照片了讓領導寄給元天亮。帶燈說：用心祭了，元天亮就會有感覺。竹子說：你今日是咋了，這可能嗎？帶燈說：你罵那個瘋子吧，瘋子肯定要打噴嚏的。

山坡下的路上是走著那個瘋子。瘋子他沒有祭墳，拿了個桃木條兒前後左右地抽打，一會兒撲起來一會兒又倒下去，似乎和什麼打架。竹子就說：如果有鬼，今日滿坡上都是鬼，這瘋子打得過來嗎？話剛畢，瘋子阿嚏阿嚏連打了三個噴嚏，帶燈和竹子就都笑了。

栽好了蘭花，竹子放鞭炮，帶燈說我到櫻林裡躺會兒，就走進墳後那一片櫻樹林子裡去。帶燈喜歡在山坡上睡覺，影響到竹子也喜歡在山坡上睡覺，為這事，鎮政府大院的人都笑話綜治辦的都是樹呀草呀轉進的。竹子也常想，如果帶燈是山上的樹呀草呀，那她是樹和草之間跑動的什麼小獸。現在她沒有也到櫻樹林子裡去，鞭炮特別響，她感覺自己是一枚小炮仗躥上空中，粉身碎骨地快樂了。

太陽在天上狠勁照射到櫻樹林子裡，如雨滴入大海，帶燈像坐在水中一樣清涼著。從縫隙看到太陽被氣暈的樣子，感到好笑，喜鵲也落在地上雞似地閒走閒啄，隨時在矮枝上跳躍。帶燈和牠們都吃著櫻花瓣互不干涉，就想她也是棵櫻樹嗎，變異的櫻樹。曾經在紅堡子村看到毛竹變異的品種，叫做龜竹的，竹杆上歪歪斜斜的嘴節，有的還凸鼓著。她覺得毛竹是大地靈氣的外躥，而櫻花是人把自己意念刻意強行地嫁接於樹，樹只給人芳豔幾天然後久久地沉默。那麼，天然的櫻樹應是骨香自放，滿身的疤的眉眼是自己想要看的一個方向，而花只是櫻的脂粉吧。帶燈又在胡思亂想，她為自己的胡思亂想而嘎嘎嘎地笑了。

這笑和著鞭炮聲，竹子並沒有聽到。

元黑眼和馬連翹

從北坡塬剛回到鎮街東頭，碰著了馬連翹，馬連翹笑嘻嘻地給帶燈打招呼。數年前，馬連翹的兒子和人打架，打斷了對方腿，經過處理，白仁寶和帶燈強行去罰繳了一萬元，馬連翹從此記恨帶燈，見了面待理不理的。突然笑嘻嘻地招呼帶燈，帶燈有些不習慣，以為這女人笑話她頭髮凌亂了，沾了花瓣草屑了，或是鞋上沾了泥。她攏了攏頭髮，跺了一下腳，說：沒事吧？

馬連翹說：我又不上訪，又不要你的低保，我能有啥事？

帶燈不高興了，臉就沉下來，說：哦，還是不讓你公公見婆婆？

馬連翹是妯娌倆，對公公婆婆都不孝順，兩家先還是一家管待一個老人，後因矛盾激化，互不往來，兩個老人也不得見面。帶燈偏要哪壺不開揭哪壺，戳馬連翹的心窩子。

馬連翹說：不是我不讓公公見婆婆，是老二家不讓婆婆見公公。其實有啥見的！帶燈說：你婆婆可是來鎮政府哭過幾次了，說她有老漢卻受活寡。馬連翹說：她受活寡？八十多歲人了見著了還能幹那事?!帶燈說：這是你晚輩說的話？馬連翹說：這話咋啦？我當兒媳幾十年了，我不如你會說話？帶燈說：馬連翹，我可告訴你，你孝敬了你父母，不是別人的父母，但別人會敬重你。你苛刻了你父母，苛刻的又不是別人的父母，但別人就會輕視你！

馬連翹瓷在那裡，走也不是，不走也不是，正尷尬著，街對面的肉鋪子裡，元黑眼把半扇豬肉往門前的木架上掛，說：翹、翹，一副心肺你要呀不要？馬連翹說：要哩。馬連翹趕緊鑽進肉鋪，提了一副心肺走了。

竹子呸地在地上唾了一口。帶燈看著竹子笑。竹子說：你聽說過那事沒有？帶燈說：聽過。竹子說：看來是真的。

鎮街上早有話說，說馬連翹為籌一萬元罰款，給元黑眼上美人計，在巷道裡對元黑眼說：喂，支書，你也該對群眾聯繫聯繫麼，幾時有空，到我家給你說句話。她是一回家就把衣服脫了，平躺在炕上。元黑眼來了敲門，她說：把門帶上，不讓貓溜進來。元黑眼一進去，庭堂裡沒人，說：人呢？她說：臥屋裡坐。到了臥屋，元黑眼就撲過去亂親亂揣。她用單子把身子一纏，說：你有個瓜瓜婆娘哩。元黑眼說：我給你錢。她說：多少？元黑眼說：一百。她說：尋你婆娘去！元黑眼說：一千。她說：你打發要飯的？元黑眼說：只要你對我好，五千！她嘩地把單子揭了。事後，元黑眼給了五十張一百元，她說以後要來就帶貨，要硬貨，否則沒門。

元黑眼重新掛好了豬肉，回頭問帶燈到哪兒去了，帶燈說：上墳了，元黑眼你大方呀！元黑眼說：你娘家婆家都不在鎮街上什麼墳？帶燈說：鎮政府替元天亮上墳麼。元黑眼說：喲，官做大了，政府也就孝子賢孫了?!帶燈不理他，掉頭就走。元黑眼卻又說：書記是到省城去了？帶燈說：是去了，要簽合同哩。元黑眼說：為啥不叫上我？引進大工廠了靠我本家兄弟哩，有好事了卻沒他本家的人?!

正說著，一輛大貨車轟轟隆隆開過來，車上裝著什麼機械，副駕駛室裡坐著元斜眼。貨車一停，元黑眼跑過去，兄弟倆嘰咕了一陣，貨車順著街旁的一條斜道往河灘開去了。斜道上有一隻雞，躲不及，差點被輾，嘎嘎地飛起來，落一地雞毛。有人在喊：輾死雞呀，輾死雞呀?!元斜眼頭從駕駛室伸出來，啪地吐一口痰，罵道：輾死了給你賠，喊叫啥?!那人再沒吭聲。元黑眼又返回來，給帶燈說：我天亮兄弟給櫻鎮引進個大工廠，我和老二老三老四老五也給櫻鎮辦個小工廠。帶燈說：咦，什麼小工廠？元黑眼說：沙廠呀！以前咱這兒淘沙都挖個坑兒用網子篩，現在這一套傢伙就是洗沙機，連篩帶洗，一天頂以前七天的量！帶燈說：河堤下那推土機也是你們弄的？元黑眼說：租用的。帶燈說：大工廠還沒正式啟動哩，你就想壟斷河裡沙了?!辦沙廠那可是有法規手續的。元黑眼說：鎮長已答應給我們辦的。馬連翹把一副心肺提回家後，又站在肉鋪門口了，說：豬血呢，我給咱做頓毛血旺！元黑眼對帶燈說：毛血旺香哩，你們也留下吃吧。帶燈說：給你省下。元黑眼進了肉鋪，在說：你咋沒個夠數，啥下水都要哩？

帶燈還立在那裡，馬連翹又對著她嘻嘻地笑。竹子低聲說：你元黑眼就是個下水！見帶燈還發愣，說：姊，姊！帶燈說：哎。竹子說：咱站在這裡讓那婆娘笑話呀？拉了帶燈走。帶燈說：鎮長怎麼就答應給他辦手續？手續還沒辦就動工呀?!竹子說：這人腦瓜子也太精明麼，真是櫻鎮保住了風水，元家就盡出人。帶燈說：出好人也出惡人！

當歸

王隨風從縣醫院領回後，南河村的村長每天給帶燈打電話彙報情況，一切還都安然，帶燈就讓村長領取了兩袋麵粉送去，事情就可以暫時撂過手了。元天亮春天裡容易上虛火，其實帶燈也是如此，她給自己買了一服中藥熬著喝了，感覺不錯，也便以這個方子又加了幾味，讓伙房劉嬸去中藥鋪抓藥，自個在房間裡用酒泡起當歸。

自從好愛起了中醫，帶燈就特別喜歡了當歸，不僅是當歸為婦科中的人參，十個方子裡九個方子都會用到，而且這個名字也好。她曾琢磨，這麼好的詞怎麼就用在一種藥材上呢？查《藥學辭典》，上邊說：能使氣血各有所歸。《本草綱目》上說：女人要藥，有思夫之意。而有一本書上還有這樣的故事，說三國時姜維跟隨諸葛亮後，與母分離，其母思兒心切，去信就寫了兩個字：當歸。現在，帶燈開了五服中藥，她提前把備有的當歸分五份用酒泡了，單獨包起來，以免中藥抓回來了當歸上的酒水濕了其他藥。

泡好了當歸，想想，又寫了兩個藥方，要一併也寄給元天亮的，一個是清肺方，一個是肝脾腎血虛方。

清肺方是：當歸二十克，白附子二十克，生地黃三十克，大貝母二十三克，知母二十克，白茯苓十八克，天花粉三十克，桔梗十克，麥冬二十五克，甘草十五克。

肝脾腎血虛方是：當歸二十五克，熟地三十克，白附子二十克，川芎三十克，人參白二十克，白茯苓二十克，白朮三十克，半夏十克，甘草蜂蜜炙十五克，等等。

一切忙畢了，坐在門口癡眼看那蜘蛛網，人面黑蜘蛛又在那裡，帶燈就無聲地笑了一下，心裡說：你就是能感覺我要給你寄東西就感覺吧，但我再不提前告訴你！這時候劉嬸卻回來了，說中藥鋪不給抓藥，認為藥方中的白附子和半夏藥性是反的。帶燈用白附子八克是來提人參黃耆的那個勁的，這一點陳大夫以前提說過，自己的那一服藥喝過了也沒有什麼不好的反應呀，但帶燈畢竟心裡不踏實，就去找陳大夫。

張膏藥

帶燈拿了藥方去找陳大夫，卻在鎮街一家食攤上看見了竹子在吃神仙粉。神仙粉是用一種叫軟棗的葉子做成的涼粉。帶燈說：吃獨食呀！竹子說：餓得走不到鎮政府院子了。

竹子連續幾天都去了東岔溝村，她沒有摩托，騎自行車進溝一路都是慢坡，太費事，就搭乘從鎮街到東岔溝村的三輪蹦蹦車。三輪蹦蹦車上人多得像插蘿蔔，車速極慢。她又不願在村裡吃飯，回到鎮街人餓得都快虛脫了。

竹子嚷嚷著給帶燈也來一碗神仙粉，帶燈不吃。問起東岔溝的情況，竹子說她之所以在這裡胡亂吃些東西，是那些患病的人提供老街上還有一個同他們一塊打過工的毛林，聽說毛林也患有病，她想過會兒去毛林家看看。帶燈說：換布的妹夫？竹子說：換布的妹夫不是那個喬虎嗎，怎麼毛林也是個妹夫？帶燈說：毛林是大妹夫，喬虎是小妹夫。毛林沒本事，日子不好，換布拉布就見不得，尤其毛林後來在鎮街上拾破爛，嫌給他們丟人，就越發不往來了。我只知道毛林長年害病，卻不知他也是在大礦區患的肺病。

斜對面是一家鑲牙館，館裡有人大聲嚷著什麼，張膏藥就立在門口了，瞅了半天，說：我眼神不好，那是不是帶燈主任？旁邊人說：是帶燈主任。張膏藥吸溜著清涕過來，一撲沓坐在食攤前的地上，叫道：帶燈主任！說話口鬆，嘴裡沒了牙。

帶燈看著張膏藥的額顱上貼著一張膏藥，說：你自己的額顱也燒傷啦?!張膏藥說：我貼的裡邊沒藥，在做廣告。帶燈就笑，說：那又給誰送膏藥了？張膏藥說：給誰送呀，這麼大個櫻鎮不發生火災麼！竹子說：啥啥，你盼著有火災?!張膏藥說：那你讓我餓死呀？帶燈就給竹子說：你不是還要去老街嗎，快吃，吃了咱走。

張膏藥就是不讓她們走，當然還是要給帶燈和竹子說他的那個兒媳的不是，要求把分給兒媳的一部分錢重新歸他。然後是滿嘴角的白沫，信口開河，胡攪蠻纏。帶燈一直不吭聲，賣神仙粉的插了嘴，說你兒媳是不是要改嫁呀？張膏藥說：我擔心就是她改嫁，她要改嫁咱攔不了，但得把錢退回來！賣神仙粉的說：你嘴咋啦，牙呢？張膏藥說：我倒八輩子楣了，沒人來買膏藥倒啥事都賠錢，才裝了一口假牙，昨日過橋去河那邊，剛到橋上打了個噴嚏，把牙套噴出去讓水吹了。那是一百六十元新做的，早不打晚不打……大家就哄哄笑起來。帶燈說：先去再裝牙吧，沒牙說話漏氣，我聽不清你說的話。站起來和竹子走，這回張膏藥沒拉住。

帶燈原不想和竹子一塊去老街，但為了避開張膏藥糾纏，只得陪了竹子。她問張膏藥兒媳是不是要改嫁呀，竹子說那兒媳尋了我幾次，有那麼個意思。帶燈說改嫁不改嫁那是她的權益，錢是一分也不能給張膏藥，咱還要幫那兒媳住回老屋去。竹子說我也這麼想，張膏藥卻放了狠話，說他絕不給兒媳一根椽的。帶燈說這由了他啦？你幾時把她叫到鎮政府來，咱幫她出主意。

竹子突然說：牠咋來了？

帶燈回頭一看，是白毛狗在跟著，不遠不近，拿眼睛瞅她們。帶燈說：牠最近老要跟我。就招了一下手，狗四蹄翻騰地跑過來。

讓毛林做個線人

對於毛林拾破爛，好多人都瞧不起。他提個麻袋從店鋪門口過，曹老八的媳婦就說：你等等。她給孫子擦屁股，擦過了把髒紙用腳踢出來，讓毛林拾了去。綜治辦給毛林發放過救濟款，理由就是他害著病，喪失了勞動力，但是什麼病，一直沒搞清，毛林也只是說肚子裡沒一樣好東西了，就抱住個樹喘氣，滿臉虛汗。其實毛林知道他是患了肺病，這肺病是在大礦區患的。因為從大礦區回來的人有的已蓋了新房，有的家裡還買了自行車、架子車和電視，而他卻帶回來了病，覺得丟人，一直不給人說真相，自買了藥三天兩頭在家裡偷偷掛吊瓶。

帶燈和竹子突然地進了毛林家，毛林迴避不及，就說：感冒了，衛生院來人給掛瓶藥。家裡還坐著換布，換布說：你呀你，一輩子拽不展，啥病就是啥病麼！毛林趕緊岔話，喊他媳婦給鎮政府同志燒滾水，他媳婦不在，又喊他女兒。女兒在豬圈裡給豬剁糠，一直沒進來。帶燈就問換布：來照顧妹夫了？換布說：你倒會說落好的話！帶燈說：你和拉布是咱鎮上的富戶了，能不照顧你妹夫？毛林，你日子過不前去，你兩個哥每月能給你多少錢？毛林說：都要過日子麼，嘿嘿。換布把他的墨鏡卸下來放在炕沿上，揉搓眼，毛林拿起來看，說：你遲早都戴個鏡，太陽都落了還戴著能看清啥？換布說：髒手！把墨鏡又拿過來戴了，對帶燈說：我是來看看老街，想把我那四間倒坍的房子再撐起來，看能不能把別人家的廢房子也掏些錢買了重蓋。帶燈說：又要住回老街呀？換布說：把這些舊房新蓋了，可以辦農家樂呀。鎮上大工廠一建成，來人就多了，辦農家樂坐在家裡都掙錢哩。帶燈說：你行！櫻鎮上真是出了你們薛家和元家！換布說：我見不得提元家！帶燈說：一山難容二虎麼。元黑眼兄弟五個要辦沙廠，你換布拉布要改造老街，這腦瓜子怎麼就能想得出來！換布說：元黑眼要辦沙廠?!這是真的？帶燈說：是真的。換布說：這狗日的！辦沙廠倒比農家樂錢來得快。毛林說：你錢恁多的，還嫌不夠呀？換布說：你不愛錢錢哪兒能愛你?!毛林就不吭聲了。換布說：他辦沙廠就讓他去辦吧，我發展這老街，非要把老街弄出個名堂來，人家華陽坪就是有一條街吃喝玩樂一條龍，繁華得……毛林又插了一句：甭提華陽坪！帶燈說：大礦區那兒富是富了，可沒咱櫻鎮美麼，空氣是甜的，河裡水任何時候掬起來都能喝。換布說：咱的水好是好，人活著總不能是樹只喝水呀！毛林惱得擰了脖子，又喊女兒，並且罵道：七聲八聲喊不動你？燒滾水呀，給鎮政府同志燒滾水呀！換布起身就走了。

換布一走，帶燈和竹子就問起毛林的病情，毛林還在掩飾說感冒了，帶燈就挑明你患的是肺病，準確地說是矽肺病，矽肺病就矽肺病麼，有啥丟人不願說？毛林說：你們咋知道?!突然嗚嗚地哭。他一哭，就止不住，鼻涕眼淚稀里嘩啦全下來。帶燈和竹子一時束手無措。毛林哭著哭著，一扭頭，看見雞上了櫃蓋，在篩子裡吃麥，說：失！把雞攆走了，竹子才乘機講了東岔溝村那十三戶人家的事，說他們都患了矽肺病，不是已經死了就是癱在炕上，說按勞動合同法上的條文來看，如果在勞動生產中致殘和患了職業病，是可以提出賠償的。毛林說：還有這事？你該不是安慰我吧？帶燈說：是有這法規條文。也怪我們工作不踏實，了解情況少，才使你們長期經受身體上精神上的折磨。現在以鎮政府的名義，我們就是要為你們爭取賠償呀，所以就來尋你。毛林就挪身子，俯過來要握帶燈的手，卻又不敢握，竟將胳膊上的針頭拉脫了。竹子忙扶住藥瓶子，但她和帶燈都不會扎針。毛林說：不扎了，這瓶藥也快完啦。騰身坐到炕沿上，雙腳在地上尋鞋。竹子又按住他，說東岔溝村那些人如今記不清了當年打工時的礦主名，問毛林是否還記得？毛林想了半天，說也記不清了。因為當年都是包工頭招的他們。而他們只認得包工頭。每天從工棚坐三輪蹦蹦車到礦井。在礦井裡戴著像是象鼻子一樣的防塵罩幹活。而戴那防塵罩幹活太憋氣，後來就什麼也不戴了。他們出力，包工頭付他們工錢。和礦主沒來往。而且，他們那幾年裡在七八個礦井幹活。每一個礦井都是一個礦主。毛林氣不夠，說一句，停一句，卻說了一大堆。竹子眉頭就皺起來，問包工頭是誰？毛林說曾經有三個包工頭。時間最長的一個，叫李福祥，本縣龍口鎮人。前年他去縣醫院看病，在街上碰見了李福祥。李福祥已不在礦井幹活了，也不做包工頭，在一家公司當門衛。人也衰老得看不成了。帶燈說：首先要找到李福祥，得讓他出證明，證明你們確實在大礦區幹過活，然後找疾控中心職業病鑑定了，才能進行賠償申報。

毛林說：哎呀，鎮政府還真能為我們爭取賠償呀?!帶燈說：上次給你救濟款時，你閉口不提矽肺病麼，早提說可能早也解決了。毛林說：都是我聽了王後生的話呀，他給我出主意，說先不要提矽肺病，如果提了矽肺病是在大礦區患的，鎮政府肯定認為牽涉的事情多，什麼救濟的東西都不給你了。帶燈說：王後生給你出的主意?!毛林說：他名聲是不好，但也是為我好，他說得了救濟後再上訪病的事。

毛林無意間一句話，一下子把帶燈和竹子說得目瞪口呆。竹子就罵王後生，說王後生這陣若在跟前，她撲上去得搧幾耳光。帶燈說：你能得很，你咋搧呀?!就問毛林：王後生為上訪的事找你啦？毛林說：找了三次，說要替我上訪。但他要我給他五千元代理費。我哪兒有五千元？就沒應承。帶燈說：那你聽我說，王後生是憑他有些文化能寫狀子掙錢哩，哪是為了給你爭權益？千萬別讓他黏上你。他是啥人你也清楚。毛林說：這我知道，所以老躲著他。你這麼一說，我倒給你提供些情況。鎮政府待我這麼好，我應該給你們提供些情況。帶燈說：啥情況？毛林說：我去過他家廁所拾過破爛。發現廁所裡有幾張爛紙。其中一張上寫著某某領導你好，我是櫻鎮的王後生。我給你反映什麼什麼的。後邊的字被屎尿浸了看不清。他是不是又在寫上訪書？帶燈說：哦，這樣吧，你沒事了每天就去他家轉轉。毛林說：我現在覺悟了，我才不去他那兒！帶燈說：這你得去，他要和誰商量上訪的事，或者在家寫什麼狀子，你就及時來給我和竹子說。綜治辦一月給你一百元。毛林說：還給一百元呀？帶燈說：給一百元。毛林說：王後生有個姊姊，要不要我也去監視著？帶燈說：這倒不必。毛林說：那如果我去王後生家發現有情況了，是不抓他也不打他？帶燈說：你還能打人?!毛林說：他也病得重麼。帶燈說：你只管提供情況。毛林說：這事你不要給外人說。帶燈說：是你不要給外人說！

離開毛林家，毛林突然說：主任，你託的事好不好？帶燈說：咋啦？毛林說：你是不是讓我當特務？帶燈說：什麼特務不特務呀，我是看你生活困難，想個法兒給你補貼幾個錢。說著就掏了一百元先付了他。毛林把錢攥在了手裡，吆起一直還臥在門口的白毛狗。白毛狗後腿往起一立，嚇得他氣又喘不上來。

鎮政府大門上貼了對聯

就在這天下午，不逢年不過節的，鎮政府大門上卻貼上了對聯。對聯是馬副鎮長讓白仁寶寫的，先寫的是：今年工作不努力，明年努力做工作。馬副鎮長又改成：今年工作不努力，明年努力找工作。

在廣仁堂

廣仁堂的門關著。

如果人不在，門是要上鎖的。帶燈就敲門，還是沒開，竹子就跑到後門外喊陳大夫哎陳大夫。陳大夫果然就把前門打開了，滿頭的汗。帶燈生氣地說：大白天的關門幹啥，又哄誰家的婆娘啦?!陳大夫說：我還有那本事？在裡屋配些藥。帶燈說：配治癲癇的藥丸？沒人偷看你的配方！陳大夫是不好意思地笑。

陳大夫把什麼病的方子都給帶燈說，就是治癲癇的方子絕口不提。他配的藥丸綠豆顆大，凡是來病人，一千元一小袋，至少三個療程，就是三千元。鎮上人都眼紅著說幾十顆藥丸子頂多值十幾元錢，怎麼就上千元？他說：嫌貴可以不吃麼。患癲癇的人愈來愈多，如果家裡出一個這樣的病人，全家老少就甭想安寧，不吃他的藥又怎麼行呢？大家便笑著說什麼時候把陳大夫灌醉，讓他交出藥方，或派人就藏在他家，偷看他怎麼配藥丸。陳大夫從此不喝酒，家裡也不曾留人過夜，每次配藥丸就先在桌前床後查看了，再關上店門。

帶燈從口袋取出藥方來，說是她開的，治虛火，讓陳大夫把把關。陳大夫說：好著呀。帶燈說：去東頭藥鋪抓藥，他們說白附子和半夏是反的。陳大夫說：要提人參黃耆的勁只能用白附子，沒了半夏你咳嗽去！在我這兒抓藥嗎？帶燈說：還是去東頭藥鋪吧，那是縣藥材公司辦的。陳大夫說：那不一定比我的好。

竹子急急從後門外繞過房子進來，給帶燈耳語。竹子說：我看誰都不敢相信。帶燈說：咋說這話？竹子說：咱一心幫毛林哩，毛林其實也是是非人。陳大夫和你熟成了這樣，他也哄你，王後生剛才從後門出去走了。帶燈就拿眼睛瞪陳大夫，厲聲說：剛才是王後生在你這兒你不開門？陳大夫說：這有啥哩？帶燈說：你清楚不清楚他是什麼人，你和他在混?!陳大夫說：他是我的病人呀，糖尿病重得腳都爛了，我不能不給他治呀。帶燈說：那你關什麼門，為什麼又讓他從後門走了？陳大夫說：我怕別人看見誤會麼。帶燈說：啊你還知道影響呀！陳大夫倒不生氣，說他有新做的豆腐乳，給你們裝一罐子去。帶燈拉了竹子就走，頭都沒回。

給元天亮的信

春咕咕咕……叫得好聽，像去年被丟失的鳥聲，有古銅色的味道，如椿樹上遺留的傷感的椿花角串串的響動。不覺的暖風掀著村沿兒的廢塑膠紙報著風向。破敗的跡象遮不住春的撩人。現在我坐在坡上有整群的蠅蠓飛舞，望著山腳下一疙瘩一疙瘩的農舍和對面高低濃淡錯落有致的山頭，我就感覺到我是一輩子在這山裡了。山禁錮我的人，也禁錮我的心，心卻太能游走。剛才聽啄木鳥聲時左眼長時間地跳，掐個草葉兒貼上還是跳，我就想是不是這兩天沒給你發信？啄木鳥在遠處的樹上啄洞，把眼睛閉上去聽，說這是月夜裡的敲門呢還是馬蹄從石徑而來？後來就認定是敲木魚最妥貼，那麼，誰在敲呢，敲得這麼耐心！我撥你的電話想讓你聽，但我想你畢竟是忙人而我又怕你不接了使我飽受打擊，所以電話只響了兩下趕緊關掉。我不知道我是否能為你做點啥，一手握自信，一手握自卑，兩個手拍打著想念你。

昨晚上聽辦公室主任和竹子又在討論著你的書，我靜靜地聽著是一種享受，我喜歡有人經常談及你。竹子說你的書裡絮絮叨叨，我也覺得。我又覺得那尊佛也是一個表情的和各色人等絮叨，用心用腹，或者是聽如蟻眾生的絮叨而用眼用耳。絮叨什麼呢？我們常見有些病人自言自語傾出心中的恐懼、道理和幻想，因為人生實在是太難了。上天給了人歸宿卻又給了迷途，多少人能有定力不惑心智有尊嚴地走來？所以人的心智需要清理培育堅固引導的過程。你該是人間的大佛吧。我不大喜歡對一本書做太僵硬的分析，或拿固有的框式去套而定優劣，比如你手持尺子怎麼能稱出它的重量呢！他們和作者就像砍柴人和做飯人的關係，做飯需要軟柴和硬柴，而老婆婆去拾一籮筐包穀茬子都能做飯。我總想我是個很智慧的老婆婆多好，腦勺挽個髮髻穿著乾淨布衣拾柴擔水，人多了不嫌多，人少了不寂寞，經營家園拂塵掃地。院裡落幾只枯葉，屋裡放一杯茶水，正午了你推門進來，咱們相視如太陽展眉。傍晚你依火坐在小屋，吊罐裡的蘑菇湯咕咕嘟嘟講述著這一天的故事，而你從指間和唇間飄出的香菸是我長夜的食味。

看有人在山梁上砍伐樹木，斧子已經落下去了，響聲才啪地跳起來。人砍伐樹木而猛獸又吃人，誰得到長久的永生了呢？反倒是我坐著的石頭踩著的蒲草得到再生。不是說蒲草韌如絲磐石無轉移嗎？但我不想啊親愛的我不想啊。我堅信這深山內的狐狸、羚羊、麝鹿等等精靈的消失不全是因為獵人，是因為牠們知道人世欲望氾濫人心褪色令牠們覺得不值得堅守苦寒、寂寥等候，然後抽身而去。我又是似人似馬地混入人間尋覓命中的你。

竹子的日記

晚飯前，帶燈親自把藥方送藥鋪了，竹子開始寫日記。竹子是堅持寫日記的，今天除了記錄了東岔溝村了解的情況外，又記下對一些上訪人的印象。

王後生，六十一二歲，白髮白臉白紙一樣。糖尿病人。嘴唇總黏個紙菸過濾嘴，不影響說話，能黏一天。其實他沒有錢買紙菸吸，總拿個材料邊走邊看。見誰都客氣賣好，人卻都避著他。據說打麻將他一輸手就抖，滿頭出汗。別人說你沒吃飯呀，他說吃了一碗熬南瓜豆角，就暈過去了。暈過去就得餵一顆糖，他口袋裡長年裝幾顆糖。

張正民，七十歲。紅光聲朗，經常穿有民政字樣的大衣，到處高八度說理，嘴角總有兩疙瘩白沫。

馬彩存，又胖又矮，跑起來像鴨子。但凡見到我們鎮政府的人異常驚喜，又是拉手又是拍肩，好像親得是娃她姨。但她的問題就是解決不完，屁大的事都尋政府，政府好像是為她辦的。誰若煩她，她卻見誰就下跪。

郭雲三十出頭，她丈夫來反映問題是一說二罵，躁得吃了炸藥，她卻給我們不笑不打招呼。有一口白牙，她不刷牙卻牙白，這不可思議，笑起來迷人。我們不給她笑臉。她臉好看但身材惡劣，腿短，感覺走路腳後跟能碰著屁股。

陳雙峰總是說幾句就有淚。陳水泉是陳雙峰的堂弟，來替他仗義，說認識縣上、市上某某大官，大官給他發過紙菸，我們知道他在胡吹，不怕他去搬人壓我們，所以不理他。他就當我們面要給大官打電話，說：你們信不信？但電話沒打通，他說：領導正開會哩。李海魚總要吃米皮，好像米皮是世上最好的食品，曾跑進書記辦公室鬧，我拉她出來，她說她腳碰傷了，要揉揉，揉腳時卻兔子一樣又往鎮長辦公室跑，我再去拉，拉住了，她說：不跑就不跑了，你得給我五元錢。給了她五元錢，她才到鎮街吃米皮。男同志拉她，她說摸她……

王富萍做姑娘時當過幾年民辦教師，來上訪還滿口名詞。豹峪村老村長過世，我們去弔唁，王富萍是老村長的外侄女，也跪在靈堂哭。她哭：我堅強勇敢勤勞忠誠的舅啊……抑揚頓挫，如唱戲一般。突然看見了我們，立即說：帶燈主任，政府，政府！拉住我們又訴她的冤枉。

劉貴田，光棍，五十四歲，冬夏穿襖都不繫鈕子，襟一掩，拴根草繩，他說一根草繩抵住一件襖哩。他沒有完整的褲子，不是襤爛著就是褲腿開了縫，以為他來上訪故意這樣，我還說：你應該在臉上抹些鍋底灰，就更可憐了！後得知確實貧窮，他家為責任田轉包的事也真的受了委屈，我們幫他解決了問題，又救濟了兩件上衣，一條褲子。褲子是西褲，前邊有開口，他怕一邊穿容易爛，前後換了穿。但把開口穿到後面，來鎮政府坐不下也不蹲，靠住牆，說：政府裡還有好人。

給藥鋪人發火

馬副鎮長的老婆每年有幾次要來鎮政府大院住幾天，她很會伺候馬副鎮長，和大院裡的職工也熟了。這回帶了小孫女，還帶了自己在鄉下炒好的蠶蛹，就喊著帶燈和竹子去吃。竹子愛吃蠶蛹，吃得嘴角往下流油，帶燈卻嫌太油，不吃蠶蛹了卻要咬那小孫女的胖胳膊，舌齒是輕輕地含著肉，渾身卻誇張地在用力，恨不得真要吃進肚裡。馬副鎮長老婆就說：帶燈主任你的娃娃多大啦？帶燈說：我沒娃娃。馬副鎮長老婆說：你沒有娃娃？年紀不小了，咋能不要個娃娃?!你是懷不上嗎？嬸給你個偏方，靈驗得很，我這孫女就是三年沒懷上，吃了幾服藥就一下子有了！帶燈說：我還想要幾年了再說。馬副鎮長老婆說：還再耍幾年？人是在啥時候就得幹啥事的，不敢再耽擱了。你婆婆她也不急?!馬副鎮長就說：你給娃娃梳頭去！把小孫女塞給了老婆，帶燈有些不自在，卻還說：娃娃這拳頭多軟和，握著了像握棉花蛋，愈握愈小。馬副鎮長老婆就給孫女梳頭，一邊往頭髮上唾唾沫一邊梳，就發現了頭髮裡有了蝨蟣子，取了藥粉抹，孫女不情願，殺豬般地叫。馬副鎮長老婆說：你不抹，蝨子把你咬死去！馬副鎮長說：要抹到裡屋去抹。竹子悄聲給帶燈說：頭髮裡也有蝨子嗎?!也不再吃蠶蛹。門外有人喊：帶燈主任，帶燈主任！帶燈說：哦，送藥的來了。趁勢出來，竹子也跟著出來。

藥鋪的經理送來了藥，收了款，還說了一陣帶燈長得好看的話，又關心地問竹子的婚姻，說她已打聽過了竹子還沒結婚，她就謀畫著怎樣能嫁到櫻鎮來。竹子說：嫁到櫻鎮讓蝨咬呀?!經理說：

咱物色個富裕家，衣服多，常換洗，哪有多少蝨子！竹子說：那你物色個啥樣的？經理說：東街村元家老五不錯，帶燈主任有摩托，人家元老五也騎摩托。帶燈說：去去去，你再尋不下人啦，尋個半截子?!

經理一走，兩個人咯咯咯笑了半天。帶燈說：元家兄弟，四個人高馬大的，老五咋就那麼矮？竹子說：矮是矮，那傢伙手腳利索，凶起來像狗一樣，眼睛都是紅的。她怎麼能想到把他物色給我，我就恁差嗎？自個拿了鏡子照，說：長得滿不錯麼，如果再白一點，就是個小帶燈麼！帶燈卻突然罵了一聲：這他媽的！

帶燈罵了粗話，倒把竹子嚇了一跳。原來帶燈解開了藥包，發現藥中沒有人參，頓時生氣。帶燈說：我常到藥鋪去的，見面看得眼珠子都花，她竟然欺詐我?!

當即和竹子去了中藥鋪，那經理還在結帳，劈里啪啦撥算盤，見帶燈進來神情異樣，說：哎呀，帶燈主任你咋啦？帶燈把藥包往櫃檯一攤，說：你看看，是我不認識紅人參還是你壓根兒就沒給抓?!經理看了藥，說：對著哩呀！帶燈說：對個屁，紅人參呢，參呢?!經理說：帶燈主任，現在的季節紅人參以切成片好。從櫃檯下取來紅人參讓帶燈看，再把藥包裡的紅人參片剔出來讓帶燈看。帶燈不言語了，停了半會兒，說：這就好，我也不想失去你這個人。

把藥重新包好，直接還去郵局寄了。回來的路上，竹子說：呀，你剛才凶得很！帶燈說：是急躁了。我凶起來樣子可怕？竹子說：可怕。帶燈說：那你沒見過我溫柔。竹子說：對我姊夫溫柔？帶燈說：不讓你提他，你偏提他！竹子說：那對誰，莫非還有人？帶燈卻狠狠地盯著竹子。竹子其實最害怕帶燈這樣盯她，趕緊說：姊，啊姊。帶燈說：叫主任！

李存存的婆婆喝了剩下的那服中藥

楊二貓來給帶燈彙報：他是每天坐在門口往河對岸的路上看的，但他沒有看到王後生去東岔溝。沒有看到王後生去東岔溝村，他害怕沒完成任務，還到鎮街的老街去問王後生，王後生說他最近病了。王後生病了沒有去東岔溝村，因此這不是他的錯。楊二貓彙報完了，就交給了帶燈一張照片。帶燈說：不是你的錯。卻看著照片說：這怎麼用，像個逃犯似的。楊二貓說：照相的說我底版不好。要再照就得掏兩次錢。帶燈就領了楊二貓去找馬四。

馬四是鎮中街村馬平川的兒子，馬平川當年去市裡拾荒，投奔的市南郊的本縣幫。拾荒了三個月，掙了四千多元，卻被一塊兒拾荒的牛傳魁偷了個淨光，討飯回來後不久就病死了。馬平川死時擔心就是馬四，這馬四比他還老實，人又柔弱，細胳膊細腿的，誰要欺負，都會捏小雞似地能捏死。但馬四人靈醒，喜歡照相，就在鎮街上開了個照相館。說是照相館，實際上就是在米線店門口擺了個桌子，為人照張相，收個小零錢罷了。帶燈和二貓再去找，那桌子卻收了，米線店的人說馬四的老姨病了，被李存存喊去揹老姨上衛生院了。帶燈和李存存是老夥計，帶燈還是第一次聽說馬四把李存存的婆婆叫老姨兒，帶燈說：哦，這鎮街上的人拐彎抹角的咋都沾親帶故？

李存存的婆婆今年是七十多歲的人，前不久帶燈在鎮街上碰著，老婆婆拉住她，讓她到她的姊姊家去主持個公道。帶燈問：你還有個姊姊？老婆婆說：就是馬連翹的婆婆。馬連翹的婆婆跟著她的大兒子過活，生了病，大兒子兩口卻不給治療。帶燈去了，發現馬連翹的婆婆是後脖上長了個

了，先還像小孩子噘起了胖乎乎的嘴唇，後來就完全是蝴蝶翩翩在枝頭。這時候，她聽到了細碎的嗡嗡聲，以為院外巷頭的誰家又在紡線，一隻蟲子卻掠著自己的鬢髮飛過院牆，往隔壁派出所的院子去了。這蟲子長得像蜂，但比蜂的身子長，也比蜂的爪子多，而且飛起來可以端直直地往上飛。竹子就想到了直升機，說：你能得很！過了一會兒，細碎的嗡嗡聲又響了，那隻蜂又飛了來，不久再飛了去，忙忙碌碌。竹子就不願再理會牠，她要換一個姿勢，靠著門框打盹呀。可就在剛剛挪了一下身子，牆根下，一隻瓢蟲進入了她的視線，瓢蟲不是七星瓢蟲，沒有紅色的和黑色的小圓點，但十分美麗。小瓢蟲是在用露水洗臉吧，似乎很興奮地張著小翅，卻沒有起飛。而一隻長身多足的蟲子就悄聲地爬過來了。竹子是討厭著也害怕著長著多足或多毛的爬蟲的。可這隻蟲子已經爬到了瓢蟲的身後，瓢蟲竟然渾然不知。竹子還在作想，多足的蟲子一定在要給小瓢蟲一個驚嚇的，她也常如此給帶燈惡作劇的。但竹子在眨眼瞬間，那多足蟲子一下子撲過去把瓢蟲抱住了，於是她看到多足蟲子並不是向瓢蟲親熱，瓢蟲在劇烈地反抗，多足蟲愈抱愈緊，同時發出嗞嗞的聲音。牠們就在地上翻滾，像一顆小球球，瓢蟲的一扇小翅就脫落了，還有長足蟲的兩條足。後來瓢蟲翻出了腹部，翻出了腹部再難以翻過去，腹部是粉紅色的軟肉，而多足蟲突然伸出了一根針一樣的管子，還沒分清這管子是多足蟲的嘴巴在拉長了，還是在牠的尾部本來就長著這東西，管子便插進了瓢蟲的腹部，瓢蟲不動了。管子靜靜地插著並不急抽走，好像在吸吮，這如同人用塑膠管兒吸瓶子裡的酸梅湯，常常就吸噎住了，多足蟲抖動了幾下，然後要離去的時候，並沒有把瓢蟲翻過身去，瓢蟲仍仰面朝上，四肢僵硬奓著，死相難看。竹子以前看到過在院牆根有著死去的瓢蟲，也曾撿過，撿起來都是空殼子，手一拈就成粉末了，原來牠們就是被多足蟲吸食空了的。正要拿樹棍兒去戳那長足蟲，又有了細碎的嗡嗡聲，那隻蜂再次從院牆頭飛來，鑽進一棵指甲花苗下去了。鑽到指甲花苗下幹什麼，竹子低頭一看，這才發現那裡躺著了一條小青蟲，小青蟲顏色還青翠鮮嫩，卻僅個身子。竹子以為那是條死青蟲了，沒想蜂一趴在了牠的身上，牠又扭動了，還活著。便見那蜂在小青蟲身上來回移動，恐怖的是牠不是在撫摸，而用前邊舉起的長爪如刀鋸一樣在割肉，很快就割下了一點，叼著端直直地起飛，到了院牆頭上，一拐，飄然而去了隔壁院子不見了。小青蟲又扭曲了一下，徹底不動了，半個身子往外淌血，小青蟲的血是青色的。竹子一直在看著，看得心裡發緊，額頭上都沁出了汗，想：牠們並不是獅子老虎呀，小小的昆蟲竟然這麼凶殘?!卻又覺得這不可能吧，太不真實呀，蚰蜒怎麼有針一樣管子就吸食了瓢蟲呢，蜂怎麼前爪如刀鋸一樣能切割呢，自己又怎麼會目睹著而沒去及時制止呢？竹子恍惚裡覺得她是在做夢了，甚至覺得她還在夢裡指責自己：這是夢，不做這樣的夢了！最後，她就靠在綜治辦的門框上，真的睡著了。

一院子的上訪者

早晨，馬副鎮長開會，非常嚴肅地讓大家看大門口的對聯。他說他之所以寫這副對聯，一是接到了鎮長的電話，要他彙報這一段鎮政府的工作，鎮長就說了同樣意思的話。二是大家閒散好多天了，應該收心，盡快進入工作狀態。馬副鎮長就布置任務，要求各部門人員都去各村寨普查村辦公室的電話，沒電話的立即督促安裝電話，有電話的一定派人負責接聽電話，因為鎮長說他給一些村寨打電話根本打不通，更重要的是縣上對櫻鎮的工作已經有了偏見，很可能縣有關領導和部門會給一些村寨打電話搞突然檢查。

會議正開著，院子裡吵吵鬧鬧，馬副鎮長隔窗一看，說：門房咋搞的，讓這麼多人進來，鎮政府大院裡逢集過會啦？許老漢變臉失色進來，說來的都是要上訪，他把大門開了個縫，他們就全擠進來了，還抬起腳讓馬副鎮長看，腳上的鞋被踩扯了。侯幹事趕緊拉了許老漢出去把院子裡的人往出攆，雙方就吵起來。馬副鎮長眉頭上像挽了一堆繩，對帶燈說：都是你的人，你去處理。

帶燈端著水杯出來看了，多是些老訪戶。那個張正民，七十二歲的人了，九十年代初入贅到岳家溝村，九七年離婚後買本村半坡上一孔窯。買窯時九十元，賣去為了顯派，說窯頂上那棵柏樹長大了能值幾十元，就搭送了。但不久鄰居岳中勝把那棵柏樹砍了，從此引起糾紛。帶燈去丈量，柏樹確實不在張正民的宅基內，但他說尺子是十一米算了十米，樹屬於他。他重新找了尺子量，也量不到，卻仍上訪要求嚴懲岳中勝。經縣鎮兩級終結都不行。沒辦法，鎮上把那裡的地方都給他。還有一家姓嚴的，為核桃樹而來。當年分坡林時小核桃樹和大核桃樹相近就沒算產，現在小核桃樹大了，坡地去家說當時沒算產的樹應歸他，兩家就起了爭端。帶燈一年處理了幾次，是誰鬧得狠了給誰，也曾說一家打一年核桃，也曾說一年兩家打下核桃了平分，都不行。姓嚴的有些神經病，去縣上鬧，揚言要殺人，坡地主家也不敢爭了，但鎮政府為給姓嚴的去市裡鑑定神經病就花費了五千元。還有一個叫李志雲的，二〇〇七年全縣發生特大洪災，他家倒了個堆積雜物的小房，因不是主體房，根據縣上文件規定不在補貼之列，他就一直上告。綜治辦曾去拍照片，找群眾證言，光回質材料列印就不下五百元。他有個兒子在省城打工，不時去省信訪局登記。帶燈給他們過麵粉和被褥，還辦了低保，該享用的享用了，該告還告。

除了張正民、嚴當初、李志雲外，還有四五個新訪戶，而且老訪戶新訪戶來的都不是一個人，有父子的有夫婦的，鎮街上一些閒散人也跑來看熱鬧。帶燈一下子頭大了，站在台階上喝杯子裡的茶水，茶水還燙，她吹一下茶沫喝一口，吹一下茶沫再喝一口，慢慢穩了情緒，突然將茶杯在窗台上一蹾，厲聲嚇唬著誰也不許吵嚷，凡是來真上訪的每戶只准一人到綜治辦門口的台階上去坐，別的家屬和起鬨看熱鬧的就趕緊離開鎮政府大院，否則就讓派出所的人來處理。白毛狗一直沒有叫，這陣從人群裡鑽出來就站在了帶燈身邊，吼了三聲汪汪汪，又吼了三聲汪汪汪。侯幹事、竹子還有許老漢把人往院門外推，推不動的，侯幹事喊白仁寶，白仁寶拿了個照相機拍照。好多人害怕被拍照，就出了院子，院門哐啷關了，許老漢加了一道橫槓。那些上訪的代表坐到綜治辦門外台階上，說：你照吧，就這張臉，縣公安局桌子上早都有了這張臉。

帶燈坐在了綜治辦的房子裡了，開始叫上訪者的名字叫到誰，誰進來。她首先沒叫張正民，叫的是姓嚴的。姓嚴的來了夫婦倆，丈夫口笨，被攆出了大院，媳婦一臉土色，叫到她，她把頭髮故意弄亂。張正民說：我排在前面，怎麼先叫她？帶燈沒理。嚴家的媳婦就進來，帶燈說：把你頭髮束起來！那女人說：我頭髮就沒束過。帶燈說：你到我這兒了就得束頭髮！那女人就束頭髮，頭髮挽了一堆盤在頭頂。竹子從門口的掃帚上折個棍兒，那女人就插在髮捲裡，說：我這是去吃宴席呀?!帶燈說：你就是上殺場你也是女人！就問：你啥事？那女人說：還是核桃樹的事。帶燈說：坡主家都不爭了，你還來鬧什麼？那女人說：本來就歸我家的他爭什麼？他現在不爭了，秋裡結了核桃他還爭不爭？今年不爭了明年還爭不爭？他死了他兒子還爭不爭？鎮政府得給我出個文件，得鎮長和你按個指印，蓋上個紅橢橢公章。帶燈說：你不簡單麼，考慮得這麼長遠?!那女人說：我男人腦子有病，我得撐家。帶燈說：你以為你真能撐了家？我們已經研究了，這樹核桃價三百元，由鎮政府來出，兩家誰要了樹就不得拿錢，誰拿了錢就不得要樹。你要樹行呀，鎮政府可以出個文件，鎮長在外開會，回來了就給你辦。順你心願了吧？那女人說：三百元，鎮政府出?!他為什麼就得三百元？帶燈說：那你得三百元，樹歸人家？那女人說：憑什麼把樹歸他？樹是我家的！帶燈說：樹現在就歸你麼。那女人說：那三百元呢？帶燈說：三百元與你沒關係。那女人說：咋能與我沒關係？沒有樹就牽涉不出三百元，三百元怎麼與我沒關係？沒有媽哪有娃，娃是石頭縫裡蹦出來的?!我讓我男人來！當初，當初，你讓人家欺負我啊！嚴當初在院外使勁敲門，但他進不來。帶燈說：你不是能撐家嗎？那女人說：我就能撐家！帶燈說：就這樣了，你回去吧。那女人說：我口渴。帶燈讓竹子領人去門房喝水去，並喊：張正民！

張正民進來，挖了一把鼻涕，瞅著桌子腿和牆楞角，帶燈說：甭胡抹呀！張正民把鼻涕抹在鞋底下，腳就在地上蹭。帶燈說：你是不是上訪有了癮，問題都終結了還來幹什麼？張正民說：讓我抽鍋菸。帶燈說：是紙菸了你抽；是菸鍋了我嫌嗆，不能抽。張正民說：我哪兒有錢買紙菸？把掏出的菸鍋又裝到口袋，說：地方是歸我了，我來要辦個土地證。帶燈說：行呀，給你辦土地證。張正民說：你真的給辦土地證？帶燈說：我代表的是鎮政府，我哄你？張正民說：我要給你放一串鞭炮。帶燈說：你省著吧，還能在鎮街上下一次館子！張正民說：那幾時辦？帶燈說：半個月後來拿證。張正民卻拍自己臉，說：這不是做夢吧，政府今日這乾脆的?!帶燈說：羊都給你了還在乎韁繩？

張正民的問題三棰兩梆子就處理了，張正民感到意外，台階上坐的李志雲也感到意外，拉著出來的張正民問情況，用力過大，竟把張正民從台階上拉得跌了下來，半天才爬起身。竹子說：老胳膊老腿折了你李志雲負責呀！竹子進了辦公室，低聲給帶燈說：你答應給辦土地證啦？帶燈說：那麼大歲數了，又孤鰥一人的，反正死後土地是國家的。竹子說：我只巴望他快死！帶燈說：甭胡說。李志雲已經進了辦公室。

李志雲說：你們罵我死？帶燈說：誰罵你死？倒是你快把我們煩死了！李志雲說：你給我把事一辦，不就不煩了！帶燈說：我還沒去找你哩，你倒先來找我了！李志雲說：你找我？是不是我兒子成功呀？我估計我兒子會成功，就等著你們來給我解決事，但等不及你們麼，我只好來了。帶燈說：給你發了麵粉和被褥，又按深山獨居戶移民搬遷給了你低保補貼，你還讓你兒子去省信訪局告?!我告訴你，省信訪局把材料已轉到鎮上，處理還得鎮上處理，樹梢子搖得再歡，樹根不動彈，搖也是白搖。李志雲說：不會白搖，我知道你們不怕我們老百姓就怕管你們的領導。帶燈一下子被噎住了，伸手去拿茶杯，才記得茶杯還在會議室的外窗台上。她說：李志雲你上訪上得滿有了經驗麼，你說得對，拿了拳頭往我們軟肋上戳。李志雲說：我兒子在外邊見過世面，他認為處理得還不公平，他要告村幹部領救災款時什麼房子都算，給受災戶發救濟款了卻為啥把我家的房子不算數？村幹部連我那樣的房子都沒有，他又為啥給他補了三間的房錢？帶燈說：這話我給你說過一百遍了，你的房子不符合文件規定，所以不能算，村幹部胡作非為我們不是已經處分過了嗎？李志雲說：村幹部為什麼敢胡作非為？鎮政府為什麼要讓這樣的人當村幹部？別的村有沒有類似情況？我和我兒子如果不上訪，你們會不會就不處分村幹部？村幹部的黑後台是誰？帶燈說：你「文革」中參加過造反派？李志雲說：參加過，沒當頭兒，不是被清理過的三種人。帶燈說：你應該當頭兒，口才好啊！李志雲說：不是口才好，是我和我兒子占住了理！帶燈說：你們父子能行，能行得很，可一切都要有證據！今天來人多，我沒時間和你在這裡辯論。李志雲說：你辯不過我。帶燈說：是辯不過你。我給你說的是，鎮書記已交代了我們，讓你把你兒子叫回來，鎮政府要好好和他談談。李志雲說：我就是來給你們說這事的，我兒子捎回話了，鎮政府再不解決他就網上發布消息呀。我不曉得啥是網，我兒子知道，他說一上網，櫻鎮政府就臭了，有人會丟烏紗帽呀！他說鎮政府要和他談話，這可以，但先付五千元。帶燈說：你們是不是覺得政府是唐僧肉？李志雲說：這話我沒說。帶燈說：好話說盡了你不聽，那我就給你句截快話，想要五千元，沒門！如果把上訪當作發財的途徑，那你們就上訪吧，上訪到中央都行！李志雲說：你是個小兵蛋子，你不怕擼你的官，鎮書記鎮長卻怕丟了位子！帶燈說：那你尋書記鎮長去！站起來，不接待了。

李志雲哐地摔了門，衝到院子裡大喊大叫：書記呢，鎮長呢，叫個小兵蛋子來支應我？你們躲啥哩，為啥就不出來！

侯幹事攔住李志雲，說：你吼啥？書記到省上去了，鎮長在縣上開會，你吼是吃多啦？李志雲說：我兩天都沒吃飯哩！書記鎮長不在，副鎮長呢？馬副鎮長！馬副鎮長！就梗著頭往馬副鎮長辦公室來。侯幹事踢過來一腳，罵道：你給我滾出去！李志雲就倒地上裝死。

李志雲一裝死，鎮政府的職工都不去拉，也都不理，各自回到辦公室去關了門，或把辦公室門鎖了要去下鄉。竹子碎步到了綜治辦，帶燈還在辦公室，已不再接待別的上訪者，讓明日再來，自己倒拿了指甲刀剪指甲。竹子說：姊呀不生氣。帶燈說：要氣多少年前早氣死了。還在剪指甲。竹子說：馬副鎮長讓你去他辦公室。帶燈說：他是領導不出面，還叫我幹啥？但還是去了馬副鎮長辦公室。

馬副鎮長的老婆緊張得臉色煞白，給帶燈說：你想辦法把他支走麼。帶燈說：他要找馬副鎮長，馬副鎮長不出面他恐怕不會走。馬副鎮長說：副職能擔了正職的責任?!你把我辦公室門鎖了，就說我已經出去了。

帶燈把馬副鎮長辦公室的門鎖了，過來，李志雲還裝死在地上。帶燈說：你還是活過來好。李志雲睜開眼，說：他姓馬的不見我，我就不活。帶燈說：馬副鎮長已下鄉去了，你就慢慢躺在這裡死吧。李志雲爬起來去馬副鎮長辦公室，這回侯幹事沒攔他，竹子也沒攔他。他看到了馬副鎮長辦公室門上掛著鎖，抬腳踹上了個腳印子。待到侯幹事一聲吼，才猴一般向大門外跑去了。

抱住樹哭泣

接下來的兩天，帶燈和竹子又接待了幾個上訪者後就去了北溝幾個村寨檢查村辦公室電話的事。北溝幾個村寨的辦公室都裝有電話，只是公章由村支書或村長平日揣在身上，辦公室的門常鎖著，有電話了也沒人接。帶燈一再強調要有人接電話，如果村幹部太忙，把電話可以移到某個有老人的家裡，一旦來電話，就讓老人及時去喊。但好幾個村長都是直接把電話安裝在了他們家裡，帶燈也沒多說什麼。事情落實完後，帶燈和竹子並沒有立即返回鎮政府，而是到了山坡頂上，想看看坡頂上的古堡。北溝一帶的山坡頂上，有著許多清末民初逃兵荒和土匪的堡子，這些堡子現在都頹敗不堪，房舍徹底是沒有了，牆垣倒坍，到處的亂石和蒿草，亂石上苔蘚發白發黑，蒿草在風裡搖曳，發著銅的顫響。而一些小黃花卻開了，這兒一朵那兒一簇，特別刺眼。帶燈一邊走著，一邊摘小黃花，先還是插到自己頭上也插在竹子頭上，後來突然情緒低落，一句話也懶得說了。這種情況以前是沒有的，她一上山坡總是風風火火地走，灑一路的歡歌與得意。而且，在花都盛開的時候，她天黑趕回去，總懷抱各種各樣的花，感覺是把春天帶回了家。第二天早上起來就遭到丈夫的埋怨，嫌她帶了花，她說誰知道呀，丈夫說掉一路的花瓣到門口。但現在她一點衝動都沒有了，悶悶不樂地走到三棵樹下，她說：這累的，得歇歇。就坐下來歇了。三棵樹都是有年紀的樹，又黑又硬，像是長出來的石頭，還沒長出葉子，而芽子已經暴得累累皆是。帶燈抱著樹，樹身上的一枚硬刺刺到了手，也刺到了她心中最軟柔的東西了，竟然輕輕哭泣起來。竹子莫名其妙，說：姊，啊姊，你是身上來了嗎？竹子知道帶燈每每在經期的時候，肚子要疼，脾氣也變了，但帶燈說：我想給樹哭泣。竹子說：給樹哭泣？帶燈說：冬天不是樹葉不發，是天不由得；夏天不是樹葉要綠，是身不由己。竹子說：多好的句子！是哪個詩書上的還是你自己的？帶燈卻起身往古堡後邊走，好像是若無其事地閒轉，再沒有回答竹子，意識裡卻覺得自己要到古堡後邊的石梁上曬太陽，曬太陽了就把暗影灑給山，在山褶裡躺下了，為了避風。

突然的電話

從山坡頂上下來，突然接到了馬副鎮長的電話。

馬副鎮長是極少給帶燈電話的，突然來了電話，而且早晨還和馬副鎮長在大院裡說過一陣話，肯定會有什麼緊急事了。果然，馬副鎮長在電話裡說：帶燈主任，帶燈主任！帶燈說：什麼主任呀?!我是帶燈，有啥指示嗎？馬副鎮長說：說話方便不？帶燈說：方便，你說。馬副鎮長首先說有一件極其重要的通知，但他只是個傳話筒，因為鎮長給了他電話，讓他一定通知到帶燈，所以他才打這個電話。帶燈在第一時間裡有些不高興：鎮長為什麼不直接給她電話，是故意要顯示事情的重要而讓坐鎮的馬副鎮長知道，還是原本鎮長交付給馬副鎮長的事，他馬副鎮長又借鎮長的名來轉嫁於她？

馬副鎮長說：你聽明白了嗎？帶燈說：我在北溝呀。馬副鎮長說：在哪兒無所謂。帶燈說：恁神祕的?!馬副鎮長說：你知道莫轉蓮嗎，莫轉蓮的事你應該知道。

莫轉蓮是石門村的婦女，帶燈總覺得她是個糊塗蛋。七年前，石門村修自來水時，她說她家不掏錢不出工也不吃自來水。四年後，她看見別人家吃用水特別方便，就又想接，村裡人當然不讓接，說要接就得交四百元。她家私自接上水管，又被村人割斷了，她就開始到鎮政府告狀。那時帶燈還不在綜治辦，馬副鎮長和白仁寶帶著她去石門村說合，全村人一哇聲反對。莫轉蓮天天去村長家鬧，露明坐在村長家門口，村長媳婦說：你這麼早來倒尿盆子呀?!莫轉蓮竟然就把村長的尿盆子端去廁所倒了。攪得村長沒辦法，村長氣得踹了一腳，她說把她下身踹了，時常出血，就四處上訪。上一任鎮書記因急著要上調，就到石門村壓村委會讓接水。但是，莫轉蓮也嘗到上訪甜頭，大小事都到鎮政府上訪。帶燈接手綜治辦後，莫轉蓮的兒子打了村裡一老漢，沒想那老漢更是難纏鬼，經賠償後這老漢已照常在家幹活，而一遇到村裡有紅白事和來了鎮政府的人，總用很大的紅帶子攀了胳膊訴罵。莫轉蓮受不了，說她兒子二十六了急著找媳婦，被這樣壞名聲，又來上訪，問：

咋辦？帶燈說：我有啥辦法？她說：我兒子找不下媳婦我就尋政府！

帶燈問馬副鎮長：莫轉蓮是不是又為她兒子名聲的事？馬副鎮長說：那不算事，屁事！你知道她到縣委門口上訪嗎？帶燈說：王隨風是我從醫院領回來的，沒聽說莫轉蓮也去了縣上。馬副鎮長說：不是最近，是過去。帶燈說：過去上訪的多了。馬副鎮長說：你們綜治辦預判性不強，致使王隨風在縣上開會期間喝藥，影響了櫻鎮的形象……帶燈說：王隨風是遺留問題，怎麼就全是綜治辦責任？綜治辦總不能給每個上訪人身上裝個竊聽器，就知道其動向了?!馬副鎮長說：好，好，不說這些了，鎮長在縣上竭力挽回不良影響，他專門彙報了你們綜治辦結案率息訴率最高，特別提說了莫轉蓮。最近縣上兩三天之內搞信訪暗查，鎮長就交代，如有人打電話給你，你要說你是莫轉蓮。帶燈說：什麼，讓我說我是莫轉蓮？馬副鎮長說：鎮長給上邊提供了莫轉蓮的電話是你的電話，你就是莫轉蓮。帶燈生氣了，說：我是帶燈！

帶燈一發火，馬副鎮長不說話了，但支吾了一會兒，又說：你不替了莫轉蓮，誰還能替莫轉蓮呢？為了櫻鎮啊帶燈，你說呢？竹子一直在聽著他們打電話，見帶燈火氣上來，忙給帶燈又打手勢，又遞眼色，帶燈吁了一口氣，說：要我是莫轉蓮，那我這個莫轉蓮說什麼？馬副鎮長說：帶燈到底是主任，覺悟高！你就說你反映的吃水問題和退耕還林款的問題都給解決了。開春時鎮政府還給送了一萬元。帶燈說：一萬元？為啥給一萬元？馬副鎮長說：這我不知道，鎮長交代你只說開春後給了一萬元。帶燈說：……馬副鎮長說：切記！帶燈說：記了。馬副鎮長說：你再說一遍。帶燈說：我連這幾句話都記不住嗎?!馬副鎮長說：千萬不敢穿幫！帶燈咔地把手機關了。

觀蟻

帶燈關了手機，竟然兩天再沒開，在台階上坐的時候，就看台階根的螞蟻窩，台階根的石頭縫裡有幾個螞蟻窩，螞蟻總是匆匆忙忙出來，出來都運著土，進去都叼著米粒、饃屑、草籽或高高地舉著一些草葉。螞蟻和人一樣為了生計在勞作著，但帶燈不明白的是這些螞蟻窩前常常就一層死去的螞蟻，是這個螞蟻窩的螞蟻抵抗了另一個螞蟻窩來的入侵者嗎，還是同一個螞蟻窩裡的蟻窩內訌了，爭鬥得你死我活？

馬副鎮長說：帶燈，你幹啥哩？帶燈說：看螞蟻哩。馬副鎮長說：看螞蟻？看螞蟻能看一個上午?!帶燈說：嗯，看了一上午。馬副鎮長說：別把你也看成了螞蟻！沒來電話嗎？帶燈說：沒有。馬副鎮長說：上邊的領導真是要命，要暗查就趕快暗查麼，這麼熬著咱?!

陳大夫買了張膏藥兒媳的全部菠菜

這兩天裡是清靜了，卻有消息說元黑眼已經用推土機在河灘裡推便道，那些被刨出來一片一片的地就都種不成了。這事元黑眼做得強橫，但刨出來的地也是在河灘裡白刨出來的，被毀了法律上也無法保護，那些刨地的人雖然罵元黑眼，而推土機過來了，元黑眼說沙廠是為大工廠籌建的，他們也就忍氣吞聲了，相互安慰：這全當是找了個女人沒領結婚證麼，女人要走就走吧。

帶燈要去河堤上看看，那樹下的長白石上是否還能安靜讀書，剛一到老街外的土路上，陳大夫卻揹了一大簍的菠菜過來。問陳大夫怎麼揹這麼多的菠菜？陳大夫說張膏藥兒媳有三塊地，一塊栽的茄子苗和番茄苗全拔掉扔了，而兩塊種的菠菜他買的。帶燈先還稱讚陳大夫心腸好，為張膏藥兒媳能賺幾個錢，後覺得不對，河灘裡種菜的那麼多，陳大夫偏買張膏藥兒媳的，他一個人能吃多少菜呢？帶燈就看著陳大夫笑，陳大夫就不自然了，甚至臉還紅，說：你還理我呀？帶燈說：為啥不理你，你是壞人啦？陳大夫說：你那天凶得很。帶燈說：哈，我早忘了，你還記著？陳大夫說：那你換手機了也不告訴我。帶燈說：沒呀。陳大夫說：那為啥打不通？帶燈說：我關機著。就掏出手機，當著陳大夫的面打開。

沒想剛一開機，有電話就打進來，顯示著鎮長的電話號碼，帶燈噓了一下，說：鎮長的。

鎮長在問帶燈的手機怎麼打不通，帶燈說通著呀，你不是打著嗎？鎮長說昨晚就沒打通，帶燈說那在充電了，說著還給陳大夫擠擠眼，顯得很得意。鎮長就問真的是馬副鎮長說的沒接到上訪暗查電話嗎？帶燈說：沒接到，這下你放心了吧？鎮長說：沒接到這事情就壞了，為了扳正櫻鎮的形象，我好說歹說地讓人家暗訪的。帶燈說：暗訪就暗訪吧，虧你這餿主意，讓我頂包？鎮長說：咱倆關係近麼。帶燈說：關係近為什麼不直接給我打電話，偏讓馬副鎮長通知？鎮長說：這你還醒不開？直接給你說了，幹了工作誰知道?!帶燈說：弱智！鎮長說：馬副鎮長弱智?!他怎麼給你通知的？帶燈說：你弱智！為了鎮政府工作為了你，我可以給你採購行賄的土特產，也可以代過受罰，但我怎麼能替鎮政府替你說謊呢？你就這樣讓我做人呀？你不顧及我了，而你就不怕這種辦法穿幫了也會影響到你的嚴重後果嗎?!

給鎮長打完了電話，帶燈一抬頭，陳大夫一直站著在聽他們的電話，她說：你咋還沒走？陳大夫說：我只說你對我凶，對領導也凶麼！帶燈說：我管是誰，我只想讓我接觸到的人不變得那麼壞。陳大夫說：你能嗎？帶燈愣了一下，說：我在做。陳大夫就笑，笑得有些壞。帶燈就說：買這麼多的菠菜，你是牛嗎？別牛把菠菜吃了連人也都吃了。陳大夫說：這，這是啥意思？帶燈說：張膏藥兒媳現在日子艱難，你要再給她門前惹是非，你就是壞人！陳大夫的跛腿閃了一下，險些跌倒。

但是，帶燈沒去了河堤，陳大夫竟然揹著背簍一直跟她到了鎮政府，把菠菜全部給了伙房。

帶燈和王後生的對話

在鎮西街村的石橋上，他們迎面碰上了。

帶燈說：你怎麼變得這麼壞呢，讓人恨你！

王後生說：我一生下來就是壞人嗎？瞧你多凶！

帶燈說：我凶也不是像你這樣的人逼成這樣?!

王後生說：哦，那咱們是同類人麼。我低血糖犯了，快給我一顆糖。

帶燈說：給你屎！

帶燈還是給他了一塊糖。

早晨又恢復了跳舞

想睡個懶覺，院子裡起了音樂，鎮政府的所有職工又開始了跳舞，帶燈就沒再睡，眼圈有些黑，塗上些粉，出來也跟著跳。

櫻鎮政府職工們跳舞，完全是學習縣城裡的幹部。縣城裡的幹部，能升遷的，都一步步到市裡省裡去了，能下海做生意的，也都辦公司去發展，留下來的仕途上沒了指望，又沒做買賣的能耐，就心平氣和了，開始要享受悠閒的日子。他們是每個早晨都提個籃子去市場上買菜，買了菜就到廣場上跳舞，跳上一通了，把菜籃子提了去上班。然後下班回家，做飯，午休，午休起來了再去上班。到了傍晚，他們卻不那麼急著回家了，而在單位的鍋爐房裡打一盆熱水泡腳，或者在鋁盆裡洗衣服。縣城幹部們的生活讓櫻鎮政府的人羨慕，白仁寶就給書記鎮長建議咱也可以跳舞麼，書記鎮長覺得跳舞既能鍛鍊身體又能活躍政府大院的氣氛，就同意了。但那時白仁寶會跳交誼舞，大院裡四分之一的人能跳，四分之三的人只能看，鎮街上的人便議論：鎮政府關了門男男女女摟著磨肚子哩！話說得難聽，只跳過十多天就不跳了。現在把各村寨的電話安裝、接聽的任務都完成了，又要給書記鎮長回來後能看到一種朝氣，白仁寶又組織大家跳舞。這次跳的不再是交誼舞，白仁寶從小學請了個老師教扭秧歌。扭秧歌簡單，對腰好，對有宿便呀什麼的也好，扭了幾天，都反映能多上廁所，身子舒暢。後來教走十字步，畫個十字，上北下南左西右東，左腳上北，右腳上東，左腿退西，右腿退南，踩上樂點走三回，第三回了右腳步子右轉，轉個九十度，然後雙臂高舉搖四下，屁股甩四下。扭秧歌大家基本會了，走十字步卻只有竹子學得最快，連老師也吃驚說你上過舞蹈學校？

帶燈跳了一會兒，去上廁所，路過會計室，會計劉秀珍在那裡傷心流淚。帶燈說：又想兒子啦？劉秀珍竟然抱住帶燈哭出了聲。

劉秀珍會過日子，因為她不下鄉，也就不在伙房裡吃飯，自己盤了個小灶自己做。她蒸饃要在白麵裡摻上些白包穀麵，潑辣子時要加些醬油，凡是集體去飯館聚餐，最後她結帳，總要店主給她拿上一兩把擀好的生麵條，或者三個蒸饃四個油條的。她還心小，多年與白仁寶彆扭，白仁寶組織跳舞，她就不跳。人都說元黑眼有性病，她一見到元黑眼就說：元黑眼，你這人不夠意思，得瞎病不是你們這些人的專利呀，你也讓我們的領導得得麼！但劉秀珍驕傲的是有一個好兒子。在大院裡，所有的子女裡，只有她的兒子去年考上了大學，她就最愛在人面前說孩子的教育，沒人肯和她說了，就想兒子，想得傷心流淚。帶燈問起：又想兒子啦？她就說兒子小時候總抱著她說你是風兒我是沙，瀟瀟灑灑走天涯，後來又說我是風兒你是沙，然而兒子遠行了，她覺得她心中為兒子深蓄的長河猝不及防地就從眼中傾瀉了。她說兒子是她河邊慢慢長大的樹，身心在她的水中，水裡有樹的影子。她說兒子是天上的太陽照射著河水，河水呼應著卻怎麼是又清又涼的水流？帶燈很受感動，對劉秀珍有了好感，卻也驚奇這女人平常並不會花言巧語，一思念兒子竟想像豐富，語句也優美了！劉秀珍在念叨著兒子是她的生命是她的寄託和希望，帶燈也就想到了元天亮，覺得元天亮更是自己河岸邊的大山，是依靠和方位。這麼想過了就又想，我這是在真實和虛幻中興奮嗎，迷茫嗎？於是自己也哭了，拍著劉秀珍說：你真好，你的想念多貴氣豪華啊！

給元天亮的信

從北溝回來路過七里灣右側處，有個連山石被泉水百年沖蝕成橢圓的水窩，夏天裡，除了去河堤下的深潭，最喜歡的還是來躺在這裡洗澡。這是誰給我早已準備的地方嗎？兩邊的山狹窄得伸手可及，山的頂上是一片晴天，清爽的水有情有義地流過我，一朵蒲公英悄然飛來，而魚兒游過了青蛙產下的那一灘卵後又鑽進了野芹的水草叢中。但是，當我今天路過了這裡，我想到了你在遙遠的都市裡，傍晚時分，靈性的心，會逸出來和我坐在一起，看藍天白雲綠草清風，看夕陽在遠處的山林拂去了一層橘色後而踽踽西行。

走著你曾經走過的路，突然見你的腳窩子裡，蜂起間嗡聲驟響，由目入耳。我聽說人的靈魂起程時要到去過的地方拾上自己的腳印，你的腳印是書，我給你抱著。

昨晚裡就是讀著你的書久久不能入眠，拉開窗戶看群星閃爍，不知怎麼想和你下盤跳棋，顆顆星子多像是彈子啊。咱不要楚河也不要漢界，朝著彼此的方向出發尋找掉到對方心窩的感覺。我不走常規路不和你碰頭，平走一棋子讓我後邊的棋子突圍。我抄小道長驅直入又怕一個棋子過去被困死。我想自己給自己搭路集體行動，那又肯定是集體擋道你過不來我也過不去。誰先讓道必輸無疑。彎路自己走不讓你借道那麼集體偏離方向徹底沒戲。我下棋的經驗還是不想那麼多了，無意中給對方修了路了自己也就過去了，有意給對方修路了然後自己沒有路的棋子反而柳暗花明，如一騎出潼關，前途突然豁朗。

櫻鎮上的人都在說我的美麗，我是美麗嗎？美麗的人應該是聰明的，這如同一個房子蓋得高大平整了必然就朝陽通風而又結實耐用，但我好像把聰明沒用在地方，因為我的人生這麼被動。當一塊磚鋪在廁所裡了它被髒水浸泡臭腳踩踏，而被貼上灶台了，卻就經主婦擦拭得光潔鋥亮。磚的使用由得了磚嗎？

我趴在窗戶上還是仰望著夜，天是模糊的，但彷彿有光。我的身子在黑暗裡發白。星星出來了，星空浩淼如海。我突然覺得我就是一隻沒有鱗甲的魚了，魚在拉著一輛車，車上坐著誰呢，我又不知道，凌波疾游，游過了東海和西海，又去了北海和南海。

鎮長開了兩次會

縣上會議結束了五天後，鎮長才回到櫻鎮。

鎮長是夜裡回到櫻鎮的。如果是早晨回來，鎮政府大門口的對聯就能看到，上班前的跳十字步也能看到，他就不至於脾氣糟糕了。他偏偏是夜裡回來，又乏又餓，敲了一陣大門敲不開，便吼許老漢瞌睡多，乾脆就不要幹了，回你家睡去！北排西頭的那間房子還亮著燈，剛才還稀里嘩啦有響聲，戛然而止，接著燈也滅了。鎮長知道又有人在搓麻將了，就大聲喊：白仁寶！白仁寶！白仁寶還沒應聲，經發辦陸主任卻從房間提了酒瓶出來，說：鎮長回來了！這麼晚的，喝一口解解乏。鎮長沒有理，還在喊白仁寶。白仁寶趿著鞋，披了衣服，衣服也披反了，站在了他的房間門口，說：哎呀你也不提前通知一下我去接?! 鎮長說：支了幾桌麻將和酒攤子？白仁寶說：這，這，晚上都沒事麼。鎮長說：工作搞成啥樣了還沒事？我在縣上坐蘿蔔，你們就打麻將喝酒，喝的尻酒！嚇得白仁寶和陸主任不敢回嘴，連忙喊劉嬸快起來，給鎮長做碗麵條，要漿水的，蔥花熗好。鎮長說：不吃，通知開會！

鎮長的脾氣從來沒有這麼壞過，壞起來一次大家就有些緊張。但夜裡突然開會，大院裡的職工人數就不齊整，只到了三分之二。鎮長讓白仁寶登記到會名單，宣布每人給發二十元，當下叫劉秀珍從鎮政府的小金庫裡取了現金發散到手。

這次會其實內容很簡單，時間也短，鎮長傳達了縣會議精神，並通報了各鄉鎮第一季度工作的考核評比情況。原本櫻鎮是得到優秀等級的，優秀等級將獲得一筆豐厚的獎金，但維穩是全面考評中的一項重要指標，櫻鎮因在會議期間發生了赴縣上訪並喝藥自殺事件，被取消了優秀，定為良好，又從良好降至一般。一般就是沒有獎金的。鎮長說：這樣的結果傷心不傷心?!大家當然傷心，辛辛苦苦了幾個月，原指望的獎金說沒有就沒有了。但大家心裡更明白，最傷心的莫過於鎮長了，書記因引進大工廠，輿論在全縣都搖了鈴，如果大功告成，肯定要上調到縣上工作，而書記一走，鎮長會順勢當書記的，現在具體抓櫻鎮工作的鎮長考評只是一般，他還能順勢當上書記，事情就難說了。

開會中，劉嬸在會議室門口給竹子招手，竹子出來，劉嬸提了一壺滾水，說：鎮長說不吃飯，我給燒了些水。又說：給你們都發錢啦？竹子說：二十元。劉嬸說：你們公家人真好！竹子說：好個屁，發了二十元卻把千把元沒了。突然覺得院大門開了一道縫兒，有什麼人閃了一下，問：誰出去了？劉嬸說：是鎮中街賣服裝的翠娥。竹子說：她是來尋白主任的？劉嬸說：這我不知道，是不是來打麻將的？竹子說：打麻將是侯幹事和會計他們，哪兒會約了她?!提了水壺進來，給鎮長倒了一杯，再把水壺放到窗台上，說句：誰想喝了自己倒。她想給帶燈說翠娥的事，想想沒意思，就不說了。

第二天上午，鎮長又召開全體職工會。他的臉面還浮腫著，眼睛布滿了血絲，但可能是隱忍了，或者心平氣和，再沒吼著發脾氣，部署起了新的工作。他照例在強調著為加快社會管理創新步伐，爭取平安建設先進鎮奠定堅實穩定的治安基礎，就得充分發揮公安部門主力軍作用，廣泛動員社會各界力量，依法打擊非正常上訪、纏訪、鬧訪和以上訪為名勒索詐取錢財的違法犯罪。對不聽勸阻的纏訪、鬧訪、非正常上訪擾亂黨政機關正常辦公秩序行為要嚴加防範，及時掌握動向，分析可能發展的趨勢，一旦發生，盡快收集證據，採取必要措施，嚴肅處理。鎮長在講這些話時，帶燈有點瞌，出來到水池上洗把臉，馬副鎮長的老婆領著小孫子也在水池洗一籠蘿蔔。

小孫子要吃蘿蔔，給吃了又嚷嚷蘿蔔辣嘴。帶燈說：我給你掰，吃有青頭的不辣。小孫子說：蘿蔔為什麼一頭青一頭白？帶燈說：青的在地上頭，太陽曬的。太陽沒曬到的是白的。小孫子說：不對，太陽也曬我奶的頭，我奶的頭咋是白頭髮？

帶燈咯咯地笑，白仁寶也從會議室出來了，低聲說：帶燈主任，鎮長正講政治哩，你在這兒幹啥哩？帶燈說：我聽小孩童言哩。白仁寶說：聽童言哩?!帶燈說：領導一部署工作，總要前面說那麼多開場白，說了多少回了，聽得耳朵都出繭子了。白仁寶說：這些話就是要年年講，天天講，不厭其煩地講，囉囉嗦嗦地講，反覆地講，講反覆，才能把它變成咱們的自覺意識麼！

帶燈重新回到會議室，鎮長還是講了幾分鐘的政治詞語，開始工作部署：除了進一步加大綜治辦工作強度力度外，全鎮所有職工，包括會計和出納，都要分片包幹村寨，已經上訪的要做好上訪者的控制和處理，還沒上訪的要敏銳地捕捉什麼人可能上訪，什麼事可能上訪，提前預防，將一切都消滅在萌芽狀態。

一聽說要求分片包幹村寨，會場就騷動了，經發辦陸主任說，上訪怎麼就根治不了呢，為啥愈治理反倒愈多？不尋找原因，不從根子上治，頭疼醫頭腳疼醫腳，咱是要拔蘿蔔呀還是就這麼割韭菜，割到啥時候?!陸主任敢說話，但他一說，白仁寶就反唇相譏，說：蘿蔔你能拔嗎？你怎麼個拔？拔出蘿蔔帶出泥?!哪一級說哪一級話，蘿蔔不是咱能拔的，咱只能割韭菜，割韭菜了也就有了咱的工作，有了咱的吃喝。他們兩個從來都愛掐，已經掐習慣了，大家讓他們掐去，就開始七嘴八舌說自己的，有的說過去村寨裡還有著廟哩，有祠堂哩，有德高望重的老者哩，人和人一有了矛盾糾紛，不出村寨就化了，現在講究要法制，但又不全是法制，誰都可以說話了，但誰說話都又自以為是，所以放個屁都想颳一陣風，鬧出事了就來找鎮政府，豬屙的狗屙的全得鎮政府擦屁股，哪能擦得完嗎？有的就抱怨村幹部不行，素質太差，能力太弱，是咱把人沒選好，選出的不是家族勢力大的就是沒脾氣的老好人。有的抱怨還是咱櫻鎮窮呀，人窮了心思多，眼窩淺，做事使強用狠，人就刁鑽好訟。有的倒就抱怨上級領導和有關部門有問題，他們為了在任職期間安穩，凡有上訪要麼就讓下邊層層堵截，要麼就亂批條子，要讓拿錢拿物息事寧人，抽刀能斷了水嗎，用酒能消了愁嗎?!牢騷和抱怨發得多了，馬副鎮長說：咱說這些頂什麼用？鎮長部署的是分片包幹，咱就說分片包幹。馬副鎮長的話不但沒壓住意見，反倒惹得大家說：咱是驢呀馬呀戴著暗眼在磨道轉哩，可驢呀馬呀的總得餵飽了才能拽吧？一直說漲工資呀漲工資呀，眼裡都盼出血了，工資不漲，活兒倒愈來愈多！讓分片包幹，咋去包幹，餓肚子去？步行去?!話題扯到了福利上，別的啥話就都不說，全是各自的生活困難。帶燈就拿眼看鎮長，鎮長卻一直在大家七嘴八舌的時候倒不吭聲了，手在懷裡撓，懷裡好像有著無數的蝨子，而那皮膚就又好像是木頭或鐵板，咋樣撓都行。帶燈點燃了一根紙菸，也給鎮長遞了一根，說：吃紙菸。鎮長把紙菸也點燃了。馬副鎮長說：鎮長，你得說話。鎮長說：大家既然都愛說話，那就讓說麼！鎮長這麼一開口，大家倒安靜了，說：啊，這是在開部署工作會哩，鎮長說鎮長說！鎮長就把紙菸在桌子上蹭了，說：我話沒說完，就輪不到我說了，如果書記在這兒部署工作，大家也這樣?!大家突然覺得自己是有些過分了，侯幹事說：鎮長你民主麼。大家說：是民主。馬副鎮長說：民主集中制，民主了還得集中！大家就端坐了身子，表示著要洗耳恭聽。鎮長說：上訪問題當然是整個社會問題，是體制問題，是改革時期必然出現的問題，也是中國特色的問題吧，這一點大家明白，我何嘗不明白？可是，社會是有分工的，神歸其位，各盡其責，鎮政府就是這麼大個廟，廟裡住的不是玉皇大帝，是些山神和土地，或者只是個馬王爺和灶王爺。這是我說的第一層意思。第二呢，分片包幹是我的主意，我想了幾天，昨晚又想了一夜，我覺得櫻鎮目前只能採取這辦法，也是最可能取得效果的辦法。如果村幹部在下面不作為，咱們又浮在上面，那問題肯定愈來愈多，這次有個王隨風，下次誰保證沒劉隨風、馬隨風?!第三，當然，分片包幹要辛苦大家，原本縣上考評有獎金發給大家的，可現在沒了，我決定要給大家發補貼，凡是分片包幹的每人每月三百元。馬副鎮長說：這錢從哪裡來？鎮長說：把小金庫騰空，你那兒計生罰款還有多少？馬副鎮長說：沒結帳，可能沒多少。鎮長問帶燈：綜治辦的救急款還有多少？帶燈說：那不敢動吧？鎮長說：能動的咱就動，不能動的想個法兒動，反正得給大家發補貼呀。大家說：發補

長說：哦，沒來的每人扣二十元吧。

梅李園裡

河堤上不安寧了，帶燈就到梅李園去。但帶燈這次來梅李園不是要讀書，大家愈是緊緊張張地準備著去各自包幹的村寨，她偏靜下來，不管了燕趙楚秦，讓貪玩去。

梅李園原是櫻鎮一片苗圃地，後來被電管站一位姓卞的承包了，他剷除了以往的那些楊樹和槐樹，栽植了大量的梅李，人們就開始叫著梅李園。

梅李園裡有幹活的婦女，是挖出了十幾棵大的梅李要運往縣城出賣，又在新栽著更多的梅李幼苗。她們議論了一陣鎮政府的幹部多麼會享清福呀，見帶燈並沒有接話，就又議論起這些梅李在縣城會賣出什麼價錢，而園子的主人怎麼早早就承包了苗圃地，又能想到栽種梅李！有的就說：人家有後門麼，上一任書記是姓卞的舅爺麼。有的說：現在河灘裡又辦沙廠了，元黑眼和現在的書記是啥關係？有的說：現在書記靠元天亮哩，元黑眼又把元天亮叫本家哥哩。於是幾個人就說：唉，人咋都恁能的！那個駝背的女人說：能吧，能吧，再能他把秦嶺也歸了他，能把秦嶺上的雲放到他家去?!

帶燈抬頭看那說話的駝背，覺得她說得好，但那駝背卻扛著一棵梅李走出了園子，腳下趔趔趄趄，似乎就要跌倒了，卻終於沒跌倒。

帶燈閉上了眼讓太陽從梅李枝條裡照下來。太陽很暖和，倒後悔沒有把被褥拿出來曬曬，曬了，夜晚就該有了太陽的味道。

但是，帶燈沒有想到，鎮長也走進了梅李園。

煞氣

鎮長說：你怎麼在這兒？帶燈說：老鼠在哪兒貓還不是都能尋著麼。鎮長說：你心目中我是貓呀?!帶燈說：綜治辦這次工作沒做好，拖累了櫻鎮也拖累了你，我來這兒冷靜冷靜，準備著接受處分，也準備著被取消三百元的補貼麼。鎮長說：我就知道你們有這種情緒！路過這裡聽運樹的婦女說你在裡邊，就進來見見。綜治辦重點工作是處理上訪，但上訪是全鎮的事，所以我在會上並沒有單獨批評你們麼。帶燈說：你懲罰了我們。鎮長說：怎麼懲罰了？帶燈說：你揉的紙蛋兒，你故意把鎮街三村和南勝溝村留在最後給我們的。鎮長就笑了，說：你真靈得像狐子，我做手腳誰都沒發現，偏偏逃不出你的眼睛。你想想，如果鎮街三村和南勝溝村分給別人，別人能完成任務嗎？

鎮長信任著帶燈，事事還依靠著帶燈，帶燈是心明肚知的。鎮長在詢問他這次部署的工作怎樣，帶燈說是用了腦子也費了心。鎮長在向帶燈訴苦，這次危機總算解除了，但櫻鎮的工作要再上新台階，他的壓力非常大。書記全身心抓大工廠的事，別的擔子都壓給了他，而鎮政府這一干人，心不齊，幹活疲沓，平時閒著關鍵時又頂不上去，他才決定分片包幹抓落實，以每人每月三百元補貼來調動大家的積極性。但帶燈並不認同這種辦法，她認為每人每月三百元買了幹工作，是可以啟動積極性，但始而嘶焉久而安焉，終究還得用智慧。她說你或許還要在櫻鎮幹幾年，就是將來你順勢當上書記，那也得再幹滿兩屆，你就得在鎮幹部身上傷筋動骨，靠哄不行，領導有威力和感召力，可不是僅僅交心，現在人是難餵熟的。鎮長就問怎麼個傷筋動骨？帶燈說有獎有懲有對比度才有力度，這次綜治辦工作沒做好，就得懲罰才是，可以取消每人每月的三百元補貼。鎮長說這怎麼可能呀，不能說為親朋好友謀私利，但也不能損害了你們的利益呀。帶燈就說那一次性罰五百元吧，一定得罰，殺雞給猴看才能提升你的權威麼。鎮長作難了半會兒，說那我就得罰啦，過後我想辦法再補你們吧。

末了，鎮長發感慨：我老想不通，咱書記身上怎麼就有一股煞氣，誰都怯他？帶燈說：我也把你倆做過比較，雖然說性格不一樣，可你確實有你的不足。比如吧，聽書記講話，要聽的就是他開頭說什麼，而聽你講話，倒是聽最後說什麼。講話一開頭就把自己的意圖說出來他就有強勢，而前邊繞了那麼多最後才說意圖的顯得不自信，反而還給人一種有陰謀的感覺。鎮長說：我也是學著書記哩，可就是學不會麼，在鎮上幹了這幾年，能體會到解放初期為啥國民黨的高官反倒沒事，槍斃的盡是些鄉鎮幹部，啥朝代裡，直接和老百姓打交道的就是鄉鎮幹部，鄉鎮幹部也必定會罪大惡極。帶燈說：看把你說得可憐的，那你就不要幹這個鎮長了麼。鎮長說：幹到這一步了也只能往前幹的，我真的佩服有些領導，他們也都是從村幹部、鄉鎮幹部幹上來的，他們那是怎麼就幹上去了?!帶燈說：要一步步能幹上去的，那你就得學毒些學狠些了，咱縣委盧書記和市馬副市長都是咱本縣人，他們哪一個不是這樣的?!可我真心給你說，我是盼著你往上上的，上得愈高愈好，而一旦你上去了，我就不會再來往了。鎮長說：我把我也知量了，我也不得上去，能當個鎮長就滿足了，只要能在我的任上櫻鎮上平平安安就燒了高香了。帶燈說：那我給你反映三件事，你要引起注意，免得又以後出亂子。

反映的三件事

帶燈反映的三件事。

一、元斜眼一夥專門尋找從大礦區打工回來的人賭博。茨店村王采采的兒子就是輸光了打工的錢又還不起所欠的帳，元斜眼就逼人家再去大礦區打工，而讓包工頭直接把工錢交給他。

二、元黑眼五兄弟現在河灘辦沙廠，換布拉布和喬虎也動手購買老街上的舊屋，這些人腦瓜活騰，全是在大工廠進來之前就開始占有資源了，你是不是同意了他們。

三、王隨風領回來後還比較安定，朱召財最近也沒異常，張正民依舊囂張，但他的問題還好辦，目前頭痛的仍是王後生。王後生鼓動過毛林以矽肺病的事上訪，毛林沒同意，他又跑到東岔溝村找了十三戶人家要上訪。這十三戶人家的男人都曾在大礦區打過工，患了矽肺病，有的已經死了，有的喪失了勞動力，家庭生活都極度困難。

社會是陳年蜘蛛網，動哪兒都落灰塵

鎮長聽了，眉心就挽了繩，說：這社會是咋啦，這麼多的事！帶燈說：陳年蜘蛛網，動哪兒都落灰塵，可總得動啊！

鎮長就和帶燈商量著怎麼處理這些問題。鎮長的意見是元斜眼這人太壞，必須得管管，否則肯定要出事，他得讓派出所去調查一下，如果事實確鑿，必須給以嚴肅處治。至於元黑眼兄弟辦沙廠，元黑眼是給他口頭提說過，他當時也強調這要辦相關手續，他們還沒辦手續就幹開了？既然已經幹開了，就讓去幹吧，我盡快幫他辦手續，讓其合法採沙吧。對於王後生找東岔溝村病人上訪一事，鎮長拿不定主意，要聽聽帶燈的，帶燈說：要一旦替那十三戶上訪，這就是群訪，問題就大了，上訪的問題是大礦區的事……鎮長說：我生氣也就在這裡，信訪制度是屬地管理，他們告的是大礦區，卻要算咱的訪件。得控制王後生，把這件事壓住。帶燈說：不讓王後生插手，但東岔溝村十三戶人家連同毛林現在確實困難，不解決不僅是咱工作上失責，更讓良心上過不去，我們綜治辦已經了解情況，整理材料。準備以鎮政府名義為他們申報矽肺病賠償。鎮長說：你們已著手辦了？帶燈說：估計不容易。鎮長說：這樣吧，可以先了解情況，收集整理材料，但不必太急，眼下上訪的這麼多，已經焦頭爛額了，等屙下的屎都擦淨了，再去幹吧。帶燈說：那些人家實在可憐，你有空了也去看看。鎮長說：我是要看看的，但你記住，首先控制好王後生！

天上起了瓦碴雲

從梅李園出來，天上起了瓦碴雲。差不多是做午飯的時候，沿途的人家煙囪裡都冒煙。有人掮著犁，牛在身後跟著，牛走著走著就拉長了身子要嚼地塄上的酸棗刺，可能是身子拉得太厲害了，前蹄沒有撐住，從地塄上咕哩嘛啦掉下去，嚇得掮犁人就往塄下跑，牛卻重新站起了，又拉長身子嚼那塄畔上的酸棗刺。掮犁人罵：那有啥吃的，那有啥吃的?!鎮長還笑著說：人吃辣子圖辣麼，牛吃棗刺圖扎麼。誰家的狗突然從院子的柵欄門裡衝出來，發出一陣汪汪聲，只不過叫一陣後，確實沒了什麼威脅，又趴不動了。而另一家門口有婆娘壓著孩子剃頭，孩子覺得那是一件痛苦的事，亂蹬亂蹭，叫喚不已。

經過那座石拱橋時，遇見了侯幹事。侯幹事提著一小捆烤菸，忙藏忙掖的，但還是夾在了胳膊下，說：啊領導散步哩。鎮長說：你回了老家?!侯幹事是雞公寨再往北的溝腦人，他說：沒呀！我舅來捎了話，說我媽上山挖蕨菜摔斷腿，讓我回去看看，咱剛分片包幹，我這時候怎麼能離開呢?!我是去我包幹的雞公寨和村長溝通了些情況這才回來，把他媽的腳都磨泡了。他彎下腰脫了鞋，彈了彈鞋殼裡的沙子，又穿上，說：我不回去。鎮長說：辛苦你。侯幹事說：領導更辛苦麼！鎮長說：又向誰家要的烤菸？侯幹事說：這次不是，你批評過一次了，我還沒記性嗎？是王拴娃要給我烤菸，我知道他是求我給他侄女報戶口呀，要行賄我，我腦子清白，堅持付了錢！

帶燈哼了一聲，心裡說：過河溝渠子都夾水的人，鬼信你的話哩！也不再等侯鎮長和侯幹事說完話，就拐腳往李存存家去了。

李存存在鍋裡下了土豆和包穀糝子，又放勺老鹼，灶膛裡火燒著，騰出手來在甕裡撈酸菜，還剝幾瓣蒜，搗成泥了調在酸菜裡，然後退了火搗了鍋蓋，拉了孩子去地裡喊喬天牛回來吃飯。她不喊喬天牛喊的是孩子的名字。在地裡的喬天牛栽完了辣椒苗，拄了枴杖走出了地，把裝辣椒苗的籠子給了李存存，李存存突然尖錐錐地喊帶燈：趕得巧，來吃飯呀吃飯，是你愛吃的煮了土豆的包穀糝糊湯！

帶燈就牽了孩子手，跟著他們去了。這當兒，天上紅堂堂的，一疙瘩一疙瘩的瓦碴雲像是鐵匠爐裡的火炭。

帶燈在李存存家吃飯，喬天牛完全換了一個人，嚷嚷著給帶燈再盛一碗，多勺些土豆。李存存說：你以為帶燈是你一樣大肚漢呀？帶燈問起村裡的事，故意還提到換布和拉布，喬天牛說：人家過人家的好日子，咱過咱的苦日子麼。就不再說，只是給帶燈夾酸菜。李存存給豬也添食時，帶燈跟了出來，說：聽說市裡醫院能修補他的腿的。李存存說：還修啥補啥呀，時間這麼久了，這也好，兩條腿都好的時候他是我的仇人，沒了一條腿他才是我男人！

回到鎮政府大院，紅雲散了，卻起了風，樹開始擺頭，巷道的雞亂著毛，順了風跑，就又吹翻了在地上打滾。以為是要下雨了，帶燈快速跑到綜治辦的屋簷下，喘著氣麼，拿眼看著劉秀珍在院子裡收拾晾著的被褥，又扭頭尋楊樹和院牆間的那張蜘蛛網，網沒破，而人面蜘蛛不見了，白毛狗就站在了跟前，一把攬到懷裡，再想起該抽支紙菸了。

忽地有一股香氣，很快又沒了，剛吸吸鼻子，香氣又過來，帶燈說：伙房裡今日煮排骨了？劉秀珍說：啥煮排骨?!就過來悄聲說：馬副鎮長又蒸藥哩。帶燈知道她說的意思，偏問：蒸啥藥這香的？劉秀珍說：你給我裝糊塗！要走了，卻又說：帶燈你說，那能長壽嗎？身上有了五個娃娃的命了，娃娃有魂呀，魂不索命嗎？帶燈起身去屋頂要把那幾盆指甲花端回屋，劉秀珍說：你咋恁管心指甲花的，書記批評過竹子，說鎮幹部染什麼指甲，別讓他回來了又指責。帶燈說：那是他兒子考試沒考好，心情不好才指責的。劉秀珍說：就是就是，他當領導哩，兒子咋恁不成器！

帶燈把花盆往下端著，心想，書記什麼時候回來呢，如果回來會不會元天亮也能回來？

壥

但是，書記並沒有回來。書記人沒回來，給鎮長打回了電話，告訴說簽字儀式本來在三天前要舉行的，因還有幾項條件的意見難以統一，尤其是在土地徵用價格上，元天亮一直從中協調，一畝地從三十萬元往下降，估計到二十萬元可以止住。如果二十萬元能談妥，簽字儀式便毫無懸念地舉行了。這消息讓人振奮，鎮長就鼓勵大家幹好分片包幹的事，力爭讓書記回來看到鎮上的工作也是上了一個新層面的，所以他每天清早像個叫明雞，喊：下鄉嘍！下鄉嘍！

帶燈和竹子一方面要坐辦公室接待上訪者，一方面還得去南勝村，然後是常常接待完了上訪者又去鎮街三村。一次去了鎮中街村後，和村長一塊處理完一宗家庭糾紛，又提到了建洗澡堂的舊事，村長說現在好像是蝨子少多了，帶燈問是不是你們給村民買了藥料或硫磺皂，村長說這倒沒有，現在好多村民洗衣服不再用皂角了，都用洗衣粉，洗衣粉可能會殺死蝨子的。帶燈覺得有道理，就讓村長多鼓勵村民用洗衣粉，也決定在綜治辦的救濟物資中購進一部分洗衣粉。竹子倒說：洗衣粉是化學物質，它如果能殺死蝨子，那以後大工廠建成，櫻鎮的蝨子恐怕就徹底消滅了。帶燈說：你還是說大工廠有污染？竹子說：這話我沒說呀，我只是想，真要到沒有蝨子的時候了，櫻鎮人倒還懷念蝨子的。帶燈沒有言語，她第一次面對著竹子的話她不知道了怎麼個回答。

在鎮中街村辦完了事，竹子提議去小學那個教過舞的段老師處喝水，帶燈的丈夫原來就是小學的老師，她不願意去，但拗不過竹子，也就去了。教舞的老師十分熱情，又拿糖果又拿瓜子，還派學生去鎮街買了一串油餅。帶燈偶爾發現竹子去熱水瓶給茶杯續水時，段老師在竹子的腰裡捏了一下，竹子只是打了一下手，並沒反感，還低聲說了句什麼。等到段老師一出門，帶燈說：竹子，啥事你瞞了姊？竹子說：沒呀。帶燈說：你們談戀愛了?!竹子臉唰的紅了，說：哄誰都哄不了姊！

竹子這才告訴帶燈，教過舞後，段老師託另一個老師來給她提說這事，她先不願意，那老師說可以接觸麼。接觸了幾次，倒覺得段老師人還不錯。

帶燈說：關係確定了？竹子說：八字還沒一撇的，真要確定了能不給姊說？帶燈說：是不要急。人在最不能決定大事的年齡時往往決定了一生最大的事，容易犯錯，你要汲取我的經驗教訓哩。竹子說：姊還有教訓？帶燈說：人整個就糊塗蛋了。

以後，帶燈倒幾次主動提出和竹子到小學去，她發現了段老師多才多藝，不但舞跳得好，也能吹壎。帶燈以前並不知道壎，見那麼一個陶葫蘆狀的東西，吹出來的聲音悠遠蒼涼，就特別感興趣。她一感興趣，就鼓動竹子和段老師確定戀愛關係，竹子說：你是說他好還是說壎好，我還冷靜著，你倒不理智了！帶燈落了個大紅臉，說：戀愛是會讓人犯糊塗，可太理智了又戀不了愛麼。

帶燈把那只壎帶回來，常常是吃過晚飯了，就坐在綜治辦的房間吹。第一回吹，嗚嗚咽咽，鎮政府大院裡的人在各自的房間裡聽了，就跑出來。劉秀珍說：哪兒有鬼了，鬼叫哩？侯幹事也說：是狼嚎，我老家前面山梁上夜裡狼嚎就是這聲。隔壁派出所的人聽到了，以為是從審訊室傳來的，而審訊室並沒有人，就驚恐了，有人說把經血在審訊室牆上抹抹能鎮邪的，讓那個女警察去辦，女警察不敢去，只是將衛生巾從窗子扔了進去。而竹子也發現，那個瘋子誰也不搭理地在鎮街上跑，跑過大院外的巷口了，聽到壎聲，突然站住，哇哇大哭。後來都知道了是帶燈在吹一個陶葫蘆，這陶葫蘆是一種樂器，名字叫壎，就說：帶燈，你嚇死人呀?!帶燈說：沒聽過吧，這是土聲，世上只有土地發出的聲音能穿透牆，傳到很遠很遠的地方。鎮長說：這聲音聽了總覺得感傷和壓抑，你細皮嫩肉的，吹壎不好。帶燈說：有啥不好的，心裡不舒服了可以排洩麼。鎮長說：馬副鎮長患過抑鬱症，你又逗他病呀？鎮長還是勸帶燈不要在鎮政府大院裡吹，尤其書記回來了更不要吹，實在想吹了，就到河灘或山坡上去吹。帶燈接受了鎮長的話，往後再出門，那件藍花布兜裡除了鏡子、唇膏、梳子、手紙外，還帶上壎。

市共青團給對口扶貧村送歌舞

十三號那日，櫻鎮政府突然接到縣宣傳部通知，說市共青團要來給對口扶貧村送歌舞。市上在幾年前有五個部門和櫻鎮的五個村寨結成了對子，而市共青團對口的就是黑鷹窩村。別的部門下來是給他們對口的村寨送過衣物，辦過圖書室，春節時給群眾送過對聯，而共青團還從未來過。不來就不來，來了卻來個歌舞小分隊要演出，這確實是件大事。但鎮長犯了難。早不來晚不來，分片包幹了他們來了?!他有些措手不及，趕緊調整工作，安排接待。先是通知黑鷹窩村長組織群眾用砂石把村裡的泥路墊一遍，再是收拾打麥場，在那裡搭一個台子。然後抽帶燈、竹子、會計劉秀珍、侯幹事和小吳十四號晚上就到黑鷹窩村準備第二天的接待，他十五號一早也趕過去，因為來的不僅是些演員，還有帶隊的市宣傳部領導。他給他們交代：去了一定要給群眾講明，不准攔道說事，不准遞任何材料，來的是藝術家，不是大官，磕頭抱腿沒用的！

帶燈和竹子不願意頭一天晚上就去黑鷹窩村，在那裡過夜，擔心惹上蝨子。帶燈就給鎮長說演出隊到了黑鷹窩村吃什麼，如果派農家飯，一是山裡飯菜差吃不慣，二是給農民也增加負擔。鎮長覺得有道理，但總不能不管人家的飯呀，也不能像鎮政府的幹部下鄉一人發一包方便麵和一瓶礦泉水吧？帶燈提議從鎮街買些元宵拿去，在那裡煮元宵吃。鎮長說好，你去買元宵。帶燈和竹子去了趟鎮街，回來說成品元宵只能從縣城進貨，最快晚上才能進到，乾脆她和竹子留下，明天一大早把元宵送到黑鷹窩村。

十五號早晨，帶燈、竹子和鎮長都去了黑鷹窩村，鎮長坐的是小車，因為從鎮政府還拉了五袋救濟麵粉，已經協商好了，作為演出隊去專門看望五家貧困戶的禮品，帶燈和竹子只好騎摩托車，帶上兩大筐元宵。元宵是袋裝的，有兩種牌子。一到了村，鎮長去檢查墊好的村道和搭成的戲台子，帶燈和竹子就在村長家負責煮元宵。

原以為煮元宵是件輕省活，誰知卻成了難場事，演出隊什麼時候能到，沒個準信，晚下了怕煮不熟，早下了又怕煮爛了，就一大環鍋的水燒得咕嘟嘟響，等候著。竹子站在屋頂上不停地打電話詢問已經走到哪兒了，屋頂上有手機信號，就朝屋裡人喊：快到了，下吧。元宵下到鍋了，竹子又喊：說才到樺樹灣，樺樹灣過來十里路，還早著哩。帶燈就生氣了，說：已經下鍋了能撈出來嗎，讓你接個電話都說不清？竹子說：去接演出隊的是紅堡子村的，他口音黏糊不清麼。燒火的一個婦女就說：張紅利本身就舌頭短，讓我問。她跑上屋頂又問了一遍後，朝下說：是還早哩。好的是發現下到了鍋裡的元宵開裂了很多，再煮就成一鍋糊糊了，就說：這個牌子不行得換另一個牌子的。又把開裂的元宵撈了出來。幫忙的幾個村人，一個說：是不是河南的牌子，河南產的東西都是假的。一個說：那我嫂子給你生的兩個孩子都是假的？大家就嘎嘎地笑。帶燈聽不懂，問咋回事，原來是說河南產的東西都是假的那人是個泥水匠，他娶的就是河南的媳婦，生的是雙胞胎。然後，重新煮元宵，又開始在院子裡安桌子板凳，擺上幾十只碗。帶燈嫌碗沿有一圈黑，要求再洗，洗過了還不乾淨，村長的老婆說碗舊了，再洗都是這樣。帶燈說不行，再去鄰居家借新碗。

好不容易等到演出隊來了，人家坐下來錄了一陣影就去戲台了，竟沒人吃一口。帶燈說：那演出完了還吃嗎？鎮長說：人家敬業，一定要先去演出。帶燈說：這敬業倒把咱害了，如果演出完再說，總不能把這煮好的元宵放涼了再熱一下吃吧？鎮長說：看樣子演出完得回鎮街下館子。帶燈說：這不浪費大了？鎮長說：該算政治帳就不計較經濟帳了，你和竹子在這兒經管著，把這些元宵給各家端一碗，就說是鎮政府慰問了。

帶燈把煮好的元宵讓村長一家老少和在院子裡幫忙的村民全吃了，並沒有到各家去分。來時，帶燈特意把壎拿著，還想著演出時她也能登台吹奏一曲，這陣竹子問：咱看演出去？帶燈沒了興致，自個從院門裡出去了。竹子端了一碗元宵攆出來，問：你要去你後婆婆家吧，空著手？帶燈說：剛才借新碗時我去看望過她了，我再想去看看老夥計。

上次來探望過范庫榮後，范庫榮是第三天傍晚嚥了氣，下葬時帶燈沒來。現在兩人端了一碗元宵到了范庫榮家，門開著，院子裡卻沒人，那棵苦楝子樹冷清的還長在院角，時不時掉下苦楝蛋兒在地上跳著響。帶燈站在那裡，感覺到到處都是范庫榮的氣息。去年范庫榮第一次病倒她來看過，也是這樣的天氣，范庫榮躺在竹床上曬太陽，她時時看著太陽的移動而抬挪著小床讓范庫榮多曬一會兒。她實在是沒辦法，拜求太陽多照著能驅陰氣，還摸摸范庫榮的額頭又摸摸自己額頭看是太陽的熱度還是范庫榮發燒。帶燈要把元宵獻到住屋去，但上房門鎖著，從門縫裡看了范庫榮的照片，范庫榮的照片也在看她，帶燈忍不住悲淚長流，把元宵碗放在了門口。竹子說：姊，姊，你給你老夥計吹吹壎呀，你一吹壎她就知道你來看她了。帶燈就吹起了壎。壎聲深沉低緩。她們同時看見了一隻大雁在藍天上盤旋了一圈又一圈，然後往上去往遠去。這時候村中的打麥場上敲鑼打鼓，演出正熱鬧著。

劉秀珍說的是非

帶燈和竹子沒有去看歌舞，騎了摩托先回的鎮政府，而到了晚上，卻發現計生辦的小吳在房間裡哭。劉秀珍就悄悄來到綜治辦，說：知道小吳為啥哭哩吧？竹子說：我不願意聽是非。劉秀珍給帶燈說：她這是屁話，啥是個是非，世上不就是個是與非嗎，領導講話不是在辯是非嗎，開會討論不是在辯是非嗎？帶燈說：你說，你說。劉秀珍就說你們沒去黑鷹窩演出現場，不知道那裡情況，鎮長安排我們在村道上領了群眾歡迎演出隊，說好的要喊歡迎歡迎熱烈歡迎，但小吳所在的路段說成了歡迎歡迎還歡迎，演出隊的人發笑，鎮長就罰了小吳一百元。竹子說：歡迎歡迎還歡迎，這沒錯呀！劉秀珍說：這還沒錯？這是小孩子的話還是鎮幹部的水準？一看就知道小吳沒上過幾年學，她是靠了啥後門到鎮政府來的?!竹子說：在你眼裡，鎮政府的年輕人誰都沒你兒子好麼。劉秀珍說：這倒是真的，你知道學校選學生會幹部，把我兒子選為了啥？帶燈趕忙問：除了小吳還有啥差錯？劉秀珍又說了兩件事。一件是侯幹事和村裡一個人負責從車上抬麵粉到貧困戶門口時，本應就及時閃開，讓領導上前錄影的，但他們豬腦子不知道閃開，被鎮長踢了一腳。踢了一腳你趕緊走開就是了，侯幹事竟然討好鎮長，說領導你踢得對，是我沒眼色。這話讓人家錄影錄了去，後來鎮長檢查錄影才讓刪了。一件是村裡一老漢搭戲台時一根木頭跌下來撞上腿，腿骨折了，鎮長嫌掛的橫幅不平整，他爬上桿去掛，掛完溜下來就是了，卻溜了一半就往下蹦，把新皮鞋扯了。

給元天亮的信

去趕集總覺得市聲鼎沸就升騰在鎮街上空，而你就在人窩裡笑。我最喜歡你扭亂的虎牙了。我說我身後你對面的坡上恢復了一個小廟，今年以來香火旺盛咱去看吧。於是我轉身咱們去看。這個小廟恢復的時候書記鎮長曾經想阻止，但後來沒有採取行動，不了了之。為什麼要阻止它的恢復修建呢，村民能去了廟裡也就少來綜治辦了，廟可能是另一個綜治辦，這不是好事嗎？方圓的苦命人都來磕頭上香，有雙輪磨村那個賣了幾斤黑豆來鎮街買上香紙的婆娘，和那駱家壩的跛子，揹著的草鞋才賣掉了一半也在插燭，他老插不直，燭油流了一手。還有那南河村的胖子，心臟病患得嘴臉烏青，上廟前的台階幾乎是一步一歇。更多的是硬腿艱難跪下的老太婆，她們按地扶桌起來後還不忘去邊上的龍王像前再上香燒紙，然後把放在香案上的紙片兒小心地彈啊彈的彈到紙角，把小紙角用手利索地掐掉，在手心捋好，長吁一口氣臉上有如意的笑容。說是龍王爺顯靈給的藥，而我分明見那是燒紙飄落的煙灰。我似乎聽見旁邊的另一個老太婆嘴裡念念有詞，竟說著：兒呀你跑得遠遠的，不要管我，能跑到天涯海角就天涯海角，不讓人家抓著你。我想這一定是個逃犯的母親，我扭頭看了她一眼，她立即噤了口，匆匆離去，我也再沒理會她。那個是結巴的守廟人不讓年輕女人進去看龍王像，用棍子交叉擋著。我恨恨地說咱不進去，到繁華世界去。你讓我上枝香吧，我說鎮幹部呀他們都看我哩，走吧。我們從廟後坡道往下走，滿坡的刺玫花都開了。花的鮮豔花的脆弱花的無知和無畏，有天的護佑花兒什麼也不怕的，花兒盡情地開了盡心地開了。枝頭的燦爛，終身的優雅。然而開後的花果誰不想結個果呀，但品種是上天早就定好的呀，我有什麼辦法？於是我們又出現在集市上。一街兩行的攤鋪，摩肩接踵的人流，我很快買下了小核桃、米花糕還有一隻木梳子，看見炒涼粉的喊你吃，但回頭看不到你。我知道你在上街頭的那些賣柴禾的架子車旁等我，你買了米，灌了油，提著一把蔥，咱們得回家動煙火。啊回家，家在哪兒呢？

小時候正月裡被媽逼著走親戚，提個荊條編的長形籃子，我也不看放的什麼禮物只知道送到既定的人家了事。走那麼遠的路後還要上坡看到那個小竹園就算到了姨家。我一個人在樺樹林間的小路上走，覺得走得好遠了回頭一看才走出一小段兒，不清楚這路是否真能到那個西三原村，生氣地坐在那裡哭，罵我媽老妖婆，想如果這時有什麼鬼怪精靈甚至狼外婆，我都會跟它們去，讓我媽找不到我了氣死她。而我現在長大了也長老了反而覺得永遠也走不到那戶人家，一直在路上。我是有主見的人但感情路我怎麼不能收住腳步回頭往大路上走呢？我一次次擺動著頭像撥開眼前枝葉，想往遠處看，想走出大的天地啊！

當我坐在河邊看藍天白雲遠山近橋和橋上如蟻的行人，剛才的空中分明有著呼之欲出的你，卻什麼都沒有了，而我已多時地在清寂獨坐，草從腳下往上長，露水濕了鞋襪。柳樹上一隻小鳥叨著小樹枝在築窩，我想呵我該叨著什麼才能飛到你所藏身的而我想念的地方？

吃飯

鎮政府大院平常時蒼蠅還不是很多，中午一吃開飯，蒼蠅就來了，愛站在碗沿上閃翅或者洗臉。馬副鎮長每頓都要吃蒜，還不停地把蒜扔給你一瓣扔給他一瓣，然後他能用筷子在空中夾住蒼蠅。帶燈覺得噁心，農林辦的翟幹事說這是飯蒼蠅，飯蒼蠅乾淨。明明是從廁所裡飛來的東西怎麼是飯蒼蠅？帶燈一直用石灰在廁所裡撒地，但她撒了女廁所撒不了男廁所，後來乾脆也不顧及了，隔上三四天就去男廁所裡撒，站在廁所門口說：有人沒？裡邊的人還在勒褲帶，她就把石灰撒得滿地都是。

這回開飯前帶燈又去撒石灰，出來見男人們都蹴在會議室的台階沿上吃飯，他們吃飯都要蹴在台階沿上，似乎隨時要掉下去，但從沒掉過。

他們邊吃著飯邊說著亂七八糟的話，而且主題常常就換了，換得自自然然，不知怎麼便說到了煩惱。問帶燈：你煩惱了咋辦？帶燈說：我坐河灘把一個個石頭上寫了你們的名字搗著罵！他們說：喜歡誰了是寫上名字把石頭抱在懷裡？帶燈說：是呀！他們說：那喜歡上我們其中的誰呢？帶燈說：你們誰口裡長象牙嗎?!

他們都能說清這一個禮拜裡帶燈穿過什麼顏色和形樣的衣服，甚至鞋在地上踏出的不同的鞋印，但他們都也搞不懂帶燈，他們要來帶燈的房間，帶燈的房間也是隔著前後間，前邊辦公，後邊住宿，帶燈不讓進後間。氣得他們說：肯定是不疊被子！帶燈說：知音啊，千載難逢！

帶燈知道他們是要看她在住屋裡掛沒掛著丈夫的照片，她偏不讓看。

天真的要大旱了

從去年八月以來，天一直旱著，只說清明節能下雨，雨卻僅僅濕了一層地皮，就沒有了。帶燈以前看電視要看天氣預報，現在大家都要看天氣預報，即便正忙著別的，雙手在盆子裡搓衣服，或後跑著蹲廁所，天氣預報一播，就全停下來跑去看，沒趕上看的，也著急問：還是沒雨？

大院裡清早仍舊跳十字步，八點吃畢飯，職工們就戴著草帽提個包兒到各自包幹的村寨去。前一向，晚上回來了這個提了半口袋核桃，那個拿了一罐子土蜂蜜，甚或還有鹼製的雪裡蕻，豇豆乾，炸了的蠶蛹，半吊子臘肉，讓劉嬸烙個鍋盔了大家打平夥吃，說的全是各村寨難纏事、齷齪事、異事和怪事。而現在就說天氣。

劉秀珍說：人家北京雨大得很，咱這雨咋恁金貴！劉秀珍的兒子自去了北京上學，她也像帶燈一樣每晚要看天氣預報，但她看的是北京的。

連劉秀珍這樣的人都操心起旱情，鎮長就覺得問題的嚴重了，分片包幹工作正幹得有聲有色的，極可能要創造出全縣的一個先進經驗來的，恐怕因此而受耽擱，何況天旱天澇，一有災害，鎮政府幹部的苦情就來了，那就得沒黑沒明地在受災現場。鎮長焦慮不安著，卻不說出來，便問帶燈：你關注天氣預報時間久了，有沒有總結出什麼規律，這旱象是很快緩解呢還是要繼續下去？帶燈說：我多大的本事呀能總結規律？只是咱這兒情況我留心記著，七年前氣候不錯，整個夏季天一熱就下雨，而且往往是晚上下白天晴。到了前六年的正月二十五沒下雨，卻颳了風。諺語說正月二十五滴一點，去到州城買大碗，正月二十五颳一股，倒冷四十五。那年果然倒寒了四五十天，雨水減少。但麥熟八十三場雨，八月十月和來年三月還是下了雨，莊稼也沒受大損。大前年到五月才下了場雨，前年是七月下的，去年是七月底下的。這一年一年雨來得晚，又下得不多，今年這樣子乾瞪著眼，會不會八九月裡才能有雨呢？帶燈這麼一說，白仁寶說：這不就是規律嗎？士別三日刮目相看啊！帶燈說：我不是士，也沒別三日，你盡快能給綜治辦修電視的錢報銷就好。白仁寶當時嘴裡像含了核桃，嗚哇不清，說：你們那數目太大了麼。竹子說：別人的電視機能由小換大，我們的三百元就大數目啦？鎮政府裡只有馬副鎮長的電視機換了大的。馬副鎮長就說：那你們也換麼！竹子說：我們不是領導呀。馬副鎮長就說：那你還說什麼?!竹子哼了一聲，就喊白毛狗：過來！你聾了嗎？叫你哩，過來！鎮長便拍了一下竹子的頭，說：瞧你這脾氣，老馬不說他是副鎮長，年齡也是你的長輩哩！是三百元？竹子說：是三百元，白主任卡著不報銷麼。白仁寶說：規定報銷二百元，多報我沒這個權力。鎮長說：現在啥都漲價了，原來的規定是有些少了，這樣吧，以後哪個部門的電視機壞了，只要有發票，花了多少就報多少，再窮還能窮了同志們看電視?!白仁寶說：帶燈主任，明日就給你報！還笑了說：記著拿一包紙菸呀！帶燈卻說：我只報三百元！拾起身回綜治辦去了。侯幹事說：白主任熱臉撞了個冷屁股。白仁寶說：我沒啥。小資麼，要允許有小個性！鎮長就瞪侯幹事，說：去去去，就你淡話多！

帶燈一走，氣氛有些冷，但鎮長沒離開，別的人也不好離開，鎮長偏讓竹子去給大家沏一壺茶去。茶沏了來，大家就又是擔心去年麥秋二季收成不好，菸葉收購也沒完成任務，那今年又得什麼都減產，雖說農民都還積糧，少收一料還過得去，可連續這麼下去，一旦沒了吃的，問題就大了。他們開始了罵天，說秦嶺裡歷來咱們櫻鎮四季分明，雨量充沛，草木茂盛，這些年天是給咱來點小脾氣呢還是要滅咱?!鎮長讓大家說說各村寨受旱情況，有的說北溝天竺梁上的一片櫟樹枯死了。有的說往年這時候兩岔口河裡的水是滿的，都架木橋，現在只有列石。有的說紅堡子村的山泉涸了幾眼。有的說接官亭村的那個泉是半山上流出來的，全村上百口人和牲口就憑在那裡吃哩用哩，去年旱是旱還胳膊粗的水，這一月比娃娃尿還細。有的說去年十月，縣上就用炮往天上打，落了一陣人工雨，咋怎麼就不再打了？有的說打是打了，我也聽到過西邊有打炮聲，但沒打下雨。現在河裡水少，別說天旱，就是天不旱，沿河上下都在攔水，水也就少了，而不下雨聽說各地都在打炮，就是有一朵載雨的雲，還沒到咱縣的上空，就被打散了。鎮長就說：我估摸縣上很快就要布置抗旱工作了，大家有個思想準備，分片包幹的事要加大力度，抓緊進度，否則一抓起抗旱又顧不上別的事了。又對白仁寶說：這幾天開個會，匯總一下分片包幹的情況。白仁寶說：匯總是要匯總，但你別抱希望太大。鎮長說：你這啥意思？白仁寶說：就這一段時間，能解決多少事？咱政府哪一年是把一件事做徹底過？上邊安排事，各部門都說他們安排的事重要，可最後這個頂了那個，那個又替了另一個，猴子掰包穀，掰一個扔一個！經發辦陸主任說：咋是掰一個扔一個，有你寫材料呀，你不是每一年材料上都寫著各項任務都取得了圓滿完成嗎？鎮長說：這話不對！要善於工作也要善於總結麼！陸主任說：我的意思是感謝白主任呀，不是白主任一枝筆，咱一年補貼要少拿多少?!我們擔心，如果再旱下去，肯定縣上又要抗旱是第一要務，維穩又得放下。鎮長說：維穩是任何時候都要

樹上又掉下來，驚跑了樹下一隻兔子，那人就去追兔子。

帶燈給竹子卻說了個真實事。她丈夫開始學畫時，學畫老虎，畫出來像個狗，把狗再畫著畫著畫成了豬，豬還不大像，乾脆就全塗了墨畫成夜。這夜如瞎子一樣黑，沒月亮也沒星星。

會議室安裝視頻

過了三天，鎮街上的櫻桃還在賣著，南北二山已經有人挑著擔子開始賣杏了，白仁寶買回了一臉盆杏，招呼縣上來的工人。

工人在鎮政府會議室裡安裝視頻。

縣上去年已經在城關和平川道的鄉鎮裡安裝了視頻，而櫻鎮遲遲沒有，突然間來了人給會議室裡安裝，大家都跑去看。馬副鎮長吃了三個杏，還把杏核砸著吃了仁，說：縣上終於重視咱偏遠鄉鎮了，以後晚上就不寂寞了，想看啥都能看啥。鎮長說：這是便於傳達縣上指示和查崗用的。馬副鎮長說：是傳達指示和查崗的？以前縣上領導到鄉鎮來，都是騎自行車的，因為路途遠，必須得住幾天，至少也過一夜。後來有了小臥車，當天來當天回。現在安裝了這玩意兒，這就是說連小臥車都用不著來了?!侯幹事就說：咱們縣委書記上任兩年了我還沒見過活的哩。馬副鎮長說：啥?!侯幹事說：啊，活人，活生生的人沒見過。馬副鎮長說：你見書記幹啥？你只認鎮長，給鎮長負責！侯幹事說：我給你負責，你給鎮長負責。

果然當天的下午，縣防災指揮部就召開了視頻會議。防災指揮部是新成立的，縣長兼著主任。

會議之前，鎮長講了視頻的作用，並要求一旦接到縣上有關部門要召開視頻會議通知，需要參加的人員必須到場，按規定至少三人，包含一名副職以上的鄉鎮領導。還講了視頻不同於看電視，參加會議的人能看到縣上做指示的領導，縣上做指示的領導也同時能看到參加會議的人。縣西的雙柳鎮曾經發生過因視頻時辦公室兩個幹部在沙發上親嘴事件，鎮書記和鎮長雙雙被處分。鎮長這麼一說，大家倒緊張了。馬副鎮長說：這是監控了麼！咱都帶上筆和本子，認真聽，認真做紀錄，不要交頭接耳，不要打瞌睡，不要窩倦在椅子上。帶燈說：也別手在懷裡亂撓！帶燈在說戲謔話，但大家倒沒人發笑，馬副鎮長還說：蝨子再咬，都不准捉！

防災指揮部通報旱災狀況：面積非常大，波及了全省十二個縣，現南部的三台縣、雙流縣麥子全部乾枯，西北邊的合洛縣發生大火，燒毀了一千三百多畝山林，西邊的大礦區一帶，因開礦遺棄的廢洞多，乾旱後水位極度下降，河水斷流，水庫沒水，田地無法灌溉，連人畜吃水都相當困難。而本縣旱情目前相比於別的縣還能好些，但天氣預報近期仍沒有下雨的跡象，需要及早查泉井、澇池、河道、水庫蓄水情況，以防再繼續乾旱下去人畜用水斷絕。另外，各鄉鎮要有山林防火員，建立觀察站，籌備好人力物力，一旦發生火災及時撲滅。並要求能灌溉的加緊灌溉，如無法灌溉的只要能下種，春包穀盡快下種。

會議開了兩個小時，為了防止離開會場上廁所，誰也沒有喝茶水，會議剛一完，翟幹事邢幹事就跑到水池的水龍頭下喝了一氣，說：真是抗旱哩，喉嚨都冒煙了。

給元天亮的信

聞著柏樹和藥草的氣味，沿那貼在山腰五里多直直的山道，風送來陽光，合起我能暈暈乎乎踩著思戀你的旋律往前走。我是來檢查旱情的，卻總想你回來了我要帶你到這裡走走，只要不怕牛虻，不怕蛇，肯把野花野草編成了圈兒戴在頭上，如果你累了，我揹你走。這條直路到大藥樹下分岔處就落下去溝腦窪地，兩邊的桔梗差不多長到我的腿彎。往年雨水好，桔梗就能長到我的肩頭，開花像張開的五指，淺紫的菱瓣顯得簡樸而大氣，那滄桑的山蔓從根到梢掛滿小燈籠花，像是走了幾千里夜路到我眼前，一簇簇血參的老葉，花成小腳形，甜甜的味兒，有著矜持和神祕。還有，一年才發一個頭的黃耆成把成把地生長，花繁星點點有些瑣碎和嘮叨。這些山中珍品，我曾讓十指挖出血，對藥的尊重是緣於我對重病不醫早已過世的父親的回憶和懺悔，所以我跟陳大夫學中醫，想用山中的奇苦之草來療救那些山裡人的苦痛。現在，天旱得這些藥草都委靡不振地側臥了。我看見了苦李子樹，也聽到了有人在唱那關於苦李子樹的歌。我在你的書上最初讀到這首歌詞，我以為是你杜撰的，沒想到這麼深的大山裡竟真的有人在唱，唱聲在崖壁上撞來撞去，最後在溝谷裡幽然消失。可我並沒有激動，看著苦李子樹又聽到了苦李子樹歌我就像被艱難搖上井的轆轤，咯噔咯噔絞出心頭的悲傷。山裡人實在太苦了，甚至那些糾纏不清的令你煩透了的上訪者，可當你聽著他們哭訴的事情是那些小利小益，為著微不足道而鋌而走險，再看看他們粗糙的雙手和腳上的草鞋，你的骨髓裡都是哀傷和無奈。

今天把你以朋友、老師、親愛的人的感覺說說話，我覺得女人在處世也是以心靈的滿足踏實為最終目的。我曾以去鎮政府工作輕閒霸道而得意過，以丈夫有一技之長能掙錢而得意過，更以我認識了你如同天門中開我進入了另一個輝煌的世界，覺得我在世上完成了自己的宿命。然而命運還想把我再轉些年所以我還要想想我能幹些啥？看你的書，你對文學和社會的關懷關愛讓我心慌眼花，我是個啥人，不耐心讀書，不定睛社會，無怪乎養殖業少見養鳥，我是個鳥吧，雖然有自然的羽毛有細緻的絲肉但沒有多大用處，活該在這山野怪石上跳躍自生自滅。

啊，我瞧見了就在小路邊長著了三根麥子，所有的麥子還沒有揚花吐蕊，這三根麥子卻早早成熟了，結著穗子。三根麥子長在了小路邊，一定是山民去播種麥子時將三顆種子遺漏在這裡，使它們有了辛苦成長成熟而無人收穫歸倉的窘迫。

你是知道的，農民的一生最大的事情就是蓋房子，男人們蓋了房子就要娶妻生子，標誌著成家立業的成就和光榮。而女人們一生則完全像是整個蓋房築家的過程，一直是過程，一直在建造，建造了房子做什麼呢？等人。

南勝溝村旱得沒水吃

南勝溝村其實並不在鎮街南邊，偏西南，順一條溝一直到溝腦。南勝溝村原來人家居住就分散，每戶門前或者屋後也都有泉的，但泉水細弱，僅夠做飯、洗衣、餵牛養豬。天旱得久了，泉就乾了，吃水得挑了桶翻過山梁到背面溝底去擔。山梁的背面就是東岔溝村。南勝溝村不同於東岔溝村，東岔溝村女人多，因為男人大多患了矽肺病，需要在家伺候，而南勝溝村的女人少，一打問，沒有一個不是為情所累的，有的是姑娘，有的是已經有了孩子，都出外打工去了。帶燈說：唉，背上貼了郵票走四方。

和村長交談，村長說倒還有一處水源，就在西邊的峽谷裡，峽谷太深太陡，人是沒辦法汲用的。帶燈說：能不能用抽水機？村長說：能是能，哪兒有抽水機？帶燈說：村委會有多少錢？村長說：有屁哩，前年退耕還林款我沒有發，就是想留下來以備村裡有了緊急事，十八戶聯名上訪告我，你知道這錢就全發了。帶燈當然知道那次上訪，說：是你想留下給村裡的?!村長支吾了一陣不吭聲了。帶燈提議讓各家各戶集資買一台抽水機，可和村長跑了十二戶，都不願意出錢，不是說人窮得都快要炒屁吃呀，哪兒有錢，就是說買抽水機能抽上水嗎，抽過這旱天了，這抽水機又咋處置呀?帶燈說：那也是村裡的一份財產麼。他們說：村委會裡還有啥財產?!那十二頁新做水磨坊的核桃木板呢?那拉電時剩下的電線、梯子和燈泡呢?說要修東澗子的路，存了上百袋水泥，水泥又在哪?連村裡那一套鬧社火的鑼鼓，鼓破了還在，鑼都賣了銅！村長說：你說這些幹啥?他們說：集資了好過私人呀?!沒水喝了也好，都渴著，這也是公平！這一家不肯出錢，自然影響到另一家，也不肯出錢，氣得帶燈發脾氣，但發了脾氣還是收不來錢。

從東邊梁畔上的那十幾戶人家下來，帶燈就渴得要命，她不忍心去誰家討水喝，路邊的幾棵櫻桃樹還紅著，村長說：這是我家的樹。抱著樹搖，搖下一層櫻桃，兩人撿著吃。斜旁裡有一處房子，一半苫著瓦，一半卻蓋著石板，住著三口人。一個是老漢子，一個是老婆子，還有一個是傻子，傻子是老漢子的親弟弟，一生未娶，跟著哥嫂過活，到背面溝底去擔水了。老婆子在門口看了半天帶燈，問：是城裡人嗎？帶燈說：你不認得我了？我是鎮政府的。老婆子說：哦，政府的，在我家吃飯吧？糁子糊湯麵。帶燈說：不吃了。老婆子說：我新磨的糁子。帶燈說：不吃了。村長說：你光耍嘴！去舀一碗漿水來給政府人敗火。老婆子說：要得要得。轉身要進屋舀漿水，後山梁就有人擔了水過來，踉踉蹌蹌，搖搖晃晃，她喊：你往腳下看著！那人回應：噢。村長說：那就是她家的傻兄弟。話未落，傻子便跌了一跤，一個水桶就滾下來，人在山梁上嘰吱哇嗚叫：石頭咬腳哩！老婆子趕緊去拾桶，拾回來了個桶底，哭腔著說：啥造孽的日子嗎，吃不到好的，連水都喝不上呀?!

帶燈再沒等老婆子去舀漿水，順著漫坡往下走，漫坡路乾燥，又有料漿碎石和乾羊屎蛋，鞋打滑得走不下來，常常是往下跑幾步就要抱住一棵樹。村長不好去攙扶她，喊下邊的另一簇屋舍裡的人：牛二牛二，拿條草繩來！有個光頭拿了草繩跑上來，村長讓帶燈把草繩纏在鞋上，這樣就不滑了。牛二卻給村長說：根全不行了。帶燈也見過那個叫根全的人，豁鐮嘴，能把拳頭吞進去，愛評說女人，卻始終沒結婚。帶燈說：根全咋不行了？村長說：他高血壓，他說他以前的房子後邊有個泉，水旺得很，後來坡垮下來壅了房子和泉，他就和人去挖那泉，舊泉沒挖出來人卻犯了病，暈倒了，再沒立起身。帶燈說：他年紀並不大呀患高血壓？跟著村長就下了漫坡，到了根全家來。

根全是不行了，好幾個人就圍在炕邊落淚。帶燈和村長一去，他卻又睜開了眼，還說：喲，政府來了，政府有水！帶燈說：各家出些錢買個抽水機，咱南勝溝不愁沒水的。根全說：不愁，不愁，我要喝。有人趕緊去取桶，桶底還有一碗水，端來了，他突然說：牛二牛二。牛二說：我在哩。他說：我喝口水可能要走呀，你快到東岔溝找我那相好來。說完眼睛一瞪，眼裡全是白，沒了黑珠子，人就把氣噝了。

帶燈看著那碗水被人潑到門口，說：一路走好！

向魚問水

竹子說她做了個夢，夢見路過石橋後村，蹚土很深，腳踩下去，一股子塵土就嚯地躥上來灌了鞋殼。她遠遠看見張膏藥了，怎麼喊張膏藥都喊不應，一條小魚卻立在她面前。魚是河裡常見的紅花魚，身上有一道一道粉紅色的條紋，她還想：這魚怎麼在這路上？魚卻在對她說：請問哪兒有水呢？她說：我才要問你的你倒問我?!這時她就醒了。

被攔道告狀

再一次從南勝溝村回來，抽水機的問題還是沒能解決，帶燈和竹子的情緒很差，偏偏在南河村口被一夥擋住了要告狀。市裡縣裡的領導偶爾下鄉視察，會有人當道攔堵，訴說冤情，而帶燈十多年了，還從未被人這麼糾纏的。竹子當然要起到保鏢的作用，叫喊著誰也不許拉扯，帶燈主任是女的，光天化日下要耍流氓嗎？攔道的人就後退一步，說：我們不動手！卻仍然圍成一圈，就是不讓帶燈走。竹子說有啥事到鎮政府去談。他們說：鎮政府的門難進，逮住你們了就不讓你們走！竹子說：你們村長呢，叫你們村長來！他們說：村長解決不了，是他看到你們了，讓我們攔道的。竹子就罵道：這啥王八村長！竹子這麼一罵，他們就全罵開了，罵村長就是個王八，謀自己事時跑得比狗都快，村裡人被外人欺負了，他就縮頭！罵著罵著又罵鎮政府，這是啥政府，替老百姓說話哩還是為有錢有勢的撐腰的？罵得凶了，唾沫星子亂濺，使勁地拍打自己屁股。拍屁股把屁股上的土拍起來，迷了帶燈的眼，帶燈轉過身去揉眼睛，立即幾隻手又拽住了帶燈，說：不能走！走不了！竹子就急了，喊：誰拽，誰再敢拽！陳艾娃就從村裡跑了來，說：要擋就擋當官的，擋著帶燈幹啥？一個老漢就衝著陳艾娃說：帶燈是你啥哩，你向著她說話？陳艾娃說：她是我老夥計！那老漢說：喲，攀上老夥計了，是不是元黑眼給了你一股？陳艾娃聽岔了，聽到的是元黑眼給了你一腿，就說：你胡說八道，怪不得三個兒沒一個養你！陳艾娃這麼說是揭老漢的短，老漢是去年因三個兒都不養活他而鬧過法庭。老漢一時臉上掛不住，就罵陳艾娃，你還沒男人哩，你要不是個掃帚星你男人能死得那麼早?!亂成一鍋粥了，帶燈就坐到一塊石頭上，說：攔住我告狀就告吧，選個代表說，誰說？

一個人就開始說，說的卻並不是什麼大事。原來這幾戶南河村人翻修房子，去河灘裡篩沙，世世代代以來誰家用沙都是在河灘裡篩的，可他們去篩沙時元黑眼兄弟卻說河灘是沙廠了，不能再篩，只能來買，兩斗箱的沙算一方，一方五元錢。

帶燈說：就這事？他們說：就這事。帶燈說：就這事鬧騰這長時間？他們說：不鬧騰你不聽麼。帶燈說：豈有此理！他們說：啊，我們沒理？帶燈說：不是說你們說元黑眼。他們說：他們就是無理！帶燈說：這樣吧，這事我給你們辦，明天就讓你們篩上沙。他們卻說：我們咋信你？帶燈說：不信我攔我的什麼道?!他們說：信的信的。拿手打自己嘴，又給帶燈笑。陳艾娃說：看到了吧，帶燈這麼好的人，你們還噁心她？他們有些不好意思，說不噁心她事情辦不成麼。那老漢也說：艾娃艾娃，叔給你說，剛才罵你不是罵你，人急了口裡就有了毒麼。帶燈說：好了，都回去吧。他們就散了，那老漢卻又給帶燈說：明天篩上沙了，我到廟裡去給你燒香，篩不上沙了，我們全村人就到鎮政府靜坐呀！

大柳樹

陳艾娃和另外兩個人最後是把帶燈和竹子送到了河邊。她們一走，帶燈卻說：竹子你帶衛生巾了嗎？竹子說：來了？帶燈說：提前了。竹子說：都是氣得來！這都是些啥人麼，讓你受委屈。帶燈說：你不覺得咱也很享受嗎？陳艾娃送咱她是老夥計了，那兩個人吵過了也不是送咱們嗎？竹子說：我看全是那老漢起事的，做事沒個底線，他逢著是咱倆，要是翟幹事侯幹事，須動手教訓他不可！帶燈說：翟幹事侯幹事就有底線啦？就又說：農村麼，當有矛盾衝突時，是少有人出來公正的，也少有人明白地說誰是誰非，但你相信，在以後的日常生活中像風吹著田地一樣，人氣卻還是一股梢地向著正經一邊的。

河邊的一堆石頭窩裡，獨獨長著一棵大柳樹，帶燈拿了衛生巾就樹後去，竹子站在一邊看著來往的人。竹子說：你背向著樹。帶燈說：為啥？竹子說：這樹這麼大，我怕它成了精哩！帶燈說：它還怕我身上有紅哩！就笑得嚶嚶地，蹲了下去。

帶燈蹲著，從遠處還能看見頭，竹子說：我搬幾個石頭給你擋著。搬開了一塊石頭，石頭下有了一窩小河蟹，一時亂鑽，趕緊抓了，用草纏綁，提起了一串。

她說：真還有送慰問品的？晚上咱蒸了吃！

和元黑眼拌嘴

櫻鎮前的河灘是拐著一個彎的，彎上的河灘，河北對著鎮西街村，河南就對著南河村。河灘裡機器轟鳴，一輛推土機把沙石往一邊堆，堆成小山似的。兩輛翻斗卡車又把沙運到洗沙機前，洗沙機的輸送帶就嘩嘩地顫抖，出沙口的沙瀉出來像一道瀑布。除了開推土機，翻斗卡車和洗沙機的五六個人外，元家兄弟只有元黑眼在旁邊的三棵柳樹下泡了茶喝。帶燈和竹子一直往近走，元黑眼站了起來，說：帶燈主任來視察了，喝茶呀不？帶燈卻再沒走了，坐在了她往日讀書的長白石上。

長白石周圍已經開了苦菜花，往年裡苦菜花開了她隔三差五來了也不捋，她也在太陽下對長白石說：你已經過了一夜的風寒你也曬曬吧，你熱了才能熱我。但現在河堤下的那些席片似的畦地全都沒有了，滿河灘的積水坑和沙石堆，像是亂葬墳一般。帶燈在長白石上坐了下來，心裡說：沉住氣。氣就沉下來，如以前一樣，在地上鋪一張紙，鞋脫了放上腳。

竹子先過去給元黑眼說：主任讓你過去！元黑眼說：我這裡有茶，來喝茶呀！竹子說：主任讓你過去！元黑眼說：她帶燈勢大！竹子說：她代表政府！元黑眼說：哈巴狗站到糞堆上了！竹子說：誰是糞堆？元黑眼說：好好好，政府厲害！但他又喝了一口茶才往帶燈這邊來。帶燈仍赤著腳，趾頭還在動著，她沒有起來。元黑眼說：帶燈主任好像生了氣，誰惹的，我給你出頭去，就是他馬副鎮長，我也讓鎮長收拾他！帶燈說：知道你和鎮長熟，可鎮長是櫻鎮的鎮長，不是元家的頂門杠子，你為什麼自己在河灘淘沙卻不讓南河村人篩沙？元黑眼說：喲，替南河村那些土匪說話來的？竹子說：你才是土匪！元黑眼說：他們在我的沙廠裡篩沙，當然我不願意，我去他們地裡收莊稼行嗎？帶燈說：這河灘是你的？元黑眼說：我辦了沙廠，河灘就是沙廠的。帶燈說：你抬頭往天上看，這太陽就是你的？你呼吸著空氣，空氣就是你的？元黑眼說：都說帶燈主任是鎮政府的知識分子能說會道，果然我說不過你。我哪裡就霸占了河灘？他們要篩沙，我讓到河彎下邊去篩，他們偏要在我沙廠裡篩，當然我不允許，要篩就得出錢。帶燈說：你的沙廠從哪兒到哪兒？元黑眼說：上至兩棵樹那兒，下至河彎。帶燈說：誰給你畫這麼大的地盤？元黑眼說：鎮長呀！帶燈說：你把批件給我看看。元黑眼說：鎮長大還是你主任大？要看你去鎮長那兒看去！元黑眼擰身就走，帶燈說：元黑眼，我告訴你，你可以給鎮長說一句你要辦沙廠呀你就在河灘跑馬圈地了，但是，開工廠取沙並不是鎮長一句話，這得經縣河道管委會批准才能領到合法開採證，而辦理這一套手續是綜治辦起草報告的！元黑眼站住了，回過頭來看帶燈。這回卻是帶燈掉頭走了，她提了鞋，光著腳地走。

借到了抽水機

竹子攆上了帶燈，說：姊，咱就這樣走啦？帶燈說：我肚子飢了。竹子說：唉。帶燈說：唉啥哩？竹子說：不舒服。帶燈說：你也那個了？竹子說：我心裡不舒服。帶燈說：你要舒服就一事無成！竹子說：噢？帶燈說：這話我是在元天亮書上看的，說哈佛大學的教務長詢問一個學生怎麼沒完成功課，學生說自己有些不舒服，他說，我想，世界上的許多事都是那些感覺不舒服的人完成的。竹子不吭氣了，跟著走。走到鎮街扯麵店裡。扯麵店的老闆都熟悉，兩人各吃了一碗，又讓店裡把河蟹蒸了，帶燈說：晚上我要去派出所說說張正民的事，你就在綜治辦候著收禮。竹子說：誰給咱送禮？帶燈說：元黑眼唄。

竹子覺得帶燈好幻想的秉性又來了，這怎麼可能呢？帶燈平日待她親，但她們也有意見不合的時候，曾經把她罵哭過，門房許老漢都說過帶燈：竹子在馬副鎮長手下的時候經常哭，你再惹她哭，她也記你仇的。帶燈說：沒事，過一會兒她就笑著和我說話了。果然是她竹子哭過了又去和帶燈親近。可是，她是竹子，而元黑眼並不是竹子，元黑眼會低頭認錯還送禮嗎？

竹子沒有把她的疑惑說出來，她感嘆著櫻鎮這麼貧困的地方竟有元黑眼那麼富有的人家，即便鎮政府能把元黑眼壓制住，讓別的人去淘沙，誰又能一下子弄來推土機、翻斗車和洗沙機？光給洗沙機用水的抽水機就要兩台！帶燈卻問：你看清是兩台抽水機？竹子說：是兩台，哦，你在打元黑眼的主意?!

到了晚上，竹子就老實地待在綜治辦，段老師拿來了炒好的花生，兩人吃著說話，元黑眼果然就敲門進來了。元黑眼提著一個大提兜，一臉和氣，問帶燈主任呢？竹子呀地叫了一下，段老師說：你咋啦？竹子說：神得很！就對元黑眼說：你等著，我叫主任去。和段老師出了綜治辦，經過派出所門，喊了帶燈，耳語一番。

竹子是雞叫過頭遍才回到大院，大院裡的人差不多都睡了，帶燈的門還開著，門口疊著三角形一片光，她躡手躡腳想從三角形光的邊緣走過去，屋裡的帶燈卻叫了她。竹子只好進去，說：好幾個老師喝酒，要我陪著……帶燈說：這事我不管。明日一早，你找幾個人到河灘去抬抽水機，我先到南河村通知那幾戶人去篩沙，然後咱在村口會合，再一塊去南勝溝村。別睡死覺呀！竹子說：陰謀得逞啦?!帶燈說：只是借用，借用了再想劉備借荊州吧。竹子簡直喜出望外，問元黑眼來送了什麼禮，帶燈拿出四小桶土蜂蜜。還打開了一桶，兩人就用勺子挖著吃，拿柿餅蘸了吃。

原來元黑眼聽了帶燈的警告後，提禮先找到鎮長，希望鎮長能給他辦理採沙許可證。鎮長告訴他是肯定來幫這個忙的，但辦證必須先得鎮政府同意，由綜治辦和工商稅務派出所相關部門交換意見備案後再上報縣河管委會，這就要找帶燈辦。元黑眼叫苦不迭，說他和帶燈有矛盾，不好溝通。鎮長說有矛盾更要溝通，就讓他把帶來的兩條香菸和四瓶酒留下，而四小桶土蜂蜜給帶燈。元黑眼這才找帶燈，給帶燈賠了不是，說了一堆恭維話。帶燈當然知道元黑眼背後有鎮長，鎮長是默認他後才大張旗鼓地辦起沙廠，要完全阻止已不可能，就說：我把鎮長叫來，咱一塊說說這事。鎮長叫來後，商量的結果是櫻鎮政府同意元黑眼在辦理了許可證後辦沙廠，而現在生米做了熟飯是元黑眼的不是，提出嚴肅的批評，以後絕不允許任何人先斬後奏。元黑眼歡天喜地了，帶燈就勢提到南河村人修屋壘牆篩沙的事，鎮長聽了也生氣，訓斥元黑眼，當場指示：在許可證沒拿到手之前，元黑眼不能霸占河灘，村民修屋壘牆用沙，願意在哪兒篩就在哪兒篩。許可證拿到手後，畫出沙廠界線，那才歸沙廠經營範圍。元黑眼是同意了。

元黑眼說：我服你了，帶燈主任，能幹！鎮長說：帶燈就是鎮政府最能幹的幹部麼，要麼能當綜治辦主任?!帶燈說：鎮長你別誇我，我們包幹的南勝溝村現在旱情非常嚴重，群眾吃水都成了問題，我們和村人尋水源，是尋到了一個峽洞，洞裡有水卻沒抽水機，得找你特批資金給他們買一台。鎮長說：南勝溝村旱成那樣了這我得去看看，買抽水機是應該買，可鎮政府哪兒有這筆開支，現在各村寨都嚷嚷著要錢，要淘井呀，修渠呀，配備防火器材呀，鎮政府不會印鈔票啊！帶燈說：你可以解決，你一句話就解決了。鎮長說：我要一句話能解決，我一天說一萬句話！帶燈說：元黑眼在河灘有好幾台抽水機，你說話了他能不捐出一台？元黑眼說：嗯?!立即裝著沒聽見，說：你們談工作了，那我先回去呀。帶燈說：看看看，這陣裝糊塗呀！元黑眼說：啥事呀？鎮長說：你那兒有抽水機？元黑眼說：有。鎮長說：有幾台？元黑眼說：也沒幾台，抽沙坑水要用，洗沙機上要用，是有些緊張。鎮長說：拿出一台給南勝溝村。元黑眼說：哎呀鎮長，這你讓我做難哩，這……鎮長說：別給我叫苦，抗旱是大事！元黑眼說：這讓我想想。坐下來撓腦袋。帶燈就對鎮長說：河管會的閻主任你熟不熟？鎮長說：我不熟。帶燈說：那是我同學的一個叔，但聽說難說話得很！元黑眼啪地在腿面上拍了一掌，說：毬！為了支援鎮長和帶燈主任工作麼，我拿出一台來。可我有話在先，這不是捐，是借。帶燈說：好，咱直話直說，我抓緊給你辦證，你明日就讓人把抽水機抬走，還有抽水管，不要你捐，幾時旱情解除了就還你。

事情就是這麼辦妥了的。

起作用的東西其實都不用

看完了電視裡的新聞聯播，帶燈問竹子：在這個世上啥能起作用？竹子說：權呀！帶燈說：

咱是不是有權？竹子說：有呀，到了村寨辦事咱不是都說我們是鎮政府的！帶燈就笑了。竹子說：我說得不對？帶燈說：咱把鎮政府掛在嘴上，把咱能累死，又能解決多少事，上訪者還不是愈來愈多？起作用的東西應該是看著並沒用場的才是吧。竹子說：沒用場？帶燈說：世上有那麼多原子彈誰用了?!竹子說：你啥意思？帶燈說：突然想著說說，我也不知道啥意思。

王香菊和郭槐花

半夜裡，白毛狗使勁地咬，鎮長在院子裡大聲喊人，說是松雲寺坡灣後的雞公寨來了電話，那裡起了火，所有人員趕快去救火。

救火救了三小時，所幸是火沒有引燃山林，只是燒了三十畝麥子，又燒傷了村中婦女王香菊。

王香菊是個寡婦，村支書老惦記她。她在門道裡紡線，支書一晃一晃披著襖過來了，靠在門框上給她面前扔了顆杏兒，她拾了杏兒扔了回去。支書又扔個金戒指，她又把金戒指扔了回去。支書就惡了王香菊。麥地遭旱後，支書管著水渠的水，給別人家的麥地都澆灌了，就不給王香菊的地裡澆灌，王香菊的地裡麥子就枯成了柴禾。王香菊把麥子全拔了，堆在那裡又想燒成肥料，燒時怕烤了旁邊的核桃樹，抱著一摟已點著的麥草往地邊移，沒想那裡一個深坑，把她掉了進去，抱著的麥草在慌亂中抖開，一部分引燃了別的地裡的麥子，一部分也掉進深坑燒著了她。王香菊把頭髮眉毛都燒得沒有了，臉成了個包公，最後從深坑裡拉出來送去了鎮衛生院。

而鎮政府的人回到大院，天剛亮不久，鎮中街村的郭槐花就到綜治辦來了。她遲不來早不來，帶燈和竹子要出門時她來，她來討要二百元錢。帶燈就給了她二百元錢。原因是她又去縣上了一趟，還是說她在縣招待所當臨時服務員時一件鴨絨襖被盜，告公安不作為，破不了案，縣上就批下文讓櫻鎮綜治辦給二百元算了。帶燈故意沒給，因為郭槐花太多事，可能是她沒結婚時被懷疑懷孕而被村長拉去孕檢過，氣得有了些毛病，後來從招待所被辭退後回來，她感冒買藥沒治好，告衛生院，要退她交的十元錢，在鎮政府告狀時翟幹事把她推出了大門跌了一跤，她說她回去肚子疼，懷上的娃娃流產了，又來告，她丈夫打了她也告。反正她啥都告，都是不上秤的事，縣上和鎮上也不登記，也不當回事。

帶燈給了二百元，郭槐花走了，走的時候頭上的髮卡掉下來，帶燈拾起來給她別上，說：你走好，不要崴了腳又來告。郭槐花說：你把狗攔住，別讓牠咬我。

六斤也死了

帶燈趕到南河村，通知了那幾戶人家去河灘篩沙，那些人不相信，反覆證實了這是真的，就往家裡拉著說給做飯吃。帶燈不去，說她已經吃過早飯了，那個光頭就從他家把一頭奶羊拉來，說他媽癱在床上了，他專門買了這羊每天給他媽擠一碗奶喝的，今日不給他媽喝了，給帶燈喝，就當場擠羊奶。這時候竹子和沙廠的四個人抬了抽水機來到村口，擠下的羊奶她也沒喝，就一塊往南勝溝去了。

到了南勝溝村，已過了中午飯時，村裡人都來看稀罕，念叨著帶燈和竹子好。帶燈說：這是政府配的。他們說：啊，政府好！還要給政府放一串鞭炮，但沒有鞭炮，就拿了牛鞭子連甩了幾十個響。

村長當然要請帶燈他們吃飯，飯是用煮熟的土豆在石臼裡砸出的糍粑，酒是自己釀的包穀酒。糍粑並不好吃，需要多調些辣醬和醋提味，舌頭攪動兩下就得趕緊嚥下去，但那辣醬也太辣了，帶燈吃著還可以，竹子就不行，伸著舌頭，還直拿手往嘴裡扇風。酒入口有些苦，而且略有炒焦的紅薯片子味，而喝過三口，反覺得愈喝愈香，帶燈喝了五盅，竹子竟喝了八盅，臉紅得像猴屁股。正吃喝得王朝馬漢，一個人在院牆豁口處給村長說：拿進來不？村長說：拿來拿來！那人拿進一捲紅紙，村長說：你們鎮幹部是要有政績的，我讓寫了感謝信給你們，你們帶回去貼到鎮政府大院裡讓他們看看你們的功勞！紅紙展開了，上邊並沒有一個字，全是酒盅按上去用竹籤蘸墨畫出的小圓圈。村長說：村裡沒人能寫字的，能寫字的小孩子字又寫得狗渣渣草一樣，畫圓圈也是字麼，我們春節貼對聯也就這麼畫。竹子嘎嘎嘎地笑，笑得所有人先都莫名其妙，後就覺得有些難為情起來，村長便又說：啊，喝酒，喝酒，沒啥能感激你們，我把我喝醉來表達個心情！拿了碗讓倒滿。帶燈說：別人醉你不能醉，下午你們去安裝抽水機，早早抽上水是正事，我和竹子就不再管了。

帶燈和竹子是吃了飯翻過山梁，去背面的東岔溝村要去看看那十三個婦女。但帶燈和竹子沒有想到東岔溝村出了大事，六斤在大前天死了。

六斤死於旋空犁。因為天旱要盡早犁地種春包穀，東岔溝村人都使用旋空犁。旋空犁是前面有一米直鐵杠子，杠子上很多鐵刺旋轉刨地，稍後是一張犁鏵，耕出溝道下種。用老式的牛拉犁得耕兩遍，旋空犁一過就行，一小時就可以耕半畝。但旋空犁怕掛倒擋，油門大了後退快，稍不留神掛人褲腿。六斤在犁地時千小心萬小心，偏偏是犁到土塄邊，就把褲腿掛住了，而旋空犁還在往前衝，連人一起翻下土塄，還是人先落地，旋空犁砸在人身上。六斤的屁股上被挖去了一塊，頭更被砸扁，當時就死了。

帶燈和竹子趕到六斤家，六斤半小時前剛剛入土下葬，埋在自家屋後的崖根。為她下葬的村人還在院子裡吃飯，那十三個婦女也都在。她們給帶燈和竹子盛飯，帶燈和竹子不吃，要去墳上看看。跪在墳前了，帶燈說：老夥計……哭起來，十三個婦女也全哭了。

黃昏的時候，帶燈和竹子才要回鎮街，十三個婦女相送，她們都回家又拿了土雞蛋，帶燈說她不收雞蛋了，她們說：這雞蛋不要錢，送你的，你老夥計死了，你就認我們也是老夥計。帶燈受感動，也就說了關於申報賠償的事，可能還得你們的男人選出代表去找包工頭出示個在大礦區打工的證明。十三個婦女聽了，卻發愁讓哪個男人能和帶燈竹子去找包工頭呀，因為都臥炕不起。帶燈說：那我聯繫一下老街道的毛林，如果毛林肯去，你們的男人就不用跑動了。十三個婦女又是一陣天呀地呀菩薩呀叫，再是仰著臉給帶燈和竹子笑。笑了一陣有的就咳嗽，有的搗著個額顱，帶燈說：有病著？她們說：是人咋能沒個病的，沒事。竹子說：我們主任會看一些小病的，讓主任看看。帶燈一一為她們號脈，盤問病情，比如吃飯怎樣，大便稀稠，睡覺可好，月經來得準不準，就開藥方，叮嚀先抓三至五服中藥吃吃。她們說雖然這兒不舒服那兒難受的，可還能吃能走的，就不吃中藥了，抓中藥要花錢，何況還得去鎮街，也走不開。帶燈搖了一陣頭，只好教她們一些按摩的辦法。

竹子也覺得稀奇，她還不清楚帶燈會這麼多的按摩，也就用心記下來。

如果夜裡睡不著，睡著又多夢，在耳垂畫個井字，靠臉的最下點空位按摩。如果心跳得厲害，發潮發慌，手中中指自然彎曲所定的點叫勞宮穴，在勞宮穴按摩。如果胃疼了按摩十個指頭蛋，尤其在中指尖的指甲下用力掐。後腦疼在後腰子那兒按摩，前額顱疼在胃部那兒按摩。頭兩邊都疼，是那種一跳一跳地疼，是左肝右肺滯氣所致，輕輕按摩肝肺外部。落了枕，脖子是歪的，拿擀麵杖在脖頸上來回輾。腰椎疼，趴著躺下，讓人在大腿根抓一條筋，抓到了，猛地一提，不要怕疼，只疼一下腰就可以直起來了。眼睛上火出了肉疙瘩，拿老鐵門環或鎖子輕輕磨擦，脊背僵著疼，就提整個後背的皮，或者拿木梳子背來回刮，能刮出一片紅疹子出來，立馬就輕省了。

再見二貓

回來的路上，聞到了苦艾的氣息，抬頭往路北邊的土峁上看去，果然那裡長著一片子艾。帶燈說：天旱艾倒長得快，我去採些，回去插到咱綜治辦。

楊二貓卻黑水汗流地從土峁左側的小路上爬了上來。帶燈說：咦，你這逛山，到哪兒耍錢了現在才回家呀？二貓說：我是想耍哩，腰裡沒錢麼。帶燈說：你知道六斤是我老夥計，她死了你也不去幫著葬埋？二貓說：聽說是六斤死了，她還算是我媽娘家的一個侄媳婦哩，可我在莽山那兒看林防火呀，沒時間麼。這不，趕回來取被褥還得連夜再去。帶燈說：編，你給我編著說謊！兩岔溝的人到莽山去看林防火?!二貓說：這是真的，誰哄你是豬，閹了的豬！帶燈說：誰叫你去的？楊二貓說：這我不能告訴你。帶燈有些生氣，說：給了你錢，又辦了低保，我給你的任務呢？楊二貓說：

我給你完成著哩。他王後生是來過，他一來我就跟著，還跟著去東岔溝村，他嫌我跟他，罵我，我也罵他，嚷嚷著他是靠上訪掙錢哩，村裡人就都避他。他罵我是跟屁蟲，是攪屎棍。帶燈說：他才是攪屎棍！楊二貓說：他是攪屎棍！可人要有良心的，他對你和別人是個禍害，對我卻帶福。帶燈說：你個沒原則的，還給你帶福？楊二貓說：沒有他，你能肯和我說話嗎，能給我低保和錢嗎？帶燈說：誰困難鎮政府都管哩，你別他給你吃一根紙菸了，你就把我交代的事黃了。楊二貓說：一根紙菸把我打發呀？他尋到我讓我去看林防火……帶燈說：你說啥，你說啥？楊二貓說：啊啊，我說漏嘴了。低頭就要走，竹子抓住了他後肩，他一掙脫，竹子只拿了他的破褂子。楊二貓又捨不得他的破褂子，又回身來說：那我乾脆都給你說了吧。他說鎮長讓他去莽山西坡那兒看林防火，每月給四百元，他又雇我替他去，每月給我二百元。帶燈說：有這事？楊二貓說：我不哄你。帶燈愣了半會兒回不了神，說：讓我吃根紙菸。坐下來吃紙菸，楊二貓跑過峁梁子不見了。

麥子熟了

天旱得麥子只結蠅子頭一樣的穗，但時令到了，它不熟也得死去。鎮街周圍的平川裡，各處的路上都走著胳膊下夾著鐮刀的人，一邊走一邊打著招呼，叫苦去年就沒收成好，今年又比去年少收兩成了。而進了南北二山，分散在這溝那岔的人家，要麼在那一片麥地裡彎腰割麥，整晌地不吭不哈，孤獨得像一隻拱食的野豬，要麼在各自家門前場地上揚打著連枷，連枷已經抬起來了，才傳來落下時的一聲啪。不時地傳來讓人嘲笑的消息，說某村的誰誰誰的媳婦，提了瓦罐去地裡給男人送飯，自己卻跌了一跤，瓦罐碎了，飯倒了一地，讓男人壓在地頭捶了一頓。有某某村的誰誰躺在地裡的麥捆上睡覺，蛇從口裡往進鑽，他抓住蛇後半身往出拽，愈拽愈進，多虧路過一個老漢，老漢把旱菸袋上的菸屎在蛇尾上塗了塗，蛇才退出來跑了。

好幾個村寨的老夥計都給帶燈打電話或者捎口信，說讓你來吃櫻桃你沒來，現在新麥下來了，你來吃撈麵，我給你再烙個囫圇子。

囫圇子就是鍋盔餅，只是中間是空的，可以讓孩子從頭上套下去戴。麥收之後，櫻鎮的人就要走動親戚，走親戚就是送這囫圇子。

帶燈一一回話著有空就來了，她經過一戶人家門前，主人在揚麥，麥糠落了她一身，癢癢的，咋抖沒有抖下來。

給元天亮的信

不願意給你說土焦麥黃農人脊背朝天地在田裡忙活，也不願意說對人說人話對鬼說鬼話的與上訪者糾纏的潑煩，啊，一年裡又開始有山果了。山果是山的脊梁滲出的汗珠，苦中有酸，酸中帶甜，以中藥的面目在城鎮裡存身吧。最早的山果應該是櫻桃，它的根終生都在分櫱幼苗，而幼苗移栽見土就活。小小的果實一定是刻意讓陽光凝結了給它，而它又是那樣的鮮嫩，只有親手摘下放入口中感覺最好，否則轉手就會黯然淡去，它是絕色的仙味，卻有些害羞。桃剛剛褪去淡白色的絨毛，開始染紅，但它還未成熟，一如十二三歲的少女。而黃臉皮的杏卻一捏就分開兩瓣了。從杏樹經過，喜鵲在樹上跳躍，樹枝的顫抖就會把杏落下來，或許就打著頭，上百上千的杏偏偏有一枚打著了頭，好像是閨樓上拋下的繡球。還有棠棣，還有枇杷，還有梅李，但我愛吃的還是杏，在一家山牆後的杏樹上吃過了一肚子，吃多了，牙瘆得要倒，肚子裡起了火地發燒，就坐在他家的門口與那媳婦們說艾。艾的全名叫苦艾，是苦字頭和愛的諧音字尾組成的，是苦不用嘗就是愛嗎，是愛必然就苦嗎？艾被揉成蛋兒或搓繩兒點著了煙氣，可品味，能入骨，是驅寒逐風的高手，特別對於女人，我知道艾要經過農曆五月初五清晨的露水浸泡才有奇效，我總靜靜地看著天上，想那佛的妙手在雲霧中播撒拯救生靈的聖水，卻還是沒有一絲雨的跡象，紅雲流動，似乎其中有你的身影。

我應該敬仰你如整齊的田疇，但總是冷不丁地蹦出幾隻野兔，我知道你能給我你的心而不能給我你的手，卻還是穩不住跳躍的腳步，聽到身後鳥鳴想是你頑皮的口哨，看眼前溫馨的夕陽，就想到你朝陽升起的時候。想得多了，我的紙菸也勤多了，由過去每天的三根到現在兩天就得一盒，我想我的生活怎麼過才能有意義，才能快樂，想來想去還是無可奈何。我覺得我是口渴著看著水的清洌而無從去喝，又覺得像那蝌蚪有大大的頭顱狂妄地思索，而終不知道自己是青蛙還是蛤蟆的結果。可憐呵，既然做不到燒羽去鱗蝕骨浴火，那就忍受生活的煎熬吧，但願能承載你，更能旋轉肩上的一切負荷，用扁擔，也用撐扁擔的搭柱。

大礦區又運回了屍體

口裡有些寡，打發竹子到鎮街滷鍋店去買幾隻豬蹄，帶燈就燒水在綜治辦門口洗頭。她的頭髮

帶燈心裡難受，還要給竹子說王三黃的事，鎮長就進了大院，眼睛紅著，不停地眨，像雞屁眼。問起事情調解情況，鎮長說：小伙子還沒個娃娃哩就死了。賠了五萬元，他媳婦全拿了，三黃的父母說如果有個娃娃，他們一分都不要的，讓媳婦把娃娃拉扯大，可媳婦沒個娃娃，自己又沒了兒，這錢應該分給他們一半。但那媳婦就是不給，村長把我叫去，我說合了一夜又說合了一早晨，給三黃的父母一萬元。帶燈說：只給了一萬元？這不公道麼！鎮長說：三黃父母只是個哭，馬家卻能說會道，這一萬元還是我硬吃硬壓讓拿出來的。帶燈說：你肯定也覺得深山人老實才能抹過去就抹過去。鎮長說：到房間裡說，院子盡是人。帶燈說：我就要說，你是鎮長你這樣處理問題，別人議論起來，我臉上都發燒。鎮長說：王三黃父母不會上訪的。帶燈說：不上訪就虧人家？他父母不上訪，我也要讓他們上訪。鎮長說：你咋啦，這樣說話？帶燈說：我對你有意見！鎮長說：有意見好麼。帶燈說：你再這樣下去，櫻鎮就不想有好日子過了。鎮長生了氣，說：我咋啦，貪污了，瀆職了?!帶燈也就說：是你讓王後生去看林防火啦？你知道王後生是上訪大戶，你不壓他制他還給他掙錢的好差事?!鎮長說：你的火氣原來在這兒呀！讓王後生去看林防火，我還沒來得及給你說呢，那可是我的得意之作。王後生家貧又不安生，靠上訪過活，咱防治了他多年也沒防治住，給他每月四百元，又把他固定在了山上，何況他感激涕零，給我拍腔子說不再上訪了，咱用智慧利用了他，這不是好事嗎？帶燈說：你知道不知道，他並沒有去看林防火，而雇了兩岔溝村的二貓替他，給二貓每月二百元，他白拿二百元錢。鎮長也吃了一驚，說：不可能吧？帶燈說：你可以去了解麼！多少年了，王後生用各種手段達到自己利益最大化而往往又以和政府對抗，放屁打踩腳後腿收尾，你怎麼就認不清，是因為驕性還是圖一時平靜還是要顯示自己方法的靈活?!鎮長卻臉色不好，一甩手，擰身走了。

鎮長從此不再叫帶燈姊

鎮長後來是把王後生喊來痛罵了一頓，取消了看林防火員的資格，並收回所付的工資。當天夜裡，元老四到老街王後生家的廁所小便，廁所裡蹲著王後生，半天沒出來，元老四進去就把尿澆到王後生頭上。兩人打起架，元老四把王後生打得鼻青臉腫。王後生又到鎮政府來鬧，說元老四是故意要打他的，背後肯定有人指使和默許的，他一身的糞便不擦，在地上打滾。侯幹事把王後生轟出大院，門也關了，王後生就把糞便抹在門環上。

這事帶燈聽說了，沒有去問鎮長，鎮長也沒給帶燈提說。見了帶燈，雖然還說話，但說話是平靜著臉，有啥事說啥事，再不到綜治辦來叫帶燈姊。

鑑定

總算騰出了手，可以帶毛林去縣城尋當年的包工頭。來的時候心熱熱的，毛林的老婆還給帶了六個蒸饃，十二個煮熟的雞蛋，但滿縣城跑了一個上午，一無所獲，帶燈、竹子和毛林都沒心緒吃喝。街上有頭髮蓬亂的婦女拉著架子車賣艾草，吆喝：賣——艾！賣——艾！帶燈瞅了一眼，說：愛是能賣嗎？竹子說：活該她受苦！

終於打聽到了包工頭，完全出乎帶燈意外的，包工頭竟然是一個禿頭豁牙的老漢，一件廉價的西服皺皺巴巴，腳上一雙皮鞋前翹後拐，像狗嚼過一般。老頭在一個建築工地當看護，見了帶燈他們，疑惑地說：尋我？你們是誰？毛林說：你認不得我了？老頭說：認不得。毛林說：你再認認。老頭說：認不得。毛林說：你怎麼會認不得呢，我是毛林，櫻鎮的，當年在大礦區給你打工。老頭說：哦，櫻鎮的？哦，毛林，你是一頓吃過六個蒸饃的毛林?!毛林撲過去，要撲到老頭懷裡，老頭沒有迎接，還在說：你不是年輕小伙嗎，咋老成這樣了?!毛林嗚嗚嗚哭起來。

帶燈就介紹了她和竹子的身分，又說了櫻鎮老街的毛林，東岔溝村的楊栓牢、鞏忠文、鞏志武、王高義、劉雙林、劉社會、韓黑成、高志強、高轉社、高魁、阮互助、薛千印、陳碌碡，當年跟了你在大礦區打工，回去後都患上矽肺病，鞏忠文、王高義、陳碌碡已去世，剩下的十一位全喪失了勞動力，生活極度困難。現櫻鎮政府出面，要為他們爭取免費治療和職業病補貼，但做這樣的申報，必須有人證明他們是在大礦區打過工，是打工中患上病的，所以才來找到你。帶燈給老頭遞上一根紙菸，老頭說：你也吃紙菸？卻悶了半天，說：這得找大礦區呀，我不在那裡已經四五年了，雖做過礦長，那都是承包，他們到我手裡是幹了兩年。帶燈說：我們知道他們打工只和礦長打交道，而且也是在四個礦井打過工，但四個礦長聽說一個已去世，另兩個是南方人，也離開了大礦區不知去向，只記得你，也只有來尋你出證明。老頭說：我是礦長，打工的挖多少礦，我付多少錢，我沒虧過任何打工的，得了病我可負責不了呀。帶燈說：得病與你毫無關係，來找你也不是要你負責，只是讓你證明他們確實在大礦區打過工。老頭說：那行，這證明咋寫？竹子說：你會寫字不？老頭說：寫得不好。竹子說：我說你寫。給老頭一張紙一枝筆，老頭把紙貼在牆上，竹子說一句，他寫一句。寫到最後簽名，老頭說：寫我名呀？帶燈說：寫你名，寫大點。老頭筆壓得重，連戳了三個窟窿。

取到了極其重要的證明書，帶燈、竹子高興，毛林更高興，說：我請你們吃飯！竹子說：有蒸饃雞蛋的，真要感謝就請我們去賓館洗澡。毛林說：洗澡？那怎麼行呢，得請吃飯麼！我請你們吃燴餅。帶燈說：現在不能吃，先去縣疾控中心作職業病鑑定，鑑定完了我請吃。

去縣疾控中心，毛林就累得上氣不接下氣，在路沿上坐下歇了三次。竹子說：主任，你要請吃，吃啥呀？帶燈說：米飯炒菜，來一盤宮保雞丁，一盤菌炒鱔絲，一盤回鍋肉，一盤老豆腐，再來盤青菜，是蒜茸的還是清炒的？竹子說：能不能來個高檔的？帶燈說：那好，來條魚，紅燒鬍子魚。毛林一直沒吭聲。

竹子驚喜地發現她一個同學就是中心裡的職工，兩人一見，大呼小叫，就拉她到辦公室去說個不停。說：聽說你分配到櫻鎮了，當了什麼官了嗎？走行政好呀，將來有前途麼，你沒入黨吧，這也好，現在配班子都要有一定比例是女同志和非黨人士。竹子說她啥都不是，只是個小幹事，在鎮上幹幾年了就想法調到縣上尋個輕鬆的單位。同學說鎮上工作累是累可以掙錢呀，掙夠錢了再調回來。竹子說掙什麼錢，櫻鎮是窮鎮。同學說櫻鎮要建大工廠呀，將來富得要流油了，你以為我不知道，全縣人民都知道！竹子說是建大工廠，可正談判著，還沒動工哩。同學卻說那真的是個電池廠嗎，聽說曾選了幾個地方都嫌污染，最後櫻鎮接手了。竹子說這我不清楚，不會是別的地方不肯接收才到櫻鎮的，是他們沒爭取到嫉妒吧。同學說是呀是呀，現在人害紅眼，各級政府也害紅眼。同學還要繼續說下去，竹子就急了，說不能再閒扯了，她得辦正事，就也到中心辦公室去。

但帶燈和毛林卻已出了中心辦公室，毛林坐在樓梯口，滿頭是水，大口喘氣，帶燈也立在那裡，臉色難看。竹子問咋回事，帶燈說他們不給做職業病鑑定，竹子以為做鑑定必須所有病人到場，但他們來時也防備了這一手，由村委會鎮委會專門寫了十三個病人除了死亡三人外，別的都臥炕不起，不能前來，帶來的是醫生診斷書。帶燈說不是為這原因，如果必須病人到場，咱可以把病人抬來，可人家說做鑑定前要有同施工單位定的勞動合同和當時身體檢查證明，沒有這些無法確定是在大礦區打工患上的病。但這些證明無法取得，因為當時毛林他們根本就沒簽過勞動合同，也沒在進礦區前做什麼身體檢查。竹子說：事實就是在大礦區患的病呀，這不是故意刁難嗎？帶燈說：人家按職業病鑑定法規來執行的，難以通融。竹子也蔫了。

出了疾控中心，毛林說：我眼前咋飛蚊子呢？帶燈說：沒蚊子。你別急，鎮政府再想法兒，一定要爭取到免費治療和賠償補貼。但誰再沒提吃飯的事，連蒸饃雞蛋也沒吃，攔了一輛蹦蹦車返回了櫻鎮。

做了一夜的醬豆

天麻碴子黑，帶燈說我出去轉轉。竹子說你要轉我陪你。就先轉到鎮東街村，又從鎮東街村往鎮西街轉，白毛狗一直跟著。

街面上的鋪面都還開張，擺在門外的貨攤子卻開始收拾，一家已經收拾完了，用笤帚掃地，另一家正收拾著灰塵飛過來，就吵開了架。元老三和他媳婦每人揹了一麻袋土豆經過，元老三吼了一聲：打的事麼，吵哩?!周圍人就哈哈笑，也說：打麼，打麼！帶燈擋住了元老三，說：你煽惑？你還嫌矛盾不多嗎?!元老三說：我這一煽惑，他們都不吵了麼！果然兩家人各在地上呸了一口，返回屋去。繼續往前轉著，有人擔著白菜土豆，有人背簍裡裝滿了笤帚掃把，有人趕著豬，豬總不好好走，在屁股上踢一腳了，尾巴一乍卻拉下屎來。馬連翹的婆婆立在街邊死眼盯著一個人喝礦泉水，說：你喝完了把瓶子給我。那人說：你老也拾破爛呀?!近來身子骨還行？老婆子說：不行，渾身都疼哩。那人說：噢，中午吃的啥？老婆子說：沒吃啥，啥都不想吃。馬連翹在豆腐店裡買了一塊豆腐，用手端著過來說：你咋恁猴呀，中午沒吃啥？你吃了兩碗米兒麵打了一串飽嗝兒你沒吃啥?!帶燈想過去訓馬連翹，竹子扯了她，兩人轉到一家小飯館，小飯館門並沒開，台階上坐著一個人，幾個孩子和他相互攛打著土疙瘩。帶燈說：那是不是條子溝村的張水娃？竹子說：是他，長得像《水滸》裡的人。帶燈就喝住扔土疙瘩的孩子，過去問：哎，你咋在這？孩子們七嘴八舌地說張水娃中午就來鎮街了，掮了一根椽賣了，就在飯館買了一碗麵和一瓶酒，喝醉了睡了一下午。竹子就踢張水娃，張水娃站起來還搖晃，說：這酒不如包穀酒，包穀酒斤半我沒事的。帶燈說：給了你救濟你就這樣海吃海喝?!張水娃說：主任，我還要尋你呀，你那點救濟不頂用麼，你給別人都辦低保，也給我辦個。帶燈說：你想得美！張水娃說：那你給我個老婆。竹子說：給你個老婆？張水娃說：我老婆跟牛三跑了麼。竹子說牛三是誰，咋就跟牛三跑了？帶燈說：好啦好啦，你現在給我往回去，不要到鎮街來，我就給你把老婆找回來！

帶燈還沒回鎮政府大院的意思，竹子問這又去哪兒轉，帶燈說哪兒沒人到哪兒轉，順著腳就到了老街。

老街上沒有多少人，卻有幾處舊屋前都堆了磚瓦沙灰和木料，是準備翻修的樣子。靠東頭的毛林家不必再去了，街中間柳樹下是王後生家，也懶得看到他。經過了張膏藥兒媳臨時的住屋，朝門裡一瞅，竟然就踏進去了。張膏藥兒媳正蹲在一個筐籃邊忙活，猛地見帶燈和竹子進來，嚇得啊了一下，趕緊說：天呀，你們咋來了！搬凳子讓坐，還用袖子把凳面擦了一遍。帶燈說：忙啥的？她說：搗些醬豆。帶燈說：你教教我咋樣搗醬豆。

在鎮街上轉，帶燈的臉一直都陰著，不想說的話見了誰都不說，想要說的話了又都是訓斥和責罵。竹子還沒見過帶燈心情這麼不好的，就陪著她也言語順著她，而帶燈卻有了興致要學著搗醬豆，竹子說：對呀，對呀，你教我們搗醬豆！

櫻鎮人喜歡吃醬豆，不論窮家富家，每年都要搗幾罐。張膏藥的兒媳告訴著搗醬豆要把大豆煮熟了，趁熱在乾麵粉裡滾圓後放到盆裡，鋪一層香椿葉子撒一層麵豆，再鋪一層香椿葉子撒一層麵豆，如此層層鋪呀撒呀到盆子滿了，用被子嚴嚴實實蓋上搗。要搗七天，麵豆發了黃毛，再收到一個瓷罐裡，熬花椒大茴鹽水攪和，曬乾，過一天拌些砸碎的櫻桃，再曬一天，再拌些砸碎的櫻桃，反覆四天五天，反覆得有些煩了，收起存好，到初秋就可以開封會用。

帶燈和竹子直待了一夜，天明了回到鎮政府，身上滿是醬豆味，而且帶燈發現，她手上的戒指沒見了，那戒指本來戴著鬆，可能是在幫著鋪香椿葉子時掉到了罐裡。

說幸福

帶燈感覺到嚴重內火了，便祕腹脹，腿上就是把皮剝了也懶得動，就趕緊自己抓了一服中藥整了喝。竹子卻連續去了小學校幾次，去了半天半天不回來，回來就要和帶燈說幸福。

竹子說：嫁個好丈夫了就幸福麼。

帶燈說：愛情好像都不振作。

竹子說：什麼才算是好丈夫呢？

帶燈說：我的好丈夫標準是覺得沒有丈夫。

鎮長發了凶

早上，竹子端了洗臉水澆指甲花，叫喊著有了花骨朵了，帶燈剛出來看，鎮長就走過來，黑著臉。竹子說：鎮長，你臉黑了不好看。鎮長卻大聲責問：前天又開視頻會就缺你兩個，咋回事？綜治辦是不是特殊部門，想開門了就辦公，不想辦公了門一鎖就跑個沒蹤沒影?! 劈頭蓋臉地訓斥人，而且當著一院子職工，鎮長這是第一回，更是帶燈和竹子挨訓的第一回。竹子先還笑著解釋她們是領著毛林去縣城尋找礦長和去疾控中心做鑑定，還說沒有鑑定成需要鎮政府再想些辦法，但鎮長根本不聽，依然以連珠炮的節奏厲聲呵斥：什麼影響麼?! 如果不想在綜治辦幹了就吭一聲，如果不想在鎮政府工作了就收拾鋪蓋走人！覺得櫻鎮雞窩小，是鳳是凰你飛麼，是丫鬟的命了就別說小姐的身子！竹子沒再笑，又把她們在縣城的遭遇說了一遍，說著說著眼淚就下來。帶燈說：你哭啥呀！咱一沒去閒逛，二沒去營私，你哭著怕把你冤枉啦？竹子說：就是冤枉，比竇娥還冤枉！鎮長說：誰讓你們去鑑定了？現在任務一宗壓著一宗，宗宗緊天火炮的，油鍋溢了你去劈柴禾？視頻會議紀律才宣布了幾天，你們就缺席不到，上邊給櫻鎮扣分，那是你們的事嗎，那是鎮政府全體職工的利益！說罷回到他辦公室去，還撂下一句：吃畢早飯，你們拿上檢討來找我！

竹子跑回綜治辦房間裡還哭，帶燈端了盆水，讓竹子洗，說：妝花得像個貓啦！竹子說：啥領導呀，更年期啦，還講究是你同學哩！帶燈說：都怪我頂碰了他。竹子說：哼，他現在是以壓制對他有好處的人來顯示他的權威哩！帶燈說：只要能顯示他的權威就讓他凶麼。竹子說：屁，他那鎮長是咋當的……帶燈忙制止了，讓竹子去寫檢討。竹子堅決不寫，帶燈便自己動手來寫。

吃畢早飯，葛條寨有人來反映情況，說是寨子裡硬化路面，支書用水泥鋪了他家院子，村民氣憤不過，和支書論理，支書說鋪個院子能有多少水泥，這硬化路面的水泥還是他向鎮政府申請的。那人說：他這是屁話，他是以葛條寨的名義申請的還是要給他家鋪院子呀申請的？帶燈耐著心讓他把話說完，並詳細做了紀錄，應允綜治辦盡快去葛條寨了解情況，會給村民有個滿意的答覆的。那人一走，已到了半中午，帶燈和竹子拿了檢討去了鎮長辦公室。

鎮長的臉已經沒有早晨那麼黑了，只是眼睛還有點紅。竹子說：鎮長你沒有吃胎兒肉吧？鎮長沒聽懂，說：啥胎兒肉？竹子說：馬副鎮長的眼睛老是紅的，你也紅紅的。帶燈說：去把我的茶杯拿來！竹子出去取茶杯了，鎮長把檢討翻了一頁，卻放下了，說：你覺得寫得怎麼樣？帶燈說：好著的。鎮長說：怎麼個好？帶燈說：我排比句用得多。鎮長笑了一下。竹子取了茶杯進來看見了鎮長笑，說：鎮長臉上一活泛，人就顯得白了。鎮長沒理她，給帶燈說視頻會議是縣工會召開的，要求全縣各鄉鎮十人以上企業建工會，而櫻鎮企業不多，也就那些郵局呀糧站呀衛生院呀的，這些都派人去抓了，本來是把鎮街上的各類門市部聯合起來建一個工會的，任務分給你們，你們竟然沒一個人在。竹子說：鎮街上就門市部這一塊最亂，把亂攤子分給我們呀？帶燈說：就這事？鎮長說：就這事。帶燈說：就這點事你給我們發那麼大的凶?!鎮長說：我不發凶工作還咋幹？視頻會議你們不在，分派工作你們也不在，所有人都拿眼睛盯著我的，何況你也提醒我身上得有煞氣麼。帶燈說：我這是請君入甕了。那麼，我問你，凶發完了啦？鎮長說：完了。帶燈說：別的人抓的工會抓到什麼程度了？鎮長說：才都摸情況，縣上要求十天裡完成，我要求一星期內必須成立。帶燈說：我三天給你搞定。

曹老八

鎮街上各類門市、店鋪和攤點多，平日相互傾軋，鉤心鬥角，要聯合成立工會談何容易，僅登記一項就需幾天，再把他們聚在一起選工會主席，那更不知吵吵鬧鬧到何時？帶燈直接到鎮中街曹記雜貨店去找曹老八。

曹老八的店鋪小，生意也做得一般，但曹老八仍是鎮街上的一個名人。他好排場，愛顯擺，店門扇上一年四季都貼著對聯，沒事了不是拿著手機立在門口打電話，總埋怨信號弱，站起蹲下或轉著圈圈，再就是端著個茶壺，口對著壺嘴兒吸，給人說：這是宜興壺！聽的人說：泥腥？這壺是土燒的，肯定泥腥味。他說：宜興！給你說了白說！

帶燈在曹記雜貨店給曹老八說接到縣上命令，櫻鎮的各門市部、店鋪、攤位，凡是做生意的要聯合成立工會呀，你看誰當主席合適？曹老八不假思索就說他合適。帶燈問咋個合適？曹老八說你從東往西從西往東一家一家看麼，還有什麼人？沒麼！帶燈就笑了，說：好，那你就是主席！

曹老八被任命了工會主席，曹老八興奮得很，換了一身新衣，積極地跑去登記所有的門市部、店鋪和攤位去了，去了就問櫻鎮要成立咱們這一行的工會你肯不肯加入，那些人說：加入了怎樣，不加入了怎樣？他說：你想麼，貓呀狗呀有個家了就有吃，沒個家了你流浪去！那些人說：加入。他說：算你腦子清白，以後有什麼事，就只管來給我說！那些人說：你是啥？他說：我是工會主席。那些人說：你咋就成了主席？他說：我有任命書，縣上發的，上面蓋著紅印。用時一天一夜，曹老八就把名單交了上來，再製作了兩個牌子全掛在他的雜貨店門口，一個牌子是櫻鎮商業聯合會，一個牌子是櫻鎮商業聯合會工會。

第三天帶燈給鎮長彙報工作，鎮長說：這麼快的！大家咋就選了曹老八？帶燈說：曹老八積極性高。鎮長說：他是個賣嘴的，怕幹不了實事吧。帶燈說：工會能幹實事？鎮長說：咱不敢糊弄上邊。帶燈說：鎮政府哪一月不被上邊壓活；咱就是三頭六臂也忙不過來，這是逼著咱糊弄麼！反正上邊要求成立咱就成立，要求掛牌子咱就掛牌子，事情一過誰還追究呀，何況給曹老八個主席，他以為他就是毛主席的那個主席啦?!鎮長說：好，我要在會上表揚你！帶燈說：你悄悄的，你一表揚就壞了。鎮長拉開抽屜，給了帶燈一包紙菸。

給元天亮的信

安然地看書中故事或看初生的樹葉在風中，就反覆地想像自己的心事。有太陽我就有了依附，有綠葉我就沒有了奢求。這幾天心緒是有些低落，今天又想高興了。煩惱是日子的內容，有光明就有黑暗，太陽底下什麼東西沒有影子呢？收穫麥子就得收穫麥草。生活中我沒有敵人，煩惱就是我的敵人，敵人強大了我才能強大，需要敵人，也需要不停地尋找敵人。秋天裡歡笑的只是鐮刀。日子在整齊而來無序而去，我現在知道了有多少人做事沒底線，也知道了我畢竟是好人。我有時說話直了對方是潑皮無賴讓我無法忍受，但我總看到他家人或親人有閃光人性之處讓我心有退讓。我有時不知我怎麼處世，我的做派是強者因為我光明，而外表上人家看我是弱者因此常吃虧。在桃花峪村為了村裡帳目公開的事被那個歪嘴男人罵過之後，老夥計和他吵罵，還抱了他讓我打，我沒有那個習慣，而且我也不會。

人生就是個出家的過程也是回家的過程，一個村寨一個村寨地走啊，走，恍惚裡走過了飽含親情的村寨而又到了下一個有親戚的村寨。

記得初到櫻鎮的那個冬天，隨著書記去藥鋪山村、錦布峪村和豹峪寨檢查工作，返回時天就黑了，黑得一塌糊塗，看不見天也看不見山，車燈前只是白花花的路，像布帶子在拉著我們和車，心裡就恐怖起來。走著走著看見了紅點，先還是一點兩點，再就是四點五點，末了又是一點兩點。以為是星星，星星沒有這紅顏色呀，在一個山腳處才看到山戶的屋舍門上掛著燈籠，才明白那紅點全是燈籠，一個燈籠一戶人家，人家分散在或高或低的山上。

從此，對燈籠就有了奇妙的感覺，以為總有一盞燈籠在召喚。哦，快到端午了，心又像葡萄藤蘿在靜默的夜悠悠伸向你的觸覺。用豔美的花線綁了你的手腳，再用雄黃酒把耳鼻滴抹，抗拒蛀蟲危害和邪氣肆虐，再把五穀香囊掛在胸前第三顆鈕釦，再把艾枝插在窗櫺，再把金銀花、車前子晾曬在院落，最珍貴的是清晨裡那一顆顆露珠，百草在露水中有了靈性，平凡的草兒成了珍惜的良藥。

你是我在城裡的神，我是你在山裡的廟。

普查維穩和抗旱工作

鎮長戴著草帽，背包裡揣了一條紙菸和三瓶礦泉水，一個人單獨在全鎮檢查維穩和抗旱工作。第一天走北溝一帶，上午到二道河村，石門溝村，碾子坪寨。下午從碾子坪寨後邊的栲樹梁翻過，到荊子窪村。在荊子窪村和支書交談，得知五里外的過風樓村從來是姓鄭的和姓孫的兩大家族不合，而抗旱修水渠中得到和解，他就又連夜趕到過風樓村。因為高興，在村長家喝包穀酒，把姓鄭姓孫的老者喊來一塊喝，全都喝醉。

第二天一早沿著一條大溝往南，這溝河是往南後又往西拐，就到了桃花峪村和青棡寨。這沿途的地裡收了麥，包穀種下沒有出苗，大片竹林枯黃，溝河見底，骯髒的亂石下死著魚、蝌蚪和蛤蟆。村民給他沒說上幾句話就哭，他也哭。答應鎮政府很快要送來第二批救濟款。

中午飯沒在青棡寨吃，趕往白樺嶺村，爬那條砭道時腳上一隻鞋斷了後幫子，就在路的歇腳處尋草鞋。這一帶還保留著古風，誰在路上鞋壞了要換新的，就將壞了的鞋放在歇腳處，以備另外人鞋也壞了就可以從那堆壞鞋裡再挑選還能將就穿的鞋。但他壞的是一隻布鞋，歇腳處的壞鞋都是草鞋，而且沒一雙草鞋還能穿的。只好扯葛條從鞋底到腳面纏了幾道。纏葛條時，有三個人結伴而行，都揹著破麻袋，問去哪兒，說到莽山東一帶逃荒去。他說：咋能去逃荒？那人說：天旱得要滅絕爺哩麼！他沒敢說他是鎮長，把剩下的一瓶礦泉水給了他們。趕到白樺嶺村在村長家吃熬南瓜豆角，召集村幹部會，說趕路上見到的逃荒人，大家都說白樺嶺村沒這三個人。他要求清查村中有沒有外出逃荒的，如果有，堅決去找回來，家中實在困難的，可以立即申報救濟，逃荒現象必須杜絕。

夜裡到茨店，和村民座談後睡在村委會辦公室，辦公室其中是原先的一間牛棚，門是走扇門，關不嚴，成夜吱呀響。天微明到白土坡村，從白土坡村再到荊河岩村。荊河岩前三天為在泉裡爭水上梁組和下梁組打了群架，傷了七個人，而支書一個月前去了八十里外女兒家，村長又患了直腸癌，大便失禁，提不住褲子。立馬指定副支書接替支書，並兼村長，穩定了村裡工作。

下午到老君河村，頭突然疼，村長老滿用針挑眉心放血，又吃了一碗稀拌湯，發了些汗才覺得身輕眼亮了。卻發現了王後生，王後生一見他也就閃了。問村長王後生怎麼在這兒？村長說王後生的姑家在老君河村，老君河蛇多，先前總有市裡人來收蛇，每斤蛇一元錢，後來村人得知這些收去的蛇賣給市裡的飯店是每斤十元錢，就自己提了賣，又聽說王後生會玩蛇，請來教捉蛇技術的，讓教七天，一天付五十元。他聽了沒有再說話。

在老君河村吃了飯到駱家壩村，駱家壩村的各項工作相對都好，村長請吃細鱗鮭，還送給了一條紙菸，說到冬天縣上開人民代表大會的代表的事，他暗示可以考慮給一個名額，但話沒有挑明。因為又喝多了酒，安排到一戶衛生條件好的人家去睡，那家兒子才結婚三月，小倆口睡到別處去了，騰出新炕新鋪蓋。半夜裡有牛從山村裡下來鑽進一家豬圈裡牴死了一頭豬，和村民舉火把趕牛，天亮時離開。

鎮政府終於好事連連

鎮政府終於好事連連。

一、引進大工廠的一系列合同已經簽訂，書記回到了櫻鎮，同時來了廠建籌委會一行二十人。鎮街上先掛出了兩條大橫幅，一條寫著：熱烈慶祝大工廠落戶櫻鎮。一條寫著：櫻鎮邁進新時代。後來又掛出了一條橫幅，寫著：書記辛苦了！前兩條橫幅是鎮政府辦公室掛的，後一條是誰掛的不知道。竹子說：也是白仁寶掛的？帶燈說：鎮政府不能說這樣的話。竹子說：那是誰，誰還能這樣巴結領導的？不會是書記暗示的吧?!中午時分有人在放鞭炮，鞭炮聲一響，門房許老漢就去看熱鬧，回來說鎮西街村元家兄弟放了十萬頭的鞭炮，鎮東街村換布拉布放了十萬頭的鞭炮，鎮中街村曹老八也放了，放的是鑽天雷子，雖然只十顆，顆顆卻響聲大，像炸藥包子。整個鎮街鞭炮響成一鍋粥，鞭炮皮又都是大紅的那種，街道上就如同鋪了紅地毯。孩子們成群在煙霧中撿拾未響的零散炮，然後站在台階點燃一枚扔出去，再點燃一枚扔出去，米皮店老闆的孫子點燃著一枚扔出去了不響，又跑去點燃時卻響了，煙火把半個臉燒傷，讓張膏藥貼了膏藥。

二、就在鎮政府全體職工去松雲寺坡彎後的飯館裡以給書記接風會餐的當晚，接到通知，從下月起漲工資，公務員漲二百元，事業人員漲一百五十元，又從三月份算起，每人每月均漲津貼三百元。接下來的幾天，職工們互發手機信息：聽說工資又漲了，心裡感覺愛黨了，見到孩子有賞了，見到老婆敢嚷了，閒時能逛商場了，遇著美女心癢了。短信也發給了帶燈，帶燈在信息後卻加了兩句：就怕物價也漲了，□□□□□□了！轉發給竹子。竹子問：後一句怎麼是框框？帶燈說：誰想怎麼填就怎麼填麼。竹子又轉發給了別的職工。

大工廠建在梅李園那兒

廠址定在了梅李園那兒，占地三百畝，幾乎囊括了從松雲寺坡根到鎮西街村外的河轉彎處所有地方。原來從莽山下來的公路經過石拱橋直達鎮街，現在大工廠還要造一座大橋，經過石拱橋那兒了拐過鎮西街村口，再跨河到南河村後的坡下，那裡也被圈定了，蓋大工廠的生活區。

大量的車隊轟轟隆隆從莽山的公路上開進來，推土機、挖掘機、鑽探機、運載機、打樁機、水泥攪拌機，龐大的鋼鐵疙瘩，頭部長的是老虎豹子的模樣，所經之地，路面就破裂了，煙塵滾滾。沙廠裡的那些機械簡直是小鬼遇上閻王了，這邊一轟鳴，河灘裡再聽到聲響，洗沙機就像是啞巴。元黑眼以前從河灘回村裡，一路唱唱歌的，現在常站在石拱橋上往梅李園那兒張望，頭上的草帽掉了都沒理會拾。鎮西街村口蹚土很深了，踩著如踩在水裡。李存存給帶燈說，她鼻孔裡老是黑的，家裡把門窗關嚴了，還掛上簾布，到下午櫃蓋上還是土厚得能寫字。

今帶燈難受的是夜裡睡不好覺。以前的夜很寂靜，每個季節都有每個季節的鳥叫聲，比如黃翠，斑點兒，布穀，叫天子和黑背，牠們常常在鎮街南邊的崖上一叫，鎮街北的坡林上就有回應，甚至聽見老鴰往過飛時翅膀划動空氣的聲音就緊擦著屋頂。在那樣的夜是最能幻想的，古人的那些詩句都在枕巾上印出圖畫：清風徐來，水波不興，花一瓣一瓣往下落，有人在地敲門。後來眼前就要顯出一條起光的河流映著皎白的月亮，拉拉扯扯不知道是水要把月亮推出去還是要把月亮拉回來。是醒還睡，似睡卻醒，她用雙手摟起月亮親一下，再一口吞進肚裡，月亮就從心裡綻一朵花到唇間，甜蜜蜜地招一隻蜜蜂過來，哎呀呀是一隻蚊子，她完全醒了，翻身坐起，一邊拍打著一邊哧笑。如今再也不能在夜裡靜靜地想心事了，機器的轟鳴如同石頭丟進了玻璃般的水面，玻璃全是銳角的碎片。把身子埋在被子裡心跑出去逛一圈吧，逛了回來更是失眠。

鎮街店鋪的台階上，大白天的常有人坐在那裡打盹，口裡吊著涎水或者還輕輕吹著氣泡。看見的人推一把：夜裡做賊啦？回答是：是賊偷了瞌睡。曹老八的媳婦說：習慣了就好了，先前曹老八打呼嚕，我一夜一夜闔不上眼，現在他要是不在家了，我倒睡不著覺。

那個瘋子仍是衣不蔽體地在鎮街上四處竄，後來又有了一個，再有了一個，一塊竄著說有鬼，他們在攆鬼。

發現了驛站舊址

毀掉了梅李園，連著梅李園外一直到北坡根的那些楊樹林子，柳樹林子，櫻樹林子也一塊毀掉了。推土機平整出了地面，北坡根就開始挖墓坑築高大圍院，竟挖出了許多石門梁，柱頂石，還有拴馬樁和石獅子。很顯然，這裡曾經有過很豪華的屋舍，是寺廟呢還是大戶人家的莊院誰也不知道。於是，石獅子被元黑眼用架子車拉回去放置在他家院門口，一邊四個，全用紅漆塗了眼，威風凜凜。據鎮西街村人講，這些獅子夜裡曾被人用麻袋片一一蓋過，覺得那眼睛害怕，結果元家的大小妯娌第二天整體在村道上罵蓋麻袋的人，罵得煙騰霧罩的。十三個柱頂石也被換布抬走，說他家明年要翻修房子了，每個柱子下就用這老東西，莊宅就可以養靈性，蓄福壽。換布還要抬拴馬樁，曹老八說你家有汽車，汽車能拴嗎？曹老八把四個拴馬樁在雜貨店門口左邊栽兩個，右邊栽兩個，自稱自己沒汽車，卻有馬，四匹馬。沒有搶到那些石件的，在土裡尋老磚頭，老磚頭比現在的磚頭大一倍，雖然舊了，仍四稜飽滿，十分結實。工地上什麼都被搜騰完了，沒想又挖出來了個井台圈來，井台圈是漢白玉的，上邊有魚蟲花鳥的圖案。許多人都在搶，搶得打了架，正好書記也去了工地，就發火了，說：給鎮政府留個作念！運回大院了，卻給帶燈說：你們不是愛栽指甲花嗎，這井台圈就放到綜治辦門口，花栽在裡邊多雅！帶燈很驚奇，說：書記不反對染指甲啦?!書記說：鄧小平說搞經濟不是資本主義的專屬，鎮幹部為什麼就不能漂亮？劉秀珍眼睛一眨一眨的，說：書記你從省城回來變了！書記說：變了？劉秀珍說：變洋了！帶燈和竹子就把井台圈放置在綜治辦門口了，移栽上指甲花。

清洗著井台圈，欣賞漢白玉的細膩和漢白玉上圖案的精美，帶燈感歎著這樣的漢白玉現在難以見到了，而井台圈卻做得如此講究，那工地上曾是多麼奢華的建築呀！帶燈和竹子也就去了一趟工地，工地上除了些破碎的磚瓦外，再沒一件入眼的東西，而挖出的蛇被钁頭砸死了，爬滿螞蟻，蒼蠅亂飛，有老鷹從松雲寺的古松上飛來一次次要接近死蛇，三四隻遊狗就撲過去仰空狂咬，老鷹又飛走了，拉下一股像白灰一樣的稀屎。就在她們要離開的時候，有人到挖出的一個坑裡小便，尿沖在坡崖壁上，出現了一行字，就喊：這兒還有字哩！帶燈近去看看，果然是字，而且是十四個字：櫻陽驛裡玉井蓮，花開十丈藕如船。興奮得大呼小叫，手舞足蹈。她就對施工的說：知道嗎，秦嶺裡有兩個古鎮，一個就是華陽，現在是大礦區，一個就是櫻陽，櫻陽是後來慢慢被叫做櫻鎮了，老縣上說櫻陽是驛站，這十四個字就完全證實了這一點。這可是文物啊，千萬不敢動了！又把那崖壁石摸過來摸過去，說：你怎麼這時候才出來？你怎麼這時候才出來?!施工的人疑惑地問竹子：這是誰？竹子說：鎮政府的帶燈主任。施工的人說：她有病哩麼！竹子吼了一句：你才有病！那人嚇了一跳，從坑沿上跌下去，磕掉了一顆門牙。

石刻卻被炸了

帶燈和竹子有了個大膽的設想，既然櫻鎮號稱是縣上的後花園，節假日帶遊人來遊山玩水的，把驛站遺址保護和恢復起來，不就是個好的旅遊點麼！兩人想著想著，有些輕狂，在回鎮政府大院要給領導彙報時，明明跨不過的一個渠坑，硬往過跨，帶燈的一隻鞋就歪斷了後跟，一路上見了的人都問：一腳高一腳低的，腿跛了嗎？

但是，到了大院，書記不在，鎮長也不在，白仁寶說書記鎮長一塊坐車去縣城了。領導都不在，那就先把石刻拓下來吧，帶燈是見過拓片卻不知怎麼個拓，竹子便給段老師打電話。段老師說他拓得不好，手裡也沒有宣紙和墨汁。竹子便吼了：沒宣紙和墨汁你不會去縣城買嗎？段老師問什麼時候拓，竹子說：明天拓。段老師說現在半下午了，我去縣城？竹子又吼起來，說：那我不管，反正明天我要拓片！掛了電話，竹子嘿嘿地給帶燈笑著說：指揮不了別人還指揮不了他?!

第二天一早，職工們都蹴在各自辦公室門口刷牙，白仁寶支派著侯幹事去石橋後村送個文件，侯幹事又說他病了，白仁寶說：領導不在你就生病，啥病？侯幹事說：你瞧麼，嘴裡吐白沫。帶燈說：是不是剛才上廁所也是看見啥不想吃啥？大家哈哈笑，卻咚咚了幾下，地面上都覺得在忽閃。竹子說：哪兒爆炸啦？馬副鎮長說：閉嘴！爆炸那還了得？爆炸就是有階級敵人在破壞，現在炸藥雷管管理得那麼嚴，誰拿屁爆炸呀?! 竹子說：我哪兒說是階級敵人破壞啦？侯幹事說：你應該說咦，哪兒爆破哩，不應該說是爆炸。氣得竹子唾了他一口。

吃畢早飯，段老師來了，拿著宣紙和墨汁，還拿了一個用布條纏就的榔頭，說做拓片必須要用這種榔頭敲打，他是早上五點就起床做的。三人趕到了工地，但那石刻沒了，連崖壁也沒了，早上是工地上放炮，把崖壁剛剛炸平。

美人一惱比醜人惱了還要醜

帶燈氣得放不下，坐在綜治辦門口吃紙菸，陸主任來給她說話，說：要冷靜，一定要冷靜！他分析著石刻被炸，或許是大工廠基建處故意要炸的，或許是基建處通報了咱們書記，得到書記同意了吧，因為廠址選在那裡又已經開工了，如果要保護驛站遺蹟，從基建處角度看，大工廠就得移址，移到哪兒，移的費用誰又來出？從書記的角度講，引進大工廠是他抓的大事，他也不願意在建廠過程中出現任何干擾。那麼，炸就是必然的了，一炸什麼麻煩就都沒有了麼。

帶燈還是把紙菸吃得噗哩噗哄地，陸主任就陪著她吃，兩人把半盒紙菸都吃了。

後來，陸主任的辦公室來了電話，陸主任要去接電話了，站起來說：你怎麼還有這麼大的脾氣呀，笑一笑吧，美人一惱那可是比醜人惱了還要醜啊！

紅堡子村的李志雲這回傻了

陸主任接完了電話，自己的臉倒惱得難看了，他沒有再來陪帶燈吃紙菸，而慌慌張張就去了紅堡子村，紅堡子村出了事，而紅堡子村正是他包幹的村。

還是在頭一天的中午，紅堡子村的李志雲端了碗在他家屋簷下吃飯，隔壁的一家媳婦要去溝裡擔水，把孩子放在小推車裡讓他照看一會兒。這時天上閃電打雷，李志雲吃了第一碗飯，又吃第二碗時，孩子在小推車裡尖錐錐地哭。他搖了一下小推車，小推車往前滑了一下，他就把坐著的凳子也往前挪了一下。孩子還在哭，他再搖一下，小推車又滑前了一下，他再挪一下凳子，說：你這小狗日的讓我攆你呀?!話剛落，咚的一下，一個東西從天而降，穿過屋簷，就貼著他的後身砸在地上，地上出現一個深洞，看不清砸進去的是啥東西，人就嚇昏了，等擔水的媳婦回來，咋叫也沒叫醒。

村裡出了怪事，村長就給陸主任打電話，陸主任去後，李志雲還是昏迷不醒。村人都說李志雲為人太奸，做了害理事，這是龍來抓他了，虧得鄰居的孩子救了他，命是保住了，人卻就傻了。陸主任當然不信龍抓人，從地洞裡掏出一枚砲彈，砲彈上有碘化銀的字樣，知道這是人工增雨的臭彈。天旱以來，縣上時不時往天上打增雨彈，但增雨彈竟然沒有爆炸而落下來，確實稀罕。陸主任當下給縣氣象站打電話，證實這天是發射了二十三枚碘化銀炮彈的，而臭彈機率那是非常非常少的，這四五年裡僅發生過一次。陸主任就問：這臭彈了就臭彈了？氣象站人說：嚴格講我們沒有責任。發生過的那一次出於人道主義，我們給補償了受害人家屬二萬元。你那兒砸死人了嗎？陸主任說：人沒傷著，嚇傻了。氣象站人說：哎呀那就難以補償了。陸主任說：要是不落臭彈人能傻嗎?!氣象站人說：那你們拍個照，出份證明，到縣上咱們研究研究，看是我們發射單位的事呢還是生產碘化銀彈廠家的責任？陸主任聽了，覺得這太麻煩了，何況是李志雲傻了也就不上訪了，便不再言語，事情撂下回鎮政府了。

竹子給陸主任買了一堆粽子

陸主任回到鎮政府後，帶燈和竹子拿著一大串小香囊見人就散，也給了陸主任一個，陸主任還要吃粽子。帶燈說對不起，我不會行賄。陸主任就講了紅堡子村李志雲的事，說：給你綜治辦少了一個難纏的上訪者！帶燈和竹子都吃了一驚，竹子還是給陸主任去鎮街上買了一堆粽子。帶燈卻在第二天要和竹子去看望李志雲，竹子不去，說：我煩見這號人！帶燈說：就最後見他一次了，以後想叫他煩也煩不了了。她們去帶了四百元錢。

人渾身都是篩子眼兒

天愈來愈熱，人渾身都是篩子眼兒，一動彈就出水。鎮街上的男人早已光膀子晃蕩了，又有老婆子也穿不住了褂子，一邊把乾癟了的布袋奶搭上肩，讓揹著的小孫子去吮，一邊問門面房門口的人：你家漿水酸不酸，給我娃敗敗火？瘋子就和狗往過跑，瘋子也知道太熱，在跳著高兒去摘一棵核桃樹上的葉子，摘一片要別在褲腰裡，再摘時跳著高落下地，踩上了狗腿，狗一跑，他趴在地上不起來，曹老八的婆娘以為把他摔死了，要過去察看，卻見他頭開始動，就站起來了又坐下，說：活了，活了！天一黑，打麥場上就被席子占著地方了，在那裡睡覺涼快，又沒蚊子，整夜可以吃紙菸，吃旱菸，看著場邊的麥垛子，嘆息收穫的麥少了，收穫的麥草也少，各家的麥垛子也小得像墳堆。也看著有流星從頭頂上畫向了東北方向的黑暗去，驚慌起誰家的老人熬不過夏了，怕是要走呀。半夜裡，喊喊咻咻的話語本來漸漸安息了，突然起了罵聲，原來有人偷偷去了河灘，而河灘裡是婦女洗澡的地方，馬立本的媳婦洗了澡出來，發現有人在樹後偷看就嚷起來，結果馬立本就打了偷看者，而大家都恥笑了馬立本的媳婦胖成那樣了有啥看的?!這時候，打麥場外的路上腳步嗒嗒，人聲紛亂，恥笑的人還擔怕是馬立本嫌他們多嘴要來鬧事呀，忙把枕著的磚頭提在手裡，卻發現跑動的不是馬立本，是鎮政府的翟幹事、侯幹事、吳幹事，還有馬副鎮長和白仁寶。

櫻鎮又出了事，是可怕的事。

還是書記處理問題水平高

五點三十二分，鎮長接到大工廠基建處報告，工地倉庫丟失了十根雷管。五點三十七分，鎮長到派出所。五點四十六分，鎮長、派出所長和全體民警趕到大工廠工地。經查實，確實十根雷管被盜，倉庫保管員三人，其中一名叫宋飛的因和倉庫主任為補貼爭吵，後不知去向，被認定為嫌疑人。六點二十開始搜尋宋飛。在鎮街周圍各村未發現宋飛蹤影，得知宋飛是北邊清臨縣徐家屹嶗村人，就布置按鎮各村寨派人在路口留神行人外，派出四名民警趕往徐家屹嶗村，並決定：如見到宋飛，立即抓捕，收繳雷管，絕不允許危險品流入社會。如宋飛反抗拒捕，在勸說警告不聽的情況下可當場擊斃。從櫻鎮往北邊清臨縣要鑽一條溝，沿溝村寨逐一清查，九點到石甕村，沒見宋飛，但得到群眾舉報是有一男子揹著個麻袋順溝而進的。十點十五分民警到了雞窪寨，村民講有一揹麻袋的人敲寨子裡小賣鋪門，買了一包方便麵後就走了。民警繼續往溝腦走，但天太黑，山路不熟，到了一個叫葛字崖底的村子就在一個廢棄的茅房裡休息，準備待到天亮後翻過山梁趕往徐家屹嶗村。沒想剛進了茅房，卻聽到喀啷一聲石頭滾動響，喝問：誰？卻再沒了動靜。以為是夜裡尋食的小獸，才坐下來要脫鞋歇腳，又是唰啦啦樹枝響，有黑影向左邊坡上竄去。民警一邊喊一邊把茅房上的茅草紮了火把點著去追，追到一家豬圈裡，豬圈裡蹴著一個人。喊著不許動，敢動就開槍打死你！火光中那人不動了，把麻袋放在豬圈牆上。問是不是宋飛，回答是宋飛，問雷管呢，回答在麻袋裡，民警撲上去就把他按住了。時間是第二天的三點二十分。民警給宋飛上了手銬，又身上拴了兩道麻繩，拉著往回走。七點五十分到櫻鎮，押到派出所。

施工生產用的雷管、炸藥，國家有嚴格的管理法規，如果發生被盜被搶，那就是重大治安事故，除了追捕收繳罪犯嫌疑人和危險品外，當事單位有關人以及主管部門負責人肯定要承擔責任，給以嚴肅處分。書記還在縣上，鎮長就非常緊張，在布置了抓捕宋飛的方案後，他拿不準的是該不該給縣上報告。他徵詢馬副鎮長意見，馬副鎮長說你是鎮長這你定奪。他徵詢白仁寶意見，白仁寶說你說咋幹我跟著你幹。鎮長半個晚上頭髮就白了鬢角，只好給帶燈說：姊呀，你得幫我拿個主意。帶燈說：又叫姊了？你喝喝水，我泡些菊花水你喝。鎮長不喝。帶燈說：最近是咋回事，櫻鎮就像上了年紀的人，一個病接一個病的?!鎮長說：報吧，我和工地負責人逃不了干係，書記也肯定受牽連了，他忙了近一年才有了政績。不報吧，你說這事能包住嗎？帶燈說：紙能包了火?!鎮長說：是呀，不報那我將來又得承擔不報的責任。帶燈說：先喝水，咱都想一想。鎮長就喊伙房劉嬸舀一碗漿水來。劉嬸把漿水舀來，帶燈說：我覺得先不要給縣上報，現在正抓宋飛，如果抓到了，又能把雷管收繳回來，就是沒及時上報，處理時也不會出大事。但不管宋飛抓著抓不著，你得告訴書記，雖然他不在鎮上，而他是書記，天塌下來他個子比你高。鎮長聽了帶燈的話，沒有給縣上報告，便給書記打電話。書記立即指示：一、鎮政府幹部和派出所民警誰也不許缺漏，全力以赴搜捕宋飛；二、向群眾嚴密封鎖消息；三、他馬上就趕回來。

七點五十分宋飛被拘留到了派出所，書記還沒有到。鎮長雖鬆了一口氣，但畢竟消息已無法向群眾封鎖，這麼大的事故最後還得向縣上彙報，受處分是免不了的，他就召集全體職工會，先醞釀著書記回來後如何給書記彙報，又如何形成給縣上彙報的初步意見。會剛開了一陣，書記就回來了。書記一進大院，鎮長就迎上去，告訴了宋飛已抓到，雷管如數收繳了。書記沒進會議室就直接去了派出所，見了宋飛，一腳就踹在宋飛的腿桿子上，宋飛就撲沓在地。二返身，書記回到會議室，聽詳細彙報事情的經過。鎮長就說：書記你回來了就有主心骨了，這件事來得太突然也太重大，雖然罪犯是抓住了，雷管也一根不少地收繳了，但實在是工地負責人和我自己工作沒有做好，不應該在這時候出這樣的事。書記說：直接說事。鎮長就說：昨天下午，工地倉庫主任在盤點庫存時，發現雷管少了十枚，就給我說了，懷疑是保管員宋飛拿走的，宋飛是三個保管員之一。書記說：宋飛本人就是保管員，他拿走雷管幹啥？鎮長說：倉庫主任說他和宋飛為補貼吵了一架，是不是賭氣要……書記說：賭氣要幹啥去？要炸魚去?!書記突然說宋飛是不是賭氣拿了雷管要去炸魚，參加會的人全愣了，一下子靜下來，鎮長立即說：啊是呀是呀，是要去炸魚，他和主任吵了架賭氣不幹了要回老家，他是清臨縣人，那裡我曾經去過，水塘多得很，水塘裡都有魚，就是想拿回去到塘裡炸魚呀！書記說：什麼炸不了魚拿雷管炸魚，雷管是用來炸魚的嗎？現在的年輕人真他媽的做事沒規矩，豬腦子！人是抓到了，那就加緊審訊。工地上和鎮政府要形成個材料呈報縣上有關部門，一方面要表彰抓宋飛的民警，一方面咱們要吸取教訓，今天就把這事處理完。書記三下兩下把事情化小了，大家都輕鬆起來，鎮長臉上肌肉活泛了，一邊喊劉嬸給書記做飯，一邊掏出紙菸，撕開盒子給大家散。散到帶燈面前，帶燈說：我這會不想吃。鎮長說：這紙菸要吃的。馬副鎮長在旁邊說：咱的思維咋就老在固定的圈圈裡轉哩？還是書記處理問題的水平高！鎮長說：是水平高，讓我又學習了許多。

送走宋飛

宋飛在派出所關了五天放出來，大工廠基建處當然就把他開除了。鎮長考慮到必須有人押送他回清臨縣，害怕留在櫻鎮，讓民警或翟幹事、吳幹事去押送吧，又擔心一路上會惡言相語，棍棒相加，激化矛盾，宋飛再可能返回櫻鎮尋事上訪，就讓帶燈和竹子去。馬副鎮長叮嚀帶燈和竹子，宋飛是罪犯，是階級敵人了，一路上要小心點，身上帶把刀子以防不測，也可以把白毛狗帶上。帶燈說不至於吧，沒有帶刀子，但把狗帶上了。見了宋飛，宋飛又瘦又小，衣衫破爛，渾身是血，就拿了一身救濟衣褲讓他換了，又給吃方便麵，又給喝礦泉水，說：你乖乖給走，別害我們。宋飛說：我不跑，不害你們。走到鎮街北溝口，宋飛卻說：我想見見王桂花。帶燈說：誰是王桂花？宋飛說：工地上做飯的王桂花。竹子說：呀，你還談戀愛呢?!帶燈說：行麼，給你把王桂花叫來見見面。就給竹子丟眼色，竹子就去找王桂花。帶燈還從路邊採了一把野花，說王桂花來了你把花給她，就和宋飛在溝口石頭上坐了，問：你咋就偷了雷管，你不知道偷雷管是犯罪嗎？宋飛說：知道。帶燈說：那你還偷？宋飛說：我偷了就是要給主任栽贓，要讓他犯罪。帶燈嘆了一口氣，又問：你是清臨縣人咋就能到工地基建處？宋飛說：我原來就在大工廠打工，大工廠要來櫻鎮基建，櫻鎮離我老家近，我就要求來的，但我沒遇上好領導，倉庫主任老克我的補貼。竹子回來了，竹子沒有帶王桂花，說她尋著王桂花了，王桂花壓根兒不承認和宋飛相好，王桂花還說他宋飛長得恓寒磣我能看上他？所以才不願意來見宋飛的。宋飛就哭呀哭呀的，哭完了，站起來往溝裡走了。帶燈悄聲說竹子：你說王桂花不來就是了，說長得寒磣傷他幹啥？竹子說：不那樣說他回來不是又要找王桂花嗎？三個人和白毛狗到了葛家崖底村後，又翻上後邊的山梁，山梁那邊就是清臨縣地界了。帶燈說：回去吧，回去了再不要來櫻鎮。宋飛說：我恨櫻鎮哩，我過後只來看望你倆。帶燈說：咹?!宋飛說：你們待我好。帶燈說：不好。你要再來，我們也會拘留你的！宋飛還要說什麼，往帶燈跟前來，白毛狗就撲起來咬，他不敢到跟前來了，眼睛還看著帶燈。帶燈說：走吧，我再告訴你，走了就一輩子不要再到櫻鎮來，如果發現來了，那拘留你就不是五天半月的！

看著宋飛從山路上一步一步走下去，帶燈又扔給了他一包方便麵和一瓶礦泉水。

藉口永遠是失敗的原因

宋飛一走，竹子說：這就是罪犯階級敵人呀？整個可憐蛋麼！帶燈說：可憐人卻有可恨處。兩人口渴起來，但最後一瓶礦泉水扔給了宋飛，竹子倒感慨帶燈心太好，帶燈說不是心好，咱幹綜治辦的活兒是憑責任也是憑良心麼，於是問竹子最近王後生有什麼異常處沒有，讓去朱召財家和王隨風家看看，去了沒有？竹子說事情太多，又跑南勝村抗旱哩，又寫東岔溝村關於鑑定的申請報告哩，還沒顧得上這些老上訪戶。帶燈又問那申請報告寫好了？竹子說原本五天前就能寫好，段老師過生日讓我去了一次，還有咱拓石刻事也耽擱下來，只說晚上加班寫，不是再碰上抓宋飛嗎？帶燈就不再問了，吆喝著白毛狗不要亂跑，順著路端端走。竹子就不好意思了，說：你對我有意見啦？帶燈說：你要是啥事有白仁寶營心一半就好了。竹子說：他白仁寶是謀著往上爬哩！帶燈說：那你也得學學他的勁麼。竹子說：你說他還能爬多高？帶燈說：他能爬多高?!那是品種決定了的。竹子說：既然是品種決定了，你還讓我學他？帶燈說：你說你在鎮政府只是個過渡，也沒見你去縣上尋門路疏通關係，你說你就在鎮政府幹了，要走仕途，也沒見你多接觸書記鎮長，幹完一件事了就寫份材料讓領導也知道了你都幹了什麼。你啥都不上心麼。竹子說：我想調走沒背景沒關係能調走嗎？走仕途我又是當官的料嗎？帶燈說：你總有藉口。竹子說：是有藉口，我承認我以藉口解脫自己。帶燈說：藉口永遠是失敗的原因。竹子說：那你是成功了還是失敗？帶燈不說話了，看著竹子。竹子說：我做個帶燈第二，不是挺好嗎？帶燈又氣又笑，卻板了臉說：你今晚再乏再累，必須把鑑定申請寫好，各類材料附全，明日咱交給書記，讓書記在縣上去疏通。三天裡你必須去一趟南勝村，檢查抽水機使用情況。再去找找毛林問問王後生的動態，再給兩岔溝村打電話問楊二貓是在村裡還是看林防火？再是給書記鎮長彙報一下你近期的工作，以後每半個月彙報一次。竹子說：你呀，你是硬把筷子要當旗杆用呀?!

給元天亮的信

我一天總想啊想，想給自己個出路，實在無奈了，想狠狠地流淚，把心中的惦記推出，還想能坐在夕陽的山頭，讓心中的愛隨燥熱慢慢逸走。但是我見到了山坡上肆意大片的刺玫花，竟高興了，說：你在這兒！我總想在松柏間打柴能邂逅你，然後和你一笑而歸。現在也一樣看見天上疙疙瘩瘩的花梢雲，就是雲的底部是瓦黑厚重，頂部是亮麗活潑，心裡便激動我是那雲，一定要盡心讓自己光亮成晴天，可不敢讓烏黑占了上風。我要在好的心境下像太陽下的萬物一樣經營自己對天空的愛情。

早上陳大夫給了我一缸子辣醬，他說用了十斤鮮椒洗淨晾了半天，然後在絞肉機上打糊，用一斤油炸過花椒大茴後再放半斤鹽，還有半斤白糖半斤白酒一斤豆醬，攪勻了封起來的，可以放半年吃著不壞。你以前肯定吃過，而現在肯定在省城再多的錢也難以買到。但我不寄給你了。我把辣醬分一瓶放在了山上召鳥，鳥翅上馱著你的靈魂來吃。

你是懂得鳥的，所以鳥兒給你飛舞雲下草上，給你唱歌人前樹後，對你相思宿月眠星，對你牽掛微風細雨。你太辛苦了，像個耕者不停地開墾播種，小鳥多想讓你坐下來歇歇，在你的腳邊和你努努嘴臉，眨眼逗一逗，然後站在你肩上和你說悄悄話。

給你說個故事吧。一位老和尚有許多虔誠徒弟，一天老和尚說每個人去南山去砍柴，弟子們每每出發，然而距南山不遠的河裡洪水濤天，根本無法渡河打柴。弟子們沮喪沒完成任務，只有一個小和尚從懷裡掏給師傅一個蘋果，說是河邊樹上長的。這個故事是說世上有些事是無法完成的，但是回頭時努力完成身邊能夠完成的事。我想說一句：親愛的，讓我也送你一顆掛著露珠的蘋果！

現在我就在小陽溝道裡，溝腦處是三個小村，填寫貧困人口住房情況調查表還要附上照片，分配下去已經多日了就是交不上來。村幹部不和，各自填報自己人，互相擠兌不合作。去年冬就在這裡進行矛盾排查，我是吃過虧的，牛在水中老虎不敢貿然是不知水深淺，牛站起來就可怕了，所以我還是盡量藏起自己些。都知道，我盛氣不凌人，寬展不鋪張，才有了遠而親之近而恭之。我給他們分頭做工作，軟硬兼施，恩威共使。村長給他老娘過生日，先是不請支書來，我說這不行，必須請。請了支書，支書又不想去，我還說這不行，必須去。支書那天就去了，他在村長肩上拍了兩下，說：好，這就好！村長也笑了笑，連聲說：吃，吃好！兩人一合好，坐下來商量，真正的需要救濟的貧困戶名單就報上來了。來了這道溝仍知道了年年都有被土鑽子蜂螫死的人，前年一家婆婆被兒媳罵，不想聽，提了籃子從後門上坡採柏鈴子，柏鈴子一斤可以賣五角錢，她採柏鈴子讓螫死。五天前一五十多歲婦女捋連翹葉，見一片旺勢葉子就鑽進去，被螫後就昏在那裡，天黑了家人尋不到，後來尋到了她死硬在連翹葉蔓中，頭有斗大。農村真正可憐，但如果有來生我還想在農村，因為在農村能活出人性味，像我搗醬豆很有味道但具體每個豆子並不好。

沒有和你說話就覺得天老不爽朗，空氣都不流動，好像是魚兒沒有游到好地方似的。說了話了，感覺是像嬰兒的睡眠只負責出氣就是了，像趕路的山人吃到樹上一隻甜柿子只去回味就是了。但是今日給你說得亂了，東拉被子西扯毯。我有些後悔給你發信，總是不停發信，卻怨恨了食指中指，我說哪個再按發送鍵就毀掉，卻還是用小指發。我終是不捨得剁。

村民都瘋了似的栽樹

梅李園外的樹林子是鎮政府公益性的綠化帶，毀掉了大工廠並不賠償，但梅李園是被人承包了的，占用園地當然要保障私人利益。消息就傳開來，梅李園裡的每一棵樹，尤其是梅李，不論大小粗細，數個兒卻給承包人付了款。到底款額多少，大工廠沒有公布，梅李園的承包人也噤口不語。但那個平日弓著腰慢慢騰騰走路的承包人開始臉面發光，原來還只騎個摩托現在有了一輛小車，車從鎮街上過時喇叭響著像打嗝兒。連他那個兩眼長得開開的，嘴有些窩的傻婆娘，也穿上了皮鞋，皮鞋雖然磨腳，走路腿伸不直，畢竟是皮鞋呀。於是，有人就說：大礦區低頭走路能拾金子疙瘩，大工廠那兒飄過來樹葉子了，要看看是不是票子。

廠區在挖坑夯樁後，開始修通往鎮西街村的道路，每隔一段栽下一個小石柱，用紅漆標上號，標了號的小石柱與小石柱之間用石灰撒出了白線。這條道路當然是要直的，一些人家的房子就包括其中，也有墳墓，還有許多責任田。大工廠基建處貼了告示，道路所經之處，搬遷一間房子付二百元，遷移一座墳墓付一百五十元，移一棵樹付二十元。鎮西街村的人就發瘋似地栽起了樹，在要搬遷的房前屋後栽，在要遷移的墳左墓右栽，要還在責任田的埂堰上栽，樹距緊密，甚至栽下的樹就沒有根，從大樹上砍下一枝股了，直接插在土裡。

元家兄弟協助搬遷工作

道路施建的搬遷賠償當然難以進行，施工隊要搬房移墳必須先付房前房後和墳左墓右的樹錢，付了那些大樹的錢還得付小樹的錢：小樹不是樹嗎，娃子就不是一口人嗎，你是娘一生就生個大人還是從小長大的？他們滿口白沫，強詞奪理，而且不賠那些小樹就抱住那些大樹不鬆手，說：要鋸就把我攔腰鋸！

大工廠的人尋到鎮政府，他們拿著三棵新栽的沒根的樹，還有兩根磨棍，扔在大院裡，說：這是樹嗎，這是樹嗎?!抱怨投資環境差，山水風光如此美的地方人咋就這樣刁呢？書記給來人沏茶遞菸，說：櫻鎮廣大群眾善良厚道，耍刁的只是極少數麼。大工廠的人說：就這極少數影響著工程進度啊！書記說：你放心，我讓鎮政府人幫著你們搞搬遷就是了。

書記並沒有讓鎮政府人幫著搬遷，他推薦的卻是元家兄弟。元家兄弟既開肉鋪子，又辦沙廠，但仍樂意去協助大工廠搞搬遷，他們並不是五個兄弟都去，而每天輪流著，保證一人在現場。其實，道路規畫區內也有元家老三的責任田，老三也是在責任田地堰上栽了三十棵樹，三十棵樹首先賠付了，而且大工廠每天付來協助的一百元。元家兄弟果真強勢，他們覺得某棵樹可以算棵樹就算棵樹，不論大的小的，粗的細的，他們認為某棵樹不能算棵樹就不算棵樹。那些被搬遷的人家哭鬧為什麼，元家兄弟抱住樹就搖就拔，把樹拔起來了，樹根被刀斧砍斷過，說：你說為什麼?!哄不了元家兄弟，也拗不了元家兄弟，於是給元家兄弟套近乎，請吃飯，送紙菸，還往口袋裡塞幾十元，叫：大侄子！大侄子！元家兄弟已經很驕傲了，先前仍用長桿子菸鍋吸菸，現在嘴上戳根紙菸，還是瑪瑙菸嘴的。他們憑著親疏關係行事，有的就多算了，有的該算的又堅決不算。巴結不上的，還要糾纏，死狗一樣抱住房門或趴在墳前，元家兄弟就躁了：起來！還是不起來，耳光子就搧過去。搬遷賠償工作順利了許多。

但是，偏偏碰到張膏藥，事情麻煩了。

張膏藥兒子的墳也在遷移之列，墳前有六棵樹，才栽下一年，五棵活著，一棵已乾枯了。元家兄弟把六棵樹都算了數，付款時張膏藥要把錢全部給他，兒媳說應該歸她，因為墳裡埋的是她丈夫，遷移還得她自己幹，兩人又鬧得不可開交。這兒媳與馬連翹關係親近，馬連翹替她給元黑眼說話，元黑眼竟然把錢全部給了兒媳。張膏藥就說：元黑眼，你丟你先人哩，你叔當年領著人不讓高速路過櫻鎮，你現在倒給大工廠當孫子?!元黑眼說：我不打你，你換不住我打，可我說話你聽著，我叔不讓修高速路是為了櫻鎮風水，我協助大工廠是為了櫻鎮繁榮富強！張膏藥說：呸，富誰呀？我要告大工廠，也要告你！元黑眼說：告呀，我就是鎮黨委書記派來協助的！張膏藥愣了半天，哭喪著說：這不是讓我死嗎，那我就在這樹上給你掛肉簾子！元黑眼說：有繩沒有，我給你根繩！把褲帶抽出來，扔到張膏藥面前。張膏藥洩了氣，半天嘴哆嗦，後來說：你讓我死，我偏不死！拍著屁股上的土走了。

張膏藥兒子的墳當天下午遷移走了，張膏藥沒有來。第二天，張膏藥也沒閃面。元黑眼說：我還沒見過櫻鎮有煮不爛的牛頭哩！但話說過一小時，張膏藥出現了，他沒再提和兒媳分樹錢的事，卻說墳後八棵柏樹歸他。墳後是有八棵柏樹，村人都說這八棵柏樹屬於集體的，而張膏藥說那是緊貼著墳後的應該是他的。元黑眼不理了他，說這是張膏藥和村民的糾紛，不關搬遷的事。張膏藥就說：元黑眼，你偏向我那兒媳，我知道我那兒媳和馬連翹好，你×了馬連翹，是不是還×了我那兒媳？這八棵樹與任何女人無關，你也不向著我，嫌我沒×讓你×?!元黑眼一拳頭把張膏藥打趴在地上。

熱臉撞上冷屁股

鎮街的門市部、商鋪、攤位第一個成立了工會，鎮長在全鎮工作會上表彰了綜治辦。竹子搗著嘴笑，說鎮長明明知道曹老八是怎樣當上主席的，他還表彰咱？帶燈說他這是要給書記表他的功哩。竹子卻說書記也確實高興，會不會還給咱們獎什麼？帶燈就讓竹子把寫好的鑑定申請拿來，既然書記心情好，那就趁熱打鐵給他彙報。

書記是在他的辦公室，還有一個人，是大工廠的，拿了件西服讓試穿。書記見帶燈進來，說：啊帶燈你給我參謀！帶燈說：合適著，但襯衣顏色不配了，你有白襯衣嗎？書記就到裡屋裡換襯衣，白襯衣套上西服了，他在鏡前照，說：鎮長沒西服，我也沒西服，可現在縣上開會，通知上都要求著正裝，這正裝咋就是西服？帶燈說：西服是官服麼。你以後就穿上，上縣開會了穿，不上縣開會了也穿。書記就哈哈地笑，說：那我就穿上啦?!帶燈說：就穿上！但問題是穿上西服了就得配西褲，西服西褲了就得皮鞋、皮帶、襯衣、領帶，這一整套呀！大工廠的人就說：就是就是，全部行頭我包啦！

送走了大工廠的人，書記沒脫西服，帶燈就喊竹子拿把剪刀來，說袖頭上的商標得剪掉，要不縣城人看見了笑話哩。然後便把鑑定申請給了書記，彙報了老街的毛林和東岔溝村十三人患矽肺病做鑑定的前後經過，希望書記能給縣委或有關部門反映一下，力爭以特殊情況給予鑑定。一談工作，書記就嚴肅了，說：你喝水不？帶燈說：我不喝，我給你倒。帶燈就去拿保溫瓶要給書記茶杯裡倒水，書記卻自己倒，一邊倒一邊說：我不在鎮上這段日子，你們綜治辦做了不少工作嘛，鎮長表彰了你們，我也要在別的會上表彰你們的，領導在和領導不在都能這麼好的幹工作，咱櫻鎮的幹部是值得信賴的麼！這個申請我就不看了，大工廠的建設緊鑼密鼓，我得連軸轉地抓大事啊，你給鎮長反映去，這一時期他負責鎮上的日常事務，好吧？帶燈沒想到書記竟然拒絕了，一時反應不過來，說：書記，這事重要呀！書記說：能重要過大工廠嗎？帶燈說：我是說如果讓鎮長去疏通關係，他在縣上畢竟不如你說話頂用麼。書記說：帶燈同志，這話你就不應該說了，鎮長在縣上的門路多得很麼，他怎麼能辦不了?!便不容帶燈再說，就給鎮長撥電話。鎮長那會兒頭有些疼，側在床上睡一會兒，接到電話，一邊勾著鞋一邊來了。書記說：綜治辦給東岔溝村矽肺病人鑑定的事你知道不？鎮長說：知道呀！書記說：這事你負責處理一下。帶燈知道事情要壞了，就掉頭先退出了書記辦公室。

院子裡，白毛狗在叫，而大門口許老漢正拿一根棍打一隻黑狗，罵著：滾，滾，鎮政府的狗是你找的嗎?!帶燈抓起窗台上誰洗的一隻鞋就向白毛狗砸去，白毛狗先還是看著帶燈，等到鞋砸到腦門上了，吱溜一聲跑到院牆角去。鎮長從書記辦公室出來，攆上帶燈說：我已經應稱慢慢想辦法，你去給書記反映是啥意思，是我對群眾沒感情還是我工作無所作為？帶燈也生氣了，說：我是告你黑狀嗎，是挑撥你和書記矛盾嗎？不管別人怎麼說我，你該清楚我是什麼人吧，我哪一件事不是維護你的權威，不是支援著你的工作？鎮長口氣就軟了，說：可你沒個大局觀，做事也缺少哪件事急哪件事緩的意識。帶燈說：你說慢慢想辦法，慢慢到啥時候，我也好給病人回個話，讓他們有個盼頭。鎮長說：我知道我是啥時生的，我哪裡知道我啥時死?!

帶燈回到綜治辦，竹子趴在桌子上寫什麼，以為又記日記了，卻是白仁寶讓她抄寫一份材料，就說：辦公室的事你幫著抄什麼？放下放下，咱轉溝去！竹子當然高興去轉溝，又不好回絕白仁寶，帶燈便拿了材料出來，對著在院子裡的白仁寶說：辦公室的活以後甭找竹子！把材料放在了地上。

霧氣騰騰沒看見牛

轉溝轉到鎮街西北的那條溝裡，傍晚時分，太陽像燃燒的火炭跟著帶燈和竹子從溝道咕嚕咕嚕往坡上去。坡上站著放牛的人，夾著棍子，孤零零立在那解懷捉蝨。帶燈問牛呢？那人說在坡上。坡上起了霧，霧氣騰騰沒看見牛。

有個鬼名字叫日弄

吃過晚飯，元黑眼提了酒來請書記鎮長喝，開了兩瓶喝到一瓶半，元黑眼正誇說他協助搬遷的功勞哩，書記接了個電話，當下臉黑下來，問元黑眼怎麼處理張膏藥兒子墳上樹的？元黑眼彙報了處理過程，說：我把他擺平了！書記罵道：你擺平了個屁，讓你去擦屁股，你倒是自己的稀屎屙一河灘?!元黑眼傻了眼，說：書記，你喝得高了些。書記說：不喝了，喝哩！把元黑眼轟了出去。

元黑眼一走，鎮長說：有啥事啦？書記說：你認不認得張膏藥？鎮長說：燒成灰也認得。書記說：這人會不會上訪？鎮長說：他是為他兒子的賠償費和兒媳整天鬧，倒沒上訪的毛病。書記說：他要上訪了呢？鎮長說：他上訪啦？他鬼迷心竅啦?!書記說：這鬼名字叫日弄！

書記告訴鎮長，剛才是王後生給他打的電話，王後生說他和張膏藥現在已到縣城，櫻鎮黨政領導在建大工廠過程中重用惡人，強行搬遷，魚肉百姓，中飽私囊，將張膏藥兒子墳上的樹全部毀掉，不付一分錢，還打傷張膏藥，是可忍，孰不可忍，他們要連夜到縣委縣政府上訪呀。鎮長聽著，一下子頭皮都麻了，破口大罵王後生就是隻蒼蠅，哪兒雞蛋有縫他就在哪兒叮！又罵張膏藥腦子進水了，和誰不能待，偏要和王後生混一起?!書記說：坐下坐下，別聲音那麼大！你靜一靜，愈是來了大事愈要靜。鎮長就坐下了，說：我靜一靜。呼哧呼哧出氣。卻又說：這事我來處理，你放心去睡吧，還能讓狗日的得逞那沒世事啦?!就拉閉了書記房間門，出來喊帶燈，喊了帶燈又喊竹子。而帶燈和竹子都沒在。

尋找張膏藥

帶燈和竹子回來得很晚，一進鎮政府大院，鎮長就把帶燈拉住，說：咋才回來？帶燈說：去玩了。鎮長說：油鍋都溢成啥了還去玩？帶燈說：油鍋溢了有領導麼。鎮長說：我這人可不記仇呀。你倆得趕緊去辦一件事情。帶燈說：趕啥緊呀，咱慢慢來麼。鎮長說：白天的事我都忘了，你咋還記著？帶燈說：現在是下班時間了，如果是公事，你不要給我布置工作；如果是私事，我沒空給你幹。鎮長說：你不幹了我求著你幹。帶燈說：求著我也不幹哩。鎮長說：再求著你幹。帶燈說：哪兒有你這種領導?!

鎮長把事情原委說給了帶燈竹子，這事當然屬於綜治辦的事，帶燈和竹子也就沒了再推託的理由，說：咋霉成這樣了？睡覺也睡不成！便去發動摩托。鎮長卻喊司機，讓帶燈竹子坐小車去，小車快。但司機卻要上廁所，半天不出來，鎮長又罵：你屙井繩呀?!司機出來說：便祕半個月了，得用開塞露麼。

車一路呼嘯著往縣城開，已經開出十五里路上，帶燈突然問竹子：你說張膏藥真的就上訪啦？竹子說：王後生煽火他麼。帶燈說：他多刁的人，能聽王後生煽火？竹子說：他也是利用王後生麼。帶燈說：他一有事就來尋咱們的，這回就直接上了縣？竹子說：王後生打電話說他們就在縣城呀。帶燈說：王後生啥時上縣給咱打過電話，這次偏打電話？我感覺不對，他們可能只是威脅，壓根兒就沒去縣上，或許還在張膏藥家。於是，說：回，回。司機掉了車頭，又返回櫻鎮。

鎮長是不停地來電話，問找到沒有，帶燈說：還沒到縣城哩。鎮長說：咋還沒到？過了一會兒又來電話，問找到沒有？帶燈說沒有。鎮長說到車站內外找，到縣委大門口找，到縣政府大門口找，到人大、政協、信訪辦找，還有歌舞廳，小飯館，小旅店。帶燈說知道知道。鎮長說你還躁呀?!帶燈說：就一雙腿，跑那麼多地方能不躁？鎮長說這一次比上次王隨風的問題還嚴重，王隨風是老問題了，這次是關乎大工廠的事，找不到人，你們也就不要在綜治辦幹了。帶燈說：我們不幹了，你也別當鎮長了！鎮長又軟下來，說：姊，好姊哩！帶燈氣得把手機關了。

到了石橋後村，停下車，三人就去張膏藥家，張膏藥家的窗子是黑的。帶燈心裡緊了一下，以為自己判斷錯了，便伸手去拽門口牆上的木牌子。木牌子寫著祖傳膏藥，專治燒傷，沒被拽下來。竹子就趴在門縫往裡瞅，突然說：你看你看！帶燈看了，裡邊似乎有點光亮，就拿腳踢門，裡邊的光亮卻沒了，這就證明人在屋裡，越發踢，喊：張膏藥，膏藥！帶燈說：就說是來買膏藥的。竹子再喊：膏藥叔，叔哪，油鍋燙了人啦，要買藥！果然過了一會兒，張膏藥來開門，才問：買藥？五元錢一張啊！帶燈一下子撞門進去，倒把張膏藥撞倒在地。帶燈說：電燈繩兒呢，拉燈！張膏藥說：我沒安電燈。帶燈說：點煤油燈！自己把打火機點著。張膏藥說：啥事三更半夜私闖民宅！帶燈說；啥事你明白。王後生，王後生你出來！裡屋一陣響，王後生沒出來，撐燈進去了，王後生就坐在炕上，炕上放著一張炕桌，桌上一盞煤油燈。帶燈把煤油燈一點著，司機先衝了過去按住王後生就打。再打王後生不下炕，頭髮扯下來了一撮仍是不下來，殺了豬似地喊：政府滅絕人呀，啊救命！張膏藥家是獨莊子，但夜裡叫喊聲慘人，司機用手捣嘴，王後生咬住司機的手指，司機又一拳打得王後生仰八叉倒在了地上。

帶燈點著一根紙菸靠著裡屋門吃，竟然吐出個煙圈晃晃悠悠在空裡飄，她平日想吐個煙圈從來沒有吐成過。她說：不打啦，他不去鎮政府也行，反正離天明還早，他們在這兒，咱也在這兒。並對竹子說：你去鎮街敲誰家的鋪面買些酒，我想喝酒啦，如果有燒雞，再買上燒雞，公家給咱報銷哩。竹子竟真的去買酒買燒雞了，好長時間才買來，帶燈、竹子和司機就當著王後生張膏藥的面吃喝起來。

王後生和張膏藥先還是不理不睬，閉上眼睛在那兒坐，後來張膏藥就偷眼看，說：帶燈主任，咱能不能談判？帶燈說：竹子你喜歡吃雞腿還是雞翅？竹子說：我愛吃雞冠。帶燈說：雞冠味重，你說什麼，談判？竹子，他說要談判？竹子說：他有啥資格和政府談判？你嘗嘗這雞爪吧。帶燈和竹子又吃雞爪子，吃得雙手都是油。張膏藥說：我是說我給你們談談。帶燈說：噢，行麼，你想談啥，你談吧。張膏藥說：這，這……帶燈說：這什麼呀，舌頭不好使喚？吃啥補啥，給你個雞舌頭？把雞頭掰開，抽出舌頭給了張膏藥。張膏藥一下子就噘了，說：你們嫌雞頭沒肉了，不要扔，給我。帶燈說：給你。卻只給了半個雞頭。張膏藥說：不讓我去上訪也行，但得給我說……王後生就搶了話頭，說：那八棵柏樹不該屬於村集體而歸於張膏藥。帶燈說：我沒問你，你上訪你的我不管，我只問張膏藥。王後生說：我是陪張膏藥上訪的。張膏藥說：他是陪我，是我的代表，他說什麼就是我說什麼。帶燈說：行麼，八棵柏樹不該給你張膏藥的就違犯個原則給了你張膏藥吧。王後生說：一棵樹三十元，八棵樹二百四十元。帶燈說：給二百四十元。王後生說：墳上二十棵樹要歸張膏藥十棵，一棵三十元，十棵三百元。帶燈說：三百元。王後生說：我們雖然還在櫻鎮，但我們已準備要上縣的，遲早都要上縣的，那去縣上坐車每人十元，兩人二十元，回來也二十元。帶燈說：你不說在縣上，我也要說是在縣上找到你們的，去縣上給二十元，但被我們尋回來了就坐著我們的車子，車錢我們也不收了。王後生說：在縣城當然得吃飯，吃了二十元包子。帶燈說：哼哼，還有啥？王後生說：還買了一包紙菸，好紙菸，十八元。帶燈說：張膏藥不吃紙菸。王後生說：我吃的。帶燈說：你吃我不管。王後生說：你不管也行，張膏藥給我買的紙菸。張膏藥說：這要算哩，十八元。王後生說：總共多少錢了？帶燈說：五百八十八元，算六百元。王後生說：元黑眼打傷了張膏藥，藥費最少也二百元。司機二話不說就打我們，張膏藥額顱青了，我後腦勺疼，是皮肉疼，這醫藥費咋算？司機卻啪地在張膏藥額顱上打了一拳，說：剛才我沒打張膏藥，現在補了。帶燈制止了司機，說：一人十元，行了吧。王後生說：精神損失費呢？受污辱費呢？帶燈說：是不是你得了糖尿病也給錢？張膏藥這頭上沒毛了也給錢？你再胡攪蠻纏，我就叫派出所人來，一分錢也甭想要了！張膏藥說：那好，那好，我沒啥要求了。帶燈說：你要脅成功了麼。張膏藥說：我不是要脅，我是靠政府麼。帶燈說：我現在就給錢，你們立馬寫再不上訪的保證書。王後生就從身上掏了筆紙趴在炕桌上寫，帶燈翻遍口袋，只有五百元，竹子和司機也在身上翻，湊夠了一千元。一手交錢一手交保證書。一切辦妥了，張膏藥說他去廁所，王後生說他也去，廁所在房後邊，司機就跟著。

過了一會兒，張膏藥出來，王後生也出來，兩人好像才吵過，卻嘴噘臉吊著。張膏藥小步跑到帶燈面前，低聲說：王後生向我要錢哩，說給他分一半。帶燈說：該他的給他，咋能給他一半錢？張膏藥說：要不是他，你們不會給我這些錢的，他說給他一半，至少也要三分之一。帶燈說：你給了？張膏藥說：我給了他一百五十元，他不行，還是要，我答應給他十張膏藥。他要再纏我，你要幫我說話。

六點半帶燈和竹子一到鎮政府，鎮長竟然也沒睡，還等著。聽彙報說：沒等王後生張膏藥上訪就從縣城找回來處理了，鎮長喉嚨裡嘎啷響了一聲，說：我就知道你們能辦事，也辦得了事！

鞭炮在屋簷上響

第二天中午，張膏藥來到鎮政府大院要找書記和鎮長，書記和鎮長在辦公室研究事，白仁寶趕緊跑出來，說：錢已經給了你，你也寫了再不上訪的保證書，你還要幹什麼?!張膏藥說：我來謝呀，給政府放一串鞭炮！

張膏藥果然在院子裡放鞭炮，還大聲說：政府好，政府好，我的問題解決了！他提著鞭炮轉著圈兒放，放著放著炮仗皮綳了手，就忽地一扔，鞭炮扔在了屋簷上，煙霧和炮仗皮罩了屋簷下劉秀珍的房間門窗，劉秀珍呀呀地叫。書記和鎮長也從辦公室出來了，站在台階上笑。鎮長說：帶燈呢，竹子呢，喊她們出來！

帶燈和竹子在房間裡還睡著，睡得太沉，院子裡再響動都沒醒。

給元天亮的信

像樹一樣吧，無論內心怎樣的生機和活力，表面總是暗淡和低沉。樹中的水分在心中循環反覆不停地輪迴，那是別人看不見的而我能看到的生命線。樹根在地下貪婪地尋找和汲取水流於體內急切而幸福地運行，然後變成氣變成雲，天上就有白雲彩霞又成為樹的追求和嚮往。現在樹心發成千般葉子，葉子全蔫得耷拉了，只為迎接雨的到來。

正是近晚，我突然喜歡了近晚的山風，哪個季節哪個早晨或午後的風也沒有它持續和耐煩，能撫慰暢想。晚風有太多的話語說給葉子，太多的交代留給樹木，太多的無奈留給夜晚。

幾天沒有給你說話了而覺得竟然沒法張嘴。想說說昨天在坡上滑了個屁股蹲兒把褲子絆個口子，想說吃了架嫩五味子把嘴吃爛了，想說山雞中的小母雞其實很精神很風采，想說其實我總是想著你沒有忘。我想說也許我不發信擾你是最好的對你。我想說我現在覺得整天在山上跑在地上跑像頭獸我有點自卑。

想要什麼就是缺少什麼吧，這十多天怎麼睡前醒後就想幾遍豬蹄兒雞翅和炸臭豆腐片兒。但不能吃，我有些胖了。就像人的思想意念裡很想要什麼常常又要不得，只能疲疲地空想像。人實在是一株有思想的蘆葦，但我想當野蘆葦，野蘆葦心是實的而且蘆花更經風。

風把一枚羽毛吹拂到了我的頭頂，誰的羽毛呢，是黃鸝的是白眉子的還是鸛的，在斜陽的餘暉裡靈光閃動。我突然覺得你能畫畫嗎，你應該會畫畫，那你就畫一幅畫吧：遠處的山頭一隻小鳥在歡快啄著草籽，邊上寫個歸；山地上坐一村婦，在微笑著相思，身邊的青蔥開著百合，邊上寫個愛。

讀了一本雜誌，上面說到佛不問三句話：不問自己在哪裡，不問什麼時間，無關乎生死。我的心突然覺得我是進了你廟裡的尼姑。有這個想法我很是高興和安然，同時也釋然自己把自己從庸俗中解脫出來終於到達永恆的路口。我給自己有了定點和起點的，同時我也掉下幾顆淚。像天空艱難颱落浮虛的酷霜讓天空走向肅穆和冷靜。讓我在你的廟中靜心地修行，邊修邊行。

領陳大夫去給王隨風的男人看病

鎮西街村的李存存和南河村的陳艾娃都給帶燈捎話，讓去吃蒸滷麵：豆角熟了，土豆和豆角拌的蒸滷麵特別好吃。帶燈沒去，倒到王隨風家來看望王隨風的男人。王隨風上訪上得成了神經質，根本不聽勸說，但王隨風的男人老實，聽說病了，帶燈就可憐他，買了一紙箱的方便麵，還有一包火腿腸。王隨風沒在家，男人在炕上呻吟，沒有打針，也沒有吃藥，腳都腫了。帶燈想給那男人開藥方，再抓些藥的，但他腳指頭按下去就一個坑兒，擔心自己治不好，便出了門去找陳大夫。

陳大夫說：他腿腫了，你瞧我這腿。把跛著的那條腿提起來，放在凳子上，像放了一節死長蟲。他不肯出診，出診就要出診費。帶燈說：你積些德，也不至於走路路不平。陳大夫說：就你咒我。帶燈說：我請不動你，讓工會曹老八請你。陳大夫說：曹老八我不怕。你咋不說年底個體醫生要換行醫證呀？帶燈說：你還知道呀，我偏不說！

陳大夫在王隨風家給王隨風的男人號脈，說患的是腦血管硬化病。帶燈說：怪不得他病得重，你開藥方，我也學學。陳大夫有些得意，就講用藥的道理：黃耆生溫收汗固表脫瘡生肌，氣虛者莫少。人參大補元氣止渴生津調脾益胃。甘草溫調諸藥。蒼朮除濕。柴胡味苦能瀉肝火，寒熱往來。當歸生血補心。黃柏降火滋陰骨益溫熱下血堪任。升麻性寒清胃解毒，升提下陷。細辛性溫少陰，頭痛利竅通關。陳皮甘溫順氣寬膈留白和胃消痰。藥方：黃耆蜜炒十五克，人參十五克，甘草炙十五克，蒼朮米泔浸炒十五克，川芎十五克，升麻十二克，柴胡十五克，陳皮十二克，黃柏酒炒十二克，蔓荊子十二克，當歸二十克，細辛十五克。喝五服。帶燈說：好，你回去了就在你藥堂裡抓好，明天我取了送過來。陳大夫說：那藥錢。帶燈說：恁俗氣？沒藥錢！

出了王隨風家，陳大夫說他走不動。帶燈後悔來時把摩托讓竹子和段老師去縣城買衣服，他們就站在路邊等順車。等來的竟然是鎮政府的小車，帶燈正攏頭髮，髮卡還在嘴裡咬著，腿一乍，把小車擋住。陳大夫說：你神！

小車上連同司機四個人，都是鎮政府大院的小幹事，他們奉了書記的指示，到一些村寨採購了土蜂蜜、木耳、黃花菜，還有土雞蛋和臘肉。書記每季度都讓採購些土特產要給縣上一些領導和部門送，他送禮公開，說：這不是行賄，是聯絡感情，一份土特產值不了幾百元錢，卻給櫻鎮換回的是幾萬元幾十萬元。以後凡是對櫻鎮有利的，都可以送禮，經我同意了帳就報。帶燈上了車，要車上人再擠擠讓陳大夫坐了，說：把陳大人捎回廣仁堂，將來你們誰病了，陳大夫會好好給治的。

這些小幹事都是鎮政府的長牙鬼，刁蠻成性，拉幫組夥，帶燈平時不和他們多話。他們採購了土特產後在村寨裡吃了飯喝多了酒，對帶燈大加奉承，然後大誇他們自己的本事大，該逛的都逛了，該拿的補貼照拿。再然後又說鎮長這次沒給婦聯主任的助手發一百元補助，他們要喝酒後嚼十分鐘茶葉了就去鎮長那兒去鬧，不把事說成是龜孫子。翟幹事能吹，還吹他來鎮政府工作四年了，經歷了一場大水，目睹了鎮中街村的一場大火，見了大美女帶燈和竹子。他們像狗屎一樣煩人，帶燈就不說話，拿手捣鼻子。

把陳大夫送回廣仁堂，竹子和段老師在一家小飯店裡吃石鍋炒粉，見了帶燈，拉進去就一塊吃，不吃不行。吃了一會兒，對面桌前的凳子上蹴著一個人，也是吃了炒粉，用茶水咕嚕咕嚕涮嘴，只說涮了嘴該吐呀，卻一仰脖子嚥了。帶燈不吃了，扭頭往店外看，元黑眼的老婆就邁著八字步走過來，這胖女人穿著一身的黑，袖口卻鑲著淺花白邊兒，頭梳得光光的，站住了，仍然是八字步，雙手勾在腹下，說：他嬸呀，吃了沒有，老人身子還好，娃還乖？帶燈每每見著這女人了，就愛看這女人的神氣，那叫做嬸的回答著問候，卻低聲告訴了元黑眼又和誰誰勾搭了，這女人倒說：讓他折騰去，他折騰倒給我省了事！帶燈要笑沒有笑，卻遠遠瞧見了兩個人，白色的西服，白色的西褲，連皮鞋都是白色的，拐往去鎮政府的那條巷去，心想，來鎮政府辦事的，穿成這麼怪異?!驀然覺得是自己的丈夫，定睛看時，果然就是。

丈夫回來了就吵架

丈夫的頭髮留得很長，油乎乎的，和丈夫一塊來的那個人也留著長頭髮，但他頭髮稀了頂，在腦後束個馬尾巴，也是油乎乎的。丈夫介紹說那人姓畢，是山水畫家，了不得啊，一張畫能頂山裡人賣三頭牛哩，他這次回來，就是陪畢畫家采風的。帶燈當然熱情而客氣，說畫山水就應該到櫻鎮來，秦嶺裡最美的地方就是櫻鎮啊！但帶燈看不慣他們油乎乎的頭髮，覺得髒。她把丈夫叫到一邊，說：你咋打扮成這樣？丈夫說：有派兒吧？帶燈說：那一年元天亮回來，就一身黑衣裳，小車到櫻鎮街口就停了，步行著進來的。你才出去了幾天，穿一身白，留這麼長的頭髮，怪物呀？丈夫說：藝術家麼。帶燈說：屁藝術家！是小公園了才講究這兒栽棵樹在那兒植一片花的設計哩，秦嶺上的草木都是隨意長的！丈夫說：你不吃這一套，有人吃這一套嘛，我這次回來之所以打扮了，又帶了畢畫家，還不是要給你長臉的?!帶燈說：噁心！

帶燈要丈夫把長頭髮剪了，丈夫不剪。帶燈說不剪就不剪吧，你們也把頭髮洗乾淨，丈夫也不洗。帶燈去打掃鎮街上他們曾租用的那間房子，還拿出了一套新被褥，丈夫卻一定要在旅館裡包房間，一間是畢畫家的，一間是他的，讓帶燈也住過去。帶燈說：我有宿舍，我笨狗紮的什麼狼狗勢?!

夜深了，帶燈在宿舍裡等候丈夫，鎮長進來了，說：你丈夫回來了？帶燈說：嗯。鎮長說：劉秀珍說你丈夫帶了個女的，我說不可能吧，後來才知道不是女的。帶燈說：你是不是說我丈夫也男不男女不女的？鎮長說：畫家麼，就是要人認得是畫家嘛！我能不能請他們吃頓飯？帶燈說：是想要畫呀？人家的畫你買不起，一張上萬哩。鎮長說：殺人啊!!帶燈說：在櫻鎮沒有人肯信的，我也不信，可這是真的。鎮長說：那你丈夫的畫呢？帶燈說：他的不值錢，在城裡賣幾千元吧。鎮長說：哇，那你錢也多得能砸死人麼，我該傍富婆了！帶燈說：我們家他是他，我是我，我工資也夠我花了，我不稀罕他那錢。如果鎮上要辦事用畫，那就得買，我可以讓他便宜。如果你辦事用，我偷他一張兩張。鎮長說：那我請你吃飯。帶燈說：你也甭請我，你不請我權當我請了你。

這晚上丈夫並沒有回大院來住。事後曹老八給人說，他陪兩個畫家喝酒，那個姓畢的能喝，酒盅子不沾唇，直接就倒進嘴了。

第二天，丈夫陪畢畫家到山裡去寫生，沒有回來，第三天下午返回櫻鎮，在飯館買了幾個菜，被端上旅館去吃。飯後，丈夫到鎮政府大院來住，帶燈卻是中午就下鄉了，夜裡九點才回來。兩人沒親熱多久，就又吵開架，吵了一夜，天明，丈夫和畢畫家離開了櫻鎮。

鎮長來問帶燈：他又走了？帶燈說：鴻鵠高飛，不集淺池麼。鎮長說：媳婦這漂亮的，他咋捨得走?!帶燈說：他現在是省城人麼。

竹子在一旁侍弄著指甲花，沒吭聲，後來悄悄給南勝溝村的王盼銀打電話，王盼銀也已經是她們的老夥計了，讓王盼銀請帶燈去吃糍粑。王盼銀果然就給帶燈打了電話，帶燈先不去吃，王盼銀說：現在有水了，你不來看看嗎，我還要蓋間烘菸房的，你給我從鎮街捎一把鋸呀！帶燈和竹子就買了一把鋸捎上，去了南勝溝村。

掙扎或許會減少疼的

從南勝溝村返回的時候，還想著去去東岔溝村，卻又想鑑定的事仍落不實，去了無法面對那十三個婦女，帶燈和竹子就直接回了鎮街。

路上，竹子抱怨這麼忙碌著，無窮的艱辛，卻總是絕望了還是絕望，鄉鎮工作實在是沒意思。帶燈當然批評她。兩人有一段對話。

竹子說：那你說，咱這樣做能如願嗎？帶燈說：不會。竹子說：既然不會咱還一宗宗認了真的去幹，這不是折磨咱嗎？帶燈說：折磨著好。竹子說：折磨著好？帶燈說：你見過被掐斷的蟲子嗎，牠在掙扎。因為牠疼，牠才掙扎，掙扎或許會減少疼的。

又打架了

從梅李園到鎮西街村口的築路搬遷賠償總算結束，而從村口再建一座橋到河對岸，橋址選定了，也風平浪靜。但從橋址到南河村的大工廠生活區還要築一條路，已經與村上簽約了合同，卻引起了村民的議論。村民們覺得每畝地十八萬元太低了，據說華陽坪大礦區那兒現在每畝地三十萬了，即便是當初也二十萬，會不會是支書、村長得了回扣而出賣村民利益，便宜賣給了大工廠？這種議論很快蔓延，愈議論愈邪乎，後來就義憤填膺，怒不可遏。於是，大工廠在用白灰畫線栽界石時，第一個與施工隊發生口角的是田雙倉。田雙倉以前以村幹部多占莊宅地而上訪過，雖沒王隨風有名，但王隨風只為自己的事上訪，田雙倉卻總是以維護村民利益的名義給村幹部挑刺，好多人都擁護他。田雙倉看到鏟車在畫出的道路線中鏟豆禾苗推土，對施工的頭目說：豆禾苗這麼高了，鏟掉太可惜。頭目說：錢已經出過了，這地就是大工廠的，地裡長著啥與你們無關係。田雙倉說：是沒關係，可這是莊稼啊，等村民收過豆禾了，再築路也誤不了你們建廠麼。施工隊當然不在乎田雙倉，豆禾苗就鏟了一半。田雙倉沒別的能耐，就是死狗勁，就在村裡喊：大工廠鏟咱們的豆禾了，卡著咱的喉嚨奪食了！村人全跑出來，由要護豆禾苗到提出地價太低，這裡邊貪污和腐敗，而把施工隊圍住。

施工隊立馬派人去找書記，書記問鎮長：田雙倉是幹啥的？鎮長說：是個刺兒頭。書記說：他是不是覺得他是元老海第二呀？鎮長說：那他沒有元老海的威信。書記說：元老海可以成功，但絕不允許田雙倉壞了咱們的大事！書記就讓鎮長帶上鎮政府所有人都去南河村，一定要把事態控制住。鎮長說：我先去控制，但你得去，你說話頂用。書記說：當然我得去。你先去解決，解決不了了我再去收拾。鎮長帶人去了，書記坐下來砸核桃吃，慢慢砸，慢慢掏仁，說：要有靜氣！然後穿上了那件西服，把派出所長和五個民警叫來，一塊往南河村去。

鎮長二十多人一到南河村前的地裡，鎮長就喊村民散開，村民不散，一邊繼續圍著施工隊，一邊叫罵著賣地有黑幕。鎮長驅不散村民，讓支書村長出來指天發咒，說簽合同時他們沒收一分黑錢，如果收了黑錢，讓他們上山滾坡，下河溺水，出門讓車撞死！村民卻仍不依不饒，田雙倉說：收了黑錢必遭報應，沒收黑錢那就是軟弱無能，每畝地怎麼就十八萬呢，大工廠要道路，道路必須經過咱這裡，你要它一畝四十萬五十萬它能不給嗎?!氣得支書和村長說：我們無能，你田雙倉能，鎮長在這兒，你向鎮長要四十萬五十萬去！村民就又圍住鎮長，鎮長說：支書村長已經給大家發了咒，他們是不會有貓膩也不敢有貓膩，為了讓大家放心，鎮政府也要調查這件事，如果真有問題，那就處理他們！現在的櫻鎮不是十年前的櫻鎮，你田雙倉也不是元老海，元老海阻止修高速，光每可櫻鎮成了全縣最貧困的鎮。櫻鎮引進大工廠是大事，事大如天啊，引進來了很快富強繁榮，光每年稅收就幾千萬！虧一點是必然的，不下餌咋釣魚，捨不得娃打不住狼，要有大局觀，不要受壞人煽惑。田雙倉說：誰是壞人，為群眾爭應得的權益就是壞人嗎，南河村人都是壞人嗎？引進大工廠或許多收稅金，那是給了南河村嗎，全鎮人富裕為什麼偏叫南河村受損？鎮長就火了，說：你田雙倉是好人嗎，你上訪了幾年，現在又煽風點火，蠱惑群眾！就喊道：把田雙倉給我抓起來！馬副鎮長和侯幹事過來就要抓走田雙倉，村民卻向著田雙倉，不讓抓。馬副鎮長身體弱，在推搡中跌了一跤。鎮政府的幹部全擁過去，扭住田雙倉。田雙倉反抗著，一時胳膊還扭不住，侯幹事說：還制不了你?!從懷裡掏出個小瓶子就往田雙倉臉上撒。小瓶子裡裝著胡椒粉，侯幹事在抓那些孕婦時常使用胡椒粉。侯幹事這麼一撒，田雙倉手去揉眼，肚子上被頂了一膝蓋，歪在地上，兩條胳膊順勢被扭到後背了。

田雙倉一被扭住，村民們全憤怒了，有人用腳踢白灰線，白灰線就沒了，又拔界石，拔出來推到河岸下，有人就坐在地上不讓施工隊過去，抱住鏟車。鎮政府幹部分散開來，去拉去拽，做工作，講道理，要各個擊破，但在拉拽中，勸解中，就吵起來，推推搡搡，罵罵咧咧，碰了胳膊青了腿。帶燈原本站著沒動，看到幾個人在推扯著鎮長，就過去奪了一農民的鋤，又把爬到鏟車上的一個婦女往下拉。那婦女說：你不要拉我，我懷上了。帶燈說：你懷上了還上那麼高？一伸手把她抱了下來。竹子和幾個小伙在那裡吵，吵著吵著小伙手上到臉上來，竹子把手打開了，凶得像一隻掐仗的雞，一抬頭，看到帶燈把一個婦女抱下鏟車，沒想自己一腳踩在個土坑，鞋的後跟掉了。爬起來往帶燈這邊來，一腳高一腳低，脫了那只好鞋就拿石頭砸後跟，一個老漢竟又衝著她吵。老漢說：你吃糧食哪來的？竹子說：買的。老漢說：不是老百姓種你吃啥？竹子說：反正不吃你種的！老漢唾了竹子一口。忽然有人喊：書記來了！書記來了！竹子擦臉上的濃痰，眉毛上的痰擦不淨，看見果然是書記來了。

書記是穿著西服走了過來，他的身後是派出所長和五個民警，但書記的手向著他們往下按了按，所長和民警站住不動了，書記單獨走過來，他走得不著急。現場所有的人瞬間裡安靜了。書記說：幹啥哩，幹啥哩，怎麼回事？好像他什麼都不知道，是路過這裡了才來問的。村民一下子聲浪又起，擁過來七嘴八舌給書記說事，白仁寶橫在書記和村民之間，大聲說：要打書記嗎，看誰敢動一指頭！書記說：白主任，不要攔，要相信群眾，群眾有什麼問題就給我說。慢慢說，一個一個說。就有三個人出來給書記說，第一個話說不清楚，第二個又說，又說得結結巴巴，第三個就說：我來說！書記說：你是不是叫田雙倉？田雙倉被馬副鎮長和兩個幹事扼在不遠的一棵樹下，田雙倉聽見了書記說他的名，就叫道：我是田雙倉！書記這才看清了蹲著的田雙倉，田雙倉是個麻臉。書記說：站起來說！田雙倉說：站起來褲子就溜了！書記說：你說！田雙倉就說了他如何制止鏟豆禾苗，但制止不了，村裡人才起了吼聲，而鎮長他們如何打罵群眾，竟然給他撒胡椒麵，扭他胳膊，還抽了他的褲帶反綁了他的雙手。書記說：有這事？田雙倉就站起來，雙手果然綁在背後，褲子便溜下來，裡面沒穿褲衩，他又蹲下了。書記說：怎麼把人家綁了？解開，解開！侯幹事去解，田雙倉卻說：讓鎮長解，他下令綁我，他解！鎮長臉色不好看。書記說：侯幹事解！侯幹事重新解，田雙倉說：有本事你綁呀，你解啥哩?!侯幹事在解的時候故意把褲帶又勒緊了一下，田雙倉又在喊：書記，書記！書記已經不再現了，在給村民喊話：政府是人民的政府，政府就要為人民群眾謀利益，這裡邊有全局利益和局部利益，少不了會有這樣那樣的不同意見。但是，群眾的各種意見我們都要認真聽取，符合全局利益的我們要堅持，得給群眾講明道理，不符合全局利益的我們要反對，得給群眾消除誤解。今天這事讓我碰上，我可以作主，也就決定兩條給大家宣布：一、這地還得占，這路還得修，原則大事上不允許誰阻攔和破壞，否則就依法懲處，絕不含糊和手軟，在這一點上沒有絲毫的通融和改變，也不可能通融和改變！二、鑑於豆禾苗長這麼高了，毀了也可惜，我可以給大工廠那邊談，先建橋，等豆禾成熟收割了再築路。書記宣布完了，問：大家還有什麼意見？

村民們都沒吭聲。書記說：沒什麼意見了，那施工隊就撤，大家就散。施工隊就把鏟車掉頭開走了，村民有的散了，但田雙倉還坐在地上，說他胳膊疼。書記就高聲給遠處的派出所長喊：田雙倉胳膊疼，你們把他扶送回去揉揉。說完轉身先離開，西服釦子解開了，張著風，像是兩扇翅膀。而田雙倉忽地站起來，說：我胳膊想斷呀，讓所長揉?!離開地走了。

這個中午，鎮政府伙房特意做了一大鍋燴菜，裡邊有肉片子，有烙豆腐，還有排骨和丸子。鎮長的臉一直苦愁著，書記便拍拍他的肩說：你給大家講，這頓飯全部免費，慰勞大家！給鎮長碗裡多夾了三片肉。

竹子端了碗不動筷子，帶燈問：咋不吃？竹子說：唾我一臉，我想著就噁心了。帶燈忍不住笑，翟幹事偏要說那老漢的痰稠得很，唾竹子的額顱，從眉毛上往下吊線兒。說得竹子放下碗，他倒把碗裡肉片子夾走了，又給帶燈說：美女你今天很勇敢！帶燈說：他們圍攻鎮長，你們都不動麼。翟幹事低聲說：如果惹下事了，領導說你千萬得扛住，說是你個人行為一時衝動，就把咱犧牲了。帶燈說：我不怕麼，我和群眾關係好，不會把我怎樣。你們當然不敢上去了，平日裡卻害怕著挨磚哩！

鎮黨政辦發出通知

又到了每年黨建工作檢查時間，鎮黨政辦發出通知。

各村寨幹部，各包幹幹部：黨建村寨檢查組於本月十二日到櫻鎮，為了迎接這次檢查，各村寨務必做好以下幾點。一、村寨支部整潔活動室，掛好黨員活動室牌子。沒有活動室的或活動室做它用的，立即新建和恢復，藍漆門窗，白石灰刷牆，屋頂上插黨旗。二、中堂上必須貼上黨徽，不能有灰塵絮子和蜘蛛網。會桌上擺放整理好的檔案資料，硬皮裝訂，寫清名稱，貼上編號。也可以置一大茶壺，若干茶碗，以示經常有學習活動。三、各村寨包幹幹部和村文書不得外出，座機有人守，手機不能關，保持通信暢通。四、各村寨提前組織黨員進行檢查教育，對隨時隨地被檢查時做好可能問及的問題的準備。一旦發現檢查組入村，及時向鎮黨政辦報告。五、活動室內和村寨顯眼的牆上要有黨建標語。新的標語是：加強黨的自身建設，鞏固黨的執政地位，強化爭先意識，提高服務效能，推行村務公開，擴大基層民主，全面提高黨員綜合素質，切實發揮黨員表率作用。

給元天亮的信

這幾天總是厭煩，自己想把自己的皮囊像土坷垃一樣被摔碎在石上。我的心像狡黠的狐一樣，無可奈何地蹲在山頭貪婪地吮吸朝陽曙光霞紅，然而太陽起來就慌張逃遁。狐狸的皮毛讓生活人群中的庸陋者在陽光下炫富耀貴，而狐狸是那樣地無存身之地，異類殺之而後快再取牠的皮毛，是自己害的自己嗎？

我總愛和你說話說呀說呀把我都掉球了。你不會煩鎮幹部吧，我也自覺涼氣。但現實又是咱們交流的重要部分啊。我午後再收一包材料，包括鎮黨政辦的各種工作文件郵給你。

我是不想讓某種生活方式成為生存慣性的，因為我要能隨時地跳出來。但是我對你想念情感總如岩下的泉一樣，滴滴點點很快汪出一潭，舀去又來，無有止境。每次我都依依惜別地覺得為自己覓到了出路，誰知道每次還是恍恍惚惚如困獸八面突圍。我昨天早上想像咱們在山後有個石屋草房，然後在梁峁上搭火取暖，烤柿子紅薯吃。住處愈簡陋擁有的愈繁華嗎，心放下愈多和天才能愈親近嗎，樹木貪婪的葉子罩住私心的果子，樹就進不了雲天，而你是我的雲天。曾經夢見你和我走在梯田畔沿上，我拿個印章，印章沒有刻，還是個章坯子，你手裡邊給我寫行小字。至今想我從來沒有過印章的概念和用途呀，然而這夢裡的事實讓我知道了我還有印章是你給我造就的。我的命運像有一頂黃絡傘行運也許別人看不見。

夢和現實總是天壤之別，像我和你的情感愈來愈親近而腳步應該愈來愈背離。我是萬萬不能也不會走進你的生活，而冥冥之中也許狐在山的深處龍在水的深處，我們都在雲的深處就雲蒸霞蔚亦苦亦樂地思念。

覺得我想畫畫了，也應該畫畫了，因為總想和你說話是說不完的話，也就是寫不完的話，但如果像你一樣我也刁空去寫作，那我難以勝任。寫作要有傷感，要憂鬱，有苦味，而我好像沒有，我總是像蜜蜂一樣見花就是甜蜜，雖然有時也感慨也苦惱也無奈，一頭的霧水，可還是像啃甘蔗一樣嚼嚼仍是甜的。所以我想畫畫而且自信能畫得好。我沒有丁點畫技，畫並不完全在於筆墨而在於宣洩和想像，我的畫肯定是理想縹緲柔軟好看愉心悅意的，實際上不是浪漫是你我的現實表達。我總是心裡有好多話給你說又說不盡，如同啞巴手語不完全表達我的心，我的畫畫你不會笑話吧。

行賄

帶燈去毛林家一趟，擔心著毛林家包穀地裡施了肥沒有，包穀根上壅了土沒有。幸好毛林的媳婦和女兒勤快，又雇了楊二貓，責任田裡的莊稼還都可以。毛林臉色寡白，跪在地頭拔草，招呼二貓把水罐子提來給帶燈喝。二貓在地的那頭鋤地壅土，地沿上放著一個舊收音機開大音量，播的是秦腔戲，聽見喊聲跑了來，眯眼睛給帶燈笑。帶燈說：還聽戲呀，會享受！二貓說：聽著幹活不累麼。他光著膀子，胳膊上被包穀葉子畫出一道道紅印，又汗津津的，帶燈說：疼不疼？二貓說：疼倒可以，火辣辣地燒。帶燈說：你咋又在這？二貓說：我山裡就那點地，兩下就幹完了，沒事在鎮街晃，毛林讓幫他，我就幫了。又加了一句：王後生也忙他地裡活，沒異樣。帶燈也不指望他監視王後生了，因為王後生煽火張膏藥上訪的事，事後二貓丁點兒都不知道，連毛林也不知道。帶燈說：他一天給你多少錢？二貓說：沒錢。帶燈說：沒錢你能幹活？二貓說：我飯量大，每頓多吃兩個饃就不虧了。帶燈悄聲說：不是吧，是看中人家女兒啦？二貓臉彤紅，偷看毛林的女兒一眼，沒想毛林女兒正抬了頭往這邊看，二貓立即掉過臉，說：天咋這熱的，你喝水啊！

帶燈並沒有幫毛林幹活，看見了二貓想起了東岔溝村的十三個婦女，不知她們的病吃了藥好些沒，秋莊稼又怎麼樣？就轉身去廣仁堂見陳大夫，謀算著又要去東岔溝村的時候，再帶些什麼中藥。

帶燈從毛林家地裡往西走了一里，在河岸的轉彎處，竟然就看見了陳大夫，陳大夫在幫張膏藥兒媳鋤地哩。但是，陳大夫明明也看見了她，卻把草帽往下拉拉，提著鋤往彎地那頭去。帶燈問張膏藥兒媳：請陳大夫鋤地了？張膏藥兒媳說：他肯幫人。帶燈說：他要真肯幫你，應該讓你去廣仁堂當個下手。張膏藥兒媳說：那使不得，人家掙錢不容易，我去分人家錢？給了帶燈一小把子芫荽，是她在包穀行裡套種的，芫荽沒切碎，味道就重得嗆鼻子。帶燈收了芫荽，高聲喊：陳大夫！陳大夫始終在耳朵聾，沒回應也沒過來。帶燈笑了笑，回到鎮政府。

竹子見帶燈拿回來了芫荽，喜歡地說：你咋知道今天我突然想吃芫荽?!帶燈說：送領導的。竹子說：也學會巴結了？帶燈說：該巴結還得巴結麼。就拿了芫荽去了書記辦公室，鎮長也在。

書記說：哦，帶燈給我送芫荽了?!鎮長說：你小氣呀帶燈，你給書記要拿就拿張畫麼，拿一把子芫荽！書記說：這就好，禮輕人意重，何況這是帶燈送的！帶燈說：還不是我送的，是東岔溝村那十三個婦女拿給我，要我一定送書記炒了夾饃吃。書記說：有群眾牽掛這多好。帶燈說：她們給我說，矽肺病鑑定的事有沒有著落，我說不急麼，總會解決的。書記說：那事還沒解決？鎮長說：我給有關部門打了招呼，都口頭應稱得好，就是沒結果，這一段日子事情忙亂，也沒再催問。帶燈說：再遲遲沒結果，王後生又去煽風點火，我擔心她們集體上訪。書記說：一定要防止集體上訪，尤其在黨建工作檢查期間。就對鎮長說：大工廠的基建總算擺順了，下來還得抓抓這事，你以櫻鎮黨政名義起草個報告給縣委，我也簽上名，你再到縣上專門跑跑。

過後，鎮長給帶燈說：你行，拿一把子爛芫荽就把事辦了！帶燈說：我可不是故意將你呀，把事情說嚴重些，書記才重視。鎮長說：可你這在犧牲我麼。帶燈說：這不是在犧牲，在利用。利用別人和讓別人利用著，這事才能辦成也各自才有價值麼。這次又得勞苦你往縣上跑了。鎮長說：反正擦屁股的事都是我。帶燈說：我給一張畫，分文不取，你到縣上了還可以跑跑你個人的事麼。

帶燈真的把一張重彩牡丹圖給了鎮長。

六月十八日這天

但是，鎮長去了一趟縣城，帶回來的消息是疾控中心答應給做鑑定，卻因該中心近期中層幹部調整，需要往後緩，讓櫻鎮等候通知。帶燈發牢騷這是什麼單位呀，幹部調整就可以耽誤工作，那一天三餐他們能少吃一頓嗎？情緒不高，所以當書記通知她參加縣年度婦女工作會議，她開口就說她不去。書記說：一定得去，還得給你個任務把個人先進和鎮先進給我弄回來！帶燈只好去了，去的時候聽馬副鎮長主意，拿了十五斤上等紅薯粉條，櫻鎮老君河村的紅薯粉條在全縣有名。

帶燈以前參加過婦女工作會，辦會的負責人也認識，就把十五斤紅薯粉條給了人家。六月十八日開會，會期一天，上午聽領導報告，下午領獎，果然就弄到了兩塊獎狀。會一完，帶燈沒打算回櫻鎮，剛在賓館開了房間要住上一夜洗個澡的，白仁寶給她打電話，說賈有富失控了，可能在縣上上訪，要她在縣城尋找，一旦找到立即通知他，他派人派車往回接。帶燈一下子生氣了，咔地關了手機，還把手機扔到了床上去。但扔過了，又拾起來開了機，電話再響起來，白仁寶說：鎮政府之所以給大家配了手機，就是保障二十四小時聯繫暢通，你為什麼關機？帶燈說：我是來開會的，也安寧不了！白仁寶說：就是因為你在縣上，才讓你尋找的。帶燈說：我不找！白仁寶說：我指揮不動你嗎，這是書記讓我給你打電話的！帶燈說：賈有富不可能上訪，就是上訪他也不可能到縣上去，咱要麼疲沓得像老牛皮，要麼就見風就是雨，別自己嚇自己了！白仁寶說：中午書記因別的事給縣法院一個熟人打電話，那熟人說了賈有富去了法院，法院認為當初村鎮處理意見沒蓋章無效，賈有富回去蓋了章，法院又認為在調解期不應當加章，賈有富就在法院又哭又鬧，被法院人拉出了門。書記聽了以後感到事情嚴重，賈有富可能要上訪，才讓你在縣城尋找的。帶燈說：賈有富去了法院那就屬於法院管的事了，與上訪無關，不存在失控不失控，即便他失控了，就一定是要上訪嗎？白仁寶說：萬一上訪了呢？書記說了，誰都可以失控，鎮西街村的上訪者不能失控，因為鎮東街村是市組織部對口扶貧村。萬一賈有富去上訪了，書記怎麼給縣組織部交代，縣組織部又怎麼給市組織部交代？帶燈說：好吧，尋找就尋找。

帶燈並沒有尋找賈有富，她在賓館裡洗完澡，就在床上睡去了。

賈有富是鎮東街村人，多年來為門前的一塊通道和鄰居鬧彆扭，村裡調解不通，帶燈去處理，認定那塊通道歸賈有富，但鄰居偏還在通道上堆放木料和柴草，賈有富再鬧，帶燈再去處理，勒令鄰居清除了通道。而上個月，鄰居又在通道上要蓋房，賈有富攔不住，又一次要帶燈嚴懲鄰居，帶燈說你乾脆去法院告狀吧，調解不了，讓法去治他。賈有富也就把鄰居告到了法院。

一覺醒來，帶燈給白仁寶打電話，什麼也不說，只說派個車來，然後她去飯館裡吃飯，吃了飯，車來了，坐車直接到了鎮東街村賈有富家。

果然如帶燈所料，賈有富在家，問他幾時回來的？說是剛回來吃了飯，問今天去縣法院了？說是去了。問上午去的縣法院怎麼才回來？說他到孩子舅家去了，孩子舅是老師，能給他請主意。說完就又給帶燈哭訴他的冤情。帶燈當下讓賈有富上車，又去敲鄰居王成祖家門，王成祖已經睡了，叫起來也讓上車，就一併拉到鎮政府，叫喊著書記和鎮長當面鑼對面鼓地解決糾紛。

直到天亮，達成了協定：一、通道歸屬賈有富。二、給王成祖補三百元，拆除新建的房基。鑑於王成祖家房子小，批准給一份宅基地，另建新房。

協議三方都簽了字，賈有富和王成祖走後，書記要看帶燈帶回來的獎狀，一邊看一邊說：六月十八日，啊今天是個好日子！帶燈說：十八日過了，現在是十九日。

大攤餅

櫟峪寨的牛花花是個見面熟，才認識了帶燈和竹子三天，就張羅去她家吃煎餅。牛花花身子不周正，胯大，腿有些羅圈，但搬凳子呀沖蜂蜜水呀又從牆上摘了相框讓瞧她年輕時還是養豬模範哩，像兔子一樣，忽地跑過來，忽地跑過去。竹子問你有幾個孩子，她說先後生了六個，成了一個女兒一個兒。她把兒念作如。笑著說：總得要有個如呀，到第六個，還想個如哩，來的是女的，夜裡做夢四個女娃咬我腿，就沒敢再把她煮到尿桶去！她家有五間房，五檁四椽，一明兩暗，在全寨子裡算是最好的家，竹子就感歎牆都是石頭牆，砌得多平整呀！她搭梯子去門樓的小窗口裡摸核桃，卻一把摸出條蛇來，嚇得帶燈竹子都叫了一聲，她順手把蛇扔出了院牆外，沒事似的下來，說：這石頭都是我和他爹從溝裡揹上來的！

她在院子裡支了灶，灶上安的不是鍋，是一面光油油的大石板，然後在面盆裡攪麵糊糊，攪了十遍八遍，放進椒葉末了，再攪十遍八遍，麵糊糊就倒在石板上用刮板子攤勻。一面煎黃了，又煎另一面，翻餅子就像摔衣裳。帶燈和竹子吃過煎餅，但沒吃過這麼大的煎餅，也沒見過這樣的煎法。她說：吃呀吃呀，麥收畢了要補大地的，講究的就是吃這大圓餅，早就該讓你們吃了，可那時還不認識麼！

書記和鎮長的小車

原本櫻鎮備了一輛小車，是書記使用的，大工廠基建後，大工廠給了書記一輛日本進口車，舊車就退下來讓了鎮長。鎮政府大院裡從此有了兩輛小車，常一左一右停在那兩層辦公樓的正門口，擺得很正，很威風。

一天，竹子悄悄給帶燈說：你注意了沒？以前書記車停在左邊，鎮長車停在右邊，現在有好多次了，我發現鎮長車來得早停在左邊了，書記車就正門口停下堵了門口路。帶燈說：你咋注意這些，看著領導有車，小心眼不服氣啦？竹子說：我覺得這裡邊還複雜哩。帶燈點了一根紙菸，卻說：這話你埋在肚裡！

竹子指責自己

施工隊南方人多，櫻鎮開始流傳那些人啥都吃的，沒有啥不能吃的，於是王後生就賣給過他們蛇，二貓和王采采的兒子賣給過他們錦雞、果子狸，甚至竹老鼠和麻雀。河灘裡淘沙，形成了一個一個大的水坑，水坑裡也有了魚，元家兄弟捉了鯉魚、鬍子魚、紅斑魚，也拿去大工廠施工隊賣。竹子知道了，就去了河灘拿魚，她拿魚就是不給錢，還讓把魚用柳條兒拴好能使她拿手提著。元黑眼說：鎮政府人麼，愛吃就來拿，吃了魚氣色好，我們眼睛看了能受活也好呀！

竹子提回來的是一尺長的鬍子魚和兩寸寬的小鯽魚，和帶燈到鎮街燒烤攤上付錢加工。竹子幾乎天天去弄一條兩條，帶燈就刮鱗剖肚，而帶燈實在是拾掇煩了也吃膩了，卻不能說。竹子也開始不吃了，就圖個耍。

竹子突然對帶燈說：我有五個弱點要克服哩。帶燈說：弄了些魚，認識到自己愛占便宜啦？竹子說：偏去弄他元黑眼的魚，就是要針對性地克服弱點的。帶燈問啥弱點，竹子說一是心胸狹窄心眼小，二是脾氣大又窩在肚裡，三是自控能力差，四是慌慌坐不住，五是最主要的，是本質柔軟不狠。她說：我得是不缺人性善良，缺恨？帶燈說：是不是還記恨那老漢唾了你一臉？你也唾他一臉就不柔軟啦?!你咋狠呀，披張鎮政府的皮，張口就罵，動手打人，是人見人怕的馬王爺，無常鬼，老虎的屁股還是蠍子尾?!竹子沒想到帶燈會劈頭蓋臉訓了一通，說：我說了一句，你就說了十句，我就沒有你這狠勁麼。帶燈自己也笑了，說：我在你眼裡是不是狠？竹子說：我不說了。帶燈說：瞧瞧，你還說要克服你的柔軟性，問你一句話又都不說了?!竹子說：我也是矛盾麼。帶燈說：我明白你的意思。但我給你一句話，這話是元天亮在書上說的，他說改變自己不能適應的，適應自己不能改變的。咱在鎮上，幹的又是綜治辦的工作，咱們無法躲避邪惡，但咱們還是要善，善對那些可憐的農民，善對那些可惡的上訪者，善或許得不到回報，但可以找到安慰。又說：今天怎麼給我說這話，和段老師鬧彆扭了，情緒不好？竹子說：這倒沒有。你的話我記著，可我總覺得咱們是不是在欺騙自己，咱們的工作目的，咱們的理想就以大局呀以黨的利益呀以政府的影響呀為名義來滿足自己的自負心理？

竹子一說完，帶燈怔了一下，拿眼睛直直地看起了竹子。竹子說：你看我？帶燈說：是嗎？竹子說：我覺得是。帶燈說：哦，或許也是吧。

給元天亮的信

巷子對面的老闆家給孩子過滿月，請了大院許多人去吃酒了，我一個人在屋裡安靜，胡亂地翻開你一本書，雙腳搭床邊吃包山楂片兒，思想從窗子飄出去了，突然見楊樹的一枝隨風撲搭來驚覺是你來了。這幾天心有些亂，亂得像長了草。在縣上開會時買了一本雜誌，看到一篇生了氣，什麼家庭裡冷暴力熱暴力的，讓我想著自己的悲哀。但我又想起農民在挑豆子時常會把一粒豆子放到好的一邊也行放到不好的一邊也行。這如同我的婚姻。為什麼我還把自己放到好的一邊呢？這樣一想我就不大生氣了。在這個世上人人都不容易，為什麼都不想對方特別是男人安身立命的艱苦辛勞和本身的光芒？常說一個巴掌拍不響，那麼能拍響的也許是兩個三個多個巴掌，而讓一個人承擔過錯和罪責是不公平的。所以就過著吧。我有愛的能力而沒有打掃衛生的力量和設計嗎？千萬把自己從垃圾裡拯救出來，只需要站起來的力量麼。本想多過幾天再給你寫個啥，像泉水聚幾日了澄澈深度，誰知我的思想不停遊蕩。偶爾閃過念頭，覺得死是美好的字眼兒麼，就是徹底解脫和永恆得到的兩個概念，我當然是後者，而我先活著就想到了樹。樹是最默然又最喧然，樹能在春夏秋冬陽光雨露寒冷溫熱生芽發綠，開花結果，其各色各香各味各形的花花果果，枝枝葉葉是樹對日月山水感應的顯現。樹木的好形象在等誰呢，自己心裡知道，而我的心對著藍天麗日清風明月高山流水以美好的感覺想念心儀的人，卻不能顯現只有默默忍受。我向樹去學習呀，把內心美麗情愫長成葉開成花結成果，像樹一樣存活，一年一年，一季一季，一天一天，去生輪圈。平靜的人華麗的心。

我昨下午靠在鎮西石橋欄上看望溜溜風裡雪亮的夕陽吃力地不想落下，我在想去抱它入懷成就一個永恆。我看著樹上瑟瑟發抖又不願落下的綠葉，我看見鏡樣的天邊飄忽而至的精巧的雲書，我應該識別字樣，昨晚夢中溫暖的一夜，夢中和你走來走去，鎮政府在熬大鍋草藥說誰想幹什麼行當看你挑哪種草藥，我讓你給我挑選，你給我撈了金銀花。我給你吃黃米饃，一夜的酒樂高興。我很想念你但我一定要穩好自己。如果我此生一定要忍受刻骨的相思，那一定是我前世欠你的。讓我的思念澎湃山地的溝溝凹凹，彌補我們欠缺的山地真氣。

在甜井寨

甜井寨的老夥計叫趙心，給帶燈打電話，說她是借了進山來收樹皮人的手機給帶燈打電話，手機在山梁上才有信號。她說在坡上興高采烈地見到了一架五味子，現在正摘著，讓帶燈去吃去拿。帶燈很高興，回答當天去，還叮嚀：有許瓜嗎，如果發現了許瓜，摘一些，盡量撿熟透了的摘。

竹子不知道什麼是許瓜，想像著是西瓜或甜瓜的樣子吧，帶燈說你來山裡這些年了沒吃過許瓜？許瓜不大，像小孩拳頭，往往一蓬藤蔓上只結三四個。許瓜要熟了就會裂開，像蒸饃時饃炸開，沒裂開的許瓜不能吃。炸裂開的許瓜裡肉是白的，籽是黑的，水分少卻酸甜有味。竹子見帶燈心情很好，就故意要帶燈給她說趙心的事，帶燈卻說起了趙心的爹，說：那老漢有意思，我喜歡有意思的人！

趙心的爹在寨上辦了個代銷店，寨上人就叫他趙代銷。趙代銷愛唱戲，自拉自唱，走路荷鋤拍屁股唱，下地回來後向孩子彈舌都有節奏。他愛鳥，也對鳥彈舌。他年輕時曾經睡著了把一個半歲的男孩用腳壓死了，他說他今生沒有男孩不虧，再不要了，誰給也不要，讓自己遭報應。他對趙心從小嬌慣，趙心想吃代銷店的糖，他就自編些謎語讓趙心猜，猜對了給一顆，猜對了半個用牙把糖咬一半。他總嫌趙心媽說話太衝，趙心媽卻偏和他反著幹，他給趙心梳頭髮，不把唾沫唾上去梳，把梳子齒抹上油，說：你媽給你梳頭像在按犯人。趙心嫌她媽囉嗦，還打她，說她媽是妖怪，他說：不是妖怪，是樹精，是崖畔上那棵皂角樹變的，渾身都是硬刺，但能結皂角。那時候趙心家賣皂角比賣雞蛋賺的錢多。

趙代銷去世時趙心還小，那個晚上，趙心還睡在趙代銷的腳頭，睡時他還讓趙心寫字，說把字寫好，將來到瓦房寨當個老師。那時候趙心並不知道村長不讓她家辦代銷了，要給寨裡一位在瓦房寨教書的人的老婆辦，她爹氣得肚子像鼓，敲著嘭嘭響。趙心當然還要糖，他給了一顆，然後拍拍手說沒了，雞叫狗咬的啥都沒有了。這一夜，趙心醒了叫爹點燈，誰知一喊一摸爹不行了，去下屋喊她媽，她媽上來，忙到七里路外的村裡叫醫生，醫生來按按趙代銷的肚子，長嘆一聲說：老哥，想吃啥吃啥。趙代銷就給趙心說：我給我娃留啥呀？當天下午，他拄了一根棍偷偷到了山下的大路上，看著一輛蹦蹦車來了，又看著蹦蹦車過去，再看著一輛手扶拖拉機來了，又看著手扶拖拉機過去，而一輛汽車來了，他從路這邊往路那邊走，走到路中間跌了一跤，汽車把他撞死了。事後，給趙心家賠償了三萬元。

帶燈說著老夥計家的故事，竹子先還聽得滿興趣，後來心裡就沉起來，她不再逼著問，帶燈也不說了，兩人默默走了一段山路。到了甜井寨，趙心已經把那一架五味子摘了回來，立在門前迎接了她們。別的地方五味子早都沒了，甜井寨高山上五味子一直要到秋後都收不退的，趙心摘的時候是連著枝股一節一節折下來，五味子紅得像珊瑚珠。帶燈喜歡吃，竹子則嫌酸，趙心說：你再吃吃，後味甜呢。竹子又吃了一把還是酸，把三個許瓜吃了兩個。

帶燈說：好吃吧？竹子說：好吃。帶燈說：來一趟值得吧？竹子說：為吃幾口山果跑了半天腿。帶燈說：這貴族呀！竹子說：還貴族呀?!帶燈說：為一口鮮誰能跑這麼遠，能跑這麼遠誰能有這閒工夫，有閒工夫誰又能有這興致？笑得竹子說：是貴族，櫻鎮上最大的貴族。帶燈也笑了，說：你以為我是欠吃那一口嗎，老夥計就是這樣才慢慢交上的。就對趙心說：吃了你的山果，總得給你幹些活吧。趙心說：我想也是，那就跟我摘花椒去！

屋後的黃沙梁上有花椒樹。三人一轉到屋後，帶燈就吆喝屋後坡上的青樺櫟樹皮都剝削了難看不難看?!剝削樹皮是因為外地常有人來收購樹皮，收購去了加工車輪胎，下腳料還可以再加工木地板，一斤八毛錢的。鎮政府每年都宣傳禁止剝削樹皮，但從來是說說，或者在各村寨的牆上貼一張告示，再也沒人追究。趙心說：我就擔心你來了要說我，你果然說我，你眼睛像錐子！帶燈說：樹皮剝削成這樣了，我又沒眼瞎。咋不把人皮剝了?!趙心說：下場雨又能長好的。帶燈說：下雨啦？啥時才下雨？趙心說：村長也都剝削哩。

黃沙梁上，花椒樹像乾癟的小老頭，結滿了花椒不見葉子，帶燈和竹子避著刺小心地摘著，斜眼見麻雀啄一花椒然後張口吐出。花椒味嗆得她們直打噴嚏，嘴唇發麻，一不留神指頭摸眼上而淚流不止。趙心說：咱到梁那邊的泉裡去洗手。翻過黃沙梁，梁那邊一個坎兒，坎下有兩間瓦房，而瓦房不遠處，一叢竹子前汪著一窩水。趙心說天不旱時泉水胳膊粗，一直要流到溝下去。洗了手，看順溝下去的七零八落的屋舍，剛說這兒風光好麼，便有一戶人家裡有了吵罵，而且院子裡有個穿著整齊的人。竹子說：咦，那是不是鎮政府的人？

帶燈看了，果然是鎮政府那幾個長牙鬼，其中就有侯幹事，便說咱離開這兒，別讓他們看見。三人鑽進竹林邊的瓦房來。

這家男人過生日

趙心認識這家人。這家人夫婦兩個，還有六個孩子，六個孩子靠著搭在屋西間土樓邊的梯子，順梯子層兒從下往上站了，拿眼睛盯著屋東間的灶台。灶台下坐著男人燒火，灶台下女人在往鍋裡煮雞蛋。帶燈說：這麼多孩子？趙心說：他們只有兩個，那四個是他哥和姊的，哥姊都打工去了，讓他們帶著。夫婦倆見突然來了人，有些慌亂，但立即就熱情了招呼，孩子們很快也圍上來往帶燈和竹子的臉上瞅，說這樣說那樣，像喜鵲窩戳一扁擔。男人說：出去，都出去！從灶膛取一個烤熟的土豆扔給一個孩子，再從灶膛裡取一個烤熟的土豆扔給一個孩子，扔了六個，孩子們一窩蜂出去了。媳婦卻從鍋裡往碗裡撈荷包蛋，撈了四顆。女人說：不知道你們來。意思是抱歉著客人來了沒給客人煮雞蛋，但也暗示了這碗雞蛋就不給客人吃了。帶燈說：我們隨便來轉轉，你們吃。女人就把雞蛋碗給了丈夫，丈夫又從灶膛裡取了一個饃饃，說：那我就吃啦！有些不好意思，端到臥屋裡去吃。竹子說：啊，孩子吃土豆，大人吃荷包蛋烤饃？女人說：他今天生日。

罰款

其實，侯幹事已經看見了帶燈和竹子進了竹叢旁的人家，使勁地喊，要她們下去。帶燈不願下去，鎮政府各部門向來各幹各的事，除了統一部署外，這一部門不高興另一部門干涉插手，另一部門也不想這一部門蝗蟲吃過界。但侯幹事卻跑上來說：你們架子大，我叫不動，現在是馬副鎮長讓我叫你們下去哩！竹子說：嚇誰呀？狐假虎威！侯幹事說：不下去也行，我給馬副鎮長回話你這個鎮長是副的誰招理呀?!帶燈和竹子就讓趙心回家去，順著坡路下來。

果然馬副鎮長就在這戶人家裡。這人家三間上房，一間廚房，馬副鎮長就坐在上房裡的炕上，見了帶燈竹子問你們怎麼也進山了，帶燈沒提來吃鮮五味子的事，卻說黃沙梁那邊的甜井寨有人上訪，反映村長帶頭剝削樹皮賣錢，她們來處理。馬副鎮長說：這邊村裡也是剝削樹皮嚴重，咱鎮上多年來對這事都是動口不動手，領導再不切實抓怕以後要出大問題的。帶燈說：你就是領導。馬副鎮長說：誰把我當領導了，喊你們半天就是喊不動麼。帶燈說：哪裡呀，一說你在，我們連滾帶爬就來了！啥事，你身體不好也進山了？馬副鎮長說：碰著你好得很，你幹過計生工作，會和群眾拉扯關係，這溝裡的人吃軟不吃硬……帶燈說：不在其位不謀其事啊，領導！馬副鎮長說：計生辦也包幹村寨抓維穩麼。你來炕上坐，讓他們把情況給你說說。

帶燈靠著炕沿，沒有脫鞋盤腳坐上去。炕很大，炕角窩著一條爛被子，她把被子掀開，裡邊卻是一個瓦盆，瓦盆裡正發酵著麵，又捂蓋上了，讓竹子也來坐。竹子還站在門口，她害怕炕上有蝨子。

侯幹事講了，鎮東的灣鋪村一個計畫外生育的婦女自懷孕後就一直東藏西躲，無法把她帶到鎮衛生院做人流，而昨晚得到消息，這婦女跑回了苗子溝村的娘家，他們就開了鎮長的小車來抓人，小車在溝口停著，步行到這溝腦，那婦女並沒在娘家，可能是在他們到來前藏到山上什麼地方去了。找不到孕婦就一定要罰這娘家的錢，而娘家只有老兩口，就是不肯出水。

帶燈說：沒抓到人，或許那婦女就沒回娘家來麼，即便她回來，罰人家娘家人什麼錢？馬副鎮長說：給我報消息的人說是千真萬確在苗子溝見到那婦女了，娘家人窩藏怎麼不罰款？帶燈說：甜井寨和苗子溝村都是窮地方，瞧這屋裡空蕩蕩的，怕是連老鼠都不來，能罰出什麼款？馬副鎮長說：咱總不能白跑一趟？就是罰上二百元，下山給車還加個油，讓大家也吃一碗麵麼。帶燈說：咱就欠那一碗麵呀?!馬副鎮長說：我有個副字是不是？帶燈一看馬副鎮長生了氣，就笑了起來說：呀呀，用這辦法逼我！那我去見見老兩口，人在哪？馬副鎮長說：在廚房裡。帶燈出了上房門往廚房去，那幾個幹事說：嗯，還能進步！竹子竹子，來炕上坐呀！

竹子跟著帶燈也去了廚房，一個老頭坐在灶火口的木墩子上，老婆子拿個抹布擦灶台，一邊擦一邊嘟囔，她好像已經擦過無數遍了，灶台起明發亮。老頭粗聲說：嘟嘟囔囔著死呀?!老婆子就把抹布甩在老頭子頭上，說：我就是死呀！死了腳腿一蹬我倒輕省了！帶燈一進去，吵聲停了，老頭又抱頭坐在木墩上，老婆子說：把抹布給我，給我！老頭子把腳下的抹布又扔了過來，老婆子繼續擦灶台。帶燈說：見了我也嘴噘臉吊的？

帶燈想起來了，她是見過這老兩口的，前年的臘月，因有人反映村幹部在收購菸葉時私留錢款，她來過這裡一次。經過這家門口，老婆子問吃了沒，她說沒吃哩，老婆子就取了個蘿蔔，她說她不吃蘿蔔，想吃炒雞蛋，老婆子說雞罩了幾天的窩了，要不殺了雞去，她說殺麼，殺呀，老婆子就咯咯笑，說你這個鎮政府的人能說笑，她說我啥都不吃，你放心，只要見了我還笑笑地跟我招呼我就高興得很！現在，老婆子沒有笑，說：你也來啦？帶燈說：我和他們不是一夥的，咋回事，他們坐在炕上不走？老婆子說：他們說不罰下款就不走，讓他們坐麼，把灶坐坍去！帶燈說：罰多少款？老婆子說：他們說最少二百。帶燈說：你有多少錢？老婆子說：只有一百，還是前日賣樹皮的錢。然後對老頭子說：你把錢給這同志，這同志面善，說話還中聽。老頭子站起來，卻背了身，開始解褲帶，在褲子裡的什麼地方往出掏。帶燈說：不掏了。你跟我出去，就說到村裡借錢去，你們出去了就先不回來。老婆子說：爺呀，我咋想不到這些，讓人堵在屋裡！

四人出了廚房，老婆子給馬副鎮長說她家實在沒錢，他們到村裡借去。馬副鎮長說：要借一個人去借，都走了不回來，讓我們給看門呀?!老婆子看帶燈，帶燈說：領導說的對，讓你老漢去，你也給我們燒碗滾水麼。

老婆子就在院裡抱柴禾，抱了一捆豆稈，又抱了一捆麥草，然後提了桶去泉裡舀水。馬副鎮長讓竹子跟了她。在家裡，竹子說：喝啥滾水哩，要喝到泉裡喝！老婆子說：你是誰，也是鎮政府的？竹子說：是鎮政府的。老婆子說：這麼好個姑娘咋是鎮政府的？竹子說：這話說錯了，哪兒都有好人壞人。幫著提回了水，老婆子叫喊著沒火，問誰帶火，竹子知道老婆子故意磨蹭，到上房裡要了侯幹事的打火機，去灶膛把火點了，也不再和老婆子說話，回坐在上房門口看門前的櫻樹。櫻樹在摘櫻桃時可能連小枝小葉一塊摘的，現在只光禿著硬枝股，落著一隻鳥在啄翅，掉下來三片羽毛。

馬副鎮長和三個幹事似乎沒理會廚房裡傳來的風箱聲，他們熱中談著鎮政府內部最近的新情況新變化，說大工廠一建起來書記就上調了，已經有風聲說去縣政協當副主席呀。立即有人說副主席恐怕不行吧，可能到縣交通局去，如果真去交通局當了局長，那可是能吃肉的地方，幾年裡就發了。馬副鎮長卻說書記一走，這下咱鎮長就當書記了，鎮長命好，年輕輕的就當書記，以這種態勢發展下去，前途不可限量。一個說，走一個對誰都好，鎮長當了書記，你就是鎮長了。馬副鎮長說：那說不定，我上邊沒人，我也沒錢送土雞蛋麼。竹子聽了，扭頭看帶燈，帶燈卻裝著什麼都沒聽見，她在上房木梁吊下來的籠子裡翻看著，突然嘎嘎笑，說：這老婆子，把饃藏在這裡不給大家吃。炕上的三個長牙鬼忽地撲下來搶饃，但饃只有一個，帶燈拿給了馬副鎮長。說：你們口口聲聲說擁護馬副鎮長當鎮長呀，有了吃的就把領導忘啦？馬副鎮長笑著，也不客氣，就把饃一掰兩半，一半給了帶燈。可是馬副鎮長在他的饃裡發現了一個黑點，說：這是不是蝨子？侯幹事拿饃在門口光亮處看，又把黑點兒挖下來放在手掌上看，說：是蝨子。帶燈和竹子渾身就癢起來。

馬副鎮長把老婆子喊來，老婆子說：唉，這饃我放在吊籠裡你們也能尋著？侯幹事說：饃裡咋有蝨子?!老婆子說：蝨子?侯幹事說：是蝨子！老婆子說：酵麵在炕上用被子捂著發的，被子裡的蝨子可能跑進去了。侯幹事說：你真不會說話，你說是灰是芝麻不就得了，偏說是蝨子跑到酵麵裡?!馬副鎮長倒罵侯幹事：你會說話?你先說是啞子你會說話?!竹子哇地捂了嘴，噁心地到院子裡吐。

這時候老頭子從房側的豬圈那兒過來，轉身又去了廚房，馬副鎮長催帶燈去問錢借到沒有，帶燈二返身進了廚房，小聲說：讓你出去不要回來，咋又回來了?老頭子說：我出去沒地方待麼，再說我不回來，他們也不會走的。帶燈說：那你借到了?老頭說：到哪兒借，借誰去?帶燈說：看來不罰是不行了。老婆子說：你給說說，就罰一百吧。老頭又解褲帶，從褲襠裡掏出一百元給帶燈。帶燈把一百元收了，從自己口袋掏出兩個五十元，一張給了老婆子，說：罰五十。就拿了另一個五十走了出來。

馬副鎮長說：錢借到了?帶燈說：借了五十元。馬副鎮長說：打發要飯的呀?帶燈說：也只有這五十元，不要就沒了。侯幹事說：再多十元也行呀，給車不加油了，咱可以每人在山下尋個飯館吃碗麵麼。帶燈說：我和竹子不吃，剩十元錢你還能喝幾瓶啤酒。

一路的知了都在叫著

馬副鎮長他們離開了苗子溝，帶燈和竹子又翻過黃沙梁去了趙心家，直到傍晚才往回走。從甜井寨到鎮街是十二里路，一路的知了都在叫。知了應該是自呼其名的，但知了一多，叫聲繁複，就成了嗡嚶嗡嚶嗡嚶，像紡棉花。

給元天亮的信

山窪地裡竟然有一棵茁壯包穀，迎風招展，風流悲戚，它知道自己或許是鳥是風的拋棄，或許是從王母娘娘手裡，從天落下，在世間繁衍生息。包穀是女人的化身，是懷孕女人的，曾經結三結四，如今只剩一穗。包穀的生育昭示著社會：包穀什麼時候都能吃，這是過日子女人的習氣，不結穗了吃甜稈，所以女人沒有剩餘的。好女人當然知道自己心愛的是誰。這棵包穀凝結心力，從山坡出發，跋山涉水，浸花葉果實之芬芳，融日月星辰之精華，被風雨之糾纏，受枝條之離析，心繫一處了，想給愛人做頓飯食，想給愛人送來原味，自己能化成各種狀態。一片雲在你頭頂漂泊棲息，深情注視你生葉拔節，化風化煙化虹都不成，我願化作雨滴，默默浸澤你身下泥土，嘭嘭滋升你的元氣。

這是我進山的路上要給你發的信，卻沒有發。現在我給你說說今日的見聞吧，但我不想把齷齪的事說給你，說了又能怨恨誰呢，怨恨鎮領導，好像他們並沒做錯，怨恨那幾個長牙鬼，好像錯也不在他們，怨恨那山裡的老頭子老婆子嗎，還是怨恨我和竹子？誰都怨恨不成，可齷齪就這樣醞釀了，產生了。我不知道這到底是為什麼，為什麼會是這樣?!給你還是說那家貧苦的女人給丈夫過生日的事吧。丈夫的生日，是山裡女人盛大的事情，土屋農舍裡，也要烤一個饃饃，煲一碗荷包蛋，表一表對丈夫的心愛和珍重。耐心的荷包蛋，蘊藏著女人神祕的秉性，拍拍饃上的灶灰，拍去過往歲月的附庸，讓丈夫丟棄俗世的繁瑣，灶膛裡燒著穀稈麥秸，燒去歲月的陳舊，爭取新生的光榮。

你在幹啥呀？我現在突然覺得你是行走在我生命中輝煌強大的房子抵擋我日子裡的雹冰蝕雨，我很安然寧靜地行走著。我在事務中想著你處世的認知和坦然心境，去滲透過濾校正克服制約感染融化我在生存中遇到的寒流塊壘。

啊，我坐在了鎮街西邊的七里溝口的大石上，目送著西天的晚霞輕輕褪去。轉過身去覓水，水在溝道裡細得拎不起，一扭頭，驚見身後紅火的月亮像是在我轉身之際和我要捉迷藏一樣到了東邊。太陽的熱情想是沒有散盡而再借月亮來收尾的吧。大樹般勤如蒲扇為月亮搖晃，月亮也躲進雲裡穩了穩，然後一步一步往前走。我聽見它的嘆息，薄霧的淚光慢慢把太陽的浮躁消失。得趕緊回去，看新聞聯播和天氣預報了。

有人退老街房子

會議室開會。這次會議布置的工作既多又雜：公示發放救濟麵粉的名單。擬報各村寨一事一議搞一項公益項目。普查參加低保的，凡六十歲以上者沒有死亡卻遷出的，上報退錢。做好市計生檢查的準備。職工交醫療金四十元。建立刑釋解教人員檔案。

會議要求大家作紀錄，作著作著，帶燈扭頭從窗子裡看見白毛狗在綜治辦門前一躍一躍的，擔心是不是也發現了那個人面蜘蛛，會撲毀網的。鎮長就走了過來把窗子關上了。竹子輕輕笑了一下，帶燈也笑了一下。書記繼續在布置工作，最後通報了茨店村。茨店村在黨建工作檢查中，並未落實鎮黨政辦公室通知，已經發現檢查組人員進了村，不及時向鎮上報告也未採取緊急措施，以至於使黨員活動室還堆著幾麻袋土豆，門前拴著牛，室裡有桌子沒凳子，那開會都站著開呀，房頂為什麼不插黨旗，說還沒尋到旗杆，旗杆是要金的銀的沒尋到？滿坡的竹子都不去砍一根?!鑑於村支書和包幹人員的失職，經研究給予黨內處分，並扣除村支書當月津貼和包幹人員的補助費三百元。

這時候院子裡有了吆喝，聲音很大，鎮長又走過來打開窗子，又立即關上了，去給書記耳語。帶燈立即明白院子裡發生什麼事了，就見書記在拿眼睛看她，她就站起來，走出了會議室。院子裡是五六個人還在罵：政府還是不是人民政府，端著油簍往外潑哩，卻到蒼蠅屁股上擰蹭油，你不嫌寒磣?!帶燈忙制住，把人往綜治辦領。

來的都不是那些老上訪戶，竟然是鎮東街村鎮中街村的人，都認識，平日見了也點頭微笑的，現在卻都黑著臉，好像陌生了八輩子，捶胸頓足。帶燈就給每個人讓座，還倒了茶水，說：我沒紙菸了，你們帶了你們抽，我不嫌嗆。先喝喝茶，茶有些燙，慢慢喝。來的人一坐下，一喝茶，茶確實燙，要先吹著才能喝上一口，氣勢就軟了許多。偏有一個光腦袋叫王豐收的，就是不坐也不喝，高聲喊道：這是啥世道，有錢有勢的就可以上天入地，把可憐人想捏死就捏死呀?!帶燈說：你聲不要高，領導正開會哩。王豐收說：我就聲高了，讓領導聽哩！還拍了一下桌子，桌子上一個茶杯跳起來，掉在了地上，水倒了杯子還沒碎。帶燈說：你給我拾起來！王豐收說：不拾！帶燈說：拾起來!!旁邊人見帶燈發了火，趕緊拾起杯子放好，說：這豐收有氣死病，一犯就倒地翻白眼啦。帶燈說：讓他犯吧，我還想看看氣死病犯了是啥樣子！幾個人把王豐收按在椅子上，說：你甭說，你甭說。帶燈說：你們都不是老上訪戶，我才讓你們到這裡坐，來了就好好說。他們說：這倒是，這倒是。帶燈說：那就說吧。

他們說的是老街房子的事。換布翻修了自己在老街的舊房，又以每間三百元的價格收購了五六家的爛屋。這些被收購爛屋的人家原以為占了便宜，沒想大工廠進來籌建，換布還要再收購一些舊房爛屋的，房價已經升值，那些出售戶開口每間四千元，而且風傳著老街收建成一條櫻鎮的商業街，要辦賓館，辦商場，辦歌舞廳，辦酒店，吃住玩一條龍，那房價就要升至每間一萬多。這樣，已出售了爛屋的人家就尋到換布要求退款返屋，換布當然不願意，聲稱他這是合理合法買賣，而且是鎮政府同意和支持的。雙方吵鬧了幾場，他們橫不過換布拉布，還有喬虎媽袖子挽褲腿的想要打人，所以就來尋鎮政府，要問這天上的天腳下的地還是不是共產黨的，鎮政府還是不是為民作主的?!

聽了他們的訴說，帶燈明確告訴老街舊房爛屋的交易是買方和賣方的事，鎮政府不曉得也不過問，更是沒有同意過和支持過任何人。你們還是和換布協商吧，如果協商不了，可以讓司法部門解決。他們說這不行，即使鎮政府沒有同意和支持換布去收購老街的房屋，但誰都知道換布是鎮政府的紅人，他為什麼收購房子，就是你們鎮政府事先把老街要規畫成商業街的內情告訴了他，他才早早收購，這算不算官商勾結，欺詐群眾，從中牟利？那換布又塞給了領導多少黑食？帶燈說：咱有啥說啥，不要胡聯想。他們說：這是禿子頭上的蝨子明擺的事麼！帶燈說：那這樣吧，我能解決的我會立即解決，你們既然這麼說，我只能給領導反映了，但領導現在開重要會，不可能把會停下來接待你們，事情都得有個程序，我們也得有個調查核對事實的過程。我說的是不是有道理？他們說：嗯，嗯。帶燈說：有道理了你們都回去，我保證今天給領導彙報，我也保證三天裡催督著領導處理這事。行了吧？那些人要走，王豐收又喊叫起來：政府是泥瓦刀就會抹光面子牆，不出人命就不管！我告訴你，他換布不退屋，我們肯定少不了打架，不是他把我們打死，就是我們把他打死！帶燈說：你威脅我嗎，我在綜治辦能當主任我是怕威脅嗎，你比朱召財王隨風厲害，還是比王後生厲害?!旁邊人就制止王豐收，說：豐收話衝是衝，但他不是王後生那號人。帶燈說：如果是王後生，他就是有理也鬧得沒理了，他的事你們可能也知道，他的任何上訪，鎮政府不但不會解決還要打壓！那些人拉著王豐收走了，王豐收還要說什麼，他們不讓說，王豐收撂了一句：男不跟女鬥，我不跟她說。

和換布達成協定

帶燈把老街要求退款返屋的事彙報給了書記、鎮長，這事牽涉到大工廠，書記便十分重視，當天晚上就把換布叫來，連訓帶罵你狗日太精明了麼，我還在省城和人家談判哩你就購買老街了？換布說你給櫻鎮人民煮肉哩，我只接了一勺腥油湯麼。將來把老街改造成商業一條街，還不是為大工廠錦上添花？書記說，你這一勺子不是接了腥油湯，是在鍋裡撈肉哩！換布嘿嘿笑，說你喜歡你領導的櫻鎮人都是些三錐子扎不出血的瓷貨?!書記說可你屙下了讓我擦，知道不知道賣出房屋的人家要退款返屋？換布說你也知道這事了？這不會給你添麻煩，我會擺平的。書記說擺平個屁！人家都告到我這兒了。換布說狗日的欠打！書記說你打誰呀?!我正在建大工廠，誰敢給我惹亂我就收拾誰！換布一下子蔫了，說書記呀，我可是你培養出來的，就是一頭牛，辛辛苦苦給你曳磨子，鎮東街村這些年也是平平安安過來了，你可要保護村幹部的利益哩。書記說你給我曳磨子，我給誰曳磨子?!你一共收購了幾戶舊房爛屋?換布說屬於鎮東街村的有五戶，屬於鎮中街村的有兩戶。書記說七戶有什麼呀，人家既然不願賣了，就把房屋退回去。換布說買賣自古就是有願意賣的願意買的，屙出去的屎能吃回來嗎，女人嫁給人了要離婚還能一定要處女嗎?再說這一退事情就多了，我再收購價錢就上去了，蘿蔔成了肉價，我還怎樣改造老街?書記說老街改造這不是你個人事，改造老街早就在我的設想中，這得鎮上統一規畫。換布說：書記書記，這話你千萬不要說，你肯定是看到我在改造老街呀你才受啟發想到鎮政府來改造。書記說就是受啟發又怎麼著?這是共產黨的櫻鎮，社會主義櫻鎮!你喝水呀不?換布說我不喝。書記說你好好想想，我去喝喝水。站起來進他的房間去了。

換布坐在那裡臉苦愁著，白仁寶過來給了他一根紙菸，他說白主任，書記不是和我開玩笑吧?白仁寶說書記啥時候和人開玩笑?換布說要是老街由鎮政府來改造，那我雞飛蛋打一場空，損失就大了!白主任你得幫我說說話哩。白仁寶說：我可以說話，但拿事是人家書記麼。換布說：你說我改造老街這事就黃啦?白仁寶說：我看危險。換布說：這不行，他書記不能這樣!就喊著書記書記往書記的房間裡來。

書記回到房間並沒喝水，而是倒在床上睡了。換布進去又喊書記，哭腔都拉了下來，書記從床上起來，說昨天晚上就沒睡好，今晚上眼皮子早早就打架了，我以為你換布都回去了，你沒有走?換布說我咋能走?書記，書記，老街改造我是已經花了血本了，鎮政府還是要統一改造嗎?書記說這是肯定的。換布說那鎮東街村就沒個村幹部了，櫻鎮上就多一戶要飯的了!竟然嗚嗚地哭。書記說瞧你個熊樣!當初選你當村幹部看中的是你還硬氣，原來就這樣個稀包鬆?!老街一定是鎮政府來改造，由鎮政府改造了就能從全鎮角度出發，統一規畫，並能統一房價，這不但能多快好省，還可以消除一切可能產生的矛盾。但是，由鎮政府來改造，還可以私人承包麼。換布哦，哦，就不哭了。書記說：你同意不同意我的意見，你覺得以鎮政府名義改造好還是由私人名義改造好？換布說書記水平高，以鎮政府名義好，可一定是我來承包嗎？書記說誰承包這要看誰有這個能力，這得排排鎮上有這個能力的人。換布說那只有我！書記說你這麼有自信的你還慌什麼？換布看著書記，就哭了，說我不慌，我不慌了，等我承包了改造工程，我還要經營哩。書記說經營好呀，那地方發展的前景大得很，只要給鎮政府繳筆管理費，給職工們解決一點生活補貼，你怎麼發財那就看你的本事了。

當晚，書記、鎮長和換布就形成了一份協議：鎮政府改造老街。所有的舊房爛屋如果個人出售，統一價格為每間一千元，任何人再不能哄抬房價。七戶人家的房屋既然已賣出，不可能再收回，但以規定的價格每間返補五百元，三天內必須返補完。老街改造由換布承包並原則上同意改造後管理經營，具體管理經營事項到時和鎮政府再商定。

又開視頻會

週一又開視頻會，通報上半年全縣的上訪量。會議開始前三十分鐘，鎮政府大院裡所有職工準時到了辦公室，而且還有派出所、工商所、電管站、電信所、糧站、衛生院、學校等部門一二把手。因為人多，會議室擺了主席台，領導們全坐在上邊。

帶燈坐在下邊的中間，左是竹子、小吳和會計劉秀珍，右是農業服務中心冉經天，經濟發展辦的阮坐山，計生辦侯金聲。正開著會，冉經天低聲給帶燈說：你說主席台上哪個是貪官？帶燈說：這話不敢亂說，小心被人聽到。冉經天說：是他們問我哩。帶燈就看到阮坐山給她眨眼，而且阮坐山前邊的辦公室張幹事也回頭給她笑，笑得很詭祕，帶燈就端坐了身子聽報告。冉經天又歪過頭來說：咱不說貪官了，就說誰最有錢？你寫個條子，看和我寫的一樣不一樣。帶燈沒有理睬，過一會兒，冉經天手裡有了四張紙條，讓帶燈看，帶燈看了都寫著書記。

帶燈把紙條揉了，又專心致志聽報告，她關心的是全縣的上訪量，又特別留意對櫻鎮的統計，一一記錄在筆記本上。

一、全縣集體上訪（五人以上是集體訪）五十四起一百五十七人。櫻鎮一起五人。個訪一百九十三起二百二十五人（包括重訪），櫻鎮九起十三人。進市個訪四十起六十一人。進市集體訪九起五十人。進省個訪十起十七人，集體訪五起三十人。到省信件六十六件，櫻鎮一件。到北京個訪五起七人，集體訪一起五人，信件三十二件。

二、到市以上部門上訪三次，要責任倒查。到北京上訪者十二小時內接走。到省上訪者五小時內接走。到市上訪者三小時內接走。到縣上訪者四十分鐘內接走。

三、實行項目風險評估主要看所引起的信訪量。得不償失的專案要堅決取消。

四、規定每月最後一天為信訪接待日。鄉鎮主要領導必須保證一個值班。

五、每個鄉鎮要選一兩個重點村建立信訪接待室。

喝透了啤酒

當天晚上，元黑眼提了三箱子啤酒到鎮政府來，他說他聽說了，這次縣上通報上半年上訪量，櫻鎮雖不是做得最好，但也不是最差，能名次排在中間這就得好好慶賀一下了，而平日咱都喝燒酒，這回喝啤酒，喝啤酒開始覺得像馬尿，但愈喝愈覺得香哩。書記和鎮長說：好，好，喝啤酒！還把馬副鎮長和幾個主任也叫去喝。喝到後半夜，人人都喝透了，滿身出水，不停地跑廁所。

重新布置鎮東街村接待室

換布把收購的舊房爛屋退還了兩戶，又給五戶補了差價，鎮東街村和鎮中街村再沒有了人來上訪。書記很滿意，再在和鎮長研究村寨幹部人選時，就以換布做例子。

書記問鎮長應該選什麼人？鎮長說這得講政治。書記又問什麼是政治？鎮長說要能深入學習鄧小平理論，要能深刻理解「三個代表」的思想，要能貫徹「科學發展觀」，要能自身清正，要能帶領群眾走向共同富裕，還要……書記打斷了他的話，說你說得太複雜了，選幹部就是把和咱們一心的人提上來，把和咱們不一心的人擼下去，再具體地說吧，要能聽招呼，就像換布，換布聽招呼！

換布在建立信訪接待室問題上就表現得非常積極。原本鎮東街村就設有個信訪接待室，但長年卻閒置著，裡邊堆放著村委會的一些亂七八糟的東西。要重新重視村信訪接待室，當然鎮東街村是重點之一，接到通知，換布立馬派人清理了原接待室裡的雜物，掃了頂棚上的蜘蛛網和灰串子，還刷了牆，補裝了窗子上三塊玻璃，並主動到鎮政府來，要求綜治辦去布置布置。帶燈就讓竹子去掛牌和張貼一些關於接待上訪的標語。這些標語內容竹子都清楚，就去書寫了「三請」，寫了工作人員「四要九點」。

「三請」是：累了請你歇歇腳，渴了請你喝喝水，有話請你慢慢說。「四要」是：工作艱苦要實幹，遇到問題要冷靜，待人接物要熱情，工作效率要快捷。「九點」是：講話輕一點，微笑多一點，脾氣小一點，做事勤一點，行動快一點，效率高一點，嘴巴甜一點，待人暖一點，服務優一點。

鎮長去電管所檢查工作

天還在旱，實在是旱大了，各村寨沒有了水的繼續在沒水，分片包幹的幹部三天兩頭往下邊跑，他們的死任務是想盡辦法帶領村幹部尋水源，要保證村民吃水，實在找不到水源的，就分散群眾到有水的村寨去投親靠友，先渡過難關。鎮街三六九日集市人明顯稀少，因為許多人嫌到鎮街丟人，他們的頭髮成了氈片，衣服發臭，幾個月都沒洗臉了。靠近河的，河裡還有著水，有井的村寨，井也沒完全乾枯，就日夜用抽水機抽汲，但卻常常就停電了。而鎮街上那些公家單位裡，一旦空調開不了，電扇不轉了，就怨聲四起，罵爹罵娘。鎮長滿嘴又起了火泡，到電管所去檢查工作。

街巷裡碰著了元斜眼，元斜眼全身只穿了件短褲，還是件花布短褲，趿著一雙破拖鞋。鎮長說：你涼快！元斜眼側了頭，把那隻好眼對著鎮長，說：人身成了篩子了，喝些水就全漏了！鎮長說：最近忙活啥哩？元斜眼說：這熱的天，能幹啥？等哩！鎮長說：等下雨呀？元斜眼說：等著你當書記啊！鎮長忙朝周圍看了一下，低聲說：不敢說這話！元斜眼還是高聲：群眾都這麼議論麼！鎮長說：聲低些，低些，那都是瞎猜哩。哎，都咋議論著？元斜眼聲低下來，說：議論書記肯定要走啦，你肯定甕裡捉鱉十拿九穩是書記啦！你是書記了櫻鎮工作就肯定上新台階啦，因為你是有學歷的人，是知識分子，作風扎實，不像現在的書記沒文化。鎮長說：書記有文化，他是祕書出身。元斜眼說：他沒學歷呀！就憑個膽大，喜歡把事情煽起弄圓，煽起弄圓了就屄管了。鎮長說：這話不要信，千萬不要再傳。趕緊走開，走開幾步了，回頭還雙手往下按了按，說：不要傳啊！卻掏出紙菸，給元斜眼扔去一根。

曹老八和他的媳婦

鎮政府的職工吃飯，也像村寨裡人一樣，都端了碗蹴在院裡的樹底下邊吃邊說話。說話最多的是劉秀珍。劉秀珍原來不吃辣子不吃蒜，現在也是端一碗撈麵捏一疙瘩蒜，或者一手拿了蒸饃一手拿根青紅辣椒蘸了鹽，一口饃一口辣椒，口舌就辣得吸溜著但話不停。她的話除了說自己有出息的兒子，再就是有關鎮街上的奇聞異事。大家都是從她的嘴裡知道了米粉店的老闆娘其實是二婚。知道了喬虎雖然整天跟著妻兄換布拉布，熱火得不行，但喬虎和中藥鋪的那個大胸脯營業員有一腿，營業員除了一對奶，長得沒他媳婦好看，這就像有人放著正肉不吃要吃雜碎。後來，她又說到了曹老八的媳婦邋遢，不收拾自己也不收拾屋子，那屋裡亂得下不了腳，這一頓吃過飯的鍋碗下一頓再做飯時才洗，案板上啥都有，竟然有臭襪子。還有，是這媳婦愛打麻將，稍一有空就和另外幾個婦女們轉幾圈。曹老八拿她沒辦法，講究著是個工會主席哩，回家來經常媳婦不在，冰鍋冷灶，就泡方便麵，還說世界上最好吃的是方便麵。大家愛聽著劉秀珍說，聽過了又都說劉秀珍是個是非人，而如果哪一頓吃飯劉秀珍不在，大家就覺得沒吃好，像是飯裡少鹽缺了醋。

書記當然也聽到過劉秀珍的這些說辭，一天到工地去，他穿上了西服也穿上了西褲和皮鞋，經過曹老八的雜貨店，店門鎖著，斜對面的巷子口卻坐著曹老八的媳婦。曹老八的雜貨店開在街北面，其實他家住在巷子口。已經是午飯後兩個小時了，曹老八媳婦端飯在巷口吃了還沒起身，碗筷放在面前，落著一片樹葉，也趴了一隻蒼蠅。書記走過去說：還沒吃畢呀？曹老八媳婦說：我吃得遲。書記說：是不是打麻將耽擱做飯了？聽說你麻將打得好，十個指頭都能摸清牌。曹老八媳婦說：哎呀書記誰給你嚼我的不是了？我心煩麼，生個兒那是給親家母生了，老八整天弄他的工會哩，我不打個麻將我就憋死呀！我們打得小，五角一元的。書記說：多少帶點彩，這我不管，只是老八要忙工會了你得多在地裡店裡經顧著。曹老八媳婦說：咋沒經顧？經顧著哩。書記說：瞧這碗底的糝子花花都乾了，你還坐著?!曹老八媳婦說：別看我在這兒坐著，我人緣好，人都幫我的，我家的牛就是在巷子裡驚了，我吆喝一聲，就有人給我把牛攔住了。曹老八騎著自行車由東往西過，他騎得猛，已經過了巷口，突然看見了書記，自行車一時停不住，後來停住了，趕緊返折回來，說：書記，到店裡坐，我給你泡菊花茶！書記說：我和你媳婦拉幾句話。曹老八說：和她有啥拉的？拉了書記到雜貨店，就給書記口袋裡塞一包紙菸，書記不要。曹老八說：一包紙菸不算行賄吧，我不求你辦事。你這身行頭好啊，我先以為是縣上、市上哪個大領導來了，一定眼，才看到是你！這熱的天是不是又到大工廠的工地去？書記說：得天天去麼，一天不去看一下，這飯吃不香覺也睡不穩。曹老八說：書記，不是我當面給你說，我走到哪兒都給人說，我在櫻鎮經歷過十個書記了，只有你這個書記給櫻鎮辦了大事！書記說：是黨的改革開放政策好，誰在這種形勢下都會幹成些事哩。曹老八說：你是謙虛，但群眾眼睛是雪亮的，如果沒有你，憑咱鎮長，就是大工廠尋到門上，他也不敢接哩。書記說：鎮長也是能幹人麼。曹老八說：他太軟！在鄉鎮當領導麼，光憑學歷那毬不頂，就得要工農出身的領導來插杆舉旗！書記嘎嘎嘎地笑，拍著曹老八的肩，說：你這個曹老八！大嘴曹老八！

離開了雜貨店，書記沿街往過走，他一個肩高一個肩低，尤其穿了西服就特別明顯，但他走得剛致剛致的，反倒覺得精神百倍，力量充沛。街上人見他過來，有的趕緊避開，有的卻要攆上來招呼，他就大聲地和人說話，親切地罵。

帶燈和竹子又從河裡拿了兩條魚在飯館裡讓油鍋炸，瞧見書記過來，忙移坐到牆角，還聽見書記在和人說話：——啊書記，聽說大工廠建起了鎮街上每戶人家都要有一人當工人？——是呀是呀。——那人家肯接收嗎？——只要肉到了咱的案上，咱怎麼切就怎麼切！——那咱真的就富裕啦？——當然富裕麼，現在人均年收入一千三百元，將來是六千元！一萬二千元！——爺呀，那錢多得怎麼花?!——慢慢花，慢慢花。

又說天氣

晚上，竹子從學校回來，看到帶燈坐在綜治辦裡發呆，窗紗外爬滿了各種各樣的蚊蟲，蛾子，飛來的都往上爬，爬一會兒就掉下來，窗台上就聚了一大堆。竹子說：姊，你咋啦？帶燈說：心裡有些謀亂。竹子說：那你該出去轉轉麼。帶燈說：你去學校也不叫我麼。竹子就不好意思了，說：我本來是去向他借本書的，他留著讓看電視就看了一會兒。姊你沒看電視？帶燈說：天氣預報還要旱的。竹子說：是還要旱的，而且南方比咱這兒旱得更嚴重，你看新聞了嗎，國家幾個領導人都到重災區去視察慰問了。帶燈說：是嗎？竹子知道帶燈並沒有看到國家領導人到重災區視察慰問的事，她就告訴帶燈，某某領導是到了雲南，某某領導是到了貴州，某某領導是到了四川，她只說也會有領導人到秦嶺裡來的，但沒有。末了問帶燈：你說天氣就是天意，那麼天這麼乾瞪眼地旱，是什麼意思，它想幹什麼？古時候有大旱大澇和地震，皇帝就得祭天，你說現在國家領導人視察慰問，算不算也是祭天？帶燈說：領導人再不去，天惌了人也會怒的。竹子說：是呀，人怒了上訪的就多，又該咱遭罪了。話剛落點，院門被人用腳咚咚地踢著，兩人都不說話，拿耳朵逮著動靜。

過了一會兒，白仁寶進來，竹子問：外邊有啥事？白仁寶說：還能有什麼事？天這麼晚了鬧什麼鬧！就告訴帶燈和竹子，他是一個房間一個房間傳話的，不管外邊怎麼鬧騰，今晚上的大院就是不開，誰也不要出聲搭理。竹子說：領導說不搭理咱就不搭理，睡吧睡吧，我也瞌睡得不行了。

大門外的鬧騰直到後半夜，竹子在起來上廁所時，響動才結束了。第二天一早，大門口掛著的櫻鎮黨委和櫻鎮政府的牌子被摘下來扔在巷道裡，但牌子並沒有遭踩斷。

給元天亮的信

這幾日不知怎麼就是想上山，也就上了山。鵓鴿峴、雙輪磨和駱家壩三個村子都在高山頂上，它們還較好，石縫裡水沒全枯，插上一片樹葉子能導流出香頭子粗的水。常說山高水也高，水是有根的，從山底下長上來？鵓鴿峴裡並沒鵓鴿，村後石洞裡的頂壁上全吊著蝙蝠，成千上萬地擁擠著，翅膀扇動，就感覺微風中的一塘荷葉在搖曳。姓葉的那個老夥計是個話癆，問吃臘肉呀還是蠶蛹還是綠豆土豆南瓜豆角西葫蘆筍瓜熬在一起的大鍋燴？她把這飯叫懶飯。我說吃糊湯吧。她說你咋也是農民胃?!於是灶膛生火，包穀糝子下鍋，煮了回回豆和扁豆，又煮了紅薯片子和蔓菁乾，放了老鹼了搗上鍋蓋，說糊湯要悶哩，然後一邊撈酸菜，剝蒜搗泥，一邊給我說話，話就更稠了。她說王大狗外出打工三年了，王二狗和嫂子在家裡，嫂子害了一場病，眼珠子突出脖子粗，王二狗幫著種地、砍柴、推磨子，還三番五次下山買鹼鹽，兩個人出雙入對地過起他們的日子了。她說高山上也有了賊，昨天夜裡把她家林坡上的三十棵樹剝削了皮，而且三天前王改改家的雞丟了五隻。王改改家在路邊，這條路能通到湯河鎮去，她只說過路人口渴，她捨不得水，把水桶提進了臥屋，誰知賊不為著喝水，要吃雞，把雞偷了。老夥計在給我說這話時，有杜鵑叫，杜鵑就藏在半坡上的那個墳墓的樹上。

我實在不想聽了村裡那些也讓心煩的事，我是來讓風吹的，看樹怎麼長看雲怎麼飄的，所以在了雙輪磨村，我誰也不找了，只是轉。雙輪磨村有一口塘，雙輪磨村的人很驕傲，因為以往的春上泡滿了椴木皮，泡好了晾個整日頭，用碌碡輾了做草鞋的料子用。雙輪磨村的草鞋在鎮街有名，一雙能賣到三元至四元。現在的塘露了底，盡是爛樹枝敗葉、塑膠紙和死了的黑頭魚。曾在一家看那個老婆子剜扣眼兒，縫小領子，手真是巧，但她老說兒媳的不是。我扭了頭看場院幾個孩子在玩耍，他們單腿兒鬥雞，鬥惱了，打起來，各家的大人出來就一邊提了自己孩子耳朵往家走，一邊罵，罵的是自家孩子，對方聽了都知道罵的誰，臉色難看。而我一直在笑，笑著欣賞。村東邊的石獅子壞了一隻眼。村北頭老楸樹上的老鴉窩掉下來了。村中間有一個磨子，上磨扇已經磨損得只有三指厚了，磨盤上放了大石頭壓分量。有媳婦在磨蕎麥，笸籃裡籮麵，手指上的頂針打得籮幫子咣噹咣噹響。問這磨子多少年載了。她說她不清楚多少年載了，就嚶地一叫，磨道裡慢下來的牛就加快步子，牛戴著暗眼。

從雙輪磨村到駱家坎要過一座嶺，嶺上長年都有雲，兩個村的人親戚多，往來就稱之為過雲。這叫法好聽，我也是過雲到了駱家壩。走過一片梢樹林子，梢樹林子裡盡是野荊棘和枯蒿，蒿籽發黑，殼子如針，蹚過去就黏滿褲腿，像是亂箭要把你射死。還有螞蚱在腳面上濺，有蛇忽地爬過，還有什麼鳥的獸的怪叫，總覺得鬼就在石頭上站著，那石槽裡臥著的雲裡住了妖魔。一拐進了村頭聽見了青蛙叫，心裡才踏實了。有老鼠就有人家，有青蛙就有村子，青蛙聲能給人壯膽。我當然知道山裡人的農具，但我在駱家壩村見到了更多我不知道的農具：栲木扁擔，兩通叉，桐木蒸米桶，竹笊籬，青木搭柱，吹火筒，火鉗，木戳瓢，五升斗，餄餎床子，牙子钁，糍粑石臼，尿勺罐子，擰繩拐子，窩醋木甕。這些你可能忘了吧，我一提說你應該還記得。有四堵石頭壘起的牆，裡邊是一個廟，廟全坍了，草叢中只有幾塊石板，石板上的香爐裡還插著香。一個老漢告訴說村裡昨天在那裡祈雨，香還要點三天，點香的三天裡討飯的乞丐和坐月子的婦女不讓去，會污了神靈。石牆邊長著一棵軟棗樹，葉子被捋去搗糊做了涼粉了，光禿禿的，一隻貓在樹身上磨爪子，樹發出難聽的聲。我在一家裡喝水，兒子和媳婦都不在，只有個老婆子和她的小孫女。小孫女不願意到她跟前去，她一拉就哭。我問她多大了。她說九十二啦。我說身子還硬朗呀！她說不行了，土壅到脖子了。我說這話不要說她說你看看麼，娃娃都拉不到懷裡了，娃娃不喜歡到懷裡來那就是快死的人了麼。我趕緊把小孫女抱到她懷裡，就離開了。在村口，一隻狗把我咬了，從院門裡跑出來的婦女說：快看看衣服破了沒？我的褲子破了，她說：那肉就沒事的。狗咬人，衣服破了說明肉沒事，真的咬到肉，衣服倒是好的。

我給你說這些，我都覺得我瑣碎而潑煩。以前看見過一句古話，說：神不在，如偷竊。我現在對日子在偷在竊嗎？

山坡上有一簇土墳

帶燈和竹子去錦布峪村，走到半路的一處溝岔裡，看見坡上有一簇墳堆，墳堆小小的，但整個坡上沒有樹，就顯得刺眼。正是中午，太陽白花花的，沒發現有蜂，蜂聲卻嗡嗡響，溝岔裡很靜。

帶燈說：瞧見那些墳堆了嗎，那肯定是一個家族的，人說生有時死有地，他們埋在這裡，應該說墳地就是幽靈出沒的穴位。他們先後從這裡冒出來成形為人，做了一場人後，又一個接一個歸之於此。

竹子說：那不一定吧，埋在櫻鎮的都是櫻鎮的幽靈，那也有外地人嫁過來死了埋在這裡的，也有櫻鎮人離開了櫻鎮在市裡省裡工作，那死了不一定就埋回來。

帶燈說：能埋在這裡的外地人那是從這裡出去的幽靈麼，生在這裡而不埋在這裡，就是遠方的幽靈跑了來的。

竹子說：那元天亮呢，他肯定將來在城裡火化的，他能不是櫻鎮的？

帶燈說：元天亮肯定是這裡的幽靈，他就是火化了，骨灰肯定要埋回來的，我有這預感。

竹子說：那咱們呢，咱如果死了埋在這裡。

帶燈說：你說不來，我可能就在鄉政府幹到死了，死了還能埋到哪兒去？我恐怕本來就是這裡的幽靈，只是還不知道是從哪個穴位裡冒出來的一股地氣。

和馬連翘打架

遇見了在鎮街賣雜貨的劉慧芹，帶燈問最近沒回紅堡子村？劉慧芹說她沒回去，她一回去兒子在鎮街學校裡就偷懶，但她過幾天了還是要回去打核桃的。還問帶燈有時間的話，跟她一塊去，裝一袋子核桃。

帶燈以前去紅堡子村，也正是打核桃的季節，山溝裡流著洗核桃的黑水，水中到處是水邊樹上落下的核桃，家家院子曬著核桃，人人和你說話都是口裡說著手上不誤退核桃青皮。紅堡子村是櫻鎮產核桃最多的地方，那裡木耳香菇不多，石碴地也不宜種菸葉，賣核桃是主要的經濟收入。但紅堡子村人口興旺，村落零亂，獨家獨院的常有四世同堂，又是生活再困難，永遠的義舉是全心全意地供養最小一輩出人頭地，而不惜貢獻家產和老命。所以紅堡子村的孩子在鎮街學校寄讀的多，劉慧芹的兒子早上起不來，起來了迷糊著眼去學校慢得能踏死螞蟻，劉慧芹總要拿個掃炕笤帚在後邊攆。

劉慧芹說：主任，我幾時把我兒領到你那兒去，你和竹子給他教育教育，學好了將來也能當個鎮幹部麼。竹子說：當啥都不要當鎮幹部！劉慧芹說：鎮幹部貴氣呀！竹子說：咋個貴氣？劉慧芹說：我就要看看你和主任的樣子。竹子說：啥樣子？劉慧芹說：這我又說不清，瞧你們穿得多好看。帶燈就不吭氣，嘿嘿地笑。

三個人正說話，街上就過來了朱志茂老兩口。老兩口並排走，共同提著一個籠筐，一搖一晃，搖搖晃晃。籠筐裡是幾十顆帶青皮的核桃。竹子悄聲說：咦，老兩口在一搭過日子了？老兩口一個在說：你慢點。另一個在說：你也慢點。帶燈覺得老人舉止感人，說：再不讓老兩口在一搭，那就造孽了。

但是，話還沒說畢，斜對面賣壽衣紙紮店裡衝出來了馬連翹，她對著她婆婆尖銳地說：哎，哎！老婆子抬頭見是兒媳，說句：碰上了！手一鬆，籠筐傾斜，把老漢子拖得打了個趔趄，七八顆青皮核桃在地上滾。馬連翹說：叫你哩！老婆子說：噢。馬連翹說：你又去老二家了？誰讓你去他家，你就恁缺不了老漢？!老婆子說：不是我去老二家，是你爹想吃核桃，給我捎話，我領他去後坡裡摘了咱些核桃。馬連翹說：那是老二家的核桃嗎，他跟著老二過活憑啥吃我家的核桃？老婆子說：分家的時候核桃樹分給你了麼。馬連翹說：你給他摘核桃，還把家裡什麼給他了？老漢子說：我不吃，不吃了！把核桃籠筐放下，顫顫巍巍就走。馬連翹就過來拿了籠筐。

帶燈便過去說：馬連翹你太過分了，把核桃放下！馬連翹說：我爹跟著老二，我娘給他吃什麼核桃？帶燈說：你還知道把他們叫爹叫娘呀?!核桃是我讓他們去摘的！馬連翹說：你讓摘的，你鎮政府人能管了催糧催款刮宮流產，還管到我家的樹呀？帶燈說：我就管了！上前奪核桃籠筐。馬連翹抱住籠筐不放，兩人就推推搡搡。帶燈沒馬連翹力氣大，但帶燈手快，後來是馬連翹打她一下，她把馬連翹打兩下，馬連翹抓了她的脖子臉，她手伸到馬連翹懷裡擰，恨得得地擰了一把。竹子趕忙跑去拉架，她抱住了馬連翹，把兩個胳膊和身子全抱住，帶燈乘機在馬連翹胳肘窩裡連戳了兩拳，將核桃籠筐奪了下來。馬連翹罵竹子：你這是拉架嗎，你把我抱住讓她打?!竹子說：你這沒良心的，我拉架你還怨我，不拉了，讓打去！馬連翹踢過來一腳，沒想腳被帶燈捉住，往前一擁，馬連翹倒在地上。馬連翹倒在地上不起來，喊：打人了！鎮政府人打人了！帶燈說：我就打了，打你這個不孝順的！還往前撲。馬連翹翻身就跑，跑進了不遠處的肉鋪裡。

竹子說：她去搬元黑眼了！

旁邊來了許多看熱鬧的人，他們喊喊咻咻著馬連翹還能有人惹得下，帶燈看起來那麼文靜漂亮的人還會打架，出手竟那麼麻利！這陣都拿眼睛往肉鋪子裡瞅，說：搬元黑眼了？還真搬元黑眼了?!

竹子立即從地上撿了半塊磚提在手裡，又覺得不了，把磚扔了，給旁邊劉慧芹嘰咕著讓去把元黑眼的婆娘喊來，然後就拍著手上的土，大聲說：行麼，搬誰都行，讓他元黑眼出來！

但元黑眼沒有出來，肉鋪的後院裡一陣一陣豬被殺的嘶叫聲。

思想工作

第二天，鎮政府給職工發當月補貼，還沒等帶燈、竹子去領，劉秀珍跑來說：怎麼停發你兩個的補貼？竹子當下火了，問為什麼停發我們的補貼，帶燈制止了她，問劉秀珍怎麼回事，劉秀珍說是你們身為政府工作人員，當街竟然和群眾打架，有損了鎮政府的形象。帶燈噢了一下，她沒有去領補貼，也沒有去尋領導，讓竹子去採些指甲花束，在蒜窩子裡搗呀搗呀，搗成了泥，兩人就把花泥敷在指甲上。

肯定是有領導要來的，果然鎮長就來了，鎮長說他是來做思想工作的。

鎮長說：你倆好像不服氣？帶燈說：把我們賣了還要我們幫著數錢是不是？鎮長說：但你們是打了架了呀！帶燈說：是打了架，這是我到櫻鎮以來打的第二架。第一架是為修路占地，別人圍攻你，我去和一些人推搡過，竹子也是被人唾了一臉。鎮長說：不說上次事。帶燈說：這次馬連翹不行孝道，欺負老人，該不該教訓她？何況她先動手，你瞧我這脖子！鎮長說：誰都知道馬連翹不是好貨，可你是什麼身分，你一百個理一出手就沒一個理了，人家元黑眼來找書記……帶燈說：他元黑眼還有臉尋書記？書記怎不問問他元黑眼憑什麼來給馬連翹說話？鎮長說：好姊哩，別再惹事，悄悄的。書記發了火，要給你們處分，還是我從中通融了，才取消了你們的補貼。這一月沒補貼了，我會想辦法以後在別的方面給你們再補回來。帶燈說：我稀罕你補？你走吧，我不要你來做思想工作，這一月沒補貼我餓不下，就是把工資全扣了我也活得下去！鎮長說：你原先不是這脾氣麼，現在咋成了這樣？竹子說：啥環境麼，還不允許人有脾氣？鎮長說：你少插嘴，要不是你也攪和，事情能鬧這一步？竹子不吭氣了，帶燈還在敷她的指甲花泥。鎮長說：你去給書記做個檢討，這事就妥妥過去了，他講究有人給他說軟話。帶燈說：我是孩子呀，被大人打了還要給大人說打我是為了我好，是不是？我不去！她不顧手上的花泥倒在床上，一拉被單蓋了頭。竹子說：你睡呀？哦，那我把窗簾拉上。鎮長瞪了一眼竹子就退出了門。

去買衣服

帶燈和竹子被取消了當月的補貼，大院裡的人突然看她們時眼光怪怪的，只要她們也看過去一眼，這些人又立即客氣地給她們笑。帶燈知道這並不是在同情她和竹子，而是在嘲笑。竹子偏氣嘟嘟地走過去，白仁寶說：你瞪我？竹子說：誰瞪你？白仁寶說：你眼睜那麼大沒瞪我？竹子說：我眼大！

清早起來，竹子穿了件黑衫子，帶燈說：那件紅衫子多好看的，洗了？竹子說：黑衫子能配合心情麼，我還要摘朵白花別在胸前。帶燈說：穿紅衫子！還有啥鮮亮的衫子就換著穿！竹子說：沒啥鮮亮的。帶燈說：那咱到縣城買衣服去，有罰的錢還沒咱買幾件好衣服的錢?!

帶燈當即發動了摩托和竹子出大院，白毛狗汪汪著也要跟著去，帶燈沒讓去，馬副鎮長說：帶燈去哪兒呀，上午全體職工政治學習哩。竹子說：石門村有了上訪，那不去了？馬副鎮長說：去吧去吧。

帶燈在櫻鎮是最講究穿衣的，但畢竟也是在櫻鎮待得久了，到了縣城商場，才覺得自己還是有些土氣，也才知道學著縣城人穿戴時尚是要費工夫的。兩人在商場轉了大半天，挑來挑去要麼覺得一件都不行，要麼覺得幾件都好。後來，不厭其煩地從這個商場跑到那個商場，試穿了一件脫下來又試穿一件，還是不稱心，再跑，再試，末了能決定下來的還是最初看中的，就反覆地照鏡子，照得都認不得鏡子裡的人了，接著討價還價，已經過了吃飯時間也不去吃飯，有了頭暈噁心到廁所裡吐，吐得幾乎把肚子吐出來。終於把身上所有錢都花得一分不剩了，竹子買的是一件二百元的碎花粉紅衫，一件一百六十元的牛仔褲，一件黃衫，一個髮卡，一支唇膏，還有一個手鐲，手鐲是玻璃做的，注了綠色，竹子說：別人問，你就說是翡翠！帶燈買得更多：三件上衣，兩條褲子，一雙高跟鞋，四雙襪子，花了兩千元。當下兩人都換上了新衣服。

帶燈說：為啥不給自己穿呢?!竹子說：穿！帶燈說：新衣服穿上了自己都覺得精神！竹子說：就是！

回到櫻鎮石橋後村的路口，兩人停下摩托攏頭髮，要以整潔的面目進鎮街，不遠處的一戶人家吱扭開院門，她們挺了身子準備著讓第一個見到的人感到驚豔，但院門裡先露出的不是人頭，是黃牛。兩人就咻咻笑。忽然覺得腦後一股涼氣，竹子說有風了？帶燈就看煙囪，煙囪裡的煙歪了，是有了風，卻仍不是要下雨的風。

沙廠的生意十分紅火

帶燈和竹子始終沒有給書記檢討，甚至一連幾天也未到書記辦公室去。馬副鎮長甚至把一個錫燎壺讓帶燈拿給書記，還交代書記好喝酒，喜歡他這只燎壺，就說是在石門村下鄉時從村裡買來的送給書記。帶燈沒接受錫燎壺。其實，書記下令取消帶燈和竹子補貼後，並沒要求再寫檢討，而大工廠的基建進度非常快，工地上一天一個樣，巨大的興奮使他幾乎把帶燈和竹子的事都忘了。

基建之所以順利，原因是多方面的，但有一條卻是施工用的沙料供應很充足。這沙車源源不斷地把沙運到工地，收沙員幾乎是運多少收多少，裝方計量，現場付款，元家五兄弟由元老三管錢做帳，他每天數票子數到指頭蛋子疼。他們沒有想到沙廠的生意這麼紅火，又雇了幾十個打工的，日日夜夜連軸轉在河灘裡幹活，機械轟鳴，喇叭嗚咽，整個沙灘狼藉一片，通往廠區工地的便道上被傾軋得到處是坑，最大的坑竟有笸籃大。打工者三班倒換，換下來的有的就到河堤裡的地裡摘了人家的辣椒，坐在沙灘上夾在饃裡吃，吃飽了臥地便睡，有的則肩頭搭了衣服，三五一夥去鎮街喝酒。當然，他們是坐不到酒館子裡的，因為酒館子裡坐了大工廠工地的人，人家大都說著南方的蠻語，著統一工裝，有飯有菜，他們就蹴在酒館子外邊的石桌前乾喝，划了拳，聲如狼嚎。鎮街人都在議論：狗日的沙廠發得撲騰了，那不是在淘沙，是挖金窖！有人就看著他們喝酒，等喝畢了去撿酒瓶子，但他們卻把空瓶子收了。

換布拉布還有喬虎，眼紅得出了血，恨當初沒有先去辦沙廠然後再改造老街，誰一提說元家兄弟，就覺得是對自己的羞辱，斥責：你住嘴！當換布在涼粉攤上吃涼粉，馬連翹走過來屁股掄歡了，說：呀換布你蹴著吃涼粉？快拿個凳子讓換布坐麼，咋能讓換布蹴著?!換布先覺得這女人好意，說：你也吃呀？馬連翹說：我就是有口福也沒個清閒空麼，得去沙廠呀！換布立馬不舒服了，說：你也敢去沙廠？馬連翹說：沙廠人手不夠，我能幹了男人活。換布把涼粉碗往地上一蹾，恨恨地說：你能幹了男人！

換布就謀算著也要辦沙廠，去找書記，書記說已經有沙廠了，一個鎮上咋能再辦第二個，何況現在從松雲寺下河灣處到下河灣的青石砭都是沙廠的範圍，你把新沙廠辦在哪兒？換布說鎮街前的河灘那是全鎮街人民的，他元黑眼的沙廠咋能把整個河灘都成了他的？書記說：那你起來遲了，當然拾不到糞了。換布說這不公平！書記說：你改造老街就公平啦?! 換布其實是來試探書記口氣的，而書記一口回絕，使他回來和拉布喬虎喝了幾瓶悶酒，差不多都喝醉了。

換布的媳婦見不得換布喝酒，一喝就醉，醉了就打雞踢狗還罵她，所以見換布又喝高了，叫喊著去炒雞蛋呀，臘肉呢，咋不切一盤臘肉來?! 她去了廚房，把雞蛋、臘肉全藏起來，自個去了廣仁堂。她長年害心口病，覺得有些氣堵，找陳大夫開點藥。

廣仁堂裡有好多人，不是熱感冒了就是嘴角生燎泡，更多的犯了心慌，血壓增高。大家都在說旱情，有人就說天上開始過厚雲了，也聽說縣城那邊用炮往天上打了幾次，雖然人工降雨還沒成功，估計也快能打下雨了。也有人說，天只要不滅絕人，它總是要下雨的，這和人一樣前半世受苦了後半世就享福，前半世享福了後半世要受苦，雨是有定數的，不下就不下，一旦下開了那就成倍地下哩。連陳大夫也說他的跛腿從大前日就有些疼，往年天一變就疼的。換布的媳婦沒有和那些人噴口，買了藥就回來，拉布和喬虎已經走了，換布沒脫衣服在炕上睡著，可能是醉了上廁所，踩了屎，又直接到炕上睡，被子褥子上骯髒一片。她罵換布，換布眼一瞪，倒罵讓你炒雞蛋哩你死到哪兒去了？換布媳婦就不罵了，收拾被褥，又給換布喝散酒的漿水，卻也說了在廣仁堂聽到的話，換布撲出來看天上的雲，突然大聲吼：快下雨吧，快漲水吧，把河灘裡的沙都給我沖了去！

元家兄弟也聽到縣城那邊又往天上打炮的話，擔心著旱得久了必然有雨，就越發加緊淘沙，再雇了一批人，包括在鎮街晃蕩的二貓，從大礦區打工回來的王家華、李存倉、邢連鎖，還有張膏藥的兒媳。雇的人不管吃不管住，每天給二十元。

元黑眼穿了個黑拈綢褂子，肚子大，也不繫釦子，尋到帶燈問借出的抽水機是不是該還了，因為沙廠生產量大了，現有的抽水機已經忙不過來。帶燈說：你掙那麼多錢，還在乎一個抽水機？元黑眼說：當時說好是借的呀！我掙得再多那是我用勞動換來的，抽水機再不值錢，那是我肉呀！說得帶燈只好回話近日她到南勝溝村要抽水機去。

吻過了無數的青蛙才能吻到青蛙王子

夜裡，看完了新聞聯播和天氣預報，竹子在她的房間裡讀一本雜誌，雜誌上有一句外國諺語，她用筆把它勾起來。諺語說：吻過了無數的青蛙才能吻到青蛙王子。

故鄉也叫血地

夜裡，看完了新聞聯播和天氣預報，帶燈也在她的房間裡讀元天亮的書，書上說：你生那裡其實你的一半就死在那裡，所以故鄉也叫血地。

在南勝溝村帶燈不提抽水機的事

隔了一天，帶燈和竹子去南勝溝村。南勝溝村的情況很好，水從峽澗裡抽出來，滿足著人和畜的飲用，再沒人翻過山梁去東岔溝村擔水了。實際上，東岔溝村的泉水也徹底乾涸了，他們吃水反倒又翻山梁過來擔。帶燈自然不提抽水機的事。

給元天亮的信

我的心像六月天一樣有時沒有預感的落雨，疼痛如胸腔有了雕刻刀在運行而陣陣作響。我的心要被雕成什麼圖形呢？昨天我突發奇想覺得我在愛情中我應該感謝我自己，是我的好讓你喜愛我，又往下想，是你喜歡我而讓我好起來。我這是小鳥臨水自娛嗎？水讓小鳥潤澤，小鳥看到水中美麗的自己，鳥的笑也是水的笑。然後鳥兒自信地飛向藍天，卻在牠歌唱時扭頭看見水草邊不動的蛤蟆這是另一個醜陋的自己。我有時會跳到岸邊得意地蹦跳，但我的家在水裡，只有浴在水裡才是我真正的安逸，才是真實的自己。我該和水是一體的。我為水而生，水為我而生。我又想到鳥的飛翔是神奇，蛤蟆的跳躍是神祕，擁有美妙的雙翅兒和強勁的四腿兒會是什麼精靈呢？應該是我心中的圖騰，是什麼神吧你想吧。

剛才是我上山時給你寫的，竹子總問我發什麼信息，我不給她看。現在我們到了山梁，她累得躺在那裡打盹了，我繼續給你寫。

前幾天，竹子不知從哪裡採來了玫瑰就插在瓶子裡，是三十朵，十五朵紅玫瑰，十五朵白玫瑰，紅白相間，紅的像血，白的如雪。三日後的早晨，白玫瑰掉下了一瓣，黃昏，又掉下一瓣，一瓣在案上，一瓣在案下的條凳上。又過一夜，紅白又掉下來三瓣。沒有聽到它們呻吟，掉下的和還在枝上的都依然安靜。

早上便去街上拔牙了，一顆牙已經裂了根呀，無法再保留。牙是骨，傷筋動骨，或脫胎換骨，一個新的生命週期開始了嗎？

學校的那個老師送給了竹子一個翡翠掛件，可能是為了堵我口也送了我一塊青玉，品質一般，而我已經喜歡了。我這裡沒有關於玉的書，有本《山海經》上面講，玉五色發作，以和柔剛，天地鬼神，是食是饗，君子佩之，以禦不祥。啊人們都說玉能通神，原來神是吃玉和用的。但是，我仍是失望，時不時泛上心頭的失望像悠悠的霧瀰漫了我的心智，我也在這紅塵中瞇著眼滾滾向前。走累了再回到山裡靜靜地坐，定定地看山。從被滌蕩清淨了就繼續往前走。當我凝望對面大山時看到了心中那雙像月亮一樣能把我看成太陽的眼睛，我欣喜若雲飄飄然忘乎凡塵。

鳥兒無法不飛向藍天，雖然天上沒有牠棲身之處。蜻蜓不能不伏向河水，雖然河水沒有牠立足之地。

花仙子呀在山坡上多麼莊嚴地有秩序地布撒著花朵！一縷香氣襲來，花仙子坐臥不寧四下觀望，驚喜地望見自己的師傅位臨在遠方，花仙子放下活計連飛帶滾到師傅跟前，激動地手舞足蹈，啊，心愛的師傅終於牽上你的手了，心中熱情萬丈。只是可恨的風，強勢地坐在花仙子的位子颳風。花仙子無暇理睬它，和師傅到煙火村寨，推開凡人的心房讓心出來和師傅說話，到可憐的是非人群吹去凡人心的掩飾，讓師傅體察。哦，我和你一起的，只是你看不見我。這是天的安排。你要走了，我放一朵心花在你手上你是知道的，我的一個魂交給了你。我趕快到山上推下風，火燒火燎地開花。開了一遍後靜靜地雙手托腮望著遠方想念你，心中苦成甜，花兒也長出了蜜。花有心有蜜就能有蜂來的一天。

又來東岔溝村

離東岔溝村還有二里的山路上，有了三個一群五個一夥行走的人，全都提著一瓶酒，還有的像是一家人吧，老的拄著棍子，女的攜了孩子，攜累了，把孩子架在男人的脖子上，拿手帕使勁摔打她的身上。她的身上並沒土，米湯漿過的上衣硬硬楞楞，衣襟還翹著。竹子不知道這是幹啥去呀，帶燈說：莫是誰家訂婚?!確實是一家人在為兒子訂婚了，帶燈和竹子便跟著這些去吃宴席的人走。

走進村子，給兒子訂婚的竟然是十三個婦女中那個叫生蓮的。席安了五桌，飯菜很簡單，除了有一道臘肉外，別的都是蘿蔔土豆南瓜豆角，但他們做菜極其講究，蘿蔔要切一樣大的滾刀乾疙瘩，土豆絲粗細均勻，南瓜熬出來要攪成泥了一定要放上花椒、生薑和韭花，做豆腐的更是在點漿水時嚷嚷你這漿水不行到二毛家去舀老漿水。生蓮見了帶燈和竹子，高興得嘴張了半天說不出話，摟著帶燈搖。帶燈說：搖散架了！生蓮說：我咋有這麼大福喲，鎮政府的人都來吃宴席了！你們怎麼知道的，來了這多給我長臉呀！帶燈和竹子當然上了禮，又去給生蓮的兒子和那個領口和袖口都扣得嚴嚴實實熱得滿臉通紅的未來小媳婦祝賀。但她們不打算吃宴席，因為路還遠，得盡早能回鎮街。生蓮哪裡肯放走，為了挽留，還把另外十二個婦女都叫來，七嘴八舌，好說苦勸。帶燈說鎮政府的事情多，在這裡待得久了，回去不好給領導交代。她們說群眾的事就是鎮政府要做的事呀，東岔溝村人的日子艱難是不是事，生蓮的兒子好不容易找了對象將不再做光棍了是不是事？帶燈說：我們當然也想待，待十天八天的都行，可我們並沒有給你們解決問題，這心裡覺得愧麼。她們說問題你們不是在想著法兒解決嗎，有人肯給我們想著解決就讓我們感激得很了，解決了當然好，實在解決不了，我們還能怪你們嗎？心愧的應該是我們。你們不吃一頓飯，不住一夜，這不是在折磨我們嗎？帶燈說：這吃呀住呀的啥都不方便。她們就生氣了，說：以前在你老夥計家也吃過待過，你老夥計去世了，我們不就是你的新夥計嗎，是不肯認我們是新夥計嗎，瞧不起我們嗎？帶燈實在是招架不了，看看天色已晚，就對竹子說：你說咋辦？竹子說：我聽你的。帶燈說：那就吃了住下？十二個婦女齊聲叫好。

吃過了宴席，女方家的人就回去了，親戚朋友和村裡人都散夥，十二個婦女仍不離開，在幫著收拾睡鋪。她們讓生蓮的兒子睡到隔壁人家去，把爛被子臭鞋都拿走，打掃土炕，展開還乾淨的被褥，又尋一塊沒用過的光面石頭裹上毛巾當枕頭，又提早把尿桶拿進來放好，交代夜裡有任何響動都不用怕，那是貓頭鷹在後梁上叫哩，是老鼠啃箱子磨牙哩。如果誰在抓門，那不是人，是狐狸進村來想拉雞的，雞已經在棚裡關嚴了。要尿了就在尿桶裡，要屙了去廁所，廁所就在院牆角，去的時候拄個棍兒，小心廁所前的草窩裡有蛇，還要拿個蒲扇，蹲下了搧屁股，廁所裡蚊子多。一切都好像安排停當了，她們仍還不走，東家長西家短地拉話，竹子就直打哈欠。生蓮說：你睏了？竹子說：眼皮子打架。生蓮說：我給你支個蓿兒。掐了兩個草莖兒，把竹子的眼皮子撐開來。

待到雞叫了兩遍，她們終於散去，竹子說：我的神呀，她們咋恁能熬夜的！身子一仰就倒在炕上，呼兒呼兒響鼾聲。帶燈說：起來，起來。竹子說：我睏很。帶燈說：你就那樣睡呀?!竹子猛地翻身起來，說：哦，哦，千萬不要惹上蝨子！

帶燈之所以要返回鎮街，說了許多理由還有一個理由沒說出口，那就是在東岔溝村過夜怎麼睡呢，會不會惹上蝨子呢？還後悔著來時沒有給她們帶些洗衣粉和硫磺皂，如果這些東西用得多了能滅蝨子，那以後一定要多帶些。現在真的住在東岔溝村了，兩個人睏得要命，就是不敢上炕去。帶燈說：以後下鄉就帶上被單，萬不得已在外過夜裹了被單睡。她們關了門，把兩條長凳子拿來，一人睡一條。長凳子上不能翻身，而且沒有枕的，竹子把外套脫下來疊個枕頭，帶燈不讓疊，說山裡後半夜冷，別感冒了。山裡人枕磚頭石頭，她們嫌太硬，枕不了，山裡人也有把鞋當枕頭的，她們更接受不了，那麼平躺了一會兒就躺不住了，起來靠著牆坐。竹子說：咱還是坐著說話吧。兩人就說話。帶燈說：那女的有沒有二十歲？竹子說：二十四五吧。帶燈說：她是有些老氣。竹子說：你覺得她怎樣？帶燈說：你說呢？竹子說：身體好。說著說著都沒話了，頭垂在了前胸。

天才露明，帶燈就開門出來，外邊有悠悠風，空氣新鮮，頭腦也清爽了許多。要喊竹子，竹子卻睡得正香，再沒喊，自個坐在門前石頭上，看東院牆根的那幾架青豆角全塌拉在地上，三隻松鼠在那裡洗臉。生蓮也起得早，開了她睡的下屋房門，要趁客人還睡著就抱柴禾要在鍋裡煮醪糟雞蛋，卻發現帶燈已在院子裡，吃了一驚，說：你咋起得這早?!帶燈趕緊阻止生蓮煮醪糟雞蛋，說昨天吃得多了，肚子還沉騰騰的。生蓮說：那行？帶燈說：行呀！生蓮說其實山裡人也都是一天兩頓飯，早起都出去幹活，太陽一竿子高了回來吃一頓，到太陽壓山時再吃一頓。帶燈問上午幹啥活呀，生蓮說還有些五味子沒曬，樹上還有些核桃。帶燈就和她把下屋房裡的五味子在院裡鋪席曬了，拿了長竿子到屋後半坡上打核桃。

後來，十二個婦女分別也都來了，她們只說帶燈和竹子要睡懶覺的，就各自先忙自己的活，有的去打毛栗子，有的剝削樺櫟樹皮，還有的是把推起來的青皮核桃扒開，青皮自動裂開，然後把核桃收進筐裡，沒想帶燈早起來了，就覺得不好意思。帶燈詢問今年花椒的價錢，五味子的價錢，她沒有指責剝削樺櫟樹皮，還問了樹皮是啥價錢，她們告訴她：今年花椒不好，沒有賣，想壓到臘月了去鎮街上弄好價錢，那時一斤能賣到十五元哩。五味子曬乾了，要挑出好的，一斤賣一元五角。樺櫟樹皮還是八毛錢。毛栗子少，愛生蟲，三五天就出蟲了，拿不到鎮街去，留下給娃娃們吃。摘柏玲子還可以，但費事，曬乾還得壓出籽，一斤賣一元的，如果能摘上千斤，收入就不錯了。她們給帶燈說著，說得很興奮，山裡的秋天是全靠這些山果子賺全年的花銷錢哩。就在她們有些得意的說話時，帶燈突然萌生了一個想法，因為她們還說東岔溝村往北的清陽縣大荊鄉是核桃產區，每年這一帶人都是幫人家打核桃，不管吃住，打一天核桃可以掙五十元，而出了溝，順著溝外朝東的路上走一百三十里就是雙平縣的永樂鎮了，永樂鎮的蘋果有名，在那裡摘蘋果一天四十元。雖然打核桃比摘蘋果掙得多，但打核桃要上樹，她們上不了樹，樹又多在塄畔崖頭上，去年武成帶了妻弟去過，妻弟從樹上掉下來摔死了，連賠償都沒有。摘蘋果是容易些，還管吃管住，每天的四十元就全落下了。於是，帶燈說：那就去摘蘋果呀！她們說：前幾年男人還可以幹些活，領著我們去的，現在男人睡倒了，我們不敢去麼。帶燈說：我和竹子領你們去！她們說：你說天話哩吧？帶燈說：去啊！她們都睜圓了眼，突然拍手說：呀，呀，遇上活菩薩啦！

帶燈說完卻後悔了

最讓帶燈享受的十三個婦女的眼光，但當十三個婦女一哇聲叫好，她卻有些後悔了。竹子悄悄說：咱能去嗎，那麼遠的地方帶這麼多人，出個事怎麼辦？帶燈說：不可能出什麼事吧。竹子說：就是去了回來都平平安安，咱是鎮政府的，能不打招呼一走幾天？帶燈悶了半會，說：你給鎮長打個電話，就說咱在東岔溝村，王後生又多次來煽動患病人員上訪呀，咱在做調解工作哩。鎮長他不可能到這裡查證，再說他也害怕集體上訪，盼不得咱們多待幾天能調解好。竹子說：我編謊不行。帶燈說：我編謊就行？你就按我的話說，他要同意了他會表揚你，他要不同意，我再給他打電話，有個緩衝麼。竹子說：那你再教我一遍。帶燈又說了一遍，末了說：談過戀愛的人還能不會說個謊，去，一字一板給他說，別支支吾吾的。

竹子就到屋後去，回來說她打過電話了，鎮長同意。其實她是給鎮長發去了一條短信，發完了倒遺憾有兩個詞沒用好，如果在強調十三個婦女要上訪時的情況是群情激奮，即將失控這八個字就好了。

摘蘋果

帶燈先做了兩件事，一是從去過永樂鎮的人那兒得到一家果園的電話，經過聯繫，落實了摘蘋果的價錢和吃住問題，人家還應允說可以在兩縣交界處的天門洞鎮用車來接。二是讓十三個婦女和家人商量好，並安排好家事，如果下了決心去，就帶上換洗衣服到生蓮家來集合。

而最後集合的只有九個婦女。

帶燈和竹子領了九個婦女下山，然後走了十里山路，在傍晚時分到了天門洞鎮。一輛破三輪停在路邊，過去一問，就是果園的，帶燈說：不是說來車接嗎？開三輪的蓬頭垢面，才吃過烤紅薯，手指頭在牙縫裡摳，說：三輪不是車嗎？帶燈有些失望，就要再確認：摘一天蘋果多少錢？答：三十五元。問：怎麼成三十五元了，不是說好四十五元嗎？答：你瞧瞧來的勞力麼，都是面黃肌瘦的婦女，婦女三十五元。問：騙我們呀？不去了！答：不去就不去，又不是再沒了人去！那人竟然又去燒烤攤上買烤紅薯了。

帶燈生了氣說不去了，九個婦女也都說不去了，只說她們這麼一嚇唬那人就妥協了，沒想人家牛烘烘的，她們倒軟了下來，這個問那個：這咋弄？那個問這個：這咋弄呀？帶燈就又跑到燒烤攤上和那人交涉，價錢加到了四十元。四十元和往年的價錢一樣的，她們就坐上了破三輪，開動了往永樂鎮去。路本來是沙石路，坑坑窪窪不平，再加上是破三輪，她們坐上去昏天黑地地搖呀，搖得像搖床上的石子，十一個人很快就嘔吐。

到了永樂鎮，已經天黑多時，果園人拿來了蒸饃，一人兩個，吃了就睡在間屋裡。屋裡是大通鋪，九個婦女脫了衣裳立即呼呼入夢，帶燈和竹子互相看著，還是不脫衣服，也不敢躺下，就在通鋪的邊頭，靠了牆坐。坐了一會兒，竹子就熬不住了，頭垂下打鼾。帶燈把竹子放平，讓頭枕在自己腿上，而有意與睡著的那些婦女空隔出一指寬的地方，防著有蝨子爬過來。那些婦女幾乎是睡了一覺，有一個起來要上廁所，睜開眼見帶燈和竹子還沒睡下，也沒蓋著被子，就說：呀呀，咋能讓你們受這罪?!一詐唬，別的婦女全醒了，都怨恨自己怎麼倒頭就睡了，太不夠人了麼！便把帶燈和竹子往通鋪中間拉。帶燈和竹子不去，說睡在靠邊頭的地方好，她們不行，硬拉硬拽，竹子急了說：睡在鋪中間有蝨子哩！帶燈阻止沒阻止住，她們就怔住了，但立即笑，說：有蝨子怕啥呀，蝨子還能把人吃了！帶燈也說你們睡吧，我們睡在邊頭真的很好，她們只好九個人蓋了兩床被子，餘出一床不由分說就蓋在了帶燈和竹子的身上。

這麼一折騰，重新睡下，似乎並沒睡下多少時間，那個開破三輪的就來喊叫上工，起來上工呀！帶燈和竹子習慣了早上刷牙，在東岔溝村的那個早上就沒刷牙，僅用鹽漱了口，而現在水是被端來一盆洗臉的水，也沒鹽，漱嘴都不行了。九個婦女讓帶燈和竹子先洗臉，帶燈和竹子也沒客氣，洗了，然後她們再一個一個洗。輪到後面兩個人，水就沒有了，只好用濕手巾擦了擦眼，說：昨夜的蒸饃沒有了吧？開破三輪的說：睜開眼能吃下東西？十點鐘會送飯來的。破三輪再次發動，拉著她們上盤山路，盤了半小時，到了果園，果園幾乎就是一條溝，深得看不到頭。給了一人一個木頭架子，架子支在蘋果樹下就摘蘋果，摘一筐了提下來倒在地邊，有人就再裝了麻袋運走。帶燈和竹子摘了一會兒，頭仰得暈，又噁心，手腳就不聽使喚。十點多送來從飯館裡買下的小白饃吧，原地吃了，喝些水，再幹活。到了中午兩點，回去後要把蘋果分等級放在地窖裡了才讓吃飯，腸子餓得都轉筋兒了，竹子就反倒不想吃。

生蓮說：不能吃咋幹活呀！我找的那個兒媳，第一天兒子領了到我家，人醜醜的，一頓飯吃了三個蒸饃一碗米湯，還有一個烤土豆，我說行，找媳婦就要這樣能吃的，能吃了就能幹活。竹子說：這麼說我是嫁不出去了？生蓮說：你要是在山裡是嫁不出去的，你腿那麼長，腰那麼細，真的沒人要的。能幹活能生娃娃的都是頭小腰粗屁股像篩籮的。竹子說：誰嫁給山裡呀?!竹子有些不高興，帶燈使眼色不讓生蓮說，生蓮也就不說了，給竹子倒了一碗水。竹子卻問帶燈：咱來這裡幹啥呀？帶燈說：摘蘋果呀。竹子說：咱是領人來的，領來了任務就完成了，咱還也要幹嗎？帶燈說：無論如何咱幹一天吧，明早起來走。竹子說：還得再坐一夜我受不了，晚上走！

何嘗竹子受不了，帶燈也受不了，晚上走就晚上走。帶燈通過開破三輪的人見到了果園老闆，說明了她和竹子的身分，老闆說：我就說麼，怎麼來摘蘋果的還有這麼洋氣的人，我還擔心是哪個電視台的來暗訪的。帶燈說：是不是心虛，有什麼見不得人的事？老闆說：我可是從不拖欠工錢，也不雇用童工。昨日一個算命先生說，現在能當縣長那樣的官都是人家祖上有救過或幫助過一百人以上的積德，我這輩子是不行了，可我想讓我兒子孫子當縣長麼。竹子就對帶燈說：那你當主任是祖上救過幾個人？帶燈沒接話，給老闆正經交代：我們是以鎮政府名義組織了這些人來摘蘋果的，因公事在身我兩個得早回去，這九個人就交給你，你得保證她們每天在摘蘋果時多吃上幾個蒸饃，喝上熱水，天一黑就收工，晚上多做些熱麵條呀。工錢不能虧她們，更不得欠。她們幾時想走就派車送她們走，還得注意安全。老闆說：這沒問題。帶燈說：如果有了問題，我就來找你了，一旦來找你，那就是另一回事了。又說：你說我倆像電視台的，我倆不是，但我哥是市電視台的。老闆嘴上說好呀好呀，但臉上不活泛了起來，說：你倆這一走，按規矩這是不能付錢呀，可那些個頭小的顏色差的蘋果你們盡量拿。帶燈說：我們啥也不要，你得給找個摩托送我們回櫻鎮。

九個婦女捨不得帶燈和竹子走，帶燈就特別叮嚀生蓮，什麼事都和老闆說妥了，如果還有了什麼事，就設法給她打電話，把手機號寫了紙條，裝在生蓮的口袋裡。她們含淚送帶燈和竹子，說她們把帳也算了，幹夠十天是四百元，二十天是八百元，再幹上五天每人掙到一千元了，她們就回東岔溝村了。

身上都生了蝨子

回到櫻鎮，鎮街上的豆漿店剛剛開門，帶燈和竹子喝上了第一碗豆漿，香得竹子叭叭地咂嘴，突然覺得腿脖子癢，順手抓了一下沒在意，又喝了兩口，覺得還癢，撩起褲角，掀開襪筒，哇的一聲就叫起來。帶燈不明白怎麼啦，還說：發啥神經？竹子再不喝豆漿，出了店門就跑。帶燈也跟著攆出來，一直攆到鎮政府大院，竹子竟鑽進她的房間把門關了。

帶燈說：咋啦，咋啦嗎?!竹子說：你不要進來！我生蝨子啦！

帶燈也嚇了一跳。竹子身上有了蝨子，保不準自己身上也有了蝨子，頓時覺得渾身都癢，忙到自己房間也把門關了，脫衣服，胡亂地翻了翻，雖沒見到蝨子，但襯衣的褶上有了兩個蟣子，噁心地就把襯衣扔在地上，又覺得扔在地上不妥，從床下拉出一個洗腳盆，放在盆裡，然後就一件一件脫，脫了胸罩，脫了褲頭，脫得一絲不掛了，還恨不得把皮脫下來。所有的衣服鞋襪全在盆裡，拿了鏡子在身上照，身上沒有蝨子爬著，有兩個黑點，摳了摳，是痣，就提了保溫水瓶咕咕嘟嘟將開水全倒到盆裡，裡邊又放上洗衣粉，洗頭膏，硫磺肥皂，花露水，還把一罐噴蒼蠅的滅害靈倒進去，把一瓶風油精倒進去。

等端了髒衣盆子放在門外，竹子也換了一身新衣，竹子說：真噁心，咱咋就生了蝨子?!帶燈說：肯定睡通鋪時惹上的。竹子說：咱不乾淨了，這咋辦呀？帶燈說：甭叫喊，別人知道了會高興得笑哩。你去買些藥粉抹上，把衣服用開水燙。竹子說：那能燙死嗎，這衣服我不要了，不要了！

燒了水，兩人都洗了澡。

給元天亮的信

由內心投射出來的形象是神，這個偶像就會給人力量，因此人心是空虛的又是恐懼的。這是竹子坐在破三輪上了，突然給我說的話，我嚇了一跳，以為她知道了我的祕密，說：你說什麼？她看著我，繼續在說：如果一件的因已經開始，它不可避免得製造出一個果被特定的文化或文明的局限及牽引的整個過程，就可以稱之為命運。從竹子的神情裡我終於看出她對我們的事一無所知，雖然她也是女人，是狐狸精靈的人，但她在熱戀中，熱戀中的人都是瞎子，看不清周遭的風生草長。而我不相信這樣的話是她的話，問：在哪兒讀到的？她說：書上。問：誰的書呢？她故意急我，偏是不說，我想這或許是你的話或許也不是你的話，我只是沉默了，反覆在心裡琢磨起我的命運就是這樣行進的嗎？

不知怎麼，一時的幽怨塞在心裡，像摘不盡的一地棉花，急迫又如割不完的麥田。我想我真的是一隻鳥了，整天落在地上覓食跳躍，實際心思總在天上。多數鳥都歸天堂了，因為少見鳥的終老地上，牠單純，自然隨天。

破三輪依然地顛簸著，竹子終於瞌睡了，她的頭在車幫上一會兒磕得咚地響一下，一會兒磕得咚地響一下，就是不再醒。我瞌睡後心卻跑到外面，一會兒在樹梢，一會兒在山頭，一會兒在城市的上空，一會兒在山村的院落，瘦骨伶仃的七星勺下，總在和你說話。

說什麼呢，說：熊貓只吃竹子，蠶只吃桑葉。這些物種都是不可思議地要走向完美，可是結果呢，或許因與環境無法融合而死亡，或許被發現了成了珍寶。

天明到了鎮前的河岸，破三輪開走了，我們坐在水邊的大石頭上，沙廠還沒開工，難得一片安靜，有點陰的天空嘩然亮色盈地，河灘更是別樣的暖黃。

正在長長地吁一口氣時仰臉見太陽赫然山頭，我便知道是你了，就對你笑，心中泛淡淡的感覺。又抬頭你躲進山頭那棵樹葉後，我知道你提示我該回家了，便站起來，你也驟然掉頭親我一口，我舒坦地往回走。

鎮長的車翻了

書記是矮胖子，書記的司機金銘也是個矮胖子。書記說過，和老婆是榮辱關係，和司機是生死關係，金銘在櫻鎮除了書記，誰都不服，尤其瞧不起鎮長的司機龔全。龔全是個小殷勤，愛幫忙，誰的忙都幫，鎮長不用車的時候，他拉著翟幹事、侯幹事去買木耳蜂蜜和土雞蛋，送馬副鎮長的老婆回老家，劉秀珍要給兒子寄包裹，牙長一段路，他也讓劉秀珍坐上車去郵局。金銘說：你沒事了，不會寧寧坐著?!他就拿水管子沖洗車，一邊沖洗一邊吹口哨，和凡人不搭話。

一次兩位領導到接官亭村檢查烤菸種植面積落實情況，原本金銘開車在前頭，走到半路，書記要尋解手的地方，正把車往路邊靠，龔全忽地超了車，金銘罵道：狂呀?!老子開快了你連土都吃不上！書記解手回來，見鎮長的車沒停，就讓金銘把車掉了頭又回鎮街去。結果鎮長先到了接官亭村，咋等都等不來書記，也返回來，書記在辦公室喝茶哩。鎮長知道書記生氣了，從此告誡龔全：一定要跟在書記車後邊，這是規矩！

這一天是星期六下午，鎮長要龔全開車去接在縣上開計生工作會的馬副鎮長，龔全回來的路上看見了書記的車，他以為書記每個星期六都回縣城的，一定是金銘才送過書記，就偏和金銘飆車。沒想書記偏偏就在車上，金銘就是不讓路，龔全強行從拐彎處超車，路沿虛土一軟，車就側翻了。

書記在會上嚴肅地講了安全和接待問題

龔全出了事故，一條腿斷了骨，還躺在鎮衛生院，書記就召開了全鎮職工會，通報了大工廠的基建進度情況，講了目前的旱情和抗旱工作，講了維穩工作，講了創造先進鎮的工作。最後，他放下白仁寶為他寫的講稿，說：我再講講安全問題和接待問題。

他講的安全問題是：安全問題是小事，小事卻干擾大事，它不是重點，但它影響重點。安全問題說到底，是態度問題，是思想問題，是作風問題，要經常講，不厭其煩地講，反覆講，講反覆，不能是割韭菜割了一茬又長一茬，要像拔蘿蔔，連根拔，拔出個坑帶出個泥！我可以負責任地講，你工作得再好，你不出安全問題你或許不能重用和提升，但安全出了問題，那就絕對重用和提升不了！

他講的接待問題是：隨著櫻鎮的改革發展上了新台階，來視察的、觀光的、檢查的、學習的人會愈來愈多，我們要適應接待，學會接待，善於接待。尤其，對於各級領導，對於對口扶貧單位，對於檢查各項工作的部門，對於報社電台電視台的記者，一定要萬無一失地接待好。接待好了，我們的成績就能獲得重視，我們的努力就能得到肯定，就能有優惠政策，就能有大量的撥款，我們的不足就能獲得理解和原諒，大事化小，小事化了。應該說，接待就是政治，是宣傳，是戰鬥力和生產力！

靈驗

書記講了安全問題後，鎮長的司機換成了馬昆，馬昆是金銘推薦來的。帶燈曾坐過一次馬昆的車去縣城，車速一直是六十碼，帶燈搖下車窗要吸吸新鮮空氣，馬昆說：你把窗子搖上去。帶燈說：你不嫌熱？馬昆說：我車慢，後邊過來車，常對我吼，把痰吐進來。

書記講了接待問題後，不久，縣上緊急通知：市委黃書記要來櫻鎮，一是到大工廠工地視察，二是去幾個村寨調研。馬副鎮長問書記：你知道黃書記要來才講接待問題嗎？書記說：不知道。馬副鎮長說：那這不先知先覺啦?!

縣委縣政府辦公室指示

縣委縣政府辦公室指示：市委黃書記是第一次要到櫻鎮，是上級領導對櫻鎮這幾年工作的極大肯定和對櫻鎮廣大幹部群眾的親切關懷。縣委縣政府高度重視，已專門開會為黃書記的行程以及接待作了具體部署，現需要櫻鎮黨委鎮政府要落實的是：

一、黃書記一行的車輛從縣城出發後就通知櫻鎮，櫻鎮書記、鎮長和大工廠基建負責人就到櫻鎮邊界上恭候迎接。

二、到了櫻鎮，稍作休息，鎮書記鎮長和大工廠基建負責人要做工作彙報。彙報材料一定要認真準備。

三、安排好午飯，豐盛而要有地方特點。黃書記喜歡吃甲魚，一定要保障。如果有條件，午餐期間有民間歌手獻歌或農民詩人詠詩。一定要收拾布置好黃書記飯後休息的房間。

四、休息起來，去大工廠工地視察。注意選擇路線，注意沿線的安全和衛生。大工廠工地要選好點，精心布置。

五、視察完後，直接到一個村子做調研，調研包括村道、屋舍、文化站、醫療站、上訪接待室。村子一定要選好，選準。組織一些村民與黃書記交談，保證有各個階層的人，必須有抱兒童的。然後在一塊田裡勞動。再然後去另一村子的一戶人家訪貧問苦。這人家既要生活貧一些又要乾淨衛生，要會說話。黃書記要當場送一床新被子和三百元慰問金，鎮政府提前準備好。

六、返回鎮政府大院，黃書記接見幹部職工，講話，照相留念。講話稿不用鎮上準備，但多準備幾個照相機，注意照相時多正面照，仰照，嚴禁俯拍，因為黃書記謝頂。

七、黃書記身體不好，每兩個小時要上一次廁所，必須安排好視察、調研、勞動、講話和行進過程中所去的廁所。

八、特別強調，黃書記在櫻鎮期間，避免有哭喪下葬，避免有爆破聲、吵架聲和別的尖銳怪聲。嚴格控制好上訪人員，絕不能發生有人突然攔道告狀的。

櫻鎮在行動

書記和鎮長既興奮又緊張，立即召開全體職工會議，研究落實接待工作，最後形成的決議：一、書記鎮長全程陪同。書記與大工廠基建負責人分工抓視察活動，鎮長分工抓兩個村子的調研活動。二、由書記向黃書記彙報櫻鎮黨委鎮政府工作，彙報材料由白仁寶起草。三、鎮長抓安全保衛、控制上訪人員工作。四、從今日起所有人員不得請假，不得關手機，堅守崗位，隨時領取任務。

全體職工會議一結束，鎮長還再開政府辦公會議，確定下黃書記一行要去的村子是鎮中街村和松雲寺坡灣後的大石村。在鎮中街村調研時，因鎮中街村和鎮東街村本是一個大自然村，所以兩村提前清理垃圾，填平道路，打掃門庭。可以將已布置好鎮東街村的黨員活動室變為鎮中街村的黨員活動室，而突擊布置出一間文化站來，至於醫療站不可能在短時間裡建成，彙報時就說因為在鎮街上，村民有病都去的是鎮衛生院。在大石村訪貧問苦，安排到王長計老漢家，王長計老漢會說話，又留有白鬍子，和黃書記照相好看。給王長計老漢的新被子和三百元由綜治辦辦理。在王長計責任田裡勞動事宜，具體由馬副鎮長負責。照相一事由侯幹事辦，曹老八愛玩相機，讓他也拍照，必須給他講清遵守拍照紀律。鎮長說完，問還有他沒有考慮到的地方大家也都說說，集思廣益。馬副鎮長就說：黃書記兩小時上一次廁所，這就得把王長計老漢家的廁所收拾乾淨，三天之內所有人不得再去使用，而視察調研沿途也選擇三個廁所收拾乾淨，並將所有能看到的尿窖子全棚蓋上包穀稈和豆稈。還有黃書記要勞動，那就讓黃書記拿鍁扎地，大石村的田地多石渣，如果黃書記一鍁沒扎下去多尷尬，這就得提前把那塊地翻一遍，疏軟才是。隨便用一把舊鍁不雅觀，起碼得安個新鍁把，但新鍁把容易磨手，這就要王長計老漢安一個新鍁把了，用瓷片刮光，用手磨蹭發亮才是。鎮長說：到底是老同志，考慮得細緻，就這樣辦。突然，他拍著腦袋說：差點就忘了！咱總得給黃書記送禮品吧，總不能還是核桃木耳蜂蜜土雞蛋吧？帶燈一直沒說話，這陣說：當然送櫻陽玉井蓮刻字拓片最好，但驛址崖刻被炸了麼。鎮長說：不要說那些事。帶燈也就不說了。白仁寶說：我有個主意，不知當講不？鎮長說：講麼。白仁寶說：讓帶燈貢獻出一張畫麼。鎮長就看帶燈，帶燈說：甭看我，我又不是畫家。鎮長說：鎮政府可以出錢買麼。帶燈說：再出錢那沒畫呀！鎮長說：那就不送了？縣委縣政府辦公室還指示，能獻歌獻詩的最好，櫻鎮又沒民間歌手也沒農民詩人，咱沒這條件就取消了吧。侯幹事說：帶燈主任文采好，讓帶燈主任做一首詩麼。竹子訓道：你少胡出主意，上邊說是農民詩人，帶燈主任就是能做詩她是農民嗎，樣子像農民嗎？別到時你欺騙黃書記而讓黃書記給你個吃不了兜著走?!鎮長說：獻詩的事就不說了。大家看還有什麼事遺漏了？白仁寶說：安排吃飯問題，當然就安排在松雲寺下的那個飯店了，那裡有野味。要提醒的是那家老娘常年癱在炕上，蓬頭垢面的，若被黃書記他們看見影響不好，應在頭一天接到鄰居家去住。鎮長說：對。還有，黃書記一行飯後休息怎麼安排？馬副鎮長說：讓飯店收拾出一間屋子，提前拆洗一床被褥。帶燈忍不住說：再拆洗也不能用他們的被褥，給黃書記惹上蝨子了咋辦？鎮長說：這倒提醒了我，如果吃了飯就在飯店休息不妥，即便不用老炕，重新支床，備上新被褥、單子、枕頭什麼的，那環境就是那樣，能保證不惹上蝨子？還是吃了飯後回鎮政府大院休息。白仁寶說：咱們把自己的床騰出來，也不敢說就沒蝨子呀！鎮長說：這實在是個教訓，看來鎮政府將來得有幾間房的招待所了。你說咱們的床不敢說就沒蝨子，那黃書記怎麼休息？白仁寶說：下午活動那麼多，會不會黃書記就不休息？鎮長說：縣上特意叮嚀了，黃書記有午休習慣，必須得休息。就又拿眼睛看帶燈。帶燈說：你看我幹啥？安排黃書記在你或書記的房間休息了，他或許同情了基層幹部的生存狀況，能撥款給櫻鎮修些澡堂子，從此就沒蝨子了。馬副鎮長說：這個時候帶燈你不要貧嘴。鎮長卻笑著說：帶燈這麼嗆我，是她明白了我的意思。帶燈說：我不明白。鎮長說：只能是你和竹子騰出房間了。白仁寶說：啊就是，就是，讓睡她們的床麼，同行的可能都不會休息，那黃書記睡帶燈，縣委書記睡竹子。帶燈說：把舌頭放順了說！白仁寶才意識到自己話說得不周全，忙更正：帶燈和竹子的床上沒蝨子，騰出來讓兩個書記休息。帶燈還要說什麼，鎮長說：你不要說，就這樣定啦！大家再想想，還有什麼沒考慮到的？大家想了又想，再想不出，就說：沒了。鎮長說：如果沒了，大家分頭去幹高山，見土想田見原野。反之，則十指像彈鋼琴一樣不得安寧，情緒像一粒塵土片刻低入泥土掩面卑微，片刻又升空雲彩顯耀呈明。好在你是接天坐地的大佛能包容我的猴氣，我永遠在你的五指山內。往後真應寧心靜氣地唱一首「螢火蟲螢火蟲慢慢飛」的歌曲了，迎接上天給我安排的不太健全的天使般的情感生活。

今午睡就是一會兒一夢一會兒一夢，夢中真真實實的，醒來趕快想否則就忘了，反正總是有個奇珍異寶什麼的，甚至是個特別的女人什麼的，在我方圓幾里的嶺上或凹裡，總是不讓見，心裡也認為太熱又太險不能去，但最終總覺得是你在那裡一樣，無論如何都要去看看，心很急迫。幾個個都是這樣的夢，我曾做夢而且生活中的事差不多夢過，今天咋總夢你呢？

醒來翻看你的書，希望夢的答案能寫在書上，至少，在你書的字與字之間，句與句之間，段落與段落之間的空隙裡能讀出一點徵兆或暗示。這如我喜歡看雲，雲在山巔或崖凹，別人都說那是雲，而我看作是地在冒氣，是地氣。讀呀讀呀，當然還沒有讀出所以然來，而讀的過程卻讓我喜悅了，就死眼兒看書頁左上角你的圖像，看著是個小娃娃似的，心中放誕了一下把你吞進肚裡。誰知眼裡浮現你是領導是老師是……噢喲，無限地高大起來。我的心啊緊縮絞痛起來，像是貝殼肉中裹進了石子。一頁又一頁地翻讀，讓你書中的琴聲笛韻，花色月跡，山光水影，和那些有著溫暖和香味的人，都來幫我把心中精怪打磨成一口鐘吧，讓鐘聲響在空中。

鎮長的一個親戚新當選了縣科協主席，別人向他要喜糖，我也去要，我與他總是像水泥修固的小渠水漲滿得克制，如毛澤東時代的紅旗渠吧，毀壞了是不得了的事。而你是悠悠緩緩的大江河蒼茫遠涉。我要很費勁地跨過他的水泥渠，卻仙子的凌波微步在你的水上歌舞昇平。你是我心的歸宿情的家園，雖然我的那人永遠在路上，那是煙塵而已。我像山外受風化內受水蝕而存在著和天空的你高興了皓月對笑朗日暢談，苦惱了雲湧而淋。你現在是工作著還是在寫書呢？我想成就天地間一場刻骨銘心的愛情你再寫本《紅樓夢》吧。誰說情愛是休息著的上帝？你若在寫書你就寫吧，我和竹子去玩了我胡說一氣。

新髮型

書記和鎮長雖然反覆強調著對外一定要封鎖黃書記要來櫻鎮的消息，但鎮中街村、東街村要打掃衛生，要建立文化站，尤其馬副鎮長在大石村讓王長計老漢翻鬆了一塊土地，又用手磨光著鍁把，消息還是傳了出來。黃書記能來櫻鎮，這是櫻鎮的光榮和驕傲呀，好多人都激動了，脹紅著臉奔相走告。那個瘋子依然晝夜在鎮街上亂竄，嘟囔著他在攆鬼，張膏藥見了罵道：攆你媽的×哩，黃書記要來了鬼還敢在櫻鎮?!瘋子從來不和人說話的，這回說了：黃書記是多大的領導？張膏藥說：多大的領導給你說了你也不知道，就是州官！

既然消息已經洩露，鎮政府的人都很緊張，控制上訪者的工作不敢絲毫懈怠。帶燈和竹子先去了毛林家，再次強調監視著王後生的動向，稍有異常，立即報告。毛林行走已經有些困難，拄上了楞杖，帶燈塞給了他一百元錢，毛林頭點得像啄米雞，說他會坐到王後生家的對面樹下，眼睛睜大給瞅著。帶燈和竹子又到了王隨風家，王隨風去地裡幹活了，她男人在挖地窖，就給下話：這幾天一定要看管住你婆娘，不能讓她亂跑！王隨風的男人說：這我管不住呀！帶燈也知道他管不住，就去鎮街找到二貓。二貓在一家餄餎店裡幫著壓餄餎，帶燈說：壓一天餄餎掙多少錢？二貓說：七元。帶燈說：我給你一天十元，你去王隨風家幫她男人挖地窖，就住到他家，給我看管著王隨風。王隨風男人見二貓有力氣，肯來幫挖地窖，雖然吃得多，但說好不要工錢，就讓二貓白天幹活，晚上睡在他家柴草棚裡。帶燈和竹子還去了朱召財家，朱召財是病了，病得還很厲害，屎尿拉了一炕，朱召財老婆在給擦洗。竹子悄聲說：這下好了，他們出不了事的。帶燈掏了二百元，也讓竹子掏出一百元，將三百元放在炕席上，又說了一堆安慰話，兩人才回到鎮政府大院。

帶燈自以為一切都安排妥了，對竹子說：你看著人，讓我伸伸腰。她雙膊伸直，張大了嘴，仰天發出一聲啊，啊聲沉緩悠長，如是呻吟，似乎渾身關關節節裡的疲乏都隨著啊聲帶了出來。竹子說：這像驢打滾，樣子不好看哩。帶燈就笑了，舒服地咂咂嘴，卻提議剪頭髮去。市裡縣裡的領導都要來，作為鎮政府的女幹部，是得收拾乾乾淨淨漂漂亮亮才是，竹子當然歡呼不已。到了鎮街理髮鋪，曹老八也在那兒剃頭刮臉，頭已經剃了，刮臉卻臉上鬆皮多，為了刮得淨，理髮員拉著臉皮，幾乎整個臉都被拉到一邊了。帶燈說：臉要刮恁淨的？曹老八說：黃書記要來呀麼！帶燈怕他話癆，再沒搭茬，就給剪髮的人說給她也剪剪。剪髮的人說：頭髮好著哩呀？帶燈說：把馬尾巴變成齊耳短髮。剪成了齊耳短髮，竹子說：咦，像戲裡的江姊！帶燈說：讓我上刑場呀?!竹子說：還精神，換個髮型像換了個人麼！但竹子捨不得剪她的披肩長髮，卻要求漂染出一撮黃髮，就要像市裡縣裡的女孩子一樣時尚洋氣。兩人收拾頭髮花掉了三個小時，回來的路上一邊走一邊相互欣賞，不覺就撲撲地笑，說：咱這才叫臭美！

到了晚上，書記和鎮長又召開全體職工會，聽取各人關於落實接待工作的彙報。彙報完，大家就拿帶燈和竹子的髮型說事，有說好看的，有說不好看的，說好看的說咱櫻鎮的女人不差他城裡的女人麼，說不好看的說幹啥的就是幹啥的，這不像是鎮政府的幹部呀，連鎮長也說：竹子，你染那一撮黃頭髮幹啥？明日再把它染回來。書記卻說：也好也好，黃書記只知道櫻鎮風水好，讓他也知道一下櫻鎮還出美女哩！就對帶燈和竹子說：黃書記來了後，你倆就專門陪著，端茶打傘。

王隨風又出現在縣城

在第二天，縣委辦公室通知櫻鎮，黃書記一行已經到了縣城，下榻縣城天龍賓館，具體什麼時候去櫻鎮，臨出發前再行通知。同時通報一個情況，據縣人大辦公室反映，櫻鎮的王隨風又到縣人大來收報紙，縣人大辦公室讓縣信訪辦來帶人時，王隨風就不知了去向。可能是王隨風已經得知黃書記要去櫻鎮，擔心在櫻鎮見不到黃書記，便提前在縣城來打聽消息，要向黃書記告狀的。書記鎮長聽了這話，臉都煞白了，立刻叫了帶燈和竹子，訓斥怎麼搞的，王隨風就知道了黃書記要來？帶燈說：她哪裡能知道？而且我們已做了安排，不但警告了她男人管住她，還專門安插了一個人就住在她家，她不可能知道，不可能！書記說：怎麼不可能，黃書記已到了縣城，王隨風也到了縣城！帶燈腦子轟的一下，說：啊，這王隨風長了狗鼻子啦？她現在縣城什麼地方？書記說：人肯定在縣城，你們現在就去，必須把她找著！帶燈說：我和竹子這就去。書記說：我告訴你兩個，事情到了緊急關頭，我手下的人一定要召之能來，來之能戰，戰之能勝，如果讓她尋找黃書記，我有話在先，那你兩個就不要回來了！

終於在一條背巷裡碰見了王隨風，三人先蹴在牆後觀察，遠遠看見王隨風拄了個棍兒，揹著一個大編織袋，沒人了就在一個垃圾筒裡撿爛紙，見有人來就大喊大叫她的冤枉。帶燈就讓二貓把衣服頂在頭上，沿巷往前走，碰著王隨風不要看，也不要說話，一直走到巷那一頭了就堵著。她和竹子於是叫喊王隨風你站住，跑過去攆。王隨風沒注意到二貓，看見了帶燈和竹子，拔腳就跑。二貓在巷那頭一下子把她抱住，扼在了地上就打，打得王隨風在地上滾蛋子。帶燈和竹子趕到，扭住了王隨風胳膊往巷外走，王隨風不走。帶燈說：你甭惹我生氣，這次比不得上次，這次你敢耍賴，肯定是把你關起來了！王隨風說：我來撿破爛咋啦，你們不管我死活，我撿破爛還不行？帶燈說：不行！王隨風說：這是啥政府?!帶燈說：就是這政府！王隨風指著二貓說：你不是政府人，你打我？二貓說：就打了你，沒卸你的腿就算饒了你！王隨風說：我腰疼，走不動。帶燈說：竹子你去巷口外叫輛計程車，讓她直接上車。王隨風說：我一天沒吃哩。帶燈說：沒吃給你買飯。給了二貓錢，讓二貓買飯去。二貓跑去一家飯館，自己買了兩大碗拉麵先吃了，給王隨風買了兩個蒸饃。給王隨風時，呸地在蒸饃上唾了一口，說：不要臉吃去！計程車來了，王隨風吃了蒸饃，又說：我要喝水。帶燈說：給你喝。讓二貓再去買瓶礦泉水。王隨風卻說：我要喝有紅茶的那種。帶燈說：行吧行吧，二貓你去買。二貓說：爺呀，你是坐皇帝啦?!帶燈說：少說話，買了就來。二貓罵罵咧咧去了。王隨風說：帶燈主任，我本來拾破爛還能掙五元錢的，你卻把我要拉回去。帶燈說：你還想要錢那沒門。你給我乖乖回去，保證三五天內不出屋，我可以給你一袋麵粉。王隨風說：為啥三五天內不出屋？帶燈說：不為啥，就是不准你出屋！王隨風說：那你不能哄我，我要兩袋麵粉。二貓一下子買了四瓶紅茶，先給了帶燈一瓶，竹子一瓶，一瓶他喝了一口，才把最後一瓶給了王隨風。

讓陳大夫嚇住王後生

吸取了王隨風的教訓，書記就問王後生會不會也出問題？帶燈說已經指定人專門看管了，為了萬無一失，她連夜再想些辦法。書記說：王後生狡猾，指定的人能不能看管住？實在不行，這幾天你和竹子就坐到他家門口。

帶燈把書記的話說給竹子，竹子就躁了，說：讓咱在王後生門口？那咋不派人把王後生捆在柱子上或者給吃些安眠藥?!帶燈說：這話倒提醒了我，咱到陳大夫那兒去。竹子說：還真買安眠藥呀？帶燈說：老鼠藥！

去廣仁堂路上，帶燈在商店買了兩包紙菸。竹子覺得奇怪，也沒多問。見到陳大夫，帶燈把兩包紙菸給了他，陳大夫說：日頭咋從西邊出來了？肯定又要我辦事呀！帶燈說：不要你辦事我肯拿我工資給你買紙菸?!陳大夫說：啥事，我只會看病呀。帶燈說：你以為你還能幹別的？就把市委黃書記要來櫻鎮，鎮政府得控制住老上訪戶，以防這些人擾亂，而王後生是控制中的重點的情況說了一遍。陳大夫說：這與我沒關係麼，要控制他，我是說過他還是能跑過他?!帶燈說：你是不是給他看病？陳大夫說：是給他看病。最早那次是他喝多了，要死呀，他爹來我這兒下跪，說只一個兒子讓死馬當活馬治，是我抓了幾服藥吃了活了。後來他的糖尿病是我在看。帶燈說：他的糖尿病怎樣？陳大夫說：病得不輕。帶燈說：你晚上就去王後生家，假裝路過他那兒順便問問病，然後號脈，一定要說病情怎麼這樣重呀，這三五天裡千萬別外出走動，就是坐車，也不敢坐三四十里路程的車。陳大夫說：我明白了，你說不能讓他在櫻鎮走動，也不能去縣城，櫻鎮到縣城就三十里路。帶燈說：你得嚇唬他，說千萬要聽你的話，最好能臥床休息，否則生命就有危險。陳大夫說：這不符合醫生道德。竹子說：這是政治你明白不?!帶燈阻止了竹子，說：你放心，陳大夫明白得很，他知道輕重。又對陳大夫說：你見了他不能洩露黃書記要來的事，如果洩露了，出了事就成了你的事！陳大夫說：你就會揉搓我。帶燈說：陳大夫是好人麼。陳大夫說：我不好你能跟我打交道？帶燈說：我打交道的可沒幾個是好人呀！陳大夫說：和不好的人打交道，那你也好不到什麼地方去！三個人就笑了一回。

眉毛識姑娘

回來，帶燈問：累不累？竹子說：累得很。帶燈說：那你去學校玩去。竹子說：我不敢脫崗。帶燈說：讓你去你就去，只是把自己把持好。竹子說：我守身如玉。帶燈說：讓我看看你眉毛。竹子把臉揚過去，說：看吧，眉毛上寫什麼字啦？帶燈說：眉毛識姑娘，姑娘的眉毛是抹了膠一樣緊密的，緊密得眉毛中間有一條線的，瞧你散開了麼。竹子頓時臉色彤紅，說：不是的，不是的。帶燈說：去吧去吧，晚上不能住那兒。

墳上的草是亡人智慧的綠焰

竹子一走，帶燈騎了摩托去了黑鷹窩村。

大前天的午飯後，黑鷹窩村的村長來給帶燈送低保材料，帶燈隨便問起後房婆婆的近況，村長說啥都好，就是那姓楊的老漢做事老欠妥，害得村人對你後房婆婆也說三道四。原來黑鷹窩村的風俗，人過了六十就給自己拱墓的，楊老漢六十六了，他把自己的墓沒拱在早年死去的媳婦墓旁，而重選了地方，還拱了個雙合墓，村人就議論是楊老漢想將來了和相好的埋在一起。帶燈聽了，心裡也怨怪楊老漢，卻說：人死了埋哪兒還不是一樣？村長說：可他和你後房婆婆並不是夫妻麼。帶燈說：或許他不是那個意思吧。村長說：人嘴裡有毒哇！你有空了回去多轉轉，也能給她頂一片天。帶燈說：這我哪裡有空呀?!

帶燈嘴上說去不了，心裡畢竟糾結，竹子一走，也就去了黑鷹窩村。

後房婆婆在家，楊老漢也在，兩人做豆腐。先是磨了豆瓣兒，讓豆漿流進木桶，再是燒開水，支了豆腐包布把豆漿倒進去過濾，每每後房婆婆添一勺豆漿在包布裡了，楊老漢就趕緊把豆腐架子搖幾下。兩人配合得天衣無縫。待到全部豆漿濾進開水鍋，楊老漢說：你歇下。後房婆婆給楊老漢擦額上汗。楊老漢就開始在鍋裡點滷汁。他點得非常仔細，點一下，吹吹騰上來的霧氣，看看鍋裡的變化，直點到豆漿全變成雲狀的豆腐腦兒了，舀一碗就給了帶燈，說：趁熱吃。帶燈接過了碗，後房婆婆又把辣子水澆了，還遞過來一個小勺子。

帶燈偏要端了碗到院門外去吃，吃得吸吸溜溜，滿嘴紅油。當然站在院門外就能看到屋後坡上公公的墳，墳上蒿草半人深。帶燈看了一眼就沒再看，心裡說：墳上的草是亡人智慧的綠焰吧。村人看見了帶燈，說：啊帶燈回來了？帶燈說：吃豆腐腦呀不？村人說：做豆腐了？你後房婆婆做的？帶燈說：還有楊伯。村人說：噢，楊伯，還有你楊伯?!帶燈說：他做的豆腐好。村人說：好好，他手藝好，他好。

帶燈吃完了一碗豆腐腦，回到屋裡，楊老漢已把鍋裡的豆腐腦裝進鋪了包布的竹筐裡，壓成豆腐塊。帶燈要返鎮街了，後房婆婆要她帶些豆腐，她不帶，卻把摩托騎著在村道裡轉了兩個來回，讓村裡更多的人都看到了，才駛出了村口。

沙是渴死的水

傍晚是天最漚熱的時候，而且聚蚊成雪，竹子還沒有回來，帶燈點了蚊香，歪在床上看書。看著看著看到了一句詩，是個年輕的詩人寫的：沙是渴死的水。

帶燈覺得這句詩好，這麼好的詩句自己怎麼就沒想到呢？這當兒曹老八就敲綜治辦的門。

曹老八是人已經進來了，又退出去才敲的門，敲得很輕。

沒事的地方偏就出了事

曹老八來找帶燈，密告了鎮西街村尚建安在家裡開小會，說黃書記一來，天可能就下雨呀！帶燈說：這話啥意思？曹老八說：他們說電視裡報導過國家領導人去過南方的災區，一去那裡不久就下了雨，黃書記是全市的總頭兒，他估計也是學國家領導人的做法來櫻鎮的，如果櫻鎮也下了雨，他也算是天上的什麼神轉世的。帶燈哼了一下，卻說：你剛才說啥，尚建安開小會？開小會就說這些淡話？曹老八說：是開小會，我是偶爾去他家，他家坐了四個村組長，見了我就這樣說的。但我警惕性高，也不相信他們開小會怎麼只說這些淡話呢？我假裝離開了，卻在窗外偷聽，他們說黃書記來了要攔道遞狀子。帶燈立即說：你再說一遍？曹老八又說了一遍。帶燈說：你沒聽錯？曹老八說：我牙不好，咬不動硬東西，可我耳朵靈呀！帶燈送走曹老八，直腳就去給書記鎮長彙報。

尚建安是鎮政府的退休幹部，還在職的時候就不是安分人，要和誰對脾氣了誰要借他褲他就可以把褲子脫了也給，但和誰對頭起來，那就鱉嘴咬住個鐵鍬，把鐵鍬咬透也不鬆口。他為了尋找當時鎮黨委書記的錯，凡是書記的任何講話，他都有詳細紀錄，常把筆記本翻開，說：你×年×月×日怎麼講的，你能不承認嗎？他曾經在夏夜裡蹲在廁所裡兩個小時，讓臭氣熏著，蚊子叮著，就是要觀察某某女人是幾點幾分進了書記的房間，幾點幾分房間燈滅了，又幾點幾分燈亮了出來的。他每天發布小道新聞，但大家既要聽個新奇又都清楚他這人可怕，不敢和他深交。他是鎮街上人，家和鎮衛生院相鄰，衛生院是在鎮機械廠的場地新建的，他退休後說那地方是屬於鎮中街村四個組的，和四個組長去市裡省裡上訪，給鎮政府兩年裡的工作都掛了黃牌。現在的鎮長那時還是副鎮長，開了多少次會來處理他們的問題，發生過他們坐三輪車去鎮裡去市裡，鎮政府的人攆到縣城一舉擒得，又將五人分開押住不讓串通信息，那四個人詐唬一下就放了，把他放在一家旅社，他頭撞牆不吃喝，在房間裡放上饃和水了，動員他兒子去看他，又派三個鎮政府幹部輪流給他做工作，也就是制止他反抗，他一反抗就扭他胳膊腿，扭過了裝著叫叔，撥拉他胸口不讓生氣。後來，鎮政府強壓住衛生院畫給了他一份宅基地，又給了他五千元，他寫了保證書停訪息訴，這事就算了結了。

尚建安死灰復燃，又糾結四個組長要攔道遞狀，書記鎮長感到了問題的嚴重，因為黃書記明天一早就到，得趕快控制住。不容分說，就給帶燈下任務，要求不論以什麼代價，只要黃書記在櫻鎮期間不讓尚建安一夥出門就算大功告成。並明確表態，事後要給綜治辦大獎勵的。

竹子是在帶燈給書記鎮長彙報時才回來，也一起領受了新的任務，竹子還說：黃書記來了，那我們還陪同接待嗎？書記說：控制住尚建安事大如天。竹子說：那我們白收拾頭髮了！書記說：以後有機會帶你們去市裡拜會黃書記。下一月我可能還去省上見元天亮的，到時，你們兩個我都帶上。

帶燈和竹子找曹老八商量控制尚建安的辦法，路上竹子說：黃書記把咱害得這麼苦，不見他也罷，書記真能領咱們去見元天亮那就好了。帶燈說：甭聽他說。竹子說：他對咱滿客氣的呀。帶燈說：是哄著咱們好好幹活哩。竹子說：那就見不上元天亮了！帶燈說：你想見他？竹子說：在櫻鎮工作了一場，連元天亮都沒見過，給別人說了，別人還不笑話？帶燈說：你真想見，什麼時候我領你去。竹子說：你帶我去，是不是太誇張了？帶燈說：還有更誇張的事哩！卻住了口，不願再說。

和曹老八商量，曹老八說他的雜貨店就在尚建安家的前邊，可以讓他媳婦從店的後窗盯看尚建安。帶燈說：從今晚到明天天黑前，我和竹子就住到你店裡，一旦觀察到他們有動靜，就前後門堵住。曹老八說：行，為了穩住他，我明一早就約四個組長都在他家打麻將。帶燈說：能把四個組長叫去打麻將是個辦法，但你能保證四個組長去嗎？曹老八說：他們既然要鬧事，肯定四個組長都去的。帶燈說：就是打麻將，打上一陣了他們要出去，那就五個人，前後門咱能堵住？曹老八說：那你說咋辦？帶燈說：先這麼定，我和竹子去吃飯，我再想想。

帶燈和竹子早餓得直不了腰，在街上一人吃了一砂鍋米線，又多加了兩元錢的鵪鶉蛋，說要吃結實，晚上得熬夜哩。竹子卻發愁晚上住雜貨店，會不會又要惹虱子，就又買了萬金油，準備晚上渾身上下抹一遍。

帶燈想到四個組長在以前都是一嚇唬就嚇唬住了，現在不妨再做做他們工作，如果能瓦解他們，尚建安就告不成了狀，即便他自己執意要告，那他一個人也好控制。就決定把救濟麵粉給每個組長家送一份。當把四袋麵粉一起拿到了第一組長家，第一組長很吃驚，說：你是讓我給另外三個組長送的吧。帶燈說：你咋知道？第一組長說：肯定來封我們口的。帶燈說：封你們什麼口？第一組長說：不讓我們攔道遞狀呀！帶燈說：我是來看看你們的，你們要攔道遞狀，遞什麼狀？第一組長說：衛生院占地那事。帶燈說：那不是早已結案了嗎，不是給尚建安畫分了一份宅基還給了五千元嗎？第一組長說：那是四個組的地，只給尚建安畫了宅基給了錢，四個組的群眾利益在哪裡？帶燈說：我告訴你，尚建安老在利用你們，你們別再被他煽惑，如果敢在黃書記面前攔道遞狀，後果就嚴重了。現在有了政策，要嚴厲打擊反覆上訪，打擊以上訪要脅政府、謀取利益的犯罪行為。第一組長說：這是你們害怕了麼，尚建安說了，鎮政府害怕，我們怕什麼。帶燈說：你執迷不悟，我好心來看你，你倒說這話！第一組長說：黃書記啥時候能來一次，這機會千載難逢哩。氣得帶燈說：那你就鬧吧，鎮政府要叫你們要脅住了那還叫什麼鎮政府?!把四袋麵粉又收回了，準備明日多請幾個人守前門後門，麵粉就分給守門人。

再和曹老八商量，曹老八有些得意，說還只有我約他們去打麻將是個辦法！那四個組長都愛打麻將，鎮政府是不准賭博的，如果我煽動著帶五十元的彩頭打，他們賭得起了性，或許打一夜一天，倒沒心思出去告狀了。只是你們不能干涉我們帶彩頭，也得保證派出所的人不來干涉。帶燈突然說：這我們倒有辦法了！你就把彩頭往大裡煽，我讓派出所來人以抓賭為由，抓到派出所不就省事了?!曹老八說：那我呢，也抓我？帶燈說：不抓你。曹老八說：不抓我就暴露了，他們會說我是你們線人，那以後他們肯定要報復。帶燈說：那把你也一塊抓走，過後不處理你，還給你獎勵。曹老八說：我一被抓進派出所，風聲傳出去我賭博，我又不能對人說內幕，那我這工會主席就壞了聲譽，再沒權威了。帶燈說：這你只能受點委屈。至於別人怎麼說，不必管，我不撤換你的工會主席，你就可以一直當下去。曹老八勉強同意下來。

這個晚上，曹老八果然約了四個組長到尚建安家打麻將，帶燈和竹子就派人守了前門後門，她們住在雜貨店。一夜平安無事。到了第二天上午，鎮街上響了鑼鼓，黃書記一行到了鎮上。尚建安家裡卻安靜下來，帶燈不知出了什麼情況，派曹老八的媳婦以去尚建安家借篩子為名看看動靜。原來打了一夜麻將，有輸有贏，贏了的還想大贏，輸了的又想撈本，都紅了眼，天亮後也不說吃些東西，還在打著，等到鎮街上鑼鼓響起，尚建安說：不打了，還有正經事哩。曹老八知道尚建安要領人出去鬧事呀，就說：我輸了那麼多，你說不打就不打了？繼續打！尚建安說：今有事，不服了明日再打。曹老八說：有啥屁事比賺錢重要？四個組長說：麻將桌上能賺幾個錢?! 尚建安說：這不僅僅賺大錢，還關乎廣大村民的利益哩。曹老八攔不住，見媳婦進來要借篩子，就罵媳婦你借啥篩子，都是你來了我才輸的。媳婦說：你輸了多少錢？曹老八說：買十個篩子的錢都有了。媳婦一聽就急了，說：讓你來打麻將，你就這麼輸呀?! 曹老八動手便搧媳婦耳光。那媳婦哪裡受得曹老八施暴，也就撲上去又是抓曹老八的臉又是扯曹老八頭髮，曹老八便拔腿跑出了院子。

雜貨店裡，帶燈和竹子隔窗見曹老八跑了，就恨曹老八這是故意和媳婦吵鬧而要離開尚建安家，以免派出所人來抓賭。他這麼一跑，自己是脫身了，可不能使派出所的人來抓賭抓現場。竹子說：這曹老八靠不住事！帶燈說：過後跟他算帳。事情既然發展到這一步，你快去叫派出所人，無論如何先抓了尚建安和四個組長。帶燈送竹子出了店，就同另外兩人守在了尚建安前門口。

竹子遲遲沒把派出所人帶來，帶燈正張望著，街上又是鑼鼓響，過來的不是黃書記一行，卻是元黑眼兄弟五人。元黑眼雙手端了個木盤子，木盤上放著一個豬頭，豬鼻子裡還插了兩根大蔥。元黑眼見了帶燈，說：啊主任在這裡！沒去陪同黃書記呀？帶燈說：陪同黃書記的是鎮領導的事，輪不到我這毛毛兵。元黑眼說：世上的事真怪，好瓷片鋪了腳地，爛磚頭貼在灶台，這麼漂亮的人整天幹綜治辦的髒活，陪領導榮光的事卻沒了你，那你在鎮政府有啥幹頭，乾脆到沙廠來，工資給你高一倍！帶燈說：沙廠發財了，口氣大呀?! 這是要往哪兒去，到松雲寺敬神呀？元黑眼說：共產黨才是神麼！黃書記來了，我兄弟幾個代表群眾也歡迎歡迎呀，聽說黃書記要到大工廠工地去，我們就在橋頭候著。帶燈說：你還有這份心！元黑眼說：也是給鎮政府臉上搽搽粉麼。帶燈說：要搽粉也該殺一頭整豬去，拿個豬頭？哈，倒捨得插這麼粗的蔥！元黑眼嘿嘿笑著就過去了。

竹子終於和派出所的人趕來，帶燈嫌竹子動作太慢，竹子說剛才黃書記一行還在鎮政府，如果把尚建安他們抓著去派出所，派出所又在鎮政府隔壁，萬一碰上了多難看的，所以等黃書記一行去了大工廠工地，我們才趕過來。

派出所的人立馬就進了尚建安的家，尚建安正和四個組長商議著如何攔道遞狀子，讓第一組長先往前衝，肯定有人就攔住了，那麼第四組長和第二組長就再衝上去，肯定又有人分頭來攔，就在他們分頭來攔了第四組長和第二組長，他就再衝進去直接跪在黃書記面前，而第三組長力氣大，可以在他後邊保護他。如果能保護他跪在了黃書記面前，黃書記就不可能讓人把他拉走，而要詢問了，那他們就成功了。一陣哐哩嘎啦響，派出所人進來，當下扭了五個人的胳膊要帶回派出所，尚建安脾氣很大，說憑什麼抓人？派出所人說你們聚眾賭博不該抓嗎？五個人就矢口否認，派出所人便指著麻將桌說攤子還沒收拾哩就抵賴？尚建安強辯打麻將就一定在賭博嗎，我家裡有菜刀是不是就殺人呀，我還有生殖器在身上帶著就是強姦犯呀?!派出所人先問四個組長身上裝了多少錢？結果搜了四個組長身上的錢都和他們說的不對數，不是多了少了二十元三十元的，而是一錯就兩三千。派出所人說：這咋解釋?!再搜尚建安：你裝了多少錢？尚建安說：我說不清。派出所人說：你是大款呀錢說不清？尚建安說：三千多元吧。搜出的卻是近五千元，還搜出一捲紙，一看是上訪材料，當下就撕。尚建安說：這你不能撕！派出所人說：多出的兩千元我還想撕哩！尚建安說：這比錢重要！派出所人偏撕了個粉碎，朝尚建安臉上甩去。尚建安大哭大鬧，四個組長也哭鬧，派出所人吼道：再哭鬧就上銬子！

五個人被帶走時沒有上銬子，也沒有用繩綁，把街道上空掛著的一條橫幅取下來，派出所的人一人跟著一個，讓他們拉著橫額經過了街道。

對話

帶燈和竹子是最後離開了尚建安的家。

竹子說：咱做的是不是太過分了？帶燈說：是有些過分。竹子說：派出所更過分麼，以後咱幹事不能再叫他們了。帶燈說：我看過一本書，書上說做車子的人盼別人富貴，做刀子的人盼別人傷害，這不是愛憎問題，是技術本身的要求。竹子說：哦。

黃書記終於在天黑前離開了櫻鎮

黃書記一行是在天黑前離開了櫻鎮，老上訪戶便解除了控制，尚建安五人也離開了派出所，但被收沒了所有賭資。鎮政府的職工筋疲力竭地從各自崗位回到了鎮政府大院，書記招呼大家去松雲寺坡灣下的飯館吃飯，要慰勞慰勞。帶燈和竹子不去，說想睡覺。鎮長說：不去也好，讓她們好好睡一覺，美女都是睡出來的。看把咱竹子都累成黃臉婆了！竹子說：把活兒給你幹完了你就作踐我?!鎮長低聲說：聽不來話！書記要慰勞大家，你們不去就是不給他面子，我給你們打圓場麼。竹子說：我以為卸磨殺驢呀！

最後離開大院去飯館的是劉秀珍，問帶燈：你們真的不去吃啦？帶燈說：是人家吃剩的飯菜吧？劉秀珍說：哪裡，新做的，黃書記一行吃什麼咱們吃什麼，還有娃娃魚哩！帶燈說：這回大方啦?!劉秀珍說：這你不知道，剛才侯幹事來報招待黃書記一行的伙食費，數目大著哩。豬肉五十斤，菜油二十斤，蘿蔔一百斤，蔥三十斤，羊肉二十斤，牛肉二十斤，雞蛋三十斤，豆腐三十五斤，土豆六十斤，鹽二十斤，花椒十斤，蒜十二斤，麵粉八十斤，大米六十斤，木耳二十斤，黃花菜蕨菜乾筍豆角南瓜片都是幾十斤，各類魚八十斤，鱉十八個，還有野豬肉、錦雞肉、果子狸、黃羊，還有酒，酒是白酒四箱，紅酒八箱，啤酒十箱，飲料十箱，紙菸三十條……帶燈說：黃書記一行就是群牛也吃不了這麼多！劉秀珍說：也好，乘機會咱鎮政府伙房就好過了麼。

放了一星期假

鎮政府放了一星期假。

書記叮嚀鎮長值班，他回了縣城。馬副鎮長和白仁寶都是本鎮人，也分別回了老家，竹子去了學校，連白毛狗也跑得沒影了，帶燈就坐在綜治辦門前的楊樹下看書。樹的陰影在移動著，帶燈也跟著陰影的移動在移動，她發現了那個人面蜘蛛又在了網上，心就長了翅膀，撲騰撲騰要往外飛。

去了一個上午，竹子又跑回來給帶燈說老街上有了歌屋，已經有大工廠工地上的人去唱歌，段老師邀請也去玩玩。帶燈說：這陣才記起還有我啦?!但還是拿了壎，和竹子去了老街。

老街上果然已經整修出了三分之一房舍，開辦著農家樂小飯館、旅館和歌屋。櫻鎮上還從來沒有過歌屋，只是松雲寺坡灣後的飯店裡有個麥克風，鎮政府的人吃畢飯了偶爾清唱一陣。帶燈也曾在那兒唱過，她的嗓音沒有竹子清亮，唱時還要求關暗燈光了低頭閉眼唱，能全神貫注地唱出自己的體會。這一個下午，她原本是想好好吹吹塤的。但大家都在熱乎著卡拉ＯＫ，帶燈塤也沒吹成。大家分別都唱過幾首了，帶燈一直坐著聽，後來段老師一定要帶燈唱，帶燈才站起來，說：那我唱個越劇《紅樓夢》唱段吧。竹子和學校的幾個老師都十分驚奇，他們沒有想到帶燈會越劇，而且唱的不是林妹妹是寶哥哥。

帶燈唱：林妹妹呀，自從你居住了大觀園，幾年來你是新愁舊結解不開，落花滿地傷春老冷雨敲窗不成眠。你怕那人世上風刀和霜劍，到如今它果然逼你喪九泉。那鸚鵡也知情和義，世上的人兒不如牠，九州裡生鐵鑄大錯，一根赤繩把終身誤。天缺一塊有女媧，心缺一塊難再補。你已是無瑕白玉遭泥陷，我豈能一股清流隨俗波。從今後你長恨孤眠在地下，我怨種愁根永不拔。人間難栽連理枝，我與你世外去結並蒂花！

帶燈以為唱戲能很興騷的生活，沒想愈唱愈悲，淚至咽喉，嘴一張就從眼裡滾出。她說：我唱不成戲。

以段老師的安排，唱到天黑了就去吃農家樂，吃完農家樂了再來唱，一直玩他個不知今夕是何年，但帶燈卻離開了。竹子跑出來說：你真不唱了？帶燈說：我堵得慌，怕是心臟有問題了吧。竹子說：你為什麼要唱《紅樓夢》呢，我陪你唱個歡樂的，情緒就興奮了。帶燈說：太悲傷太興奮對心臟是一回事，我還是靜靜著好，去我老夥計那裡弄紅柿子呀。

給元天亮的信

我又恢復了從前的平靜一個人兜風讀書思想，我現在才知道農民是那麼的龐雜混亂肆虐無信，只有現實的生存和後代依靠這兩方面對他們有制約作用。人和人之間赤裸地看待。在老夥計吃紅柿子的時候，院子裡站了那麼多人，有個媳婦拿來夾竿幫忙，這媳婦不會生育，遭他們譏諷。有個媳婦給鄰居建房人做飯，要求一天五十元，另一個媳婦說你的手值五十元其他都不值。人們笑貧恨富。我總把自己封存在大石頭裡，現在石頭被一天天打碎，我真有些適應不了怕熱怕冷無處躲避，一口口嘆出體內的濁氣。我想到修煉。聽說那得道的高僧坐化焚後體內有舍利子，舍利子是他塵世的情結嗎？道行愈深舍利子愈多，那情愫凝結心中多麼難啊！總之，沒有深切的追求和功業的依託人生都是空洞的盲人瞎馬的作樂。我從小被庇護，長大後又有了鎮政府幹部的外衣，我到底是沒有真正走進佛界的熔爐染缸，沒有完成心的轉化，蛹沒有成蝶，籽沒有成樹。我還像鳥一樣靠羽毛維護。一天天的荒廢光陰是不能安然的，我覺得人生也是消業障的過程，而美麗的功業就像海上的舟船載人到極樂世界，可我……

夜裡做夢在坡頂走時地下有聲音，和我說話，聲音磁性很明朗。當時聽很清，現在忘了，只記得一句說：你還沒和佛講和。不知是啥意思，也許說我修養不夠？我也見你了在我們這裡，你在山上看見了一棵樹就跪下來，影子過來，我跪一邊，影子過去，重疊著你。我問你愛情是不是有顏色？你說好的愛情應該是綠色的。我看著那棵樹，竟然不情願地想綠色是大自然的血液，綠葉是樹木的血之餘，立即心悸。

鎮街上有三塊宣傳欄，郵局對面的那塊永遠掛著你的大幅照片。你是名片和招牌，你是每天都要升起的太陽，看著街市，也看著每日在街市上來回多少次的我。今天和竹子又經過那裡，我要竹子站在你的照片前給她用手機拍照，其實我是為了讓她也給你我拍照，雖然你薄成一張紙。拍完後我們翻看，正看著你我的那張，一隻黑底白點蝴蝶翩翩飛來就靈巧落在手機上，然後飛走。我好詫異，竹子說：哎哎。詭祕地笑看我，我沒說話。我覺得我們真是不一般？我不迷信，但我有時實在疑惑，街市上怎麼會有蝴蝶呢？

你是我的白日夢。

我很想念你。有時像花香飄然而至，有時像香煙迎面而來，有時像古廟鐘聲猛然驚起。我不止一次地給自己說可以想但不要沉湎或氾濫如決堤山洪，否則我在山上把你埋掉。然而我無力去克制自己不能泥陷相思境地，給自己找出路，每次擬詞擬到結尾卻像荒秧子莊稼一樣枉費工夫，相思仍像疏漏的一顆種子在田畔的草芥中茁壯獨立，管他誰來收成。所以我就隨意生活，濃冽地想，心如香椿自香，臭椿自臭，各享其味，該上樹就上樹，該下河就下河，本身的氣息味道改變不了，像飢餓聞見飯香，積尿聽見水響。

終於下雨了

雨是來自天上，只要天上有雨它遲早都要下來，就看它要把你旱死呢還是旱個半死。

連續了兩個禮拜的三十八度高溫，每個人都如被火魔王拎起來同海綿一樣擰水。帶燈和竹子把竹席沖洗後在傍晚晾乾，到了夜裡，剛睡著，電話就響，是鎮長在緊急催督到會議室，市抗旱防汛指揮中心又開視頻會，通知州河上游連續暴雨，大水以每秒一千二百個流量四小時後到縣境，要求沿河村鎮嚴陣以待觀察汛情。

視頻會一結束，鎮長立即安排，所有職工分成三組分別給所有村寨打電話，下著死命令：沿河村寨的幹部必須提上鑼查堤查壩，一旦有事一方面向鎮政府報告，一方面敲鑼組織村民轉移和抗洪。而沒有沿河的村寨，也必須提高警覺，因為州河上游下雨發水，必然在不久櫻鎮地面上也將要下雨。翟幹事吳幹事和侯幹事就開始罵了，罵整天整夜地盼著下雨哩，盼到要下雨了，咱們的罪孽又來了！咱鎮幹部這是啥命嘛?!帶燈說：是門軸命，開門關門軸都轉哩！鎮長布置完工作，對帶燈說：鎮街三個村子和南河村應該是防洪的重點村，你跟著我，咱到這四個村去。帶燈腦子裡第一個反應就是：如果洪水下來，肯定就毀壞沙廠，但她不願意去鎮西街村，甚至還有了那麼一點幸災樂禍。她說鎮長你到鎮街三村，我和竹子到南河村。鎮長同意了，倒還關心地叮嚀：去了給村長說些硬話，那村長是馬大哈，扎錐子都放不出血的。再是南河村靠山，那裡的山體多是石灰岩，要他們防著山體滑坡。再是大水四小時後到縣境，經過櫻鎮可能六個小時後，你們看著時間，六小時前務必返回，以免河裡發了水就被隔在那裡了。竹子說：隔在那裡就隔在那裡，或許山體滑坡把我們也埋了，那就追認個黨員，做個烈士吧。鎮長說：快朝空裡呸，呸呸呸！朝空呸唾沫是避邪祛晦的，鎮長呸了，帶燈和竹子都往空中呸了幾口。竹子說：鎮長還這麼珍貴我們呀?!鎮長說：南河村不能出事，你們也必須給我毛髮無損地回來！

帶燈和竹子其實在三個小時後就從南河村返回了，因為天開始下雨。第一滴雨下來前帶燈在訓斥南河村的村長，村長睡了，叫了好久的門，村長的老婆回答說村長不在，但她的聲音發顫，而且斷斷續續。竹子說村長老婆咋是這聲？帶燈明白那是村長和老婆正做那事，也不說破，繼續敲門。村長終於起來開了門，聽了帶燈的通知，卻說沒事沒事，五年前櫻鎮的那場洪水，所有沿河村寨有垮了堤的，沖了地的，死了人的，南河村就啥事都沒有。帶燈說：上次沒事不等於這次沒事，如果你還這樣麻痺，我現在就重新任命個新村長！村長說：我是群眾選出來的。帶燈說：咋選出來的你明白我也明白，我可以讓你上台也可以讓你下台！村長不吭聲了，把手裡的鑼敲得咣咣地響。就在這時候，啪的一下，什麼東西砸下來，地上的浮土躥上一股子白煙。村長說：誰扔軟蛋柿？接著又是三下砸聲，才發現是雨顆子。雨顆子有銅錢大，一顆就砸在竹子的肩頭上，濺出一朵水花。往天上看，天上原來已經有了烏雲，烏雲並沒有翻滾，而緩慢地由西朝東飄移，就像開春時河裡融化冰層。已經是太久太久沒有看到這樣沉重飄移的烏雲了，雲白著紅著實在是簡單枯燥，雲烏著才顯得這麼豐富和壯觀。帶燈說：哎呀，真是下雨了！隨之雨就稀里嘩啦下起來，先是一層白霧，再是白霧散去，一片黝黑，再是黝黑也退去，突然光亮非常，而地上嗞嗞嗞地響過之後就開始起了水潭，水潭愈積愈深，潭面上有了無數的釘子在跳。

村長的鑼能敲爛，把村民敲出了門。雨顆子在炒爆豆似地砸磕著房上的瓦已經使村民醒來，出門見天色已亮，瓢潑的大雨，以為是村長敲鑼慶賀著下雨，也都拿了臉盆、簸箕、搪瓷碗猛烈敲打，歡呼跳躍：啊下雨了！下雨了啊！在院門口的場子上跑，村道裡跑，跑著跑著跌倒在地上，也不爬起，而手腳分開平躺了，這個問那個：是天可憐了咱老百姓嗎？那個問這個：是黃書記一來天感動了?!人似乎就是一棵樹，一叢草，讓雨淋吧，讓水泡吧，那一身的皮膚都綠了，頭上的頭髮也生出了葉子。村長開始大聲地叫罵：躺到地上死嗎？起來，快起來！一組二組的人都去村後查看山坡，三組四組五組的人跟我到河堤去啊！噢，噢噢喲，防滑坡啊！防決堤啊！躺在地上的人才哦地起來，一部分人往村後跑，一部分人往村前跑，雞鳴狗叫，雨聲嘩嘩，腳步嘈雜。有人在問：才下起雨就防洪呀？村長說：快跑，快跑，啥時候能不防旱防洪防綜治辦呀?!帶燈說：你說啥？你給我說啥?!村長停了一下，拿手捐自己嘴，說：說錯了，防上訪，防旱防洪防上訪啊！

帶燈和竹子跟隨著村民先到村後查看了山體，又趕到河岸查看了河堤，然後就要趕回河北岸的鎮街。經過河灘，看見了沙廠裡有上百號人像是一堆沒頭蒼蠅在搬移洗沙機，在搬運洗出的沙，在搬動那些亂七八糟的木頭、篷布、鐵網子、鍁、钁、抽水機、架子車、水管子。元家五兄弟不停地吼粗聲：快，快，快呀！那是讓你×自己老婆嗎，你慢騰騰的?!元老四手裡還握著一根柳條子，抽打著那些手腳不利索的打工者。

雨連續下了四天四夜

四天四夜裡雨大得像是拿盆子倒，鎮街上的人家先還拿了鍁把後簷流水往尿窖子裡引，尿窖子裡都乾著，引了流水就用不著去河裡挑了，可尿窖子很快就灌滿了，趕緊攔水道，攔不及，尿窖子裡的糞便就溢出來和水道的水一塊往村道裡流，村道裡的水也流不及，倒灌著進了街面。一個夏天都沒見到蚯蚓了，路面上突然有了那麼多蚯蚓，都拉長了身子，竟然長到半尺一尺的。老鼠在跑，蛇也在跑，老鼠和蛇攪在一塊跑，老鼠跑著跑著就被水沖得沒影了，而蛇從水面掠過去，爬上了樹，樹上滿是蛇，還有一疙瘩一疙瘩的蒼蠅。把豬把雞把貓把狗都往牛棚裡趕，老年人開始燒灶做飯，要烙些煎餅以備急用，但柴禾全濕了，死活燒不著，只冒煙，煙從煙囪裡又出不去，嗆得滿屋裡都是咳嗽。小孩在屋階上尿，他感覺老是尿不完，看見了院子水潭上有明滅不定的水泡兒，跑去用手掬，雨一下子打得跌倒在水裡了，大人驚呼著趕忙抱回來，又撕棉花給塞了耳孔，因為天上滾起了雷。雷不停地在天上滾，似乎就滾到屋頂上，還是從這家屋頂經過那家屋頂一直從東往西滾了過去。後來那不歇氣的雷聲就在河裡，那已不是雷了，是河裡起了吼聲，水滿河滿沿地往上漲，漂一層柴草樹枝和白沫，接著就是整棵的樹，麥草垛，椽和檁，也有箱子櫃子桌椅板凳簸籃門窗，死豬死貓死鳥死獾死黃羊，也有了死人，死人都是被水脫了衣服，一絲不掛，頭臉朝下。

災情很嚴重

四天四夜裡，書記鎮長是沒闔過一下眼，臉上的肉像是一層一層掉了，腮幫塌陷，顴骨高凸，滿下巴的胡茬子，嘴臭得能飛出蒼蠅。所有的幹部雖然沒有書記鎮長的壓力和操心大，可以刁空和衣蹲在什麼地方或靠住牆打個盹，但他們在那些遠遠近近的村寨裡跑動，兩個人就發高燒，四個人石頭碰傷了腿或翻山時崴了腳，五個人輕重不一的拉肚子。更是吳幹事在查看河水時，腳下的土塄垮了，被沖走了半里地，雖然被救了上來，但已昏迷，還是把他如口袋一樣搭在牛背上，拉牛走了一小時，他吐出半盆髒水才醒了。

四天四夜後，雨是住了，河裡水不再往上漲，災情從各寨報上來：沙廠已不復存在，被沖走了三個洗出的大沙堆，捲走了一半的棚布、沙網、架子車和钁鎬鍁筐，還有一輛三輪蹦蹦車，蹦蹦車是在往出跑時沒跑過浪頭，司機跳下來爬上了樹，在樹上困了半天才被救下來。樺櫟村發生泥石流，人算跑出來上了對面山梁上，卻眼睜睜看著村後一面坡溜下來，三戶人家的七間房子一下子沒有了。損失約三萬元。井子寨村道完全沖垮，損失約五萬元。石橋後村河堤沖毀，泥沙覆蓋了三十八畝農田，十三棵老樹連根倒了。不幸中有幸的是河灣的蘆葦灘上有三頭死豬，被村民拉回去殺了肉，還有一頭牛，牛還活著。南勝溝村山洪和泥石流毀耕地二十畝和一片山林。北溝二村劉英安是下半夜聽見大水聲，把門一開就被水拉走了再沒找到。西栗子村汪文鎮在家蓋房，為了多占莊基，在屋後挖崖，挖出個陡直的土塄，結果土塄經雨淋泡塌下來，把正蓋著的新房壅倒，壓死了他老婆和孫女，還有一隻懷孕的母豬。藥鋪山坍了一座崖，崖石堵塞了溝道，聚水成湖。茨店村一年才硬化的村前五里路，不復存在。唐有根被雷殛，一米八的個頭縮成小孩一樣，渾身黑得像炭。石門村垮了十條梯田石。崛頭坪倒了五間房，一人觸電身亡，三人失蹤。駱家壩村山裂，五十畝山林被毀，倒坍三間房，丟失牛羊十頭，損失十萬元。雙輪磨村前道路塌方五處，十八畝耕地被沖走，只剩下石板皮。

竹子翻閱過去的水災材料

竹子是跑村時山上一塊石頭滾下來，帶燈喊往右跑，往右跑，竹子急了竟分不來左右，遲疑了一下，石頭就滾下來擦著了她，所幸沒有砸著，而那麼擦了一下，左胳膊就抬不起來了。她用繃帶把左胳膊吊在胸前，不能再往村寨裡跑了，鎮長就讓她在鎮政府寫災情匯總。竹子不甚懂寫這類文件的格式，就翻閱鎮政府保存的過去水災的匯總材料。其中一份材料是上一屆班子寫的，卻寫著上上一屆班子時的情況。

那材料是這樣寫的：現在幹部任用「七上八下」，就是年齡到了五十七可以提拔，五十八則作罷，而櫻鎮防洪是「七下八上」，就是發大水常在西曆七月下旬和八月上旬，比如二〇〇五年的七月二十九日，二〇〇七年的七月二十四日，二〇〇八年的八月十三日。二〇〇八年的八月十三日，櫻鎮街道成了河，家家進水，半夜裡群眾在街上集體大罵鎮政府把水給改道街上了。當時的鎮書記趕緊叫鎮上幹部天不明就去摸查長舌戶，進行安撫。鎮書記苦求下去的幹部，對群眾要好言好語，面帶微笑，群眾再罵，不急不躁，千千萬萬不敢發生動亂。後來傳說東邊的香積鎮死了百十人，一條溝的人家連窩端了，還有祥峪鄉泥石流死了八戶人家，潘家坪也死了三人，櫻鎮人就慶幸：咱還沒死人麼！就不鬧了，還有救濟和慰問而以受災得意了。之所以水能進街，是原來要修個護街壩的，壩設計離街二百米前往下左拐四十五度了直下從街後走，也就是說應從街前的拐彎處修下來，但鎮書記在修時說這條壩是能代表櫻鎮形象的，修到石拱橋處好看，也便於上級領導來檢查。因此發大水從上面一百米處直下掃蕩了街道。這條總長八十米的壩曾被縣市有關部門來人檢查了多次，那裡的標誌牌也被換了多次，比如是以工代賑專案工程，是市團委扶貧專案工程，是革命老區轉移支付專案工程，是愛民救助專案工程。

東石碌村被水捲走一人，後來在五里外的溝道裡發現，亂石砸撞得頭和身子分離了，先以為是兩個人，後把頭和身子對接，能對接住，才認定是一個人。這人叫劉重，五十二歲。柏林坪寨泥石流把三間房埋得毫無痕跡，死了孤鰥老人康實義，七十三歲。石門村的電桿倒了，村民石進保去撿電線，沒想電線上還有電，當場被電打死。茨店村的鞏德才是發水時先從後門跑上了山，跑上山了又給老婆說他在牆縫裡還塞有三百元錢忘了拿，就又跑去拿錢，水沒沖著，卻一個火雷疙瘩從天上落下來，竟然攆著他，就把他雷劈了。西栗子村一戶人家蓋房挖土塄，土塄經雨浸泡後塌垮，壅了正蓋的新房，壓死兩人，一個叫馬八鍋，女的，五十六歲，還有個汪林林，是孫女，四歲。書記說：東石碌村聽說溝裡的路全沖毀了，倒了許多電線桿？竹子說：是把路全沖毀了，不但倒了十五根電線桿，溝口一面坡滑下來，把那片青林埋了。書記說：那怎麼知道死了人？竹子說：侯幹事報上來的情況是這樣。書記說：把侯幹事叫來。侯幹事來了，書記說：你到東石碌村了？你報的情況是咋回事？侯幹事說：路不通，電話也不通，我是在溝口碰著一個村民說的。書記一擺手，侯幹事走了，書記說：他只是聽說，那怎麼就能保證真實性呢？鎮長說：如果不能確定死人沒死人，就先不要上報吧。書記說：茨店村的雷殛和石門村的觸電問題，咱還得冷靜地研究一下，櫻鎮村寨分散，氣候惡劣，常有一些怪事發生，比如失足墜崖呀，被葫蘆豹蜂螫死呀，遇著熊熊把人咬傷呀等等。所以我想，茨店村的雷殛和石門村的觸電雖然是在水災期間發生的，但又是不是獨立的特殊事件呢，老馬你說說你的意見？馬副鎮長說：這肯定與水災無關吧，陸主任你認為呢？經發辦陸主任說：如果再做詳細調查，水災期間病死的人肯定不少，這些病死的人不能說是水災中死亡人數吧。書記說：說得有道理，既然大家都認為雖是非正常死亡但與水災無關，那就不作統計了。柏林坪寨泥石流埋沒一戶人家的事，人沒刨出來嗎？竹子說：這是治安辦報上來的，說泥石流面積大，把一個溝窪全壅實了，根本無法把人刨出來。馬副鎮長說：這也是不見屍呀。竹子說：可村裡再沒見了康實義呀。馬副鎮長說：是康實義的鄰居證實的還是康實義的親戚證實的？竹子說：康實義是孤鰥老人，難在溝腦，村人發現沒了三間房也沒了康實義。馬副鎮長說：那也只能算失蹤。書記說：人命是大事，為了慎重起見，還是報失蹤為妥。西栗子村死了兩人這事我知道了，嚴格講是私人蓋房出的事故，當然，土塄能塌下來，是水浸泡了土塄導致的。如果以私人蓋房出的事故論處這也完全可以，但死去的馬八鍋是村婦女專幹，一個不錯的村幹部，平日工作積極，受過鎮黨委鎮政府多次表彰。她死後，他兒子來找過我，也鬧騰得很凶。我考慮了，這次水災中所有的村幹部表現得都非常好，馬八鍋也是在雨最大的時候敲鑼讓大家夜裡不要睡，她跑動了一夜，後來剛到新房裡，被土塄塌下來壓死的。我們處理這事，要為死去的人負責，應該表揚的村幹部就該表揚，應該有典型的就樹典型，這樣也是一方面給廣大人民群眾鼓勵，一方面也讓死者九泉之下瞑目。鎮長說：對，對，馬八鍋這個女同志工作賣力，鎮政府每次下達的任務她都貫徹落實，只是年紀大，手腳笨了點，她肯定是讓大家都避水防洪，累得頭暈腦脹的，在新房裡沒留神屋的土塄變化而犧牲的。竹子說：這麼說，馬八鍋是烈士呀?!馬副鎮長說：這麼大的一場水災，肯定有許多可歌可泣的感人事蹟的。白仁寶說：馬八鍋就是抗洪英雄！帶燈說：這有些那個了吧？馬副鎮長說：就算她不是英雄也是雷鋒麼。竹子說：雷鋒？這和雷鋒能扯上?!馬副鎮長說：你知道雷鋒是怎麼死的，他是別人倒車時撞倒了一根電桿，被電桿砸死的。如果嚴格講他是事故中死的，可雷鋒後來是無產階級革命戰士，幾代人都學習的榜樣啊！帶燈站起來就出會議室門。書記說：你有事？帶燈說：我上廁所去。

書記說：快去快回，咱們要形成個決議給上面報，誰也不能缺。書記接著說：竹子你往下彙報。竹子說：沒了，就死了這六個人。鎮長說：你怎麼還說是死了六個人？柏林坪寨的康實義不是算失蹤嗎，東石碌村的劉重消息不確定，雷殛的觸電的不在洪災範圍，要上報死人就只能上報死了馬八鍋和她孫女，咱們還要大張旗鼓地宣傳馬八鍋同志。你就很快形成個材料，咱們連夜向縣上電話彙報，並在明早把材料送到縣上有關部門。鎮長說完，問書記：你看這樣行不行？書記說：大家意見一致那就這樣上報吧。我再強調一點，專門為馬八鍋同志寫個材料，爭取在全縣樹個典型。帶燈呢？白仁寶就到門口喊帶燈，帶燈沒回應。鎮長對竹子說：你去廁所看看。竹子出去了一會兒，回來說：帶主任正在特殊期，又累又淋了幾天雨，肚子疼得厲害，到房間喝藥哩。書記說：哦，那讓她好好休息，她這次也極其辛苦呀！以我的本意，也應該報幾位鎮幹部的先進事蹟，這其中就少不了帶燈同志。可考慮到咱們鎮幹部是領導指揮抗災的，還是先不宣傳為好，但我會記著大家，口頭上會給縣上領導作彙報的，以後該提拔的首先考慮，該獎勵的一定要重獎。竹子你年輕，再勞累勞累，連夜把上報材料寫好，該寫透的一定要寫透，文字上請教你帶燈主任，最後白主任把關，明白了嗎？竹子說：明白了。會就散了。

漢白玉井圈裡是紅的綠的泥

帶燈坐在綜治辦裡吃紙菸，從門裡往外看，楊樹和院牆之間的那個蜘蛛網沒有了，而漢白玉井圈裡栽著指甲花也全被雨水打得稀爛，泥是紅一疙瘩，綠一疙瘩。

竹子抱了一堆材料回來，她要帶燈幫她，帶燈說我寫不了那樣的文字，竹子就叫苦她倒楣把胳膊斷了，要斷就斷右胳膊呀，偏斷了左胳膊！

後來，鎮長來找帶燈時，帶燈把漢白玉井圈裡的紅泥綠泥挖出來，捏成泥包兒在地上甩。這種遊戲她小時候玩過。鎮長說：你不該正開會就走了。帶燈說：我肚子疼，我總不能疼死在會議室！鎮長說：我知道你有想法，可你也是老鄉鎮幹部了，你能不知道要向上邊表功了，誰不是有什麼就說什麼沒什麼也要說出個什麼，如果出事了那又不是大事說小，小事說了？帶燈說：可這是人命大事，也敢隱瞞？鎮長說：這不是隱瞞，是巧報罷了，因為能說得過去。死一個人你清楚意味著什麼，我，更有書記，都是苦根上發芽不容易呀，十二個人突然沒了，我和書記的日子不好過，咱鎮幹部每個人的日子也不好過，大家都要生存麼。帶燈說：那死了的人就死了，這些家庭連個補助連個說法都沒有了？再是咱即便巧著上報，村裡人難道就不說出來，不會有人將來上訪？鎮長說：康實義是孤鰥老人沒人會追究，劉重是落不實，或許死者是外鄉過路人，那死亡與咱就無關了，雷殛的觸電的咱那麼處理誰也尋不出不對的地方。之所以報那麼多失蹤，失蹤是不能定生死的，或者人出外打工了，或者走了遠方親戚，只要過了這一段時間，以後即便是人已經死了還會再有人過問嗎？東石磙村劉重問題可能村人以後有反映，現在是消息不通可以不報，為了防止以後有反映，我和書記也商量了，鎮上準備了八百元封口錢。把馬八鍋樹為抗洪先進人物，對誰都好。書記處理這類事情真是經驗豐富，又給我上了一課。帶燈說：你好好上課。把手裡的泥包又朝地上甩了一下，泥包啪的一聲，破了個窟窿。鎮長說：說實話書記還不錯，你剛才不在，他還表揚了你。帶燈說：你不是也來安撫我了嗎？其實用不著表揚也用不著安撫，我算什麼呀，你們壓根兒不要把我當回事，何況我並沒有說什麼也沒有妨礙了什麼。鎮長說：你呀你呀！就蹴下來也捏泥包，捏好了遞給帶燈，帶燈又甩了三個泡兒，最後一次把泥包甩出了門，泥包在楊樹上黏住，響聲很大。而正好白毛狗跑過來，白毛狗渾身泥，不是白毛狗是泥狗。

給元天亮的信

昨天值了一會兒班，滿院裡都是來領救濟麵粉的群眾，還有外面捐來的衣物發放。反正也是罵聲不斷，因為沒有絕對的公平，罵村幹部不變蠍子不螯人。辦公室的電話響趕快接聽說你好，誰知那北京人南方人多次電話說你們某某村四號家人出事了或某某村十二號打工者出事了趕快給家人聯繫。那些騙子的普通話令我噁心。櫻鎮哪裡有門牌排號？想狠狠罵一通但自己提醒自己千萬不敢，萬一被改編了傳上網鎮政府就說不清了。一個老夥計也來上訪，她丈夫是村長，去年村裡一家姓王的承包了修村道，規定路面硬化必須超過五寸厚，而姓王的偷工減料只有三寸多，她丈夫發了一筆修路費還扣壓了一筆，雙方一直吵吵鬧鬧。這次洪水把村道全沖了，姓王的又來要錢，她丈夫還是不給，姓王的說我是沒修到五寸，而即便修到一尺厚，水還不是沖了?!她丈夫說路沖了是沖了，和你沒按規定修是兩碼事。姓王的就一天三晌來她家鬧，老人休息不好，孩子做不成作業，這日子沒辦法過了。我說你丈夫把錢給姓王的算了，洪水後肯定要重建家園，上邊還會撥款修村道的，到時候再不讓姓王的幹一分錢的活了。她說那不行，她男人是村長，如果治不住姓王的，村人都看樣，村長就沒權威了，要我們給她丈夫撐腰打氣。但我也知道她男人在修村道款上有貓膩。現在村寨裡不說硬理了，一有糾紛就去告呀，雙方或一方錢花完了事。我厭煩世事厭煩工作，實際上厭煩了自己。人的動力是追求事業或掙錢或經營一家人生活，而我一點不沾，就很不正常了。我想老天是叫我幹啥吧，感情方面像花開花落葉綠葉黃甚至果實苦甜，但樹還是根本，茁壯的樹才承載情緒的花葉。

我去松雲寺，因為聽說老松在風雨裡折斷了一枝，果然是折斷了，許多人在那裡哭。太陽快出來了啊，就在山頭的雲霧中，像被摸索的撲克牌經仔細的揣測，半早晨了被嘩然翻開，那耀眼的風光還是光風使我後退了兩步。雨後的草開始瘋長，青棡樺櫟樹葉全支棱開來在風裡拍手，翻動的葉背是白的，像是開了一層白花。遠處的河水翻騰的濁浪如發過脾氣的老頭在太陽下開始丟盹兒，又如哭鬧後嬰兒想要安眠。

辦公室又在頻發信息，依然在強調防汛嚴峻，讓我們守崗強責排查次災害隱患。水，水，水，將近多半年的時間，總是被水困擾，不是水太少了就是水太多了。我深深覺得女人是水做的，因為我想你時有淌不完的淚水。女人是清清淺淺的山泉，有時在懸崖上成瀑後變成了湍急河流，再加上外界暴雨的襲擊成洪成禍。政府讓我們抗洪就是抗天誰能護得了，哪個群眾在洪水到來時是政府人揹出來的，都是從建房時開的靠山的後門跑上山去，自求多福。天災是上天和人激烈的對話，溝通和協商，那麼，鎮政府在其中應該做什麼呢？我心中也洪水濤濤就不指望誰來抗洪，理順自己的氣韻，疏導生活的脈絡，只要是進入我生命中的真情真愛，我都在心中尊敬，維護和經營。看日子整齊地過來，無序而去，我還要認真地活，就像蟬兒一樣怎麼過我也怎麼過，唱著別人或許聒噪而我覺得快樂的歌。

這兩天騎摩托要到幾個村寨，看看那裡群眾的生活和生產，我很看輕自己不想耍嘴，但群眾在意，說是鎮政府來人了給把什麼都交代了，所以我明天先去東岔溝村、樺櫟坪村、南河村轉一圈兒。

鎮街上人都躁著

洪水使沙廠的經濟損失最大，元黑眼坐在當街的肉鋪裡罵人。他罵掛肉的木架子沒有支好，你不拿石頭壓住底座，架子能穩嗎，你會幹不會幹？媽的個×！鋪子裡的趙媽見元黑眼罵小馬，忙把小馬支使開，喊：德貴德貴！德貴還在後院燒殺豬水，柴禾全是濕的，冒煙不起焰，正趴下用嘴吹。趙媽又喊：德貴德貴你耳朵塞了驢毛啦?!德貴不吹了，跑過來，抱那個磨扇往木架的底座上壓。燒殺豬水的柴禾又撲塌下去，濃煙罩了後院，又像烏龍一樣鑽進鋪子來。元黑眼又罵：你連火都不會燒嗎，你是在燻獾呀?!元老三新買來了兩隻豬，這兩隻豬都是有人從洪水裡撈出來的死豬，有一隻頭被石頭磕撞成了半個。趙媽說：這豬買回來啥價？元黑眼睜著眼，說：你問價錢幹啥?!一腳踢在貓食盆上，他嫌貓吃食的樣子難看，貓和貓食盆一起被踢出了鋪門，跌落在台階下。張膏藥的兒媳又來向他提說工錢的事，張膏藥的兒媳知道元黑眼心情差，已經在肉鋪門口來了多時，還幫著德貴把木架子支穩，她才說：他叔，我那錢……元黑眼說：不就是那丁點錢嗎？張膏藥兒媳說：就是一丁點，你不在乎的。元黑眼說：我是不在乎！要是沒這場水，哪一天我不是在河灘就發了工錢？可水把沙廠捲了，你每天來，這不是故意看我笑話嗎?!張膏藥兒媳說：你千萬不敢說這話，他叔，你冤枉了我，我也想在老街那兒弄間農家樂的，實在是手頭緊。元黑眼突然臉凶了，說：我現在沒有！張膏藥的兒媳立在那裡眼淚嘩嘩。

馬連翹從街上提了盆子跑過來，她進了肉鋪門只說了一句：你吃過啦？沒等元黑眼回話，就進了後院。元黑眼說：今日沒豬血。馬連翹說：咋能沒豬血？元黑眼說：沒豬血就是沒豬血！馬連翹說：那我提副腸子。元黑眼說：腸子不給你了，讓九明家的提去。張膏藥的兒子叫九明，馬連翹這才看了張膏藥兒媳一眼，說：她憑啥？元黑眼說：我說讓她提去就提去！馬連翹說：人家有陳跛子哩，用得著你操閒心?! 張膏藥兒媳說：馬連翹，我沒得罪你，你給我扣屎盆子？馬連翹說：陳跛子整天往你那兒跑啥哩，他是給你吃藥哩還是給你身上扎猛針哩？有個跛子你還不滿足，又來勾搭誰呀?! 張膏藥兒媳說：我是寡婦，可我門前沒是非，你以為別人都和你一樣？馬連翹就過來打張膏藥兒媳，兩人撕扯在一起。元黑眼又罵：給我住手，都滾遠！馬連翹衝元黑眼發瘋：你讓誰滾？把盆子摔在元黑眼面前。旁邊早有了看熱鬧的人，有的說：馬連翹脾氣恁大的？有的說：把情人當老婆用哩，當然脾氣就大了。元黑眼撲起來踢馬連翹，踢在屁股上，因為用力過猛，身子往後踉蹌了一下，正好趙媽端了一盆燙豬水要洗腳呀，撞得趙媽坐在地上，燙豬水潑在了元黑眼的左腳上。

當天的下午，元斜眼在米皮店突然看見了王采采的兒子。元斜眼被鎮長訓斥過，死不承認他擺麻將攤專門和從大礦區打工回來的人賭博，但也再不敢去大礦區包工頭那兒領取王采采兒子的工錢了。元斜眼以為這是王采采兒子給鎮政府密告的，窩了一肚子氣，所以突然見到王采采兒子了，就嚷著欠錢還錢。王采采兒子放下碗就跑，元斜眼在後邊攆，一直攆到老街上，王采采兒子鑽進了歌屋。而換布立在門口，還戴著墨鏡，笑嘻嘻地說：斜眼呀，來唱歌嗎？你沒叫上你大哥呀?! 元斜眼面對著換布，但他看的是歌屋旁邊的木樁，木樁上掛著紅燈籠，說：他往你這兒鑽？換布說：他在我這兒看場子呀！元斜眼說：狗麼！換布說：是狗。元斜眼拾了塊石頭，大聲喊：×你媽的你出來！換布說：打狗看主人啊斜眼！元斜眼哼的一聲轉身走了。

鎮西街村的鞏老栓已經躺在村裡的三道岔巷口了半天，鞏老栓的老婆放聲地哭。因為鞏老栓的兩個兒子都出去打工了，家裡就老兩口，新盤了鍋灶，把舊灶土堆在門前的路上，準備打碎了擔到地裡做肥料，元老五從河裡看水回來，嫌灶土擋了路，拿起鍁就把灶土鏟著扔到路邊的池塘去。鞏老栓出來和元老五吵，吵不過，抱了元老五的腿，元老五說：我不打你，你挨不住我打。腿一甩，甩開了鞏老栓就走了。鞏老栓躺在巷口不起來，鄰居來往起拉，說：沒踢傷就行了，人家惡麼，你在這裡躺到天黑呀？才把老兩口拉了回家。

張膏藥被小馬請了去給元黑眼燙傷的左腳貼膏藥。張膏藥出門時，帶了膏藥也帶了個竹撓撓插在後脖領。張膏藥身上總是癢，他把竹撓撓叫孝順，還姓木，說：我沒了老婆，兒子也死了，沒人給我抓癢癢，咱買個木孝順度晚年麼。到了肉鋪子裡，趙媽把木孝順取下來，張膏藥以為要給他撓背呀，趙媽卻在給自己撓，說：哎，狗皮膏藥！張膏藥說：我這不是狗皮做的。趙媽說：是不是你那兒媳要改嫁呀？張膏藥說：你聽到什麼口風啦？趙媽說：聽說陳跛子待她好。張膏藥說：那她尋夢呀？趙媽說：陳跛子是好日子，咱吃飯哩管它是啥碗！張膏藥說：那跛子倯有錢，她還把我兒子的命錢給人家?!氣得給元黑眼貼膏藥時手抖得貼不平展，揭下來重貼，元黑眼也罵他：你就這技術？我只給你一半錢！真的只給了二元五。

唐僧走來一路都有白骨精

廣仁堂的門開著，陳大夫在裡邊坐著，沒人來就診。戴上老花鏡了看藥書，街面上不時有人吵架，聒得看不成，就對張膏藥的兒媳說：你把篩子裡的枸杞端出來晾著。張膏藥的兒媳來給廣仁堂打雜，陳大夫滿意這女人的勤快，也滿意這女人轉身彎腰時的那一種姿態，但女人的一雙鞋太舊了，他問：你穿多大號的鞋？張膏藥的兒媳沒回答他，瞧著那個瘋子在攆一隻狗。她認得那隻狗是鎮政府的白毛狗，狗被攆急了轉過身咬瘋子，瘋子沒躲得及被狗撲倒，瘋子竟然也咬了狗一口。張膏藥的兒媳說：今日天陰得實，不會有雨吧。陳大夫說：有雨著好，有雨天地陰陽就交匯了。

大工廠工地的負責人從街頭過來，人都叫著唐主任。唐主任人長得白白淨淨的，遲早都不穿西服，穿白綢子對襟褂，臉上笑笑的。他走過來總有人碎步跑近去說話，又差不多是些女的，她們央求著工地能給些活計，比如挖一節水渠，砌那些圍牆，要不要石方或去刻鑿石條，廠區裡搞綠化樹嗎，要栽牡丹、月季和薔薇嗎，要麼每天固定去送豆腐、豆芽，就是專送蒜苗和芫荽也行呀。她們說：我心輕，主任，你遺一粒米就夠我的了。唐主任一直在擺手，腳步不停。她們仍跟著，一會兒到人家身左，一會兒到人家身右，甚至跑到前面了，倒著走，反覆地說。唐主任並不惱，依然微笑，說：我不具體管這些事。她們說：你管哩，你一句話的事。

陳大夫問張膏藥的兒媳：他真的是姓唐嗎？張膏藥的兒媳說：姓唐。陳大夫說：哦，唐僧了麼。唐僧走來一路都有白骨精麼！

唾痰

張膏藥給元黑眼貼了膏藥，回來的時候經過廣仁堂，果然見兒媳在幫陳大夫收拾曬席上的枸杞，就呸地唾了一口。兒媳瞧見是張膏藥，低頭就進了藥鋪，那口痰卻唾在了廣仁堂門上，還往下吊線兒。陳大夫說：哎哎，你往哪兒唾哩？張膏藥說：我願意往哪兒唾就往哪兒唾！陳大夫說：你唾不成！拉住張膏藥讓擦痰。張膏藥不擦，說：蒼蠅還嫌不衛生?!陳大夫說：你擦不擦？張膏藥說：不擦！陳大夫說：那我也給你唾！咳嗽一聲，唾在張膏藥臉上。兩人就撕纏在一起。張膏藥腳下利索，打陳大夫一拳，往後一退，再踢上一腳，又往後一退，陳大夫跑不快力氣卻大，往前一撲，抓住了張膏藥就頂在廣仁堂門板上，像是把張膏藥釘在了那裡，然後左右搖晃，張膏藥的衣服就把痰蹭淨了。

帶燈在這個中午喝多了酒

陳大夫和張膏藥在廣仁堂門口撕纏不清，其實帶燈是看到了，但帶燈沒去干預，她喝多了。控制尚建安的行動中，曹老八的臨陣逃脫，使帶燈十分惱火。事後在鎮街上見了曹老八，曹老八都是騎了自行車趕緊捏閘，翻身下車給帶燈笑，帶燈就是不理。在鎮政府大院裡還碰上一次，曹老八還是給帶燈笑，帶燈說：你幾時把工會的印章和那個木牌子拿到我這兒來。曹老八說：主任，主任，你聽我說麼。跟著帶燈。帶燈說：我上廁所呀！曹老八說：我比你年齡大也不至於……帶燈真去了廁所，曹老八掏出手紙扔進去，說：我找書記去！進了書記辦公室。

這一天，書記突然來到綜治辦，竹子在收拾文件櫃，看到那只壎有塵土，拿抹布擦拭，而帶燈在讀書，書記說：好久沒聽到吹壎了。竹子說：你們不是不讓吹嗎？書記說：不吹著好，那聲音怪怪的，不利於給大家提勁。過來看帶燈讀的是元天亮的書，就又說：這就對了，有空多讀讀他的書。帶燈說：書記也讀他的書？書記說：是不是覺得我學歷不夠，就不讀書啦？啥書我讀上幾頁，聞都聞出這書的味道正不正的！說罷就哈哈地笑。帶燈說：瞧書記今日心情好麼，可惜沒有什麼要報銷的條子讓批。書記說：今日請你們吃喝去！帶燈說：這不是做夢吧，請我們吃喝，是不是嫌我們沒請過你?!書記說：你們是沒請過，但我得請你們。帶燈說：這不敢。書記說：又不給我面子？那好，東岔溝村鑑定的事就不給你們說了。帶燈和竹子愣了一下，說：通知讓鑑定啦?!書記點了一下頭，兩個人就抱住在地上雙腳蹦，哇哇叫。書記說：你看你看，這哪兒像是個國家幹部！我那雙胞胎小外孫今年兩歲了，我去看他們，讓叫爺爺，就是瞪著眼不叫，我一拿出棒棒糖，就都喊爺爺，一個比一個喊得高！竹子就說：書記是好書記，我送你個吻！書記說：來呀來呀！把半個腮幫仰過去。竹子卻給了個飛吻。

書記是把帶燈和竹子領到鎮街上王萬年的飯店裡，王萬年的飯店很小，又在二層樓上，飯店的名字也直接就叫：吃喝。飯店只有三個包間，最好的一間臨街，從窗口朝東能看到劉慧芹的雜貨鋪，朝西能看到廣仁堂，廣仁堂門口有兩個石獅子，每個獅子頭上都放著曬藥篩子。

其實這頓吃喝是曹老八要請書記的，書記也就把帶燈和竹子叫來。飯菜並不豐盛，但有從石門村弄到的溪鱗鮭。溪鱗鮭是魚中珍品，全櫻鎮只有石門村後的深峽裡有，一般誰也捉不到。發洪水後，沖出來了兩條，被村人捉住拿來鎮街賣，曹老八見了說：這是國家保護動物你們敢賣?!說他是鎮政府的，是工會主席，就把溪鱗鮭收沒了。收沒了要宴請書記，並求書記給帶燈說說他的工會主席的事，書記正好接到縣上讓去鑑定的通知，就接受了吃請，還把帶燈竹子一併叫上。大家心情都好，帶燈也就不提讓交印章和牌子的事。書記讓曹老八給帶燈和竹子敬酒，說：別看她倆年輕，卻是櫻鎮最能幹的幹部。江湖不分輩，老師不論歲，以後工會的工作你勤勤給她們彙報吧。曹老八就給帶燈竹子敬酒，說：這溪鱗鮭味好吧，一條百十元哩。帶燈說：我不感謝你，我感謝書記，是書記請我們來吃的。曹老八說：謝書記，謝書記！

兩條魚很快吃完了，酒喝了三瓶，差不多是書記一瓶，曹老八一瓶，帶燈和竹子合喝一瓶。書記酒量大，喝了沒事，帶燈三盅下去臉色彤紅，說：我沒啥感謝書記的，我把我喝醉，讓我難受著，來表達我的心意！就把半瓶酒咕嘟咕嘟喝了，喝了眼睛發瓷，頭暈得不敢動彈。書記說：喝了酒臉色多好看的。曹老八說：我在櫻鎮大半輩子了，從來還沒見過鎮幹部有帶燈主任和竹子長得這麼好的。我以前的觀點，對於鎮上的女幹部，長得醜的要不敢輕視，長得好的要不敢相信，為啥呢，長得醜而能在鎮政府工作的那一定有背景，長得好的就又都是花瓶子，沒實際本事。但帶燈主任和竹子讓我長知識啦！說完就笑，書記也笑，叮哩咣噹，兩人又一陣碰杯。

這時候街道上有吵鬧聲，竹子扭頭看，是張膏藥和陳大夫在撕纏，說：他們還能打架呀？帶燈也抬頭看到了，卻沒有說話，也沒有動。

後來，書記就去大工廠工地了，帶燈仍腿軟得走不動，竹子要揹她，她嫌喝多了讓人看見影響不好，就乾脆在飯館裡說說過幾天去東岔溝村的事，擔心洪水會不會也沖毀了溝裡的路，或者那十三個婦女家誰個又遭了損失還能不能去縣城。竹子就說她明天先去一趟看看情況，如果路通，人都沒事，她把要鑑定的人接到鎮街，然後再和帶燈一塊去縣城。帶燈說好，你拿張紙來，我向陳大夫又問了些偏方，你帶去給她們。竹子向王萬年要了筆紙。帶燈說：我手軟寫不成，我說你記。竹子說：你喝高了還能記清？帶燈說：我腦子清白哩。曹老八送走了書記，二返身回來還要陪帶燈和竹子，說：讓我記。帶燈說：這偏方祕不示人，你走吧，走吧。曹老八只得走了。

二十三條偏方

竹子記下來的偏方是：肚子痛，用小米一把，焙乾研麵，和水拌吃。脫肛，取蜘蛛燒爛，抹其上。刀傷出血，蠶蛾燒乾研磨，貼。骨頭疼，草鞋洗淨燒灰而敷。鼠咬傷，用貓糞填傷口。蛇咬傷，獨蒜切片敷之。自縊，扶下地躺平，皂角細率吹鼻內，須臾魂魄自還元。咳嗽不止，浮萍搗爛煎服，服三天，每天早晚一次。鼻出血，亂發燒灰，以竹管吹將鼻內。耳流膿，蛇兌研末攪冰片吹入耳，若還流，吹鳩屎末，立止。蟹子螫，服小蒜汁。抹鼻涕，澆童尿。蛇入口，艾炙蛇尾即出。猝死無脈，牽扯牛讓牛舔鼻，牛不肯舔，以鹽汁塗面上既肯舔。鬼魘不悟，小男兒尿其面上。小兒尿血尿床，燒鵲巢灰，以井水服之。禿瘡，用苦楝皮燒灰，以豬油調後敷。不生髮，楸葉搗汁塗抹半月。小兒臍不合，燒蜂房灰敷。小兒中風口噤，雀屎加麻籽，做成粉口服，每次三小勺。子死腹中，牛屎塗母腹立出。產後腹脹痛，煮黍黏根為飲。難產，吞槐籽二十七顆。浴新生兒，以豬膽一個，汁入湯中，令兒無瘡疥。

張膏藥被燒死在他家屋裡

張膏藥回到家裡，天已經黑了，氣得也不吃飯，就坐到炕上吃旱菸。吃了半晚上的旱菸還睡不下，村裡張發魁的女兒燒火時燒傷了胳膊，張發魁抱著女兒來找他，他懶得下炕開門，從窗子裡遞出來一張膏藥，收回了膏藥錢。張發魁要走時，張膏藥還說：你這是多少錢？張發魁說：不是一張膏藥五元嗎，我給的是零票子，五元呀。張膏藥說：是四元五角麼，再掏五角。張發魁說：五角你還要？張膏藥說：是你欠我的，咋不要？張發魁說：身上沒有了，明日給你拿來。張膏藥說：明日你記著！

但是，張發魁第二天去還錢，張膏藥卻被燒死了。

張膏藥給了張發魁的膏藥後，還是坐在炕上吃旱菸，人也乏了，雖然不想睡，腦子卻糊起來，再加上吃旱菸吃得滿屋子煙霧沉沉，他叼著菸鍋子身子就搖晃著，將菸鍋裡的火星子掉到被褥上。火星子揮到被褥上是往被褥裡鑽，鑽進被褥裡冒出的煙更嗆人，張膏藥先未發覺，等到滿屋煙霧罩得睜不開眼，又嗆得清醒過來，才看到被褥著了火，忙雙手去按，到處已是火窟窿，咋按也按不住，明火就起來，燒著了還掛著的蚊帳。蚊帳擋了一夏蚊子，到天逐漸涼了，蚊帳仍沒卸，因為屋頂老往下掉土渣，沒蚊帳擋著，睡覺土渣常要落到嘴裡。蚊帳一著火，張膏藥身上的衣服也著火了，火焰苗子往上躥，燒著了牆上的架板，燒著了架板上的箱子和裝了衣物的那個筐子。張膏藥跳下炕去提水桶，水桶裡沒水，又去端尿盆子，尿盆子裡只有一泡尿，澆不滅火，火就燒得他在地上打滾，肉嗞嗞響，後來人就昏過去。

半夜裡，鄰居的男人起來上廁所，看見西邊一片火光，忙喊：著火了！張膏藥家著火了！但他自己並沒有先跑去救火，而把被子在尿窖子裡浸濕，搭梯子往自家屋簷角上苫，擔心火過來燒著了。等村人醒了跑來救火，張膏藥家的三間房已經燒得塌了頂，人已無法近去。到了天亮，火熄了，人們跑進去找張膏藥，張膏藥燒成黑柴頭。

村裡人都說張膏藥可憐，他半輩子賣燒傷燙傷的膏藥，到頭來自己卻被燒死了。說完又說：張膏藥是不是要自殺，故意放火燒的房？他是以前說過絕不給兒媳留一根椽的，他真就這樣做了。

送葬

張膏藥的墓拱在石橋後村北邊的塬根，而塬上也就是元天亮家的祖墳。從張膏藥的墓上能看到元天亮家的祖墳，從元天亮家的祖墳上也能看到張膏藥的墓。埋張膏藥的那天，帶燈和竹子以個人名義也去了墓上，但她們沒想到來送葬的人非常多。竹子說：張膏藥還有人緣？帶燈說：人都愛看熱鬧麼。

人確實是多，而且愈來愈多，從石橋後村到塬根的路上全站著人，他們並沒有為張膏藥抬棺，甚至也不去墓地，就在路上站著看。而站的人多了，有人踩了他人的腳，就吵了高聲，而一吵了高聲，更多的人又聚過去，接著吵架的就不是了兩個人，好像又發生了一對，還有一對也在吵。

帶燈和竹子準備要回去了，翟幹事卻一頭汗的跑了來，一見帶燈就低聲說：你們早來了，情況怎樣？帶燈說：啥情況?!翟幹事說：是不是有聚眾鬧事跡象？剛才書記通知我趕緊過來，他說曹老八提供情況為什麼埋張膏藥去的人多，他活著都沒人理，死了倒來這麼多人這不正常麼。帶燈心裡咯噔了一下，說：是不是？就朝人群裡看，人群裡是有王後生，還有尚建安和那四個組長，但王後生在墓頭看著人抬棺，尚建安卻是和一個人蹴在路邊說話，並沒什麼異常。帶燈說：神經過敏了吧？沒事。翟幹事說：沒事，是沒事，我給書記回個話。就給書記打電話，說：帶燈主任早來關注了，沒事。帶燈說：我不是來關注的。翟幹事還在對著電話說：是不能麻痺，是的，許多事情看著沒由頭，但出大事常常是沒由頭的事引起的。噢，噢，一旦有苗頭，我會通知派出所。帶燈說：讓派出所人來幹啥，沒事倒惹事呀?!

帶燈畢竟心裡也不踏實，她故意往墓地去，經過了尚建安的身後，要聽聽尚建安在和人說什麼。

尚建安說：我也煩得很，想死哩，又不知道怎麼死？那人說：你怕火燒，你喝老鼠藥麼。尚建安說：現在老鼠藥品質不行，死不了人白受罪。那人說：我有品質好的，我給你一包，七元錢。

張膏藥的兒媳披麻戴孝在墓前哭，哭得鼻涕眼淚全下來，卻聲是啞的。一夥人在幫忙封寢口，隆墓堆，說張膏藥的兒媳是在哭自己恓惶。張發魁也在墓前站著，說：肯定張膏藥不讓兒媳婦哭，把聲弄啞了。他從口袋掏紙菸要吃，一掏紙菸帶出了一張五角票子，緊抓慢抓，一股風把錢吹到焚紙堆上，錢就化了。張發魁愣了愣，趕緊說：好了，這下咱清了，以後再別尋我！

帶燈對翟幹事說咱們回吧，鎮幹部幾個人都在這裡，別人覺得奇怪了就越發來要看熱鬧的。翟

會上鎮長動員，他講了形勢，說在遭受乾旱洪澇等自然災害的影響下，今年的菸葉生產仍取得較好成績，呈現了三個特點，即種植面積下滑態勢初步得到遏制；科技興菸快速發展，漂浮育苗，移栽面積占百分之九十，移栽蓋膜占應蓋面積百分之八十五；受災之後，聯繫保險公司，實施有效賠保，組織菸農加強大田管理，使菸葉生產恢復到正常狀態。他講了目前主要任務：一是菸葉稅收任務壓力大，今年菸葉稅任務一百九十八萬元，占年度財政收入任務的百分之四十，這部分財政收入不能完成，全年財政收入將難以實現，菸葉稅收是收一分錢是一分錢，而工商稅收收入只有百分之三十左右為鎮財政收入，如果財政拿不回來錢，年底大家的獎金、績效工資沒錢發放，手中墊付的辦公經費不能報銷，村級經費無法兌現。二是影響和制約菸葉生產發展的一些深層次問題沒有從根本上得到解決，如菸葉面積持續萎縮，菸區的重茬連作等。三是受災害影響，今年菸葉產量和品質下降，完成年初鎮黨委、政府確定的目標任務困難較大。他講了要採取的工作措施：一、全鎮二十二個產菸村，兩個菸站，鎮主要領導帶隊，駐站協調收購工作。各包村幹部，和村寨文書、村長必須到崗，全力抓好菸葉交售。二、成立稽查組，由財稅所、派出所、工商所負責堵菸葉外流工作，鎮和各村寨在主要路口設立流動檢查點，對跨區域販菸的交通工具一律扣押，菸葉全部沒收，所售菸款全部用於獎勵舉報和參與人員。三、在兩個菸站成立等級爭議仲裁組，妥善解決等級糾紛問題。四、派出所確定一名民警常駐菸站，對收購期間尋釁滋事，干擾收購秩序的要給予從重從快處理。他宣布了獎懲辦法：一、以下達給多村寨的菸葉面積和產值任務為基數，完成的村獎勵稅收百分之二，超額完成的獎勵超額稅收的百分之五。對完不成任務的罰降低產值部分實現稅收的百分之二。各村寨任務完成情況與全年辦公經費和年底村寨幹部績效工資掛鉤。二、經稽查組或群眾舉報有販菸行為的村，經查屬實，罰包村幹部、支書、村長各五百元，對舉報有功人員一次性獎勵三百元。三、對完成任務的菸站獎勵八千元，超過任務部分的另外按實現稅收的百分之二獎勵。他最後還是講了一條土政策，要求這條土政策得執行，但不能上文件也不能作紀錄，就是鎮所有幹部除了抓自己所包村的收購工作外，本人都要悄悄去外鄉鎮控菸葉賣到櫻鎮菸站，副科級以上幹部是五百公斤，一般幹部是二百公斤，完不成的罰款，一公斤罰一元。

狗在逮老鼠

所有的職工都分頭去忙自己的任務了，鎮政府大院在白天裡就空蕩起來。地上鋪就的磚塊上有了苔蘚，有草也從磚縫裡長出來。門房許老漢和伙房劉嬸在台階上打盹或者捉蝨子，說：咱中午吃啥呀？而白毛狗就在逮老鼠，從牆角撲上了房頂，又從房頂撲了下來。

給元天亮的信

九月十五你還記得是什麼日子嗎，或許你忘了，但我卻清楚你在這一天裡曾經回到過櫻鎮，從此年年惦記，它的到來是我的盛典。早晨起來，還在颳風，所有的樹冠呼來嘩去，大片的灰雲向西天橫掃，可憐的樹在整個夏天都在全身維護葉子，葉子也盡心捧著樹幹，而現在樹葉用靈光而驚恐的眼睛看量深秋的一切。我真擔心著這樣的風一直要颳到夜晚，可到了夜晚滿月依舊出現了！九月十五啊，夜是愈來愈黑，黑得像瞎了眼，月是愈來愈亮，光輝一片，我在靜靜地走哇走。月在天上，我是在溝裡，我和月不可能合二為一，但我任何時候一舉目它都在我的頭上，我就是不舉目，我也依然知道它在照著我。你是我大糝子鍋裡的幾粒豌豆，讓我直著眼睛貪婪，我是野地裡遺掉的一只土豆，被你不由自主地彎腰撿拾。我愛慕你踽行在鬧市區裡的足底的情緣，你牽掛著我在山野的萬丈塵煙。這就夠了，我反覆地勸說著自己，這已經夠了！只是不免有些隱隱地害怕，害怕什麼呢，狼不怕的，蛇不怕的，害怕月亮漸漸地要走向冬季，帶走我僅存的溫熱。

我一天心裡總是酸酸甜甜苦苦的像山上草藥的味道。草藥是老天給的本能滋味，而我是你給的性體味道。草是有了藥性後被煎熬醫病強身，我繁複的心也是倍受折磨。我想如果是個靈芝草在幽山險崖的有機會修行多好！我總想有個自我，做個完滿的人，但我覺得要活好個人萬不敢走火入魔，太敏感的人容易出問題。我多想像玉米豆類一樣長自己的頭還為別人結著籽，可我偏偏像小麥穀子一樣籽粒就是頭腦和生命。還像有的花朵一樣。這可咋辦呀？世界是在兩個方面的矛盾中運動變化發展而存在的，我是沒有自己的世界了。如果是這樣還不如像兔狐一樣早早躺到石洞死去。唉，我的心緒的藤藤蔓蔓在黑夜中敏銳地摸索成一架葡萄。

緊處加楔

早上紅堡子村一個組的幾名群眾來找鎮長說林山的事，鎮長就給帶燈打電話，問帶燈在哪兒，帶燈說去包幹的村寨抓菸葉收購呀，鎮長說你趕快去紅堡子村解決那裡的問題。鎮長在電話裡發洩著他對群眾找他說事的不滿，說：我訓了他們，太小太小的事不給綜治辦說直接給我說，我這個鎮長掌櫃子當成夥計啦?!同時命令帶燈一定把問題在村裡就處理掉。帶燈一聽，當然知道是怎麼回事。去年臘月有個縣城的人入夥同這個組的組長通過群眾會把一條溝五百畝的公益林以二萬六買去二十五年，現群眾才知道國家一年一畝公益林地補貼十元，就幡然醒悟火速找鎮政府要回不賣了。而帶燈也知道那個提前知道國家政策來買公益林山的人有來頭，所以鎮長不會出面也不能出面。帶燈發了句牢騷：真是緊處加楔！但還是去了紅堡子村，支持群眾，就決定把那五百畝林山分了，並立即按戶按人造補貼款表。分林山和造補貼款表原本那個組長具體辦，組長卻甩手不管，帶燈讓監委會和群眾代表承頭分林山的分林山，造表的造表，群眾跑得風快，緊張地像是打仗一樣。那個組長是跑去了縣城找買主，給帶燈不停打電話說人家把錢交了事就成了，怎麼能撕毀合同？帶燈說：群眾反映簽的那個合同細節問題沒寫上，有欺詐行為。組長是個牛販子，說：這就像我買牛一樣總說買回來餵養呀但都不是殺了麼。帶燈說：道德和法律是不同的範疇。組長說：你真的要分呀？帶燈說：我得站在老百姓的立場吧。組長說：這我得叫各戶群眾簽字承擔責任，因為當時開會同意賣的，現人家不要錢，退不回去。帶燈說：咱說不清了法庭上見！當天把林山分了，把造表帶回了鎮政府。

帶燈和竹子都沒有被罰款

快刀斬亂麻地處理了紅堡子村林山的事，帶燈當然知道還會有後遺症的，但後事再說吧，就和竹子去了包幹的村寨傳達鎮政府菸葉收購工作的政策和任務。村幹部們叫苦連天，說瞧瞧這多半年吧，維穩還沒抓妥，抗旱就布置下來，接著又是接待檢查呀視察呀，又是洪災，洪災還沒弄清哩又把收購菸葉壓下來，怎麼就一項接一項，每一項來了卻是緊天火砲的重要！帶燈不允許他們發牢騷，說你一天只吃一頓飯嗎，吃了上頓不吃下頓，昨天吃了今天就不吃了嗎？來了任務，任務就重要，重要的任務就必須完成！口氣強硬，不容反駁。村幹部忍氣吞聲，說：好吧，給你幹。帶燈倒生氣了，說：不是給我幹！我給誰幹?!

傳達布置了收購菸葉的工作，帶燈和竹子就一連多天並沒在這些村寨閃面，她們是自作主張把東岔溝村的那些病人和毛林領到縣城去做矽肺病鑑定。

有了鑑定書，這些病人以為立馬就可以免費治病了，就可以領到一筆數目不少的賠款了，他們在謀畫這些賠款的用途，比如買蓋房的木料磚瓦，給兒子娶媳婦，添置個大板櫃和架子車，最起碼，買上一甕鹽和一缸菜油存著，旱呀澇呀遭什麼年饉心都不慌了。他們突然想到應該感謝帶燈和竹子的，就互相串通：你準備買個啥送她們？帶燈和竹子知道了，告訴他們：我們啥都不要，你們也先別想入非非，賠款的事現在八字剛剛一撇，程序還複雜哩，要跑更多的部門批文，要看更多的眉高眼低，但請放心，我們會負責到底，不拿到賠款誓不甘休！病人的臉苦愁下來。帶燈說：不急啊！他們說：噢，不急。帶燈說：笑笑，都笑一笑。他們掀開嘴唇笑，笑得牙那麼長。

把病人送回了村裡，帶燈和竹子又著急往包幹的村寨去抓菸葉收購，路上自然提到村幹部發牢騷的事，竹子說：天天咱都忙著，可一年到頭到底忙了個啥，啥也沒幹成過，工作永遠是壓下這葫蘆浮起那個瓢，沒主動，沒激情，沒成效，有首歌唱青春的小鳥一去不回來，咱的鳥是飛不出去就在籠子裡死掉了。帶燈說：哈，那你飛麼。竹子說：我咋個飛?!帶燈說：是飛不了，咱到了鎮政府就是一群雞麼，長著翅膀只能飛院牆，一天到黑都是爪子撥拉著尋食，頭搗著吃食，盡吃些菜葉子草根還有石子，但還得下蛋呀，不讓下蛋卻不行，自己慭得慌呀！竹子聽了帶燈這麼一說，倒笑著說：咱是漂亮的小母雞了?!帶燈說：快樂的小母雞！竹子說：咱就這麼自己哄自己吧！咋快樂呀，抓菸葉收購再苦再累都可以，我就受不了鎮政府的土政策，鎮長讓每人從外鄉鎮挖二百公斤菸葉交到咱櫻鎮的菸站，這去偷呀搶呀?!帶燈說：那你就好好跟著我吧，罰不了你的款！竹子說：這可是你說的呀！雖然半信半疑，但仍對帶燈鞍前馬後地殷勤，甚至帶燈上廁所，她也拿了手紙就在廁所門口等著，笑得帶燈說：你得一直這樣啊！

竹子弄不明白的是帶燈並沒有領她去任何一個外鄉鎮悄悄地收購人家的菸葉，而是去了菸站幾次，事情就全搞定了。後來竹子才知道，各鄉鎮在收購菸葉時雖然都嚴防菸葉外流，但因地域離菸站的遠近或菸站有菸農親朋，菸農們賣菸葉就不那麼按要求各鄉鎮的交售各鄉鎮，本鄉鎮的菸葉向外出賣擋不住，外鄉鎮的菸葉賣到本鄉鎮菸站也是必然。帶燈是在櫻鎮西片的菸站上有個熟人，姓徐，姓徐的是鎮西街村老夥計李存存的娘家哥，帶燈就送給了姓徐的兩瓶酒，姓徐的將外鄉鎮賣給的四百斤菸葉落在了帶燈和竹子的名下。

半個月後，鎮政府又召開菸葉收購工作進展彙報會，所有職工所定的從外鄉鎮挖菸葉任務竟然都完成了，而且都是二百公斤，一斤不多，一斤不少。鎮長當然高興但也心存疑惑，說：從大家完成的指標來看，今年應該大大地超額完成任務，要奪得全縣第一名次，可截至昨天，菸站報上來的收購情況看，雖說只有一半時間，在這基礎上再增加一倍，全年的收購量怎麼還沒去年多，是不是有的同志買通了菸站，讓菸站守株待兔扣留外鄉鎮人來出售的菸葉頂替了任務？於是，他要求每個職工站起來說自己是在哪兒弄的菸葉。連叫起三個人，這三個人都是張著嘴，支支吾吾說不清楚。鎮長就發了火，讓當場作檢討，重新責令去外鄉鎮挖二百公斤菸葉。前邊的三個人吃了虧，後邊的人就聰明了，開始編排，說得面不改色心不跳的平流水。輪到竹子，竹子也是在編排，但竹子畢竟對周圍鄉鎮的情況不熟悉，她說了她是在西邊留慶鄉的黃橋村挖收了八十公斤，在西南的白茅鄉的二郎廟村挖收了一百二十公斤。好多人一聽，二郎廟村並不在白茅鄉，而是東邊的柏岇鄉，就哧哧地笑。竹子不清楚大家笑什麼，還說：二郎廟村今年的菸葉數量不大，但品質還好，我買了一家人的土蜂蜜，他就把菸葉賣給了我。帶燈說：竹子，用櫻鎮的話講，不要說你老家的土話，是柏岇鄉還是白茅鄉？竹子說：白茅鄉。帶燈在竹子屁股上擰了一下，說：把舌頭放展，字咬準，是柏不是白，是岇不是茅！竹子這才醒悟了，趕忙說：是柏樹的柏，是山岇的岇，柏岇鄉，怎麼啦？竹子就有驚無險地過了關。

按規定，竹子被獎勵二百元。竹子一定要請帶燈吃飯，去吃熱豆腐。在街上碰上了鎮長，帶燈說：你吃了沒？鎮長說：沒，你請呀？帶燈說：竹子請我的，你要去，你落我個好。鎮長說：竹子她應該請我！竹子說：我不想提拔，也就不請你了。鎮長說：你以為我聽不來你把柏岇鄉說成白茅鄉嗎？我是故意成全你們綜治辦的。說得竹子臉一片紅。這一頓飯，給鎮長買了兩碗熱豆腐，還加了兩顆變蛋。

河裡的水落了

河裡的水終於落了。河灘還是往日的河灘，但面目已經全非。那些靠堤根的，沙廠並沒有吞併掉的一塊一塊席片地，再也沒有，到處是石頭，大石頭小石頭，或臥著或豎著，纏扯著樹枝、草根，破布條子、塑膠袋子和一窩窩的松塔子栗子包，還有腐爛了的死狗爛貓。二貓一經過，蒼蠅就嗡嗡地飛。

二貓是在河灘裡尋找著希望能尋找到的東西，比如錢包呀，裝著什麼貴重物的木匣子呀，褡褳子呀，但他只尋到了兩隻皮鞋，鞋還完整，是一順順，便嘟囔一聲日地朝堤上甩去。堤上來了許多人，都是鎮街上的，他們提著钁頭，指點著在哪裡可以再刨出一片地來種青菜或開春了栽些紅薯苗。元黑眼卻領了一夥人開始搬動大石，清理出一條路來，推土機挖掘機和洗沙機就往裡開。他明確告訴堤上的人，誰也別謀著在河灘裡刨地了，洪水替他們掃蕩了一切，這裡全部將是沙廠的範圍了。元黑眼在喊叫著二貓，二貓問咋的，元黑眼說幫著搬那些大石頭呀！二貓說我憑啥給你搬大石頭？元黑眼罵你個狗日的不想在沙廠掙錢啦?!二貓說你紅火時我都半途離開了，現在我還掙啥錢，掙屁錢！元黑眼就撲過來攆二貓，不允許他在河灘裡野狗一樣地轉。兩人在石頭窩裡兜圈子，後來二貓就被攆走了。

元家和薛家

重新恢復沙廠，元黑眼著人用竹竿繫著繩把河灘圈起來，而且愈圈愈大，直圈到河灘拐彎下面。但是，在拐彎下面發現了同樣的栽著竹竿，竹竿上繫著繩子，竟也是將拐彎下面的那些河灘全圈了。

圈拐彎下面河灘的是換布。換布想在河灘插一杠子也辦沙廠，經書記制止後，一直心存不甘。洪災使他尋到了機會，於是再沒去尋書記和鎮長，直接到縣上託人給縣委書記的祕書，祕書給河道管委會打招呼，河道管委會答應只要櫻鎮有關部門往上申報，他們就可以批准。於是換布膽正起來，河水剛剛一落，還未跟鎮政府溝通，便先在拐彎下的河灘圈地盤，風聲放得很大：鎮中街村東街村也辦沙廠呀！

元家兄弟派的人發現拐彎下的河灘也被圈了，說：咦，這誰要幹啥？動手把那些竹竿拔了，繩子也被撕斷。拐彎下面的河灘裡那天換布不在，拉布也不在，只有妹夫喬虎，喬虎撲上去就打。那些拔竿子撕繩子的頭破血流回去報告元家兄弟，元老三提了一把钁頭就去了拐彎下的河灘，而喬虎已經走了，便罵罵咧咧到鎮政府來。

這天書記在大工廠工地，鎮長在他的辦公室，而鎮長的耳朵癢得厲害，問白仁寶耳朵癢是咋回事，白仁寶說那是患了腳氣病。鎮長就罵耳朵得了腳氣?!白仁寶說他以前耳朵也癢過，癢得整夜睡不著，去看醫生，醫生說耳朵裡有細菌，這細菌和腳氣細菌是一個細菌。鎮長就又罵：這把他的！

拿了手又搔耳朵，元老三黑著臉就站在了他的面前。

元老三說：這咋回事?!鎮長說：你咋回事?!元老三說：我問你鎮長哩！鎮長也火了，說：我在問你！元老三沒敢再蠻聲，說有個急事要找鎮領導的，鎮長見元老三口氣軟下來，說：這裡是鎮政府，又不是在你家也不是在你村，有事你就好好說。元老三說：我們元家人是不是一直盼著你提拔的？鎮長說：說事。元老三說：我們元家人對你好，你也得關照點我們呀，人心都是換的，兩好合一好，對誰都好。鎮長說：還是說事。元老三就說了河裡落水後，他們正重新恢復沙廠，卻有人竟然在拐彎下的河灘裡也辦沙廠，問這是怎麼回事？鎮長說他也不知道這事，也沒聽說過這事，是誰也辦沙廠？元老三說：是換布，他妹夫喬虎還打傷了我們沙廠的人。鎮長說：哦，有這事？是不是書記又批准啦，我得問問書記。元老三說：書記怎麼能批准，一個櫻鎮辦幾個沙廠？我給你們反映了，你們就得管，如果不管，我醜話說在前邊，他喬虎能打人，我元老三也是長胳膊腿的！鎮長說：你又威脅啦？怎麼個打法，是他喬虎再去打你還是你去再打喬虎？打的時候你告訴我，我帶上派出所人去看看熱鬧！元老三就又蔫了，說：鎮長，我是提醒你得重視這事哩。鎮長說：當然重視，鎮街上爬過一隻螞蟻鎮政府都拿眼睛盯著，這事能不重視？你回去吧，回去告訴你哥你弟，什麼動作都不能有，我彙報書記後，會調查這事，也會給你們個答覆的。

晚上，鎮長把這事彙報了書記，書記著人把換布叫了來。換布說：河灘是不是國家的？書記沒吭聲，看著他。換布說：我是不是國家人？書記還是沒吭聲，看著他。換布說：以前你說已經有沙廠了，不能再辦了，可我現在到河灘去看了，沒有看見有什麼沙廠呀！書記說：換布，換布，你甭給我來這一套，你這樣繞，我搗上半個嘴也繞得過你！你老老實實給我說話，你說你想幹啥？換布說：我想辦沙廠。書記說：櫻鎮前就這麼一段河灘，不可能再批第二個沙廠。換布說：要是有人給你打電話呢？書記說：你不會說是縣委書記打電話吧？換布說：是縣委書記。書記嘎嘎地笑，說：換布換布，要不是我和你熟，你說這話，我搧你的嘴！你不要再說這事，要喝酒，我這兒有酒，咱喝一場，要不想喝你現在就走人，回去替我收拾喬虎，讓他寧寧地待在家裡別給我惹事。換布說：今黑兒我不喝酒，明日晚上我在家擺酒席等你！

換布一走，書記給白仁寶說：他擺酒席等我？他擺酒席我就去啦?!

但是，第二天晚上，書記竟真的去了換布家，喝得一塌糊塗，是喬虎最後背著送回鎮政府大院的。

因為在第二天的下午，書記接到縣河管會宋主任的電話，說他們研究過了，鑑於櫻鎮有大工廠的基建，用沙量大，可以突破一個鄉鎮只能辦一個沙廠的指標。書記和河管會宋主任是平級，不免發牢騷，說你們定的政策隨便更改，這讓鎮上的工作就很被動麼，就那麼一段河灘，姓元的和姓薛的都是鎮上強人，一個槽裡兩個馬嘴，這以後鬧矛盾的事就多了。宋主任說：你是多精明的人這事就犯糊塗啦？沒有特殊原因我能自己定的政策自己又推翻？書記說：老闆給你打招呼啦？全縣科級以上幹部把縣委書記習慣了背後稱老闆，但宋主任並沒提說老闆二字，說：我總得把話擱住呀！書記這才知道換布為啥這麼膽正的，罵是把換布日娘搗老子地罵了一通，靜下心來，還得夜裡去換布家吃酒。酒桌上，他答應鎮上協調有關部門給換布辦沙廠證的手續，但也警告換布：元家在原有的範圍內淘沙，薛家在河灘拐彎下淘沙，界線分明，各淘各的，互不牽涉，勿惹是生非。

換布的沙廠一邊在辦證著一邊就在河灘裡動了工，他雖然沒有那些機械，用的還是人拿鍁鐘著沙在鐵篩網上過濾，但他雇用的人多，而且在元家沙廠打工的人每天十元，他雇用的人每天十五元，中午還每人送一個半斤重的蒸饃，一下子在拐彎下面的河灘裡就有了十三個淘沙點。喬虎覺得這樣開銷過大，會影響收益，換布罵他沒腦子，就是這陣兒不賺一分錢，賠本也要先把元家壓下去。三天後每個淘沙點上就堆起淘好的沙丘，沙丘大得像麥草垛子高，而與老街正對面的河堤外，已開闢出了一塊平地作為囤沙場，場地四周栽了椽，從老街拉去電線，掛起了電燈和喇叭，喇叭裡唱了歌，全鎮街都聽得見。

元家當然咬牙切齒，再找書記鎮長，兄弟五人一個都沒少，但兄弟五人即便是獅子老虎，書記以換布辦沙廠也有合法證件為由，使他們毫無辦法，蔫如病貓。於是，元黑眼採取措施，先從他們沙廠的下方處淘沙，要淘得狠，然後依次往上淘，這樣沙就不可能大量再沖移到拐彎下的河灘。原本換布也想過先在拐彎處深挖坑，讓上游的沙沖移下來，所以見元家淘沙從上方處轉移到了下方處，就派人將當時畫出的界線往上挪了半里地，理由是元家是鎮西街村的，元家的沙廠應是鎮西街村面前的河段，換布是鎮東街村，喬虎是鎮中街村的，他們的沙廠應是鎮東街村鎮中街村面前的河段。雙方又鬧起來，差一點打鬥。書記鎮長只好出來調解，這次調解就在河灘現場，經過一個下午說合，最後達成協議：元家的沙廠保持原來的河段，薛家的沙廠不能以鎮東街村和鎮中街村面前的河灘為由向上擴張，以河堤上的那棵歪脖子柳樹為界，誰若不遵守，立即收回採沙證，取締沙廠。

矛盾再次平息下去。但畢竟元家兄弟吃了虧。元黑眼害起頭痛，成半月天氣，額顱上都紮著布帶子。

唐主任

元黑眼和大工廠基建處老唐打得交道多了，關係熟悉，元黑眼就塞了一些錢，要求工地收沙時只收元家沙廠的。換布先不清楚這貓膩，出賣沙時，收沙人總是刁難，彈嫌沙太粗，也沒洗淨，不是拒收就是壓低價錢。後來知道了元家賄賂了姓唐的，就請姓唐的吃飯喝酒，也塞了錢，還邀去歌屋唱歌。歌屋裡有個小蓮，原是鎮街賣服裝的，生意不好，被換布雇去當服務員。小蓮個頭不高，但胸大，姓唐的喜歡，換布就專門讓小蓮服侍姓唐的，沙就收得比以前多而且順利。元家再給姓唐的提成，一噸沙提出沙款的十分之一。換布也給姓唐的每噸沙提成沙款的十分之一。姓唐的樂得雙方較勁，也故意壓了這個價抬高那個價，再壓了那個價抬高這個價。

姓唐的行為傳到書記的耳裡，書記就給姓唐的說：你那邊千萬不要攪和著姓元和姓薛的，那兩個是一個山上的老虎，你一攪和他們矛盾，我日子就難過了。姓唐的說：你難過啥？他們兩個矛盾了才都聽你的，如果沒矛盾你還得尋著讓他們矛盾哩！書記想了想，拍了腦門，說：哈你還有政治意識麼！姓唐的說：我是個管基建的。書記說：你行，在工地這不長時間裡各項事情處理得得心應手麼，佩服佩服，你應該見一個人，我相信你們會成為好朋友的。姓唐的說：誰？書記說：縣委書記。聽說他最近生病住院，這也是個能逮住他的機會，我引薦你去見見。姓唐的卻樂著書記嘿嘿地笑。書記說：你笑啥的？姓唐的說：好好好，我跟著你去見他，你說裝多重的紅包？

帶燈給竹子轉發了一條段子

一隻兔子在前邊跑，後邊有百人追逐，不是一隻兔子可以分成百隻，因名分未定。

給元天亮的信

這幾天被熱糊塗了淨說風涼話，這不好，我得給你說點清涼話。我現在坐在樹林子裡應該是森涼，中午我臥在那個泉水池裡叫滲涼，然後騎著摩托戴了墨鏡像行在水中一樣叫漂涼。

我的一個同學嫁到了外縣回娘家來看病父，我捎帶她去七里溝的水灘洗澡，她激動說這才有她回家鄉貼切的感覺，千金難買的享受。我想人家都是請去賓館洗桑拿的而我用這自然水也能招待人，我這是學古人呀，古人多雅致邀明月喝酒，摘白雲贈人，要送別了折一枝柳條。我的同學說她小時候也常在類似這樣的水灘裡洗澡，生命的記憶裡是拔豬不吃的辣味水草大疙瘩根土去堵水灘，撈出灘裡石頭壓在草上還要找一個大石頭坎以備過人時躲藏，再還從大石下摸一串串魚回去餵貓。她曾在洗澡後忘穿了自製的一雙布條帶兒的涼鞋，和小夥伴打水仗，鑽入水中看誰憋氣時間長。在水邊吃過偷摘的一堆核桃後天就黑了，再去偷捋豆葉帶回去餵豬，過後就被看地的老頭找尋到家，她媽是會奚落老頭一頓，因為老頭沒有抓緊她的手腕子而她跑脫的。但當她又一次洗過澡了再坐在玉米地中吃甜稈子，倒是讓主家看見了她擔怕幾天後沒事，這主家可能是敬她的父親又怕她的母親吧。整個下午我和我的同學都是在水灘裡度過。我的夏天是水腥味魚腥味蒿草的苦腥味。

驕陽落下，白雲從四面山後盡興湧起，像任性的花瓣，月亮是幽隱的花心。我想用風的飄帶束起雲兒成一捧豔花給你。太陽的餘暉給花瓣染上鮮美的橘紅色，你不要用手摸它染手的。

有誰家的小媳婦提了一籃子核桃經過時，問我吃呀不，還沒等我回答，五六個核桃就扔給了我。我突然覺得核桃充滿了智慧的神奇，把自己藏在硬殼裡不甘心讓別人輕易吞噬。又突然覺得我就是一顆遺漏的核桃，開始自以為是滾落的，後來感到是人去山上時踢蹬了土將它埋住，然後就在那裡長出苗來。從小樹到大樹從被天裹到想要遮天，經歷著淒苦、逍遙、冥頑和強大。它和風起舞，隨霧旋轉，綠葉生露，枝頭果繁。它欣賞花兒的雅致美好，也羨慕花兒被人折下帶回家去，而它旺根拔地的樹狀如塔的卻不知自己來自哪裡，以後又歸於何處？沒有花的福氣卻有樹的硬氣，讓我在風雨中過活著自己。

最後這句話是寫了好還是不寫的好呢？我也在等我的心能安生下來。

我的心喜也罷苦也罷孤也罷累也罷，我知道你在。我心底的一脈清泉命定流向你。還是想再借別人一句話說：你安好，便是晴天！

兩個短信相互發錯了

竹子在房間精心把自己收拾了一番，才要去學校，手機上收到帶燈發來的短信，短信裡卻是說著洗澡呀核桃樹呀，而且言辭怪怪的，還以為是段老師發的，但卻明明是帶燈的手機號碼，就嚇了一跳：帶燈把給別人的信錯發給我了？那麼，她是在給誰發的？發這樣的短信一定不是一般的關係，而且也明顯地不是才認識的，能這麼長久地交往著一個非同一般關係的人，自己怎麼就一點都不知道呢？竹子走出大門口的時候，帶燈從鎮街上回來，端著一個塑膠盒兒，臉上笑盈盈的。竹子說：有啥好事？帶燈說：劉慧芹炒了豆豉給我了一盒，咱夾饃吃！竹子說：不至於有豆豉就這麼高興吧？帶燈說：啥意思？竹子說：你有好事！帶燈說：菸葉收購任務完成了，這半個月沒上訪的。竹子說：你就哄我？你就繼續哄我吧?!帶燈說：咋啦咋啦，咋哄你了？竹子就開始背誦，只背誦了信的最後一段，說：知道了吧?!轉身卻走了。

帶燈一下子怔在那裡，接著眼睛發黏，脖臉燒燙，心撲咚撲咚跳，她意識到是把信息發錯了，一定是把給竹子的信發給了元天亮而又把給元天亮的信發給了竹子！帶燈從來沒有過這樣的尷尬，就喊：竹子，竹子，你……竹子已經跑到巷子中了，傳來詭詭的笑聲。

醫不自治

竹子只說帶燈會給她說出那個人的，也可能她還會聽到一段浪漫傳奇的故事吧，但是，帶燈再沒有提說這事。當竹子再一次要研究那短信，從中發現她所希望發現的東西，可手機裡卻沒有了那短信。中午吃完飯她去洗碗，手機就在綜治辦桌子上放著，帶燈就在那時偷偷刪除的？既然帶燈不再過問，又刪除了短信，竹子也就裝糊塗，從此守口如瓶。

以後的日子裡，竹子留神到帶燈常常不是低頭在手機上發短信，就是突然地坐在那裡發呆，而她一走過去，帶燈又衝著她笑，笑她今天又去段老師那兒了？那就把頭髮梳整齊呀，領口繫嚴，別露出脖子上那麼大個紅印子！竹子覺得她走不到帶燈的深處，對帶燈也有了埋怨。

但帶燈又病了，而且這次病得不輕。帶燈明顯地覺得渾身無力，腹脹，手又老是涼的，老出汗，還體會到了馬副鎮長曾說過的話：世上最沉的是腿。

竹子問帶燈得了什麼病，帶燈說：內分泌紊亂，脾又毛病了。竹子說：脾在肚子哪兒？帶燈說：你不知道著好，如果你知道了身體的某一部位，那這一部位就病了。

帶燈明白自己一直內分泌不好，脾上又添了毛病，她是懂得中醫的，但醫不自治，竹子就陪著她去看陳大夫。陳大夫很精心，給她抓了三服藥，一一包好，又應允這病治起來比較緩慢，他還得再給她配製些丸藥。

藥提回來，竹子每晚給帶燈熬。三服服過，陳大夫又來上門號脈，更換藥方，把配製好的藥丸也拿來，陳大夫說：唉，我這麼伺候你，你像個慈禧太后麼！竹子就說：你給主任把病治好了，我們給你找個對象！說得陳大夫滿臉彤紅，旁邊的馬副鎮長說：你這碎女子，小雞給老雞踏蛋呀?!

當換布得知元家給姓唐的提成到十分之二時，晚上提了個熊掌來鎮政府大院又要找書記，而書記鎮長下午就都去了大工廠工地，是姓唐的招呼去吃飯了還沒回來，換布就把熊掌提到綜治辦來。帶燈在看電視，讓他不把熊掌放在綜治辦，腥味熏人，要放就放到書記辦公室門口去，換布就說：好好，我一會兒提走，和你說說話。帶燈說：說沙廠的事我不聽。換布說：不說沙廠，我給你說說現在人心多黑。就大罵姓唐的給啥吃啥，長蟲的屁眼沒底的洞，又罵元家憑沙廠規模大淘洗的沙多，有意在擠兌他。帶燈著急要看天氣預報，換布卻罵得沒完沒了，帶燈就說：你看昨天的新聞聯播了嗎？上海有人跳河自殺，跳進河裡了，污染的河水又把他嗆得跑了出來。換布說：我沒看昨天的新聞聯播，你說這話是啥意思？帶燈說：你不明白吧？換布說：不明白。帶燈說：不明白就不明白吧。竹子就在院裡把中藥熬好，大聲喊：喝藥了，喝藥了！換布只得起身，擤著鼻子，走出了綜治辦。

書記剛好回來，看見竹子給帶燈熬中藥，說：唉，咱這大院裡，誰都享不了帶燈的福！竹子說：書記，你要病了我也給你熬藥！馬副鎮長訓道：咋說話的，你盼書記病呀?!換布立即跑近去，說：書記書記，我等你多時了！竹子說：慢點，換布，把熊掌提上，小心白毛狗聞見了過來叼了去！

縣上召開黨代會

一個月後，縣上召開黨代會，書記要去參加，鎮長也要去參加，鎮上黨政工作讓馬副鎮長臨時主持。

大家不再喊馬副鎮長，喊馬鎮長，喊得馬副鎮長說：是副的，是副的。卻就吆喝著大家到老街歌屋去放鬆放鬆。帶燈說：看來當官要當正的，即便正的是臨時的，這人也就胸襟闊大，為部下著想了。馬副鎮長說：真要我是正鎮長，我天天給你們發補貼！院子裡站著七八個人，一起鼓掌，說：如果書記一高升，鎮長成了書記，鎮長候選人民主測評，我們都投你的票！馬副鎮長說：這可都是你們說的呀！狗日的都在說假話，可我把假話當真話聽哩！來，吃紙菸，給你們吃紙菸。他掏出一盒菸給大家發，竹子不吃紙菸也給發了一根。

去歌屋，帶燈和竹子去得最遲，因為她們要收拾打扮。換上了新衣新褲，換上高跟皮鞋，竹子除了在臉塗脂抹粉外，還畫眼圈，但竹子不會畫眼圈，畫得像個熊貓眼。帶燈說畫得不好，讓洗了，竹子就不畫眼圈了，唇膏把嘴唇塗得又厚又大，像是被搧腫了。拿鏡子照了照，又洗去唇膏，帶燈只好幫她打扮，竹子說：不是我不會化妝，是環境不行，要是縣上市上，我這妝就不刺眼了。到了老街，王後生坐在他家門口洗挖來的蟬蛹，洗了要上油鍋炸呀，一抬頭看見了她們就擰身往屋去。竹子說：他不想見咱呀？帶燈說：哪有老鼠給貓打招呼的?!竹子說：這一段日子他還算安分，是不是病重了？瞧臉，灰暗得像被土布袋摔打過一樣。帶燈說：聽陳大夫說是病重了，腿上爛了一塊，總是不好。兩人經過王後生家門口，帶燈偏喊：王後生，王後生！門裡黑洞洞的，什麼都看不清，王後生也不回聲。帶燈還是喊：王後生，你在屋裡哩你不出來！王後生只得出來，說：哦，叫我呀?!我最近可是哪兒都沒跑動的。帶燈說，你跑動呀，再跑動那腿就斷了！王後生說：腿斷了也就給你們省事麼。帶燈說：能省事嗎？你拿張紙來，我給你開個治糖尿病的方子，我翻了許多藥書，尋到的這個偏方，又加了幾味藥，你喝著試試。王後生站著不動，遲疑地看著帶燈。帶燈說：你不信我？王後生說：咋不信？政府人不會給我下毒藥的，只是我沒錢。帶燈說：陳大夫開方子收錢，我分毫不取。竹子說：你還真給他開方子？出了事他真要說你給他下毒哩。帶燈說：沒事，我這方子讓陳大夫看過，他說這方子比他開得好。

王後生從屋裡取了筆紙讓帶燈寫，帶燈接過紙一看，上面寫了一行字：各位領導，我給你們反映的是櫻鎮西溝井村村幹部合分三百畝公益林……帶燈說：啊，你又在寫上訪信？王後生說：那是以前寫的，廢紙，廢紙。帶燈就在廢紙的背面開方子，寫了女貞子三十克，乾桑葉三克，說：牆角的筐子裡裝著蛇？王後生說：啥都逃不過你眼！是蛇。帶燈說：你又抓蛇嚇唬人呀？王後生說：是要賣給大工廠的，那姓唐的能吃蛇。帶燈說：可你有了蛇就嚇唬人，放了，放了去！王後生說：放了就放了。他懶得站起來，拿身後的撐窗竿子戳那筐子，筐子蓋掉了，一條蛇爬了出來，順著牆爬到屋梁上不見了。竹子嚇得吱哇一聲，跑出了門口，帶燈繼續寫方子：玉米鬚三十克，菊花六克，水蔥五十克。說：水蔥必須是鮮水蔥，你知道水蔥嗎？王後生說：知道，就是難找。帶燈說：河灘裡原先有，現在成沙廠，沒有了，鎮政府西院牆外的水溝裡我發現有，還有七里灣溝口我也見過。

王後生有些感動，說：帶燈主任你還真給我看病呀？我只說你們盼不得我早死！帶燈說：你不能死，你死了我們幹啥呀?!

二貓被元老三打了一頓

歌屋裡，鎮政府的職工唱流行歌，卻唱得不好，不是公雞嗓子就是跑調，把所有的經典歌全變成了自己吼叫，就盼著帶燈和竹子快來。但是，帶燈和竹子卻興趣在張膏藥兒媳家做醋。

從王後生家出來後，帶燈和竹子已經到了歌屋門口，張膏藥的兒媳便熱火火地喊她們。

張膏藥死後，這女人還給張膏藥戴著孝帽，但人的氣色好多了，她是洗了些蘿蔔回來又忙著要封醋呀，看見帶燈和竹子遠遠走了過來，眼神不好，還說：是帶燈主任嗎？確實是了帶燈和竹子，便以為是要來她家的，就手在圍裙上擦著，說：呀呀，你們來看我呀?!帶燈和竹子也就走過去，帶燈說：來看你呀！女人說：聽陳大夫說你病了，我還沒去看你的，你倒來看我了！病好些了嗎？帶燈說：沒事的。竹子說：我也骨折了你也不說看看我。女人說：傷筋動骨一百天，到時候你那胳膊自動就好了麼。竹子說：真是跟啥人學啥人，你現在也知道傷筋動骨一百天！女人臉紅了，說：我不在他那兒幹了，又去元黑眼的沙廠了。帶燈說：元黑眼不給你發工錢，你還給他幹？女人說：不給他幹那以前的工錢也真就要不回來了。帶燈說：那今日咋就沒去？女人說：毛林家的豬老來我的蘿蔔窖偷吃，再不掏出來洗了切片子，就讓豬給我糟蹋完了，再說醋也沒封，這才沒去沙廠。啊這醋好了你來拿。帶燈和竹子倒對封醋有了興趣，要幫著一塊封。這女人就高興了，說她原想辦個農家樂小飯館的，可資金不夠，也沒人手，不如多封些醋了賣。帶燈說：賣醋這想法好！你做成了，我讓鎮政府灶上專買你的醋，還可以聯繫大工廠那兒的大灶。竹子說：有帶燈主任給你推銷哩，乾脆辦個醋坊！女人說：我還能辦個醋坊？竹子你笑話我哩！帶燈說：竹子不是笑話你，說不定真可以辦醋坊的，資金不夠，我入個股。竹子說：人家才有個想法，主任你就謀著分人家錢呀?!帶燈也就笑了。女人說：熱鬧，和你們說話熱鬧！就講起了如何封醋：大糁子用水泡上，泡七天了撈出來晾乾。然後去柏樹上折柏朵子，柏朵子放在籮筐了，中間弄個窩，把大糁子倒進去用柏朵子蓋上。吊起來七天，等到大糁子生了綠毛，就翻出來拿簸箕簸。簸好後再用缸盛井水，一定要是井水而不是河水，把糁子放進去，又放大麥芽。放進缸了狠勁用香椿木棍子攪，攪三天。然後用白布封口，四十天醋就成了。女人已經在缸裡攪了多半天，帶燈就拿過香椿木棍子替女人在缸裡繼續攪，攪得身上出了水，門外卻起了哭聲。帶燈說：這誰咋啦？女人側耳聽了，說：是二貓，二貓哭啥的？三人出來一看，哭的果真是二貓。

二貓先是在歌屋幹活，他的話多，大工廠工地上人來娛樂，總是帶有女的，女的有的是大工廠工地的，有的卻不是，二貓在人家唱歌喝酒時要問那女的是哪裡人，來陪著唱歌人家給了多少錢呢？問話一多，那些大工廠工地的人就不願意了，罵他，不讓他在跟前。換布也就把他派到河灘去淘沙。二貓捨得出力，到了沙廠也是一名骨幹，他當然處處要向著換布拉布的，就領人把沙廠的淘沙點往上移，明顯都超過了那棵歪脖子柳樹。元老三便來砸淘沙點，說是侵犯了他們沙廠的領地。元老三的胳膊上有疙瘩子肉，他提起了篩沙的鐵網子在石頭上摔了幾下，鐵網子就歪曲一團，然後日的一聲扔進河水裡沖走了。二貓沒有跑，和元老三撕打在一起。二貓人瘦小但小動作麻利，被元老三已經打倒在地上了，還伸出腳踢了一下元老三的交襠，元老三說：你還想害我兒?!照著二貓鼻臉上就是一拳，當下把二貓門牙打掉了。二貓趴在地上尋牙，屁股上又被踢了三腳。二貓招架不住了，翻身就跑，原本他沒哭，可從河灘一路跑到老街，能看到歌屋了，卻把嘴上的血往臉上抹，抹成關公，放聲號哭。

帶燈說：二貓二貓，瞧你那熊樣，大男人家的你哭？二貓說：元老三要滅絕我呀，他打斷了我的腿。帶燈說：腿斷了你還能跑？二貓說：我要不跑他真的就把我腿打斷了！看嘴，看嘴了嗎，我嘴裡沒牙了，血流成河了！帶燈說：進來洗個臉。二貓說：我不洗，我讓換布看到是我替他挨了打哩！張膏藥的兒媳說：換布拉布今中午去市裡進鋼材去了，你就不洗?!二貓說：我就不洗，他們不回來我就留著證據！帶燈生了氣，說：不管他！

三人又回到屋裡攪缸。沒人理會了的二貓就死狼聲地罵，罵元老三，後來罵：老山！元老山——！元老山是元老三的爹名，二貓覺得提名叫姓著元老三的爹了才算罵得狠。

視頻會把人開成了木頭

第二天早上，大家在鎮政府大院裡跳舞哩，接到通知，縣委書記要在縣黨代會上作報告，要求各鄉鎮所有幹部都得收看視頻轉播。馬副鎮長立即讓停止跳舞，趕忙擦汗洗臉梳頭換衣都到會議室去。大家說聽書記報告看看電視轉播就可以了麼怎麼也是視頻呀？視頻會把人開成木頭了麼！馬副鎮長換上了新衣服，還刮了鬍子，在宣布聽會紀律：都帶上筆記本和鋼筆，記錄得愈詳細愈好，即便筆頭子生，記不住或者生字不會寫，但一定要做出在做筆記狀。不准交頭接耳。不准看書看報。不准做活計，比如打毛衣，拿了撓撓在後領裡搔癢，剪指甲，挖鼻孔，掏耳屎。大家面面相覷，悄聲說：爺呀，他主持工作比書記鎮長嚴麼！馬副鎮長見大家注意力不集中，拿指頭敲桌面，說：該放鬆時我給你們刀槍入庫馬放南山，該幹正事了你們就得嚴肅緊張全神貫注！我在宣布紀律哩還有人說話?!大家就靜下來，白仁寶說：誰還沒到？其實他注意到劉秀珍沒到，故意要給劉秀珍難堪的。劉秀珍把頭梳得光溜溜的出了房間，見翟幹部伸懶腰才往會議室走，劉秀珍說：你咋穿著拖鞋？翟幹事說：視頻只看到頭看不到腳。劉秀珍說：那你等著挨馬副鎮長訓吧！翟幹事說：他算個毬！這話會議室裡的人聽到了，馬副鎮長也聽到了，馬副鎮長臉色陡然一變，盯著翟幹事進了會議室，他說：我是毬，你是啥?!翟幹事這才知道自己的話被聽到了，一時慌亂，就說：啊，啊我是毬毛！大家嗤地一下就要笑了，但已經不是笑的事了，便都把頭低下去。馬副鎮長再沒理會翟幹事，他繼續宣布紀律，不准打盹。仰頭時特別注意不能打哈欠，要面帶微笑。不准亂走動和離開會議室。竹子就舉了手，像個小學生，馬副鎮長說：你咋啦？竹子說：能不能帶茶杯喝水？馬副鎮長說：喝水可以，主席台領導面前，也都放水杯的。竹子又說：那喝了水要上廁所能不能離開會議室？大家終於忍不住，鬨然大笑。馬副鎮長啪地拍了桌子，說：都嚴肅些！這是什麼會議你貧嘴?!不想開會的這就離開！不想再在鎮政府幹的，可以呀，立即辦離職手續！訓得竹子臉上不是了顏色。大家都看帶燈，帶燈卻沒有生氣，站起來給竹子說：馬鎮長第一次主持視頻會，你怎麼不配合呢？來來來，你過來和馬鎮長坐在一起，你學著馬鎮長，馬鎮長幹什麼你幹什麼。竹子卻說：他吃旱菸鍋子，我受不了熏。坐到了帶燈旁邊。

竹子記錄了縣委書記講話

全面貫徹落實……為建設創新開放富裕文明平安和諧生態的縣而努力奮鬥。……高舉中國特色的社會主義……以鄧小平理論和「三個代表」思想和「科學發展觀」為指導，牢牢把握省、市制定的四個重點要領（略），三具二基一抓實要求（略），圍繞打造秦嶺經濟區的重要支撐區域合作示範縣……以加快轉變經濟方式為主線，以富民強縣為中心任務。……統籌推進政治、經濟、文化、社會四大建設。更加注重學習型社會建設。更加注重社會道德建設。更加……科教事業建設。更加……人才隊伍……更加……立足基層促發展，完善機制促發展，以人為本促發展。四大一高。四大：大交通，大統籌，大商貿，大旅遊。一高……堅持、突出、深化民主政治，堅持、突出、深化監督體系……堅持、突出、深化法制城鎮……我們要以高度的政治覺悟，自覺的責任意識，飽滿的……在黨中央、省委、市委的正確領導下，帶領全縣人民，齊心同德，奮進創新，為……

用碗接不住瀑布的

馬副鎮長有前列腺炎，他首先憋不住，出來去上廁所。帶燈見馬副鎮長去上廁所了，她也出來要上廁所。在院子裡碰上，馬副鎮長說：會議一完，咱簡短座談一下聽完報告的心得體會，你帶頭講講。帶燈說：這我講不了。馬副鎮長說：咋能講不了，你沒用心聽？帶燈說：用心聽著，但報告內容那麼深刻那麼豐富，就像高山上的瀑布，我拿個小碗，反倒接不住多少水。馬副鎮長說：……帶燈說：這要慢慢吸收，慢慢領悟，會議一完馬上就要講心得體會，真的我說不了。馬副鎮長說：那好吧，過兩天咱們再組織座談會。

筆記本

繼續聽縣委書記的報告，帶燈在桌子下用膝蓋撞了一下竹子，遞過來她的筆記本。竹子把帶燈的筆記本放在自己筆記本下，一點一點推開看了，筆記本上寫了十條話。

一、孔子困於陳蔡，語子貢曰，吾道非耶？吾何為於此？子貢曰：夫子之道至大也，故天下莫能容夫子。

二、黃河禹門外，秋冬河床常要崩岸千餘丈，流中沙峰捲起如毯，人謂之：揭底。水底聲響，隆隆牛吼，傳之數里，曰：地哭。

三、潛不解音聲，而蓄素琴一張，無弦。每有酒適，輒撫弄以寄其意。

四、耶和華變亂人的口音，使他們言語彼此不通，各說各的，從此有了隔閡和紛爭。

五、藐姑射之山，有神人居焉，膚肌若冰雪，綽約如處子。

六、迦陵為西域並頭共命之鳥，其羽毛世不可得而見，其文采世不可得而知，人若多情，化生此類。

七、愛迪生故居牆上寫著：當一切都在夜的黑暗中，神說：讓愛迪生去發明電吧。於是，就有了光明。

八、紀三省子為王養鬥雞，歷久成成，其雞望若木雞，蓋德已全，它雞無敢應者。

九、虛雲和尚在雞足山開壇，聽者雲集，他說：一輩子去做自己轉化的人吧，把蟲子轉化成蝴蝶，把種子轉化成大樹。

十、王國維上北山，說：絕頂天雲，昨宵有雨，我來此地聞天語。遂，白烏淹沒，秋葉連天，澗溪中有魚曰茲哇，夜夜發聲，自呼其名。

在腿上打蚊子其實在打自己

視頻會後，馬副鎮長沒有召集學習座談會，過了兩天，也沒召集學習座談會。晚上，大家都坐在大院裡乘涼，蚊子很多，每個人時不時就在腿上拍打，連接起來，打聲不斷。侯幹事說：把牠的，這世上和咱不離不棄的只有蚊子！劉秀珍給馬副鎮長說：還有，不追求就能得到的是年齡。

院子裡又是一片打腿聲。

帶燈給竹子說：在腿上打蚊子，其實在打自己。

朱召財死了

鎮街上少了幾處滷肉鍋子，卻多了幾處蟬蛹炸鍋子。白仁寶買了一盒炸蟬蛹回來讓帶燈和竹子吃，帶燈和竹子不吃，白仁寶說：挨了馬副鎮長的訓，不要生氣哇，他實際上是煩翟幹事的。帶燈說：這事早忘了，你還記著?!白仁寶說：有壞消息也有好消息的，我告訴你們一個好消息吧。帶燈說：不指望你嘴裡吐象牙。白仁寶說：朱召財死了。竹子叫道：啊朱召財死了？白仁寶說：是好消息吧！帶燈坐著卻一句話也沒說，臉色難看。白仁寶說：你不高興？帶燈說：他活著我恨不得掐死他，可他死了我不高興。朱柱石肯定是冤枉的，而薛中保死無對口翻不了案，他上訪十幾年就這麼沒結果地死了?!幾時死的？白仁寶說：大前天晚上就死了，賣炸鍋子的楊四斗說他去朱家燒過紙了，家裡窮得叮噹光，把個板櫃鋸了腿兒做的棺材。帶燈就給竹子說：咱應該去看看。白仁寶說：你們去看看？帶燈和竹子沒再和白仁寶說話，就出了鎮政府大門，白毛狗也跟在後面。白仁寶在後邊說：噢，應該，應該帶一串鞭炮去！

曹老八的新情報

帶燈和竹子要去朱召財家，在鎮街上的紙紮店裡買燒紙，曹老八神經兮兮地跑過來，嘴湊近帶燈耳朵邊要說話。帶燈說：你吃蒜啦？曹老八趕緊用手遮了嘴，下巴朝下壓，眼珠往上翻，說：我給你個情報。帶燈說：還情報呀？曹老八說：我自己一直把我認作是你們的線人麼。就把帶燈和竹子叫到他的雜貨店，一邊走還一邊扭頭看。到了店裡，店門也關了，說：我是不想給你們說的，可我思來想去，不說不行呀，我是黨員，是工會主席呀！我要不說，會憋出病的。帶燈說：啥事？曹老八說：我說了你千萬不要太急啊，有了大事需要靜氣，靜下了氣你就知道怎麼個應付，也不至於把我也裝了進去。帶燈說：啥事快說，我還忙著的。曹老八說：還不是那狗日的王後生事！

一聽到王後生，帶燈和竹子就嚴肅了，問王後生又怎麼啦？曹老八就說：這得從昨天晚上說起。昨天晚上，曹老八和媳婦嘔氣，媳婦又不給做飯了，曹老八氣得從口袋掏了一沓錢，啪啪地在桌沿上摔打，說我有錢我啥吃不了，吃熱豆腐去，買兩碗，吃一碗，倒一碗！他真的就去了熱豆腐店，一籠新豆腐還沒出鍋，在店門口等著，看到馬連翹和米皮店的老闆罵王後生。他沒到跟前去，卻豖長了耳朵聽他們罵王後生的啥事，便聽到馬連翹罵王後生一輩子就是尋事胡折騰，又讓人給自己寫的上訪材料上簽名哩。米皮店老闆問簽的啥名，馬連翹說她是聽張正民老漢說的，王後生這次告的是櫻鎮大工廠高污染高消耗，別的地方都不要的工廠，櫻鎮把它稀罕地攬了來，櫻鎮的領導只圖政績不顧生態環境，將來河裡不會有魚了，莊稼不管是包穀還是麥，長到腿彎子高就結穗了，穗只能是蠅子頭。還有，就是人生不下娃，生下娃了不是腦攤就是沒了屁眼。那馬連翹就罵王後生是屁話，來了大工廠有什麼不好，沒有大工廠櫻鎮能收稅嗎，鎮街上吃喝能這麼多嗎，能有沙廠嗎？狗日的王後生你告狀有癮哩，你還拉人簽名，讓別人給你墊碗子呀?!曹老八還在慢條斯理敘說，帶燈說：他都找誰簽名了？曹老八說：這馬連翹沒說，我就不知道了。帶燈說：這事很重要。曹老八說：重要事我都會及時給你彙報的。帶燈說：你給我再打聽，看誰都簽過名？一個小時後我給你電話。曹老八說：我現在就去打聽?!帶燈不再買燒紙了，拉了竹子就往鎮政府走，回頭一看，曹老八還在愣著，她說：你咋還不去？去呀，快去！

書記的七大原則

帶燈和竹子把王後生搞簽名的事反映給了馬副鎮長，馬副鎮長才蒸好了一個胎兒，也不吃了，立馬給在縣黨代會上的書記電話彙報。這是下午三點四十三分。書記在電話裡講了七點。

這七點是：

一、我可以放權，但大工廠的事我必須來抓。

二、民主不是我能做到的，但我要必須穩定。

三、法治也不是我能做到的，但我可以盡力親民。

四、清廉我不敢說怎樣怎樣，但我絕對強調效率。

五、公平我也不敢說怎樣怎樣，但我努力在改善。

實力。

六、經濟實力弱，我就要發展硬實力，大工廠就是硬實力。經濟實力強了，我當然就要發展軟實力。

七、櫻鎮目前在全縣的地位還比較低，我肯定要注重面子。櫻鎮在全縣的地位一旦提高了，自然而然我注重裡子。

書記講得非常激動，幾乎慷慨陳詞，講完了，說：老馬，你聽明白了嗎？馬副鎮長說：明白了，我們大踏步地朝著目標和理想前進，路上有了絆腳石，就毫不留情地把它踢開！

折磨

馬副鎮長派侯幹事、吳幹事、翟幹事去叫王後生，三個人剛剛喝過酒，紅脖子漲臉，當下從院子裡的樹上解下晾衣服的麻繩，又去拔牆角葫蘆蔓中的木棍。馬副鎮長說：你們去叫他還用得著這些？帶燈就叮嚀：去了不打不罵，讓把衣服穿整齊，回來走背巷。侯幹事說：咱請他赴宴呀?!

王後生被叫來了，果然穿得體體面面，侯幹事吳幹事翟幹事嘴上叼著紙菸，他嘴上也叼著紙菸，紙菸滅著就黏在嘴唇上，不影響說話也不掉。馬副鎮長和帶燈、白仁寶在院子裡商量如何審王後生，商量的結果是王後生和綜治辦交道打多了，軟硬不吃，確實是個難煮的牛頭，就得拿溫水慢慢地泡。正說著，見王後生進來了，馬副鎮長說他後背癢，讓侯幹事來給他撓撓。侯幹事手伸到馬副鎮長後背衣服裡撓，說：你沒換換衣服，用滾水燙燙。馬副鎮長說：不是蝨子咬，是皮癢。侯幹事說：幾時給你買個木孝順。馬副鎮長說：是得買一個。侯幹事說：張膏藥的木孝順好得很，狗日的小氣，帶走了。王後生進來了竟沒人理，把嘴唇上的紙菸取下來裝在了口袋，說：馬副鎮長，你叫我嗎？侯幹事說：他現在是鎮長！王後生說：現在？現在就是在縣黨代會期間嗎？馬副鎮長說：是黨代會期間的鎮長，你不恭喜我嗎？王後生說：恭喜恭喜，我盼黨代會開一年，一直開下去！馬副鎮長說：憑這句話，請王後生到會議室坐呀，哎，給把水倒上啊！王後生被請到了會議室，馬副鎮長卻把帶燈叫到了他的房間去。

王後生進了會議室，會議室站著白仁寶，白仁寶是已端著一杯水，說：喝呀不？王後生說：喝呀。白仁寶卻一下子把水潑在王後生的臉上，說：喝你媽的×！王後生哎哎地叫，眼睛睜不開，說：你們不是請我來給鎮政府工作建言建策嗎？侯幹事吳幹事翟幹事已進來，二話不說，拳打腳踢，王後生還來不及叫喊就倒在地上，一隻鞋掉了，要去拾鞋，侯幹事把鞋拾了搧他的嘴，搧一下，說：建言啊！再搧一下，說：建策啊！王後生就喊馬鎮長，馬鎮長，馬，鎮長！他的喊聲隨著搧打而斷斷續續。

這時候馬副鎮長進來了，他一進來，三個幹事出去了，白仁寶也出去了。馬副鎮長端著茶杯喝茶水，茶沫浮在水面上，一邊吹一邊說：王後生，你怎麼坐在地上？起來起來，辦公室有的是凳子麼！王後生說：他們打我，你看我嘴！馬副鎮長說：打你了？怎麼就打你呢，打也不能打嘴呀，讓你怎麼吃飯？王後生說：我知道請我來建言建策是幌子，是沒好事，可我沒想到一來就打我！馬副鎮長說：是幌子，叫你來只是問你一些事哩。王後生說：這事肯定要被問的。馬副鎮長說：你聰明！那你就說事。王後生說：我寫了上訪材料，找人在材料上簽名。馬副鎮長說：王後生還是條漢子麼！你等等，你等等。就大聲叫竹子，讓竹子來做筆錄。

於是，馬副鎮長審問王後生。

馬副鎮長問：你上告的材料是什麼內容？王後生答：櫻鎮黨政領導欺上瞞下，魚肉百姓，只圖政績，不顧污染，引進的大工廠是禍害工程！馬副鎮長問：多少人在上告材料上簽了名？王後生答：十三人。馬副鎮長問：十三人都是誰，姓什麼叫什麼，哪個村寨的？王後生答：這我不說。馬副鎮長問：上告材料呢，把材料交出來。王後生答：這我不交。馬副鎮長問：由你啦？你必須說，必須交！王後生答：我現在起就不回答你的話了。王後生果真不再說話，眼睛還閉上了。馬副鎮長說：哦，睏了？我也睏了，午飯後不睡一會兒人就沒精神麼，咱都睡一會兒。

馬副鎮長走出會議室，竹子也跟著出來，帶燈、白仁寶和三個幹事還都在院裡玩撲克，問情況怎麼樣，馬副鎮長說已承認了寫上告材料和十三人在材料上簽名，卻再不肯交代。吳幹事說：我撬他的牙口去！帶燈說：你咋個撬？吳幹事說：他能受得了多重的打，我就能下得了多重的拳！帶燈說：你打死他呀？咱要的是材料！就給馬副鎮長建議：這裡繼續審他，另外派人得去他家搜，馬副鎮長就派去了白仁寶和竹子，並問手機有電沒有，隨時和這邊聯繫。白仁寶說：竹子去還不行嗎？帶燈說：我和竹子去，你們就都留下吧，千萬記住，王後生那是塊抹布，慢慢擰著才出水哩。帶燈和竹子一走，吳幹事說：女同志弄這事不行，怪不得王後生囂張了這麼多年！馬副鎮長說：下來你們四個年輕人輪換著去審，一人兩個小時，看在誰手裡能把材料弄到了，我給誰獎二百元。吳幹事說：你替我打牌，我賺這二百元去。

吳幹事進了會議室，王後生閉著眼睛坐在那裡。吳幹事說：王後生，把眼睛睜開！王後生眼睛不睜，還響了鼾聲。吳幹事看見牆上掛著一排記事本，記事本都用鐵夾子夾著，就卸下兩個，快捷地把王後生的兩個眼的眼皮子夾了。王後生一下子跳起來，拿手要取鐵夾子，吳幹事就用撐窗棍兒打他的手，說：你不是睡著了嗎？王後生說：疼！疼！吳幹事說：你還睜眼不？王後生說：你取了鐵夾子我就睜眼。鐵夾子取了，吳幹事說：老實給我交代，材料在哪兒？簽名的十三個人都是誰？王後生又閉口不說話了，任憑吳幹事揪著他的衣領提起來又扔到地上，再是拿拳頭在頭蓋上犁道兒，敲出了栗子包，仍是不說話。吳幹事說：你以為你是渣滓洞裡的共產黨員嗎?!用手使勁捏王後生的腮幫，把嘴捏開了，把痰唾進去。王後生看著吳幹事，把痰竟然嚥了。吳幹事丟了手，說：你狗日的這麼不怕髒！王後生說：你從嘴裡出來的又不是從你屁眼屙出來的，有啥髒的？氣得吳幹事撲上去搧耳光，直搧得王後生趴在地上，把頭腦窩在身下。吳幹事把他往起拉，拉不起，攔腰抱，抱成一張弓了，手腳還不離地，兩人就那麼糾纏著移到了牆角，王後生更是借了力，身子撐得硬硬的。吳幹事提了拳頭砸王後生的頭，拳頭砸在了牆上，一塊皮砸掉了。吳幹事罵道：我日你媽！就掀屁股，屁股胡扯擰，褲子就繃開了縫，露出黑乎乎的屁眼來。吳幹事一指頭捅進屁股眼往上勾著掀，王後生身子塌下去。吳幹事再是提了腿把王後生拉到會議室中間地上，猛一扭，整個身子翻過來，說：材料在哪兒？王後生說：在我家屋梁上吊的擔籠裡。吳幹事拍拍手，走出了會議室。

院子裡馬副鎮長他們還在打撲克，白仁寶心不在焉，一會兒朝會議室看，一會兒又朝大門口看。翟幹事說：是不是等那個？白仁寶說：胡說啥哩，我操心吳幹事的本事哩。馬副鎮長說：靜氣，每臨大事要有靜氣，打牌打牌！便見吳幹事出來了，問：怎麼樣？吳幹事說：材料在他家屋梁吊著的擔籠裡。馬副鎮長說：每臨大事能靜氣了，身邊必然會出奇才的。給帶燈打電話。這時候，劉嬸從鎮街買回幾份涼調的餄餎，馬副鎮長說：讓吳幹事先吃！吳幹事也不客氣，吃了一口，芥末嗆得眼淚長流。帶燈的電話就來了，說把王後生家搜了兩遍，屋梁上根本就沒吊擔籠。吳幹事說：他要我?!放下碗又進了會議室，說：王後生你狗日的耍我！屋梁吊的擔籠在哪兒？王後生說：記錯了，在雞圈裡。吳幹事又出來，說：材料在雞窩裡。端了碗再吃餄餎。餄餎還沒吃完，帶燈又來電話：雞圈裡沒有。吳幹事端了碗再次進會議室，說：你耍了我兩次?!王後生眼睛瞪著不吭聲。吳幹事說：你瞪著我是不是嘲笑我？把眼睛閉上！王後生還是瞪著眼。吳幹事就把碗裡的芥末湯潑過去，王後生這回是殺豬般地叫。

馬副鎮長在院裡叫吳幹事，吳幹事出去，馬副鎮長說：你來打一會兒牌，讓翟幹事上。吳幹事說：肉煮到八成了你不讓我煮？馬副鎮長說：不急麼，輪過一圈了你還可以上麼。

翟幹事進去，說：吳幹事剛才打你了？王後生說：鎮政府會議室是渣滓洞麼，你看你看！他掰著自己嘴唇，又蹶了屁股。翟幹事說：那你不該哄他麼。王後生說：他把我打得頭暈腦脹，我記不清了麼。翟幹事說：我不打你，記不清材料放哪兒了，咱不說材料了，說十三個人都是誰？王後生說：你來唱紅臉的。翟幹事說：唱紅臉總比唱白臉好吧。王後生說：我有我做人原則，唱啥臉的我都不說。翟幹事說：不說也行。人肚子飢了就想吃飯哩，你幾時想說了你再說。王後生卻說：我要上廁所。翟幹事說：行呀行呀。拉著出了會議室。白仁寶問：這幹啥呀？翟幹事說：要上廁所。白仁寶說：狗日的屎尿還多！翟幹事拉著王後生走，王後生嫌走得快，說：我腿疼。翟幹事說：哦。拿腳在他腿彎子一踢，王後生撲咚跪下去，說：你也踢我?!翟幹事說：我試試是不是腿疼。王後生站起來剛走了兩步，翟幹事又在腿彎子一踢，王後生再次撲咚跪下去，翟幹事說：還真的腿疼。王後生說：鎮幹部沒一個好的！翟幹事嘿嘿嘿地笑。到了廁所，王後生蹲在那裡撲撲嗞嗞拉稀，翟幹事就招呼了白毛狗過來，猛地在狗屁股上踹了一下，狗忽地撲進去，王後生一受驚，坐在了蹲坑上，弄得一身屎尿。王後生讓快把狗趕開，翟幹事不趕，王後生讓快給他些紙擦屎尿，翟幹事不給，說：你已經髒成這樣了，就在這裡交代吧，簽名的都是誰？王後生乾脆就坐著不起來說：你讓我臭哩，你爬在廁所牆頭也臭。翟幹事說：簽名的都是誰？王後生說：成全了你小伙吧，有鎮東街的張三。翟幹事就對打撲克的喊：快記，簽名的有鎮東街村的張三。吳幹事說：狗日的他給你交代啦？翟幹事回過頭笑著說：他知道我是鎮政府培養的後備幹部麼。吳幹事罵道：勢利鬼！於是，翟幹事就不停地從那邊高聲傳過來人名，馬副鎮長就拿筆記著。翟幹事說：鎮東街村張三——！馬副鎮長說：記啦。翟幹事說：南河村王朝——！馬副鎮長說：南河村王朝。翟幹事說：鎮西街村李四——！馬副鎮長說：鎮西街村李四。鎮西街村有叫李四的？翟幹事說：荊河岩村馬漢，藥鋪山村的吳耀軒，鎮街藥鋪馬小安。馬副鎮長說：慢點，慢點。吳幹事卻說：藥鋪山村有和我同名同姓的？馬副鎮長覺得不對勁，說：張三李四王朝馬漢，還有誰，馬什麼安？翟幹事說：鎮街藥鋪馬小安。鎮政府出納就叫馬小安，她一直在她的房間裡洗衣服，剛端了髒水出來的，說：馬小安？櫻鎮只我一個馬小安，藥鋪裡哪裡還有馬小安?!馬副鎮長立即罵道：狗日的王後生在戲弄咱哩！侯幹事你去把狗日的給我拉出來！

侯幹事去了廁所那兒，讓翟幹事走開，出納卻端了一盆髒水蓋頭向王後生潑去，罵道：我和你有啥仇有啥冤，你竟說我的名字？別人欺負我，連你這樣的人也欺負我?!馬副鎮長說：好啦好啦，你別摻和，讓侯幹事把他拉到會議室裡。但王後生渾身的屎尿，侯幹事不願意動手去拉，把狗趕走了，讓王後生自己出來，王後生就往出走，侯幹事又不讓他出來了，說：你就那麼髒的出來呀？把身上屎尿擦淨！王後生卻故意把手上的屎尿往廁所牆上抹，侯幹事就從水池那兒把澆花木的皮管拉過來，說：馬出納，你把水龍頭擰開，我給王後生洗一洗。出納真的就擰開水龍頭，侯幹事就舉著小管子往王後生身上沖。水沖得猛，王後生立時從頭到腳澆透，他大聲叫喊，水又沖進他的鼻裡口裡，就不叫喊了，在廁所牆角縮成一團。侯幹事繼續在沖，廁所裡聚起水潭，水從廁所門口往出流，侯幹事的鞋也被水泡了，他站在一塊磚頭上，磚頭一打滑，皮管子沒有拿好，水卻朝空噴射，落下來把院子裡的人淋濕了，劉秀珍在叫：你往哪兒沖哩?!侯幹事見不得劉秀珍，把氣又發洩到王後生身上，越發對著王後生沖，沖得王後生身後的廁所牆皮掉了，裡邊的土成了個深窩，侯幹事還是在沖。王後生突然歇斯底里叫了一聲。叫讓他叫吧，院子裡誰也沒理會，侯幹事還在沖。王後生又歇斯底里叫了一聲。馬副鎮長在含糊的叫喊聲中似乎聽到是在牆窟窿四個字，說：他說牆窟窿？侯幹事停了沖水，王後生又叫了一聲在牆窟窿。侯幹事說：你說在牆窟窿，材料在牆窟窿？王後生渾身抖著，吐字不清，說：在我家灶房東牆的牆窟窿的。侯幹事說：話說清！王後生說：我舌頭是硬的，在灶房東牆的牆窟窿裡。侯幹事立即給馬副鎮長說：招了，材料在他家灶房東牆的牆窟窿裡。馬副鎮長說：別讓他再耍弄咱！又讓白仁寶給帶燈打電話。侯幹事又開始給王後生沖水，哼噠，廁所牆頭子垮了，泥土落在王後生的頭上，水再把泥土沖開。帶燈的電話回過來了，材料尋到了，果然在灶房東牆的牆窟窿裡。院子裡一片叫好，侯幹事不沖水了，說：你早說，牆頭子就不垮了。

跌倒了不要立即爬起來

曹老八去見老唐，想給大工廠工地專門提供毛巾、牙刷和香皂肥皂的，剛到老唐的辦公室門口，喊：唐主任！滑了一跤，仰八叉地倒在地上。老唐說：呀呀，來就來麼，咋還磕頭哩?!曹老八往起爬，一時沒爬起來，說：你這門口倒了花椒油啦，這滑的！老唐說：先不要爬，跌倒了不要立即就爬起來，你看看地上有沒有啥可以拾的。曹老八真的在地上看，他沒有拾到東西。

朱柱石從監獄回來了

帶燈和竹子尋到了上告材料就往鎮政府趕，路過鎮街的一個巷頭，陳大夫一搖一晃地過來，問陳大夫你到哪兒出診去了？陳大夫忙說沒去，哪兒都沒去。帶燈說：哪兒沒去你一頭的水？肯定幹啥壞事了！原本是開玩笑的，陳大夫卻交代了他是去朱召財家了，是朱召財的兒子從監獄回來了，因為他和朱家還轉彎抹角的沾一點親，他只好去看看那朱柱石呀。帶燈說：去朱召財家就去了唄，誰限制你不能去了？你說朱柱石回來了?!陳大夫鬆了一口氣，說他是怕帶燈說他覺悟不高的，但確實是親戚，朱召財的老婆和我媽都是接官亭村的娘家，我媽年紀大，她把我媽叫表姊，我媽活著時候，她還來看望我媽的。帶燈說：誰聽你說這些！朱柱石是判了無期徒刑的，怎麼能回來？陳大夫說不是釋放回來的，是監獄實行人道主義，押著朱柱石回來給他爹奔喪哩。帶燈就和竹子也要去朱家看看，把那份材料讓陳大夫帶給馬副鎮長。又害怕陳大夫偷看材料，帶燈用手帕把材料包了，還在地上拾了根雞毛別在上面。

兩人到了朱召財家的村道裡，沒有聽到哭聲，也沒有看見有什麼人走動，竹子覺得奇怪，說朱召財是不是已經下葬了？

朱召財果然是已經下葬了。朱召財上訪了十幾年，村裡人也多不與他往來，原本人一死就埋的，因沒有事先拱好的墓也沒棺材，再是朱召財臨死時不停地叫著兒子名字，朱柱石的舅就跑去找縣監獄，希望朱柱石能回來看他爹一眼。監獄同意了，同意押朱柱石回來一小時。朱柱石回來給他爹上了香，祭了酒，哭了一頓，就又回去了監獄。七八個村裡人便把朱召財匆匆下葬，也沒吃飯，就都各自散了。

朱召財老婆見了帶燈和竹子，再沒有破口大罵，反倒拉了她們就哭。老婆子七十的人了，頭髮雪白，枯瘦如柴，帶燈扶著她去炕沿上坐，帶燈只覺得像扶了一把掃帚。老婆子在給她們訴說，鼻涕眼淚一齊湧下，說朱召財在炕上躺了十多天，湯水不進，她知道他是不行了，可朱召財就是不噎氣，一陣昏過去一陣又睜開眼，睜開眼了叫朱柱石。她哭著給朱召財說話，說要走你放心走吧，她繼續上訪，兒子的冤枉總會有明的一天。她這麼說著，朱召財噎了一口氣，可眼睛還睜著，她是一手按著他的下巴往上壅，一手使勁把眼皮往下抹，又壅又抹了一頓飯時，朱召財的眼睛才闔了。老婆子說著，還做著動作，帶燈就不忍心聽她說下去，問：你兒子是回來啦？老婆子說：是回來了，只回來了一個小時呀。我兒都老成那樣了，滿臉的皮苦皺著，他抱著他爹哭，哭得眼淚流了他爹一臉，他就給監獄人說：我要給上邊寫信，你們也幫我說說，我不翻案了，我只要求很快判我死刑。

我這麼不死，害死了我爹，還得害死我娘。我死了，我娘就不牽掛我了，我娘也就不上訪了！帶燈和竹子一時無語，不知道該說些什麼，帶燈在身上掏，掏出了二百元，說：竹子你身上裝錢了沒？竹子也在身上掏，掏出了五十九元，帶燈就把二百五十九元塞給了老婆子，老婆子並沒推讓，極快地收了，揭起黑布褂子襟，把錢裝在裡邊的襯衣口兜，又拉展了黑布褂子襟。這一連串動作快捷得只有幾秒，開口要說話時，帶燈和竹子已經出門走了。

在路上，竹子說：瞧老婆子收錢利索勁，她命還長得很哩。帶燈說：唉，命長苦重哩。

簽名的人全來自首

王後生被叫到鎮政府大院後，沒有人承認自己簽過名，而傳出搜出了那份簽過名的上告材料，並且發現是帶燈和竹子把材料讓陳大夫帶去給馬副鎮長呀，立即有人在半路上攔住陳大夫，讓陳大夫給他號脈，說頭疼得要裂腦殼了。陳大夫還坐在路邊石頭上給那人號脈，簽過名的人就提前來鎮政府自首了。十三個簽名中，有張正民，王隨風，薛碌碡，孫家灶，尚建安，莫轉存，大都是那些老上訪戶，也有一些別的人。這些老上訪戶給馬副鎮長說：又犯錯誤了，該怎麼處治就處治吧。而別的人都在哭訴是王後生欺騙了他們，拿手打自己臉，口口聲聲說該打。馬副鎮長給這十三人開了半天會，讓他們寫了悔過書，還要罰每人三百元。帶燈和竹子也從朱召財家回去了，給馬副鎮長建議：能來自首交代就不錯了，要給他們台階下，如再罰款又得把他們逼躁了，算了，不罰了。最後是沒有罰三百元，還每人給了二十元。

紅布帶子

出色地粉碎了王後生對大工廠的聯名上告，馬副鎮長心情好，頭也不暈了，身輕氣爽，這讓他恢復了多少年前也曾經有過的自信，他覺得他的病完全可以康復，也並沒有老，可以勝任一切工作，尤其在這非常時期完成了非常任務，命運是在向他預兆著在不久真能當上鎮長嗎？

馬副鎮長的老婆再一次從鄉下老家趕來，她給馬副鎮長出主意：你有啥想法，給別人說不成，但你要給神說呀！松雲寺的古松上掛了那麼多紅布帶子，你怎麼不去也掛一帶呢？

古松上是常年都有人掛紅布帶子的，這原本是一種迷信，卻已經成了櫻鎮人的風俗和習慣，甚至周圍鄉鎮的人，縣城的人，也都拿著三指寬二尺長的紅布帶子，把紅布帶子繫於松枝上，祈求著風調雨順，祈求著國泰民安，或者升官，發財，求子，祛病，出門平安，子孝妻賢。

馬副鎮長去了一趟松雲寺，因為是露明去的，松雲寺那兒並沒有人，他跳起來抓松枝，跳了幾次沒抓住，後來是抓住了一枝，岔了氣，拉住松枝歇了半天，才把紅布帶子繫上，嘴裡一陣念念有詞，然後輕輕放開，靜靜地看著那紅布帶子，看著那天。

當馬副鎮長離開松雲寺下坡的時候，他感覺到自己久病已癒，感覺到自己已經是鎮長，就是了鎮長。

一走近鳥兒，牠們就都飛了

但是，馬副鎮長去松雲寺掛紅布帶子的事，畢竟讓白仁寶知道了，馬副鎮長說：我操心大啊，破獲了王後生，我擔心還會有張後生李後生出來破壞的，得給櫻鎮求個平安麼！大家說：應該呀應該。也都去松雲寺掛紅布帶子，但誰去都是各去各的，怎麼給櫻鎮祈求的，回來誰也不說。

竹子問帶燈：咱去呀不去？帶燈說：你給櫻鎮求什麼？竹子說：我求愛情！帶燈說：還嫌段老師愛你不夠？竹子說：也給你求呀。帶燈說：好麼，你去了就給我求能一個男人深深地愛著我，也讓我深深地愛一個我愛的人。竹子說：呀呀，你吃著碗裡看著鍋裡?!

帶燈拿了一本書要到北塬那兒去讀，她已經好久沒有讀書了，而且再也尋不到可以讀書的地方，也只有元天亮祖墳的北塬那兒還僻靜。竹子也沒有去松雲寺，說：神在心裡，我自己求自己吧。她跟著帶燈走。

出了鎮街，過了石橋後村，沿小路往北塬去，路兩旁的樹叢裡，荊棘中，石窩和草叢，到處都是鳥。櫻鎮的鳥先前都栖集在河堤的樹上，而現在更多地退在了這裡，但是，她們高興地說著這麼多鳥在這裡啊！鳥卻呼啦啦飛去。上了塬頭，還未到元天亮家祖墳和墳後那片櫻樹林子，她們並沒有大聲叫囂，也沒有擲打石子，似乎剛剛冒頭，墳前的蘭花叢裡，櫻樹林裡，鳥也是轟然而起，一群一群斜著飛去，像無數的白的灰的黑的床單在空中飄動。

竹子說：牠們怎麼就都飛開了呢？帶燈說：牠們恐懼我們吧。竹子說：我們並不想撵打牠們呀！帶燈說：那就是我們在恐懼了。竹子說：我們恐懼？帶燈說：如果咱們來了鳥兒都不飛，你不奇怪害怕嗎？

竹子大聲地學著鳥叫，並把口袋裡的一些饃屑和一顆水果糖放在手裡，後來又放在石頭上，盼望鳥兒能來，但鳥兒一隻也沒飛來。

給元天亮的信

想起了一個小笑話，說有一個女人見到的男人都把妻子稱紅蘋果呀，小黃瓜呀，寶貝親親呀，就讓他也把她叫一下。那男人艱難地看看，想想，叫她：黃牙牙。雖然不太好聽，卻也實在。我不知道你該怎麼叫我？

我的工作是我生存的需要，而情愛是我生命的本意，就像柿子樹結柿子是存在的需要，而能鎮天蓋地地長成樹自成世界才是柿子樹的意思吧。

嘿嘿，你正吃飯吧，好飯真應該叫你吃，因為你給予了時間的含金量。而我這個逛蛋兒現在正在山腳下吃葡萄。我愛吃葡萄，高興時甜的多，煩心時是酸味道，酸酸甜甜的世界，讓我呑在肚裡了。我餵你一顆。我願是投進你嘴裡的一顆葡萄，你能接納我的甜我的酸，我的好我的壞。

前天讀報紙，看到你又高升為省委常委了，真是可喜可賀，但我覺得你是那麼的遙遠了，有些不想跟你耍了，我覺得你在我的小村我的身邊需要我愛護關心的人，是我摘過金銀花你揹下山，你在樹上打核桃我在屋裡褪青皮，我晚上給你絮絮叨叨村裡趣事旁敲側擊優化自家生活而當你乾咳一聲我就噤聲閉眼快步趕去夢鄉。而你成了天上的星星……我喜歡螢火蟲。

早上看著太陽，覺得像穩勢的空中的一個出路小洞，老天那忍受不住的熱情往外洩漏。於是我想到了大地，大地到處都鼓起山包終究還是有火山要爆發的。天氣裡有風雲雷電雨雪霜露也放鳥逐鷹，大山上有春夏秋冬黑白熱冷也牧羊養獸，這就是世界。有千古事還有瞬間事，是瞬間成就了千古。所以我也就安然的像雲一樣隨意行臥，能把日月的光芒拓展開去就行了，像易漲易馳的山澗水一樣能保護住山的形象就可以了。我覺得老天造就女人流淌乳汁養人就成就了，我現在才知道我愛你是對你有種能說清的感覺，像是我走親戚能尋找到門戶前的那棵樹那座石磨的感覺，那麼，我於你來說，我想是你工作之餘伏案寫作時揚揚灑灑筆端的墨水，哦，當然不是墨水。你是自由自在如瀰漫了滿空的大雨，落地成潭成淵，沉澱了去成就萬古的江河，像頑石被拿去補天，看似無形實有形看似無情實有情，像我們這營營小人物那是都有感情出口，頭髮指甲手足口眼和吃喝玩樂、不敬不恭、小恩小仇，自己整天給自己的浪蕩和無為找下理由了。

鎮政府的生活，綜治辦的工作，醞釀了更多的恨與愛，恨集聚如拳頭使我焦頭爛額，愛卻像東風隨春而歸又使我深陷了枝頭花開花又落的孤獨。

哦，引進的大工廠真的是高污染高耗能嗎，真的是飲鴆止渴的工程如華陽坪的大礦區嗎？什麼又是循環經濟？櫻鎮上有人議論，說你的長輩為了櫻鎮的風水寧肯讓貧困著，而他的後輩為了富裕卻終會使山為殘山水為剩水。但我不相信，這怎麼可能呢？對於櫻鎮，不開發是不是最大的開發呢？我不知道。

最後的會餐

鎮政府大院裡人又都閒下來了，這如同卸了磨摘了暗眼的牛和驢，打過哈欠，伸過懶腰，洗衣服的洗衣服，說洗衣粉用得多了，蝨子真的是少了，下棋的下棋，讓觀棋者不語，偏偏觀棋者要語，皇帝不急太監急，口舌就起，郵局人送來了信件，會計又在大聲地說她的兒子，翟幹事給馬副鎮長嚷嚷幾時再去唱歌呀，沒事應該讓大家學學跳交誼舞，交誼舞能增進同志們的親近麼。馬副鎮長說：唱麼，跳麼，你狗日的要帶別人的婆娘唱呀跳呀，吳幹事肯定也要帶別人的婆娘唱呀跳呀！大家就哈哈笑，笑得馬副鎮長的老婆出來拿眼睛挖馬副鎮長，馬副鎮長不說了，老婆卻從屋裡取了獼猴桃給大家散發。獼猴桃很小，她說：這是野生的，甜得很！小孫子不讓給別人，哭著說：這是我的，這是我的！竹子從伙房裡取了個饃給小孫子，悄聲說：你咋和你爺一樣！馬副鎮長長聲著喊出納了，說：哎，小安呀，黃書記那次來能給咱多報了多少錢？出納說：除了買的東西歸伙房後，現金有三萬二千吧。馬副鎮長說：那也要讓大家享受到呀！出納說：書記說了，讓慢慢補到伙食上。馬副鎮長說：補到伙食上誰也不覺得，不如大家先會餐一次，剩下的補到伙食上去。出納說：書記鎮長不在，這行不行？馬副鎮長有些不高興，卻問大家：這行不行？大家同聲說：行呀，你現在就是書記鎮長，咋不行?! 馬副鎮長說：那就會餐！

會餐當然還是去松雲寺坡彎後的飯店裡為好，白仁寶就積極著去訂飯。馬副鎮長宣傳：大家都要去，好事情不能遺下任何同志。帶燈，你和竹子也一定去。帶燈說：不去了吧，那裡賣野味，我和竹子都吃不慣。馬副鎮長說：要去的，就是不吃也要去的，集體活動如果老不去，這樣不好麼！帶燈說：好，好，前年縣上破那個殺人案，主犯先拿刀子捅倒了人，然後讓同案犯每人也去屍體上捅一刀。馬副鎮長睜大了眼睛，說：你咋說這話？帶燈就笑了，說：說個幽默話呀。侯幹事說：和領導說話用什麼幽默?!竹子說：對牛彈琴。侯幹事說：誰是牛？帶燈說：都不說笑話了，去吃飯！又給竹子說：你把馬副鎮長的小孫子揹上，吃飯去！

這一頓飯八個涼菜八個熱菜，葷素雜陳，該有的都上了，尤其又加了一道黃羊肉蒸盆子和紅燒野豬肉。馬副鎮長問：有沒有娃娃魚？回答這幾天沒貨。馬副鎮長說：讓同志們吃好，那就來個燉甲魚吧，味道往重些。飯桌上了紅酒，是給女同志的，上了白酒是給男同志的，結果紅酒喝了三瓶，白酒竟喝了八瓶，男的差不多都喝醉了。喝醉了的人從不說自己醉了，又開了三瓶白酒喝，開始說馬副鎮長的好，什麼奉承話都說出口。白仁寶在甲魚裡尋那根骨頭，夾了給馬副鎮長的老婆，說：嬸，這能剔牙哩，這你一定拿上！馬副鎮長聽大家說他好，倒謙虛了，說他有什麼好呀，要是好的話，十多年了還在櫻鎮不挪窩？他就講他陪過五任鎮書記、六任鎮長了，甭說鎮政府大院裡的房呀樹呀，就是櫻鎮的每一塊石頭他都認得。帶燈和竹子喝紅酒，酒喝得少話說得多，一隻雞從門外進來到桌上吃撒落的米飯粒，帶燈說：你認識不認識馬鎮長？馬副鎮長沒注意聽，仍在說他的歷史：第一任書記脾氣好，第二任愛罵人，一開會就罵，罵得你睜不開眼，但他不罵你了你就倒楣了。第三任的鎮長人仗義，就是和書記尿不到一個壺裡，他當不了二把手，可他是鎮長麼，書記要決策，黨主導一切麼。第四任書記霸勢。白仁寶說：是霸勢，調走的那個王東民對他有意見，他當下就唾在王東民臉上，王東民後來硬要求調走的。馬副鎮長卻又替第四任書記申辯了，說領導就是要有領導的權威，被領導的就要自覺地維護、培養領導的權威，那王東民不懂得這些他也只能調走了。馬副鎮長接著還講了一個故事，他說你們知道唾沫不擦也會自乾的故事嗎？大家說不知道。馬副鎮長說你們咋啥都不知道?!大家說就聽你給說哩。馬副鎮長說啊倒杯酒我喝了給你們說。喝了酒，說的是唐朝宰相婁師德的事。婁師德的弟要到某地作刺史，臨行前婁師德覺得他是宰相的弟，又去做刺史，怕遭嫉恨，就說你去後千萬別給我惹事。其弟說你放心，別人唾我臉上我擦了它。婁師德說別人唾你是恨你，把它擦了更恨你，唾沫不擦也會自乾的，你就等它自己乾吧。馬副鎮長說完環視大家，說：我說的意思你們明白了沒？大家說：明白……沒。有的就醉得趴在桌沿，有的溜下凳子躺在了地上。馬副鎮長看著帶燈說：瞧，瞧這些沒出息的，沒出息，息！自己的舌頭也硬起來。帶燈突然臉上煞白，額上的汗就出來，竹子說：你也喝高了？帶燈說：我心咋這慌的？竹子說：是不是病又犯了？帶燈已靠牆蹴著，又是一層汗把劉海都溻濕在額顱上。竹子就急喊店老闆，要老闆把自行車給她，她得送帶燈去看醫生。店老闆把醉了的人這個扶到炕上，那個抱上椅子，說：裡屋還有個炕，你把她攙到炕上去。竹子說：她病了又不是喝醉了！自個推過自行車，讓帶燈坐在後座了，急駛著去了廣仁堂。

出事了

到了廣仁堂，陳大夫給帶燈號了脈，說沒事，我給你沖杯消煩散，過一會兒就好了。喝了藥，果然就好多了，只是手腳沒勁。竹子說：你可記住呵，今天是我救了你。我這胳膊還沒好，剛才騎自行車，現在錐兒錐兒地疼哩！陳大夫還在問帶燈：犯病的時候是怎麼個心慌？帶燈說：渾身關節像是裡邊有蟲子蝕，心裡急逼。陳大夫說：是肚子飢了想一碗飯就倒進去的急？帶燈說：總覺得有啥事等我，又來不及去的急。竹子說：啥事等你？是等著坐我自行車哩！

門口走過張正民和王隨風，張正民提了一瓶子油，王隨風卻拿的是一只升子，升裡裝著鹽，兩個人都是在鎮街上買貨了碰上。張正民說：大妹子，最近沒出去呀？王隨風說：天慢慢就冷啦，我得給老的少的把棉衣棉褲做了再出去。你幹啥哩？張正民說：準備上訪麼。王隨風說：你的問題不是解決了嗎？張正民說：那是在解決問題嗎，日弄得不讓上訪就是了。你要再出去，我給你提供個情況，他們又在飯店裡海吃浪喝了。他們不貪污救災款哪兒這麼吃喝？咱老百姓吃的啥，拉的啥，屎見風就散了，你去鎮政府廁所看看，屎黏得像膠，臭得像狗屙的！王隨風說：這我不管，我只告我的事。張正民說：光告你的事誰理你？就告鎮政府了他們才急哩！

帶燈忽地衝出了門，說：張正民，你胡說啥的?!張正民見是帶燈，掉頭就走。竹子當然跑過去擋路，張正民站住了，說：我沒胡說，你說鎮政府人吃喝了沒，你讓陳大夫聞聞，你嘴裡是不是有酒氣？帶燈說：就是吃了喝了，鎮政府人會個餐就是挪用貪污了救災款?!張正民說：我順嘴說說麼。帶燈說：順嘴說說？我說你是賊，昨夜把大工廠工地的鋼筋偷了一架子車，你願意不願意?!張正民就打自已嘴，說：我這嘴不是嘴，是小娃的屁眼，行了吧。

帶燈和竹子重新回到屋裡，陳大夫沏了一壺茶，說咱喝茶吧，別的事眼不見心不煩！竟然也不再接診賣藥，把藥鋪門關了。竹子說：聽說你最近動不動就把門關了？陳大夫說：那我不看病呀？不看病我喝西北風呀?!竹子說：咋沒見張膏藥的兒媳呢？陳大夫說：你這碎女子！啥意思？竹子說：沒啥意思呀！陳大夫說：我知道你想說啥的，咱櫻鎮人舌頭長，壞我的聲譽，可我是靠手藝吃飯的，誰沒找我看過病，看過病就是和我……帶燈一直笑，說：陳大夫人緣好都知道，議論你和她也是出於好心，你要給我說實話，你真的有那個心思了，我可以給她把話往明裡挑。陳大夫說：你這話讓我心軟了。我讓她來幹活，也是可憐她，她說她想在老街辦個農家樂，我給她說，我可以幫你麼。帶燈說：我問你有沒有心思？陳大夫嘿嘿嘿地笑，正要說什麼，門被咚咚地敲。陳大夫說：正說事哩來人，來的肯定是壞人。三人都不吭聲，等著那人敲過了沒人就會走的，沒想門又被哐哐地踢了兩腳。陳大夫就火了，喊：土匪呀？人不在家！門外卻是曹老八的聲，曹老八在說：人不在家你是狗呀？帶燈是不是在你這兒？陳大夫說：我這兒是鎮政府嗎?!帶燈卻把門拉開了。

曹老八一臉的汗水，說：我明明看見帶燈和竹子在這裡，你說不在？帶燈說：你尋我和竹子？曹老八說：出事了！沙廠裡打架把人往死裡打哩！帶燈說：哪個沙廠打架，誰和誰打架，你往清白說。曹老八說：我剛才要去南河村我孩子他姑家呀，才到了河堤上，拉布提了一根鋼管往元家沙廠走，一臉的煞氣，痲子一顆一顆都紅著。我說：拉布拉布你吃了？拉布不理我。我心裡還罵狗日的有錢了就不理我了，當年他窮的時候，我把一雙爛鞋要扔，他說叔呀叔，你那鞋不穿了我穿。帶燈說：你說話咋這囉嗦！是拉布打人？曹老八說：拉布不理我，一走到元家沙廠裡就往一個沙壕裡跑，只是掄了一陣鋼管就把一個人撂倒了，撂倒的是誰我看不清楚，那叫聲瘮人。我連緊要給鎮政府報告，才進街口瞧見你和竹子在這門口說話，跑過來要給你們彙報呀，門卻關了。帶燈說：你現在還要去鎮政府給馬副鎮長報告，讓他們注意這事，我和竹子這就去沙廠看看情況。

去河灘的半路上，碰著了張膏藥的兒媳提了一籠蘿蔔，張膏藥的兒媳以為帶燈和竹子要去下鄉，讓帶幾個蘿蔔吃，竹子就拿了一顆剝了皮啃，給張膏藥的兒媳說起陳大夫有了心思的事，說得張膏藥的兒媳耳臉赤紅，帶燈腳沒停，走遠了回頭催督竹子：你咋掂不來輕重？回頭再說！竹子說：打架麼，哪天沒人打架？這事才是大事哩！

元老三的眼珠子吊在臉上

元老三把二貓打得掉了三顆門牙，換布拉布還有喬虎從市裡運回一批鋼材後都氣憤不過，當天晚上，三人就想去報復，走到元黑眼的肉鋪門口了，聽見裡邊亂哄哄的有喝酒聲，知道人多，才沒進去。但氣一直在肚裡憋著。第二天，把買回的鋼材一部分拉到老街，一部分放在街面店鋪的後院，然後擺了攤子玩麻將，其間拉布出來上廁所，看見二貓和隔壁人說話，那人說二貓你嘴是豬嘴！二貓說讓元老三打的。那人說元老三打你，打狗看主人哩他元老三打你？拉布就把二貓叫過來，說：要不要給你出氣？二貓說：出麼。拉布讓二貓這陣去河灘觀察元家沙廠裡都有誰在。二貓去了一趟，回來說元家沙廠的人都回家吃飯了，只剩下元老三和兩個看管沙廠的人在。拉布就讓二貓跟了他，他提了一根鋼管向河灘走去。

到了河堤上，拉布給二貓說：鞋綁好了沒？二貓的鞋是破鞋，又小，平時都是趿踏著，二貓就用草繩把鞋在腳上綁緊了，說：好了。拉布說：他打你那麼狠，你就下勢打，一次打得他們狗日的乖幾年！二貓說：我沒了三顆門牙，我也讓他沒三顆門牙！拉布就從河堤上衝了下去。二貓也跟著往下衝，心裡卻有了些害怕，他知道自己肯定打不過元老三，即便拉布能打，把元老三收拾了，可元家兄弟五個，反過來要打薛家，薛家也是兄弟兩個還有喬虎，若元家人要打他，他就孤單一人被當軟柿子捏了。二貓這麼想著，從河堤上往下衝的時候腿就發軟，一歪，咕咕滾了下去，就窩在了堤下的沙窩子裡。

拉布並不知道二貓窩在了沙窩子裡，他提了鋼管跑進元家的沙廠，看管沙廠的兩個人正在一個沙堆上吃烤熟的土豆，噎得梗直了脖子，猛地見拉布一鋼管砸在那輛運沙車的車燈上，車燈嘩啦就碎了。他們說：幹啥？幹啥？竟嚇得不會逃跑，也不喊人，還瓷呆呆地立在那裡，看著拉布舉著鋼管就向沙堆撲過來。已經撲到沙堆下了，其中一個才清醒了，爛聲爛鑼地喊：老三，老三！元老三鬧肚子，飯時沒有回去，正在前邊一個沙壕裡拉屎，提了褲子半站起身，說：土豆還占不了嘴，喊啥哩?!拉布這就看清了元老三的位置，不再向沙堆撲，轉身跳進沙壕，一鋼管掄下去，元老三就倒了。

元老三肩頭上挨了一鋼管，當下跌坐在自己屙出的屎上，他聽見骨頭在咔嚓嚓地響，左胳膊就抬不起來。但元老三畢竟也是狠人，右胳膊撐地就跳起來，褲腰還在大腿上，跳得並不高，一隻腳先蹬了出去，擋住了又掄過來的鋼管，再往起跳，褲腰和皮帶全綳斷了，一頭撞向拉布。拉布往後打了個趔趄，把鋼管再掄出去，這一次打在元老三的腦門上，鋼管彈起來，而元老三窩在了那裡。拉布又是一陣鋼管亂掄。元老三再沒有動。拉布拉起元老三的一隻腳要把他倒提了往沙壕裡蹾，元老三已是斷了線的提偶，胳膊是胳膊，腿是腿，把它放成什麼樣就是什麼樣，兩眼眶迸出了眼珠子。眼珠子像玻璃球，拉布只說玻璃球要掉下來了他就踩響個泡兒，眼珠子卻還連著肉繫兒，在臉上吊著。拉布轉身提著鋼管走了。

這一次打，時間也就是一二分鐘，拉布沒有說一句話，元老三也沒說一句話。二貓從沙窩裡爬起來才要走過去，拉布已返回了。二貓說：收拾了？拉布說：不經打。只顧走。二貓說：你打掉他三顆牙了？拉布說：哦，這忘了。你去敲吧，他還不了手了！拉布上了河堤。二貓說：你等著我。跑去敲元老三牙，元老三沒動彈，元老三的兩顆門牙被敲了，敲第三顆，發現嘴角處有一顆包了金的牙，他把包金的牙敲下來拿走了。二貓攆上拉布的時候，聽到沙灘上那兩個看廠子的人變了聲地吶喊：打死人了！拉布打死人了！

河灘裡蒼蠅聚了疙瘩

帶燈到了河灘，並沒見到拉布，而鎮街到河灘的土路上，許多人在跑，跑去看場面，看見了元老三從沙壕裡被抬出來，昏迷不醒，血肉模糊，嚇得又趕緊跑開，跑開了還不想回，站在河堤上說三道四。

河灘裡原本是沒有蒼蠅的，而元老三屙了屎，又渾身往外出血，蒼蠅就一下子來了。竹子看不明白這些蒼蠅都是從哪兒來的，爬在了沙壕裡，爬在了元老三的身上，也爬在了哭叫著給元老三捏人中的人的胳膊腿上，而且還愈來愈多地飛來，像柳絮一樣罩著人群，最後就在元老三的頭上臉上聚了疙瘩。

元老五也跑來了，他叫著三哥，三哥！把元老三的眼珠子往眼眶裡塞，蒼蠅就哄地飛開了，眼珠子好不容易塞進眼眶，蒼蠅又爬上去聚了疙瘩。元老五把元老三扶起要揹回去，元老三的眼珠子又掉下來，蒼蠅再次哄哄亂飛。帶燈說：平抬，平著抬！掏出了手帕扔給元老五，讓把元老三的臉蓋住。

元老五衝著帶燈喊：看見了吧，看見了吧，把人打成這樣?!帶燈說：往衛生院抬！元老五並沒有抬他三哥，發了瘋地卻向村裡跑去。

帶燈指揮著把元老三用篩沙的鐵網子抬著去衛生院了，就給竹子說，事情可能還沒完，元家人肯定要去尋薛家鬧事的，讓曹老八去叫鎮政府人，怎麼這麼久了沒一個人來。竹子說：咱就不該來，民事打架麼，別人看見了裝著沒看見，咱倒跑了來，現在讓夾住手了！帶燈說：你沒看元老三成了什麼樣了，如果真出了人命，那還不是鎮政府的事嗎?!讓竹子快去找馬副鎮長，找著了直接到衛生院。

馬副鎮長拿主意

鎮政府的職工幾乎全喝醉了，橫七豎八地躺在飯店裡。馬副鎮長沒有倒，在廁所裡用指頭在喉嚨摳，吐出了一灘，雖然看見人都是雙影，但仍覺得都躺在飯店裡不成體統，就罵著飯店老闆把人送回鎮政府。老闆用架子車一次拉五個人，拉了兩次，這些人一回到大院，就各自在自己房間裡睡覺。

曹老八在大院裡大聲喊：出事了，出大事了！人呢，人呢，誰在呀?!沒有回應。敲這個門，門不開，敲那個門，門不開。馬副鎮長的老婆說：喝高了，不上班了，有啥事明日來。曹老八說：上班時間不上班？出人命案了還不上班?!馬副鎮長的老婆一聽，說：是不是？進屋推馬副鎮長，曹老八也跟進來，一聲緊一聲叫馬副鎮長，馬副鎮長睜開眼，說：叫魂哩?!曹老八就又說：出事啦，薛家把元家要打出人命啦！馬副鎮長一下子坐起來，腦子清醒了。才要問是怎麼回事，竹子也上氣不接下氣地跑了來。

元老三被抬到衛生院門前的漫道上，抬的人說：換個手，換個手！但沒有人替換的，鐵網子和元老三就掉到了地上，趕緊又抬起來，馬副鎮長也趕到了。馬副鎮長揭了元老三臉上的手帕，說：還有氣兒沒？抬的人說：有氣兒，一直沒醒過來。馬副鎮長的身上也趴了蒼蠅，說：把人能打成這樣，誰打的？帶燈說：拉布打的。馬副鎮長說：我早料到要出事的，一山容不得二虎麼！拉布呢？帶燈說：我和竹子知道了這事就去了河灘，河灘裡沒再見到拉布。現在先送衛生院救人，費用的事還得你給衛生院說句話，過後結算就是。馬副鎮長卻說：你過來。把帶燈叫到一邊。

馬副鎮長說：早不出事晚不出事，書記鎮長都不在了王後生上告哩拉布打人哩！王後生咱好不容易擺平了，這元老三被打成這樣，你說咋辦？帶燈說：你主持工作哩，你拿主意。馬副鎮長說：我看是人不行了，如果送衛生院，肯定要死在衛生院，人一死元家能甘休？不是抬屍鬧衛生院，就要把靈堂設到鎮政府門口，那後邊的麻煩就全來了。我的主意是咱把元老三不往衛生院送，也不往縣醫院送，直接送市裡去。這樣既顯得咱重視傷者，要給傷者最好的治療，他元家人怪不得鎮政府，而重要的是元老三一旦死在市裡醫院了，立即就能在市裡火化，元家要鬧事，起碼抬不了屍體鬧事。帶燈說：哦，你這想得長遠。馬副鎮長說：抬磨子不能夾住咱的手麼。帶燈說：咋往市醫院送人？小車領導都帶了，只能還是你給老唐那兒要個車了。

馬副鎮長就喊：白主任，白主任！鎮政府的幹部跟著過來的有白仁寶、翟幹事，還有會計出納。白仁寶說：我在這。馬副鎮長說：救人要緊，啥事都可以出，千萬不能出人命，鎮衛生院沒條件治人，往市裡送！你去大工廠那兒找唐主任要輛車，你再陪著元家的誰就去市上，一個小時和我聯繫一次。白仁寶說：我可以去市上，會隨時把情況給你彙報，但老唐那兒我要不來車，還得你出馬。馬副鎮長說：啥事都得我出馬?!

馬副鎮長一方面安排人去通知元家人來這兒等著，一方面讓帶燈和竹子去薛家把拉布帶到鎮政府調查事因，然後他和白仁寶去了大工廠工地。帶燈卻叫住了馬副鎮長，說：要不要給書記鎮長彙報？馬副鎮長說：這事我早考慮了，應該彙報，事情再大不可怕，怕的是出了事不彙報，那就是咱的錯。可我也想了，王後生的事咱彙報了，接著再彙報這打架的事，顯得領導不在咱就壓不住陣腳了。有許多事情往往是危機同時也是機遇，拐彎處能超車，王後生的事咱們已經處理得非常圓滿，咱們也有能力把這打架事處理好。何況，元老三現在還沒有死。帶燈說：元老三要是死了呢？馬副鎮長說：所以我讓盡快把人往市裡醫院送麼。先壓住，元老三只要不在櫻鎮地盤上死，就先不彙報。

帶燈和竹子直接到薛家的鋼材店裡來。

大土場子

薛家的鋼材店在鎮東街村和鎮中街村交界的老槐樹下，那裡是個大土場子。大土場子顯然不屬於薛家，但誰也沒在大土場上碾麥揚穀堆禾垛子，甚至也沒人去那裡和泥拓坯，推碌碡軋過蘆葦眉子，薛家就堆放著大量的長短粗細不一的鋼筋、鐵絲、小管子、模板和搭腳手架的鋼管、包鐵。大土場後就是院子，院子很大，有廳房和廂房，還有後院，院門是大鐵門扇，吊著虎頭大銅環，門頭上寫了鋼材店三個字。大鐵門十分沉重，開闔時得使大力氣，但似乎沒闔過，日夜敞開，沒聽說過有賊進去過。

帶燈和竹子從未去過薛家，她們從衛生院門口往鋼材店去，後邊就跟隨了一夥人。經過鎮街的時候，鎮街上幾乎人人都知道拉布打了元老三，把元老三打壞了，鎮政府帶燈主任和幹事竹子去要找薛家了。於是，他們覺得這會有熱鬧，就要看熱鬧。吃喝店的王萬年給人講，那棵老槐樹是幾萬年的老槐樹了，那大土場也是歷來出怪事。比如，清末年間，鎮上土匪周世娃那時勢力最旺，他家人常在老槐樹上繫了秋千盪，有一次他三姨太盪秋千盪到最高時，一用力褲帶斷了，褲子掉下了，周世娃嫌丟人現眼，一槍就把三姨太從秋千上打了下來。比如，上個世紀四十年代，櫻鎮是紅白勢力拉鋸地區，共產黨的游擊隊來了，在老槐樹上掛過國民黨鎮長的頭，後來國民黨的保安隊也來了，在大土場上鍘過遊擊隊的政委。比如，文化大革命中在那裡批鬥過鎮黨委書記，鎮黨委書記在壘起的兩張桌子上暈倒了栽下來，從此癱在炕上。那是塊水土硬的地方，所以一直沒人在那裡蓋房，只有換布說：啥地方還有鎮不住的?!他們兄弟倆築起了院子。王萬年給人講著，有人就說薛家是能鎮住這地方的，開了鋼材店，生意紅火麼，而且元家幾十年誰惹過，拉布就敢去打他元老三了。有人卻也說鎮政府能允許這樣把人往死裡打嗎，薛家的水土硬能硬過鎮政府?!說什麼話的都有，誰的話又都不能肯定，他們就跟隨著帶燈和竹子，去看熱鬧。

王萬年又說：肯定有熱鬧。當年老槐樹上掛著偽鎮長的頭，看的人裡三層外三層，那頭掛著，嘴裡還夾著他的生殖器。鍘那個政委時，看的人也是裡三層外三層的，那政委被按在鍘刀下了，在喊：共產黨萬——，鍘刀按下去，頭滾在一邊了，還說出個歲字。

帶燈和竹子到了大土場上，回頭見跟隨來的人那麼多，就大聲地說：跟著我們幹啥？散去，都散去！人群當然停下來，看著帶燈和竹子進了薛家院子，他們又湧過來，站滿了大土場。

院子裡開著各種各樣的花

一進院子，院子裡竟然到處是花。沿著院牆根都砌了花壇子，栽種著薔薇、月季、芍藥、雞冠、美人蕉和蒿子梅，而就在廳房的台階上，廂房的窗下，又是鐵架子搭起三層，層層擺著小花盆，裡邊不是種著蘭草、金菊，就是開著紅的紫的黃的粉的顏色的各種各樣小瓣子花。竹子一臉的驚訝，剛說出個「啷」，帶燈咳嗽了一聲，竹子挺直了身子，看見帶燈的臉拉得長長的，她也就臉拉長了，張著鼻翼出粗氣。

換布在，拉布在，喬虎也在。換布坐在廳房的桌邊，桌上的麻將牌還沒有收拾，他好像在發脾氣，一邊訓斥著什麼一邊用手摸麻將牌上的條和餅，忽見帶燈和竹子進了院，說：哦，是來了！就從桌上取了那副墨鏡戴上，出來招呼。他說：啊主任來了！主任可是第一次來我這裡檢查工作呀，給主任沏茶呀！凳子呢，快把凳子拿來！帶燈已經上了廳房的台階，太陽從屋簷上落下來，就照著她半個身子。帶燈說：你兄弟呢？拉布在廳房櫃前的木墩上坐著，腳上有腳氣，用手使勁在腳趾縫摳，說：在這兒！帶燈往廳房裡瞅，先是光線暗，沒看清，然後就盯著拉布，說：你把人打成那樣了，你還在這兒穩穩坐著？拉布說：坐著哩，我不跑。院門口開始有人往裡進，進來了就交頭接耳，院子裡蜂飛來飛去嗡嗡，唧唧啾啾人聲嘈雜。帶燈說：沒跑著好，你跟我到鎮政府去！拉布說：我不去！帶燈說：你必須去！屋子裡一下子空氣緊張了，院子的聲響全都靜止，換布就摘了墨鏡，給帶燈端來茶杯，說：主任，拉布是打了元老三，打人當然不對，可也要看打的是誰，元家兄弟橫行鄉里，拉布是在替群眾出頭哩，打了他是讓他長個記性，知道天外還有天，人外還有人！竹子說：天是社會主義的天，人是共產黨領導的人！換布見竹子插嘴，一揮手說：甭給我說這話，說這話我比你說得還好！又對帶燈說：你看院裡來了這麼多人，沒有不說元老三該挨打，兄弟五個十幾年裡太囂張了麼，得有人出來教訓教訓，你聽聽群眾的呼聲麼。院子裡就有了附和聲：打得好，早該打了！帶燈轉過身，說：誰說打得好，站過來我瞧瞧。元老三現在昏迷不醒地要死了，誰給的權利讓把人往死裡打?!說話的又都閉了嘴，帶燈看到誰，誰就往後退，帶燈再說：出了這麼大的事，沒有說想辦法平息，倒來這麼多人起鬨！尚建安你來這兒幹啥，你怎麼沒領著那幾個組長?!尚建安說：我是鄰居，我不能串串門嗎？帶燈說：那你張正民也是鄰居嗎，你咋恁積極的，來煽風點火還嫌沒死人嗎?!張正民說：死人不死人與我屁事。說著往門外退。帶燈說：閒人都出去，讓開路來，拉布跟我走！突然，張正民在院門外大喊：又打了！又打起來了！

打的是馬連翹

大土場上，張膏藥的兒媳也在看熱鬧，她發現了人群裡有米皮店的老闆娘王香枝，理髮店的劉青萍，就過去和她們說話。張膏藥的兒媳問元老三到底被打成怎樣了，劉青萍說把元老三往車上抬時她看了一眼，渾身的血把衣服都漿了，眼珠子吊著。張膏藥的兒媳渾身一哆嗦，說：呀呀，咋下手恁狠的?!要打往屁股上打麼，就是打斷一條腿還能接的，這眼睛瞎了今輩子不就完了？王香枝說：要說能打的，元老三比拉布能打，但聽說元老三在屙屎哩沒防顧。劉青萍說：淹死的都是會水的，元老三把人打慣了，沒想最後被人打了，這就像你那公公，治燒傷的自己卻被燒死了。張膏藥的兒媳正要說話，瞧見馬連翹也走了過來，馬連翹是頭上包了個帕仰著臉往薛家的院門口張望。張膏藥的兒媳不願見著馬連翹，走到了劉青萍的左邊來。王香枝就問馬連翹：人送走前還沒醒來？馬連翹說：誰醒來沒醒的？王香枝說：元老三呀。馬連翹說：元老三的事我咋能知道?!王香枝也不說了，拉了張膏藥的兒媳和劉青萍走到一邊去。馬連翹便又和別人說話。這當兒有人在放鞭炮，一枚小炮仗濺過來，炮仗皮繃了馬連翹的手背，馬連翹說：你眼睛哩，往我身上放呀！那人說：咦，你也在這兒？馬連翹說：你都在這兒我就不能來?!那人說：你該來，來探探風聲，現在帶燈主任和換布拉布在院裡說事哩，你不去聽聽？馬連翹說：書記鎮長不來派個帶燈來？她帶燈長得漂亮是來給換布拉布耀眼哩還是來敷衍了事做個樣子？那人說：馬連翹你咋這樣說話？馬連翹說：我就這樣說話！張膏藥的兒媳沒忍住，嘟囔了一句：說話咋就像刀子。馬連翹說：你說誰的？張膏藥兒媳說：

你嚼換布拉布你就嚼換布拉布，你別捎帶著帶燈主任。馬連翹說：我就嚼她帶燈了！你算個啥東西呀，幹了人家的活拿了人家的錢，人家被打得爛柿子一樣了你倒來這兒高興地放鞭炮哩！張膏藥的兒媳說：我哪兒放鞭炮了？馬連翹說：你沒放鞭炮你不在陳大夫那兒待著跑來幹啥？張膏藥的兒媳口笨，說不過馬連翹，就朝地上唾了一口，轉身要走。馬連翹卻跳近去說：你唾誰？呸地一口唾在張膏藥的兒媳臉上，兩人手腳並用打了起來。她們先撕打，眾人並不在乎，婆娘們打架能打出個什麼呢，只是說：打啥哩打啥哩。並不阻攔。等馬連翹採住了張膏藥兒媳的頭髮，竟然採下來一把，還抓住衣領往下扯，扯開了一道口子，眾人就看不下去了，把張膏藥的兒媳拉開，圍住馬連翹指責。馬連翹說：幹啥呀，吃人呀？我知道這兒都是薛家的勢力，可我能來，我誰都不怕！眾人被激怒，說：知道你不怕，元家兄弟用×養著你，你能怕誰？無數的手指指著她，無數口的唾沫唾在她臉上，馬連翹終於也怯了，就往外走。但她已經走不出去了，這邊把她一推，推到那邊，那邊把她一推，推到這邊，七推八推地，有人拿手在她臉上抹，立即無數的手都往她臉上抹，接著就是在身上抹呀，抓呀，擰呀，瞬間裡衣服被扯成條條，兩個奶露出來，乳頭子也被擰掉了。

帶燈和竹子聽到院門外吵鬧一片，又聽說是馬連翹被圍著打罵，跑出來看時，大土場上的人呼呼散亂，有人開始跑，爬上了附近的豬圈頂上，有人在翻廁所牆，趴上去了又掉下來，然後又跑，再跑到大土場中，緊張得竟站著不動，而已經攀上老槐樹上的人在喊：換布拉布，元黑眼來了！

元家兄弟又被撂倒了兩個

大土場上一喊元黑眼來了，屋裡坐著的拉布立即跳起來去拿那根鋼管，鋼管上還沾著血，拉布的媳婦用抹布在擦著，拉布拿鋼管時把媳婦掀了個屁股蹾，就衝出了廳房門。換布也急了，尋钁頭，钁頭不在跟前，把靠在門後的頂門杠拿了，又覺得不趁手，從廚房裡抄了一把菜刀，跟著衝出去。

院門外已經出現了元黑眼，光著頭，只穿了件襯衣，襯衣襟是塞在褲腰裡的但沒繫釦子，大肚皮白花花亮著。他舉著一把殺豬刀，喊：拉布，我×你媽！就往院門裡撲。拉布不等元黑眼刀砍來，鋼管就先戳過去，元黑眼一躲閃，鋼管又摸著過去，元黑眼就倒在地上，還在喊：拉布，我×你媽！喬虎一直在後院裡收拾那些做窗子的鋼筋和鋁管，前邊一動靜，拿了一條磨棍出來，見元黑眼倒在院門口，又近去在元黑眼腰裡抽了一棍。拉布說：快到院門外！喬虎跑到院門外，元斜眼元老四元老五剛剛到了大土場東北角的廁所糞池邊，四人立即開打，刀棍交加，塵土飛揚。先是喬虎力氣大，一磨棍打得元斜眼跌進糞池，屎呀尿呀沾了一身，要往出爬，喬虎又來用腳踩元斜眼趴在糞池沿上的手，踩了一下，手沒鬆，再踩一下，手背上的肉沒了，手還不鬆，而喬虎的屁股上挨了一刀。戳喬虎的是元老五，元老五年紀不大，打起來號叫不斷，他嗨地一刀戳在喬虎屁股上，喬虎腿閃了一下，元斜眼就勢雙手扳住喬虎的腳，使勁一拉。本來是要將喬虎也拉倒在糞池裡的，喬虎卻倒在糞池沿，元老五元老四撲過來壓住喬虎，喬虎塊頭大，雙腳亂蹬，竟把元斜眼又蹬倒在糞池裡，半會兒沒有出頭。元老五又嗨的一聲刀砍在喬虎的腿肚上，說：挑懶筋，挑了懶筋！元老四拿的是彎嘴鐮，就在喬虎腳後跟砍，砍得肉花子血水子亂濺，又一勾一扯，懶筋斷了，喬虎慘聲地叫。元斜眼從糞池出來，唾著嘴裡的屎尿，說：你還知道疼?!拿腳狠踢喬虎嘴，踢得嘴成了豬宣頭。元老四說：大哥在院裡！先向院裡跑，還在門檻外，就見元黑眼倒在地上，黑血流了一灘，叫：大哥！大哥！拉布的鋼管就掄過來，兩人隔著門框打，鋼管和刀叮叮響，冒出了火星。帶燈和竹子壓根兒沒想到又一場毆打來得這麼快，打得這麼惡，要去阻止，已不能近身，就大聲吶喊：不要打！誰也不要打！帶燈的吶喊誰也不理，或者是雙方打紅眼了壓根兒就沒聽見。帶燈跑到院門口，抱了個花盆就扔到門檻上，想著使拉布和元老四打不成，但花盆嘩啦碎在那裡，並沒影響到他們鬥打。帶燈再去抱花盆，花盆下是個鋼模板，就把鋼模板扔了過去，拉布稍一遲疑，元老四已跨進門檻，拉布一彎腰拾了鋼模板，擋住了元老四的刀，另一隻手裡的鋼管又把元老四打得退出了門檻。如此三四個來回，元老四一個旋子把鋼模板踢開了，自己肩頭上已挨了一鋼管，還是打進了院門。換布過來用菜刀砍了元老四右胳膊，門外的元斜眼元老五也同時衝進來了，五個人打成了一團，院子裡的花一下子七零八落，花架子倒在地上，小花盆到處滾的都是。

元黑眼一被打倒，院子裡的來人就都嚇呆了，往廳房裡廚房裡柴草棚裡亂鑽，鑽進去了還覺得不安全，想從院門口逃生，但院門口打得凶，逃不走，就又往後院跑。跑進後院的一些人卻害怕打架又殃及到後院，竟然又把廳房後門從外邊掛上了鎖，廳房裡的人就使勁搖門，喊：開門！開門！帶燈和竹子不停地喊，沒人聽，拿著一個臉盆，把臉盆都敲爛了，也沒人聽，院子裡一會兒是三個圍著一個打，那一個被打倒了又跳起來打散了三個，一會兒是一個攆著一個，被攆著的人跳上廳房台階了，抓著花盆砸過去，沒砸住，卻把牆根盛泔水的甕砸上了，髒水肆流，將撵的人滑倒，被撵的人二返身過來就是一刀，血噴在牆上如是扇形。到處是花盆瓷片，花瓣漫空飛舞。帶燈是急了，跳到了院子中間，再喊：姓元的姓薛的，你們還算是村幹部哩，你們敢這樣打?!我警告你們，我是政府，我就在這兒，誰要打就從我身上踏過去！話未落，換布忽地撲向元老四，元老四急忙躲閃，便撞倒了帶燈，還一腳踩在了帶燈的腰裡。帶燈就勢抓住了元老四的後襟，喊：都快拉架！拉架啊！竹子這時在院門口，元老五把拉布打出了院外，竹子就要關院門，喊：拉布你跑！但院門沉重，沒關上，拉布又打了進來。聽見帶燈在喊讓拉架，竹子一時趕不到帶燈身邊，就對著站在牆根的人喊：拉架啊，拉架啊！牆根站著曹老八、牙所的曹九九，王采采的兒子，還有尚建安。曹老八也在喊：拉架啊！拉架啊！卻就站著不動，還拿了個簸箕，凡是打架的人經過面前，就把簸箕蓋了頭。尚建安在說：主任你抱住元老四，我們抱換布！帶燈也就說：都快抱人，把他們抱住！她鬆了抓元老四後襟的手，向前撲了一下，雙臂摟住了元老四的一條腿，元老四一時動不了。但尚建安卻沒有去抱換布，換布見元老四動彈不得，一刀就砍在元老四頭上。元老四頭一偏，左耳朵就掉了下來，哇哇哇吼了幾聲，抓起了帶燈就甩開去，帶燈被甩到廚房台階上，頭上破了一個窟窿，血唰的就流下來。竹子去救帶燈，她擋住了換布的路，換布把她往旁邊踢，竹子手裡沒傢伙，而且一條胳膊還沒徹底好，去提花盆沒提起，雙手在地上抓，抓著一把花瓣就扔到換布臉上，換布抹眼的時候，她把換布後腰抱住了，衝著尚建安他們說：抱住他們呀，快抱啊！尚建安他們仍是沒動。元老四又和拉布打，拉布的腿上被刀割破了褲子，大腿上一條血口子。換布又去幫拉布，後腰被竹子抱著，還在喊：不能再打，不能再打！換布扭身去搗竹子的嘴，竹子咬住了換布的指頭，她使勁說：酒消毒哩，消毒哩。

帶燈在叫：曹老八，曹老八！曹老八搭了個梯子往院牆上爬，說：在哩，我在哩。帶燈說：快去叫派出所人，快！曹老八從院牆頭翻了下去。

換布從竹子嘴裡抽出手後，竹子的嘴裡就往外流血，一唾一灘紅，她用手去摸嘴，才發現一顆門牙沒了。她在地上找牙，爬到院牆頭上的還有牙所的曹九九，曹九九說：牙讓換布手指頭帶走了。竹子啊了一聲暈了過去。牆頭上就有人跳下來，給竹子掐人中。尚建安已站在梯子上也要去牆頭，別人往下跳時撞了他一下，他也從梯子上掉下來，就和另外的人去把帶燈抬到廳房裡，幫著燒頭髮灰往帶燈頭上抹。有人不讓尚建安插手，說：你閃遠，你讓主任抱元老四哩，你咋不抱換布？你故意害主任啊?!帶燈揮了一下手，不讓再怪尚建安，說：這也是報應。

換布攆出了院門口，突然覺得菜刀握不緊，使勁地抖動了一下，才發現手指上還嵌著竹子的門牙。往出拔牙，元老五的鐮就揮了過來，換布用左胳膊去擋，左胳膊頓時血噴了出來。換布一貓腰，右手的刀就朝元老五腹部捅去。因為用力過大，刀捅進腹部就不再抽回來，撒腿便跑，跳上了鄰居的豬圈牆上，又從豬圈牆跳到鄰居家的房頂，手裡抓了幾頁瓦，再從鄰居家房頂跑到自家房頂。元老五腹部挨了一刀，踉踉蹌蹌幾步，站住了把腹部的刀抽出來，那麼號了一下，手中的刀卻斷了刀把，又去攆換布，但攆了五步就撲地趴在了地上。

拉布還在和元斜眼在院門外大土場上打著，你把我打倒了，我又把你打倒了，幾個來回不分輸贏。換布在房頂上要往下擲瓦片，又怕傷著拉布，換布喊：閃開閃開！拉布猛一閃身，一頁瓦砸在元斜眼頭上，元斜眼立在那裡，晃了幾晃，身子還沒倒下去，血從頭上流下來糊住了眼睛，他本來一隻眼斜著看不清楚，又讓血糊了，拉布趁勢往前亂掄鋼管，他伸著頭就牛一樣撞過去，把拉布撞在地上，再要撲過去，換布的瓦頁就三片四片砸下來，元斜眼也抱了頭跑了。

元斜眼一跑，拉布翻起身還在尋元家兄弟，但已經沒了元家兄弟。換布說：拉布拉布，都收拾了！拉布說：讓狗日的來壓，看還有誰，讓來打嘛！還要去追元斜眼。換布說：不追了，咱走！他從房頂又跳過鄰居家房頂，拉布就提了鋼管到廁所糞池邊去看喬虎。換布也從房頂下來，兩人喊喬虎，喬虎昏迷著，拉了起來，一鬆手，喬虎一灘泥似地撲沓在地上。兩人不再管了喬虎，返回院子裡進了廳房開櫃子取錢，還在懷裡揣了幾個饃，出門便走。帶燈靠著牆要起來，起不來，喊：不能讓凶手跑了！堵住，堵住院門口！但院子裡的人們是閃開一條路，換布拉布跑掉了。

派出所清查現場

馬副鎮長安排著把元老三送走之後，帶著鎮政府一夥職工趕來不久，白毛狗跑來了，派出所的人也來了。張膏藥的兒媳哭著說：你們咋才來？你們咋才來?!馬副鎮長一看場面，渾身就稀軟了，給吳幹事說：快扶我坐下。坐下了，說：保護現場，保護現場。派出所的人當然先要追逃跑的人，跑到鎮東街村鎮中街村和鎮西街村，再沒發現換布拉布，也沒元斜眼的蹤影。返回來清查現場，薛家院裡院外倒臥著八個人：馬連翹被撕爛了全身衣服，胸部血流不止。喬虎被挑了腳懶筋。元黑眼斷了雙腿。元老四頭上肩上胳膊上多處受傷，昏迷不醒。元老五腸子流了出來。二貓大腿拖著。竹子甦醒了，半個臉全腫了。帶燈的整個頭被包紮著，天旋地轉站不起來，還靠坐在牆根。白毛狗就臥在她身邊哀聲地叫。

馬副鎮長指揮著鎮政府的職工把所有傷者都往鎮衛生院送，當然他們卸了薛家廳房門板要抬了帶燈先去。帶燈不躺門板，讓門板抬那些傷重的，張膏藥的兒媳就揹了她。馬副鎮長哭喪著臉說：帶燈，失塌了，這下天都失塌了！這得給書記鎮長趕快彙報，你擔當不起了，我也擔當不起了！他在身上掏手機，才發現從鎮政府出來時就忘了帶手機，帶燈讓在她口袋裡掏她的，馬副鎮長掏出來，手機上全都是血。

凶手們全抓到了

書記和鎮長是限天黑前就雙雙趕回了櫻鎮。在衛生院裡，書記見了元老四元老五和喬虎，見一個就先搧一個耳光。最後在一張病床上見到元黑眼，元黑眼說：書記，換布拉布要我們兄弟死哩。書記踢了他一腳，差點把他踢下床，罵道：你死麼！一群狗東西要死就死麼還壞我的事?!

第二天的上午，帶燈和竹子出了院。竹子被段老師陪著去曹九九的牙所補牙。帶燈頭還暈，除了紅傷外還有腦震盪，但帶燈不願待在衛生院，拿了藥片回到綜治辦的房間裡休息。

中午飯時，消息傳來：抓住了元斜眼和換布拉布。元斜眼是事後先跑回他家，在他家不能待，戴了個草帽想過河往南山去，還沒出村，村裡就有了派出所的人在叫喊著抓凶手，他便鑽進路邊一個麥草垛裡，一夜沒敢出來。到了天麻麻亮，他只說這時候不會有人，就是有搜尋他的人也會疲勞困乏得去打盹了，剛爬出來再往村外跑，村口都還有人，返身回來經過馬連翹家，心想誰也想不到他在馬連翹家吧，就從後門的下水眼鑽了進去。馬連翹的緊鄰姓汪，平日和馬連翹致氣不和，這晚上約了曹老八的媳婦在家打麻將，打了一夜，曹老八的媳婦出來上廁所，似乎看到有人從馬連翹家的下水眼裡鑽了進去，回來說：有賊進了馬連翹家。姓汪的說：讓賊偷去！第二天上午，姓汪的覺得不對勁，又來問曹老八的媳婦是不是看到賊進了馬連翹家，賊是什麼樣子嗎？曹老八媳婦說樣子沒看清。姓汪的就報告了鎮政府的人，馬副鎮長和三個民警到了馬連翹家，元斜眼就被抓住了。換布和拉布原準備往鎮街外的路上搭車去縣城的，已經攔住了一輛蹦蹦車，又放棄了，掉頭上了鎮街北面的塬上。經過元天亮家的祖墳，見墳前的四叢蘭草長得密密實實，說：沒有元天亮，他元家兄弟也不至於恁惡霸！氣出在元天亮身上了，就拿腳踩蘭草。拉布手裡還提著那根鋼管，照著墓碑上的元字就砸，砸了三下，虎口都震裂了。兩人商量著到大礦區去，大礦區是在外縣，那裡人多且雜，可以先待一段再看動靜，就繞了後坡，拐進七里灣溝，在溝裡的石崖下過了一夜。而兩人的鞋在打架中全蹬踺爛了，已不能再穿，估摸著赤腳翻莽山已不可能，半早晨就在莽山下又攔住一輛卡車上了山。莽山上的路轉十八道彎，過了第十六個彎道了，安然無事，拉布還說：這裡沒設崗哨？換布說：鎮政府和派出所的那些人能幹個毬！可車到了第十七道彎，彎道兩邊都是峭崖，崗哨就設在那裡，卡車被攔住檢查了。換布就說：人在這兒！伸出手讓銬子銬了。

給元天亮的信

後天就白露了，黎明竟然被冷醒來。想著時令的變異，想著你禁不住苦痛一番。我像葦園中的泥塘壯壯地喘息。記得小時候家裡請木匠做桌櫃時我媽讓做個線板兒，那木匠會雕花而線板上刻了一面線長萬丈，一面銀針萬根。當時我就覺得線長萬丈的好。可是，線長萬丈必然隨著銀針萬根呵，我顫抖的心就有針刺的痛。那年月裡，大人嚷我說：你不聽話叫你到時候哭都尋不著地方！而我現在像是應口了。我犯忌了吧。從窗子看灰灰的天上一窩小鳥在胡亂地打旋翻飛；覺得小鳥根本不快樂有想不開的心事直想把羽毛抖散掉才解煩。

昨晚寫一問題給你，我就昏昏沉沉睡去，醒來後翻手機來看沒有答案，我倒綻開一個喜。今天本來是什麼都不想幹的，也不想說話，可一個人躺在床上了手卻不自禁地在枕頭下摸書，說摸出什麼就讀什麼吧，摸出的竟然還是你的書。讀著讀著，心發痛喉嚨發緊，在我闔上書時閃見你是一張照片，就在那封面上氣宇軒昂，我又恍然放鬆了。是的，你是學者是領導，而誰又說過聖賢庸行的話，所以我總覺得我和你在廝跟著，成了你的祕書、書僮，或是你窗台上養著的一盆花草，或是臥在門後桌前的小狗小貓。山風吹動草木歎息，太陽西沉，浸淫在火雲裡如在爐裡，白鷺成行，燕子列隊，我的心惜花別綠地想你，像是有個電磁波招引，像是有多深的淵源像是曾被生生剝離被硬硬斬斷的奇冤不甘而到了今生的相逢。但我真感到了我的無力和無聊，你會寫文章的路數，獵人會捕獸的技巧，我有什麼呀，有摘山果的辦法和與村寨老夥計們的肆意說笑？你在經天緯地盛大著你的事業，而我是魚，我把我的墳墓建在人的腹中。很好，我知道你生活得很好，你知道我能生活得好，這就足了麼！一朵雲也是太陽的護士，一片綠葉也彰顯樹的生機，於是，我就對著照片的你說：咱們去山上玩啊，我是我的小鳥，該在枝頭歌唱對你的感念和你給予的機遇與憐惜，我是你的肋骨，我去曬太陽多了你也不缺鈣了。我騎摩托咱們到了日麗風惠的小山溝，仰頭溝腦只見天藍得沁人心肺，山坡乾淨得像剛當婆婆的半老女人的對襟襖一塵不沾。青翠的散柏，褪白的蘑菇，招搖的白葦，猛然跳過的松鼠。左邊的山巒隨手畫個圓就把幾戶人家圈在裡邊。我走向那個石牆石瓦的小寨，也就那七戶人家，寨子口有一座土地廟上寫著金爐不斷千年火，百姓常明萬歲燈。我看見各家院裡牆頭上疙瘩成行成串掛著的柿餅、蔓菁、南瓜。我又走上那個一輩子都呻吟的碾滾碾盤上，看溝外的山一層一層，我知道我回的時候像下梯子一樣一節一節就下去了，白雲能看到我在溝底像塊石頭。啊就在溝底裡，水畦裡未被拔去辣椒稈上還有著辣椒，朝天蹶身，紅若燈焰。殘存於枝頭的蛋柿是留給烏鴉的，烏鴉還沒啄食，它一顆顆如鬼精的眼在瞪著。路邊的山菊這是一種紫顏色的，到現在還繁密無比，讓風裹帶了它的苦藥味。我看見黃柏草的穗絮像眉目一樣，向你那是草類的精靈嗎？問你溪水裡突然冒出的魚頭在吹泡那能不能說昂首向天魚亦龍呀?!我說山彎那邊有人給老人過壽給新生兒過滿月咱去上禮吧。我踏實地捋著山菊真想做一個菊花枕頭或菊花褥子給你，就停下來癡癡地想你也能這時記起我嗎？一時覺得腿上有點肉動，嘿嘿，你心裡正也有我，天在給我說。這時劉慧芹給我電話說你悶了就來我這兒吧，你拿上你的壎，我愛聽你吹壎。我沒有回應她，而嘴裡不停地卻哼二泉映月，哽咽如那崖下的一窩山泉。我看著天上的白雲柔軟飄過。我問我怎麼給你說你不言聲呢？我聽見誰在說白雲開口說話你的天空就下雨了。我說：噢。我低下頭小心地想我自己，踏實地仍在捋菊，這時走來一人紮著頭巾和裹腿，興高采烈地說附近一定有隻白眉子或獾的，我說你咋知道？他說柿子樹下找到了蹄印兒。我莫名的心驚，但願牠們能跑遠……

想聽聽鳥鳴，只是聽見秋蟲湧潮聲忙忙忙，抬頭看天空藍陣簇擁著一架飛機。我看見你坐在金字塔頂上，你更加閃亮，你幾時能回櫻鎮呢？閒暇時來野地看看向日葵，它拙樸的心裡也藏有太陽。

下部　幽靈

縣上來了調查組

縣公安局的警車押走了換布拉布和元斜眼。元黑眼元老四元老五喬虎的傷勢太重也從鎮衛生院轉去縣醫院，但他們都是有罪的，病房門口日夜有警察監守著。而元老三在市裡迷昏了五天，死了，屍體並沒有在那裡火化，因為已用不著花錢在那裡火化了，通知元家的婦女們拉回來埋葬，她們沒有鬧騰，甚至連任何要求都沒提，一切都悄然無息。

也就在埋掉元老三的那個中午，縣上又來了調查組，一共八人，專門為櫻鎮的特大惡性的打架事件做深入調查。調查了五天五夜，五天五夜裡凡是被調查的人輪流被帶到鎮政府的會議室，鎮街上的人被帶進過四十三次，鎮政府的職工人人都被談過話，作了筆錄，還在筆錄上按指印。後來的三天，鎮政府大院的門就關了，書記、鎮長和調查組在會議室裡不停地開會，終於形成了一份結論，調查組帶著結論回到了縣上。又過了三天，縣上再次來了人，鎮政府召開全體職工會，宣布了對櫻鎮有關幹部的行政處理決定。

一、櫻鎮發生的群眾鬥毆事件死亡一人，致殘五人，傷及三人，為十五年來全縣特大惡性暴力事件，鎮黨委和鎮政府主要負責人應認真反思。

二、因書記鎮長出外開會期間，副鎮長馬水平主持工作，麻痺大意，疏於防範，事件發生後又沒有在第一時間向上級報告，而處理不力，負有直接領導責任。但因能在後期積極對傷殘者實施救治，緝拿罪犯，給予嚴肅批評，並責成做出深刻的書面檢查。

三、帶燈和竹子雖然在第一時間趕到現場，卻在去薛家鋼材店時太過張揚，導致圍觀群眾太多，而鬥毆期間，缺乏有力措施，尤其拉偏架，使事態進一步惡化乃至完全失控。給予帶燈行政降兩級處分，並撤銷綜治辦主任職務。給予竹子行政降一級處分。

二十四個老夥計合夥做攬飯

馬副鎮長把老婆和孫女送回老家後，他又早晚在辦公室門口支了火盆熬藥，藥熬好了，備過湯水，藥渣子提著倒在鎮街的十字路口。他臉上鬆皮吊著，步伐蹣跚，遇上曹老八了，曹老八說：馬鎮長！他說：叫馬副鎮長！曹老八說：又病了？他說：一直都病著。曹老八唉地嘆了一聲。馬副鎮長說：嘆啥的？曹老八說：這世事不公平麼，難怪群眾說三道四。馬副鎮長說：群眾說啥來了？曹老八說：啥是個直接領導責任？這領導上面再有領導，領導上面又有領導，還有領導，層層都是領導，該不該負責任?!馬副鎮長說：總得有人挨板子麼。曹老八就湊上來悄聲說：聽說調查組長和書記是黨校的同學，這是要丟車保帥？馬副鎮長說：顧全大局麼。曹老八又說：聽說讓帶燈和竹子把啥事都擔承了？馬副鎮長說：她們是好同志呀。

話說得不高，但鎮西街村的李存存正好經過，全聽到耳裡。李存存還不知道帶燈和竹子受處分的事，就跑去廣仁堂裡問陳大夫，張膏藥的兒媳也在那裡，陳大夫把他了解的情況說了，三個人唉聲長嘆了一番，就想著怎樣去鎮政府安慰一回帶燈和竹子。但怎樣去安慰，帶什麼東西，說什麼話呢？似乎全都不妥。後來他們就商量：什麼話都不用說的，把帶燈和竹子的老夥計們集合起來，大家做一頓攪飯給她們吃吃。攪飯裡把各種各樣的米呀豆呀肉呀菜呀一鍋悶的，營養豐富，又味道可口。於是，李存存就通知雜貨店的李慧芹，李慧芹再通知南河村的陳艾娃，三個人又分頭打電話、捎口信通知了各村寨二十四個老夥計，必須各帶一樣東西趕到廣仁堂。劉慧芹回村拿了紅豆，那裡的紅豆指頭蛋大的。南河村產有名的繡花球米，陳艾娃特意碾了三升米。藥鋪山村的山藥品質好，劉蘭蘭來帶山藥。白樺嶺村木耳肉厚，又產黃花菜，馬成蓉帶木耳黃花菜。雙輪磨村產狗頭棗和雲豆，楊二娟帶狗頭棗和雲豆。錦布峪村小米油大，扁豆好，徐甲花帶小米扁豆。老君河村的大麥香，屈翠環帶新碾的麥仁。茨店村王貴帶臘肉。上槽村陳美蓮帶白果，紅堡子村馬雙鳳帶蓮菜和枸杞。通知完了，張膏藥兒媳說給東岔溝村的人說不說，雖然六斤死了，那十三戶患病人家讓來一個吧，那裡蔓菁好，帶些蔓菁，再帶些蠶豆，茄子，豆角。但他們不知道東岔溝村那些人的電話，就去找二貓，二貓腿還一跛一跛的，他說他回去一下，通知東岔溝村的人，而且他們兩岔溝村的蘿蔔是老蘿蔔，豆腐也瓷實，他來揹上。

但二貓臨走時，卻把陳大夫叫到後院廁所裡，拿出一顆金牙說：你看看這東西，你能出多大的價？陳大夫說：這哪兒來的？二貓說：這你甭問，給二百元吧。陳大夫說：雖然是金色的，看著噁心，給我我也不要。元家人愛包金牙，他們的男人都不在了，那些婆娘們或許給你幾十元錢哩。二貓說：你啥都明白？陳大夫說：啥事我心裡都明白。二貓說：你不買就不買，不許給人說呀！

第三天，果然人都到齊，陳大夫就關門歇業，專門在後院裡支了個大環鍋，下了米，麥仁，小米，包穀糝，高粱顆子。煮了土豆，黃豆，綠豆，雲豆，蠶豆，扁豆，刀豆，豌豆。又把山藥，木耳，豆腐，棗，蔓菁，豆角，蓮菜丁兒，茄子丁兒，紅白蘿蔔丁兒，熗進去，還有臘肉牛肉豬肉兔肉切成片兒炒了拌進去。再就配製調料，花椒一定是大紅袍花椒，辣子一定是帶籽砸出來的辣子，蒜尋紫皮獨蒜，醋要柿子白醋，要小蔥不要老蔥，韭黃新鮮，芥末味嗆，還要芫荽、韭花、生戚芽、地椒草，這些調味得陳艾娃做，陳艾娃手巧。一切都安頓停當了，陳大夫抓了幾味藥片放到了鍋裡。張膏藥兒媳說：咋放藥呢？陳大夫說：放些人參山萸和當歸，有營養又提味。

飯做熟了，陳大夫去鎮政府大院請帶燈和竹子，帶燈和竹子先不肯去，陳大夫偏不說有幾十個老夥計在，也不說做了一大鍋的攪飯，只說他有重要事要給她們說。帶燈說：不會是要解決單身的事吧？陳大夫說：得你們去，去了就知道了。帶燈和竹子還戲謔陳大夫給她們買什麼鞋呀。去了，見了一大堆的老夥計，相互抱呀拍呀跳呀，一個個笑著笑著就哭起來。這一頓飯，竹子吃了兩碗，帶燈吃了兩碗了，說：這嘴裡還想要哩！歇了歇，又吃了一碗，就坐在那裡身子不動脖子動。

回家時把煩惱掛在樹上

李采采說了一件事。

她說：我隔壁姓王的，一家人都怪怪的。他老娘九十了，一輩子吃飯不彈嫌，每頓一大碗端上桌了，不管是米飯、撈麵，還是包穀糝子糊湯，都要往裡調鹽，調醋，調辣子，還放一盅酒，一勺糖，攪勻了，呼哩呼嚕就吃。老王是每天從外面回來，不論白日黑夜，走到院門外的樹前了，要做出把東西掛在樹椏上的動作，說是把煩惱掛上去，外面的煩惱不能帶回家。

從此帶燈和竹子身上蝨子不退

那個晚上，幾十個老夥計都沒回家，帶燈和竹子也沒有回鎮政府大院去，她們在廣仁堂裡支了大通鋪。從此，帶燈和竹子身上生了蝨子，無論將身上的衣服怎樣用滾水燙，用藥粉硫磺皂，即便換上新衣褲，幾天之後就都會發現有蝨子。先還疑惑：這咋回事，是咱身上的味兒變了嗎？後來習慣了，也覺得不怎麼噁心和發癢。帶燈就笑了，說：有蝨子總比有病著好。

夜遊症

但很快帶燈又有了病，這病比老病嚴重得多。

那是一個夜裡，能聽到雞叫過了兩遍，竹子突然發覺自己來了那個，卻一時沒有衛生巾，起來到帶燈的房間去要一個。而帶燈的房間門開著，沒見帶燈，以為是去廁所了，就拿了衛生巾回到自己房間睡了。睡了差不多一覺，聽到門響，帶燈是回來了，心想上廁所這麼久，但也沒在意，就又睡了。第二天夜裡，她們一塊洗腳後分頭睡的，又是雞叫兩遍，門在響，帶燈是出去了，出去了一兩個小時才回來，回來又安然睡了。早晨起來後，帶燈端了臉盆去水龍頭接水，背影看著有些疲，竹子說：你後跑了？帶燈說：肚子沒毛病呀。竹子說：你瘦得有些厲害。帶燈說：頭有些暈。竹子說：讓陳大夫給你看看。帶燈說：吃著他配的丸藥呀，咋突然關心你姊啦？竹子說：領導不關心了，上訪者不關心了，我能不關心嗎？帶燈說：這話說低些。竹子偏大聲說：我就高聲說，誰來用繩子納了嘴！

又一個晚上，竹子又發現半夜裡帶燈開了門出去，疑惑了，也起來悄悄尾隨她，帶燈竟然是穿得整整齊齊，甚至是梳了頭，戴了項鍊，臉上抹了粉出了鎮政府大門來到了鎮街上，又從鎮街的東頭走到西頭，然後從西頭繞過鎮街後一圈再到東關繞過鎮街後一圈才返回來，回來又安然睡下。竹子就害怕，聽人說過夜遊症，難道帶燈患了夜遊症。但是，竹子不敢把這事告訴給書記鎮長和別的職工，也不能當面給帶燈說破，說破了擔心帶燈受不了。竹子就只給陳大夫說，求陳大夫也不能給帶燈說，卻一定要在再配丸藥時，全換上治夜遊症的方子。

陳大夫定期配了丸藥送來，帶燈依然還是夜遊，竹子夜夜都尾隨著，以防出事。白天裡再去找陳大夫，罵陳大夫醫術差，必須到縣上市上醫院去諮詢更好的療法，罵過了就嚶嚶地哭。

櫻鎮也有了皮蝨飛舞

河灘裡所有的淘沙都停止了，大工廠工地一時沒有了沙料施工，就暫停下來，開始在南河村下邊的大工廠生活規畫區內拆遷舊屋。這些都是百年老屋，牆用木板夾土槌打而成，或是土坯砌壘，外邊塗抹著帶稻糠的泥皮。成片的老屋推倒後，塵土騰起。塵土團像蘑菇一樣開在空中，久久不散，濃烈的嗆味瀰漫整個南河村，也從河面飄到鎮街上。相當多的人開始咳嗽，咳嗽又都嚴重，有人差點就閉過氣去。直等到塵土團慢慢散去，仍有著白色的粉末在飛，當這白色粉末落在了樹上，草上，豬雞貓狗身上，也落在人的頭上肩上，才發現那已不是塵土也不是什麼植物花粉，竟都是蝨子。蝨子乾癟得如同麥麩皮，發白發暗，仔細看了才能看出腦袋上的嘴，和嘴上的一根像針一樣的小吸管。這些蝨子吸吮了人畜血飽滿起來，認出了這是櫻鎮的老蝨子，不同於大礦區那邊過來的黑蝨子，也不同於大礦區過來的黑蝨子和當地白蝨交配後的不黑不白的蝨子。

牙所曹九九的老爹九十多了，身上也有了一隻白蝨子，就蒟蒟地笑，突然才發覺很久以來，原來心裡仍還有著一種懷念老蝨子的感覺。

帶燈與瘋子

天開始涼了，人都穿得厚起來，鎮政府的白毛狗白再不白，長毛下生出了一層灰絨。竹子晚上要尾隨帶燈，心裡畢竟害怕，就把狗帶上，她給狗說：千萬不出聲！狗似乎聽得懂，果然不亂跑，也不咬。

下過了一場小雨，連續的幾個晚上沒有月亮，看著地上白亮處以為是路面，踏上去就踩了泥和水。真正的路面是黑的，竹子就在黑處走。竹子還擔心帶燈會不會就踩到泥水，沒有，她每一步都走在黑處，而且時不時彎下腰了，把乾路面上的磚頭挪去，甚至一疙瘩牛糞豬屎也都踢開。但是，就在七拐子巷口，帶燈和那個瘋子相遇。

竹子不擔心是夜裡有獸，狼呀野豬呀甚或黃鼠狼子和狐狸，只會出沒在接官、鶉鴿硯、石門那些高山村寨，牠們不會來到鎮街的。擔心的是鎮街上有人喝酒和打麻將而出來，突然碰上了帶燈，不是他們被帶燈的夜遊驚嚇就是他們要驚嚇了帶燈。再擔心的就是遇上瘋子，瘋子是白日黑夜地在鎮街上亂竄，遇上了會有什麼舉動呢，會說什麼話呢？

竹子緊張地看見帶燈和瘋子相遇了，她使勁地用腿夾緊狗，準備著一旦有了什麼意外她就要衝過去了。但她看到了令她目瞪口呆的一幕。

瘋子是從七拐子巷裡過來的，與其說是過來的，不如說是飄來的，他像片樹葉，無聲地貼在巷子的東牆上，再無聲地貼到巷子的西牆上，貼來貼去，每次都斜一個三角，就又貼在了巷口的電線桿上，看著帶燈。帶燈也看見了瘋子。他們沒有相互看著，沒有說話，卻嗤嗤地笑，似乎約定好了在這裡相見，各自對著對方的準時到來感到滿意。後來，瘋子突然看見了什麼就撲向了街斜對面店鋪門口，帶燈也跟著撲向了店鋪門口，瘋子在四處尋找什麼，帶燈也在尋找什麼，甚至有點生氣，轉身到了另一家店鋪門口彎腰瞅下水道，瘋子也跟過來。是什麼都沒有尋找到吧，都垂頭喪氣地甩著手。再後來，他們就向街的那頭跑去，一邊跑，一邊手還在空中抓一下，或用腳在地上跺，要是窮追不捨什麼東西，而一直跑得看不見了。

竹子在琢磨，先前看到瘋子的時候，瘋子總說他在捉鬼，鎮街上是有鬼的，他一直在攆著鬼跑。那麼，現在他們還是在捉鬼攆鬼嗎？這世上真有鬼嗎，人瘋了可以看見鬼，人患了夜遊症也可以看見鬼嗎？竹子蹴下身看狗的眼，常說動物是能看到一切的，她說：你看到什麼了嗎？狗的眼光在夜裡是藍的，但狗眼裡並沒有一絲的驚恐。

竹子領著狗也從街上跑過去，跑得很快，又盡量不發出聲響，可就是沒有追上帶燈和瘋子。轉了四條巷子，又繞到了北鎮街後面和南鎮街前，似乎有人在爬樹，那麼高的樹都爬上去，到了跟前卻什麼都沒有。又似乎看見了那排房屋上有人一前一後地跳過，再定睛看時，又都不見了。竹子不相信帶燈能爬高上低，也不相信帶燈身手能那麼敏捷，但患了夜遊症一切可能都會發生嗎?!

竹子和狗到底沒見到帶燈，夜愈來愈黑了，她知道天快要亮了，即便帶燈沒蹤沒影，天一亮她就該清醒了，所以自己也往鎮政府大院來。沒想到的是剛剛從鎮街拐進到鎮政府的巷口，巷子裡卻走著帶燈，她放慢了腳步，等著帶燈進了大門。竹子最後回到房間，帶燈已經安然睡下了，嗞嗞地發著鼾聲，竹子就一直靜靜坐下，坐得全身都發涼。

提了一籃子的水

灶上吃餃子，大家都敲著碗去了，帶燈卻要給竹子說她剛才在雜誌上讀到一個小故事。故事是一個小姑娘去河裡提水，她用竹籃子提的，提回來籃子裡沒有了一滴水，她母親問：水呢?她說一路上水餵了花，餵了草。竹子說：這啥意思?帶燈說：這過程多美妙的！

塤不見了

帶燈明顯地瘦，真的是削著地瘦，春天裡的衣服穿上都寬鬆了許多。她在尋找前幾年的衣服，卻突然問：竹子，你拿了塤?竹子說：我沒有。在哪兒放著?帶燈說：記得先放在箱子裡，後又放在書架子上。竹子說：咱院子裡誰偷了?帶燈說：都反感我吹塤的，誰偷呀，誰又敢?!兩人就把箱子裡的衣物全倒出來，又挪開了書架，頭上都出汗了，還是尋不著壎。竹子說：會不會你出去拿著丟失了？帶燈說：我出去拿著？這些天我到哪兒去了？沒去呀！竹子趕緊掩飾，說：就是呀，它還能自己跑了不成?!帶燈就不尋了，坐在那裡喘氣，說：那真的是它走了，不讓我吹了。竹子看著她，心裡一陣酸楚，眼淚要流下來，忙蹴下身，裝著還在床下面瞅。帶燈說：不讓我吹了我就不吹了，聽你吹吧。竹子說：我哪兒會吹壎，壎又沒有了。帶燈說：你吹笛子，你應該吹笛子。竹子說：我怎麼應該吹笛子？帶燈說：你叫竹子麼，竹子烙出眼兒就是笛子麼。竹子說：咦，我倒有個想法了，我也要改名了，改成笛子。

說事

竹子改名笛子，鎮政府大院裡的人沒一個認可，依然叫她竹子。

這一天，帶燈要竹子和她去松雲寺看古松，竹子想正好去那裡掛紅布帶子為她祛病，也就懷裡揣了個紅布帶子跟著去了。經過大工廠工地，帶燈又提出去看那驛站舊址吧，或許那寫著「秦嶺櫻驛玉井蓮，花開十丈藕如船」的石刻被毀後，還有殘片遺落在那裡吧。舊址上肯定是沒有撿到殘片，那裡已經有水泥房子建起來。仍往松雲寺去，坡根的河彎處寂靜無聲，蘆葦和蒲草一人多高，竟然密密麻麻從河彎後一直蔓延著彎前的河灘。河灘裡不淘沙了，河邊的蘆葦和蒲草就長得這麼迅速生長，長瘋長野了。遠遠的地方，有人用樹枝紮編了一個排子，好像是王采采的兒子，也好像是楊二貓，叫了一聲，排子卻被划進了蘆葦裡。帶燈突然說：今早政府大院裡熱鬧，因為又要調整村幹部了，不同派別人員都來說話。說好的話說壞的話，當面說的，寫了匿名信的，還有面對面揭發漫罵的，也有動手打架的。梅有糧又滿口白沫地喊叫村支書十二年不公布帳目了，要創世界紀錄呀，還喊叫村支部把五百元的特殊黨費自己花了，給八十多歲老年人代領的六百元補貼發下來是六百元假錢，把一殘疾人死後側房重建款兩萬元自己頂名領了。竹子聽她說著，覺得詫異，說：今早上鎮政府大院來了人？沒有啊！帶燈說：沒有？咱能沒有？我接待的他們咋能沒有?!

過了一會兒，帶燈又說起白仁寶侯幹事和吳幹事，那麼多事，那麼低級，如蒼蠅一樣，啥都見過啥都敢吃一口，吃不上了就瞎閧閧。說完了卻問竹子：是不是為了玫瑰也要給刺澆水？

又過了一會兒，帶燈卻又給竹子說起她去了一趟白土坡村的所見所聞。

我在山脊兒上的甘草窩躺著曬太陽。山的陽坡一面對著我回去走的大路，一面坡下叫野貓溝，都是莊稼。村長的媳婦在扳包穀，只聽見嘩啦聲。這時對面坡滾下石塊兒，她大聲問誰在上頭，那人說挖蠍子哩。她說把石頭弄下了一塊咋不把你滾下來？那人說我滾下去怕塌住你。她說塌死老娘！這女人四十七八，人胖腿短，牙長氣虛，走路只是兩隻小腿在前後擺動，吵架時咬牙抽唇，聲像哭腔蚊子。她曾兼村婦聯專幹，不會業務來鎮政府開會交報表時總斜身挎個大包，裡邊拿竹筍拳芽給包村幹部讓代寫。修水泥路時她壟斷了拾水泥袋，聽說賣後一月比鎮幹部掙錢少不了多少。路修到村裡，村民以為水泥是公家的都想給自家門前多鏟一鍁，她到家家去吵罵，一早晨下來臉被抓破衣服被拽，爛鞋被踢進水裡。村長不露頭那是他承包了修路掙錢，不能惹村民因為要被選舉。她現在扳了大堆包穀棒子，村長騎摩托往回帶，正裝袋時一女人飛快走來。女人瘦乾利索，村長媳婦抬頭開罵你來攆他的咋不嫁他?! 那女人說你咋不死麼你今日死我明日就嫁他。村長媳婦說你想個美，我家四間房蓋了，你還住那間半破屋，他不要我他是瓜㞗啊?!村長指著他媳婦說你再說一句我抵命你！那女人說狠狠打死她！這時坡上挖蠍子的人放兩個大石頭下去，那女人往上看看逃出溝。一會兒溝腦上小跑著兩人，抬了擔架，挖蠍人問咋啦，說兩家鬧氣了。問啥樣？說王栓磨的頭破了，劉治中的媳婦氣死了。村長和挖蠍人說劉治中兩口子掙死掙活地幫王栓磨把房蓋了，想叫兒子去當上門女婿，誰知王栓磨叫兩個孩子出去打工弄個生米做熟飯了能省些禮錢，誰知女兒讓別的打工的把活給做了，劉治中的兒子被蹬了。劉治中不是省油的燈，兩家的膏藥都不好烤。他們說，唉，早晚得一架打！

帶燈又說：大工廠又要修去生活區的那條路了，南河村肯定不得安寧了。可我知道不能出問題，出問題咱們辛苦了半天就白幹了。支書和村長不配套互相挑事說辭對方，我也來個不受理，矛盾讓他們自己消化。鎮長是見他們一個責批一個，不給絲毫的幻想靠鎮政府，盡交辦於我，我就逼村幹部解決。我是他們往鎮政府的橋梁。我說我不結實了過不去你們。實際上村民自治化是化解矛盾的有效方式，上級往往把問題搞大搞虛搞複雜，像人有病多數是可以自癒的。支書有才能有震懾力就是他太耍大，不謙虛。村長也是尋個老鼠咬布袋難受得很，我給他解釋這就像人生之路走到泥濘這一段了只有走過來。我現在也知道多數人都是心裡不愉快，事況重重是生活的常態，我心情舒暢的情境也是偶然現象。我這斷定對不對，是我受污染了吧。

帶燈又說起王隨風了。

她說：昨天火燒火燎地開個會，加強信訪，安度春節，內緊外鬆，重獎重懲。我從前一個人能控制全鎮的，現在只有一個危險分子但是很嚴重，這就是王隨風。如果綜治辦裡我做過閻王，櫻鎮上是有我指揮的一些小鬼，對於上訪者，我曾讓閒逛鬼給看守，把上訪者帶去走親戚，在河裡差點被水颳走；讓酒鬼給看守，一夜八瓶燒酒把胃都喝穿孔了；讓麻將鬼去看守；讓是非鬼去間離。而王隨風整得我沒轍，我想哄她認個乾姊妹，給她買個襖兒能穩定好她，然後鎮政府報錢，否則我就玩完了。

總有幾天煩呀煩的，這兩天總是煩自己像個刺蝟一樣，不像別人溫順適應。我隨性而動很不一樣的走著自己的路，這不對呀，活人不能像藝術品愈特別愈好。我知道我有擔當能作為，而我向前走的時候必定踏草損枝踐藤踩刺，雖度過了災難踏上了道途卻又有了小草枝條的呻吟，這呻吟融及我的心讓我搖搖晃晃鎮靜不了自己。所以我也很孤獨地存在著，被別人疑惑，也恐懼著也訕笑著也羨慕著也仇恨著也恭維著也參照著，看我好像很需要很離不開他們而又超然他們，誰都有機會實際上誰都沒有機會。你說我這個能愛嗎，能有人敢愛嗎，能給愛人舒適的空間嗎？我像塊僵硬的石頭，榆樹疙瘩躲在劣質的地方永不入藝術家的法眼和雕刻刀的。冥頑不化死心塌地在心中畫鬼描仙、塗妖繪神、吃齋不念佛憐人不惜人。我是個怪人不是壞人。

竹子一直沒有插話，任著帶燈往下說，帶燈說的大都是她也知道的事，但這些事或是多年前的事，或是幾家人的事被說成了一件。竹子的眼淚唰唰地流了下來。

帶燈又說了驚天新聞

坡道上，帶燈狠勁地捋菊花，把一朵最黃的插在頭上，又連枝拔下一撮編成花環戴在脖子上，然後就把外套脫下來，包了那麼一大包。竹子說：可以做枕頭！帶燈說：做枕頭。可帶燈捋的菊花太多了，她說：滿坡的野菊囚在枕頭裡，給你給我。竹子說：給我？帶燈說：不是你，是元天亮。竹子一下子愣住，說：你說誰？帶燈說：元天亮啊！竹子說：你怎麼能說這話？帶燈說：這話我天天說，說過一年多了！竹子知道帶燈又說胡話了，她不忍心去揭穿或勸慰，就嘿嘿地給帶燈笑，帶燈也嘿嘿嘿地給她笑，說：這都是真的！

下坡的時候，帶燈還說了一句，竹子目瞪口呆。

帶燈是說：儘管所有女人都可能是妻子，但只有極少幸運的妻子才能做真正的女人。

帶燈大哭

早晨起來，帶燈在房間裡哭，竹子嚇了一跳，去問時帶燈是夜裡做了一夢，想起夢裡的事了就哭。帶燈說，她在夢裡看見元天亮回櫻鎮了，她不知道怎麼他就出現在面前了，是從雲裡掙脫出來的呢，還是從海裡超脫出來呢，反正是見面了。她說，我感應《紅樓夢》可我並沒認真看過，像路過大花園一樣瞟幾眼嗅幾口而沒有走進去受花粉的侵襲和花刺的扎痛。但我記著一句話如果沒奇緣今生偏又遇上他，如果有奇緣為何心事終虛化。我曾經悲傷然而今晨我又醒悟虛化是最好的東西，虛化的雲霧、花瓣，眼淚都是雨天雨花雨淚。我希望我的淚雨能是我生命之泉水不拒絕外面的影響，而我總是盼你如大塊石堵在我的峽口讓我給你聚成湖，或你把我喝一口讓我在你心上長一株蓮綻在你唇間眉梢。而你是位耐心的垂釣者，我淺薄的山泉急急奔流總也生不成能咬了你釣勾的魚。

她說，我是山頂的草木吧，像是被月亮印在心裡，抱在懷裡，又把月亮舉上山頭捧出無數的嬉笑的星星。但是，可能是她山野慣了，隨意慣了，竟然做了許多不該做的事，說了許多不該說的話，就像月亮又在河水裡，河水一次次急切地把月亮攬住又慌忙帶走，也是一次次把月亮往出推。她現在是多麼懊喪，她崇尚敬愛著元天亮的高風亮節，而覺得自己煙熏火燎的俗世生命是那樣的齷齪，如被扣在甕下的竹筍出不來淤泥的蓮。元天亮是走了，他真是一位錦雲君子啊，一疙瘩的雲，沿山巒飄蕩。她在心裡說，我實際是很強健剛毅能量充沛，沒有什麼難倒我也沒有誰能打倒我，我是木本植物。所以我不是情人料，不會溫潤柔軟甜膩貪圖。我心念中我和你是在一個洞裡一個窩裡一個房中，我給咱看家護院，操持家園，照料你維護你餵養你，用我純樸的心指引你做你殷實的後盾。我雖不是時時黏你可我讓你時時感受女人悠遠的氣息和自願，你砍柴時有了耐心，你走路時有了閒心，只要有你回家的腳步聲就是我愛情的花朵開出在內心綻放在眉心。我也許永遠沒有自己名詞的界定，也許無界的定位是真正的位置。她啊啊地叫了幾聲，卻又在心裡說，親愛的，你自在地去雲遊吧。草上承當的水珠也是草的造化，你是心存氣魄的雲，不可能像棉花把你穿在身上，更不能像饃一樣吞在肚裡，你有你波濤壯闊儀表萬方的命運，我想啊我不能像別人能裝進你心裡卻我能完全把你裝在我心裡，我今後不會再隨意稱謂你，你凝結在我心裡像心中有金有火的大山。而我像鳥一樣飛過千山萬水落腳點還是你的枝頭。你是容我在你的樹上窩居，而枯枝編出的巢不是樹的牽連，那麼飛翔是我的本能，所以樹永遠是小鳥一個真實的夢。冬天將要到了，天要下雪，天可能不能容雪，而雪優雅的來到地上生花長草，精彩著自己的生命，調整自己心態，靜候大地的全力推舉和太陽的傾心提攜，還能以雲的姿態回到天堂嗎？

或許或許，我突然想，我的命運就是佛桌邊燃燒的紅蠟，火焰向上，淚流向下。

上訪

竹子覺得帶燈不但患了夜遊症，而且腦子也有問題了。她再也不敢隱瞞，就去會議室告知了書記和鎮長。鎮長驚訝說：帶燈病了，患這麼怪的病?!竹子說：你不要這麼大的聲，我不想讓別人知道，可能是腦震盪的原因吧。鎮長說：看著挺好的麼，她頭疼不？竹子說：有點暈，沒聽她說過疼。鎮長說：嘔吐嗎？竹子說：沒有。鎮長說：那不是腦震盪的事。你怎麼能認定她有夜遊症呢？竹子就說了她的尾隨所見。鎮長說：或許她是失眠出去轉轉，我就半夜半夜睡不著，爬起來看電視哩。怎麼還說她腦子也有問題？竹子說：她幾次給我說些過去亂七八糟的事，但又說得非常完整和詳細，還強調是近日發生的。書記就哈哈大笑，笑過了，眼睛盯住竹子，低聲說：你該不會為處分的事而要脅我們吧?!竹子一下子倒愣了，嘴卜地說不出話來。書記說：你和帶燈都還年輕，以後的路還長哩，犯了錯誤，受到挫折，這都不可怕，吸取教訓，振奮精神，哪兒跌下再從哪兒爬起來麼，可怕的是要麼一蹶不振要麼歪戴帽子去偏路，那就只能是自毀前程！竹子說：書記，這不是對處分不滿的事，不是要脅你們，我說的是真的，是真的呀！書記說：好了，你去吧，我和鎮長還研究別的事哩。竹子只好離開了會議室，已經走到院中了，還聽到書記在說：這小腦瓜子！

竹子回到她的房間，看窗外有鳥側身飛過去，像一個刀片，在天空上破壞。她哭了一場，讓自己在淚裡漂流。

這個晚上，帶燈再去夜遊的時候，竹子沒有去尾隨，她爬起來給縣委寫了一份上訴材料。她原本是反映著帶燈的病情的，寫好了覺得一個鎮政府幹部病情可能不會引起上邊的關注，而書記質疑她是以受處分要脅的話，使她憤怒了。回想也正是因處分之後帶燈才出現了這些病情，那麼一不做二不休，乾脆就將櫻鎮如何發生鬥毆事件，帶燈和她如何經歷現場，最後又如何形成處分，一五一十全寫了。第二天上午，竹子把這份上訴材料拿到郵局去寄，半路上卻遇上了王後生。王後生還是嘴角叼著半截並沒點燃的紙菸，和那個賣燒雞的禿子就站在一根電線桿下，抬頭看見了竹子，就向她走過來。往常，王後生見了帶燈和竹子都是躲之不及，但現在竟然直直走過來，竹子有些不適應。竹子冷著臉說：幹啥哩？王後生說：禿子問我怎麼寫上訪材料哩，他笨得像個豬。竹子說：好呀，你當著我的面敢說寫上訪材料！王後生說：你不是不幹綜治辦了嗎？竹子受了嗆，恨恨地說：不幹綜治辦了我還是鎮政府幹部！擰身了。

走了又回過來，給王後生招手，王後生走近了，竹子說：你是在羞辱我？王後生說：這我不敢，你是瘦了。竹子說：你咋知道我不在綜治辦？王後生說：我是幹啥的麼？我只說我們當農民受委屈，鎮幹部也有委屈事呀！竹子說：委屈不委屈與你屁事！王後生說：咋能與我屁事，受委屈的心情都一樣麼。竹子不吭聲了，低頭悶了一會兒，說：哎，你還知道了什麼？王後生說：聽說帶燈降級還撤銷了主任。竹子說：還知道了什麼？王後生說：不知道了。竹子說：想知道？王後生說：想。竹子從懷裡掏出了那份上訴材料，說：你看看這個。王後生當下看了，看完了折起來往兜裡裝，竹子卻奪過去，說：這不給你。王後生沒生氣，說：我記性好。反倒把手伸了過來要握。竹子說：嗯？王後生說：我明白你的意思。竹子邊走邊說：我有啥意思？我沒意思。沒往郵局走，走回

有見過帶燈這般快活了，她也大呼小叫，聲音從蘆葦蒲草裡撞在莽山上，又從莽山上撞回來，掠過水面，鎮街上的人都聽見了。

帶燈用雙手去捉一隻螢火蟲，捉到了似乎螢火蟲在掌心裡整個手都亮透了，再一展手放去，夜裡就有了一盞小小的燈忽高忽下地飛，飛過蘆葦，飛過蒲草，往高空去了，光亮愈來愈小，像一顆遙遠的微弱的星。竹子說：姊，姊！帶燈說：叫什麼姊！竹子順口要叫主任，又噎住了，改口說：哦，我叫螢火蟲哩！就在這時，那隻螢火蟲又飛來落在了帶燈的頭上，同時飛來的螢火蟲愈來愈多，全落在帶燈的頭上，肩上，衣服上。竹子看著，帶燈如佛一樣，全身都放了暈光。

擊鼓傳花

鎮政府又會餐了，但這次沒有去松雲寺後坡灣的飯店，而伙房裡做了些涼菜，就在會議室裡喝酒。帶燈和竹子沒在，別的人卻差不多都到齊，書記說：賭博人和人愈遠，喝酒人和人愈近，為了團結，今日這酒能喝的不能喝的都得喝啊！為了公平，也為了氣氛熱烈，白仁寶提議擊鼓傳花，讓大家圍著會議桌坐了，他去院裡摘了一朵月季，又拿出了一個小鼓。小鼓咚咚地敲，花朵就從書記那兒開始，由東往南往西往北傳遞，鼓聲一停，花朵在誰手裡誰就喝一杯。如此熱鬧了半個小時後，人人都緊張萬分，鼓點愈來愈快，花朵也傳得愈來愈快，後來幾乎是扔，唯恐落在自己手裡。那酒已經不是酒了，是威脅，是懲罰。那花朵也不是花朵了，是刺蝟，是火球，是炸彈。

鎮政府還有著故事

夜已經很深了，可能是子時，帶燈和竹子才從河彎裡回來。竹子是不讓帶燈再夜遊，故意多在河彎待得久，回來就嚷嚷著再看新聞聯播和天氣預報。但新聞聯播和天氣預報都結束了，會議室裡的酒場子也散了。馬副鎮長埋怨帶燈和竹子怎麼才回來，大家喝酒哩就是找不著你們。竹子說：誰請客了？馬副鎮長說：為了團結麼，自己請自己。帶燈只是問：天氣預報怎麼說？馬副鎮長說：天氣預報又要颳大風了，一番風一番涼，今年得多買些木炭了。帶燈說：又要颳大風？馬副鎮長說：這天不是個正常的天了，帶燈，這天不是天了！

會議室門口就站著了書記、鎮長，還有白仁寶，他們在伸懶腰，打哈欠，相互問著頭還暈不。書記卻突然叫帶燈。書記說：聽說河彎裡有了螢火蟲陣？帶燈說：是有了螢火蟲陣，書記沒有去看嗎？書記說：啊，真有了螢火蟲陣?!他扭過頭對鎮長說：甭熬煎，王後生再上訪有什麼害怕的呢？這不是突然有了螢火蟲陣嗎，櫻鎮可從來沒聽過有螢火蟲陣的，這徵兆好啊，預示著咱櫻鎮還吉祥麼，不會因一場災難而絕望麼！

二〇一一年十一月二日草完第一稿
二〇一二年四月六日完成第二稿
二〇一二年八月十一日完成第三稿

後記

進入六十歲的時候，我就不願意別人說今年得給你過個大壽了；很丟人的，怎麼就到六十了呢？生日那天，家人和朋友們已經在飯店訂了宴席，就是不去，一個人躲在書房裡喘息。其實逃避時間正是衰老的表現，我都覺得可笑了。於是，在母親的遺像前叩頭，感念著母親給我的生命，說我並不是害怕衰老，只是不耐煩宴席上長久吃喝和順嘴而出的祝詞，況且我現在還茁壯，六十年裡並沒有做成一兩件事情，還是留著八十九十時再慶賀吧。我又在佛前焚香，佛總是在轉化我，把一隻蛹變成了彩蝶，把一顆籽變出了大樹，今年頭髮又掉了許多，露骨的牙也壞了兩顆，那就快賜給我力量吧，我母親晚年時常夢見撿了一籃雞蛋，我企望著讓帶燈活靈活現於紙上吧，補償性地使我完成又一部作品。

整個夏天，我都在為帶燈忙活。我是多麼喜歡夏天啊，幾十年來，我的每一部長篇作品幾乎都是在冬天裡醞釀，在夏天裡完滿，別人在腦子昏昏，脾氣變壞，熱得恨不得把皮剝下來涼快，我樂見草木旺盛，蚊蟲飛舞，意氣縱橫地在寫作中歡悅。這一點，我很驕傲，自詡這不是冬蟲夏草嗎，冬天裡眠得像一條蟲，夏天裡卻是綠草，要開出一朵花了。

這一本《帶燈》仍是關於中國農村的，更是當下農村發生著的事。我這一生可能大部分作品都是要給農村寫的，想想，或許這是我的命，土命，或許是農村選擇了我，似乎聽到了一種聲音：那麼大的地和地裡長滿了荒草，讓賈家的兒子去耕犁吧。於是，不寫作的時候我穿著人衣，寫作時我披了牛皮。記得當年父親告訴我，他十多歲在西安考學，考過還沒張榜時流浪街頭，一老人介紹他去一個地方可以有飯吃，到了那個地方，卻是八路軍駐西安辦事處，要送他去延安當兵。我父親的觀念裡當兵不好，而且國民黨整天宣傳延安是共產黨的集聚地，共產黨是土匪，他就沒有去。我埋怨父親，你要去了，你就是無產階級革命家了，我也成高幹子弟了。父親還講，他考上了學又畢業後，在西安教書，那時五袋洋麵可以買一小院房的，他差不多要買了，西安開始解放，城裡響了槍聲，他就跑回了老家丹鳳。我當然又埋怨：唉，你要不跑，我不就是城裡人嗎，又何苦讓我掙扎了十九年後才做了城裡人！當我在農村時，我的境遇糟透了，父親有了歷史問題，母親害病，我又沒力氣，報名參軍當兵呀，體檢的人拿著玻璃棍兒把我身子所有部位都戳著看了，結果沒有當成，第二年又招地質工人，去報了名，當天晚上村支書就在報名冊上把我的名字畫掉了，隔了一年又招養路工，就是拿著鍁把在公路邊的水渠裡鏟沙土墊路面的坑坑窪窪，人家還是不要我，後來想當民辦教師也沒選上，再後一個民辦女教師要生孩子呀，需要個代理的，那次希望最大，我已經去修理了一枝鋼筆，卻仍是讓鄰村的另一人掉了包。那段日子，幾次大正午的在犁過的稻田裡犯蒙，不辨了方向，轉來轉去尋不到田埂，村裡人都說那裡鬼迷糊了，讓我頂著簸箕，拿桃木條子打著驅鬼。十幾年後提起這些往事，有長者說：這一切都在為你當作家寫農村創造條件呀，如趕羊，所有的岔道都堵了，就讓羊順著一條道兒往溝腦去麼！我想也是。

在陝西作家協會的一次會上，我作過這樣的發言：如果陝西還算中國文學的一個重鎮吧，主要是出了一批寫農村題材的作家，這些作家又大多數來自於農村，本身就是農民，後經提拔，戶口轉到了城裡，由業餘寫作變為專業作家的。但是，現在的情況完全變了，農村也不是昔日的農村，如果再走像老一批作家那樣的路子，已沒條件了，應該多鼓勵年輕的作家拓寬思路，寫更廣泛的題材。我這麼說著，但我還得寫農村，一茬作家有一茬作家的使命，我是被定型了的品種，已經是苜蓿，開著紫色花，無法讓它開出玫瑰。

幾十年的習慣了，只要沒有重要的會，家事又走得開，我就會邀二三朋友去農村跑動，說不清的一種牽掛，是那裡的人，還是那裡的山水？在那裡不需要穿正裝，用不著應酬，路瘦得在一根繩索上，我願意到哪兒腳就到哪兒，飯時了隨便去個農戶懇求給做一頓飯，天黑了見著旅館就敲門。一年一年地去，農村裡的年輕人愈來愈少，男的女的，聰明的和蠢笨的差不多都要進城去，他們很少有在城裡真正討上好日子，但只要還混得每日能吃兩碗麵條，他們就在城裡漂呀，死也要做那裡的鬼。而農村的四季，轉換亦不那麼冷暖分明了，牲口消失，農具減少，房舍破敗，鄰里陌生，一切顏色都褪了，山是殘山水是剩水，只有狗的叫聲如雷。我們是要往農村裡跑，真的如蝴蝶是花的鬼魂總去土丘的草叢。就在前年，我去陝西南部，走了七八個縣城和十幾個村鎮，又去關中平原北部一帶，再去了一趟甘肅的定西。收穫總是大的，當然這並不是指創作而言，如果純粹為了創作而跑動那就顯得小氣而不自在，春天的到來哪裡僅僅見麥苗拔節，地氣湧動，萬物復甦，土裡有各種各樣顏色呈現了草木花卉和莊稼。就在不久，我結識了山區一位鄉鎮幹部，她是不知從哪兒獲得了我的手機號，先是給我發短信，我以為她是一位業餘作者，給她覆了信，她卻接二連三地又給我發信。要是平常，我簡直要煩了，但她寫的短信極好，這讓我驚訝不已，我竟盼著她的信來，並決定山高路遠地去看看她和生她養她的地方。我真的是去了，就在大山深處，她是個鄉政府幹部，具體在綜治辦工作。如果草木是大山靈性的外洩，她就該是崖頭的一株靈芝，太聰慧了，她並不是文學青年，沒有讀更多的書，沒有人能與她交流形成的文學環境，綜治辦的工作又繁忙潑煩，但她的文學感覺和文筆是那麼好，令我相信了天才。在那深山的日子裡，她是個滔滔不絕的傾訴者，我是個忠實的傾聽人，使我了解了另一樣的生活和工作。她又領著我走村串寨，去給那特困戶辦低保，也去堵截和訓斥上訪人，她能拽著牛尾巴上山，還要採到山花了，把一朵別在頭上，買土蜂蜜，摘山果子，她跑累了，說你坐在這兒看風景吧，我去打個盹，她跑到一草窩裡蹴身而臥就睡著了，我遠遠地看著她，她那衫子上的花的圖案裡花全活了，從身子上長上來在風中搖成鮮豔。從她那兒的深山裡回來不久，我又回了一趟我的老家，老家正在修了一條鐵路又修高速公路，還有一座大的工廠被引進落戶，而也發生了一場為在河裡淘沙惹起的特大惡性群毆事件，死亡和傷殘了好多人，這些人我都認識，自然我會走動雙方家族協助處理著遺留問題，在村口路旁與眾人議論起來就感慨萬千，唏噓不已。事情遠還沒有結束，那個在大深山裡的鄉政府幹部，我們已經是朋友了，每天都給我發信，每次信都是幾百字或上千字，說她的工作和生活，說她的追求和嚮往，她似乎什麼都不避諱，歡樂、悲傷、憤怒、苦悶，如我在老家的那個侄女，給你嘎嘎嘎地抖著身子笑得沒死沒活了，又破口大罵那走路偷吃路邊禾苗的牛和那長著黃瓜嘴就是不肯吃食的豬。她竟然定期給我寄東西，比如五味子果、鮮茵陳、核桃、蜂蜜，還有一包又一包鄉政府下發給村寨的文件、通知、報表、工作規畫、上訪材料、救災名冊、領導講稿，有一次可能是疏忽了吧，文件裡還夾了一份她因工作失誤而所寫的檢查草稿。

當我在看電視裡的西安天氣預報時，不知不覺地也關心了那個深山地區的天氣預報，就是從那時，我衝動了寫《帶燈》。

在寫《帶燈》過程中，也是我整理我自己的過程。不能說我對農村不熟悉，我認為已經太熟悉，即便在西安的街道看到兩旁的樹和一些社區門前的豎著的石頭，我一眼便認得哪棵樹是西安原生的哪棵樹是從農村移栽的，哪塊石頭是關中河道裡的，哪塊石頭來自陝南的溝峪。可我通過寫《帶燈》進一步了解了中國農村，尤其深入了鄉鎮政府，知道著那裡的生存狀態和生存者的精神狀態。我的心情不好。可以說社會基層有太多的問題，就如書中的帶燈所說，它像陳年的蜘蛛網，動哪兒都落灰塵。這些問題不是各級組織不知道，都知道，都在努力解決，可有些能解決了有些無法解決，有些無法解決了就學貓刨土掩屎，或者見怪不怪，熟視無睹，自己把自己眼睛閉上了什麼都沒有發生吧，結果一邊解決著一邊又大量積壓，體制的問題、道德的問題、法制的問題、信仰的問題、政治生態問題和環境生態問題，一顆麻疹出來了去搔，逗得一片麻疹出來，搔破了全成了麻子。這種想法令一些朋友嘲笑，說你幹啥的就是幹啥的，自己賣著蒸饃卻管別人蓋樓。我說：不能女媧補天，也得杞人憂天麼，或許我是共產黨員吧。那年四川大地震後十多天裡，我睡在床上總覺得床動，走在路上總覺得路面發軟，害怕著地震，卻又盼望餘震快來，惶惶不可終日。

正因為社會基層的問題太多，你才尊重了在鄉鎮政府工作的人，上邊的任何政策、條令、任務、指示全集中在他們那兒要完成，完不成就受責挨訓被罰，各個系統的上級部門都說他們要抓的事情重要，文件、通知雪片似地飛來，他們只有兩雙手呀，兩雙手僅十個指頭。而他們又能解決什麼呢，手裡只有風油精，頭疼了抹一點，腳疼了也抹一點。他們面對的是農民，怨恨像污水一樣潑向他們。這種工作職能決定了它與社會摩擦的危險性。在我接觸過的鄉鎮幹部中，你同情著他們地位低下，工資微薄，喝惡水，坐蘿蔔，受氣挨罵，但他們也慢慢地扭曲了，弄虛作假，巴結上司，極力要跳出鄉鎮，由科級升遷副處，或到縣城去尋個輕省崗位，而下鄉到村寨了，卻能喝酒，能吃雞，張口罵人，脾氣暴戾。所以，我才覺得帶燈可敬可親，她是高貴的，智慧的，環境的逼仄才使她的想像無涯啊！我們可恨著那些貪官污吏，但又想，房子是磚瓦土坯所建，必有大梁和柱子，這些人天生為天下而生，為天下而想，自然不會去為自己的私欲而積財盜名好色和輕薄敷衍，這些人就是江山社稷的脊梁，就是民族的菁英。

地藏菩薩說：地獄不空，誓不為佛。現在地藏菩薩依然還在做菩薩，我從廟裡請回來一尊，給祂獻花供水焚香。以前從來沒有注意過土地神，印象裡鬍子那麼長個頭那麼小一股煙一冒就從地裡鑽出來，而現在覺得祂是神，了不起的神，最親近的神，從文物市場上買回來一尊，不，也是請回來的，在祂的香爐裡放了五色糧食。

認識了帶燈，了解了帶燈，帶燈給了我太多的興奮和喜悅，也給了我太多的悲憤和憂傷，而我要寫的《帶燈》卻一定是文學的，這就使我在動筆之前煎熬了很長一段時間的醞釀。我之前不大理會醞釀這個詞，當我與一位八〇後的女青年閒談時，問她昨天晚上怎麼沒參加一個聚會呢？她說：我睡眠不好，九點鐘就要醞釀睡覺了。我問：醞釀睡覺？怎麼個醞釀?!她說：我得洗澡，洗完澡聽音樂，音樂聽著去泡一杯咖啡，然後看書，一邊喝咖啡一邊看書，看著看著我就睏了，閉上眼就輕紙質材料上寫，在電腦網路上寫，作品數量如海潮湧來，但社會的輿論中卻愈來愈多的哀嘆文學出現了困境，前所未有的困境。這到底是怎麼回事呢？文學出現了前所未有的困境，其實是社會出現了困境，是人類出現了困境。這種困境早已出現，只是我們還在封閉的環境裡僅僅為著生存掙扎時未能顧及到，而我們的文學也就自愉自慰自樂著。當改革開放國家開始強盛人民開始富裕後，才舉頭四顧知道了海闊天空，而社會發展又出現了瓶頸，改革急待於進一步深化，再看我們的文學是那樣的尷尬和無奈。我們差不多學會了一句話：作品要有現代意識。那麼，現代意識到底是什麼呢，對於當下中國的作家又怎麼在寫作中體現和完成呢？現代意識也就是人類意識，而地球上大多數的人所思所想的是什麼，我們應該順著潮流去才是。美國是全球最強大的國家，他們的強大使他們自信，他們當然要保護他們的國家利益，但不能不承認他們仍在考慮著人類的出路，他們有這種意識，所以他們四處干涉和指點，到南極，到火星，於是他們的文學也多有未來的題材，多有地球毀滅和重找人類棲身地的題材。而我們呢，因為貧窮先關心著吃穿住行的生存問題，久久以來，導致著我們的文學都是現實問題的題材，或是增加自己的虛榮，去回憶祖先曾經的光榮與驕傲。我們的文學多是歷史的現實的內容，這對不對呢？是對的，而且以後的很長時間裡可能還得寫這些。當一個人在飢餓的時候盼望的是得到麵包，而不是盼望神從天而降，即便盼望神從天而降那也是盼望神拿著麵包而來。但是，到了今日，我們的文學雖然還在關注著敘寫著現實和歷史，又怎樣才具有現代意識，人類意識呢？我們的眼睛就得朝著人類最先進的方面注目，當然不是說我們同樣去寫地球面臨的毀滅，人類尋找新家園的作品，這恐怕我們也寫不好，卻能做到的是清醒，正視和解決哪些問題是我們通往人類最先進方面的障礙？比如在民族的性情上、文化上、體制上、政治生態和自然生態環境上、行為習慣上，怎樣不再卑怯和暴戾，怎樣不再虛妄和陰暗，怎樣才真正的公平和富裕，怎樣能活得尊嚴和自在。只有這樣做了，這就是我們提供的中國經驗，我們的生存和文學也將是遠景大光明，對人類和世界文學的貢獻也將是特殊的聲響和色彩。

我從來身體不好，我的體育活動就是熱情的觀看電視轉播的所有體育比賽。在終於開筆寫起《帶燈》，逢著了歐冠盃賽，當我一場又一場欣賞著巴賽隆納隊的足球，突然有一天想：哈，他們的踢法是不是和我《秦腔》、《古爐》的寫法近似呢？啊，是近似。傳統的踢法裡，這得有後衛、中場、前鋒，講究的三條線如何保持距離，中場特別要腰硬，前鋒得邊跑傳中，等等等等。巴賽隆納則是所有人都是防守者和進攻者，進攻時就不停地傳球倒腳，繁瑣、細密而眼花撩亂地華麗，一切都在耐煩著顯得毫不經意了，突然球就踢入網中。這樣的消解了傳統的陣形和戰術的踢法，不就是不倚重故事和情節的寫作嗎，那繁瑣細密的傳球倒腳不就是寫作中靠細節推進嗎？我是那樣地驚喜和興奮。和我一同看球的是一個搞批評的朋友，他總是不認可我《秦腔》、《古爐》的寫法，我說：你瞧呀，瞧呀，他們又進球了！他們不是總能進球嗎?!

《秦腔》、《古爐》是那一種寫法，《帶燈》我卻不想再那樣寫了，《帶燈》是不適那種寫法，我也得變變，不能在一棵樹上吊死。那怎麼寫呢？其實我總有一種感覺，就是你寫得時間長了，又淫浸其中，你總能尋到一種適合於你要寫的內容的寫法，如冬天必然尋到是棉衣毛褲，夏天必然尋到短褲T恤，你的筆是握自己手裡，卻老覺得有什麼力量在掌握了你的胳膊。幾十年以來，我喜歡著明清以至三十年代的文學語言，它清新、靈動、疏淡、幽默，有韻致。我模仿著，借鑑著，後來似乎也有些像模像樣了。而到了這般年紀，心性變了，卻興趣了中國西漢時期那種史的文章的風格，它沒有那麼多的靈動和蘊藉，委婉和華麗，但它沉而不糜，厚而簡約，用意直白，下筆肯定，以真準震撼，以尖銳敲擊。何況我是陝西南部人，生我養我的地方屬秦頭楚尾，我的品種裡有柔的成分，有秀的基因，而我長期以來愛好著明清的文字，不免有些輕的佻的油的滑的一種玩的跡象出來，這會我真的警覺。我得有意地學學西漢品格了，使自己向海風山骨靠近。可這稍微地轉身就何等地艱難，寫《帶燈》時力不從心，常常能聽到轉身時關關節節都在響動，只好轉一點，停下來，再轉一點，停下來，我感嘆地說：哪裡能買到文字上的大力丸呢？

就在《帶燈》寫到一半，天津的一個文友來到了西安，她見了我說：怎麼還寫呀？我說：雞不下蛋牠憋啊！她返回天津後在報上寫了關於我的一篇文章，其中寫到我名字裡的凹字，倒對我有了啟發。以前有人說這個凹字，說是谷是牝是盆是坑裡硯是元寶，她卻說是火山口。她這說得有趣，並不是她在誇我了我才說有趣，覺得可以從各個角度去理解火山口。社會是火山口，創作是火山口。火山口是曾經噴發過熔岩後留下的出口，它平日是靜寂的，沒有樹，沒有草，更沒有花，飛鳥走獸也不臨近，但它只要是活的，內心一直在洶湧，在突奔，隨時又會發生新的噴發。我常常有些迷信，生活中總以什麼暗示著而求得給予自己自信和力量，看到文友的文章後，我將一個巨大的多年前購置的自然凹石擺在了桌上，它幾乎占滿了整個桌面。當年我是以它像個凹字而購置的，現在我將它看作了火山口敬供，但願我的寫作能如此。

帶燈說，天熱得像是把人撿起來擰水，這個夏天裡寫完了《帶燈》。稿子交給了別人去複印，又託付別人將它送去雜誌社和出版社，我就再不理會這個文學的帶燈長成什麼樣子，腿長不長，能否跑遠，有沒有翅，是雞翅還是鷹翅，飛得高嗎？我全不管了，抽身而去農村了。我希望這一段隱在農村，恢復我農民的本性，吃五穀，喝泉水，吸農村的地氣，曬農村的太陽，等待新的寫作欲望的衝動，讓天使和魔鬼再一次敲門。

這是一個人到了既喜歡《離騷》，又必須讀《山海經》的年紀了，我想要日月平順，每晚如帶燈一樣關心著中央電視台的新聞聯播和天氣預報，咀嚼著天氣就是天意的道理，看人間的萬千變化。

王靜安說：且自簪花，坐賞鏡人中。

二〇一二年八月十四日

國家圖書館出版品預行編目資料

帶燈 / 賈平凹著.-- 初版. -- 台北市 : 麥田出版 : 家庭傳媒城邦分公司發行, 2014.07
面； 公分. -- (麥田文學 ; 276)

ISBN 978-986-344-127-4(平裝)

857.7 103011576

麥田文學 276

帶燈

作　　者　賈平凹
責任編輯　莊文松　吳惠貞　賴雯琪

副總編輯　林秀梅
編輯總監　劉麗真
總 經 理　陳逸瑛
發 行 人　涂玉雲

出　　版　麥田出版
城邦文化事業股份有限公司
104台北市中山區民生東路二段141號5樓
電話：（886）2-2500-7696 傳真：（886）2-2500-1966、2500-1967
E-mail：bwps.service@cite.com.tw
發　　行　英屬蓋曼群島商家庭傳媒股份有限公司城邦分公司
104台北市中山區民生東路二段141號2樓
書虫客服服務專線：(886)2-2500-7718；2500-7719
24小時傳真服務：(886)2-2500-1990；2500-1991
服務時間：週一至週五09:30-12:00；13:30-17:00
郵撥帳號：19863813　戶名：書虫股份有限公司
讀者服務信箱E-mail：service@readingclub.com.tw
歡迎光臨城邦讀書花園　網址：www.cite.com.tw
麥田部落格：http://blog.pixnet.net/ryefield

香港發行所　城邦（香港）出版集團有限公司
香港灣仔駱克道193號東超商業中心1樓
電話：(852)2508-6231　傳真：(852)2578-9337
E-mail：hkcite@biznetvigator.com

馬新發行所　城邦(馬新)出版集團【Cite(M)Sdn. Bhd】
41, Jalan Radin Anum, Bandar Baru Sri Petaling,
57000 Kuala Lumpur, Malaysia.
電話：(603)9057-8822　傳真：(603)9057-6622
E-mail:cite@cite.com.my

封面設計　陳威伸
電腦排版　宸遠彩藝有限公司
印　　刷　前進彩藝有限公司

初版一刷　2014年7月　Printed in Taiwan

定價／450元

ISBN：978-986-344-127-4